JEFFERY DEAVER
Die Saat des Bösen

Buch

Die siebzehnjährige Megan ist spurlos verschwunden. Ihr Vater Tate Collier, ein ehemaliger Staatsanwalt, hat den furchtbaren Verdacht, dass seine Tochter entführt wurde. In seinem Beruf macht man sich viele Feinde, und nicht immer verurteilt die Justiz den wahren Schuldigen. Doch da in Colliers Haus Aufzeichnungen Megans gefunden werden, die sich wie wütende Abschiedsbriefe lesen, glaubt die Polizei nicht an ein Verbrechen. Für sie ist Megan eine Ausreißerin, die wahrscheinlich längst im Zug nach New York City sitzt. Also begibt sich Collier auf eigene Faust auf die Suche nach seiner Tochter. Unterstützt wird er von seinem alten Freund Konnie, einem hervorragenden Schnüffler, der bald schon auf Ungereimtheiten stößt. Ein Wettlauf gegen die Zeit beginnt, denn der Täter hat nichts zu verlieren …

Autor

Jeffery Deaver, Jahrgang 1950, hat sich seit seinem großen Erfolg als Schriftsteller aus seinem Beruf als Rechtsanwalt zurückgezogen und lebt nun abwechselnd in North Carolina und Kalifornien. Für seine Romane – die in 150 Ländern erscheinen und bislang in 25 Sprachen übersetzt wurden – wurde Deaver mehrfach ausgezeichnet, u. a. mit dem Ian Fleming Steel Dagger der Crime Writers Association of Great Britain. Die Verfilmung seines ursprünglich unter dem Titel *Die Assistentin* erschienenen Romans *Der Knochenjäger* mit Denzel Washington und Angelina Jolie war ein weltweiter Kinoerfolg. Sowohl Jeffery Deavers Thriller um das Ermittlerpaar Lincoln Rhyme und Amelia Sachs als auch die Reihe um die Kinesikspezialistin Kathryn Dance erfreuen sich einer riesigen Fangemeinde.

Jeffery Deaver

Die Saat des Bösen

Thriller

Deutsch von Hans-Joachim Maass

blanvalet

Die Originalausgabe erschien unter dem Titel *Speaking in Tongues* bei Viking, New York.

Der Verlag weist ausdrücklich darauf hin, dass im Text enthaltene externe Links vom Verlag nur bis zum Zeitpunkt der Buchveröffentlichung eingesehen werden konnten. Auf spätere Veränderungen hat der Verlag keinerlei Einfluss. Eine Haftung des Verlags ist daher ausgeschlossen.

MIX
Papier aus verantwortungsvollen Quellen
FSC® C014496
FSC
www.fsc.org

Verlagsgruppe Random House FSC® N001967

1. Auflage

Umschlaggestaltung: www.buerosued.de
Umschlagmotiv: Arcangel Images/Margie Hurwich
AF · Herstellung: wag
Druck und Einband: GGP Media GmbH, Pößneck
Printed in Germany
ISBN: 978-3-7341-0317-9

www.blanvalet.de

Für Diana Keene,

die mir wertvolle Anregungen
gegeben hat und eine einsichtsvolle
Kritikerin gewesen ist.
Sie ist ein Teil meiner Bücher,
ein Teil meines Lebens.
Mit all meiner Liebe …

Danksagung

Mein besonderer Dank gilt Pamela Dorman bei Viking, einer Lektorin mit der Beharrlichkeit und Geduld (von ihrem Mut ganz zu schweigen), die nötig sind, damit Autoren die gleichen strengen Maßstäbe bei sich anlegen, denen sie sich unterwirft. Meine höchste Anerkennung auch an Deborah Schneider, die teure Freundin und beste Agentin der Welt. Und der gesamten Mannschaft von Viking/NAL, besonders Elaine Koster, Michaela Hamilton, Joe Pittman, Cathy Hemming, Matthew Bradley (der sich den Titel »Im Kampf bewährter Publizist« schon hundertmal verdient hat) und Susan O'Connor. Eine Liste derer, denen ich Dank schulde, wäre nicht vollständig ohne die kompetenten Leute bei Curtis-Brown in London, besonders Diana Mackay und Vivienne Schuster, und meinen erstklassigen britischen Verlag Hodder & Stoughton, vor allem Carolyn Mays, Sue Fletcher und Peter Lavery. Meinen Dank auch an Cathy Gleason von Gelfman-Schneider, und ein »Danke« und ein »Hallo« an Tracy, Kerry, David, Taylor, Lisa, Casey sowie Bryan Big und Bryan Little.

MITTWOCH

Erstgeboren

Im Anfang war das Wort,
und das Wort war bei Gott,
und Gott war das Wort.

Johannes-Evangelium,
Kap. 1, Vers 1

1

Nach Mitternacht wurden die Wolken so dick wie Trauerkleidung, doch der Regen kam noch immer nicht.

Unter diesem merkwürdig warmen Aprilhimmel watete der Mann durch ein Meer aus wilden Möhren und blassem Riedgras. Sein Ziel war ein kleines steinernes Gebäude aus wettergegerbtem Granit, der bräunlichrosafarben war wie Fleisch. Es befand sich auf einem Hügel inmitten einer Lichtung von Weihrauch- und Mastbaumkiefern.

Er hielt kurz inne, stieg dann zu der Metalltür hinauf, zog aus einer kleinen Tasche einen Hammer und einen Meißel hervor, dann drehte er sich um und blickte noch einmal auf die Lichtung zurück. Dort war nichts zu sehen außer zwei Eulen, die auf etwas Halbbegrabenem in einem Büschel von Krokussen herumhackten, das sich wie winzige beschwörende Hände in die Höhe reckte. Der Mann wandte sich wieder dem Haus zu, setzte Metall auf Stein und begann zu hämmern. Einmal, zweimal, ein dutzendmal. Das dröhnende Krachen der Werkzeuge hallte durch die Nacht.

Eine halbe Stunde lang trieb er den Meißel an der Tür entlang in die Hauswand. Der Stein zersplitterte, Brocken flogen heraus. Wieder zuckende Blitze. Der Frühlingshimmel wurde von Tentakeln weißer Flammen aufgehellt. Das Geräusch von gedämpftem Donner hüllte ihn ein und rollte dann weiter.

Und immer noch kein Regen.

Als Jesus kam, fand er Lazarus schon vier Tage im Grabe liegen … Es war aber eine Höhle, und ein Stein lag davor … Da hoben sie den Stein weg. Jesus aber hob seine Augen auf und sprach: Vater, ich danke dir, daß du mich erhört hast.

Aaron Matthews, hochgewachsen und mit graugesprenkeltem Haar, war ein kräftiger Mann mit mageren, sehnigen Muskeln. Die Art von Mann, für den weder Essen noch Trinken ein Vergnügen ist; und bei dem man sich fragt, wie er sich am Leben erhält. Er schwitzte stark in der schwülen, drückenden Luft und unterbrach seine Arbeit, um sein Hemd auszuziehen. Dann fuhr er fort, den Stein wegzumeißeln und nach den Schwachstellen zu suchen.

Bald hatte er den Granit um die Scharniere herum lange genug bearbeitet, so daß er die Brechstange ansetzen konnte. Er stemmte die Tür auf. Sie fiel krachend zu Boden, und Matthew betrat das Haus.

Er machte ein Feuerzeug an und ging an den Reihen kleiner Türen vorbei. Einen Moment lang kam es ihm vor, als wäre er in eine Szene aus Dantes *Inferno* geraten, als hätte ihn Vergil in diese düstere, mit wabenförmigen Zellen verwirrter Sünder gefüllte Höhle geschickt, jener sich krümmender Sünder, die die Ewigkeit in stickiger Enge verbrachten. Dann fand er, wonach er suchte: ein kleines Plättchen, auf dem es in noch kleineren Buchstaben hieß: *Peter Matthews.* Auch diese Tür war versiegelt, gab jedoch unter einem Dutzend Hammerschläge nach.

Matthews stieß die Tür auf, griff dann behutsam hinein und berührte das dichte dunkle Haar auf dem Kopf des jungen Mannes. Er ergriff ihn an den Schultern und zog ihn aus der Gruft. Dann wiegte er den Leichnam in den Armen. Sie lagen einige Augenblicke mit aufeinandergepreßten Gesichtern auf dem Fußboden. Die Wange des Vaters war so heiß, wie die seines Sohnes kalt war.

... Als er das gesagt hatte, rief er mit lauter Stimme: Lazarus, komm heraus! Und der Verstorbene kam heraus.

Er nahm den Jungen auf die Arme, taumelte aus der Tür und stapfte zu dem Transporter, der auf dem Friedhofsweg stand. Er betrachtete das Gesicht. Bewegte er sich etwa? fragte sich Matthews. Er beugte sich hinunter. Spürte er da einen Atemhauch auf der Wange?

Lazarus, komm heraus! Komm heraus. Und der Verstorbene kam heraus, gebunden mit Grabtüchern an Füßen und Händen.

Er öffnete die Tür des Lieferwagens und bettete den jungen Mann ehrfürchtig in den Laderaum des Fahrzeugs.

Matthews fuhr zwischen den Steinsäulen hindurch, die den Eingang zum Friedhof markierten, und fuhr kurz darauf mit hoher Geschwindigkeit auf einer Landstraße entlang. Die Straße schlängelte sich durch das Shenandoah Valley in die Blue Ridge Mountains, führte immer höher und höher hinauf, bis die Lichter von Städten und dann einzelner Häuser immer kleiner wurden. Einige Meilen vom Friedhof entfernt bog er auf eine Schotterstraße ab und fuhr langsam durch einen Tunnel aus Hemlocktannen und Mastbaumkiefern.

Gleich hinter dem Einschnitt, an dem die Straße zwischen zwei steilen, mit Kletterpflanzen bedeckten Hügeln hindurchführte, tat sich plötzlich ein flaches, schalenförmiges Tal auf. Hinter einer Postenkette fast kahler Bäume war eine Gruppe niedriger, baufälliger Häuser zu sehen.

Matthews trat auf die Bremse, brachte den Lieferwagen zum Stehen und suchte den Ort sorgfältig nach Anzeichen von Eindringlingen ab, doch ein Einbruch wäre sehr unwahrscheinlich gewesen. Die Stromspannung in den Zäunen war höher als gesetzlich erlaubt, und das zehn Morgen große Gelände durchstreiften fünf Rottweiler mit bulligen Köpfen, die so brutal und gefühllos waren, wie Hunde nur sein konnten. Ihre Zähne waren so scharf wie Obsidian; sie jagten im Rudel und zerfleischten ein- oder zweimal in der Woche eins der Rehe, die durch das Tor hereinkamen, wenn es offenstand.

Die bebaute Fläche umfaßte zehntausend Quadratfuß. Darauf stand ein Gewimmel windschiefer einstöckiger Häuser, Wohnheime und Kapellen, die mehr oder weniger miteinander verbunden waren – Pappe an losen Dachschindeln, Hohlziegel an Stuck. Das alles sah aus wie eine Geisterstadt in Colorado.

Die Kathedrale im Kiefernwald: So hatte sein Vater die Anlage getauft, als er sie vor Jahren gekauft hatte. Und so hieß sie noch immer auf dem verwitterten Schild. Ein weitläufiges Gewimmel kleiner Räume, heiß und trostlos im Sommer, unbarmherzig kalt im Winter. Die eigentlichen Wohnzimmer waren fünfzehn schäbige Räume ohne Installationen. Daneben gab es noch eine dreistöckige Kapelle und ein verlassenes Gästequartier mit fünfzig Zimmern.

Die Enklave gehörte zu der großen Tradition der Lager der Pfingstbewegung und der fundamentalistischen Erweckungsbewegungen, die überall im Shenandoah Valley verstreut lagen. Als die Works Progress Administration hier die Nationalparks einrichtete, kaufte man den einheimischen Kirchen einen großen Teil des Landes ab. Einige Kirchen wurden abgerissen, andere nicht. Es konnte passieren, daß man bei einem Spaziergang durch einen unter Naturschutz stehenden Wald in den Blue Ridge Mountains plötzlich über ein verlassenes Lager stolperte, von dem das Parks Department nie etwas gewußt hatte. Verrottete Zelte, herumliegende Stühle und Kruzifixe, fast wie Beweise für ein mittelalterliches Pogrom. Man tauschte dann Seitenblicke mit seinen Begleitern und marschierte dann, ohne auch nur eine Pause einzulegen, weiter, um ein paar Meilen zwischen das Lager und den geplanten Campingplatz für den Abend zu legen.

Matthews fuhr weiter – zum Tor des Geländes –, wobei sein Blick auf eine makabre, mehr als zweieinhalb Meter hohe Engelsstatue fiel, die sein Vater vor Jahren gemacht hatte. Der verrückte alte Mann hatte sich blutige Hände geholt, als er Weinreben und Forsythienzweige zu dieser Skulptur zusammengebunden hatte. Diese verrottete jetzt und war so abstoßend wie eine Alraunenwurzel, bedeckt mit bleichem, zusammengewachsenem Moos und verfaulenden Blättern. Die Flügel waren abgesackt, und das einst glückselig wirkende Gesicht war eine schädelähnliche Maske.

Matthews parkte vor dem größten der Gebäude, stieg aus und öffnete die Seitentür des Lieferwagens. Er langte hinein und hob den Leichnam heraus. Über den Himmel zuckte wieder ein greller Blitz, dann flackerten noch weitere auf, doch das Donnergrollen blieb merkwürdig gedämpft. Matthews betrat das Gelände mit der Leiche in den Armen und ließ die Tür hinter sich zuschwingen – Vorsicht, ermahnte er sich. Vorsicht. Aaron Matthews war ein Mann, der daran glaubte, daß die Toten von heute – ebenso wie die Menschen, die bald sterben werden, und die Toten, deren Auferstehung bevorsteht – unseren vollsten Respekt verdienen.

2

Als sie den Wagen auf den Parkplatz des Arztes zurücksetzte, war das Mädchen erleichtert zu sehen, daß das Büro weit von der Innenstadt entfernt war. Niemand würde auf dem Weg zu den Einkaufszentren oder der High School hier vorbeikommen und ihren Wagen vor der Praxis eines Psychiaters stehen sehen.

He, guck mal, wer das ist! Bei der beißt jeder Seelenklempner an …

Alle mal herhören, gegen die verrückte Megan braucht ihr gar nicht erst anzutreten.

Als der Motor ausging, sah sie wie immer auf ihre Kleidung hinunter – Blue Jeans, ein dunkles Arbeitshemd aus Jeansstoff mit langen Ärmeln und Kampfstiefel. Und plötzlich löste sich ihre Erleichterung in Luft auf. Ihre Aufmachung kam ihr plötzlich völlig unpassend vor. Sie war verlegen und wünschte, sie hätte wenigstens einen Rock angezogen. Die Hosen waren zu weit, das Hemd war zu zerknittert, die Ärmel baumelten ihr bis auf die Fingerspitzen, und ihre Socken waren orangerot wie Tomatensuppe.

Was wird er von mir denken?

Daß ihm da wieder so eine Bekloppte gegenübersitzt.

Sie zog sich das hölzerne Friedenssymbol, das zwischen ihren Brüsten baumelte, über den Kopf und schleuderte es auf den

Rücksitz. Megan fuhr sich mit den Fingern durchs Haar und strich es sich aus dem Gesicht. Ihre geröteten Knöchel wirkten so groß wie Golfbälle. Sie trug an der einen Hand vier Ringe, an der anderen drei. Total kindlich, zuviel. Sie streifte sich alle bis auf zwei von den Fingern und warf sie ins Handschuhfach.

Soll ich einfach wegfahren? Einfach alles hinter mir lassen?

Sie seufzte. Unmöglich. Das würde nur Mega-Zoff geben.

Na schön. Also los. Achtung, hier kommt die verrückte Megan …

Sie drückte auf den Knopf der Gegensprechanlage, und einen Augenblick später summte das Türschloß. Die Praxis von Dr. James Peters beeindruckte sie nicht sehr. Sie war klein und heiß. Details, hatte ihr Joshua immer wieder eingeschärft, Joshua, der Künstler. Er hatte sie gedrängt, ernsthaft mit dem Malen anzufangen. »Halt nach den Details Ausschau«, hatte er gesagt. Das war seine erste Kunststunde. »Du mußt wie ein Künstler *sehen.* Wenn du das tust, geht der Rest wie von selbst.«

Es gab hier reichlich Details, die sie sich ansehen konnte: dicke Stapel von Rechnungen im Ausgangskorb neben der Tür (das beruhigte sie – daß er so viele Patienten hatte). Schäbige Einrichtung (vielleicht liquidierte er nicht genug). Massen langweilig aussehender Bücher (mußte was im Kopf haben, der Mann). Sie nahm sich eine drei Wochen alte Zeitschrift, für die sie sich nicht interessierte, und setzte sich auf die durchgesessene Couch.

Bevor sie die Geschichte über Julia Roberts fand, ging eine Tür zu den hinteren Räumen auf, und der Arzt erschien. Er hob eine Augenbraue zum Gruß. »Sie sind Megan?« sagte er mit einem routinierten Lächeln. »Dr. Peters.« Er war etwa im Alter ihres Vaters, sah gut aus. Volles, dichtes Haar. Sie hatte sich vorgestellt, daß er eine Glatze hatte und einen Spitzbart.

»Hallo.« Sie hielt die zusammengerollte Zeitschrift *People* fest in der Hand.

»Kommen Sie rein.« Er machte eine Handbewegung. Sie betrat sein Sprechzimmer.

Der Raum war grün gestrichen, dunkel, aber gemütlich. Sie hatte die Wahl – einen von mehreren geraden Stühlen oder eine Ledercouch.

Hm … Die verrückte Megan nimmt den Stuhl.

Als sie sich setzte, kramte der Arzt einige Augenblicke in seinem Schreibtisch und fand schließlich einen leeren Aktenordner. »Bei mir ist nicht alles so organisiert, wie es sein sollte, doch das spricht nur für einen großen Geist.«

Darauf fühlte sich Megan genötigt zu sagen: »Vielen Dank, daß Sie sich die Zeit für mich nehmen, Herr Doktor. Ich meine, weil ich erst so spät um den Termin gebeten habe.«

»Keine Ursache.«

Sie hatte ihn erst gestern angerufen, um sich einen Termin geben zu lassen. Nach dem, was am Montag passiert war (wie sollte ich es nennen – den *Zwischenfall,* die *Situation,* die *Sache?*), hatte das Sozialamt von Fairfax ihren Vater angerufen und ihm Namen und Telefonnummer von Peters gegeben; Tate hatte die Information an seine Tochter weitergegeben.

Er klappte den Aktenordner auf und kritzelte: »Megan Collier, richtig?«

»Nein, Collier ist der Name meines Vaters. Ich verwende den meiner Mutter. McCall.« Sie wiegte sich in dem Stuhl mit der geraden Rückenlehne und schlug die Beine übereinander. Ihre tomatensuppenfarbenen Socken waren zu sehen. Sie setzte die Füße fest auf den Boden und nahm sich vor, sie nicht mehr von der Stelle zu rühren.

Er blickte hoch. »Ein paar Details. Mein Honorar beträgt einhundertzehn pro Sitzung. Und mir wäre es lieber, Sie würden bei jedem Besuch zahlen, wenn es Sie nicht stört.«

Stören tut es mich nicht, dachte Megan. Aber ein bißchen geldgierig ist es *schon.* »Hm, Bett hat mir einen Scheck mitgegeben.«

»Bett?«

»Meine Mutter.« Mega wühlte in ihrer Handtasche.

»Darum kümmern wir uns später. Sie haben Ihre Versicherungsunterlagen bei sich?«

Sie tippte wieder gegen die Handtasche.

»Gut.« Er musterte sie einen Augenblick mit dem Anflug eines Lächelns. »Also, der Spielplan sieht wie folgt aus. Wir werden heute einen kleinen Blick in Ihr Gehirn riskieren, um zu erfahren, was wir sehen können. Wenn wir glauben, daß wir weitermachen sollten, können Sie ab nächster Woche, wenn ich von meiner Konferenz zurück bin, regelmäßig kommen.«

Ein Kribbeln im Magen. Bin ich total krank, oder was?

»Ah, der Blick einer Patientin, die in Panik gerät. Glauben Sie, wir werden etwas Schreckliches, etwas Dunkles finden? Nun ja, vielleicht werden wir das. Aber wenn wir es tun, werden wir einen Lichtstrahl darauf richten, und wenn wir fertig sind, wird es nicht mehr so dunkel sein.«

Er erklärte, selbst wenn sie nicht zu ihm komme, müsse sie *irgendeinen* Therapeuten aufsuchen. Als man sie am Montagabend betrunken auf dem Laufgang des städtischen Wasserturms aufgegriffen habe, habe sie damit eine Straftat begangen. »Und die großen bösen Wölfe vom Sozialamt können Sie zwingen, wegen des Mißbrauchs verbotener Substanzen einen Therapeuten aufzusuchen. Oder sie schleppen Sie vor das Jugendgericht, und glauben Sie mir, das werden Sie nicht wollen.«

Der Zwischenfall …

»Na schön«, sagte sie weich. Ihr Blick fiel auf einen Reiseführer auf seinem Schreibtisch. »Sie reisen nach Westen?«

»Diese Konferenz, die ich vorhin erwähnte. Die findet in Kalifornien statt.«

»Oh, großartig. Dort wollte ich *schon immer* mal hin. Auf Janis Joplin fahre ich total ab. Sind Sie schon mal am North Beach gewesen?«

»Wußte ich doch, daß Sie mir bekannt vorkamen. Das gleiche blonde Haar. Sie sind natürlich hübscher. Können Sie auch den Blues so rausbringen?«

»Ich wünschte, ich könnte es.«

»North Beach?« fuhr er begeistert fort. »Grant Street? Und ob ich da gewesen bin. Meine Konferenz findet in L. A. statt, aber ich liebe den Norden. Marin County, Sausalito. Ich bin ein heimlicher Hippie. An die Hippies erinnern Sie sich wohl nicht?«

»Hören Sie mal«, sagte sie begeistert, »ich habe mir *Woodstock* achtmal angesehen.« Jetzt wünschte sie doch, sie hätte das Friedenssymbol anbehalten.

Die verrückte Megan fühlt sich ein bißchen weniger verrückt.

Doch dann erstarrte das Lächeln, und er war wieder geschäftsmäßig. Megan spürte einen Stich der Enttäuschung, als wäre ein Junge in einem Club ihrem Blick ausgewichen. »So, sagen Sie mir jetzt die Wahrheit – der Wasserturm? Wollten Sie sich etwas antun?«

Der Richtungswechsel ließ sie zusammenzucken. Sie schluckte, und ihr Kopf war plötzlich ganz leer.

»Nein«, sagte sie schließlich.

Er fragte: »Also, was ist passiert? Haben Piraten Sie da hochgetragen?«

»Na schön, es ist so gewesen, daß ich mit diesem Mädchen losgezogen bin, das ich in einer Bar kennengelernt hatte. Sie hatte ein bißchen Stoff bei sich. Ich glaube, ich nahm ein paar Pillen, von denen ich nicht wußte, was es war. So etwas tue ich sonst *nie.* Es ist einfach passiert.«

»Und getrunken haben Sie auch?«

»Nur etwas Southern Comfort, das ist alles. Vielleicht mehr als nur ein bißchen.«

»Lieblingsgetränk der Joplin. Zu süß für mich.« Er blickte wieder auf ihr langes, gerades Haar. Sie nickte, und irgendwo tief drinnen spürte sie wieder ein kleines Kribbeln – diesmal vor Vergnügen und Selbstsicherheit.

Er hielt einen Finger in die Höhe. »Konflikt Nummer eins. Ihr Vater sagte, er sei überzeugt, Sie tränken überhaupt nicht.«

»Nun ja, das ist seine Sicht der Dinge. Aber so hinüber bin ich noch nie gewesen.«

Er notierte sich etwas, blickte hoch, hielt für einen Moment ihren Blick fest. »Wen sehe ich vor mir? Wer ist die Megan McCall, die mir gegenübersitzt? Die *wirkliche* Megan McCall?«

Das angenehme Gefühl verging. »Soll ich mich denn nicht auf die Couch legen?«

»Wenn es Ihnen Spaß macht, können Sie sich ruhig hinlegen.«

Dann würde er diese Suppensocken sehen. »Ich glaube, ich sitze lieber.« Sie atmete tief durch und lachte dann nervös. »Okay, meine geheime Geschichte ... Meine Eltern sind geschieden. Ich lebe bei Bett. Sie hat ein Geschäft. Sie ist zwar nur Dekorateurin, sagt aber, sie sei Innenarchitektin, denn das hört sich besser an. Tate hat diese Farm in Prince William. Er war früher ein berühmter Anwalt, aber jetzt hat er nur noch eine kleine Kanzlei. Sie wissen schon, er setzt für die Leute Testamente auf und verkauft Häuser und solche Sachen. Er hat Leute angestellt, die für ihn die Farm bewirtschaften.«

»Und Ihre Beziehung zu Ihrer Familie? Ist der Haferbrei zu heiß, zu kalt oder gerade richtig?«

»Gerade richtig.«

»Ah.« Er nickte. Er machte eine kleine Notiz auf seinem Block, kritzelte aber vielleicht nur etwas hin. Vielleicht langweilte sie ihn. Vielleicht schrieb er gerade auf, was er noch einkaufen mußte. *Dinge, die ich nach der Sitzung mit der verrückten Megan kaufen muß.*

Um das Schweigen zu beenden, erzählte sie ihm, wie sie herangewachsen war, erzählte ihm vom Tod der Eltern ihrer Mutter und dem Vater ihres Vaters, von der Schule, ihren Freundinnen. Ihre Tante Susan – die Zwillingsschwester ihrer Mutter – sei bettlägerig gewesen, solange sie, Megan, zurückdenken könne. Nichts von alldem war wichtig für sie, und sie vermutete, daß es für ihn noch unwichtiger war.

»Bett und ich kommen gut miteinander aus.« Sie zögerte. »Nur eins ist komisch an ihr – sie kümmert sich sehr um ihr Geschäft, glaubt aber auch an all dieses New-Age-Zeug. Ich bin da anders. Ich halte gar nichts davon, verstehen Sie? Dieses Zeug ist doch alles unecht. Aber sie gibt mir Geld, zahlt die Versicherung für den Wagen. Viele Mütter tun das nicht. Wir streiten uns auch nicht.«

»Reden Sie miteinander? Ich meine, ob Sie alles durchhecheln, wie meine selige Großmutter zu sagen pflegte?«

»Na klar … Na ja, wahrscheinlich nicht allzuviel. Sie ist nämlich eigentlich ziemlich still. Und oft auch nicht da.«

»Und was ist mit Ihrem Dad?«

Sie zuckte mit den Schultern. »Er ist in Ordnung. Er nimmt mich in Konzerte mit. Wir kommen gut miteinander zurecht. Nur scheint es mir, als hätten wir einander auch nicht viel zu sagen. Er möchte, daß ich ihn zum Surfen begleite, und das habe ich auch einmal getan, aber das ist eine total oberflächliche Art, die Zeit totzuschlagen. Ich würde lieber ein Buch lesen oder so. Ich lese gern. Kennen Sie Garcìa Márquez? Ich lese gerade *Der Herbst des Patriarchen.*«

Seine Augen leuchteten vor Begeisterung. »Alle Achtung. Lesen Sie wirklich, oder tun Sie nur so?«

»Hören Sie, ich …«

»*Liebe in den Zeiten der Cholera.* Die beste Liebesgeschichte, die je geschrieben wurde. Ich habe das Buch dreimal gelesen.«

Wieder ein angenehmes Kribbeln.

Die verrückte Megan macht ein paar astreine Punkte.

»Erzählen Sie mir mehr von Ihrem Vater«, fuhr er fort.

»Hm, er sieht immer noch ziemlich gut aus – ich meine, für einen Mann, der schon in den Vierzigern ist. Und er ist ziemlich gut in Form. Er hat viele Freundinnen, scheint sich aber für keine so recht entscheiden zu können. Er sagt, er will eine Familie.«

»Wirklich?«

»Ja. Immerzu. Aber wenn es so ist, warum geht er dann mit Mädchen aus, die Bambi heißen?«

»Nein!«

»Hab' nur Spaß gemacht. Aber sie sehen aus, als wären sie Bambis.« Beide lachten. Einen Augenblick später verflüchtigte sich das Lächeln des Arztes. Er sah auf seine Armbanduhr und dann auf eine weitere Akte auf seinem Schreibtisch. Die Akte von jemand anderem, wie sie bemerkte.

Megan sagte kühl: »Vielleicht wollen Sie wissen, ob er mir mal an die Titten gefaßt oder mit den Fingern an mir rumgespielt hat.«

Mit Befriedigung beobachtete sie, wie seine Aufmerksamkeit sich wieder auf sie konzentrierte. »Hat er?«

»Nein. Vielleicht hat er es doch getan, und ich kann mich nur nicht mehr daran erinnern.«

»Verdrängung? Sie haben sich zu oft die Sendung von Oprah Winfrey angesehen. Erzählen Sie mir von der Scheidung.«

»Ich erinnere mich wirklich nicht mehr an sie, als sie noch zusammen waren. Sie trennten sich schon, als ich drei war.«

»Wissen Sie, warum?«

»Sie haben zu jung geheiratet. Das sagt Bett jedenfalls. Sie haben sich irgendwie auseinanderentwickelt.«

Als sie ihm erzählte, wie wenig sie von der Trennung wußte, schien seine Aufmerksamkeit wieder abzuschweifen. Sie fühlte sich gekränkt, und ihre Stimme versagte fast. Kompaktes Schweigen erfüllte den Raum. Plötzlich ertappte sie sich bei der Frage: »Möchten Sie etwas über meine Phantasien hören?«

Da hatte sie ihn wieder am Haken wie eine Forelle. Sein Blick hob sich sofort. »Darauf können Sie Gift nehmen.«

»Es ist nur so, sie könnten Sie schockieren. Es geht dabei um Sex.«

»Stellen Sie mich doch auf die Probe«, sagte er. »Es braucht eine Menge, um Ihr Gegenüber zu schockieren.«

Ein glatter Fingernagel seiner linken Hand rieb einen eingerissenen an seiner rechten. Er tippte zweimal gegen seinen Ehering. Er beobachtete sie mit gesenktem Kopf und erhobenem Blick.

»Ich fühle mich komisch«, sagte ihm Megan, »wenn Sie mich so ansehen.«

»Versuchen Sie's mit der Couch. Dann müssen Sie mein häßliches Gesicht nicht ansehen.«

Zum Teufel mit den Socken. Sie legte sich auf das harte Sofa. Dabei spannte sich ihr Hemd über den Brüsten. Die feuchte Kühle in der Luft hatte ihre Brustwarzen steif werden lassen.

Der Kopf des Arztes drehte sich langsam herum; es waren nicht die Socken, die er ansah.

Als sie sich zurücklegte, krümmte sie leicht den Rücken, um den Baumwollstoff gespannt zu halten.

Die verrückte Megan schließt die Augen.

»Ich befinde mich in einem dunklen Raum. Und er ist wirklich groß. Ich meine, vielleicht ist es irgendwie, ich meine, vielleicht ist es die Turnhalle in der Schule oder so. Und darin befindet sich ein Mann. Er ist älter. Er trägt Schwarz. Er ist größer als ich und sehr … stark. Damit meine ich nicht gefährlich, aber total stark. Na ja, vielleicht *ist* er auch gefährlich. Ein Teil der Phantasie ist, daß ich es nicht weiß.«

»Sieht er aus wie jemand, den Sie kennen?«

»Nein, ich kann sein Gesicht nicht sehen. Er läßt mich nicht. Er will es nicht. Es liegt im Schatten. Es ist auch ein Teil von dem, was so erregend ist. Ich verstecke mich vor ihm. Es ist ein Spiel. Wie Versteckspielen. Ich höre, wie er nahe an mich herankommt, und das jagt mir Schauer durch den Körper. Verstehen Sie, ich werde irgendwie …«

»Erzählen Sie weiter.«

»Es törnt mich an. Es ist mir peinlich, Ihnen das zu erzählen.«

»Schon in Ordnung, Megan. Erzählen Sie weiter.«

Sie bemerkte eine Messinglampe, die auf dem Fußboden stand, und konnte im Schirm das konvexe Spiegelbild des Arztes sehen. Er saß vornübergebeugt da und fixierte sie.

»Dieser Mann rückt immer näher. Es kommt mir vor, als verströmte er Hitze oder so. Ich kann es überall spüren. An den Brüsten und, na, Sie wissen schon, überall. Wissen Sie, wann ich diese Phantasie meist habe?«

»Ich gebe auf.«

»Nachts. Im Bett. Bett stellt nie die Klimaanlage an. Es ist immer wirklich heiß, und ich schlafe oben auf der Bettdecke. Und …« Megan starrte den goldenen Schirm zwischen den Beinen an. Der Arzt betrachtete ihr Gesicht, während er den Füllhalter reglos in der Hand hielt. »Ich trage jetzt das gleiche wie in meiner

Phantasie. Ich trage immer irgendwie schlampige Kleider – ich meine, jeden Tag. Etwa so wie jetzt. Aber das ist nicht mein eigentliches Ich.«

»Ach nein?«

»Nein. Ich mag sexy Wäsche. Meist trage ich ein Mieder und Höschen. Manchmal nur Höschen. Satin oder Seide. So Sachen, die man bei Victoria's Secret bestellen kann. Ich mag das Gefühl auf der Haut. Wie auch immer: Wenn ich daran denke, daß dieser Mann mir immer näher kommt, fange ich an ... mich zu berühren.«

Sie fixierte das sphärische goldene Spiegelbild des Arztes.

»Erzählen Sie weiter«, sagte er aufmunternd.

»Ich berühre mich überall, während er mich jagt.« In ihrem Spiegel sah sie, wie sein Brustkorb sich hob und senkte. Er kritzelte einige Notizen hin, für die er sich jedoch nicht zu interessieren schien. »Ich berühre die Brüste und stecke mir die Finger zwischen die Beine. Dann stelle ich mir vor, daß er mich umdreht und mich küßt, Sie verstehen schon, richtig tief, dann zieht er mir das Hemd über den Kopf und das Höschen runter. Er läßt mich noch immer nicht sein Gesicht sehen und hält mir mit einer Hand die Augen zu. Es ist mir absolut unmöglich, ihn zu bremsen. Ich will ihn, und er weiß es. Er ist jetzt nackt, und ich fühle seinen ... Sie wissen schon, der sich an mich preßt.«

In der Fisheye-Verzerrung der Lampe sah sie, daß der Arzt sich jetzt keine Notizen mehr machte.

»Dann dreht er mich um, so daß ich ihm den Rücken zuwende«, flüsterte sie, »und dann legt er die Arme um mich und hält meine Brüste, drückt sie hart und reibt sich an mir. Weiter geht er nicht. Er hält mich einfach nur so. Ich kann mich nicht rühren. Er hält mich fest und reibt sich an mir. Manchmal wickele ich mir das Laken ganz fest um die Hüften. Dann denke ich daran, wie er hinter mir ist, mich festhält und sich an mir reibt. Ich spiele dann richtig schnell an mir, und dann ... na ja, wenn ich mich richtig darauf konzentriere, brauche ich nur zwei oder drei Minuten, um zu kommen.«

Megan hob die Hände und schlug sich dann leicht auf die Jeans. »Das ist alles.« Dann fügte sie hinzu: »Ziemlich scheußlich, nicht wahr?«

»Was denn?«

»Eine solche Phantasie zu haben. Von diesem Mann herumgescheucht zu werden.«

»In meinen Ohren hat sich das ziemlich gut angehört.« Er lächelte. »Sie halten es für scheußlich?«

»Es ist nicht gerade sehr feministisch.«

»Phantasien sind nur selten politisch korrekt.«

»Ich vermute, daß ich mich manchmal schäme.«

»Warum?«

»Ich weiß nicht«, erwiderte sie und blickte zu Boden. »Ich schäme mich einfach.«

Der Arzt lehnte sich in seinem Stuhl zurück und musterte sie. »Ist einer der Gründe dafür, daß Sie sich schämen«, fragte er, »daß Sie sich die ganze Geschichte gerade ausgedacht haben?«

Ihr Herz begann zu rasen. Es flimmerte ihr plötzlich vor den Augen, als hätte ihr jemand eine Ohrfeige gegeben.

Die verrückte Megan hat sich erwischen lassen.

»Sie können es ruhig zugeben«, sagte Dr. Peters. »In meiner Praxis gibt es keine Strafbank. Sie haben diese Phantasie in Wirklichkeit nie gehabt, oder? Jedenfalls nicht beim Masturbieren.«

Sie sagte nichts. Sie hatte das Gefühl, als müßte sie weinen. Sie brachte kein Wort über die Lippen. Sie schüttelte den Kopf und richtete sich auf.

»He, he, he – entspannen Sie sich, junge Dame.« Er lächelte.

»Woher konnten Sie ...?«

»Es war *tatsächlich* alles erfunden, nicht wahr?«

Sie nickte.

Der Arzt schien überhaupt nicht schockiert oder verletzt zu sein. »Hier, nehmen Sie noch ein Taschentuch. Was Sie soeben getan haben, ist sehr hilfreich gewesen.«

»Daß ich Sie angelogen habe?« Sie schniefte.

»Habe ich Sie eine Lügnerin genannt? Es *ist* immer noch eine Phantasie. Eine Geschichte, die Sie sich ausgedacht haben. Sie hatte aber nicht den Zweck, Sie anzutörnen – was bei den meisten Phantasien der Fall ist –, doch Sie bezweckten etwas damit. Was wohl, was meinen Sie?«

»Ich ... ich weiß nicht.«

»Vielleicht, um meine Aufmerksamkeit zu erregen? Um eine Verbindung herzustellen?«

»Vielleicht.«

Ein leichter Vormittagsregen hatte wieder eingesetzt, und das Sprechzimmer war feucht. Der Geruch von feuchtem Haar und feuchter Kleidung hing schwer in der kühlen Luft. Es war im Zimmer sehr dunkel geworden.

Megan starrte an die Decke.

»Wenden wir uns der Vergangenheit zu«, sagte Dr. Peters. »Dem ... wann war es? Montag? Dem Wasserturm. Hat Ihnen da etwas Bestimmtes Sorgen gemacht? Als Sie ausgingen und tranken?«

»Nun, ich hatte diese Freundin. Ich war in der Schule ziemlich eng mit einem Mädchen befreundet.« Sie spürte, wie Tränen in ihr aufstiegen, und hörte auf zu sprechen.

»Ja?« Dr. Peters war nicht mehr albern.

»Anne Devoe.«

Er runzelte die Stirn. »Der Name kommt mir bekannt vor. Haben sie es in den Nachrichten gebracht?«

Megan betupfte sich die Augen. »Sie hat sich letzten Monat umgebracht. In Great Falls.«

Jetzt ging ihr auf, daß das der wirkliche Grund dafür war, weshalb sie sich am Montagabend betrunken hatte. Das Mädchen, mit dem sie getrunken hatte, trank gern mal einen über den Durst, o ja. Und Bobby hatte sie belästigt, nachdem sie aufgebrochen waren. Und dann war Bett am Abend vorher nicht nach Hause gekommen oder hatte nicht angerufen, wie sie versprochen hatte – o ja, da war all das gewesen. Doch es war Annes Tod, der ihr immer wieder im Kopf herumging. Mann, es einfach so zu tun ... Einfach so in die Strömung zu springen. Megans lebhafte Phantasie ließ immer wieder eine bestimmte Szene vor ihr ablaufen: Anne, die in diamantklarem Wasser trieb, das von unten blau angestrahlt wurde, während ihr schönes Haar um ihren reglosen Kopf trieb wie dunkler Rauch.

Ihre Augen silbern im Tod.

Einzelheiten ...

»Megan?«

»Verzeihung?«

»Ich habe gefragt, ob Sie ihr nahestanden.«

»Ziemlich nahe. Jeder mochte Annie.«

»Das kommt auch auf unsere Liste.«

»Liste?«

»Die Liste von Dingen, über die wir sprechen müssen. Nun, noch weitere Freundinnen? Finden Sie leicht Anschluß, oder sind Sie lieber allein?«

»Ich bin wohl eher eine Einzelgängerin. Da gibt's Amy Walker. Sie ist meine beste Freundin. Es ist so eine Art Haßliebe.«

»Sprechen Sie oft mit ihr?«

»Oh, fast jeden Tag. Ich war eine Zeitlang sauer auf sie, weil sie mir meinen Freund ausgespannt hat. Stevie Biggs.« Sie lachte. »Aber der ist sowieso ein Blödmann. Eigentlich hat es mir nichts ausgemacht. Wir haben uns dann wieder vertragen.«

»Und wie genau steht es mit Freunden?«

Megan lachte erneut. »Das ist schnell erzählt. Ich bin eine Zeitlang mit diesem Joshua gegangen. Er lebt in Washington und ist irgendwie ein totaler Künstler. Doch wir haben Schluß gemacht. Nun ja, er hat mit mir Schluß gemacht. Vergangenes Jahr. Er ist schwarz und kam irgendwie mit der Rassensache nicht klar, glaube ich. Vor einiger Zeit ist er wieder aufgetaucht, doch ich halte Distanz. Und dann, vor ein paar Wochen, habe ich mit Bobby Schluß gemacht.«

»Bobby? Was kann er für sich in Anspruch nehmen?«

Sie lachte säuerlich. »Daß *ich* mit *ihm* Schluß gemacht habe. Meist bin ich diejenige, mit der man Schluß macht.«

»Und was war das Problem?«

»Nun, er war einfach nicht richtig für mich. Eins der Dinge, die man irgendwie *weiß.*«

»Treffen Sie sich noch immer mit ihm? Diesem Bobby?«

»Aber nein. Das ist doch irgendwie Vergangenheit und Geschichte.«

»Niemand am Horizont?«

Sie schüttelte den Kopf.

»Und keine besonderen Probleme mit Ihren Eltern?«

»Nein«, sagte sie übertrieben forsch.

»Dann sagen Sie mir doch«, fragte er mit dem Anflug eines Lächelns im Gesicht, »warum Sie vermeiden, über sie zu sprechen.«

»Tue ich nicht.« In dem folgenden Schweigen hatte sie das Gefühl, als fragte er sie, weshalb sie *leugne,* nicht über ihre Eltern sprechen zu wollen. So fügte sie schnell hinzu: »Ich liebe sie. Sie lieben mich. Wir kommen, nun ja, gut miteinander aus. Und der, äh, Haferbrei ist genau richtig. Was ist das überhaupt?«

»Ein Brei aus Haferflocken. Erzählen Sie mir von einer frühen Erinnerung an Ihre Mutter.«

»Was?«

»Schnell!«

Megan preßte die Augen zusammen und entschied sich für eine Geschichte. »Bett will ausgehen und macht sich gerade zurecht, legt Make-up auf, starrt in einen Spiegel und stupst mit dem Finger gegen eine Falte, als hoffe sie, sie würde davon verschwinden. Das tut sie *immer,* wirklich. Als wäre ihr Gesicht für sie das Wichtigste in der ganzen Welt.«

»Und was denken Sie, wenn Sie sie dabei beobachten?« Seine dunklen Augen blitzten erwartungsvoll. In ihrem Kopf erstarrte alles.

»Nein«, flüsterte er, »Sie zögern. *Sagen* Sie es mir!«

»›Hure.‹«

»Fabelhaft. Jetzt erzählen Sie mir etwas über Ihren Vater, woran Sie sich besonders gut erinnern. Schnell.«

»Bären.« Megan keuchte und legte eine Hand auf den Mund. »Nein … lassen Sie mich überlegen.«

Bevor sie das Thema wechseln konnte, hakte der Arzt nach. »Bären? Im Zoo?«

»Nein, nicht so wichtig.«

»Sagen Sie es mir.«

»Ich …«

»Sagen Sie es mir, Megan«, tadelte er sanft.

»Es waren keine richtigen Bären.«

»Spielzeugbären?«

»Bären in einer Geschichte.«

»Was macht es Ihnen so schwer, es mir zu erzählen?« fragte er.

Jetzt sitzt die verrückte Megan in der Tinte. Es gibt keinen Ausweg.

Schließlich sagte sie: »Ich war ungefähr sechs, okay? Und ich verbrachte das Wochenende mit Tate. Er lebt in diesem großen Haus – er und Bett hatten es gebaut, als sie noch verheiratet waren –, und meilenweit im Umkreis lebt keine Menschenseele. Es liegt inmitten seiner Maisfelder, und es ist alles ruhig und wirklich, wirklich unheimlich. Ich fühlte mich eigenartig, total verängstigt oder so. Und ich bat ihn, mir eine Geschichte vorzulesen. Er machte ein komisches Gesicht und sagte, er habe keine Kinderbücher da. Ich fühlte mich wirklich verletzt. Meine Schulfreundin Michelle? *Deren* Eltern waren geschieden, doch ihr Dad hat eine Unmenge von Büchern und Spielzeugen. Ich fing an zu weinen und fragte, weshalb er keine Bücher zum Vorlesen habe.

Er machte ein total nervöses Gesicht und ging zu der alten Scheune hinaus – die ich nie betreten durfte, wie er mir eingeschärft hatte –, und dort blieb er eine Weile und kam dann mit diesem Buch zurück. Es hieß *Die flüsternden Bären.* Obwohl es gar kein richtiges Kinderbuch war. Ich fand später heraus, daß es ein Buch mit Volksmärchen aus Europa war.«

»Erinnern Sie sich daran?«

»Ja.«

»Nach all diesen Jahren?« wollte er wissen.

»Nach all diesen Jahren«, sagte sie und sah auf die Armbanduhr, um seinem Blick auszuweichen.

3

»Am Waldrand lag eine kleine Stadt. Und jeder, der dort lebte, war glücklich, verstehen Sie, so wie in allen Märchen, bevor das Böse passiert. Die Leute spazierten auf der Straße entlang, sangen, gingen auf den Markt oder aßen mit ihren Familien.

Und dann kamen eines Tages diese beiden großen Bären aus dem Wald und standen am Rand der Stadt mit gesenkten Köpfen da, und es hörte sich an, als flüsterten sie miteinander.

Zunächst achtete niemand auf sie. Dann hörten die Menschen allmählich mit allem auf, was sie gerade machten, und versuchten zu hören, was die Bären sagten. Doch niemand konnte es verstehen. In jener Nacht gingen die Bären wieder in den Wald. Eine Frau in der Stadt sagte, sie wisse, worüber sie flüsterten – sie machten sich über die Menschen im Städtchen lustig. Und dann fiel plötzlich allen auf, wie alle anderen in der Stadt komisch gingen und komisch sprachen und blöd aussahen, und am Ende lachten sie alle übereinander, und jeder wurde wütend.

Wie auch immer, am nächsten Tag kamen die beiden Bären aus dem Wald und flüsterten wieder miteinander. Blah-blah-blah, Sie wissen schon. Dann gingen sie wieder in den Wald zurück. Dann sagte dieser alte Mann, *er* wisse, worüber sie sprächen. Sie tratschten. Sie plauderten von jedem die Geheimnisse aus. Und an jenem Abend gingen die Leute in der Stadt nach Hause, schlossen all ihre Fenster und Türen, und alle schämten sich zu sehr, um wie sonst auf den Marktplatz und in die Restaurants und Cafés zu gehen.

Dann – am dritten Tag – tauchten die Bären wieder auf, wieder mit gesenkten Köpfen. Schließlich rief ein Mann: ›Ich weiß, was sie vorhaben! Sie planen, den Ort anzugreifen. Lauft!‹ Und so packten die Menschen schnell ihre Sachen und verließen ihr Zuhause. Sie verstreuten sich in die vier Ecken der Erde, und das Städtchen wurde zu einer Art Geisterstadt.

Tate hat mir die Geschichte nur einmal vorgelesen, doch ich erinnere mich immer noch an die letzte Zeile. Da hieß es: ›Und weißt du, wovon die Bären tatsächlich flüsterten? Nun, von gar nichts. Weißt du das denn nicht? Bären können nicht sprechen.‹«

»Und die Geschichte hat Sie aufgeregt?« fragte der Arzt.

»Ja.«

»Warum?«

»Ich weiß nicht. Vielleicht, weil jeder einfach aus diesem hübschen Städtchen wegfuhr und weil das Leben der Menschen zerstört wurde, obwohl es gar keinen Grund dazu gab.«

»Was passierte, nachdem Ihr Vater zu Ende gelesen hatte?«

Megan zögerte. »Das ist alles.« Sie zuckte mit den Schultern. »Bett kam, holte mich ab, und dann fuhr ich nach Hause.«

»Warum hat die Geschichte einen solchen Eindruck auf Sie gemacht? Wenn Sie meine Meinung hören wollen: Es ist nicht gerade das eindrucksvollste Gleichnis der Welt.«

»Ich weiß nicht. Wahrscheinlich war ich wütend, weil es am Ende doch keine Kindergeschichte war.« Sie spielte mit einem Knopf an ihrer Bluse.

»Das frißt ganz schön an einem, nicht wahr, Megan?«

»Ja, wahrscheinlich.«

»Würde es Ihnen leichter fallen, Ihre Gefühle aufzuschreiben? Das tun viele meiner Patienten. Da liegt Papier.« Sie nahm einige Blätter und legte sie auf die Broschüre, die er ihr als Unterlage hingeschoben hatte. Zögernd nahm Megan einen Kugelschreiber. Sie starrte auf das Papier. »Ich weiß nicht, was ich sagen soll.«

»Sagen Sie, was Sie fühlen.«

»Ich weiß nicht, wie ich mich fühle.«

»Doch, das wissen Sie. Denken Sie an Amy. Was fühlten Sie, als sie Ihnen den Freund ausspannte? Was *fühlten* Sie da?«

Sie blinzelte.

»Kommen Sie schon, Megan. Stellen Sie sich das Schlimmste vor, was Sie überhaupt fühlen können, und dann gehen Sie tiefer. Sie *haßten* sie, nicht wahr?«

Megan löste die verschränkten Arme und fingerte an der Perlstickerei des Couchkissens herum. »Ich habe es Ihnen doch gesagt. Es hat mir nichts ausgemacht.«

»Hören Sie auf, alles zurückzuhalten. Sie waren doch wütend?«

Sie nickte zögernd.

»*Erzählen* Sie es mir in Worten.«

»Ja, ich war wütend!« Ihr Unterkiefer zitterte. Sie rang mühsam nach Luft. Eine Welle des Zorns durchzuckte sie.

»Was hätten Sie da am liebsten getan?«

»Ich …«

»Warum halten Sie inne?«

»Ich hätte am liebsten geschrien. Ich wollte sie wiedersehen.«

»Was wollten Sie ihr sagen?«

»Ich hätte am liebsten geschrien: ›Du Miststück! Wie konntest du mir das antun?‹«

»Gut. Schreiben Sie das auf.«

Sie starrte auf das Papier. Es gaffte sie an, ein riesiges, bewölktes Fenster. Ein Ort, von dem sie vielleicht nie zurückkehrte, wenn sie ihn erst einmal betrat.

»Sagen Sie es ihr«, flüsterte Dr. Peters und beugte sich näher heran.

Lange rührte Megan sich nicht von der Stelle. Sie hörte den Atem des Arztes, ihren eigenen. Dann strömten die Worte plötzlich aus ihr heraus, all der Zorn, den sie damals empfunden hatte, als sie Amy und Stevie miteinander flirten sah. Jetzt fiel ihr wieder ein, wie er einfach nicht mehr bei ihr angerufen hatte, wie sie beide bei einem Footballspiel im letzten Herbst gesehen hatte …

Sie reichte ihm mit zitternden Händen das vollgeschriebene Blatt und bebte vor Vergnügen, als sich sein Gesicht aufhellte.

»Gut, Megan. Sehr gut. Wundervoll.« Dann zeigte er abrupt wieder auf das Papier. »Und jetzt Ihre Eltern. Nacheinander. Erst Ihre Mutter.« Er flüsterte: »Graben Sie tief.«

»Ich kann nicht denken!«

»Entscheiden Sie sich für eine Sache. Warum sind Sie so wütend auf sie?«

Megan ballte die Faust. »Weil ...«

»Warum?«

»Ich weiß nicht. Weil sie ... Sie geht mit diesen jungen Männern aus. Es kommt mir vor, als könnte sie sie verhexen.«

»Tatsächlich? Warum macht Sie das wütend?«

»Ich weiß nicht!«

»Ich glaube doch«, gab er zurück.

»Na ja, in Wahrheit ist sie doch nur eine Geschäftsfrau, die mit diesem Waschlappen verlobt ist. Sie ist ganz und gar nicht die Märchenprinzessin, die sie gern wäre.«

»Aber sie tut so, als wäre sie was Exotisches? Warum? Was glauben Sie?«

»Wahrscheinlich, um sich selbst glücklich zu machen. Sie möchte ewig hübsch und jung bleiben. Sie glaubt, daß dieses Arschloch Brad sie glücklich machen wird. Doch das wird er nicht.«

»Denkt sie nur an sich? Ist es das, was Sie sagen wollen?«

»Ja!« rief Megan aus. »Das ist es! *Ich* bin ihr völlig egal. Sie sollte mich am Sonntagabend anrufen. Sie ging zu Brad ins Haus ...«

»Ihrem Verlobten?«

»Ja. Sie ging zu ihm und rief dann nicht an. Ich meine, *Bobby* war derjenige, der am Montagabend ins Krankenhaus kam, nachdem sie mich von dem Turm runtergeholt hatten. *Er* ist derjenige, der die Polizei bei Bett anrufen ließ. Es kam mir vor, als wäre ich wieder ein kleines Mädchen. Sie ließ mich damals immer allein.«

»Ganz allein?«

»Nein, mit einem Babysitter. Meist meinem Onkel.«

»Ihrem Onkel?«

»Dem Mann meiner Tante Susan. Wie ich Ihnen schon sagte, ist sie in ihrem ganzen Leben fast immer krank gewesen. Und als ich klein war, verbrachte Bett all ihre Zeit bei ihr im Krankenhaus. Und dann war Onkel Harris mein Babysitter. Er war wirklich nett, aber ...«

»Aber Sie haben Ihre Mutter vermißt?«

»Ich wollte, daß sie bei *mir* ist. Sie sagte, es sei nur für einige Zeit, weil Tante Susan wirklich krank sei. Was heißen sollte, sie stirbt bald. Meine Mutter sagte, sie und Susan stünden sich total nahe, so nahe, wie zwei Menschen einander nur sein könnten. Verstehen Sie, sie sind eineiige Zwillinge.« Megan wischte sich ein paar Tränen aus den Augenwinkeln. »Aber ich habe immerzu gedacht, warum fühlt sie sich *ihr* so verbunden? Ich wollte, daß sie sich *mir* so nahe fühlt.«

»Hat er Sie je berührt?« fragte der Arzt behutsam. »Ihr Onkel?«

»O nein, er war nett. Es ist nur so, daß ich lieber meine Mutter oder meinen Vater bei mir gehabt hätte, um mit mir zu spielen oder mir Geschichten vorzulesen. Ich fühlte mich so einsam.«

»Aber Zorn haben Sie sich nicht erlaubt? Warum nicht?«

»Weil meine Mutter etwas Gutes tat. Meine Tante ist eine nette Frau. Ich liebe sie, und sie ist *wirklich* total krank. Eigentlich bräuchte sie eine Herztransplantation, aber das machen sie bei ihr nicht, weil sie die Operation nicht überleben würde.«

»Was sonst noch?«

»Ich wollte meine Mutter, fühlte mich aber schuldig.«

»Warum?«

»Meine Tante brauchte meine Mutter mehr. Verstehen Sie, Onkel Harris hat sich umgebracht.«

»Ach, wirklich?«

»Meine Tante tat mir leid, aber ...« Sie unterdrückte ein Schluchzen.

»Ja? Sprechen Sie weiter, Megan, Sie machen das fabelhaft. Sagen Sie's.«

»Ich war fast … ich war fast froh, daß er es getan hat. Ich meine, nicht wirklich … Doch ich dachte damals, daß meine Mutter jetzt mehr Zeit mit mir verbringen würde.« Megan weinte. »Meine Tante tat mir so leid, doch ich wollte meine Mutter.« Ihr Gesicht rötete sich und brannte.

»Es gab nur Sie drei? Und Sie erinnern sich, daß Sie sich damals so fühlten?«

»Ich wußte nur, daß ich traurig und einsam war. Ich nehme an, daß mir später die Gründe dafür aufgingen.«

Der Kugelschreiber rollte ihr vom Schoß auf den Fußboden. Er bückte sich und legte ihn mit einem Knall wieder aufs Papier zurück. Sie hielt ihn in zitternden Händen. Ihre Tränen tropften auf das Papier.

»Sagen Sie es ihr«, sagte der Arzt. »Sagen Sie ihr, daß sie egoistisch ist. Sie hat ihre Tochter im Stich gelassen und sich statt dessen um ihre Schwester gekümmert.«

Megan brachte heraus: »Aber das ist egoistisch von *mir.*«

»Natürlich ist es egoistisch. Sie waren ein *Kind,* und Kinder dürfen egoistisch sein. Eltern sind dazu da, die Bedürfnisse ihrer Kinder zu erfüllen. Das ist der ganze Sinn des Elterndaseins. Und jetzt *sagen* Sie ihr, was Sie fühlen.« Er beugte sich vor, drückte ihr die Schulter und sagte mit sanfter Stimme: »Sie machen das gut.«

Sie fühlte sich ganz benommen in der nach Moschus riechenden Feuchtigkeit des kleinen Zimmers – als der Blick seiner verblüffend dunklen Augen sich in ihre bohrte, als sie die Kühle auf der Haut spürte, die ihre Emotionen und die feuchten Kleider ausgelöst hatten; sie spürte ihr Verlangen, ihre Furcht.

Doch am meisten spürte sie ihren Zorn.

Sie beendete den Brief und ließ das Papier zu Boden fallen. Es schwebte in der Luft wie ein blasses Blatt von einem Baum. Der Arzt ignorierte es.

»Und jetzt Ihr Vater.«

Megan erstarrte und schüttelte den Kopf. »Beim nächsten Mal. Bitte.«

»Nein. Jetzt.«

Ihre Bauchmuskeln waren so hart wie ein Brett. Schließlich fragte sie weich: »Warum will er mich nicht *sehen*? Er hat nicht mal den Versuch gemacht, die Sorgerechtsentscheidung aufheben zu lassen. Ich sehe ihn alle zwei oder drei Monate.«

»Und das macht Sie wütend?«

Ein zitterndes Zögern. »Ja.«

»Sagen Sie es ihm.«

»Ich …«

»Sagen Sie es ihm!«

Sie schrieb. Vergaß Grammatik, Schreibweise, ließ die Gedanken einfach strömen. Schließlich hielt der Kugelschreiber inne.

»Was ist sonst noch, Megan? Was ist es, was Sie mir nicht sagen wollen?«

»Nichts.«

»Oh, was höre ich da? Die Leidenschaft läßt nach. Da stimmt was nicht. Sie halten etwas zurück. Flüsternde Bären. Es hat was mit der Geschichte zu tun. Was?«

»Nichts.«

»Begeben Sie sich dorthin, wo es am meisten weh tut. Und gehen Sie dann noch tiefer.«

Die verrückte Megan erträgt das jetzt nicht mehr. Sie will einfach nur in Ruhe gelassen werden.

Doch der Arzt kam näher. Ihre Knie berührten sich. »Na los doch. Was ist es? Es ist die Geschichte, nicht wahr? Die von den Bären.«

»Nein. Ich weiß nicht, was es ist …«

»Sie wollen es mir erzählen. Sie *müssen* es mir erzählen.« Er fiel auf die Knie und packte sie an den Schultern. »Berühren Sie den schmerzlichsten Punkt. Berühren Sie ihn! Ihr Vater hat Ihnen die Geschichte vorgelesen. Er kommt zu der letzten Zeile. ›Bären können nicht sprechen.‹ Er legt das Buch zur Seite. Und was passiert dann?«

Megan beugte sich zitternd vor und starrte auf den Fußboden. »Ich gehe nach oben, um zu packen.«

»Ihre Mutter kommt, um Sie abzuholen.«

Die Augen blinzeln, schließen sich schmerzhaft. »Sie ist da. Ich höre den Wagen in der Auffahrt.«

»Sie geht ins Haus. Sie sind oben und Ihre Eltern unten. Sie unterhalten sich?«

»Ja. Sie sagen Dinge, die ich zunächst nicht hören kann. Dann komme ich näher. Ich schleiche mich zum unteren Treppenabsatz hinunter.«

»Sie können sie hören?«

»Ja.«

»Was sagen sie?«

»Ich weiß nicht.«

»Was *sagen* sie?« Die Stimme des Arztes erfüllte den Raum. »Sagen Sie es mir!«

»Sie sprachen über jemanden, der im Sterben lag, ein Begräbnis.«

»Begräbnis? Wessen?«

»Ich weiß nicht. Aber es war etwas Schlimmes daran. Etwas wirklich Schlimmes.«

»Da ist was anderes, nicht wahr, Megan? Sie sagen etwas anderes.«

»Nein!« sagte sie verzweifelt. »Nur über die Beerdigung.«

»Megan, erzählen Sie es mir.«

»Ich …«

»Sprechen Sie weiter. Berühren Sie die Stelle, die weh tut.«

»Tate sagte …« Megan wurde schwarz vor Augen. Sie kämpfte, um die Tränen zurückzuhalten. »Er nannte mich …«

»Was?«

»Sie sprachen über mich. Und mein Daddy sagte …« Sie sog tief Luft ein, die sich in Lunge und Kehle in Feuer verwandelte. Der Arzt blinzelte überrascht, als sie losschrie: »Mein Daddy rief: ›Ohne *sie* wäre alles ganz anders gewesen, ohne dieses verdammte lästige Kind da oben. Sie hat alles ruiniert!‹«

Megan legte den Kopf auf die Knie und weinte. Der Arzt legte ihr die Arme um die Schultern. Sie fühlte, wie er ihr mit der Hand über den Kopf strich.

»Und wie fühlten Sie sich, als Sie ihn das sagen hörten?« Er wischte ihr die Tränen aus dem Gesicht.

»Ich weiß nicht. Ich weinte.«

»Fühlten Sie sich verraten?«

Sie nickte.

»Im Stich gelassen?«

»Ja!« schluchzte sie.

»Wollten Sie weglaufen?«

»Wahrscheinlich wollte ich das.«

»Sie wollten es ihm zeigen, nicht wahr? ›Wenn du so von mir denkst, werde ich es dir heimzahlen. Ich werde verschwinden.‹ Das haben Sie gedacht, nicht wahr?«

Wieder ein Kopfnicken.

»Sie wollten irgendwohin gehen, wo die Menschen nicht egoistisch sind, wo die Menschen Sie lieben, wo die Menschen Kinderbücher für Sie haben, wo sie Ihnen vorlesen und mit Ihnen sprechen.«

Sie schluchzte in ein Papiertaschentuch.

»Sagen Sie es ihm, Megan. Raus damit. Es muß raus, damit Sie es sich ansehen können.«

Sie schrieb, bis ihr so viele Tränen aus den Augen quollen, daß sie das Blatt nicht mehr sehen konnte. Dann fiel das feuchte Papier zu Boden, und sie brach weinend an der Brust des Arztes zusammen.

»Schon gut, Megan«, sagte er begütigend. »Sehr gut.«

Sie ergriff ihn fester, als sie je einen Geliebten gepackt hatte, und preßte ihm den Kopf an den Hals. Einen Augenblick lang bewegte sich keiner von ihnen. Sie war wie erstarrt und umarmte ihn mit fiebriger Intensität. Er erstarrte leicht, und einen Augenblick glaubte sie, er empfinde die gleiche Trauer wie sie – in dem Bewußtsein, daß sie einander eine Woche oder so nicht sehen würden. Sie zog sich langsam zurück, damit sie sein freundliches Gesicht sehen konnte, doch er drückte sie weiter fest an sich, so fest, daß ihr ein dumpfer Schmerz durch den Arm fuhr.

Ein Schwall besorgniserregender Wärme breitete sich in ihrem Körper aus. Sie erregte sie fast.

Dann lösten sie sich voneinander. Ihr Lächeln erstarb, als sie einen seltsamen Ausdruck in seinem Gesicht sah.

Einen Ausdruck schrecklichen Triumphs.

»Was?« fragte sie. »Stimmt was nicht?«

Er sagte nichts.

Sie fing an, sich zu wiederholen, doch die Worte stellten sich nicht ein. Ihre Zunge war in ihrem geschwollenen Mund schwer geworden. Sie fiel gegen ihre trockenen Zähne. Ihr verschwamm alles vor den Augen. Sie versuchte nochmals, etwas zu sagen, konnte es aber nicht.

Sie sah zu, als er aufstand und einen Segeltuchbeutel aufmachte, der hinter seinem Schreibtisch auf dem Fußboden lag. Er legte eine Spritze hinein. »Was tun Sie da …?« begann sie, doch dann bemerkte sie an ihrem Arm einen kleinen Blutfleck, um den herum sich der Schmerz ausbreitete.

»Nein!« Sie bat ihn wieder, ihr zu sagen, was er da tue, doch die Worte verschmolzen zu einem komischen Gemurmel. Sie versuchte zu schreien. Es war ein Flüstern.

»Sie sind nicht Dr. Peters …«

»Doch, das bin ich. Aber es ist nicht mein richtiger Name«, erwiderte er.

»Wer …? Wer dann …?«

»Mein richtiger Name ist Aaron Matthews. Gott hat Sie mir geschickt.« Er trat zu ihr, kauerte sich hin und wiegte ihren Kopf, der auf die Couch zurücksank.

Die verrückte Megan ist jetzt über ihre Verrücktheit hinaus.

»Schlafen Sie jetzt«, sagte Matthews mit einer Stimme, die freundlicher war, als die ihres Vaters je geklungen hatte. »Schlafen Sie.«

»Nein!« Sie versuchte um sich zu treten, versuchte um Hilfe zu rufen.

Und dann, in den letzten bewußten Augenblicken, verstand sie – als hätte sie plötzlich die Pointe eines Witzes verstanden –, daß hier etwas nicht stimmte. Etwas war schrecklich, schrecklich falsch.

Stellen Sie sich das Schlimmste vor, und gehen Sie dann noch tiefer.

Sie machte den Mund auf, um zu schreien, doch es wurde nur ein schwaches Flüstern. Ihre Augen waren jetzt so schwer wie ihre Zunge. Sie spürte, wie sie in einen Alptraum aus Furcht sank, ausgelöst durch die volltönende Stimme des Mannes, als er sich eng an sie lehnte und zu singen begann. Es war ein Lied, das sie vor Jahren gehört hatte. *Wir danken Dir, Herr Jesu Christ, daß du für uns gestorben bist.*

Jeder Ton steigerte ihre Panik, bis infolge der Droge oder der Furcht alles um sie herum schwarz wurde und sie in seinen Armen zusammensackte.

4

Vor einhundertdreißig Jahren war der Geistermensch über dieses Feld gewandert.

Vielleicht war er auf demselben Weg dahingeschlurft, auf dem heute dieser hochgewachsene, schlanke Mann ging. Tate Collier erschauerte und blickte über die Schulter. Dann lachte er vor sich hin und ging mit knirschenden Schritten durch regennasse Maishüllen und Stengel – der Abfall von der Ernte des vergangenen Jahres – weiter über das Feld und inspizierte haarfeine Risse in einer Bewässerungsleitung, die weit mehr Wasser versprach, als sie in letzter Zeit hergegeben hatte. Sie muß in der nächsten Woche ersetzt werden, entschied er und fragte sich, wieviel die Arbeit kosten würde.

Tate trug unter einem gelben Südwester und Galoschen einen Nadelstreifenanzug von Brooks Brothers, da er direkt von seiner Anwaltskanzlei in der Innenstadt hergekommen war. Dort hatte er gerade eine Stunde damit verbracht, Matty Howe zu erklären, daß es vergebliche Liebesmüh wäre, den Prince-William-*Advocate* wegen Verleumdung zu verklagen, nur weil das Blatt wahrheitsgemäß gemeldet hatte, daß sie wegen Trunkenheit am Steuer festgenommen worden sei. Eine solche Klage sei zum Scheitern verurteilt. Dann hatte er sie gutmütig an die Luft gesetzt und war schnell zu seiner zweihundert Morgen großen Farm hinausgefahren. Tate warf einen Blick auf seine Armbanduhr. Viertel vor zwölf. Noch eine halbe Stunde, bis seine Besucher kamen. Wieder dieses unangenehme Zucken im Magen beim bloßen Gedanken daran. Vielleicht sollte er zum Haus zurückgehen. Vielleicht würde er dort eine Nachricht vorfinden, daß sie abgesagt hatten. Dann würde er sich schnell wieder in die Ungestörtheit seines Büros begeben, die neue CD von Mary-Chapin Carpenter auflegen und den Testamentszusatz entwerfen, den er seinem Klienten schon für die vergangene Woche versprochen hatte.

Er folgte der Kunststoffleitung bis Jacksons Corner, dem tiefer gelegenen Teil der Farm. Dabei fiel ihm wieder ein, wie sein Großvater die Geschichte vom Geistermenschen erzählt hatte. Der alte Richter hatte auf der Veranda seines Hauses in Burke im Schaukelstuhl gesessen. Tate sah noch die Khakihosen seines Großvaters vor sich, dessen weißes Hemd und den breitkrempigen Strohhut.

In der ersten Schlacht am Bull Run hatte ein junger Soldat und Anhänger des großen Experiments der Konföderation eine Musketenkugel zwischen die Augen bekommen. Nach allen Gesetzen der Gnade und der Physiologie hätte er in der Schützenkette tot umfallen müssen. Doch er ließ einfach seine Muskete fallen, stand auf und wanderte nach Osten, bis er zu dem riesigen Wald am Rand der staubigen Stadt Manassas kam. Dort lebte er empfindungslos und schmutzig sechs Monate. Er wurde dunkel wie ein Sklave, sog Eier aus und raubte Babys aus den Wiegen (wobei Menschen als Nahrung nur Legende seien, aber nicht bewiesen, wie der Richter in einer verbalen Fußnote hinzufügte, bevor er weitererzählte). Der Geistermensch war persönlich dafür verantwortlich, daß sich in jenem Sommer und Herbst niemand nach Anbruch der Abenddämmerung zu Fuß durch den Wald von Centreville traute – bis man den Geistermenschen fand, splitternackt und tatsächlich tot, aufrecht auf dem Feld sitzend, das später den Namen das Collier-Feld erhielt.

Tate dachte in diesem Augenblick an den Geistermenschen, weil er früher am Morgen den Geist dieses Mannes gesehen hatte, der ihn hinter einer Reihe sauer riechender Buchsbäume in der Nähe seines Hauses angestarrt hatte. C. Tate Collier, Esq., war allerdings nicht von Aberglauben angekränkelt. Tate Collier der Farmer jedoch warf eine Prise Salz über die linke Schulter und spürte einen Stich unnatürlicher Sorge, wenn seine Pächter bei Mondschein Wurzelgemüse aussäten. Er hätte schwören können, daß ihn der Geist durch sein Wohnzimmerfenster hindurch angestarrt hatte. Als er auf die Veranda getreten war, war der Geist natürlich schon verschwunden.

Als er sich jetzt aufrichtete, wischte Tate seine Armbanduhr ab, so daß er wieder das Zifferblatt sehen konnte.

In zwanzig Minuten sollten sie dasein.

Entspanne dich, sagte er sich. Immer mit der Ruhe.

Durch den feinen Nieselregen konnte Tate in eineinhalb Kilometer Entfernung das Haus sehen, das er vor fast zwei Jahrzehnten gebaut hatte. Es war eine Miniaturausgabe von Tara, weiß wie eine Wolke, komplett mit zwei dorischen Säulen und in einem Stil errichtet, den er John-Deere-Gotik nannte. Dies war Tates einziger wirklicher Luxus im Leben, für den er mit einer kleineren Erbschaft und der Hoffnung auf Geld bezahlt hatte, das, wie ein junger Staatsanwalt weiß, eines Tages wegen seiner Brillanz und seiner Ausstrahlung auf ihn herabregnen wird, und das trotz der Tatsache, daß die mageren Gehälter von Staatsanwälten der Öffentlichkeit bekannt sind. Das Haus mit den sechs Schlafzimmern ächzte immer noch unter einer Hypothek.

Als Richter Charles Collier das fruchtbare Piedmont-Land Tate vor zwanzig Jahren vermacht hatte – wobei er Tates Vater aus Gründen überging, die nie ausgesprochen wurden, dem gesamten Collier-Clan jedoch bekannt waren –, kam der junge Mann aus einer Eingebung heraus zu dem Entschluß, ein Familienhaus zu bauen. Er ließ eine zwei Morgen große Parzelle einen Sommer lang brachliegen und baute darauf im nächsten Jahr das Haus. Es stand zwischen zwei Scheunen inmitten einer Wiese, auf der an mehreren Stellen Hibiskus wuchs, Hopfenklee und Blaue Quecke, eine Gruppe mit Hickorynußbäumen, eine schöne Amerikanische Rotbuche sowie Mastbaumkiefern.

Beim Anblick eines solchen frischangepflanzten Ackerlandes würden manche Menschen Einkaufszentren oder Stadthäuser vor sich sehen, andere ganze Bündel von Geld, das man zur Erntezeit nur von der Erde pflücken mußte, und einige würden vielleicht einfach nur vorbeifahren und nichts weiter sehen als das Ziel, zu dem ihre Reise sie führte. Tate Collier jedoch sah hier eine stille Erlösung, etwas, was er tat – obwohl ihm nicht das Verdienst daran zukam –, etwas, was es ihm erlauben würde, mit Anstand wohlhabend zu sein – die Stille verwurzelten Wachstums. Das war ein Vergnügen, das ihn aber auch demütig machte. Und überdies hatte es ihn – vor allem in den letzten paar Jahren – leicht resignieren lassen. Denn er war ein Mann, der in Ruhe gelassen und allein dem Urteil der Erde unterworfen werden wollte. Und selbst wenn das gelegentlich mißlang – Dürre, Hagelschlag, zusammenbrechende Märkte –, konnte Tate immer noch zufrieden einschlafen, in der Gewißheit, daß im Herzen der Erde keine Bosheit war.

Und das ist doch keine Kleinigkeit, sagte er sich.

Der Aprilwind verfing sich in seinem langen Regenmantel und ließ ihn heftig flattern. Tate machte zwei Schnallen zu und blickte zufällig in Richtung Haus, als er unten ein Licht ausgehen sah.

Megan war angekommen. Und dabei hatte sie abgesagt.

Er warf noch einen Blick auf die Wasserleitung und ging auf das Haus zu. Seine schweren Stiefel stapften über die unbebauten Felder.

Wie der Geistermensch.

Nein, überlegte er, nichts so Dramatisches. Eher wie der gesetzte Mann von vierundvierzig Jahren, der ich inzwischen geworden bin.

Ein Enthymem ist ein bei Debatten verwendetes wichtiges rhetorisches Hilfsmittel. Es ist eine Art Syllogismus (»Alle Katzen können im Dunkeln sehen. Mitternacht ist eine Katze. Deshalb kann Mitternacht im Dunkeln sehen.«), obwohl das Enthymem abgekürzt ist. Man läßt dabei ein Glied der logischen Kette aus (»Alle Katzen können im Dunkeln sehen; deshalb kann Mitternacht im Dunkeln sehen«). Erfahrene Debattenredner wie Tate Collier bedienen sich häufig dieses Hilfsmittels, das allerdings nur funktioniert, wenn zwischen dem Anwalt und seinen Zuhörern Einigkeit über die Voraussetzungen der Debatte herrscht. Den Zuhörern muß klar sein, daß das fragliche Tier eine Katze ist, und sie müssen in der Lage sein, die fehlende Information zu ergänzen, damit die Logik schlüssig bleibt.

Und welchen gemeinsamen Nenner, überlegte Tate jetzt, als er sich dem Haus näherte, gibt es zwischen mir, meiner Ex-Frau und Megan? Verdammt wenig.

Vielleicht gar keinen.

Das Denken von Betty Susan McCall war ihm wahrscheinlich genauso fremd, wie sein Denken ihr fremd war. Abgesehen von ihrem überraschenden Auftauchen am Montagabend hatte er sie seit fast zwei Jahren nicht mehr gesehen, und ihre Unterhaltungen am Telefon beschränkten sich auf praktische Fragen, die das Mädchen betrafen und die letzten finanziellen Bande zwischen Menschen, die seit fünfzehn Jahren geschieden sind. Er erinnerte sich daran, wie Bett vor zwei Tagen vor dem funkelnden Sonnenuntergang wie aus dem Nichts mit der Nachricht aufgetaucht war, daß die Polizei Megan betrunken oben auf dem Wasserturm von Fairfax aufgegriffen habe. Er hatte seine Ex-Frau zunächst nicht einmal erkannt – sie kam ihm vor wie ein Leichnam, der aus einem glitzernden See auf ihn zutrieb, das Gesicht von einem Schleier verdeckt.

Seit mehr als einem Jahrzehnt hatten sich die drei nicht mehr zu einer gemeinsamen Mahlzeit an den Tisch des Hauses der Familie gesetzt. In einem Anflug von väterlicher Besorgnis hatte Tate jedoch vorgeschlagen, sie sollten wieder einmal zusammenkommen. Bett war überrascht gewesen, Megan verwirrt. Jetzt fragte er sich, was ihn geritten hatte, es vorzuschlagen.

Als er sich jetzt dem Haus näherte, fiel ihm auf, daß alle Lichter im Haus ausgeschaltet worden waren. Das hatte Megan getan, nahm er an, obwohl er sich keinen Grund dafür vorstellen konnte. Bett konnte es nicht gewesen sein, denn sie hatte keine Schlüssel zum Haus. Doch als Tate das Feld verließ, sah er, daß weder Megans noch Betts Wagen in der Auffahrt stand.

Er betrat das Haus, dessen Leere seine Schritte widerhallen ließ. Er bemerkte Megans Hausschlüssel auf dem Flurtisch und legte seinen eigenen daneben. Er blickte in die schwach erleuchtete Halle. Das einzige Licht, das gelblichweiß in den geräumigen Flur schien, kam von draußen, gefiltert durch die Eingangstür.

Was ist das für ein Geräusch?

Er reckte den Kopf in die Höhe. Ein feuchtes, klebriges Geräusch kam von irgendwoher im ersten Stock. Wiederholt, begleitet von einem schwachen, hungrigen Keuchen.

Furcht jagte ihm einen kalten Schauer über den Rücken.

»Megan!«

Das Geräusch hörte für einen Augenblick auf. Dann fing es mit einem gutturalen Luftholen wieder an. Der Laut hatte etwas Verzweifeltes an sich. Tate bekam vor Angst eine Gänsehaut.

Er blieb stehen. Und dieser Geruch … Beißend und stark.

Blut. Wie der Geruch von heißem Rost. Blut und Fleisch.

»Megan!« rief er wieder aus. Jetzt schon besorgt.

Das Geräusch hörte auf, während der Geruch stärker wurde und Übelkeit in ihm aufsteigen ließ.

Tate dachte an Waffen. Er besaß eine Pistole, doch die war in der Scheune eingeschlossen.

Nein, dafür war keine Zeit. Er mußte etwas tun. Beweg dich. Jetzt!

Er betrat mit energischen Schritten das Arbeitszimmer, griff sich einen Brieföffner vom Schreibtisch und schaltete das Licht ein.

Und lachte laut auf.

Seine zweijährige Dalmatinerhündin lag mit dem Rücken zu ihm auf dem Fußboden und kaute konzentriert. Tate legte den Brieföffner auf die Bar und näherte sich dem Hund. Sein Lächeln verflog.

Was ist das nur? Tate blinzelte.

Plötzlich wirbelte der Hund mit einem wilden, tobenden Knurren herum und stürzte sich auf ihn. Tate keuchte entsetzt auf und sprang zurück, wobei er mit dem Ellbogen auf einer Tischkante aufschlug. Genauso schnell fuhr der Hund wieder herum und wandte sich wieder seiner Trophäe zu.

Tate umkreiste das Tier und blieb dann entsetzt stehen. Zwischen den blutigen Pfoten hatte der Hund einen Knochen, an dem Fleischfetzen hingen. Tate trat einen Schritt vor. Der Kopf des Hundes wirbelte unheilverkündend herum, was Tate auf der Stelle innehalten ließ. Die Augen des Tieres glitzerten vor eifersüchtigem Haß. Ein wildes Knurren entrang sich der Kehle der Hündin, die jetzt auch ihre schwarzen Lefzen zurückzog und blutige gelbe Zähne entblößte.

Du lieber Himmel …

Was *ist* das nur? fragte sich Tate mit einem erneuten Anflug von Übelkeit. War aus Versehen irgendein Tier ins Haus gekommen? Es war so übel zugerichtet, daß er nicht erkennen konnte, was es einmal gewesen war.

»Aus«, befahl Tate. Doch die Hündin verteidigte ihre Beute auch weiterhin; wieder stieg ein rauhes Knurren aus ihrer Kehle.

»Komm her!«

Die Hündin senkte den Kopf und kaute weiter, wobei sie Tate mit bösen Seitenblicken bedachte. Das Knacken von Knochen war laut.

»Komm her!«

Keine Reaktion.

Tate verlor die Geduld, ging um die Hündin herum und griff nach ihrem Halsband. Das Tier sprang wie von Sinnen hoch, schnappte nach ihm und entblößte dabei scharfe Zähne. Tate zog gerade noch rechtzeitig die Hand zurück, um seine Finger zu retten.

Er konnte den blutigen Gegenstand sehen. Die Haxe eines Rinds. Der Hundezüchter, von dem er den Dalmatiner gekauft hatte, hatte ihm gesagt, daß Knochen gefährliche Leckerbissen seien. Tate nahm an, daß Megan unterwegs eingekauft und einen Knochen mitgenommen haben mußte. Manchmal brachte sie Gummispielzeug oder Beißstäbe für die Hündin mit.

Tate trat einen strategischen Rückzug an und zog sich in die Halle zurück. Er würde warten, bis das Tier heute abend einschlief, und das verdammte Ding dann aus dem Haus werfen.

Er ging zur Kellertreppe, die zu dem Partyraum hinunterführte, den Tate für die großen Familienpartys und -treffen gebaut hatte, bei denen er Gastgeber sein wollte – er sah vor sich, wie sich Gäste um den Billardtisch drängten, an der Bar lümmelten, Daiquiris tranken und Grillhähnchen aßen. Die Partys und Familientreffen waren nie zustande gekommen, und so blieb der Keller ein verlassener Ort, doch Megan verschwand dort oft in die dunklen Katakomben, wenn sie die Wochenenden bei ihm verbrachte.

Tate ging die Treppe hinunter und drehte eine Runde durch die kleinen Räume. Nichts. Er hielt inne und reckte den Kopf. Von oben ertönte erneut das Geräusch des knurrenden Hundes. Eindringlich und unheilverkündend.

»Megan, bist du das?« Sein Bariton warf ein dröhnendes Echo.

Er war zornig. Das Mädchen und seine Mutter hatten sich schon zwanzig Minuten verspätet. Er hatte sich die Mühe gemacht, sie zu sich einzuladen, und das hatte er nun davon …

Das Knurren endete abrupt. Tate lauschte nach Schritten im Erdgeschoß, hörte jedoch nichts. Er ging die Treppe hinauf und trat dann noch einmal in den Nieselregen hinaus. Er ging zu der alten Scheune hinüber, trat ein und rief Megans Namen. Keine

Reaktion. Er sah sich frustriert in dem düsteren Raum um, rückte einen Stapel alter Exemplare von *Wallaces' Farmer* zurecht, der umzukippen drohte, und warf einen Blick auf die Wand – auf eine fettige gerahmte Plakette mit einem Ausspruch Seaman Knapps. Knapp hatte um die Zeit der Jahrhundertwende als Beamter das Erweiterungsprogramm für die Landwirtschaft des Landes organisiert. Tates Großvater hatte den Sinnspruch in der gleichen makellosen Handschrift kopiert, mit der er die Hauptbücher und Journale der Farm vollschrieb.

Was ein Mann hört, kann er bezweifeln.

Was er sieht, läßt sich vielleicht auch bezweifeln.

Doch was er tut, kann er nicht anzweifeln.

Tate trat wieder ins Freie.

»Megan?« rief er.

Dann fiel sein Blick auf die alte Picknickbank, und er dachte an die Beerdigung.

Nein, sagte er sich. Denk jetzt bloß nicht *daran.* Die Beerdigung hat vor tausend Jahren stattgefunden. Sie ist eine Erinnerung, die toter ist als der Geistermensch, und du wirst dich noch dafür hassen, daß du das wieder ans Licht holst.

Doch natürlich dachte er daran. Stellte es sich vor, spürte es, ließ sich die Erinnerung durch den Kopf gehen. Die Beerdigung. Die Picknickbank, die japanischen Laternen, Bett und die dreijährige Megan …

An einem heißen Novembertag vor langer Zeit lag eine klebrige Masse sieben Tage alter Halloween-Süßigkeiten im Gras …

Bis Bett mit der Nachricht von Megan und dem Wasserturm vor seiner Tür gestanden hatte, hatte er jahrelang nicht an diesen Tag gedacht.

Es begann erneut heftig zu regnen, und so eilte er zurück ins Haus und ging die Treppe hinauf.

»Megan?«

Er hörte das Gurgeln der Toilette, die eine defekte Schwimmerdichtung hatte. Das Wasser lief ständig, wenn man nicht geschickt mit dem Hebel hantierte.

Das erste Zimmer links war das Bad. Die Tür war offen und der Raum dunkel. Tate ging langsam hinein. Sein besorgtes Spiegelbild ließ ihn zusammenzucken. Er fummelte am Toilettenhebel herum, und eine Sekunde später hörte das Wasser auf zu laufen. Eine unirdische Stille erfüllte das Haus, unterbrochen nur durch ein gelegentliches Stöhnen des Windes und die krachenden Laute der Hundezähne, die auf dem blutigen Knochen herumkauten.

Als er auf den Korridor hinaustrat, entdeckte er, daß alle Zimmer dunkel waren, obwohl er sich erinnerte, daß er seine Nachttischlampe im Schlafzimmer am Morgen hatte brennen lassen. Er roch etwas Süßes – ein vertrauter Geruch, den er jedoch nicht genau unterbringen konnte. Vielleicht Megans Parfum. Er betrat ihr Zimmer und schaltete das Licht ein. Leer. Das Bett war leicht zerknittert, als hätte sie kurz darauf gesessen, doch im übrigen machte der Raum einen unberührten Eindruck.

Tate schaltete das Licht aus und warf einen Blick in die anderen Zimmer, die ebenfalls leer waren. Dann betrat er sein Schlafzimmer und schaltete die Deckenlampe ein.

Auch leer.

Der süße Geruch stieg ihm erneut in die Nase. Tate sah zu Boden. Dort lag eine weiße Blume. Er bückte sich und hob sie auf. Ein Blütenkelch einer weißen Lilie. Der süße Duft stieg zu ihm auf und überdeckte sogar den üppigen Geruch der Farm zu dieser Jahreszeit – den Geruch des frischen Stalldüngers und der roten Erde Virginias.

Wie war die Blume hierhergekommen?

Megan vielleicht. Er strich geistesabwesend über die wächsernen Blütenblätter. Aber wo *ist* sie?

Tate legte die Lilie auf den Nachttisch. Als die Autotür zuknallte, machte er vor Schreck einen Satz.

5

Die Frau betrat das Haus, in dem sie fünf Jahre lang Hausherrin gewesen war, und blieb zögernd in der Halle mit den gotischen Bögen stehen, als hätte sie das Haus noch nie gesehen.

»Bett.«

Sie ging langsam weiter, schenkte Tate ein höfliches Lächeln und blieb beim Arbeitszimmer stehen. Die Dalmatinerhündin blickte wieder hoch und knurrte.

»Du lieber Himmel, Tate …«

»Megan hat ihr einen Knochen mitgebracht. Sie stellt sich an, als wollte jemand ihn wegnehmen. Laß uns hier reingehen.«

Er schloß die Tür zum Arbeitszimmer, worauf sie das Wohnzimmer betraten.

»Hast du mit ihr gesprochen?« fragte er.

»Mit Megan? Nein.«

»Sie ist nicht zu Hause. Sie ist kurz hier gewesen, aber ihr Wagen ist verschwunden.«

»Was?«

»Sie muß wieder weggefahren sein.«

»Hat sie eine Nachricht hinterlassen?«

»Nein.«

»Oh. Na schön.« Bett verstummte. Tate verschränkte die Arme und wippte, auf dem Teppich stehend, hin und her. Er trat ans Fenster und sah durch den Regen zur Scheune hinüber. Wieder da.

»Kaffee?«

»Nein, vielen Dank.«

Bett setzte sich einige Augenblicke schweigend hin, erhob sich dann und untersuchte den kunstvoll gearbeiteten Kamin, den Tate vor einigen Jahren hatte einbauen lassen. Sie strich über den Mörtel und klopfte mit einem Fingernagel gegen den Stein. Sie blinzelte, als sie sich den Kaminsims ansah.

»Hübsch«, sagte sie unverbindlich. »Feldsteine sind teuer.«

Sie setzte sich wieder hin. Tate musterte sie von der anderen Seite des Raums. Betty Susan McCall war exotisch. Etwas, was Virginia selten zu bieten hatte – eine rätselhafte keltische Schönheit. Der Süden ist zwar voller Verführerinnen und lustvoller Cowgirls und hat unendlich viele Matriarchinnen, aber keine Hexen. Heute war sie eine Geschäftsfrau aus dem Norden Virginias, doch hinter dieser Fassade steckte immer noch die rätselhafte junge Frau, die er vor dreiundzwanzig Jahren in einer verräucherten Wohnung am Stadtrand von Charlottesville zum ersten Mal einen Folksong hatte singen hören. Sie hatte mit einer kehligen, atemlosen Stimme ein Walfängerlied *a cappella* gesungen.

Inzwischen waren viele Jahre vergangen, und keine Frau hatte ihn mehr so umgarnen können, und ihm wurde bewußt, daß er sehr vorsichtig geworden war. Sofort tauchten ein Dutzend vager Erinnerungen aus der Zeit ihrer Scheidung auf.

Er fragte sich, wie er bei dieser unappetitlichen Familienangelegenheit am besten Distanz wahren konnte.

Betts prüfender Blick hatte sich jetzt vom Kamin und den Möbeln im Wohnzimmer abgewandt, und sie musterte jetzt die Tapete und den Stuck an der Decke. Sein Blick folgte ihrem. Er konnte sehen, daß sie den Raum ungemütlich und kahl fand. Er brauchte mehr Möbel, neue Vorhänge, eine lebhaftere Wandfarbe. Er fühlte sich peinlich berührt.

Nach zwei scheinbar endlosen Minuten sagte Bett: »Nun, wenn ihr Wagen verschwunden ist, ist sie wahrscheinlich nur losgefahren, um etwas zu holen.«

Tate entnahm der Bar am Ende des Raums eine Flasche Wein. »Möchtest du etwas trinken?« fragte er, bevor ihm einfiel, daß sie nur selten Alkohol trank und niemals am Nachmittag. Er stellte die Flasche hin.

»Warum nicht?« sagte sie und streifte ihre Schuhe ab.

Sie ging in die Küche und kam sofort mit zwei großen Gläsern zurück.

Sein erster Eindruck war, daß Tate Collier endlich zur Vernunft gekommen war. Keine weiteren dämlichen Blondinen mehr. Und es war auch höchste Zeit.

Diese Frau war Anfang Vierzig und hübsch. Sie hatte lebhafte Augen und schien klug zu sein. Die meisten der Frauen, mit denen Tate befreundet war, waren halb so alt wie er und hatten vermutlich nur ein Drittel seiner Intelligenz.

Detective Dimitri Konstantinatis, der selbst ein Veteran war und zwei Scheidungen hinter sich hatte, wußte, wie es ist, die falsche Partnerin zu haben. Es freute ihn zu sehen, daß Tates jüngste Eroberung eine Frau war, mit der der Mann vielleicht endlich eine Chance hatte.

Konnie betrat Tates Wohnzimmer mit energischen Schritten, streckte der verblüfften Frau die Hand entgegen, ergriff die ihre und schüttelte sie energisch.

»Hallo, Konnie«, sagte Tate. »Du hast ein bißchen zugelegt, wie ich sehe.«

»Ich bin eben ein Landei.«

»Darf ich dich mit Bett bekanntmachen, meiner Ex-Frau? Konnie ist ein alter Freund aus meiner Zeit bei der Staatsanwaltschaft.«

»Hallo.«

Oh. Seine Ehemalige. Konnie hatte zwar einige Geschichten über sie gehört, doch sie schien nicht halb so verrückt zu sein, wie Tate sie geschildert hatte. Die beiden sahen wie ein hübsches Paar aus.

Als ob der äußere Anschein in einer Ehe auch nur *irgend etwas* verrät.

Bett musterte den Cop und machte ein entsetztes Gesicht. Konnie, der wie ein übergewichtiger Radfahrer mittleren Alters in einem schlechtsitzenden Anzug aussah, kannte diese Reaktion.

»Konnie ist ein – was, zum Teufel, bist du eigentlich? All diese hochtrabenden Titel, die sie euch verpassen?«

»State Police, Fairfax und Prince William Counties District, Detective im Rang eines Sergeant.«

»Das bedeutet nichts weiter als alternder G-Man«, brummte Tate.

»Deine Tochter, Herr Anwalt, ist also überfällig, nicht wahr?«

»Mehr als eineinhalb Stunden.«

Konnie konnte die Besorgnis in Betts Blick sehen. Auch in Tates, obwohl da noch etwas anderes war als die Sorge um ein vermißtes Kind. Er konnte aber nicht erkennen, was es war. »Du machst dir zu viele Sorgen, Tate.« Er zeigte mit dem Finger auf ihn und sagte zu Bett: »Dieser Bursche hier? War der schlappste Staatsanwalt im ganzen Staat. Wir mußten ihn abends immer zu seinem Wagen bringen.«

»Wenigstens habe ich ihn immer *gefunden*«, gab Tate zurück. Einer der Gründe dafür, daß Konnie Tate so gern hatte, war die Tatsache, daß der Anwalt darüber Witze machte, daß Konnie zuviel trank. Was der Cop am meisten respektierte, war Mumm.

Bett lächelte unsicher.

Tate und Konnie hatten häufig zusammengearbeitet, als Tate noch Staatsanwalt war. Der schwerblütige Detective war in den ersten sechs Monaten ihrer beruflichen Beziehung bezeichnenderweise schweigsam und auf Distanz bedacht gewesen und hatte mit Tate nie auch nur ein einziges persönliches Wort gewechselt. Doch dann, in jener Nacht, in der ein Serienmörder und Vergewaltiger, den sie überführt hatten, Schlag Mitternacht »auf Bewährung in die Horizontale entlassen wurde«, wie es in den Todeszellen hieß, hatte ein betrunkener Konnie Tate umarmt und gesagt, die Hinrichtung mache sie zu Blutsbrüdern. »Jetzt sind wir unlösbar miteinander verbunden.«

»Verbunden? Was für ein abenteuerlicher Blödsinn ist das denn?« hatte ein gleichermaßen betrunkener Tate gebrüllt. Seitdem waren sie enge Freunde.

Wieder ein Klopfen an der Haustür. Als sie aufging, trat ein Mann in einem billigen grauen Anzug mit Hängeschultern und kurzem Haarschnitt ein. Er richtete sich auf und sah Tate in die Augen: »Mr. Collier. Ich bin Ted Beauridge vom Jugenddezernat.«

Tate stellte Beauridge Bett vor, während Konnie an den Programmknöpfen des Fernsehers herumspielte. Es faszinierte ihn, einen Fernseher vor sich zu haben, der keine Fernbedienung hatte.

Beauridge war höflich und sachlich, fühlte sich aber sichtlich unwohl. Es war Konnie zu verdanken, daß Megans Verschwinden besondere Aufmerksamkeit zuteil wurde. Als er Tates Anruf erhalten hatte, hatte Konnie seinem Freund gesagt, daß es für eine Vermißtenmeldung noch zu früh sei; die betreffende Person müsse seit mindestens vierundzwanzig Stunden vermißt sein, es sei denn, sie sei unter sechzehn, geistig behindert oder in akuter Gefahr. Trotzdem hatte Konnie wie zufällig vergessen, die Genehmigung seines Vorgesetzten einzuholen, und bei anderen Dienststellen nachgefragt, ob Megans Auto in einen Unfall verwickelt gewesen sei. Außerdem hatte er sich in allen Krankenhäusern der Gegend erkundigt, ob ein junges Mädchen eingeliefert worden sei.

Als sie wieder in der Einsatzzentrale waren, war Beauridge nervös geworden und hatte gemeint, sie sollten sich ihr Vorgehen vielleicht doch erst genehmigen lassen. Konnie meinte, das sei eine gute Idee, aber tatsächlich dachte er nicht daran, so etwas zu tun. Als die Meldungen mit negativem Ergebnis einliefen, hatte er zehn Sekunden überlegt, dann Tate angerufen und geknurrt: »Vielleicht komme ich kurz bei dir vorbei und mache ein paar Notizen. Nein, nein, unterbrich mich nicht. Es ist nicht so, daß ich etwas Besseres zu tun hätte, als bei strömendem Regen loszufahren und so einen dämlichen Farmer zu besuchen, obwohl ich den Schreibtisch voller Arbeit habe.« Er hatte Beauridge mitgeschleift, um dem jungen Mann eine Unterrichtsstunde in richtiger Polizeiarbeit zu geben.

Tate bat sie ins Wohnzimmer. Bett fragte: »Möchten Sie etwas Kaffee oder …« Ihre Stimme verebbte, und sie lachte verlegen auf, als sie Tate anblickte. Konnie nahm an, daß ihr gerade erst aufgegangen war, daß dies schon seit sehr, sehr langer Zeit nicht mehr ihr Haus war. Die Beamten lehnten dankend ab.

Konnie nickte Beauridge zu, der sich mit ein paar oberflächlichen Fragen nach dem Mädchen erkundigte. Tate und Bett antworteten nach bestem Vermögen. Dann blickte der Detective von seinem Notizbuch hoch. »Gab es Probleme wegen Alkohol? Oder Drogen?«

Bevor Tate antworten konnte, sagte Bett: »Definitiv nicht.«

»Nun, nicht direkt«, tastete sich Tate vorsichtig vor, »aber Sie sollten wissen, daß in dieser Woche etwas passiert ist.« Er erzählte den beiden von dem Wasserturm.

»Das war ein großes Mißverständnis«, erklärte Bett und warf Tate einen sichtlich wütenden Blick zu. »Das sah ihr überhaupt nicht ähnlich. Ich möchte nicht, daß Sie einen falschen Eindruck bekommen.«

»Sie hat deswegen einen Psychiater aufgesucht«, legte Tate nach.

»Hat er Ihnen gegenüber erwähnt, daß sie von zu Hause weglaufen wollte?«

»Sie hat ihn heute zum ersten Mal aufgesucht. Wir wollten mit ihr darüber sprechen. Deshalb wollte sie zum Essen herkommen.«

»Haben Sie ihn angerufen? Ihn gefragt, wann sie weggegangen ist?«

»Ich habe nur seinen Anrufbeantworter erreicht.«

Plötzlich fiel Tate etwas ein, was Megan vor ein paar Tagen gesagt hatte, im Krankenhaus, nachdem die Feuerwehr sie vom Wasserturm heruntergeholt hatte.

»Sie hat uns erzählt, sie hätte mit ihrem Freund Schluß gemacht. Das ist einer der Gründe, weshalb sie trank.«

»Wer war dieser Junge?«

»Wie war sein Name? Was hat sie gesagt?« fragte Bett.

»Bobby, glaube ich.«

»Ist er ein Skinhead oder ein ähnlicher Rabauke?«

»Ich bin ihm nie begegnet«, entgegnete Bett kühl. »Ich bin aber sicher, daß er das nicht ist. Megan würde sich mit so einem nie einlassen.«

»Nachname?«

Sie schüttelte den Kopf. »Bedauere, äh, den kenne ich nicht.«

Konnie blickte zu Tate, der sich ebenfalls nicht an den Nachnamen des Jungen erinnern konnte und zugeben mußte, daß er nicht einmal gewußt hatte, daß sie überhaupt einen Freund *hatte.*

»Kein Anzeichen für einen Kampf?« Konnie sah sich in der vorderen Eingangshalle um.

»Nichts.«

»Was ist mit der Alarmanlage?«

»Die hatte ich ausgeschaltet. Ich war gerade nach Hause gekommen.«

»Gibt es einen Notrufknopf für den Fall, daß ihr im Haus jemand aufgelauert hat?«

»Ja. Und ich habe dafür gesorgt, daß sie weiß, was sie zu tun hat.«

Bett meinte: »Sie hat die Hausschlüssel hiergelassen. Aber die Autoschlüssel hat sie mitgenommen.«

»Könnte es sein«, überlegte Konnie laut, »daß jemand vielleicht ihre Handtasche gestohlen hat, so an die Schlüssel kam und irgendwann hier aufkreuzt, um einzubrechen?«

Tate überlegte. »Vielleicht. Auf ihrem Führerschein steht aber Betts Adresse. Woher soll ein Einbrecher etwas von diesem Haus wissen? Vielleicht hat sie etwas mit meiner Adresse bei sich gehabt, aber ich weiß nicht, was.«

»Fehlt etwas von ihren Sachen?«

»Ich weiß nicht. Bin gar nicht darauf gekommen nachzusehen.«

»Wir sollten jetzt nicht in Panik geraten«, sagte Konnie. »Wie wär's, wenn du mir ihr Zimmer zeigst?«

Als Tate Konnie nach oben führte, ließ sich Beauridge gedehnt vernehmen: »Sie brauchen sich bestimmt keine Sorgen zu machen, Mrs. Collier ...«

»Mein Name ist McCall.«

Im Obergeschoß führte Tate den Detective in Megans Zimmer und schlenderte dann in sein Arbeitszimmer. Konnie warf einen Blick über den Flur und sah, daß der Anwalt den Fußboden ansah und dann die Nachttischschublade durchwühlte. Er runzelte die Stirn.

Der Detective sah sich einen Augenblick im Zimmer um und fiel dann mit einer für einen so großen und kräftigen Mann überraschend geschmeidigen Bewegung auf die Knie. Er ging die Checkliste bevorzugter Verstecke von Teenagern durch. Unter der Wäsche, unter Schubladen und Papierkörben, zwischen Matratzen, in Vorhängen, Kopfkissen oder Bettdecken oder unter Sprungfedern.

Ah, was haben wir denn hier? Konnie richtete sich auf und untersuchte seinen Fund.

Er rief Tate herein und zeigte auf Megans offene Kommodenschubladen und den begehbaren Kleiderschrank. »Diese Schubladen sind fast leer. Werden normalerweise Kleidungsstücke darin aufbewahrt?«

Tate zögerte. Seinem Gesicht war die Besorgnis anzusehen. »Ja, sie sind meist voll.«

»Konntest du sehen, ob irgendwelches Gepäck fehlt?«

»Gepäck? Nein … Augenblick. Ihr alter Rucksack ist weg.« Tate grübelte einen Augenblick darüber nach. Dann zeigte er mit einem Kopfnicken auf sein Zimmer. »Ich habe etwas gefunden. In meinem Schlafzimmer.«

»Ich habe auch was gefunden«, sagte Konnie, dem nicht mehr nach Scherzen zumute war.

»Was denn?« wollte Tate wissen.

»Immer mit der Ruhe, Herr Anwalt. Gehen wir doch nach unten.«

6

»Ist sie ausgerissen?« flüsterte Bett.

Alle vier waren im Wohnzimmer versammelt, wie Fremde auf einer Cocktailparty, ihre Knie aufeinanderzeigend, angespannt dasitzend und darauf wartend, daß sich das erste Unbehagen legte. Konnie erklärte: »Sie sollten in erster Linie an die gute Nachricht denken. Wir wissen, daß hier nichts Schlimmes passiert ist. Und die Erfahrung zeigt, daß die meisten Ausreißer innerhalb eines Monats wieder zu Hause sind.«

Bett starrte aus dem Fenster in die neblige Dunkelheit. »Ein Monat«, verkündete sie, als beantwortete sie eine triviale Frage. »Nein, nein. Sie würde nicht weglaufen. Nicht ohne etwas zu sagen.«

Konnie warf Beauridge einen Seitenblick zu und bemerkte, daß der Blick Tate nicht entgangen war.

»Ich fürchte, sie hat doch etwas gesagt, Ma'am.« Er reichte Bett eins der Papiere, die er oben gefunden hatte. »Briefe an Sie beide. Unter ihrem Kopfkissen.«

»Wieso da?« fragte Bett. »Das ergibt doch keinen Sinn.«

»Damit Sie sie nicht gleich finden«, erklärte Konnie. »Sie wollte einen Vorsprung. Das habe ich schon mehrmals erlebt. Ist das ihre Handschrift?«

Bett bestätigte es.

»›Bett‹«, las sie vor und sah dann hoch. »Sie hat mich immer Bett genannt. Warum sollte sie so etwas tun?« Sie setzte erneut an und las mit atemloser, geisterhaft klingender Stimme: »›Bett – es ist mir egal, ob es dir weh tut, wenn ich dies sage ... Es ist mir gleichgültig, wie *sehr* es weh tut ...‹«

Sie blickte hilflos ihren Ex-Mann an und las dann schweigend weiter. Sie beendete die Lektüre, lehnte sich in der Couch zurück und schien selbst auf die Größe eines Kindes zusammenzuschrumpfen. Sie flüsterte: »Sie sagt, daß sie mich haßt. Sie haßt die Zeit, die ich mit meiner Schwester verbracht habe. Ich ...« Verwirrt und verletzt schüttelte sie den Kopf und verstummte. Sie starrte das zweite Blatt Papier an, das Konnie in der Hand hielt. Der Detective reichte es Tate.

Er nahm das Blatt. Es war voller Flecken, wie Konnie bemerkte. Tränen? Regentropfen? Tate las sein Blatt nicht laut vor. Konnie sah ihm über die Schulter und las:

Tate,
es gibt nur einen Weg, es zu sagen – ich hasse dich für das, was du mir angetan hast! Du hörst mir nicht zu. Du redest, redest und redest, und Bett nennt dich den Teufel mit der silbernen Zunge, und das bist du auch, aber mit mir sprichst du nie. Mit mir sprichst du nie, mit mir sprichst du nie. Hörst nie auf das, was ich wünsche. Auf das, wer ich bin. Du bestichst mich, du bezahlst mich und hoffst, ich würde weggehen. Ich hätte schon mit sechs ausreißen sollen, wie ich es damals tun wollte. Um nie mehr zurückzukommen.
Das habe ich die ganze Zeit tun wollen. Ich will es immer noch. Von dir wegkommen. Das willst du doch sowieso, oder etwa nicht? Dein lästiges Kind loswerden?

Er saß mit offenem Mund da. Seine Lippen und seine Zunge waren trocken und brannten von der Luft, die er heftig ein- und ausatmete. Er ertappte sich dabei, daß er Bett anstarrte.

»Tate. Alles in Ordnung mit dir?« fragte Konnie.

»Könnte ich das noch einmal sehen, Mrs. McCall?« fragte Beauridge.

Sie reichte ihm das steife Blatt Papier.

»Ist das ihr Briefpapier?«

Bett nickte. »Ich habe es ihr zu Weihnachten geschenkt.«

Mit leiser Stimme antwortete Bett auf Fragen, die niemand gestellt hatte. »Meine Schwester war sehr krank. Ich habe Megan oft in der Obhut anderer Menschen gelassen. Ich wußte nicht, daß sie sich so verlassen fühlte … Sie hat nie was gesagt.«

Konnie bemerkte Megans nachlässige Handschrift. An mehreren Stellen hatte die Spitze des Kugelschreibers das Papier zerfetzt. Ein Anzeichen für Megans Wut. Konnie las Tates Brief noch einmal. Der Detective arbeitete seit zwei Jahren im Jugenddezernat. Wenn er selbst hätte wählen können, hätte er sich keinesfalls dafür entschieden, doch er würde widerstrebend zugeben, daß er eine Reihe von Dingen gelernt hatte, seit er dort angefangen hatte. Unter anderem, daß Eltern absolute Meister der Selbsttäuschung waren, mehr als jeder Verdächtige, Angeklagte, Sträfling oder Zeuge, mit dem er je zu tun gehabt hatte. Hinter diesen Briefen steckte mehr, als Tate und Bett erklären würden oder auch nur konnten.

Dann fragte Konnie Tate, was dieser in seinem Zimmer gefunden hatte.

»Sie hat vierhundert Dollar aus meiner Nachttischschublade genommen«, erklärte er.

Bett platzte heraus: »Unsinn. So etwas würde sie nie …«

»Das Geld ist verschwunden«, sagte Tate. »Sie ist die einzige, die hier gewesen ist.«

»Was ist mit Kreditkarten?« fragte Konnie.

»Sie hat Zweitkarten von meinen Karten. Visa und Mastercard«, sagte Bett. »Sie wird sie bei sich haben.«

»Das ist gut«, bemerkte Konnie. »So lassen sich Ausreißer leicht aufspüren. Wir können uns mit der Bank in Verbindung setzen, um so jederzeit im Bilde zu sein. Innerhalb von zehn Minuten werden wir erfahren, ob sie irgendwo mit einer Karte bezahlt hat.«

Beauridge führte erneut seinen nervösen kleinen Tanz vor und wippte auf seinen auf Hochglanz polierten Schuhen hin und her. Konnie ignorierte ihn und meinte: »Wir werden sie auf die Fahndungsliste der Ausreißer setzen. Wenn man sie irgendwo aufgreift, selbst an der Ostküste, werden sie uns sofort benachrichtigen. Geben Sie mir bitte ein Foto von ihr, ja?«

Tate bemerkte, daß sie ihn anblickten.

»Natürlich«, sagte er schnell und begann, sich im Raum umzusehen. Er durchsuchte die Bücherregale und die Schubladen an den Enden des Tischs. Er konnte kein Foto finden.

Beauridge musterte Tate unsicher; Konnie wußte, daß Brieftasche und Wand des jungen Beamten vor Schnappschüssen seiner Familie überquollen. Konnie selbst bewahrte heimlich ein Bild seiner Ex-Frau in der Brieftasche auf, das hinter seinem Sozialversicherungsausweis steckte. Der Anwalt wühlte im Wohnzimmer und verschwand dann im Arbeitszimmer. Einige Augenblicke später kam er mit einem Schnappschuß wieder – einem Foto von Tate und Megan am Strand.

»Hübsches Mädchen«, sagte der Detective. Ihm ging auf, daß er in all den Jahren, in denen er Tate kannte, nie die Tochter des Anwalts kennengelernt hatte.

Konnie zog einen zerknüllten Notizblock aus der Tasche. »Da ist etwas anderes, was ich gefunden habe. War unter dem Bett versteckt. Wer ist Dr. Peters?«

»Dieser Psychiater, den wir erwähnten. Woher wissen Sie von ihm?«

»Warum hätte sie sonst einen Scheck für ihn?«

»Wieso hat sie ihn immer noch?« wunderte sich Bett laut und sah Tate an. »Sie sollte ihn doch damit bezahlen.«

»Der Scheck war zerrissen und in ein anderes Papier eingewickelt. Jemand hat ihn zwischen die Sprungfedern ihres Bettes gestopft.«

»Zerrissen?« murmelte Bett. Konnie reichte ihr das Papier, das aus einem Notizblock stammte. Sie tippte mit dem Finger auf die zerrissenen Papierfetzen, die zum Vorschein kamen. »Das ist der Scheck, den ich ihr gegeben habe. Ich begreife das nicht.«

»Versuch's noch mal, ihn anzurufen, Tate.«

Er ging zum Telefon und wählte erneut. Diesmal nahm jemand ab, Gott sei Dank. »Oh, Doktor, hier Tate Collier. Ich rufe wegen Megan an.« Er begann, die Geschichte zu erzählen, verstummte dann aber und hörte zu. Er gab ein paar einsilbige Antworten. Dann legte er auf und starrte das Telefon an.

»Tate?« fragte Bett.

Er drehte sich zu dem Trio um, das ihn anstarrte. »Sie ist gar nicht zu ihm gegangen.«

»Was?«

»Megan hat sich nicht mal einen Termin geben lassen. Sie hat ihn angerufen und gesagt, Sie müsse außerhalb der Stadt etwas erledigen. Sie würde sich irgendwann später einen neuen Termin geben lassen.« In diesem Augenblick ging Tate auf, daß er immer noch den Hörer in der Hand hielt. Er legte auf. »Sie hat uns angelogen.«

Die Polizeibeamten fuhren los und verschwanden in den düsteren Nachmittag.

Der Regen hatte aufgehört, doch die Atmosphäre war noch so dick wie heißes Blut. Bett und Tate waren jetzt allein und standen nebeneinander auf der Veranda. Er hatte die Arme verschränkt, sie hatte die Hände in die Hüften gestemmt. Sie beobachteten, wie der Streifenwagen allmählich verschwand. Tate hatte die Hemdsärmel aufgekrempelt. Die beiden waren das Musterbild eines verläßlichen, soliden Paars in einem Vorort, das kurz vor dem zwanzigsten Hochzeitstag stand und gerade die Tennisgäste nach ein paar Cocktails und einem herzhaften Lunch verabschiedet hatte.

Da sie inzwischen die Schuhe wieder anhatte, reichte Tates Ex-Frau ihm bis zur Schulter. »Das kann doch gar nicht sein«, murmelte Bett.

»Es wird sich alles aufklären.«

»Ich weiß«, sagte Bett schnell.

Die Feuchtigkeit war erstaunlich. Sie lastete auf ihnen und füllte ihre Lungen. Die Aprilluft war warm und drückend. Diese verrückte Hitzewelle wollte einfach nicht aufhören.

»Sollen wir meine Mutter anrufen?« fragte er. »Deine Schwester?«

Tate hatte außerdem einen jüngeren Bruder in Minnesota, mit dem er alle paar Monate einmal sprach. Er neigte jedoch dazu, noch niemandem etwas zu erzählen. Aber nicht wegen der Sorge, die er damit auslösen würde, sondern weil zu viele Erklärungen nötig wären, und momentan war die Situation unerklärlich.

»Nein«, erwiderte Bett zu Tates Erleichterung. »Warten wir damit noch ein paar Tage. Ich möchte niemanden unnötig aufregen.« Sie seufzte. »Das sieht ihr nicht ähnlich.« Bett warf einen Blick auf ihren Brief und stopfte ihn dann tief in ihre Handtasche.

Tate Collier hatte vom Richter mehrere Talente geerbt. Eins davon war die Gabe, mit Worten umzugehen, eine weitere, weit seltenere, war die Fähigkeit, in den Augen eines anderen Menschen die Zukunft zu sehen. Oft bot das Gesicht nur für den Bruchteil einer Sekunde einen Blick auf das, was sein würde, doch manchmal genügte schon das. Jetzt sah er, wie die bemerkenswerten violetten Augen seiner Ex-Frau schmal wurden, und er wußte sofort, was sie fragen würde. Und obwohl es ihm weit lieber gewesen wäre, wenn ihm die Teeblätter einen friedlichen Frühlingsabend vorhergesagt hätten – auf der Verandaschaukel sitzend, an einem Whiskey nippend und der Dalmatinerhündin zusehend, die in die Luft sprang, um unerreichbare Fledermäuse zu erwischen –, folgte ihr Tate, ohne zu zögern, als sie von der Veranda trat. Bett war schon halb auf dem Hinterhof, als sie umkehrte, anscheinend bereit, sich enttäuschen zu lassen. Es überraschte sie zu sehen, daß er mit den Händen in den Hosentaschen gleich hinter ihr herging.

Plötzlich fiel Tate aus einem unerfindlichen Grund eine Nachricht auf einem Schild vor einer Kirche in Manassas ein, an der er vor ein paar Tagen vorbeigefahren war. Darauf hieß es: »Wenn Gott Ihr Kopilot ist, sollten Sie die Sitze tauschen.« Die beiden schlenderten gemeinsam hinters Haus.

Bett McCall hielt auf dem struppigen Rasen inne, der dringend gemäht werden mußte, und starrte unverwandt auf das weiße, gesprenkelte Fell der energischen Dalmatinerhündin ihres Ex-Mannes, die schließlich den Knochen aufgegeben hatte und jetzt durch das Gras flitzte. Endlich zeigte das Tier wieder seine alte Lebensfreude.

Bett hielt inne, als Tate vom Haus wegging und mit den Händen in den Hosentaschen auf eine Baumgruppe in der Nähe der Scheune zuschlenderte. Bett musterte die alte Scheune, die ihr sehr fremd und zugleich sehr vertraut erschien. Dann wurde sie plötzlich mutlos, als sie merkte, wie sie eine verfallene Picknickbank anstarrte, die Tate und sie bei Sears gekauft und nur einmal benutzt hatten – beim Leichenschmaus nach der Beerdigung. Vor fünfzehn Jahren. Warum, um alles in der Welt, war sie immer noch da? Sie konnte sich nicht vorstellen, daß er es über sich bringen konnte, sie nach jenem Tag noch zu benutzen.

Die Beerdigung …

Es war ein ungewöhnlich warmer November gewesen – genauso seltsam wie diese drückende Aprilhitze, dachte sie. Sie sah sich, wie sie damals auf der Bank stand, um eine japanische Papierlaterne aufzuhängen. Sie wartete auf die Ankunft der Gäste. Das Haus war noch nicht ganz fertig, und die Lichter im hinteren Garten funktionierten noch nicht. Sie hatte sich kurz umgedreht und Tates Blick erfaßt, als er vom Haus wegging. Sein Gesicht war eine bleiche Maske gewesen. Er war an der Westseite des Hauses auf eine Wiese geschlendert, während ihr Herz schrie. Was geht hier vor, was geht hier vor? Was wird er mir sagen?

Heute ging Tate an der Bank vorbei, ohne sie eines Blicks zu würdigen, und blieb neben dem Hartriegel stehen, der in üppiger Blüte stand.

»Hast du viel zu tun?« fragte sie. »In deiner Kanzlei?«

»O ja. Reichlich. Allein im nächsten Monat stehen vier Fälle auf dem Terminkalender. Zwei Testamente und eine Stiftung, die längst überfällig sind. Nun ja, eins davon ist eine Testamentsergänzung.« Er nickte in Richtung Haus, wo dieser lähmende Aktenstapel vermutlich ruhte. Als sie noch verheiratet waren, hatten die Gerichtsakten mit dem roten Rücken, die meist vierzig oder fünfzig Seiten lang waren, überall im Haus herumgelegen. *Das Oberste Gericht des Staates Virginia.* In vielen Akten waren Fälle, in denen es um die Todesstrafe ging. Obwohl er nur lokaler Staaatsanwalt gewesen war, hatte Tate unten in Richmond oft andere Verwaltungsbezirke vertreten und sich dabei den Ruf erworben, speziell gelagerte Fälle – eben jene, bei denen es um Kapitalverbrechen ging – mit großem Geschick zu handhaben. Er war gewissermaßen ein juristischer Auftragskiller, und er hatte Erfolg damit.

Der Tod scheint schon immer hinter unserer Beziehung gelauert zu haben, überlegte Bett. Der lange Kampf ihrer Schwester Susan mit ihrer Herzerkrankung und der Selbstmord ihres Schwagers Harris. Der Tod ihrer Eltern und von Tates Vater und Großmutter, dann des Großvaters, und das alles in dem tragisch kurzen Zeitraum von vier Jahren. Ganz zu schweigen von der »Todesfabrik« seines Amts, wie Bett es zynisch genannt hatte. Sie war eine entschiedene Gegnerin der Todesstrafe.

Ihr Ex-Mann trat gegen einen Stapel von Maisstengeln. »Woran denkst du gerade?«

Bett zögerte einen Moment. »Hier stimmt etwas nicht.«

»Stimmt nicht?«

»Ich glaube, daß ihr etwas passiert ist.«

Er hielt kurz inne und ging dann aus einem unerfindlichen Grund zielstrebig in die Scheune, wo er seine Anzugjacke auf einen pinkfarbenen gepolsterten Bügel hängte, dessen Gegenwart hier gleichermaßen unerklärlich war. Sie stellte sich in die Türöffnung, ergriff einen Balken, den Werftkäfer durchlöchert hatten, und fuhr fort: »Ich erinnerte mich gerade an etwas.«

»Hmmm?« brummte er gleichgültig.

»Ich habe zu Hause unter Megans Bett eine Tasche gefunden. Darin lag eine Seifenschale.«

Tate hob eine Augenbraue.

»Das war ein Scherz zwischen uns. Ich hatte im Badezimmer nie eine richtige Schale. Die Seife ist immer glitschig, hat Megan gesagt. Also hat sie diese viktorianische Seifenschale gekauft. Sie wollte sie mir zum Geburtstag schenken. Nächste Woche. Es hing auch ein Kärtchen daran.« Als Bett an den albernen vorgedruckten Text der Glückwunschkarte dachte, spürte sie, wie ihr die Tränen kamen.

»Megan«, erklärte sie, »würde niemals ein Geschenk mit einer Glückwunschkarte kaufen und dann einfach verschwinden, jedenfalls nicht so. Das würde sie einfach nicht *tun.*«

»Das bietet uns nicht viele Anhaltspunkte«, sagte ihr Ex-Mann.

»Das Verhältnis zwischen Megan und mir ist nicht hundertprozentig. Es gibt Probleme. *Natürlich* gibt es Probleme. Aber unser Verhältnis hat mehr verdient als diesen verdammten Brief. Mehr, als daß sie einfach verschwindet.«

In ihrer Erinnerung an Megan konnte sie einfach nicht den Blick, die Haltung und die Worte einer Tochter finden, die einen so grausamen Brief schrieb und dann verschwand – jedenfalls nicht allein, nicht ohne einen Mitverschwörer. Einer Tochter, die niemals geschlagen worden war, einer Tochter, für die immer gesorgt worden war, einer Tochter, der reichlich Liebe zuteil wurde.

Meist jedenfalls.

Und, der Himmel stehe uns bei, wer bekommt denn mehr als das?

»Ich möchte sie finden, Tate. Ich habe nicht das Recht zu fragen, Tate, aber ich brauche deine Hilfe. Allein kann ich es nicht schaffen.«

Er schwieg. Wühlte in einem Karton. Was *tut* er da?

Sie erinnerte sich an die Zeit, als sie auseinandergingen. Daran, daß er nie etwas sagte. Oh, es war schrecklich gewesen, dieses lange Schweigen, das oft Stunden zu dauern schien, obwohl es vermutlich nur Minuten gewesen waren. Vielleicht Sekunden.

Vom Tag der Beerdigung an, die vor so vielen Jahren stattgefunden hatte, bis heute hatte er, wie sie vermutete, nie mehr als vier- oder fünfhundert Worte mit ihr gewechselt. Wieviel wäre das insgesamt? Zwei zweispaltige Seiten?

Als ob sie auch nur eine Spur besser gewesen wäre. Sie war genauso stumm gewesen. Schweigen, auch sie hatte mit Schweigen auf die Scheidung reagiert. Sie hatte sich ihren New-Age-Büchern zugewandt, ihren Mythen, ihren Märchen. Ab ins Arbeitszimmer, in den Kellerraum, die Buchhandlungen. Doch jetzt schwieg Bett aus einem anderen Grund. Nicht aus Wut oder Schuldgefühl oder Trauer, sondern vor Stärke. So starrte sie ihn nur an.

Er fand in dem Karton nicht das, wonach er suchte, also wandte er sich einem anderen zu. Er blickte kurz zu ihr hoch, wühlte dann aber weiter. »Bett, es geht ihr wahrscheinlich gut. Sie ist eine erwachsene junge Frau, die ein paar Tage eigene Wege geht. Sie hatte ein Geschenk gekauft, na schön. Aber vielleicht war der Bruch mit diesem Bobby doch zuviel für sie. Sie wird bald wieder dasein. Du hast doch gehört, was Konnie gesagt hat.«

Wenn ihr Mann so sprach, so langsam und vernünftig, konnte Bett klar erkennen, was sie schon immer von ihm gewußt hatte – daß er das Zeug dazu hatte, einer der manipulativsten und berechnendsten Männer auf Erden zu sein. Wenn er geldgierig wäre, wäre er reicher als Trump, und wäre er böse, wäre er so böse wie Manson oder Hitler. Er hätte die schlimmste Art von Bosheit in sich, das Böse, das sich einem ins Herz einschmeichelt und einen von innen tötet. Es hatte einmal eine Zeit gegeben, in der sie schon nickte, bevor er überhaupt zu Ende gesprochen hatte, und sich seiner Eloquenz beugte.

Doch an diesem Nachmittag sagte sie abrupt: »Tut mir leid, Tate. Ich glaube das nicht.«

Er lächelte plötzlich, und einen entsetzlichen Augenblick lang glaubte sie, er lache über sie. Aber nein, er hatte gerade gefunden, wonach er gesucht hatte – eine abgetragene Lederjacke. Er zog sie triumphierend aus dem Karton. Woher kannte sie sie? Ach ja, aus der Zeit seines Jurastudiums.

»Du hast Angst vor mir, nicht wahr?« fragte sie.

Tate zog die Jacke an. Er nahm seine Krawatte ab und knöpfte den Kragen seines weißen Oberhemds auf. »Wie paßt sie?« fragte er. »Ein bißchen eng, aber nicht schlecht für einen alten Mann. Oh, du ahnst nicht, wie groß meine Angst ist. Die Wahrheit ist, daß ich mich in nichts mehr einmischen möchte. Ich führe jetzt ein Leben, das mir gefällt. Ich tue, was mir Spaß macht, sehe die Menschen, die ich treffen möchte. Ich möchte nicht, daß mich etwas dabei stört, und ich habe eine Todesangst vor dir, ja. Und vor der Vergangenheit.«

Vorübergehend packte sie der Gott der Sprachlosigkeit.

Er durchwühlte einen weiteren Karton. »Hast du mit deinem Verlobten gesprochen?«

Brad Moore war nicht in der Stadt. Der verläßliche, solide Brad ... Er hatte sich erboten, sofort zurückzukehren, nachdem er vom Wasserturm erfahren hatte, doch Bett hatte darauf bestanden, daß er seine Geschäftsreise nicht abbrach. Wie schwer es ihr jetzt fiel, zu Tate zu sagen: »Ich würde lieber mit dir sprechen.«

Er blickte von seinem Karton hoch. Er musterte sie mit einem prüfenden Blick, und sie fühlte sich genötigt, ein Geständnis abzulegen. »Da ist noch etwas. Neulich – am Abend, bevor das im Wasserturm passierte – war ich ... ausgegangen. Ich kam nicht nach Hause. Ich schlief einfach ein. Megan war wirklich aufgeregt, weil ich nicht angerufen oder gesagt hatte, wohin ich gehe.«

»Du warst bei, wie hieß er noch? Brad?«

Sie nickte. »Ich glaube, daß das vielleicht einer der Gründe dafür ist, daß sie am Montag zu trinken anfing. Sie mag Brad nicht sehr.«

Tate reagierte nicht, sondern zog eine mitgenommene alte Schusterbank hervor, ließ sich darauf fallen und zog sich Schuhe und Socken aus. Dann massierte er sich die Füße. Er wollte aufs Feld und arbeiten.

Das wär's also, dachte Bett resigniert.

So wie damals, als sie noch verheiratet waren. Schon damals hatte sie den Stich einer unvermeidlichen Niederlage gespürt. Er wollte, daß sie wegfuhr. Er hätte ebensogut auf ihren Wagen zeigen können. Also, bis dann. Jetzt kümmerst du dich um alles. Ich wünsche dir noch einen schönen Tag. Sie warf sich die Handtasche über die Schulter und wollte sich umdrehen, doch dann hielt sie abrupt inne.

»Oh, Tate ... Wenn ich doch nur eine Minute sein könnte wie du.«

»Wie ich?« Er blickte neugierig hoch.

»Wenn ich dich mit Worten verhexen könnte. Wenn ich dich dazu *bringen* könnte, mir zu helfen ... Ich gäbe alles dafür her, wenn ich dich zu dem überreden könnte, was ich will. Doch ich kann es nicht. Ich kann nur eins, dich bitten. Ich kann nur eins tun, nämlich dir sagen, was ich will, und beten, daß du mir helfen wirst. Verstehst du, ich kann nicht mit dir *diskutieren.* Dabei verliere ich. Das ist *deine* Methode. Nicht meine.«

Sie sagte dies, ohne die Picknickbank aus den Augen zu lassen. Sie erinnerte sich an den Abend der Beerdigung. Die meisten Menschen waren schon zu Hause oder auf dem Heimweg. Megan lag im Bett. Bett löste eine japanische Laterne von einem Ast. Der Novemberabend war immer noch seltsam mild, und die Luft duftete nach dem schönen, traurigen Geruch verrottender Blätter. Plötzlich tauchte Tate neben ihr auf wie ein Geist. Seine Augen waren kalt wie tote Erde. Sie setzte sich auf die Picknickbank. »Wir müssen miteinander reden«, hatte er gesagt. Und wieder einmal hatte sie gedacht: Was geht hier vor, was geht hier nur vor?

Heute radierten die nächsten Worte ihres Ex-Mannes diese Erinnerung aus und versenkten sie noch tiefer in ihrer Seele. »Bett, du brauchst mich zu nichts zu überreden. Warum wohl, glaubst du, ziehe ich mir meinen Kampfanzug an?«

Er streifte sich trockene Wollsocken über und zog sich die schwarzen Lederstiefel an, die er endlich gefunden hatte.

Sie sah ihn verwirrt an und schüttelte den Kopf.

»Ich rufe im Büro an«, fuhr er fort, »und nehme mir ein paar Tage frei. Und *du* solltest dir lieber auch ein paar bequeme Schuhe besorgen. Ich habe es zwar immer geliebt, dich mit hohen Absätzen zu sehen, aber ich habe das Gefühl, daß wir heute noch richtig marschieren müssen.«

»Was sagst du da, Tate?«

»Ich sage, daß wir sie finden werden. Du und ich.«

7

Aaron Matthews lenkte Megans Wagen auf den Metro-Parkplatz in Vienna, die riesige Transitstation für Pendler fünfzehn Meilen westlich von Washington, D. C.

Es war zwölf Uhr mittags, und dieser Teil des Parkplatzes, der weit von den Bahngleisen entfernt war, war voller Autos, die von Berufspendlern dort abgestellt worden waren.

Matthews, der immer noch Latex-Handschuhe trug, stieg aus dem blauen Tempo des jungen Mädchens aus und öffnete den Kofferraum. Er blickte auf Megan hinunter, die bewußtlos in gekrümmter Haltung auf der Seite lag. Sie war mit einem Hanfseil gefesselt.

Sie war sehr blaß. Bevor er etwas anderes tat, preßte er ihr eine Hand auf die Brüste und vergewisserte sich, daß sie noch atmete. Er ging zu seinem grauen Dodge Caravan hinüber, der ein Stück weiter weg geparkt war, und öffnete die Seitentür. Dann deckte er Megan mit einer Wolldecke zu und trug sie auf seinen kräftigen Armen schnell von dem Wagen zum Lieferwagen hinüber. Er spürte einen dringenden Impuls, mit seiner Beute zu flüchten, konnte dem Drang aber trotzdem nicht widerstehen, sie noch einen Augenblick länger anzusehen. Schließlich ließ er sie behutsam auf die Ladefläche des Lieferwagens gleiten, knallte die Tür zu und stellte dann Megans Wagen dort ab, wo der Lieferwagen gestanden hatte. Zwischen den Vordersitzen des Tempo ließ er den abgegriffenen Amtrak-Fahrplan liegen, den Megan als Unterlage benutzt hatte, um darauf ihre Briefe an ihre Eltern und Amy zu schreiben und der jetzt ihre Fingerabdrücke trug. Er hatte den Fahrplan ebenso wie das Schreibpapier, das er aus Megans Zimmer in Bett McCalls Haus gestohlen hatte, nur mit Handschuhen angefaßt.

Gott hat mir heute zugelächelt, überlegte Matthews. Noch am Morgen hatte er sich hinter einigen Hartriegeln in der Nähe von Colliers Haus versteckt und von sechs bis acht dort gestanden, um sich zu vergewissern, daß der Anwalt wie gewohnt ins Büro fuhr. Er war gefahren. Doch später, gegen elf Uhr dreißig, war Matthews mit Megan im Kofferraum zurückgekehrt, nur um zu seinem Entsetzen zu entdecken, daß inzwischen auch Collier wieder da war. Zum Glück hatte der Anwalt sich in Regenkleidung auf die Felder begeben. Als er außer Sichtweite war, war

Matthews mit Megans Schlüssel ins Haus eingedrungen und hatte der Dalmatinerhündin einen Knochen hingeworfen, um sie beschäftigt zu halten. Dann hatte er die Briefe und den zerrissenen Scheck versteckt und war zur Metro-Station gefahren.

Jetzt brauchte er nur noch ein paar lose Enden abzuschnippeln.

Matthews fuhr zu einem mondänen Wohnviertel in Fairfax und hielt an dem hölzernen Briefkasten am Ende einer langen Auffahrt. Auf der Seite des Briefkastens stand eingebrannt: *The Walkers.* Er warf den Brief, den Megan während der Therapiesitzung an ihre Freundin Amy geschrieben hatte, in den Briefkasten.

Von dort fuhr er nach Oakton weiter, einer Wohnwagensiedlung in einem bewaldeten Teil der Stadt. Er fuhr daran vorbei und sah, daß das Gelände menschenleer war. Die Ehemänner waren zur Arbeit gefahren, und die Hausfrauen machten sauber und hörten sich irgendwelche Talkshows und das endlose Geplapper der Fernsehwerbung an.

Er parkte an einer schlammigen Stelle außer Sichtweite der Wohnwagen und stieg vorsichtig aus. Dann ging Matthews sehr langsam auf einen Wohnwagen am Rand des Geländes zu.

Sie sind nicht Dr. Peters, hörte er Megan noch einmal sagen.

Doch, Megan, antwortete er ihr jetzt im stillen, ich bin es *tatsächlich.* Sie wissen, daß wir im Leben alle verschiedene Rollen haben. So wie Sie sowohl eine Freundin als auch eine Tochter sind – und jetzt meine Gefangene. Nun, wenn Aaron Matthews das Es ist, könnte man Dr. James Peters das Ich nennen. Und das Über-Ich? Sie werden sehen …

Tatsächlich hatte Matthews einige Jahre lang seinen Lebensunterhalt als Therapeut verdient. Wenn man ihn fragte, erzählte er mühelos eine schöne Geschichte von Examina in Harvard und Columbia, über klinische Arbeit im New York Hospital-Cornell-Medical-Center und im Bellevue. Er besaß einen lebhaften Geist, der sich diese Geschichten mühelos ausdachte und sich auch daran erinnerte, wem er was erzählt hatte. Man glaubte ihm unfehlbar; Matthews war ein fabelhafter Lügner.

Daß er keinen Stammbaum hatte, bedeutete jedoch noch lange nicht, daß er nicht gut war. Etwa bei der Frau, deren Wohnwagentür er sich jetzt näherte. Als er sie vor einem Monat in einer Bar kennengelernt hatte, hatte er sofort eine klassische Borderline-Persönlichkeit erkannt, jederzeit bereit, die Beine breit zu machen – und auch sonst so gut wie alles zu tun –, wenn man nur den richtigen Code wählte, der in ihrem Fall etwa so rätselhaft war wie ein einstelliger PIN-Code bei einer Kreditkarte.

Die Tür war verschlossen.

Er klopfte gegen die Glasscheibe und warf einen Blick hinein.

»Verschwinde«, rief die Frau.

Er sah sie durch das Fenster in der Tür. Sie sah Megan ein wenig ähnlich, war nur ein paar Jahre älter. Das lange, gerade Haar. Das Mopsgesicht, das ein wenig an Janis Joplin erinnerte. Das fleckige T-Shirt verbarg die Dehnungsstreifen, die ein Kind verursacht hatte, das schon längst bei einem Vater lebte, der nicht ihr Ehemann war. Baumelnde Brüste, müde braune Brustwarzen.

Matthews zog das Küchenmesser aus seiner Jacke und ließ die rasiermesserscharfe Klinge aus Karbonstahl in die Gesäßtasche gleiten.

Er klopfte an. *Rasieren und Haare schneiden.*

»Hallo«, sagte Aaron Matthews.

»Verschwinde. Ich hasse dich.«

»Aber Emily«, flüsterte er und schenkte ihr einen verblüfften Blick.

»Ich *hasse* dich! Wegen der Sache, zu der du mich überredet hast.« Sie rief dies durch die verschlossene Tür.

Zu der du mich überredet hast. Nun ja. Das entsprach nicht ganz den Tatsachen. Matthews hatte ihr Liebe geschenkt, Aufmerksamkeit, hatte ihr einen festen Schwanz geboten, und dafür hatte sie ihm einen Gefallen getan. Nämlich in einer Bar einfach Megan anzuquatschen und sie so high zu machen, daß sie draußen im Park ohnmächtig wurde. Dann hatte sie Megans Vater angerufen und sich als Sozialarbeiterin des Kreises ausgegeben und ihn gedrängt, Megan wegen des Mißbrauchs verbotener Substanzen zu Dr. Peters zu schicken.

»Verpiß dich! Verschwinde!« brüllte die Frau.

Wütende Menschen sind weit schwerer zu manipulieren als traurige. Doch Matthews schreckte vor keiner Herausforderung zurück. Er sang: *»I love you up, I love you down …«*

»Sie hätte sterben können! Was war das für ein Zeug, das du mir für sie gegeben hast? Das war doch nicht einfach nur Valium, oder?«

»Preludin. Mit Southern Comfort. Gerade das richtige für einen Kick bei Teenagern. … I love you birds, I love you bees, I love you all around the town.«

»Hör auf damit!« sagte Emily.

»Der Wasserturm war ein Zufall. Niemand hätte voraussehen können, daß sie bis ganz nach oben raufklettert.«

»Verschwinde doch einfach. Es tut mir leid, daß ich dir je begegnet bin. Du bist ein Scheißkerl.«

Als er sich in der Bar an sie herangemacht hatte, behauptete sie, Schauspielerin zu sein. Er hatte den Kopf geneigt und gelacht.

»Was?« hatte sie lächelnd gefragt. Die süßen, starken Kamikaze-Cocktails, die sie trank, waren nicht ohne Wirkung geblieben.

»Ihr Name. Er stammt aus dem Lateinischen. *Aemulus.* Nacheifernd, wetteifernd. Wie Schauspielerei.«

»Scheren Sie sich zum Teufel!« Emily hatte ihn ausgelacht.

»Es ist die Wahrheit.« Da hatte er sie auf den Mund geküßt. Und damit, schnapp, gehörte sie ihm. Beine breit, Herz offen, Seele offen.

Jetzt machte er langsam die Fliegentür auf und lehnte den Kopf gegen das Fenster. Er hielt ihren Blick fest.

»Eure Seele …«, würde er der Menschenmenge sagen, die sich auf dem Feld hinter der Kathedrale im Kiefernwald versammelt hatte, wenn er das Mikrophon in der Hand hielt und auf dem

niedrigen Podium auf und ab schritt. *»Eure Seele wird im Feuer verzehrt werden. Und was wird zum Himmel auferstehen? Nun, nichts als die tote Asche eures Lebens ... Und jetzt betet. Ich wünsche, daß ihr mit mir betet! Ich wünsche, daß ihr betet, ich wünsche, daß ihr betet, ich wünsche ...«*

»... daß du die Tür aufmachst«, befahl er. »Ich wünsche, daß du die Tür aufmachst.« Durch das Glitzern auf der Glasscheibe hindurch fand er ihren Blick und ließ ihn nicht los.

»Sie hätte sterben können.«

Emily behauptete, sie wolle wegen ihrer schauspielerischen Talente geliebt werden. Wegen ihrer schönen Seele, wegen ihres Geistes. Doch Aaron Matthews wußte, daß es nicht das war, was sie wirklich wollte. Er sah ihr unschönes Gesicht, den tiefen V-Ausschnitt ihrer Bluse und den engen schwarzen BH, das bemitleidenswerte Make-up auf den Faserrissen ihrer Brüste, ihren Mund, der verzweifelt an seinem Schwanz lutschte. Und er wußte wie ein Chirurg genau, wo er das Skalpell ansetzen mußte. Er besaß nun mal dieses Talent.

»Ich denke nur an eins, nämlich an dich, Emily. Ich möchte neben dir liegen und hören, wie du mir schöne Sachen erzählst.«

Sie machte einen Schmollmund. »Du hättest mir sagen müssen, was ich ihr da verabreichte. Dann hätte ich, wie soll ich sagen, bei ihr bleiben und sie beobachten können.«

Matthews hatte Emily erzählt, er sei Ermittler einer Versicherungsgesellschaft und Megan und ihr Vater hätten eine unberechtigte Forderung geltend gemacht. Er brauche Beweise dafür, daß sie trinke und daß ihr Vater fälschlicherweise behaupten würde, sie habe wegen des Mißbrauchs gefährlicher Substanzen einen Therapeuten aufgesucht. Wenn man den Menschen sagt, daß man finanzielle Motive hat, glauben sie einem fast immer.

Er sagte nichts. Zwanzig Sekunden später öffnete sie die Tür.

»Ist mit ihr alles in Ordnung? Megan?«

»Es geht ihr gut.«

»Ich mag sie. Sie ist hübsch. Ich habe mich so schäbig gefühlt, als ich ihr das antat.«

»Sie ist ein sehr nettes Mädchen«, mußte Matthews zugeben.

»Soso, du willst mich jetzt nicht mehr besuchen oder was? Bist du deswegen vorbeigekommen, um mir das zu sagen? Um mich zu ficken und mir zu sagen, daß es aus und vorbei ist?« Ihre Stimme hörte sich inbrünstig, fast manisch an.

»Ich liebe dich«, sagte er. Und sah, wie sie vor zögerndem Vergnügen erzitterte.

Aaron Matthews zitterte auch. Er musterte ihre Kehle, ihre Zunge, ihr glänzendes gelbes Haar, das sie jetzt zu einem Pferdeschwanz band, um die Hände zu beschäftigen.

Er achtete darauf, daß sie seine Hände nicht zu sehen bekam, denn er trug hautenge Latex-Handschuhe.

»Fangen wir mit einer Aussage an«, sagte er.

Diese Zeile war der Anfang einer seiner beliebtesten, erschütterndsten Predigten gewesen. Emily lachte kurz auf. Sie fühlte sich unsicher und sah ihn mit den Augen einer Frau an, die den Verdacht hat, daß die meisten Menschen auf der Welt klüger sind als sie.

»Einer Aussage«, wiederholte er.

»Was meinst du damit, Aaron?«

»Es wurde beschlossen: Der Todesengel schwebt nur Zentimeter über deinem Kopf …«

»Warum siehst du mich so an?« Sie machte einen Knopf ihrer Bluse zu.

»… und du wirst gleich sterben«, fuhr Matthews fort. Seine Hand verirrte sich zu dem Messer in der Gesäßtasche.

Emily trat zurück. Ihre Augen erfaßten manches im Raum, aber nicht das Telefon. Noch nicht. Matthews hatte sich genau gemerkt, wo das uralte Princess-Telefon stand.

»Aaron, was meinst du?«

»Deine Seele wird zur Hölle fahren.«

»Was sagst du da?« Emilys Stimme war voller Reue. »Es tut mir leid, daß ich dich draußen habe stehen lassen.« Sie zeigte mit einem Kopfnicken auf die Tür und drehte sich dann mit verzweifelter Koketterie zu ihm um. »Du bist gemein zu mir gewesen. Ich mag Jungs nicht, die gemein zu mir sind.« Sie sprach in einem mädchenhaften Tonfall, in den sie manchmal verfiel, wenn sie Liebe machte; jetzt hörte er sich nur bemitleidenswert an.

Eine Aussage. In der Kathedrale im Kiefernwald bekam er die Bosheit des Teufels in die Augen und sagte: »Meine lieben Freunde, Gott hat euch etwas zu sagen. Es ist beschlossen: Ihr werdet zur Hölle fahren. Könnt ihr es dem Herrn ausreden? Was könnt ihr sagen, um den Herrn dazu zu bringen, anders zu handeln?« Dann begab sich Matthews unter die Zuhörer und hielt ihnen ein Mikrophon unter die Nase. Wie sie zusammenzuckten! Plötzlich stumm wurden sie wie ein Stück Holz! Wenn man schon jemandem die Chance gibt, seine unsterbliche Seele zu retten, sollte man meinen, daß er ein oder zwei Sätze hervorbringt.

»Hör mal, ich weiß nicht, was ...«

Mit der langen Stahlklinge schnitt er das Telefonkabel durch. Emily sah ihm entsetzt zu.

»O Gott, o Gott, was habe ich getan?« Sie rollte sich zu einer Kugel zusammen.

Er setzte sich neben sie aufs Bett, roch ihr Parfüm. Sie war schlaff wie ein Handtuch.

Die Bosheit des Teufels persönlich.

»Ich werde dir die Chance geben, dem Todesengel zu entfliehen, Emily. Rede es ihm aus.«

»Nein ...«

»Der Engel kommt. Er flattert jetzt gerade über deinem Kopf.« Er beugte sich vor und starrte die Frau an. »Ich gebe dir die Chance, dein Leben zu retten.«

Sie versuchte zu schreien, doch im Bruchteil einer Sekunde glitt ihr die Messerklinge in den Mund. Sie erstarrte. Er preßte ihr die Messerspitze gegen die Zunge.

Es ist beschlossen ...

»Ich habe mich dazu entschlossen, dich zu töten«, sagte ihr Matthews in einem geschäftsmäßigen Tonfall. »Rede es mir aus.«

Er atmete die Luft ein, die durch das Fenster hereindrang. Sie roch üppig nach Frühlingswachstum und feuchter Erde – die Krokusse standen gerade in voller Blüte. Frühlingszeit, Erneuerung. Am Sonntag vor zweitausend Jahren kletterte Christus aus einem stinkenden Grab ins Freie.

Matthews senkte das Messer.

Emily sagte weinend: »Du bist krank! Ich hab's gewußt, seit ich dich kennenlernte. Ich hab's gewußt! Du bist krank, verdammt!«

»Warum sollte ich dich nicht töten?«

»O Gott ...«

»Es ist *wirklich* möglich, es mir auszureden«, versicherte er ihr begütigend. »Versuch's doch.«

Sie weinte nur noch mehr.

»Es wird helfen, wenn ich dir erzähle, weshalb ich dich töten will. Der Grund ist dein Wissen, daß es zwischen mir und Megan eine Verbindung gibt.«

»Ich werde alles tun, was du willst. O bitte, Aaron ...«

»Jetzt flehst du mich an. Von *Überzeugen* kann da keine Rede sein. Überzeuge mich davon, daß ich dich nicht töten soll.« Er schnitt vor Frustration eine Grimasse.

»Laß mich doch einfach gehen ... Ich bin eine gute Christin. Im Herzen.«

»Ah, dein erstes wirkliches Argument.« Matthews nickte, als er es bedachte. »Sehen wir es uns mal an. ›Ich bin eine gute Christin.‹ Meine Antwort ist: Wenn das wahr ist, hast du deinen Frieden mit dem Herrn gemacht. Jetzt bin ich nur noch entschlossener, dich zu töten.«

»Nein!« rief sie aus.

»Siehst du, Emily? Worte haben einen Sinn, sie haben eine *Wirkung.* Du hast dir nicht überlegt, was du sagtest, und jetzt sieh dir an, was passiert ist. Jetzt *denk nach!*«

»Was soll ich denn sagen?« schluchzte sie.

»Willst du ein Beispiel? Du könntest sagen, daß du den Staat verlassen wirst. Sieh dir dein Leben an: Du lebst in diesem lausigen Wohnwagen, hast keine Familie hier und einen Scheißjob. Du könntest nach Texas oder Florida gehen. Einfach verschwinden.«

Emily starrte das Messer an, das mit ihrem Speichel gesprenkelt war.

»Oder du könntest sagen, daß es riskant für mich wäre, dich zu töten. All diese scheußlichen Details. Die Beseitigung der Leiche …«

Sie keuchte. »Okay, okay«, schluchzte sie. »Ich werde weggehen. Wohin du willst.«

Er schüttelte den Kopf. »Das habe *ich* mir ausgedacht.«

Ihr Haar klebte ihr am Gesicht. Die Messerklinge tanzte vor ihren Augen. »Du könntest einen Brief schreiben, in dem es heißt, es sei deine Idee gewesen, Megan unter Drogen zu setzen. Du würdest es nicht wagen, es jemandem zu erzählen – wenn du es tätest, würdest du auch ins Gefängnis kommen.«

»Warum«, schluchzte sie, »soll überhaupt jemand ins Gefängnis?«

»Sehen wir das als gegeben an«, sagte er lächelnd. »So, du könntest mir sagen, wo deine Mutter lebt. Oder dein Bruder.«

Sie rief in unbeherrschter Panik aus: »Ich habe keinen Bruder!« *Wirklich nicht!*«

Matthews starrte auf sie hinunter und strich ihr übers Haar. Er genoß es, ihren besonderen süßen Geruch einzuatmen, der gleichbedeutend mit Furcht war. Er schüttelte den Kopf.

Und flüsterte: »Weißt du, was Aristoteles einmal gesagt hat? Daß ein Mann zu bedauern sei, der sich zwar mit den Händen verteidigen könne, aber nicht mit Worten. Denn unsere Fähigkeit, zu sprechen und zu überzeugen, entspreche eher unserer höheren Natur.«

Emily schluchzte: »Ich weiß nicht … ich weiß nicht, was ich sagen soll.«

»Das sehe ich.«

Es war schnell vorbei. Das Messer des Menschen in der Hand Gottes ist eine Waffe, gegen die es keine Verteidigung gibt. Emily schrie einmal auf, als das Messer ihr die Kehle durchschnitt, und kämpfte dann, um Gnade zu erflehen, als das Blut vor ihr in die Luft sprühte.

Als sie das Bewußtsein verloren hatte und auf den Rücken gefallen war, beugte sich Matthews über sie und ließ ihr das Messer langsam in den Mund gleiten. Er hielt kurz inne und wartete darauf, daß seine Erektion sich legte, und als sie es nicht tat, ergriff er die noch zitternde Zungenspitze der Frau mit der linken Hand.

Das Messer in seiner rechten Hand begann sich spontan wie ein Griffel eines Ouija-Bretts zu bewegen, hinein und heraus.

8

Die Flure hatten diesen Geruch aller High Schools – Schweiß, Laborgas, Desinfektionsmittel.

Tate lachte innerlich über das instinktive Unbehagen, das er hier empfand. Der Unterrichtsstoff war ihm leichtgefallen, doch er hatte Zeit und Mühe auf den Debattierclub der Schule verschwendet, und die Lehrer hatten ihn ständig nachsitzen lassen, weil er entweder geschwänzt oder die Schularbeiten nicht gemacht hatte. Daß er an der Tür des Klassenzimmers kurz stehenblieb, um seinem Lehrer mit einigen Zitaten von Cicero oder John Calhoun zu imponieren, hatte ihm nicht geholfen.

Die Räume der Schulverwaltung in Megans Schule waren unpersönliche kleine Kabinen mit gepolsterten Trennwänden, die genauso blau waren wie die glänzende Latexfarbe an den Wänden.

Die stellvertretende Schulleiterin, eine stämmige Frau mittleren Alters in einem roten Hosenanzug, hörte sich Betts Geschichte gleichmütig an.

»Sie glauben, sie ist weggelaufen?« fragte die Frau.

»Wir haben gehofft, Sie könnten mit einigen ihrer Freundinnen sprechen.«

Das Gesicht der Frau glättete sich und nahm diesen vorsichtigen Blick an, der typisch ist für das Verwaltungspersonal von Schulen – als verdächtigten einen diese Leute, ein Päderast zu sein. »Das können wir kaum tun. Wer *sind* denn ihre Freundinnen? Und wer hier sollte das tun? Wir haben im Lehrkörper keine Privatdetektive.«

»Na schön«, sagte Tate, »können wir dann wenigstens ihren Spind sehen?«

»Oh, das ist unmöglich.«

»Warum?« fragte Tate.

»Dazu werden Sie ihre Erlaubnis brauchen. Oder einen Gerichtsbeschluß.«

»Das ist doch lächerlich«, sagte Bett.

»Es ist Vorschrift.«

Bett sah ihren Ex-Mann an, der sich vergeblich an höchstrichterliche Entscheidungen zu erinnern suchte, in denen es um Verletzungen des Rechts von Schülern auf Privatsphäre ging.

»Nun«, sagte er mit der vernünftigsten Advokatenstimme, die er aufbieten konnte, »ein paar solcher Fälle hat es *tatsächlich* gegeben.«

Bett zuckte mit den Schultern.

Tate warf einen Blick auf Megans Akte, die umgedreht vor der stellvertretenden Schulleiterin lag. Die Frau notierte Megans Fehlen. Es gab keine Spalte für »Ausgerissen«, und der Füllhalter hielt unentschlossen über dem Teil des Formulars inne, in dem es hieß: »Grund der Abwesenheit.«

»Es gibt also nichts, womit Sie uns helfen können?«

»Ich fürchte, nein.«

Draußen im Flur flüsterte Bett: »Dieses Miststück. Und die soll Schüler verwalten! *Sie* ist diejenige, der man auf die Sprünge helfen muß.«

Tate zog seine Frau von dem Hauptkorridor weg. »Laß uns einen Spaziergang machen.«

»Spaziergang?«

»Komm einfach mit.«

Tate musterte die Wände. Bett schäumte noch vor Wut und achtete kaum auf das, was ihr Ex-Mann tat, sondern folgte ihm blind. Sie kamen an einer offenen Tür vorbei und blickten in ein überfülltes Klassenzimmer. »Jemand hier muß sie kennen. Vielleicht wissen sie sogar, wohin sie verschwunden ist. Verdammt! Es ist so frustrierend.« Als er sie einen weiteren Korridor entlangführte, sah sie sich um und fragte: »Wohin gehen wir?«

»Zweihundertachtundfünfzig.«

»Bitte um Vergebung?«

Er blieb stehen und zeigte auf einen Spind, an dem ein kleines Kombinationsschloß hing.

»Es ist Megans Spind«, erklärte er und stellte sich davor. »Ich habe die Nummer in der Akte gesehen.«

»Oh. Kannst du dir so einen Gerichtsbeschluß besorgen?«

Zwei Fußtritte genügten.

»O mein Gott«, flüsterte Bett und sah sich im Flur um. Sie kicherte leise vor sich hin. »Hast du das wirklich getan?«

»Gib mir deine Handtasche.«

Er warf den Inhalt des Spinds in Betts große Handtasche, und dann gingen sie schnell zum nächsten Ausgang.

»Ich habe mir einen entsprechenden Präzedenzfall vorgenommen«, sagte er, als sie das Gebäude verließen, »und bin zu dem Schluß gekommen, daß unsere Gründe für einen Durchsuchungsbefehl nicht ausreichen.«

Sie saßen auf dem Vordersitz seines Wagens. Zwischen ihnen lag die Handtasche, und aus dem Autoradio dröhnte Musik von Vivaldi.

Der Mercedes parkte an einer Stelle, an der junge Leute Nacht für Nacht nach Knöpfen tasteten und heißes Make-up und Clearasil zu schmecken bekamen. Die Ironie war Tate durchaus bewußt.

Er durchwühlte den Inhalt des Spinds seiner Tochter. Es war nicht viel. Er fand Schulbücher, ein Labor-Schreibheft, ein Dutzend Zeitschriften – *Interview, Details, Rolling Stone* –, ein französisches Lesebuch aus dem letzten Jahr. Und noch ein Buch: *Inzest* von Anaïs Nin.

»Was, um Himmels willen, ist das denn?« fragte Bett.

Tate zuckte mit den Schultern. Er erzählte ihr nicht, daß er eine Rezension des Buches gelesen hatte. Es beschrieb Anaïs Nins sexuelle Beziehungen zu ihrem Vater.

Megans Notizbücher enthielten einige Anmerkungen aus dem Unterricht, jedoch weit mehr Gekritzel – komplizierte Zeichnungen von Weinreben und dunklen, unheimlichen Baumstämmen.

Da lag auch eine Papiertüte. Tate öffnete sie und zog ein Päckchen heraus, das in silbernes Geschenkpapier eingewickelt war.

Bett keuchte. »Noch ein Geburtstagsgeschenk.«

»Nicht für dich. Sieh doch.« Auf der Karte stand geschrieben *Für Bobby von DWS.*

»Von wem?«

»›Du weißt schon‹«, schlug Tate vor und öffnete das Päckchen. Er starrte es einen Augenblick an. »Nun ja.«

Bett nahm die Videokassette an sich.

Marathon-ORGIE mit einem Dutzend Deiner erwachsenen Lieblingsstars. Zwei VOLLE Stunden lang. Bett lachte humorlos und rieb sich mit den Fingerspitzen die Augen. »Damit wollte sie ihm wohl einen Streich spielen.«

»Wahrscheinlich.«

»Es muß so sein«, sagte sie hartnäckig.

»Davon bin ich überzeugt.«

»Es kann sogar sein, daß es eine Leerkassette ist.«

»Durchaus möglich.« Tate zog noch einige weitere Zeitschriften hervor und Papierfetzen mit unentzifferbaren Notizen. Dann fand er eine 12,5 mal 17,5 Zentimeter große Karte.

»Oh, sieh dir das mal an«, sagte Bett und schnappte sie ihm weg.

Es war makaber – eine kontrastreiche Tuschezeichnung von Sternen und Monden, knochigen Händen und einem schmerzverzerrten Männergesicht. Die Tropfen auf seiner Stirn konnten Schweiß oder auch Blut sein.

»Es ist schauerlich.«

Wie wahr. Obwohl es auch verdammt gut war: bezwingend und abstoßend. Auf der Rückseite hatte der Künstler geschrieben: »Für Megan« und ein von einem Pfeil durchbohrtes Herz gezeichnet. Es war nicht gerade eine Glückwunschkarte zum Valentinstag; die Zeichnung war anatomisch genau, und aus dem pochenden Herzen spritzte reichlich Blut hervor.

»Wer hat das abgeschickt?«

Es war signiert, doch der Name war nicht zu entziffern.

»Wer schickt ihr denn so etwas?« fragte Bett. »Das muß eine Drohung sein.«

»Faß das Ding nur am Rand an«, ermahnte Tate sie.

»Was?«

»Wir werden doch herausfinden wollen, wer die Karte abgeschickt hat. Konnie soll sie sich auf Fingerabdrücke hin ansehen und durch das automatische System laufen lassen ...«

»Das was?«

»Das automatische System zur Identifizierung von Fingerabdrücken. Eine Datenbank. Wollen mal sehen, ob wir herausfinden können, wer ...«

Seine Stimme verebbte, als Bett den Umschlag an sich nahm, in dem die Karte verschickt worden war. Sie hielt ihn mit einem mädchenhaften Lächeln im Gesicht hoch.

»Oh.« Tate sah auf den Absender. »Du hast recht. So könnte es schneller gehen.«

»Je länger man sie betrachtet ...« Bett starrte die Karte an. »Das sieht aus wie ein Baum, doch dann verwandelt es sich in eine Ader oder so etwas. Und das da sind eine Zunge und Zähne. Ich mag es nicht.« Sie steckte die Karte in den Umschlag und ließ ihn in die Handtasche gleiten.

»Und schmeiß das verdammte Ding da weg, ja?« Sie zeigte mit einem Kopfnicken auf das Porno-Video.

Er hätte sie an den Abend vor vielen Jahren erinnern können, als sie sich im Kino ihrer Collegestadt um Mitternacht einen Film angesehen und in der letzten Reihe geknutscht hatten, während sich auf der Leinwand ein pickliges Pärchen in einem grobkörnigen Film unbeholfen abmühte.

Er kurbelte die Seitenscheibe herunter und ließ die Kassette in eine Mülltonne fallen.

»Ist das alles, sonst nichts? Such noch mal in der Tüte.«

Er warf einen Blick in die Papiertüte, in der er die Kassette gefunden hatte. »Nichts«, sagte er ihr. Er zerknüllte die Tüte und warf sie ebenfalls hinaus. Er entschied, daß es keinen besonderen Grund dafür gab, weshalb Bett etwas von der großen Schachtel mit Kondomen erfahren sollte, die mit einem hübschen roten Band umwickelt und mit einem Zettel an Bobby geschmückt war, auf dem es hieß: Du weißt schon, von wem.

Radfahren.

Es war für ihn die einzig denkbare Möglichkeit, sich zu entspannen. Das Trikot überstreifen, das Mountainbike auf dem Gepäckträger seines alten Volvo festschnallen und dann nach Westen in die Shenandoahs fahren.

Um dann diese unmöglich steilen Hügel zu erklimmen. Sein Brustkorb schrie nach Luft, und seine Beine drehten sich wie verrückt in den unteren Gängen.

Doch statt seine jetzige Angst mit dieser gesunden und tatkräftigen Lösung zu bewältigen, ließ Joshua LeFevre seinen perfekten, durchtrainierten Körper auf seine Couch fallen und brummte: »Scheiße, Scheiße, Scheiße.«

Er versuchte nochmals anzurufen.

Nach dem zweiten Läuten antwortete ihre mechanische Stimme in einem falschen Südstaatenakzent: »Hallo, Freunde. Ihr habt mich vermißt. Hinterlaßt Namen und Telefonnummer, und ich rufe zurück. Für heute erst mal einen schönen Tag, hört ihr?«

Wie bei seinen früheren drei Anrufen dieses Nachmittags hinterließ er keine Nachricht.

Megan, wo, zum Teufel, steckst du?

LeFevres Stimmung verdüsterte sich noch ein wenig mehr, als ihm einfiel, wie sie im letzten Jahr den Anrufbeantworter zu ihm in die Wohnung gebracht und ihn gebeten hatte, eine Nachricht in dem dicksten Farbigen-Akzent aufzunehmen, dessen er fähig war. »Also, Megan ist nicht da. Sie ist mit den Jungs ausgegangen. Hinterlassen Sie eine Nachricht, sie wird Sie anrufen.«

Außerdem erinnerte er sich daran, wie er im vergangenen Sommer neben ihr gesessen und ihr gesagt hatte, daß er sich nicht länger mit ihr treffen könne. »Warum nicht?« hatte sie mit aufrichtiger Neugier gefragt, und dazu war ihm nichts eingefallen. Später war er vor Sehnsucht und Schuldgefühl geradezu dampfend nach Hause gekommen und hatte sie sofort angerufen; in der halben Stunde, die er gebraucht hatte, um in seine Wohnung zurückzukehren, hatte sie seine Ansage auf dem Anrufbeantworter durch eine neue ersetzt. Hatte ihn einfach aus ihrem Leben ausradiert. Das war vielleicht das erste, was ihr eingefallen war, als sie wieder allein war (zumindest war es auf ihrer Top-Ten-Liste vertreten). Ihre Reaktion sagte ihm, daß sie eine stärkere Person war, als er je sein würde.

LeFevre wälzte sich von der Couch herunter und schlenderte durch die schäbigen Räume, um etwas zum Anziehen zu suchen. Er streifte sich Trainingshosen über, Socken, eine dreifarbige Weste des Afrikanischen Nationalkongresses. Die Wohnung lag nicht weit vom Capitol Hill entfernt in South East Washington. Es war ein heruntergekommenes Viertel, das man kaum sicher nennen konnte, doch für LeFevre war es sein Zuhause. Er war vor fünf Jahren hergezogen, kurz nachdem er sein zweites Magisterexamen bestanden hatte. Er hätte die Chance gehabt, in die Nähe der dreistöckigen Wohnung seiner Mutter am DuPont Circle zu ziehen oder in das Haus seines Vaters in Great Falls mit den acht Schlafzimmern. Er hätte sogar das Zimmer über der Galerie in Georgetown mieten können, in dem er seine Arbeiten regelmäßig ausstellte; der Galerist hatte es ihm mehrmals angeboten.

Doch es gefiel ihm hier. Abends mit einem Bier auf der Vordertreppe zu sitzen und zuzusehen, wie die Leute mit ihren Hunden vorbeischlenderten (es gab eine Menge Hunde hier, große böse Hunde, Wachhunde), oder sich mit Mr. Sanchez oder den Williamsons zu unterhalten, deren vierzehnjährige Tochter keine Ausreden brauchte, um LeFevres Muskeln in stummer, koketter Ehrfurcht anzustarren.

Die Wohnung war perfekt für ihn. Zwei Schlafzimmer, von denen eins, das im Norden lag, jetzt sein Studio war. Hohe Zimmerdecken und – noch wundersamer – funktionierende Leitungen. Es war das Beste, was das Viertel für einen Bohemien bieten konnte, und er liebte es, besonders jetzt, als die warme Frühlingsluft, die von dem übelriechenden Geruch des Potomac erfüllt und durch Kirschblütenduft parfümiert war, sich mit den Aromen von Terpentin und Leinsamenöl aus seinem Studio mischte.

Er drückte die Lenkergriffe seines Fahrrads mit seinen kraftvollen Händen. Seine Haut hatte genau den gleichen Farbton wie der braune Ledersitz.

Megan …

Wo *bist* du?

LeFevre sah erneut auf seine Armbanduhr. Halb drei. Sie hätte schon um zwölf Uhr mittags anrufen sollen. Als eine Stunde vergangen war und er immer noch nichts von ihr gehört hatte, hatte er sich erste Sorgen gemacht. Jetzt war er zutiefst beunruhigt.

Megan McCall war eine Frau mit einem steinernen Gesichtsausdruck – das war eine gnädige Täuschung, die sie im Laufe der Jahre vervollkommnet hatte. Doch wenn sie zu gelassen und zu fröhlich wurde, wußte LeFevre, daß etwas nicht stimmte – dann kochte irgendeine Wut in ihr, nagte eine Sorge, oder sie fühlte sich verletzt oder verängstigt. Und als er dann die Geschichte hörte, sie habe zuviel getrunken, habe »ein bißchen Ärger gehabt«, sich vorgenommen, »vielleicht diesen, wie sagt man, Therapeuten aufzusuchen, keine große Sache«, hatte er logarithmisch aufgebläht, was sie ihm erzählt hatte. Jetzt ging ihm auf, das etwas wirklich Schlimmes passiert war.

Und jetzt war sie verschwunden?

Oder hatte sie ihm einfach den Laufpaß gegeben?

Jetzt fiel ihm unter anderem auch ein, daß ihr schließlich auch der wahre Grund dafür aufgegangen sein mußte, warum er im vergangenen Jahr mit ihr Schluß gemacht hatte. In ihrer Wut hatte sie sich nur deshalb einverstanden erklärt, sich heute abend mit ihm zu treffen, um ihn dann zu versetzen, nur um es ihm heimzuzahlen.

Jetzt war ihm schon der bloße Gedanke an diesen Grund unangenehm – denn er nahm die Gestalt einer kleinwüchsigen Frau von vierundfünfzig Jahren mit einem scharfgeschnittenen Gesicht an, die sich in diesem Augenblick in dem geräumigen Büro befand, in dem sie als stellvertretende Ministerin des Ministeriums für Wohnungsbau und Stadtentwicklung erhebliche Macht ausübte. Emma Vinton LeFevre.

Damals hatte LeFevre andere Gründe für die Beendigung des Verhältnisses genannt. Nun ja, Megan sei zwölf Jahre jünger (um Himmels willen, du gehst sogar noch zur High School), dann sei da noch die Sache mit der Rasse (jaja, schon richtig, aber wem macht das heutzutage noch was aus?), sie werde den Staat in einem Jahr verlassen, um aufs College zu gehen, und dann werde er sie nie wiedersehen (schon richtig, schon richtig), und er halte sie davon ab, ihre Talente zu entwickeln (nur zu wahr) …

Aber nein. Der wahre Grund war seine Mutter.

Mit dem Altersunterschied hatte die stellvertretende Ministerin kaum ein Problem und mit dem Rassenunterschied schon gar nicht – sie war politisch genauso korrekt wie jeder Politiker. Doch Megan hatte einen Makel, der sich nicht so einfach löschen ließ wie eine Nachricht auf einem Anrufbeantworter.

Sie war Tate Colliers Tochter.

Und so hatte sich LeFevre dem Willen seiner Mutter gebeugt, sich mit Megan hingesetzt, sie angelogen und das Verhältnis beendet.

In den anschließenden Monaten hatte er sich auf seine Arbeit gestürzt und mit einer Besessenheit gemalt, die er seit dem Studium in Paris nicht mehr in sich gefühlt hatte. Doch dann kam immer ... dann kam immer das Ende des Tages – mit dem das Nordlicht des Künstlers buchstäblich und im übertragenen Sinne verblaßte. An den stillen Abenden saß er allein da. Saß in seinem Studio, rauchte einen Joint, trank ein Bier, starrte auf die Leinwand, an der er tagsüber gearbeitet hatte, und stellte Spekulationen über Megans Reaktion darauf an. Würde sie denken, das Bild sei einem anderen zu ähnlich, das er früher einmal gemalt hatte? War es zu blau, zu blaß, zu eindimensional? Zu wundervoll, um es mit Worten überhaupt beschreiben zu können?

Manchmal betrachtete er ein Gemälde und sah nur ihr Gesicht.

Hier war nun Joshua LeFevre, ein gutaussehender, muskulöser schwarzer Mann, dessen Körper von Männern und Frauen gleichermaßen bewundert wurde, ein Künstler, der in Washington und New York City schon Dutzende von Einzelausstellungen gehabt hatte, der eine reiche Mutter mit besten politischen Verbindungen besaß und einen reichen Vater, über den regelmäßig in *Forbes* berichtet wurde, ein Mann mit Freunden in England, Paris, New Haven, Soho und Aspen.

Hier war ein Mann, der fast jede Frau für ein romantisches Abenteuer haben konnte.

Dennoch war er ein Mann, den es nur nach einer bestimmten Frau und ausschließlich nach ihr verlangte.

Denn als er vergangene Woche zusammengebrochen war und sie angerufen hatte, hatte sie ihm wie beiläufig (zu beiläufig?) erzählt, daß sie wieder ungebunden sei. Sie habe sich gerade von Bobby getrennt, einem Typ, den sie in der Schule kennengelernt habe. Sie hatte dann einfach weitergeplaudert und das Thema gewechselt, doch LeFevre hatte sofort nachgehakt.

»Tatsächlich?« hatte er mit wild pochendem Herzen gefragt. »Kann ich dich sehen? Vielleicht am Mittwoch?«

Eine unendlich lange Pause. »Vielleicht. Ich weiß nicht.«

»Bitte?«

»Na schön. Aber ...«

»Ich verstecke dich nicht mehr«, sagte er mit Nachdruck. »Du kommst zum Essen zu uns und lernst sie kennen.«

»Das hast du früher auch schon gesagt, Josh.«

»Diesmal meine ich es. Wirklich.«

Dann der *wichtige* Anruf. Er wählte eine Nummer der Bundesregierung und stellte sich wie immer ein irrsinnig überdimensioniertes Büro aus einem Hollywoodfilm vor.

»Mutter, ich möchte, daß du mich anhörst. Diese Frau bedeutet mir etwas. Ich weiß, was du sagen willst, aber sie trifft ihren Vater kaum. Er hat nicht das Sorgerecht, und sie hat nicht mal denselben Nachnamen.«

Schweigen am anderen Ende.

Schließlich hatte die stellvertretende Ministerin LeFevre dem post-new-wave und urban-primitiven Künstler LeFevre nachgegeben. Im Augenblick – zwischen Anrufen im Weißen Haus und auf dem Capitol Hill – traf sie die Vorbereitungen für eine elegante Dinnerparty am Abend für sie drei und einige wenige Freunde. LeFevres Handflächen, die immer absolut trocken waren, wenn er sein Mountainbike mit über siebzig Stundenkilometern steile Hügel hinunterjagen ließ, tropften jetzt vor Schweiß bei dem Gedanken, daß Megan vielleicht gar nicht aufkreuzte.

Nun, hatte sie es getan? Hatte sie ihn einfach zum Narren gehalten? Würde er je wieder von ihr hören?

Er sah auf seine Armbanduhr.

LeFevre setzte sich auf sein Rad und rollte zur Mitte des Raums, wo er behutsam die Handbremse anzog. Dort blieb er stehen und balancierte sein Rad perfekt. Seine Muskeln machten winzige schnelle Korrekturbewegungen, damit er nicht umkippte.

Bis zehn Sekunden später laut der Türsummer ertönte. Er sprang vom Fahrrad, eilte zur Tür und riß sie auf.

LeFevre erstarrte mit der Hand am Türgriff.

Nun ja.

Er ließ das Paar ein und zeigte mit einer Handbewegung auf die Couch. Er ging vor ihnen her und trat Stapel von Kleidungsstücken mit dem Fuß zur Seite.

Ausgerechnet jetzt, wo die Wohnung so aussah.

Eigentlich hätte es ihn schockieren müssen zu sehen, wie der berüchtigte Tate Collier mit seiner Frau an seiner Seite in seine Wohnung spazierte, doch in Wahrheit war er überhaupt nicht schockiert.

Sondern dachte: Wo, zum Teufel, *steckst* du, Megan?

Bei einer Debatte geht es nicht nur um Worte.

Tate Collier stand nie an einem Rednerpult – ob nun bei einem landesweiten Debattenwettbewerb der American Forensics Association, einem Gerichtsverfahren oder einer Berufungsverhandlung –, ohne in die Gesichter seines Gegners und der Richter zu blicken. Debattenredner, die Menschen verstehen, werden immer solche Redner besiegen, die das nicht tun, wie gut sie auch die Fakten beherrschen.

Was Joshua LeFevres Gesicht an diesem Nachmittag enthüllte, war Feindseligkeit. Das gleiche verrieten die massiven, angespannten Schultern und die kräftigen Finger, die zu bewußt in die schlanke Taille des Athleten gestemmt waren.

Tate wünschte plötzlich, er hätte Konnie den Namen des jungen Mannes genannt und es bewaffneten Gesetzeshütern überlassen, den Mann aufzuspüren.

Bett andererseits, die halb so groß war wie LeFevre, war nicht im geringsten eingeschüchtert. »Haben Sie dies meiner Tochter geschickt?« Sie hielt ihm die Karte hin.

LeFevre nickte hilfsbereit. Er schien sofort Sympathien für sie zu empfinden und stellte dann eine neugierige Frage: »Wo, um Himmels willen, ist sie?«

Tate, der bei seinem Rednertraining für Debatten und Streitgespräche auch Dialekte studiert hatte, erkannte hier den Anflug eines Akzents aus den britischen Midlands.

Den Blick immer noch auf Bett gerichtet, fuhr LeFevre fort: »Megan sollte mich vor drei Stunden anrufen. Wir haben sie heute abend zum Essen eingeladen.« Mit einem nervösen Tonfall fügte er hinzu: »Das Dienstmädchen meiner Mutter ist gerade dabei, die Ente in den Ofen zu schieben.«

»Ente?« sprudelte Tate hervor. Machte der Mann Witze?

Anscheinend nicht.

Der Akzent hörte sich nach Karibik und auch nach Carolina an. Verfeinert. Vielleicht war der Mann doch kein Drogendealer und Killer. Doch der Groll in seinen Augen war unverkennbar, als er jetzt Tate anblickte.

»Sie soll um sieben hiersein und hätte mich um zwölf Uhr mittags anrufen sollen.«

Tate fiel jetzt zum ersten Mal auf, daß die Wände der Wohnung mit Zeichnungen und Gemälden bedeckt waren, die der Karte ähnelten, die sie in Megans Spind gefunden hatten. Die meisten waren sogar besser als die kleinere Version. Und genauso beunruhigend.

»Wie gut kennen Sie sie?« fragte Bett.

Auf dem Gesicht des jungen Mannes zeigte sich plötzlicher Kummer. Tate begriff, bevor LeFevre erwiderte: »Ich war vergangenes Jahr mit ihr befreundet.«

Das war es, was Tate sah: Schmerz darüber, daß sie ihn verleugnet hatte. Er fühlte sich verraten. Sie hatte ihren Eltern nie erzählt, daß dieser Mann existierte. Nun ja, auch Tate fühlte sich verletzt. Hatte Megan tatsächlich geglaubt, daß es ihm und Bett etwas ausmachen würde, wenn sie einen schwarzen Freund hatte?

Doch anscheinend steckte mehr hinter dem Gefühl, als Tate sich zusammenreimte. LeFevre sagte: »Ich bin sicher, daß *Ihnen* das nicht paßt.« Dieser Seitenhieb mußte wohl sein.

Na schön, dachte Tate, kommen wir zur Sache.

»Haben Sie mir etwas zu sagen?« fragte er ruhig. Vielleicht hatte Megan ein paar Bemerkungen über ihre Kindheit fallenlassen.

Lästiges Kind …

Wieder falsch.

»Ja, ich habe Ihnen etwas zu sagen.« Tate sah, daß LeFevre jetzt Gefühle zeigte und sich in seinem Zorn nicht wohl fühlte. »Sie wissen … Sie wissen, weshalb wir Schluß gemacht haben?«

»Ich habe nicht mal gewußt, daß es zwischen Ihnen etwas gab, was man hätte beenden können. Die Antwort lautet also nein.«

»Mögen Sie meine Weste? Gefallen Ihnen die Farben? Sie gefallen Ihnen nicht, richtig?«

Tate verschränkte die Arme vor der Brust und wartete. Er war vollkommen perplex.

»Ihretwegen«, erklärte LeFevre.

»Unseretwegen?« fragte Bett. »Wir haben doch nicht …«

»Nein, wegen Ihnen beiden«, sagte LeFevre hitzig, obwohl er sich wie ein Schauspieler auf einer renommierten Sprechbühne anhörte. Er zeigte mit einem Finger auf Tate. »Seinetwegen. Und wegen des *Early-Falls.*«

»*Was?*« Tate starrte in die riesigen dunklen Augen des jungen Mannes.

»O ja, ich weiß alles darüber, Mann.«

»Und wo liegt das Problem?« fragte Tate und lachte auf. Er musterte den rot-grün-gelb gemusterten Stoff, der den mächtigen Brustkorb bedeckte, und fügte hinzu: »Ach, übrigens, die Weste sieht großartig aus.«

Bett sah ihren Ex-Mann mit einem spöttischen Blick an. Dieser seufzte und klärte sie auf: »Vor einiger Zeit wurde ein Cop im Fairfax County von dem Sohn eines reichen Geschäftsmannes umgebracht. Er hatte den Jungen in einem städtischen Park mit einer offenen Flasche erwischt. Es gab einen Kampf …«

»Erzählen Sie ihr, daß auch Rassenfragen eine Rolle spielten.«

»Davon konnte keine Rede sein«, entgegnete Tate mit Nachdruck.

»Die Frage der Rasse spielt immer eine Rolle. Es kommt nur darauf an, ob man sie sehen will oder nicht.«

»Oh, hören Sie doch auf«, platzte Tate heraus, »das Opfer war schwarz, der Täter weiß. Das ist die ganze Rassenfrage. Weiter nichts.«

»Erzählen Sie ihr die ganze Geschichte.«

Tate zuckte mit den Schultern. »Der Cop war Laienprediger in der Kirche und leitete eine Jugendgruppe in Washington. Und er hat bei der Parkverwaltung Sonderschichten gemacht, um mit gefährdeten Jugendlichen zu reden. Bedauerlicherweise hatte er auch …«

»Jetzt kommt der Teil, den er sich ausgedacht hat«, unterbrach ihn LeFevre.

»… die Neigung, in den Parks, in denen er patrouillierte, junge Mädchen zu filzen. Wenn er einen Joint oder eine Flasche fand, erklärte er sich bereit, sie nicht festzunehmen, wenn sie bestimmte Sachen für ihn taten. Wenn sie ihm sexuell entgegenkamen.«

»Unfug. Das ist nie bewiesen worden.«

»Ich bitte darum, anderer Meinung sein zu dürfen«, erwiderte Tate. »Für die Geschworenen reichten die Beweise aus.«

»Die meisten davon waren Weiße.«

»Ich fand zwei Zeugen, die den Schneid hatten, in den Zeugenstand zu treten. Einer der Zeugen, eine Frau, sagte, sie habe an jenem Abend gesehen, wie der Cop einem vierzehnjährigen Mädchen Bluse und BH ausgezogen habe. Der zweite Zeuge …«

»Die waren auch Weiße. Beide Zeugen.«

»Der zweite sagte, er habe gesehen, wie der Cop ein paar andere Mädchen belästigte. Early hatte ihm gesagt, er solle damit aufhören, denn sonst werde er sich an den Vorgesetzten des Cops wenden. Der Cop zog seine Waffe, und Early ergriff sie. Da löste sich ein Schuß. Die Geschworenen glaubten diese Geschichte. Er wurde freigesprochen.«

»Wissen Sie, was seine Frau während des Prozesses durchmachte?« sagte LeFevre. »Wissen Sie, wie sich seine Kinder fühlten? Schwarzer Mann und weiße Frauen. O Mann.« LeFevre schüttelte angeekelt den Kopf.

»Tatsachen sind Tatsachen.«

»Die Geschichte stimmte *nicht*«, protestierte LeFevre. »Meine Mutter sitzt im Washingtoner Vorstand der National Association For the Advancement of Colored People. Sie *weiß Bescheid.* Sie gaben einen Untersuchungsbericht in Auftrag und fanden keinerlei Beleg dafür, daß er die Dinge getan hatte, deren Sie ihn beschuldigten.«

»Aber ich verstehe nicht. Was hat denn das damit zu tun, daß sie beide sich getrennt haben?« fragte Bett.

Tate sagte: »Weil Sie nicht mit der Tochter eines so bigotten Mannes befreundet sein wollten?«

Der junge Mann zögerte einen Augenblick. Tate sah die Unsicherheit in den Augen und begriff, daß der junge Mann diesen Theorien nicht vollständig Glauben schenkte, von denen Tate annahm, daß sie von LeFevres Mutter stammten. Eine weitere Neuauflage von *Romeo und Julia.*

Nein, LeFevre schien einfach nicht in der Lage zu sein, seine Entrüstung aufrechtzuerhalten. Er sagte sachlich: »Ich weiß nicht, ob Sie bigott sind oder nicht, aber Sie haben ein Vorurteil dazu genutzt, einen Killer freizubekommen.«

Donnie Early ist ein Killer, ja, dachte Tate. Er hat auf den Abzug gedrückt, und deswegen ist ein Mann gestorben. Das kann ich nicht bestreiten. Und der Junge ist *tatsächlich* nichts weiter als ein reicher weißer Scheißkerl und ein übler Trinker. Aber manchmal entscheidet das System eben, daß auch kleine weiße Scheißkerle, die Menschen umbringen, frei herumlaufen dürfen.

Tate hätte den jungen Mann auf der Stelle mit der Frage zum Schweigen bringen können, ob es nicht auch ein Verbrechen sei, die Sünden des Vaters einer Tochter zuzuschreiben. Doch bei einer Auseinandersetzung geht es nicht nur um Worte und nicht nur um Logik. Es geht auch um das, was man will. Tate brauchte die Hilfe dieses jungen Mannes, und zwar sofort. Folglich lächelte er einfach und sagte: »Ich kann mich nicht für das entschuldigen, was ich getan habe, Joshua. Ich habe die Interessen Earlys nach bestem Vermögen vertreten, so wie ich auch Sie in einer Diskriminierungssache vertreten würde, wenn Sie fünf

Cent Lohnerhöhung weniger pro Stunde bekämen als eine Frau. Aber hören Sie mir jetzt mal zu. Ich glaube, daß Sie sich genauso um Megan Sorgen machen wie wir. Wir befürchten, daß ihr etwas zugestoßen ist, und die Polizei unternimmt nichts. Werden Sie uns helfen oder nicht?«

»O mein Gott.«

Es war Betts Stimme. Tate wirbelte herum.

Sie zeigte auf das Gemälde eines nackten Mädchens, das von Weinreben und Ästen umrankt war. Ihr Gesichtsausdruck hätte Schmerz sein können, aber ebensogut auch sexuelle Leidenschaft.

Das Mädchen war Megan.

LeFevre drehte sich zu dem Bild um und starrte es voller Zuneigung an. Nach einem Augenblick sagte er: »Sie war mein bestes Modell. Na schön, sagen Sie mir, was ich tun kann. Aber Sie müssen auch mir helfen. Ich bin Maler und kein Privatdetektiv.«

9

Von Montag an noch eine Woche, dachte er.

Er schlenderte durch die Flure des Gebäudes, in dem er – er hatte es einmal ganz exakt ausgerechnet – fast die Hälfte seines Lebens als Erwachsener verbracht hatte.

Zerkratztes Linoleum, beigefarbene Aktenschränke, die Gerüche von Kunststoff und Reinigungsmitteln und Schweiß, Metallschreibtische, die von einer Generation an die nächste weitergegeben wurden: Es hätte die Verwaltung einer High School sein können.

Tatsächlich war es das Hauptquartier der State Police, das sich inmitten eines Gewimmels von Vororthäusern an der Chain Bridge Road befand.

Dimitri Gregor Konstantinatis, Polizeisergeant – keineswegs Detective, wie er Bett McCall vorgelogen hatte, sondern einfacher Ermittlungsbeamter – nickte den Polizisten zu, die beieinanderstanden und sich unterhielten. Sie begrüßten ihn mit den freundlichen Gesichtern, von denen er sich erst seit kurzem einredete, daß sie nicht mehr blanken Haß maskierten.

In den Räumen des Jugenddezernats verschwand er in seinem winzigen Büro und setzte sich an einen Schreibtisch, der angesichts seines mächtigen Körpers tatsächlich nur für einen Jugendlichen gedacht zu sein schien.

Mit einer riesigen Hand, die so grob war wie die eines Fischers, was er nie gewesen war, zog er einen braunen Umschlag zu sich heran, öffnete ihn, strich ihn sorgfältig glatt und schrieb an den oberen Rand *McCall, Megan.*

Auf dem Bildschirm seines Computers sah er sich den Bericht einer der drei Streifen an, die er losgeschickt hatte, um sich die Parkplätze an den Flughäfen Dallas und National anzusehen sowie die Metro-Station Vienna; und an der Metro-Station hatten sie vor dreißig Minuten ihren Wagen gefunden.

Während der Drucker den Bericht ausspuckte, warf Konnie zufällig einen Blick auf den Kalender und dachte erneut: von Montag an noch eine Woche.

Das war der Tag, an dem seine Bewährungszeit vorüber sein würde – kalendermäßig eigentlich schon am Sonntag, doch da das Datum auf den Ruhetag fiel, wurde die Zeit um vierundzwanzig Stunden verlängert (und dies der Tatsache zum Trotz, daß er sich nur selten einen Sonnabend oder Sonntag frei nahm). Es würde eine Anhörung geben, in der enthüllt werden würde, daß er während dieses endlos langen zweijährigen Fegefeuers genau das geküßt, geleckt, angekreuzt und mit Punkten versehen hatte, was man ihm aufgetragen hatte. Danach würde man ihn wieder in den Rang eines Lieutenant zurückversetzen (ohne den scharlachfarbenen Zusatz *Bis auf weiteres*), und der Job des Chief Detective im Dezernat für Gewaltkriminalität – der Job, den er seit der Polizeiakademie angestrebt hatte, der Job, in dem er diese vielen Stunden verbracht hatte – würde wieder ihm gehören.

Das Ende von zwei Jahren Langeweile, von zwei Jahren Scham, von zwei Jahren der Seitenblicke anderer Beamter, die den Versuch machten, diese Mickeymaus-Aufgabe mit seinem Ruf als der vielleicht beste Ermittler bei schweren Verbrechen im gesamten Staat Virginia in Einklang zu bringen. Die beiden schlimmsten Jahre seines Lebens. (Nun ja, da gab es noch die beiden Jahre davor – aber an die konnte er sich kaum noch erinnern.)

Von Montag an noch eine Woche.

Und doch – und das war eine angenehme Überraschung – jetzt hatte er hier im Jugenddezernat den ersten Auftrag, der ihm die alte Erregung vermittelte. Das Verlangen, das Unbekannte Schicht um Schicht freizulegen, die Daten nach harten Fakten, Indizien, Vermutungen und reiner Spekulation zu trennen, Täterprofile zu Papier zu bringen. Bei Vernehmungen den klassischen Ansatz zu benutzen, um die Vernommenen zur Zusammenarbeit zu bewegen (durch Anreize, Einwände, Verhalten). Aus dem Büro zu verschwinden und mit Menschen zu *reden,* um in Fällen, die ihm wichtig waren, selbst zu ermitteln.

Konnie beugte sich über den Bericht der Streifenwagenbesatzung und las, bis ihm aufging, daß ihm der Bauch weh tat. Seine Anzugjacke spannte auf der Vorderseite. Er ließ seinen dunklen Anzug – den er immer zu einem weißen Oberhemd und einer dunklen Krawatte trug, zugeknöpft. Jetzt machte er die Jacke auf.

Er las den Bericht über Megans Wagen. Es war eine kursorische Suche – nur einfachste Kriminaltechnik, gerade genug, um die Beamten zu der Schlußfolgerung zu bringen, daß es keinerlei Anzeichen für einen Kampf gegeben habe. Im Wagen hatten sie einen gültigen Amtrak-Fahrplan gefunden. Im Bericht hieß es, der Fahrplan sei zwar oft benutzt worden, doch weder Städte noch Züge seien markiert. Konnie wollte mit detaillierteren Angaben der Kriminaltechniker weitermachen, doch er mußte erst ein offizielles Ermittlungsverfahren eröffnen, um dazu autorisiert zu werden. Technisch ließ sich das erst machen, wenn Megan vierundzwanzig Stunden vermißt war. Er würde mit Engelszungen reden müssen, um ihr Verschwinden mit einer Fallnummer versehen und sich selbst auf die Sache ansetzen zu können.

Er rief den Erkennungsdienst an und bat, man möge ein Team zu Bett McCalls Haus schicken, um etwas abzuholen, das für Vergleichszwecke die Fingerabdrücke des Mädchens aufweise. Dann befahl er einem Team der Spurensicherung, sich Megans Wagen vorzunehmen, und ließ den Fahrplan mit Ninhydrin auf Fingerabdrücke untersuchen. Konnie versicherte den Leuten von der Spurensicherung und den Kriminaltechnikern, er werde noch heute die Fallnummer durchgeben, die den Fall offiziell mache.

Dann schlenderte er zum Büro von F. Welling Dobbs, einem jungen Captain, der mehrere Dezernate leitete, darunter auch das Jugenddezernat. Konnies Vorgesetzter war nicht auf den Kopf gefallen, wenn auch mürrisch, ein guter Polizist und überdies fünfzehn Jahre jünger als Konnie.

»Wollte Sie gerade zu mir rufen«, sagte der adrette junge Mann.

»Captain, sehen Sie sich an, was wir hier haben. Wir haben den Wagen dieses Mädchens McCall gefunden. Er war …«

»Was ist das? Oh, diese Collier-Sache? Er ist doch der frühere Staatsanwalt, nicht wahr?«

»Genau der. Sie haben meine Hausmitteilung gesehen. Er …«

»Sie ist ausgerissen.«

»Vielleicht. Das ist eine …«

»Sie hat Briefe hinterlassen.« Dobbs fuhr sich mit der Hand durch sein kurzgeschnittenes Haar. »*Natürlich* ist sie ausgerissen.«

»Wir haben ihren Wagen gerade an der Metro-Station Vienna gefunden.«

»Aha, sie nimmt also die Bahn, um sich aus dem Staub zu machen. Fährt nach New York. Passiert nur tausendmal im Jahr. Verwöhnte Fairfax-Gören. Aber das haben Sie mich nicht sagen hören.«

»Sie haben im Wagen einen Amtrak-Fahrplan gefunden.«

»Da haben Sie's.« Der junge Polizeioffizier hatte die Augen eines Adlers. Oder eines Geiers.

»Warum hat sie ihn im Wagen gelassen, wenn sie ihn noch braucht?«

»Sie hat ihn vergessen. Sie wußte einfach, welchen Zug sie nehmen mußte. Oder sie hatte sich vorgenommen, sich am Bahnhof einen neuen zu holen. Union Station, das sind nur sechs Haltestellen von Vienna.«

Etwas in Konnie warnte ihn davor zu erwähnen, daß er die Kriminaltechniker auf den Fall angesetzt hatte.

Dobbs war doppelt so schnell, wie sein muskulöser Rumpf vermuten ließ. Er rieb sich die Augen. »Wie kommt es, daß Sie den Wagen gefunden haben?«

Scheiße.

Konnie hatte in den letzten zwei Jahren gelernt, seinen Zorn zu beherrschen. Es war ihm nicht leichtgefallen. Er war nicht aufbrausend, sondern hatte eine tiefsitzende Wut im Bauch. Er gestand es sich ein, und es gefiel ihm sogar. Man kann keine friedfertige Seele haben und dann hinter Männern hersein, die sechzehnjährige Mädchen vergewaltigt haben. Er atmete mehrmals tief durch und hob seine schwarzen Augenbrauen wie eine Zugbrücke.

»Sie wissen, wonach ich frage, Konnie. Wie viele Teams haben Sie eingesetzt?«

»Drei.«

»Jesus Christus.«

In einem religiösen Land, in dem sich jeder zweite Haushalt an das Wort des Herrn, Amen, hielt und in dem »Wahl« nur bedeutete, für welche protestantische Sekte man sich entschieden hatte, waren solche Schimpfwörter selten.

Gefährliches Terrain, dachte Konnie.

Von Montag an noch eine Woche.

»Was ist er, ein Freund von Ihnen?«

»Collier und ich haben früher zusammengearbeitet.«

»Aha.«

Konnie wußte nicht, ob das »na und?« bedeuten sollte oder »aha, das erklärt Ihr idiotisches Verhalten«.

»Sie sind ziemlich durcheinander. Ihre Eltern«, fuhr der bis auf weiteres als Ermittlungsbeamter tätige Sergeant fort.

»Wissen Sie, ›aufgeregte Eltern‹ gehört nicht zu den Kriterien unserer Abteilung, die erfüllt sein müssen, um offiziell ein Ermittlungsverfahren zu eröffnen.«

»Nein, Sir, natürlich nicht.«

Konnie fragte sich manchmal, wohin der Zorn entwich, wenn er nicht dort war, wo er hätte sein sollen.

»Vergessen Sie es. Ich habe hier ein wirkliches Problem.«

Eine weitere Akte flog auf den Tisch. Sie war 0,7 Zentimeter dick. Konnie vermutete, daß seit rund einem Monat in der Sache ermittelt wurde oder seit etwa drei Monaten, wenn die Sache nicht allzu dringlich war.

»Die Devoe-Sache. Das Mädchen, das sich im März umgebracht hat.«

Konnie erinnerte sich an einen Teenager, der sich in Great Falls in die reißende Strömung gestürzt hatte und auf den Felsen zerschmettert worden war.

Selbstmord eines Teenagers. Für Konnie war das der härteste Teil seiner Arbeit im Jugenddezernat. Und die Statistik zeigte, daß das Problem sich immer mehr verschlimmerte, sowohl im Staat als auch im ganzen Land.

»Mit ihrem Tod scheint mir etwas nicht zu stimmen.«

»Ich erinnere mich nicht genau«, erwiderte Konnie.

Er erinnerte sich jedoch sehr genau, sogar an das Gesicht des Mädchens auf dem Autopsie-Foto. Der glattwangige Dobbs konnte sich trotz seiner Diät voller zusätzlicher Aminosäuren und Gehirnnahrung nicht mit Konnie Konstantinatis messen, der die drei Schlüsseleigenschaften für erfolgreiche Ermittlungsarbeit bei Kapitalverbrechen besaß: Ausdauer, eine Leidenschaft für Details und ein unfehlbares Gedächtnis.

Er wollte jedoch genau wissen, worauf sein Vorgesetzter hinauswollte. Folglich blinzelte er und fragte: »Gab es da nicht einen Brief?«

Dobbs entdeckte eine Fotokopie in der Akte. Er begann: *Ich bin an Orten gewesen, an denen ich nie habe sein wollen. Ich bin an Orten gewesen, zu denen ich nicht zurückkehren kann. Ich würde es nicht ertragen …*

Konnie las nicht zu Ende. Er fragte: »Hat es einen Kampf gegeben?«

Dobbs meinte: »Ich würde diesen Anzug mal bügeln lassen, Konnie. Ihre Eltern sind davon überzeugt, daß sie es nicht getan hat.«

Irgendwo ganz hinten in Konnies Gedächtnis meldete sich etwas, hustete, verstummte dann aber wieder.

Er wartete.

»Sie haben eine Anzeige erstattet. Genauer gesagt, ihr Anwalt. Sie liegt da drinnen.« Er zeigte auf den braunen Umschlag, der genauso aussah wie der, den Konnie gerade über Megan angelegt hatte.

»Was soll ich tun?«

»Wir brauchen einen vorläufigen Bericht, daß wahrscheinlich Grund für die Annahme besteht, daß sie einem Tötungsdelikt zum Opfer gefallen ist.«

Konnie hätte darauf hinweisen können, daß auch Selbstmord rein technisch ein Tötungsdelikt ist – dabei ist es nur so, daß Täter und Opfer dieselbe Person sind. Doch er dachte auch: von Montag an noch eine Woche.

»Warum?«

»Weil man es uns befohlen hat.« Dobbs lächelte, meinte es aber nicht.

»Aber der Pathologe hat doch Selbstmord festgestellt, richtig?«

»Ich erwarte, daß Sie am Freitagmorgen damit fertig sind.«

»Übermorgen?« fragte Konnie. Er war wie vor den Kopf geschlagen.

Das Lächeln wich aufrichtiger Irritation. »Ich wünsche Zeugen, Erklärungen, das volle Programm. Hübsch und übersichtlich. Machen Sie Ihren Terminkalender frei, und gehen Sie an die Arbeit.«

»Nun ja, ich habe mir gedacht, daß ich mir die Angelegenheit dieses Mädchens McCall ansehen sollte.«

»Da gibt es nichts festzustellen. Sie ist eine Ausreißerin. Es langt mir schon, daß Sie drei Streifenwagen für diese Parkplatzsuche eingesetzt haben. Nein, ich bin total sauer.«

Der Captain wäre aber nicht sauer, wenn die Tochter eines Politikers vermißt würde …

Volltreffer.

Devoe.

Ihr Vater war Abgeordneter der gesetzgebenden Versammlung des Staates und ein bekannter Geschäftsmann in Fairfax. Reich und mächtig. Halt jetzt die Klappe, verdammt noch mal, sagte sich Konnie. Dobbs würde dem Berufungsbeirat seine Empfehlung geben oder das genaue Gegenteil davon, wenn Konnies Wiedereinsetzung zur Diskussion stand.

Folglich versuchte er es mit dem feigen Ansatz: »Ich denke gerade, daß nichts dabei herauskommt, und dann würden sich ihre Eltern noch schlimmer fühlen als jetzt. Mein Rat – wir sollten diese Sache einfach laufen lassen. Ich werde mit ihnen sprechen, wenn Sie wollen.« Du bist vielleicht ein Scheißkerl, tadelte er sich.

»Hier ist die Akte, Konnie. Ihre erste Aufgabe am Freitagmorgen. Um neun Uhr. Der County-Sheriff wird dasein und auch jemand vom Kriminalamt.«

Manchmal läßt einen der Zorn mucksmäuschenstill sein.

»Ich weiß, daß Sie Ihre Zweifel haben, Officer«, sagte Dobbs, der weder lächelte noch irritiert war. »Aber lesen Sie diese Akte. Sie werden sehen, was da nicht in Ordnung ist. Dieses Mädchen hat ein Stipendium fürs George-Mason-College bekommen, ihr Freund hatte ihr gerade einen Verlobungsring geschenkt, und eine Stunde, bevor sie sich umbrachte, kaufte sie vier Karten für ein Aerosmith-Konzert. Das hört sich nicht nach jemandem an, der sterben möchte. Was ich damit sagen will, ist folgendes: Man kann einen Mord auch wie einen Selbstmord aussehen lassen.«

Manchmal bringt einen der Zorn dazu zu sprechen.

Konnie hielt die Akte *McCall, Megan* hoch. »So wie man eine Entführte auch wie eine Ausreißerin aussehen lassen kann.«

Dobbs senkte den Kopf und blickte zu ihm hoch. Seine Stimme war eisig. »Diese McCall-Sache hat keinerlei Priorität. Nicht mal die leiseste Andeutung davon. Haben Sie mich verstanden?«

Laut und deutlich.

Als er wieder in seinem Büro war, knallte Konnie die Devoe-Akte auf seinen Schreibtisch. Er griff gerade nach dem Telefon, um die Untersuchung der Fingerabdrücke abzublasen, als der Apparat läutete.

Bei seiner Arbeit hatte sich der Detective an die Ironie des Schicksals gewöhnt. Er dachte an die sanfte Ehefrau, die nie eine Waffe in der Wand gehalten hat und plötzlich ihren Waffennarr von Ehemann wegpustet, während er beim Frühstück sitzt. Konnie dachte an den Priester, der in seinen Predigten über alle Sünden dieser Welt herzieht und dann mit dem Finger im Höschen eines vierzehnjährigen Mädchens erwischt wird. An die Elternschaftsvorsitzende, die nach dem Gymnastikunterricht eine Crackpfeife raucht. Und so überraschte es Konnie kaum, als er den Hörer abnahm und hörte: »Ist dir eigentlich klar, daß ich dein Gehalt bezahle? Wenn ich nicht wäre, würdet ihr alle in irgendeinem Versandhandel sitzen und Lieferscheine abstempeln.«

»Laß mich in Ruhe, Tate. Ich habe keine Zeit für Bauern.«

»Es ist ja nicht so, daß ich einen Gefallen oder so was von dir erwarte.«

Scheiße, Scheiße. Konnie fürchtete sich davor, mit dem Geplänkel aufzuhören, andererseits auch nicht. So knurrte er: »Man hat dich draußen bei den Schafen mit runtergelassenen Unterhosen erwischt. Schon wieder, Tate? Ich wußte doch, daß du krank bist, als du das letzte Mal ein Feinwaschmittel bestelltest, als wir einen trinken wollten.«

»Konnie, es geht um Megan.« Der so untypisch ernste Tonfall jagte dem kräftigen Cop kalte Schauer über den Rücken.

»Hast du was gehört?«

»Nichts.«

»Na schön, Tate. Was brauchst du? Sag es mir.«

»Besteht die Chance, daß du dir einen Tag frei nehmen kannst?«

Seit dem Zwischenfall vor zwei Jahren – dem Zwischenfall, der ihm die Suspendierung eingebracht und ihn auf Bewährung gesetzt hatte, außerdem den roten Zusatz zu seinem Dienstgrad – hatte Konnie streng darauf geachtet, keinen einzigen Arbeitstag zu versäumen. Er wollte eine lupenreine Akte haben, wenn über seine Wiedereinsetzung entschieden wurde.

Jetzt sagte er: »Ich habe noch Resturlaub, den ich in tausend Leben nicht abarbeiten könnte.«

»Notier dir diese Adresse. Komm her, sobald es dir möglich ist. Und vielen Dank, Konnie.«

Als er die Straße und die Hausnummer hinkritzelte, wurmte ihn Tates Tonfall. Um die Luft zu reinigen, sagte er: »Ich möchte die Zeit aber nicht nur mit deinem häßlichen Gesicht verschwenden. Wird deine schöne Frau auch dasein?«

»Ex-Frau, Konnie.«

»Das mußt du wohl immer wieder sagen, Tate. Um so schöner für mich. Ich bin in einer halben Stunde da.«

O Mann, dachte Konnie, als er auflegte.

Von Montag an noch eine Woche.

10

Der Cop und der Künstler musterten einander vorsichtig.

Tate erwartete Probleme mit dem muskulösen Schwarzen in ANC-Farben und Trainingsanzug und dem dunkelhaarigen Griechen aus North Carolina in dem zerknitterten billigen Anzug.

Konnie schnupperte das Aroma von Haschisch in der Luft und schnitt eine Grimasse. Er warf einen Blick auf LeFevres kurze Wuschellocken und fragte, wo er sich eine solche Frisur machen lassen könne. Nicht zu freundlich.

LeFevre lächelte peinlich berührt. »In einem genetischen Labor?«

Konnie grunzte, als er in einem himmelblauen Aschenbecher mit einer von LeFevres unheimlichen Zeichnungen in Keramikglasur nach einer Küchenschabe stieß.

»Wir brauchen deine Hilfe, Konnie. Es ist Jahre her, seit ich an eine Ermittlung in einem schweren Kriminalfall auch nur gedacht habe.«

»Du scheinst davon auszugehen, daß man dich bei so was überhaupt gebrauchen konnte, Tate. Was nicht der Fall war.« Und, an Bett gewandt: »Ich habe ihm bei jedem einzelnen Fall, an dem wir gearbeitet haben, den Hintern gerettet. Ja, Ma'am, das ist eine erwiesene Tatsache.«

Bett wußte noch immer nicht, was sie von dieser Kabbelei zu halten hatte, und blieb stumm.

»Jetzt will ich Ihnen erst mal sagen, wie der Stand der Dinge ist.«

Konnie erklärte, wo Megans Wagen gefunden worden war, und erzählte von dem Fahrplan.

»Amtrak«, sagte Bett. Besorgnis zeigte sich in ihrem Gesicht. Nicht so sehr, weil die Umstände jetzt vermuten ließen, daß ihre Tochter tatsächlich aus dem Staat geflüchtet war, wie Tate vermutete, sondern weil diese Entdeckungen den bitteren Brief des Mädchens bestätigten.

Tate trat an das vergitterte Fenster und blickte auf die heruntergekommenen Mietskasernen. Als er sich umdrehte, entdeckte er, daß die anderen im Raum ihn erwartungsvoll anblickten, was sofort Unbehagen in ihm aufsteigen ließ. In einem Debattierclub, vor Geschworenen und vor Appellationsgerichten war Tate Collier mit Lampenfieber geschlagen. Er hatte sein Leben lang dagegen angekämpft: mit Meditation, Betablockern, Medikamenten und einem Zaubertrank, nämlich Bourbon und zwei Pfefferminztabletten zum Nachspülen. Nichts davon funktionierte sonderlich gut. Natürlich legte er bei sich hohe Maßstäbe an. Unmöglich hohe. Wenn sein Großvater eine Verhandlung leitete oder an einer Konferenz in der Stadt oder einer Hochzeit teilnahm, setzte er dieses absolut selbstsichere Lächeln auf und begann eine Rede, an der er tagelang herumgefeilt zu haben schien. Obwohl sie unfehlbar improvisiert war. Und dabei gab es niemals ein *äh* oder ein Zögern, ein Schlucken oder ein Erröten.

An diesem Nachmittag hatte Tate nur drei Zuhörer; er hatte das Gefühl, als stünde er vor dem Obersten Bundesgericht und als würde er gleich von einem störrischen Obersten Bundesrichter Rehnquist in die Mangel genommen.

»Wir glauben, daß ihr etwas passiert ist, Konnie. Wir wissen nicht, was, möchten es aber herausfinden. Wie groß sind die Möglichkeiten, uns zu helfen?«

»Wir von der Kripo? Scheiße, gleich Null.«

»Warum?«

»Weil siebzehnjährige Ausreißerinnen nicht zählen. Bedaure, das ist eine Tatsache.«

Er erzählte jedoch nicht alles, wie Tate ihm ansah, doch er ließ es durchgehen.

LeFevre sagte: »Sie ist nicht ausgerissen. Sie wollte heute abend mit meiner Mutter und mir essen.«

Konnie zuckte mit den Schultern. »Ach ja? Vor ein paar Tagen hat sie noch fast einen Kopfsprung vom Wasserturm gemacht. Meinen Appetit hätte das gedämpft.«

»Das bezweifle ich«, bemerkte Tate mit einem Seitenblick auf Konnies mächtigen Bauch. Der Detective ignorierte ihn und fragte: »Was haben Sie sonst noch?«

Bett erzählte ihm von der Seifenschale und der Geburtstagskarte.

Konnie starrte sie an und wartete. Dann sagte er: »Fahren Sie fort.«

»Nun, das ist alles.«

»Das ist *alles*?«

»Und ein Gefühl«, ergänzte Tate.

»Oh, dieses alte Gefühl. In welchem Kapitel im Ermittlerhandbuch finde ich es noch mal? In dem Kapitel über Tarotkarten, nicht wahr? Oder war es der Abschnitt über Astrologie?«

Peinlich berührt warf Tate Bett einen Seitenblick zu. Er erinnerte sich, daß er und Konnie vor etlichen Jahren einmal ihre Probleme besprochen hatten und daß jeder seiner jeweiligen Ex-Frau einen großen Teil der Schuld zugeschoben hatte. Als sie frisch verheiratet gewesen waren, gab es eine Zeit, in der Bett keinen Schritt tat, ohne die Karten, das I Ching oder Runen zu konsultieren. Heute zeigte sie bei Konnies Bemerkung keinerlei Reaktion.

»Worum genau bittest du mich?« fragte der Cop.

»Skizziere für uns einen Ermittlungsplan. Sag uns, was zu tun ist. Du bist gut, Konnie. Und wir brauchen einen Experten.«

»Zunächst einmal: Vorausgesetzt, sie hat sich nicht aus dem Staub gemacht, solltest du mir sagen, was ihr *deiner Ansicht nach* widerfahren ist.«

»Ich glaube, daß jemand sie dazu überredet hat mitzugehen. Sie dazu überredet hat, diese Briefe zu schreiben.«

»Welche Briefe?« fragte LeFevre.

Tate zögerte zunächst, doch dann langte er in seine Tasche und kramte das zerknüllte Blatt Papier hervor. Reichte es dem Künstler. Bett tat das gleiche. LeFevre las die Briefe mit ausdruckslosem Gesicht und gab sie zurück.

»Wer soll denn dieser Schurke sein?« fragte Konnie.

»Weißt du von der Sache oben auf dem Wasserturm? An jenem Abend, als sie im Krankenhaus lag, erzählte sie uns, sie habe in einer Bar eine junge Frau kennengelernt und anschließend seien sie von Bar zu Bar gezogen und hätten zusammen getrunken. Dann hätten sie sich eine Flasche besorgt und seien in den Park gegangen.«

»Um Männer durchzuhecheln«, fügte Bett hinzu.

»Ein in ganz Amerika beliebter Sport«, bemerkte Konnie. »In welcher Bar?«

»In einem Laden, der Coffee Shop heißt.«

Konnie schnaubte. »Scheiße, Tate, das ist eine Bar für Motorradfreaks.«

»Nein, das kann nicht sein.«

»Doch, ist es, Mrs. McCall.«

»Wenn wir sie gefunden haben, Konnie«, sagte Tate, »werde ich ihren falschen Ausweis durch den Reißwolf jagen. Aber jetzt sollten wir uns deswegen keine grauen Haare wachsen lassen.«

»Du glaubst also, daß sie und dieses Mädchen ausgerissen sind?«

»Unter Umständen.«

Konnie machte sich Notizen. Tate erinnerte sich aus der Zeit ihrer gemeinsamen Ermittlungsarbeit, daß Konnie sich manchmal sinnlose Notizen machte und einfach irgendwelche Dinge hinkritzelte, nur um die von ihm befragten Personen zu beruhigen und sie glauben zu lassen, daß er seiner Arbeit nachging. Sein Gedächtnis war so phänomenal, daß es alle Informationen speicherte; wenn er sich etwas aufschrieb, verlangsamte das nur sein Denken.

»Was ist mit dem Freund, den Sie beide heute nachmittag erwähnt haben? Bobby? Glauben Sie, daß er etwas mit dieser Sache zu tun gehabt hat?«

»Wissen Sie, wer er ist?« fragte Bett LeFevre.

»Sie sagte, sie habe ihn in der Schule kennengelernt«, erwiderte er. »Das ist alles, was ich weiß. Megan und ich haben in diesem letzten Jahr nicht viel miteinander gesprochen.«

»Wir haben uns in der Schule erkundigt«, sagte Tate. »Dort war man nicht sehr hilfsbereit.«

»Und den Nachnamen kennen Sie nicht«, bemerkte Konnie.

»In ihrem Spind haben wir nichts über ihn gefunden«, sagte Bett.

»Wie sind Sie denn an ihren Spind gekommen?« fragte der Detective spöttisch.

»Diese Schule …« Tate schüttelte den Kopf. »Das Schloß war kaputt.«

»Nimm dich ja in acht, Tate. Du stehst zwar nicht mehr beim Staat auf der Gehaltsliste, aber sie können dir noch immer die Hammelbeine langziehen. Nun, ich will verdammt sein, wenn dieses Mädchen kein Mysterium ist«, sagte Konnie. »Na schön, Sie haben also ihr Zimmer durchsucht. Ich rede jetzt Klartext … damit Sie Bescheid wissen. Vorausgesetzt, sie versteckt sich irgendwo: Wofür würden Sie sie auspeitschen, wenn Sie es finden …«

»Ich würde sie *niemals* schlagen«, sagte Bett entrüstet.

»Ich mache nur einen Scherz, Ma'am. Lernen Sie mich näher kennen, dann merken Sie, daß ich immer so bin. Also, sie hat diesem Bobby den Laufpaß gegeben? Nun, wenn Sie mit ihm sprechen wollen, sollten Sie es lieber glauben. Also spüren Sie ihn auf. Aber Sie haben immer noch nicht den leisesten Anhaltspunkt.«

»Gibt es wirklich eine Bar, die Coffee Shop heißt?« fragte Tate. »In der Motorradfreaks rumhängen? Ist ihnen das nicht peinlich?«

»Tu nicht so, Tate. Du bist derjenige, der mir erzählt hat, daß sie dort die Pariser auf dem Klo für fünfundzwanzig Cent verkaufen.«

Bett rutschte unruhig hin und her. LeFevre verkniff sich mühsam ein Grinsen. Er schien vergessen zu haben, daß Tate der Fluch der Bürgerrechtsbewegung in Fairfax County war.

»Also ich möchte folgendes vorschlagen. Du und deine Frau – entschuldige, *Ex-Frau* –, ihr geht also in diese Bar und erkundigt euch, wer dieses Mädchen war.«

»Kennst du sie?« fragte Tate seine Frau.

Wieder verriet Betts Gesicht, daß sie auch diesmal nichts wußte. »Nein, Emily sagte sie, glaube ich.« Sie wandte sich an LeFevre. »Kennen Sie sie?«

»Nein, nie von ihr gehört.«

»Hört er sich nicht an wie ein Botschafter?« sagte Konnie lachend und zeigte mit einer Handbewegung auf LeFevre. »Und mach es richtig, Tate. Laß dir die Namen von allen Barkeepern geben, auch von denen, die nur zur Aushilfe arbeiten. Sprich mit denen, die dienstfrei haben und zu Hause sind. Die schlafen morgens lange. Das tun sie immer. Der späte Nachmittag ist eine gute Zeit, um sie zu befragen. Dann sind sie groggy, und die meisten haben noch einen Kater. Dann sagen sie Dinge, die ihnen später leid tun.«

Tate nickte.

»Ich habe ein paar Kontaktleute an der Union Station. Das ist zwar der mühselige Weg, aber man muß eben sorgfältig vorgehen. Ich würde überall im Bahnhof fragen. Auch am Flughafen. Dazu brauchst du einen Beamten als Begleiter. Mit Zivilisten reden die nicht.«

»Und was ist mit mir?«

Konnie musterte LeFevre von oben bis unten. »Wegen des Wagens unternehmen wir nichts mehr. Warum gehen Sie nicht zur Metro-Station Vienna rüber? Vielleicht finden Sie dort jemanden, der gesehen hat, wie sie einen Zug bestieg. Sie sollten allerdings etwas anderes tragen als dieses arabische Outfit.«

»Ich würde mich ja gern wie ein Cop anziehen, nur habe ich leider keinen zerknitterten, zehn Jahre alten Anzug«, sagte er vorsichtig und machte ein ängstliches Gesicht, als Konnie säuerlich das Gesicht verzog.

Doch dann lachte der Cop laut auf und zwinkerte dem Künstler zu.

Tate ertappte sich dabei, daß er das Gemälde der nackten Megan betrachtete. Sie hatte einen schönen Körper. Plötzlich, als er Betts besorgten Gesichtsausdruck bemerkte, ging ihm auf, daß er das Bild geradezu anstarrte.

»Was ist?« fragte er. Er fühlte sich wie ein Spanner, doch das war es nicht, was sie störte.

»Ich hoffe, wir können sie bis Freitag finden«, sagte sie düster. »Das hoffe ich wirklich.«

»Wieso?« fragte Konnie.

»Weil wir dann Ostern haben, und da möchte ich mit ihr zusammensein.«

Konnie zuckte mit den Schultern. Er bemerkte nicht, daß Bett Tate anblickte, der sie kurz ansah. Tate wandte dem Gemälde den Rücken zu, sah in Gedanken aber nur eins vor sich: den Brief, den sie ihm geschrieben hatte.

»... und Bett nennt dich den Teufel mit der silbernen Zunge, und das bist du auch, aber mit mir sprichst du nie. Mit mir sprichst du nie, mit mir sprichst du nie ...«

11

Sie war nicht geknebelt.

Und das machte ihr große Angst.

Megan öffnete die Augen und spürte die schwammige Bewegung des Lieferwagens. Sie schienen auf einer glatten Straße entlangzufahren, doch die Droge, die er ihr gegeben hatte, ließ alles schwanken. Rauf und runter, seitlich. Sie schloß wieder die Augen und atmete tief durch. Sie gab sich die größte Mühe, keine Übelkeit zu empfinden.

Kein Knebel im Mund.

Sie wollte nicht mehr darüber nachdenken, mußte es aber unwillkürlich tun.

Denn es bedeutete, daß dieser Mann alles genau durchdacht hatte. Er hatte sie nicht geknebelt, weil er wußte, daß sie sich wegen der Droge vielleicht übergeben würde, und wenn sie es tat, würde sie vielleicht ersticken. Es bedeutete auch, daß er keine Angst davor hatte, sie könnte um Hilfe rufen – weil er nicht die Absicht hatte, irgendwo anzuhalten.

Und kein Mensch, der in den Wagen reinguckt, wird mich sehen, wie sie erkannte, weil die Scheiben dunkel getönt und vielleicht sogar verspiegelt sind.

Details, Josh ...

Er … wie hieß er noch? Matthews, ja. Matthews hatte an alles gedacht. Die Briefe, die er sie hatte schreiben lassen, die Praxis in einem abgelegenen Wohnblock, die Büsche, die jeden Einblick von der Straße her verwehrten. Jetzt konnte sie seine Hände auf dem Lenkrad sehen. Jetzt trug er keinen Ehering mehr. Auch das war ein Täuschungsmanöver gewesen, um sie in Sicherheit zu wiegen.

Am liebsten hätte sie geweint oder losgeschrien, doch sie zwang sich, vollkommen still zu bleiben.

Du. Darfst. Nicht. Mal. Einen. Muskel. Bewegen. Er darf nicht merken, daß du wach bist. Du hast zwar nicht viel, aber immerhin dein Bewußtsein. Du bist nicht so hilflos wie vorher. Zwar fast, aber nicht ganz.

Du mußt raus hier, sagte sie sich. Wie schnell fährt der Wagen? Sie konnte es nicht feststellen. Er glitt sanft und leise dahin. Die Seitenscheiben waren hochgekurbelt, so daß sie den Fahrtwind nicht hören konnte; vielleicht fuhren sie auf dem Highway. Draußen herrschte Tageslicht – wahrscheinlich war es immer noch Mittwoch –, und um sie herum mußten andere Wagen sein. Mit Menschen, die sie aus dem Lieferwagen fliehen sehen, mit Menschen, die anhalten und mit ihren Handys die Polizei anrufen würden.

Was würde passieren, wenn sie die Tür aufriß und sich hinauswälzte?

Angenommen, es war *tatsächlich* der Expressway, Interstate 66 oder 95. Der Mann fuhr mit Sicherheit nicht schneller als vorgeschrieben – er würde es auf keinen Fall riskieren, sich mit ihr im Laderaum erwischen zu lassen. Also gut, er fährt fünfundfünfzig. Was passiert, wenn ich rausspringe? Wie schlimm wird es sein?

Schlimm.

Aber *wie* schlimm? Werde ich es überleben?

Gebrochene Beine. Die Schürfwunden durch den Asphalt … Schauerlich. Ich werde vielleicht mein Leben lang entstellt bleiben. Und mir vielleicht sogar das Genick brechen.

Dann fragte sie sich, wohin er mit ihr fuhr. Was hatte er vor? Wollte er sie vergewaltigen, ermorden? Würde er sie lebendig begraben, wie es Entführer manchmal mit ihren Opfern taten? Wenn das passierte, würde sie wahnsinnig werden, sich umbringen …

Megan stellte sich vor, wie sie aus dem Fahrzeug sprang. Wie sie die gefesselten Hände hochreckte, den Handgriff zurückzog und hinausrollte. Wenn er auf der rechten Fahrspur war und sie das Glück auf ihrer Seite hatte, wäre rechter Hand ein grasbewachsener Streifen. Außerdem würde Matthews bremsen – und zwar instinktiv, sobald er hörte, wie die Tür aufging. Vielleicht würde er auf fünfzig oder fünfundvierzig Meilen pro Stunde runtergehen. Das erschien ihr nicht mehr so schnell.

Sie schloß die Augen und wartete, bis die Übelkeit und das Gefühl zu schwanken sich legten.

Megan wandte der Seitentür den Rücken zu. War sie abgeschlossen?

Sie fing an, sich herumzuwälzen, doch dann erstarrte sie. Nein, keine Bewegung! Wenn du dir die Tür ansehen willst, mußt du warten, bis er die Fahrspur wechselt oder abbiegt, dann mußt du einfach nur langsam in diese Richtung herumrollen.

Der Lieferwagen kam ihr vertraut vor. Amys Mutter hatte auch so einen, einen Dodge Caravan. Mit geschlossenen Augen rief sich Megan wieder ins Gedächtnis zurück, wie sie vergangenen Monat mit Amy, Donna und Kelley zum Einkaufszentrum von Fair Oaks gefahren war. Sie hatte die Tür aufgemacht. Jetzt erinnerte sie sich genau daran, wo der Handgriff saß.

Warte einfach ab. Das ist alles, was du tun kannst. Warten.

Zehn sehr lange Minuten später fühlte sie, wie der Wagen schnell nach links schwankte, als Matthews auf die linke Fahrspur wechselte. Megan tat, als wäre sie durch die Schaukelbewegung auf dem Rücken gelandet. Ihr Kopf kippte nach rechts. Gute Arbeit, sagte sie sich und äffte haargenau nach, wie eine bewußtlose Person sich bewegt hätte – das hatte sie vor kurzem in einem Fernsehfilm gesehen (in dem es, Scheiße, um ein Mädchen ging, das entführt worden war).

Denk nicht darüber nach. Mach dich für seinen nächsten Fahrspurwechsel bereit.

Als der Mann wieder auf die rechte Fahrspur einbog, bewegte Megan die hochgezogenen Beine in die gleiche Richtung, in die der Wagen schwankte, und landete schließlich mit dem Gesicht zur Seitentür.

Sie öffnete die Augen nur einen Spaltbreit. Ja, da war es, das Schloß mit dem Türgriff. Weil die Rücksitze zusammengeklappt waren, war der Riegel nur noch rund dreißig Zentimeter von ihren Händen entfernt. Sie waren zwar aneinandergefesselt, aber nirgends festgebunden. Sie brauchte sich nicht einmal mühsam zu erheben – sondern einfach nur die Arme ausstrecken, den Riegel hochziehen und den Griff zurückreißen. Dann mußte sie auf dem Bauch zur Seite rutschen, die Füße zur Tür hinausstrecken, sich hinausfallen lassen und den Kopf schützen.

In Ordnung. Tu es. Na los doch.

Soll ich?

Gebrochene Beine und Narben für den Rest meines Lebens? Andererseits eine Vergewaltigung oder bei lebendigem Leib begraben werden?

Doch plötzlich hat die verrückte Megan das Gefühl, sie könnte vielleicht zu schnell handeln.

Was war, wenn ihm etwas anderes vorschwebte? Was war, wenn er nichts weiter wollte als hunderttausend Dollar von Tate? Er würde sie für ein paar Tage unter Verschluß halten, das Geld bekommen, und das wäre alles. Und was wäre, wenn er ein durchgeknallter Typ war, der ihr nur seine Sammlung von Stubenvögeln zeigen wollte, um sie dann laufenzulassen?

Doch dann sah Megan ihn wieder vor sich in seinem Sprechzimmer, wie er sich vorbeugte und sie an den Schultern packte.

»Sie wollen es mir erzählen. Sie müssen es mir erzählen. Berühren Sie den schmerzlichsten Punkt. Berühren Sie ihn! Ihr Vater hat Ihnen die Geschichte vorgelesen. Er kommt zu der letz-

ten Zeile. ›Bären können nicht sprechen.‹ Er legt das Buch zur Seite. Und was passiert dann?«

Da war ihr klar, daß er all dies nicht für Geld tat, wer immer er sein mochte. Ein verrückter Wirrkopf war er nicht. Er hatte an alles gedacht. Er war gefährlich. Teufel auch, er *war* ein Vergewaltiger; er hatte sie schon belästigt – ihren Geist, ihr Herz, ihr Vertrauen.

Nichts wie raus hier. Du mußt es riskieren.

Jetzt!

Ihre Hände flogen zu dem kalten Metall des Türgriffs und des Schlosses hoch, als sie gegen ihre Benommenheit und Übelkeit ankämpfte. Sie hatte das Gefühl, als hätte ihr das Herz noch nie so hart gegen den Brustkorb getrommelt.

Ja, das Schloß hätten wir! In Ordnung!

Sie zog so hart, daß sie sich fast den Daumen brach, als ihre Hand vom Metall abrutschte. Der Türgriff bewegte sich nicht.

Nicht einen verdammten Millimeter.

Mit seiner melodischen Stimme ließ sich jetzt Matthews vernehmen: »Ich habe mir gedacht, daß Sie sich da hinten langweilen. Deswegen habe ich etwas mitgebracht, was Sie sich ansehen können.«

Er wühlte auf dem Beifahrersitz.

»Nein!« Megan begann zu weinen.

»Diese Tür können Sie nur von außen aufmachen«, erklärte er. »Hier. Mein Vater hat es gemalt. Ich habe mir gedacht, daß es Ihnen gefallen wird.«

»Warum tun Sie mir dies an?« schrie sie.

Er stellte das kleine gerahmte Ölbild neben sie, so daß es an der Seitenwand des Wagens lehnte.

»Warum?« Sie schluchzte jetzt laut, wälzte sich hin und her und hielt die Hände vors Gesicht. Matthews zeigte keinerlei Reaktion, sondern fuhr ruhig weiter und betrachtete die Aussicht. Nach einigen Minuten zwang sie sich zur Ruhe und wischte sich das Gesicht am Teppichboden des Wagens ab. Sie wälzte sich herum und betrachtete das Gemälde.

Megan keuchte. Das Bild sah aus wie eins dieser religiösen Gemälde aus dem Mittelalter, die sie damals gesehen hatte, als Tate mit ihr in die National Gallery gegangen war. Das Bild war flach und emotionslos: Eine junge Frau, die am Abhang eines Berges vor einem strahlend blauen Himmel an einem Berghang an einen Baum gefesselt war. Wenn man davon absah, daß der Künstler keine Vorstellung davon hatte, wie man malen muß. Das Bild kam ihr vor wie ein Kinderbild, das nicht von einem Kind gemalt worden war. Ein schiefes Gesicht, ungleichmäßige Hände, falsche Proportionen. Doch es waren nicht die eigentümlichen Gesichtszüge, die Megan störten, sondern vielmehr, was das Bild *darstellte.* Die Frau trug ein zerfetztes weißes Kleid, das bis zur Taille heruntergezogen war. Sie hatte die Hände zum Gebet erhoben, und um ihren Kopf stand ein Heiligenschein. Ihre Brüste, die Seite und der Hals waren von fünf langen schwarzen Pfeilen durchbohrt. Kleine Rinnsale von Blut schlängelten sich über ihr rosiges Fleisch, und ihre Augen blickten in einer Mischung aus Schmerz und Ekstase gen Himmel.

Megan begann zu schluchzen.

Weil ihr etwas aufging, was sie noch mehr ängstigte als das Gemälde. Matthews hatte nämlich daran gedacht, das Gemälde zu kippen, so daß es auf der Seite lag, damit Megan es aus ihrer liegenden Position betrachten konnte.

Das erinnerte sie unmißverständlich daran, daß er tatsächlich der Mann war, der an alles gedacht hatte.

Nun, Konnie hatte ihn gewarnt.

Tate musterte die Motorräder an der Bordsteinkante, die jungen Männer, die herausfordernd offene Flaschen in der Hand hielten, die Tätowierungen, die Kampfstiefel, die ärmellosen Westen.

Aha. The Coffee Shop.

In dem heruntergekommenen Rasthaus warf ihnen ein riesiger, bärtiger Rausschmeißer einen Blick zu. Er beäugte Betts hübsche Seidenbluse und den wollenen Rock mit amüsiertem Mißtrauen. In seiner Arbeitskleidung, der Lederjacke und den

Arbeitshosen, hatte sich Tate für diese Leute mit ihren Blue Jeans, T-Shirts, den Schottenkaros, Cowboystiefeln und spärlichen Oberteilen angemessen verkleidet.

Ein paar eingefleischte Kneipengänger hockten an der Bar, doch es befanden sich überwiegend junge Leute im Lokal. Sie saßen an den Tischen zusammen, waren laut, betrunken und sehr mit sich und der Lautstärke ihrer Stimmen zufrieden.

Der Barkeeper war ein hochgewachsener Mann mittleren Alters in einem Arbeitshemd mit aufgekrempelten Ärmeln. Seine Hände waren rot, weil er sie oft in eine Abwaschschüssel stecken mußte, und sein Gesicht war von einem Netz geplatzter roter Äderchen durchzogen. Er erkannte etwas Offizielles an Tate und wurde vorsichtig. Trotzdem versuchte er es mit einem hoffnungsvollen: »Kann ich Ihnen was bringen?«

»Wir würden Ihnen gern ein paar Fragen stellen.«

»Ahmm.« Der Mann wandte seine Aufmerksamkeit einem Stapel Gläser zu, die plötzlich unbedingt geputzt werden mußten. Er blickte Tate und Bett nicht mehr direkt an.

»Wir sind wegen Megan McCall hier«, sagte Tate.

»Glaube nicht, daß ich sie kenne. Wer sind Sie?« Er blickte auf das Spülwasser.

»Ihre Eltern. Wie heißen Sie?«

»Ahmm. Stony.«

»Nun, wir wissen, daß Sie sie kennen, Stony«, versuchte es Tate. »Doch das wollen wir nicht wissen.« Das unbeholfene Schweigen des Barkeepers bestätigte den Bluff. »Wir wollen nur wissen, ob Sie sie vor kurzem gesehen haben.«

Drei Gläser wurden mit äußerster Sorgfalt gereinigt.

»Nein, eine ganze Zeit nicht mehr. Ein paar Wochen, würde ich schätzen. Einen Monat oder zwei.« Er blickte auf das Handtuch.

Tate beugte sich vor und hielt sich eine Hand vors Ohr. Er lächelte. »Verdammt laut hier. Die Musik. Ich glaube nicht, daß ich Sie richtig verstanden habe. Einen Monat oder zwei, sagten Sie? Aber sie war doch am Montag hier. Mit irgendeinem Mädchen. Emily war ihr Name, glaube ich.«

»Vor ein paar Tagen, sagen Sie? Wissen Sie was, da könnten Sie absolut recht haben.« Jetzt ruhte sein Blick auf einer durchnäßten Dollarnote.

»›Damit könnten Sie recht haben‹«, wiederholte Tate lachend. »Ha, das ist gut. Haben Sie eine von ihnen seitdem wiedergesehen? Megan oder Emily?«

»Nee.« Jetzt blickte er auf die Jukebox, aus der gerade Lynyrd Skynyrd dröhnte.

»Wie lange verkehrt sie hier schon?«

»Keine Ahnung.«

»Sie wissen es nicht. Ist es das, was Sie sagen wollen?«

»Keine Ahnung.«

Tate fuhr fort: »Sie haben nicht zufällig eine Vorstellung davon, wo die beiden sich aufhalten könnten, oder?«

»Nein. Bedaure. Kenne nicht mal eine Emily.«

Tate winkte den widerstrebenden Barkeeper mit einem gekrümmten Finger wieder zu sich heran.

»Eine Sekunde noch, Stony, ja? Kennen Sie einige ihrer Freundinnen, die hier verkehren?«

»Nein, mit Sicherheit nicht. Ich wünschte, ich könnte Ihnen behilflich sein.«

»Ja, Stony, ich wünschte auch, Sie könnten es.«

Bei einem Pool-Billardspiel wurde es laut – junge, kehlige Stimmen voller Hormone und Unsterblichkeit begannen zu brüllen. Der ausweichende Blick des Barmanns sah dem Treiben zu. Man merkte ihm den Wunsch an, diese Ausrede zu nutzen, um weggehen und einen Kampf beenden zu können. Doch der endete, bevor er überhaupt begonnen hatte.

»Verstehen Sie, all diese Fragen, die ich stelle ...« Tate lächelte. »Das hat nichts mit Ihrem Lokal zu tun.«

»Es ist nicht meins.«

»... oder mit der Tatsache, daß Megan erst siebzehn ist.«

»Siebzehn?« Das Gesicht bemühte sich, Entsetzen auszudrücken, wirkte aber nur komisch.

»Siebzehn.«

»Nun, Sir«, sagte der Barmann mit schriller Stimme, ohne sein Bier aus den Augen zu lassen, »wenn die Mädchen Ausweise haben …«

»Megan hatte keinen falschen …«, ließ sich Bett knurrend vernehmen.

Tate brachte sie mit einer Handbewegung zum Schweigen und runzelte die Stirn, worauf sie verstummte. »A propos Ausweise«, fuhr er an den Barmann gewandt fort. »Sehen Sie sich die genau an? Das müssen Sie nämlich, denn ich weiß, daß Sie nicht den Wunsch haben, Alkohol an Minderjährige auszuschenken. In diesem Bezirk wäre das das Ende des Lokals.«

»Wenn sie einen Ausweis bei sich haben, ist das alles, worum ich mich kümmern muß.«

»Nein, bedauerlicherweise ist das *nicht* alles, worum Sie sich kümmern müssen, Stony, denn wenn ich mich nicht irre, schreibt das Gesetz vor, daß Sie Alkohol nicht mal an jemanden ausschenken dürfen, von dem Sie auch nur *annehmen,* er könnte minderjährig sein – ob nun mit oder ohne Ausweis. Langsam, langsam, mein Freund, geraten Sie nicht gleich in Panik. Ich habe nicht die Absicht, gleich ins Büro zu gehen und alles aufzuschreiben.«

»Büro?«

Tate zeigte ihm seinen Staatsanwaltsausweis. Der war zwar schon seit fünf Jahren ungültig, doch er ging davon aus, daß Stony kaum mehr wahrnehmen würde als das eindrucksvolle und kunstvoll gearbeitete Staatssiegel. »Hier habe ich zum Beispiel auch einen Ausweis für Sie. Obwohl er natürlich keine Altersangabe enthält, haha.«

»Hören Sie, hier kommen dauernd neue Gäste rein«, sagte Stony kläglich, »und wenn die Ausweise haben, bediene ich sie. Ihre Lebensgeschichte kenne ich allerdings nicht. Und ich denke nicht daran …«

Tate beugte sich vor. »Damit sollten wir es gut sein lassen, Stony. In Ordnung?«

Zwei Schnapsgläser wurden umgedreht auf eine herumwirbelnde Bürste gestellt und dann ins Spülwasser getaucht. Chlorgeruch stieg auf. »Was wollen Sie?«

»Sehen Sie sich im Lokal um. Sehen Sie jemanden, der Megan kennt?«

Der Mann tat, wie ihm geheißen, schüttelte aber den Kopf. »Nein.«

»Na schön. Dann sagen Sie mir, woran Sie gerade denken, Stony. Ich sehe, wie es in Ihrem Gehirnkasten knirscht.«

»An nichts.«

»Dann werde ich wohl doch mal im Büro anrufen müssen. Und beim Finanzamt, aber nur zum Spaß. Und bei der Gewerbeaufsicht, damit die sich mal den Alkoholgehalt Ihrer Flaschen ansieht. Sie sehen für meinen Geschmack ein bißchen wäßrig aus.«

Stony starrte auf den zusammengesunkenen Schaum in den Biergläsern. »O Mann.«

»Erzählen Sie es uns.«

»Erinnern Sie sich an den Typ, der gerade ging, als Sie beide reinkamen? Sie haben ihn vielleicht gesehen.«

Tate erinnerte sich vage an einen großen, kräftig gebauten Mann in den Vierzigern, der brüsk die Tür aufgestoßen hatte, als sie gerade vorfuhren. »Was ist mit ihm?«

»Er war vor rund einer Woche hier. Erkundigte sich nach Megan.«

Bett warf einen Blick zur Tür.

»Kennen Sie ihn?«

»Nein. Er kam nur rein und erkundigte sich nach ihr. Und heute hat er sich nach einer Freundin von ihr erkundigt. Amy Walker.«

Als sie zur Tür rannten, wurde Stony mutig. »Hört mal zu, ihr Bullen … Hören Sie, die Kids würden gar nicht erst versuchen, in Lokale wie dieses zu gehen, wenn ihre Eltern sich besser um sie kümmern würden. *Mein* Sohn hängt jedenfalls nicht in Bars herum. Mein Sohn …«

Sie eilten nach draußen und hörten ihn noch sagen: »Wenn Sie täten, was Sie tun sollten, hätten Sie es nicht nötig, in Lokalen wie diesem zu suchen. Hören Sie mich? Haben Sie *verstanden?*«

Zwei Motorradfahrer erzählten ihnen, in welche Richtung der Wagen gefahren war. In einem höflichen Tonfall, der nichts zu wünschen übrigließ.

»Was für einen Wagen fuhr er?« fragte Tate.

»Einen beschissenen alten Datsun. Entschuldigen Sie den Ausdruck, Ma'am.«

»Rot war er«, schaltete sich sein Freund ein. »Schwer zu übersehen.«

»Orange war er.«

»Was soll's, rot oder orange. War trotzdem schwer zu übersehen.«

Die beiden eilten auf die andere Straßenseite zu Tates Mercedes und rasten los.

Der schwere deutsche Wagen hatte das kleine japanische Auto bald eingeholt – es war orangefarben. Tate war erst eine Meile gefahren, doch dann trat er auf die Bremse und hielt sich fünfzehn Meter hinter dem anderen Wagen.

»Kannst du den Mann sehen?« fragte Bett. »Wer ist es?«

Tate zuckte mit den Schultern. »Merk dir die Nummer.«

»Die was?«

»Das Kennzeichen.«

Der Wagen vor ihnen fuhr ohne Rücksicht auf den schlechten Straßenzustand. Der Fahrer beugte sich über das Lenkrad; er schien nicht zu merken, daß er verfolgt wurde. Er fuhr unaufmerksam, so daß der Wagen immer wieder in Schlaglöcher fuhr. Tates Phantasie arbeitete auf Hochtouren. Er ertappte sich bei dem Gedanken, daß Megan bald nur noch aus blauen Flecken bestehen würde, wenn sie sich im Kofferraum befand.

»Fahr nicht zu dicht ran, Tate. Er könnte uns sehen.« Bett beugte sich vor und blinzelte. Ihre Ohringe aus Bleikristall hüpften, da der Wagen so hart gefedert war.

Sie fuhren durch bettelarme Teile des Prince William County.

Sie kamen an bebauten Feldern vorbei, auf denen die Pfahlwurzeln von Mais stumm in die dunkle, rötliche Erde drangen. Sie sahen vor langer Zeit schon aufgegebene Scheunen. Verfallende Bungalowsiedlungen, in denen die Träume der Nachkriegszeit sich schnell verflüchtigt hatten – winzige Würfel aus Vinyl und Häuschen mit Aluminiumwänden. Hütten und Autos, die auf Hohlziegeln aufgebockt waren. Dann fuhren sie nach Manassas hinein. Die kleine Stadt – die der Schlacht den Namen gegeben hatte, in der das furchterregende Gebrüll der Rebellen zum ersten Mal vernommen worden war – war an einigen Stellen durchaus malerisch. In der Grand Avenue, wo die wohlhabenden Ärzte wohnten, standen zahlreiche Miniaturausgaben von Tara. Die Farmen vor der Stadt und der Friedhof der Konföderierten waren idyllische Orte. Doch dieser Teil des Bezirks war auch manchmal unheimlich, besonders Manassas Park. Als Tate noch als Staatsanwalt amtiert hatte, hatte sein Büro eine Reihe von Brandstiftungen verfolgen müssen – vor allem Scheunenbrände –, doch es war hier oft auch zu häuslicher Gewalt gekommen. Immer wieder hatten sie auch ein illegales Drogenlabor ausgehoben, und eine Zeitlang hatte sich in der Stadt auch ein Serienkiller ausgetobt, der es auf Vieh abgesehen hatte.

Die Straßen waren leer, und die Luft duftete aromatisch nach Holzfeuern, auf denen gekocht wurde. Der Datsun überfuhr ein Stoppsignal, und ein kurzes Stück weiter bog der Mann in eine lange Auffahrt ein und hielt.

Der kleine Bungalow war durch eine Baumgruppe zu erkennen, die in einiger Entfernung stand. Neben dem Haus stand ein still vor sich hin rostender Heizöltank, und ungemähte Grasbüschel standen inmitten zahlreicher Flecken aus rotem Schlamm.

Tate entdeckte, daß Bett ihn ansah. »Jetzt können wir Räuber und Gendarm spielen. Oh, Tate, das kommt mir aber ziemlich verrückt vor.«

»Komm, laß uns gehen.«

»Was hast du denn vor?« fragte Bett.

Tate gab ihr keine Antwort. Statt dessen öffnete er das Handschuhfach und entnahm ihm die Pistole, die er vor der Abfahrt hineingelegt hatte.

»Tate!« keuchte sie. »Was, um Himmels willen, willst du damit anfangen?«

»Ich habe mir nur gedacht, daß es nicht schlecht ist, eine dabei zu haben.«

Vor einigen Jahren, als er den unwahrscheinlichen Fall eines Drogendealers aus Jamaika bearbeitet hatte, der am Auslieferungsfenster eines Drive-In-Schnellimbisses in Fairfax ermordet worden war, war Konnie eines Tages in sein Büro geschlendert.

»Hallo, Anwalt.«

»Konnie.«

»Höchste Zeit, daß du dir einen Kracher zulegst.«

»Einen was?« fragte Tate unschuldig.

»Hör mal. Eine Kanone. Wieviel?«

»Ich will keine Kanone.«

»Teufel auch, jeder will eine Kanone«, erklärte Konnie. »Das ist eine allseits bekannte Tatsache. Frauen wollen eine Kanone, um einem Vergewaltiger in die Eier zu schießen. Männer wollen eine, um Typen zu erschießen, die einen größeren Schwanz haben als sie. Also wieviel? Willst du ausgeben, meine ich.«

Tate kaufte einen sehr zweckmäßigen, unsexy Colt .38 special, der jetzt in seiner rechten Hand ruhte. Er hatte sechs Kammern, die er mit fünf Kugeln lud. Wie Konnie es ihm beigebracht hatte.

Jetzt sagte Bett: »Tate, nein …«

Er drehte sich zu ihr um. »Es ist nicht wahrscheinlich, daß man sie entführt hat«, sagte er gleichmütig. »Doch wenn man sie entführt hat, könnte das hier der Typ sein, der es getan hat.«

»Hast du schon jemanden erschossen, Tate?« flüsterte sie heiser.

Doch er hatte eine noch bessere Frage: Hatte er die Waffe je abgefeuert?

»Nein«, lautete die Antwort auf beide Fragen.

Er fragte: »Möchtest du hierbleiben?«

Sie schüttelte mit zusammengebissenen Zähnen grimmig entschlossen den Kopf. Der Zorn erwuchs aus ihrer Furcht. »Nein. Aber ich möchte nicht, daß du jemanden erschießt.«

»Das steht auch auf meinem Wunschzettel ganz unten. Laß uns gehen, Süße.«

Sie zwinkerte – eher über das Kosewort überrascht, wie es schien, als darüber, ihn bewaffnet zu sehen.

Zehn Meter, sieben, fünf.

Tate hielt inne und lauschte. Aus dem Haus war nichts zu hören. Das heruntergekommene Gebäude ließ ihn innerlich frieren. Solche Häuser hatte er oft gesehen. Zu oft. Als er noch Staatsanwalt war, hatte er – anders als Staatsanwälte in den Großstädten – jeden Tatort noch selbst aufgesucht. Solche Gebäude nannten die Kriminalbeamten »Mordhäuser«, weil ihre Bewohner erfahrungsgemäß zur Gewalttätigkeit neigten. Hier kam es oft zu Schießereien und Prügeleien. Liebe war erkaltet und dann zu Haß geworden … All diesen Häusern war folgendes gemeinsam: Sie waren klein, schmutzig, still und von unausgesprochenem Haß erfüllt.

Als er am Haus angekommen war, gab er Bett ein Zeichen, neben einem Baum zu warten. Dann trat er noch näher heran. Er warf einen Blick durch ein Fenster ins Haus. Der Anblick ließ ihn erbeben.

Er duckte sich schnell. Dann schlich er leise zu ihr zurück.

»Tate, mein Gott, dein Gesicht! … Was ist? Was hast du gesehen?«

»Da drinnen. Da hängt eins von Joshuas Bildern an der Wand. Von Megan.«

»Nein!«

»Es ist nur so … Es ist zerschnitten. In Streifen geschnitten.«

12

Die Fliegentür ging leise auf, Tate betrat eine kleine Veranda voller Abfälle. Aus Blumentöpfen ragten tote Stengel in die Höhe; Tate sah verrostete Werkzeuge, verschimmelte Kartons, zusammengerollte verfaulende Teppiche. Es roch stark nach Tier – nach Moschus und Drüsensekreten. Er ging weiter zur Haustür und blickte durch das fettige Glasfenster in einen überladenen Flur.

Er drehte den Türgriff. Nicht abgeschlossen. Er schob die Tür auf, die sich – gelobt sei Gott – lautlos in gut geölten Scharnieren bewegte. Tate wollte sich gerade zu Bett umdrehen, während er langsam durch die Tür eintrat.

Und dann ging die Tür blitzschnell auf und zog Tate mit sich. Bett ließ einen kurzen Aufschrei hören und ging auf die Veranda zu, als die beiden Männer, die direkt voreinander standen, einander über die Schwelle hinweg anstarrten. Einen entsetzten Augenblick lang bewegte sich keiner von ihnen. Dann hob Tate die Waffe.

Der Mann in der zerknitterten Kleidung ließ einen überraschten Ausruf hören und schlug mit einer Hand, die fast doppelt so groß war wie Tates, diesem die Pistole aus der Hand, die in einen Stapel von Gartengeräten flog. Tate vergaß die Waffe und stürzte sich in den Bauch des Mannes, was diesen in den Flur zurücktaumeln ließ. Eine Scheibe in der Tür zersplitterte, und die Scherben flogen klirrend zu Boden.

Der Mann war hochgewachsen und kräftig und hatte knochige, sehnige Hände. Er hatte graues und dichtes Haar. Er kam langsam auf die Beine und runzelte die Stirn. Er sah Tate mit brennenden Augen an.

Irgendwo begann ein Windglockenspiel, das hier völlig fehl am Platz wirkte, angenehm zu klirren.

Der Mann begann: »Was, zum Teufel, haben Sie …«

Doch der Anwalt stürzte vor und packte den Mann am Hemdkragen und schleifte ihn noch weiter ins Haus hinein. Als sein Gegner sich frei machte, schnappte sich Tate eine leere Whiskeyflasche vom Fußboden. Er drängte den Mann rückwärts ins Wohnzimmer und schlug wie wild auf dessen gerötetes Gesicht ein. Ein absurder Tanz – der Mann stolperte von Tate weg, und beide tänzelten im Kreis durch das kleine Haus. Ein Bücherregal kippte um und ließ Dutzende von Bänden zu Boden fallen.

»Wo ist sie?« rief Tate und drohte mit der Flasche.

Der Mann hielt Distanz, als wäre Tate ein Hund, der vielleicht tollwütig war, vielleicht aber auch nicht. Doch dann siegte die Neugier über die Wut, die sich deutlich in seinem Gesicht abzeichnete. »Wollten Sie mich erschießen? Was, zum Henker, geht hier eigentlich vor?«

»Wo?« Tate trieb den Mann in eine Ecke neben dem Kamin, trat vor ihn hin, doch dieser hatte jetzt genug von der albernen Verfolgungsjagd. Er blieb stehen und hielt die Hände hoch. »Sagen Sie mir doch einfach, was Sie wollen«, keuchte er verärgert.

Die Flasche wurde wieder gehoben.

»Oh, um Himmels willen.«

»Tate, nein!« Bett stürmte vor.

»Wenn Sie ihr etwas getan haben, bringe ich Sie um«, flüsterte Tate.

Der Mann spie jetzt die Worte förmlich aus: »Sie haben vielleicht Nerven! Ausgerechnet Sie sagen das. Immerhin war *ich* am Montag der erste im Krankenhaus, nachdem sie sie von diesem verdammten Turm runtergeholt hatten. Wo haben *Sie* denn gesteckt?«

Tates Gesicht war eine verwirrte Maske. Er ließ die Flasche sinken.

Der kräftige Mann fuhr sich mit der Hand durchs Haar. »Sie wissen nicht, wer ich bin, nicht wahr?«

Jetzt trat Bett durch die Tür, nahm Tate die Flasche weg und stellte sie auf einen Tisch. Sie begann, die Bücher aufzuheben. »Doch, ich weiß es«, sagte sie plötzlich.

Tate sah sie an. »Sie sind Bobby. Sie sind ihr Freund.«

Sie saßen in dem stickigen Raum und unterhielten sich, umgeben von mindestens dreitausend Büchern.

Das Interesse an Literatur wurde verständlich, als sie erfuhren, daß der volle Name des Mannes Robert Carson war. »Sie sind ihr Englischlehrer«, flüsterte Bett entsetzt.

Ach ja. Tate erinnerte sich jetzt, daß Megan Joshua LeFevre gesagt hatte, sie hätten sich in der Schule kennengelernt.

Tate hörte zu, als der Mann die Geschichte erzählte, und gab sich Mühe, seinen Abscheu bei der Vorstellung zu verbergen, daß dieser Mann und Megan einander in inniger Umarmung umschlungen hielten.

»Falls Sie sich wundern«, sagte Carson mit rauher Stimme und nippte an einem Scotch, den er ihnen nicht anbot, »ich bin etwas mehr als doppelt so alt wie sie.« Er lachte. »Sie haben *tatsächlich* eine Waffe gehabt. Mein Gott.«

Anders als der Barkeeper hielt Carson ihren Blicken stand. Und in seinen Augen konnte Tate nicht einmal die Andeutung von Zerknirschung erkennen. Nur Intelligenz und noch etwas – vielleicht Trauer. »Wir mußten vorsichtig sein. Wir konnten uns nicht treffen wie andere, verstehen Sie? Aber es war nicht das, was Sie glauben. Es ...«

»Es war nicht das, was wir glauben?« flüsterte Bett voller Zorn. »Sie besuchte die *High School,* sie war Ihre Schülerin!«

Carson hob nur eine buschige Augenbraue. »Ich liebte sie«, sagte er mit weicher Stimme.

Alles an ihm war zerzaust, nachlässig und massig. Der Mann gehörte in das Ruderhaus eines Schleppers. »Sie hat mir erzählt, daß Sie Anwalt sind.« Carson musterte Tate aufmerksam. »Würde gern wissen, was sie sagen würde, wenn sie wüßte, wie Sie gerade auf mich losgegangen sind. Sie wäre wohl total ausgerastet. Für die Tochter eines in der Öffentlichkeit bekannten Redners hat sie eine scheußliche Ausdrucksweise.« Der Nordstaatenakzent des Mannes war stark und unverblümt und bemerkenswert frei von den sanften Vokalen des im Norden Virginias gesprochenen Dialekts.

Carson leerte sein Glas und schenkte sich nach.

»Sie ist ein wundervolles Mädchen. Talentiert, neugierig und voller Wißbegier. Sie hat Gedichte geschrieben, müssen Sie wissen.«

»Das habe ich nicht gewußt«, sagte Tate und wurde mit einem säuerlichen Blick bedacht, der vielleicht ahnen ließ, was Megan und Carson im Bett über die Eltern des Mädchens sagten. Tate fragte: »Warum haben Sie nach ihrer Freundin Amy gesucht? In dieser Bar?«

»Amy?« Carson lachte. »Nun, *die* weiß wirklich, was sie will. Amy Walker … Ich habe eine Nachricht von ihr bekommen. Sie sagte, wenn ich dieses – ich zitiere – Miststück Megan sähe, solle ich ihr sagen, sie könne sich zum Teufel scheren.«

»Was?« keuchte Bett.

»Genau das hat sie gesagt.«

War Amy auch eine Eroberung des Lehrers gewesen? Tate fragte sich, wie lange es dauern würde, bis Mr. Carson unter Anklage gestellt wurde und auf der Titelseite aller Zeitungen in der Gegend erschien. Doch das war im Augenblick nicht Tates Sorge.

Carson sagte: »Ich machte mir Sorgen um Megan und wollte hören, was Amy dazu zu sagen hatte.«

Bett unterbrach ihn und fragte: »Und weshalb genau machten Sie sich Sorgen?«

»Aus keinem anderen Grund als wegen Amys Anruf. Und wegen der Tatsache, daß mir Megan immer noch eine Menge bedeutet. Sie hat mir den Laufpaß gegeben, müssen Sie wissen. Hat mich einfach abserviert, Gott segne sie. Sie sagte, es sei für uns beide nicht richtig.«

»Würde ich auch sagen«, brummte Bett.

Tate brachte sie mit einer Handbewegung zum Schweigen.

»Und da bin ich eben gegangen«, fuhr Carson fort. »Allerdings war sie nicht unliebenswürdig zu mir. ›Liebenswürdig‹ ist das richtige Wort. Sie war zwar mit mir durch, o ja, aber ich habe sie noch nicht überwunden. Kennen Sie diese Zeit? Wenn eine Affäre fast vorbei ist, aber noch nicht ganz? ›Abenddämmerung des Herzens‹ nenne ich das.

Wie auch immer: Ich war ziemlich sauer und besuchte sie neulich und sagte ein paar Dinge, die ich inzwischen bedaure. Hab' ihr alles zurückgegeben, was sie hiergelassen hatte.« Er nickte zu dem zerschnittenen Bild hin. »*Fast* alles. Das habe ich in einer Art Tobsuchtsanfall getan. Tut mir jetzt leid. Vielleicht kann ich es wieder zusammenkleben.« Er sah wieder Tate an. »Dann passierte diese Sache mit dem Wasserturm, und das hat mich abgekühlt. Ich bin sofort zum Krankenhaus rübergefahren, um zu sehen, ob mit ihr alles in Ordnung war. Ich sorgte dafür, daß man Sie anruft. Sie hatte diese Karte nicht bei sich. Sie wissen schon, die für Notfälle.«

»Oh.« Bett legte ihre Hände auf den Schoß.

»Dafür danke ich Ihnen«, sagte Tate.

»Keine Ursache.« Carson nippte an seinem Whiskey. »Ich bat Megan, mich heute anzurufen, nachdem sie diesen Burschen Dr. Peters aufgesucht hatte. Ich habe aber nichts von ihr gehört. Erst dachte ich, sie sei wütend auf mich und daß der Seelenklempner irgendwas zutage gefördert hat. Und dann rief Amy vorhin an. Sie war stinksauer.«

»Sie hat den Termin abgesagt«, erklärte ihm Tate. »Sie ist gar nicht zu ihm gegangen.«

»Stimmt das wirklich?« Carson runzelte die Stirn.

»Außerdem ist sie gerade weggefahren.«

»Das sieht ihr aber gar nicht ähnlich«, sagte der Lehrer gedehnt.

»Nein, das tut es nicht«, stimmte Bett zu.

»Sie haben nicht mit Amy gesprochen?« wollte Tate wissen.

»Nein. Sie war nicht zu Hause, als ich anrief. Sie hängt oft im Coffee Shop herum, und so bin ich dort vorbeigefahren. Warum ist Megan nicht zu dem Therapeuten gegangen?«

»Wir wissen es nicht. Sie hat uns wegen des Termins angelogen. Sie hatte gar nicht die Absicht hinzugehen.«

»Dann hat sie mich auch belogen.« Carsons Blick begegnete

dem Tates, und beiden war anzumerken, wie tief sie sich durch das Mädchen verletzt fühlten.

»Hat sie Ihnen etwas von ihrer Freundin Emily erzählt?« fragte Bett.

»Wer ist das?«

»Das Mädchen, mit dem sie am Montag getrunken hat. Kurz bevor sie oben auf dem Wasserturm landete.«

»Habe nie was von einer Emily gehört. Woher wußten Sie …? Sind Sie mir hierher gefolgt?«

»Ja, das haben wir getan.«

Er starrte sie einen Moment an und schüttelte dann lachend den Kopf. »Als ich Sie mit dieser Waffe in der Hand entdeckte, dachte ich, Sie wären gekommen, um mich zu erledigen. Ich dachte, ach du dickes Ei, jetzt bist du erledigt. Auf Wiedersehen …« Carson stand auf, schlenderte langsam zum Fenster und sah hinaus.

Tate fragte: »Wenn sie ausgerissen ist – wohin ist sie Ihrer Meinung nach gefahren? Nach New York?«

»New York? Wenig wahrscheinlich. Vermutlich Kalifornien. San Francisco. North Beach. Sie wollte wie Janis Joplin sein. Das wissen Sie, nicht wahr? Vielleicht hat sie sich auf eine Art Pilgerfahrt begeben. Sie wollte schon immer dieses Lokal namens Coffee Gallery sehen – wo Joplins Karriere angefangen hat.« Er schüttelte den Kopf. *»Me and Bobby McGee …* Das ist der Grund, weshalb sie in diesem scheußlichen Lokal hier zu verkehren begann. Dem Coffee Shop. Fegte sich die Southern Comforts rein wie Janis. *Bobby McGee.* Ja, sie legte ihre ganze Seele in diesen Song.«

Tate fragte sich, ob er die Sängerin meinte oder Megan. Inzwischen hätte es ihn nicht mehr überrascht zu entdecken, daß das Mädchen insgeheim eine Karriere als Rocksängerin gemacht hatte.

»So sind wir zusammengekommen, bei Gesprächen über die Sechziger. Das ist auch der Grund, weshalb sie mich Bobby nannte. Hören Sie, es ist *wirklich* nicht das, was Sie glauben. Bei anderen Schülern und Schülerinnen bin ich nicht so. Megan war etwas Besonderes.«

Tate fiel darauf keine Antwort ein. Er sagte: »Wir glauben, daß ihr etwas zugestoßen sein könnte.«

Nach diesen Worten schien sich Carson sofort wieder konzentrieren zu können. Sein Blick wirkte nicht mehr alkoholisiert.

Bett sah zu ihrem Ex-Mann hinüber, der wieder einmal genau wußte, worum sie ihn hatte bitten wollen. Er langte in die Tasche und reichte Carson seinen Brief.

»Sie hat uns die hier dagelassen. Einen für jeden von uns.«

Carson las den Brief und schüttelte den Kopf.

»Ich hätte nicht gedacht, daß sie das tun würde.« Carson überlegte einen Moment. »Wütend war sie schon, das ja. Doch vor allem war sie durcheinander.«

»Bitte«, sagte Bett nach einigem Zögern. »Sagen Sie es uns.«

»Sie hat Sie nicht verstanden. Warum Sie sie nicht so liebten, wie sie es sich erhoffte.«

»Aber wir …«

Carson hielt eine Hand in die Höhe. »Sie haben gefragt, und ich erzähle Ihnen, was sie mir gesagt hat.« Ein neuer Schluck Whiskey. »Also wer ist besser für sie? Was meinen Sie? Ich oder dieser Mann mit den Rasta-Locken?«

»Rasta-Locken?«

»Er meint LeFevre«, sagte Tate.

»Joshua hilft uns dabei, sie zu suchen.«

»Sie sagte, er sei ein guter Mann. Sie überlegte, ob sie zu ihm zurückgehen sollte. Das sollte sie. Ihr gegenüber würde ich das nie zugeben, aber ich bin schwach. Es ist bequem, schwach zu sein, müssen Sie wissen. Wer stark ist, ist sehr einsam.« Carson stieß mit einem dicken Finger gegen das fast leere Glas.

Argumentation ist die Kunst, andere dadurch zu überzeugen, daß man einleuchtende Gründe anführt, die durch Logik und Tatsachen gestützt werden und der Position des Gegners überlegen sind. Dabei gibt es so viele Feinheiten und Strategien wie beim Schachspiel. Doch Tate Collier, der schon mit fünfzehn ein glänzender Debattenredner gewesen war, kehrte oft zu einer Technik zurück, die so einfach war, daß sie selbst in Büchern über Rhetorik nur selten erwähnt wurde. Er bat seinen Gegner einfach, ihm zu geben, was er wollte.

Höflich.

»Werden Sie uns auch helfen?«

»Wie?« fragte Carson.

»Die Polizei und die Schule behandeln ihr Verschwinden so, als wäre sie von zu Hause ausgerissen. Es ist ihnen gleichgültig. Wir brauchen jemanden, der mit ihren Freundinnen und Freunden sprechen und sich in der Schule umhören kann. Der herausfinden kann, ob jemand weiß, wohin sie gefahren ist, ob sich jemand nach ihr erkundigt oder sie verfolgt hat. Ob jemand diese Emily kennt. Sie könnten das tun.«

Carson schüttelte schon seinen großen Kopf. »Absolut ausgeschlossen. Das ist für mich zu riskant. Ich habe Ihnen schon so viel gestanden, daß es mein Leben ruinieren könnte. Wenn jemand mitbekommt, daß ich mich mit ihr oder einer anderen Schülerin eingelassen habe …«

»Sie bedeutet Ihnen viel?« fragte Tate.

»Und ob.«

»Sie lieben sie immer noch?«

»Das tue ich, ja.«

Strukturierte Reaktionen – ein abgegriffener rhetorischer Trick. Man bringt seinen Gegenspieler dazu, so oft ja zu sagen, daß er dazu neigt, wieder ja zu sagen, wenn man ihm plötzlich die harte Frage stellt.

»Sie verstehen, wie besorgt wir sind?«

Nach einem Moment nickte Carson.

»Können Sie uns dann bitte helfen?«

Bett wollte etwas sagen, doch Tate drückte ihr das Bein.

Schweigen. Schweigen überzeugt oft am besten.

Nach einer langen, langen Weile sagte Carson: »Ich soll mich nur in der Schule umhören?«

»Das ist alles.«

Er legte sich das Glas ans Kinn. »Haben Sie sich je bei der Frage ertappt, weshalb Sie jemanden lieben? Welche Logik darin liegt, wie zwecklos und destruktiv das sein kann?«

Diese Fragen waren weniger rhetorisch als durchsichtig, denn wir werden mit dem Wissen um die Antworten darauf geboren. Tate sagte nichts, sondern starrte den aufgelöst dasitzenden Mann nur an.

»Lassen Sie mich wissen, wo ich Sie erreichen kann.«

Tate schrieb seine Telefonnummer auf.

Sie gingen in dem sauren Geruch von Methan und Rauch, der einem brennenden Müllhaufen in der Nähe entströmte, zum Wagen hinunter.

Tate ließ die Waffe, die Bett auf der Veranda aufgehoben hatte, in seine Tasche gleiten. Er bemerkte, wie grimmig ihr Gesicht war. Ihr sonst so sinnlicher Mund war nur noch ein dünner zusammengepreßter Strich.

»Bett?«

Sie trat zur Seite und starrte die Baumwipfel in der Ferne an. »Oh, ich dachte gerade daran, wie schrecklich ich mich an dem Tag fühlte, an dem sie geboren wurde!«

Tate baute sich vor ihr auf und stemmte die Füße in die schlammige Erde.

»Quetschte sich aus mir raus, riß mich auf. Wie ich das haßte! *Sie* entfloh dem Schmerz, ruinierte dafür aber meinen Körper und änderte mein Leben für immer.«

Tate nickte.

»Doch ich schaffte es irgendwie zu vergessen, wie sehr es weh getan hatte. Ich schaffte es, sie zu lieben, versuchte ihr beizubringen, wie sie ihr Leben leben soll. Wie sie vermeiden kann, Fehler zu machen. Und dann dies ...« Sie nickte in Richtung Bungalow. »Um Gottes willen. Ihr Lehrer.«

»*Sie* hat das Verhältnis beendet«, rief ihr Tate in Erinnerung. »Sie wußte, daß es nichts für sie war.«

Bett sagte: »Ich hätte nie gedacht, daß sie so etwas tun würde.

Er ist fünfundzwanzig Jahre älter! Und dann für diese Gemälde Modell zu stehen …«

Er fragte: »Aber weißt du was? Ich habe gerade gedacht, daß sie heute im Lauf von nur wenigen Stunden für mich real geworden ist.«

Urplötzlich und zu seiner großen Überraschung wollte Tate das Mädchen jetzt verzweifelt gern besser kennenlernen. Ihn schmerzte der schreckliche Gedanke, daß er verzweifelt, ja schrecklich traurig, niedergeschlagen gewesen wäre, wenn sie an diesem Morgen gestorben wäre. Doch sollte man jetzt ihre Leiche finden oder in einigen Tagen oder in einem Monat oder – der schauerlichste Gedanke – überhaupt nicht, wäre er völlig vernichtet. Es wäre eine dieser Tragödien, die einen für immer verändern.

In ihrer Rhetorik bedienen sich die Juristen des Tricks der Personifizierung – sie machen ihre Mandanten mit Worten menschlicher und lassen ihre Gegner weniger menschlich erscheinen. Also »Mary Jones« statt »die Zeugin« oder »das Opfer«. Geschworenen fällt es weitaus leichter, leblosen Abstraktionen gegenüber streng zu sein und die Verbrechen an lebenden und atmenden Menschen mit Namen und Gesichtern mit härteren Strafen zu ahnden.

Es ist ein sehr wirkungsvoller Trick. Und ein sehr gefährlicher.

Tate erkannte jetzt, daß für ihn Megan meist »das Mädchen« gewesen war. In Gedanken bedachte er sie nur selten mit ihrem Namen.

»Ich glaube, du könntest recht haben«, sagte Bett langsam. »Es ist nur so, daß ich nicht sicher bin, ob die Megan, nach der wir suchen, diejenige ist, die ich kannte. Oder die ich zu kennen glaubte.«

»Was? Du glaubst, sie könnte Fehler haben? Daß sie nicht vollkommen ist? Wie wir? Niemals.«

Bett lachte.

»Wir haben eine Menge zu tun«, sagte er, »wenn wir sie bis Freitag finden wollen.«

Bett nickte und hakte sich bei ihm ein, als sie zum Wagen weitergingen. Es war, wie ihm plötzlich aufging, ihr erster körperlicher Kontakt seit zehn Jahren.

13

»Nein, Daddy, bitte …«

Aaron Matthews schaffte es mit einem gewagten Manöver, von einer Schotterstraße auf eine andere einzubiegen, die überwiegend aus Schlamm bestand. Über sich sah er die gezackten, bedrohlichen Umrisse der Hügel, die von Nebelfetzen durchzogen wurden. Es war Mittwoch am späten Nachmittag, und er hielt den Zeitplan genau ein.

Neben ihm saß eine schläfrige Megan McCall. Nachdem er in Front Royal kurz angehalten hatte, um zu tanken, war er in die Berge gefahren und hatte sie dort auf den Beifahrersitz verfrachtet, wo sie jetzt zusammengesunken saß und auf den Blütenkelch einer weißen Lilie hinunterstarrte, die er ihr ehrfurchtsvoll auf den Schoß gelegt hatte. Sie berührte sie unbeholfen, da ihre Hände noch immer gefesselt waren.

Als sie immer tiefer und tiefer in den nebligen, halbdunklen Wald hineinfuhren, mußte Matthews unwillkürlich an den Tag denken, an dem sein Vater ihn zum ersten Mal mit aufs Feld genommen hatte.

»Nein, Daddy, bitte!«

Der hochgewachsene, strenge James Matthews hatte den elfjährigen schreienden Jungen hinter sich hergeschleift und auf die große Lichtung hinter der Kathedrale im Kiefernwald gebracht.

»Nun mach schon, hoch mit dir, Junge. Sprich zu uns. Erzähl uns, was Jesus dir sagt. O ja, o ja. Er hat Angst, er ist schüchtern. Na los, hoch mit ihm, Leute. Nun mach schon, Junge. Er hat Angst. Seht ihn euch an. Faltet für ihn die Hände! Singt sein Lob!«

»Ich habe Angst«, hatte er geflüstert.

Matthews senior schleifte den Jungen auf das niedrige Podium und wandte sich zu der Menge um, die auf der Lichtung auf der Rückseite der Kathedrale im Kiefernwald saß. »Er ist stumm wie ein Sünder! Seht ihn euch an. Schüchtern wie ein Baby. Aber für Jesus wirst du dich hier oben hinstellen, nicht wahr?«

Für Jesus? Wohl kaum. Doch wenn man elf ist und von einhundert erregten Stimmen umgeben ist, die wie Besessene einen Singsang herunterleiern, tut man, was einem befohlen wird.

Die Hand des Vaters versetzte dem Kopf seines Sohnes einen harten Schlag mit einem goldenen Ring, auf dem ein Kreuz prangte, und der Junge war überzeugt, jetzt gleich seine besten Sonntagshosen naß zu machen. Er roch heißen Tabak-Atem und spürte den Druck an seinem spindeldürren Arm, der wie in einem Schraubstock festgehalten wurde. »Ich möchte, daß du stotterst«, flüsterte der alte Mann. »Du sollst dich anhören wie ein Idiot. Bring sie in Verlegenheit, bring sie dazu, sich zu winden, zeig ihnen deine feuchte Aussprache. Spuck die an, die in der ersten Reihe sitzen. Dann mußt du ganz still dastehen und eine Minute lang nur die Augen verdrehen. Dann tu so, als hätte Jesus dich geheilt. Sing ihnen ein Lied vor. Leg alles hinein, was du hast. ›Wir danken dir, Herr Jesu Christ, daß du für uns gestorben bist.‹ Und bring ja nicht die Worte durcheinander, denn sonst ziehe ich den Gürtel raus.«

»Ich habe Angst, Daddy.«

»Er hat Angst, Leute! Dieser Junge spricht nie. Das sage ich euch. Seine Mutter und ich dachten, er sei taubstumm auf die Welt gekommen. Taub wie ein Felsen. Wie Christus. Er stottert und hört sich an wie der Narr, der er fast immer ist. Mein Junge hat Angst, hat Angst, ein Dämon könnte ihn an der Kehle packen und Satans Lügen aus ihm herausquetschen!«

Dann drückte ihm sein Vater das Mikrophon in die Hand und schob ihn an den Rand des Podiums.

»Hier ist er! Hat in seinem ganzen Leben nie mehr als ein Dutzend Wörter gesprochen. Er steht jetzt zum ersten Mal vor Menschen. Ihr habt ihn hier noch nie gesehen, oder?«

»Nein!«

»Warum? Weil er sich schämt, daß er die Worte des Herrn nicht sprechen kann. Er verheddert sie in der Kehle. Empfindet mit ihm. Legt Zeugnis ab! Er stottert entsetzlich und ist schüchtern wie ein Mädchen. Doch er wird gegen den Teufel aussagen. Endlich hat ihn der Herr dazu gebracht, sich zu stellen. Himmel, dieser Idiot kann uns vielleicht sogar ein Lied singen, wenn Jesus es will!«

Da stand der junge Aaron, hilflos und verängstigt, hielt das billige Mikrophon in der Hand, und das Kabel wand sich ihm wie eine schwarze Schlange um die Füße.

»Ich bin, äh, der Sohn des Reverend. Ich bin Aaron.« Er flüsterte die Worte.

»Der Herr segne dich!« rief die Menge.

»Jesus liebt dich, Junge.«

»Ich wurde hier in der Nähe geboren.«

»Du sollst stottern, verdammt noch mal, du kleiner Scheißer!« flüsterte sein Vater.

»Auf geheiligtem Boden geboren, Junge. Der Herr segne dich!« riefen Stimmen vom Feld. »Er ist ohne Sünde! Seht die Reinheit Christi in seinem Gesicht! Ja, ja, man kann es sehen!«

»Soll ich dich mit dem gottverdammten Gürtel versohlen? Los, stottern!«

Aaron zerdrückte das Mikrophon fast, blickte auf die Menge, dann auf seinen Vater und hatte das Gefühl, zu sterben und sich in den Äther zu erheben.

Und dann machte er den Mund auf. Er wußte nicht, wie man stottert, und wußte auch nicht, wie man spricht, damit die Leute einen für einen Idioten halten.

Folglich predigte er.

»Ich spüre etwas«, sagte er, und seine Stimme wurde um tausend Dezibel lauter. Sein Vater blinzelte vor Erstaunen. Die Menge verstummte. »Ich spüre, wie mir etwas ins Herz greift! Was kann es sein? Was kann es nur *sein*?«

Seine brüchige, hohe Stimme erfüllte die Nacht. Die Worte

wurden zu Sätzen und dann zu Absätzen, und kurz darauf wurde die Gemeinde mit einer leidenschaftlichen Predigt bombardiert, welche die schlaffen Seelen der Menschen in einen Würgegriff nahm.

»Jubiliert, jubiliert ... Ich fühle im Herzen den Frieden des Himmels! Er ist da, ja, er ist nicht in der Welt um uns herum, nicht vor unseren Augen, er dröhnt mir nicht in den Ohren, o nein, o nein, aber ich kann ihn doch fühlen. Gelobt sei der Herr. Ich spüre ihn im *Herzen.* Ja, ja!«

Ein Mann im Publikum ließ sich auf den Bauch fallen, wand sich wie eine Schlange, denn er fühlte sich in der Anwesenheit von Gottes Kraft.

»Ihr könnt es auch fühlen, teure Freunde, Gott ist mein Fels und meine Erlösung – er ist meine Zuflucht. Nichts kann mich dazu bewegen, von hier wegzugehen. Nein! Ich werde mich *nicht* von der Stelle rühren. Singt, laßt mich euren Gesang hören, ihr teuren, teuren Freunde. Laßt auch mich hören, was ihr im Herzen empfindet! Laßt mich euer Lob des Herrn hören. Ich bin besessen. Ich bin vom Herrn erfüllt. Kommt zu uns, kommt zu mir, denn Gott hat für alle Einsamen eine Familie.«

»Was sollen wir singen, Aaron?«

»Ich möchte ein starkes Lied, ein Lied über Gottes Willen, über seine Macht. Kein schwaches Lied. Nein! Nicht ein Lied wie *Wir danken dir, Herr Jesu Christ ...* nein, singt *Jesus Christus herrscht als König.*«

»Ja!«

»Warum will ich, daß ihr dieses Lied singt?«

»Warum, Junge, warum?«

»Weil wir *Soldaten* sind! Wir sind Soldaten des Kreuzes!«

Welch ein Abend das für die Gläubigen war ... Männer und Frauen badeten in den Worten der Erlösung, hier, hier in dem Alten Süden, dem mystischen Süden, dem unheimlichsten Ort dieses Kontinents von Küste zu Küste. Sie schwitzten und erbebten und weinten beim Singen. Dann sprach Aaron erneut, und sie hingen an den Worten dieses Jungen, als wären sie ein mit Kolophonium eingeriebenes Trapez. Sie nickten und schwankten im Gleichklang mit seiner Ekstase, während sein Vater mit offenem Mund auf dem Podium stand und wie ein Trommler mit den Fingern auf die Bibel einschlug. Das war alles, was er tun konnte; der alte Mann mochte zwar fromm gewesen sein, doch er sprach das Wort Gottes wie ein Rundfunksprecher vom Lande, der Düngemittel anpreist.

Es war der junge Aaron, dem sie lauschten.

Seit jenem ersten Tag auf dem Feld fanden sich in den nächsten zwölf Jahren täglich die Menschenmengen ein. Ob er sie nun tröstete, ihnen schmeichelte, ihnen drohte oder ihnen wegen ihrer Sündhaftigkeit schneidende Schuldgefühle eingab – Männer und Frauen, die dreimal so groß waren wie er und sechsmal so alt –, sie kamen immer wieder. Er konnte nichts gegen die gekrümmten Gliedmaßen, die milchigen Augen und schweren Tumore unternehmen, doch darauf kam es eigentlich auch nicht an (nimm diesen Leuten ihre Krankheiten, dann haben sie nichts mehr, nichts, nichts). Es kam überhaupt nicht darauf an, weil er den schlimmsten Kummer überhaupt mit seinen gewaltigen Worten wegfegen konnte – den Kummer, der aus der Stille ihres Lebens kam.

Die überall ist, und das ständig. Er war bei den Ehemännern, die den ganzen Tag über kein Wort sagen außer: »Wann gibt es Abendessen?« Dann bei den Kindern, die mürrisch zurückblicken, wenn sie das Haus verlassen. Die Ehefrauen, die nur mit ihren Kochtöpfen reden, die Fäuste im Teig geballt.

Ihnen gab der junge Aaron eine Stimme. Obwohl sein Vater ihn wie einen Tanzbären aufs Podium führte, bot Aaron den Menschen Predigten, die bis in den Himmel zu hören waren, während sein Vater die Brieftaschen erfolgreicher leerte, als die Finger eines Taschendiebs es vermocht hätten. Und die wirklichen Kirchenältesten der legitimen Pfingstsekten im Shenandoah Valley – diejenigen, denen es wirklich um die Erlösung der Seelen ging – waren machtlos. Sie konnten den beiden nicht Einhalt gebieten.

Das war in den sechziger und siebziger Jahren gewesen. Als

sein Vater immer verrückter wurde, war Aaron geflüchtet und hatte versucht, ein normales Leben zu führen. Doch es zog ihn immer wieder zurück ins Lager, um zu predigen. Seine endgültige Rückkehr vor fünf Jahren traf zufällig mit dem schrecklichen Ereignis zusammen, das zur Festnahme seines Vaters führte. James Matthews war der Haft entgangen und wurde nie wieder festgenommen, aber auch nie mehr in der Öffentlichkeit gesehen. Aaron hatte sich zum Reverend erklärt und den Job übernommen, für die armen Lämmer des Blue Ridge den Seelsorger zu spielen. Das hatte er noch einige weitere Jahre getan, bis die Kathedrale geschlossen wurde. Matthews machte es nichts aus; er hatte inzwischen eine andere Berufung erhalten.

Soldaten des Kreuzes …

Plötzlich erfüllte ein unirdisches Stöhnen den Lieferwagen, und Matthews fuhr zusammen. Neben ihm bewegte sich Megan. Kurz nachdem er ihr das Bild gegeben hatte, damit sie es sich ansehen konnte, hatte sie zu schreien begonnen. Da hatte er ihr wieder eine Droge spritzen müssen, deren Wirkung jetzt nachließ. Ihr ausgedörrter Mund murmelte etwas Unverständliches, doch als hätte sie eine Frage gestellt, antwortete er: »Oh, Sie werden meinen Sohn lieben.«

Sie wandte den Kopf.

»Er ist ein guter Junge.«

»Was …?«

Einige Minuten später fuhr er durch die schmale Lücke zwischen steil ansteigenden Hügeln in das Tal hinein, in dem die Kathedrale im Kiefernwald stand. Er fuhr zum Tor und griff gerade nach dem Schlüsselbund, um es zu öffnen, als er wieder die bemitleidenswerte Stimme hörte.

»Wer … sind … Sie?«

Er drehte sich zu Megan um und strich ihr übers Haar.

»Warum tun … tun Sie mir das an?« Sie sah sich um und machte Anstalten, sich von den Fesseln zu befreien. Sie langte nach dem Türgriff. Ihre Hand verpaßte ihn und fiel schlaff zur Seite.

Er beugte sich tief über das Mädchen. »Es wird alles wieder gut.« Er umarmte sie, strich ihr zärtlich mit dem Finger über den Mund und ließ ihn an ihren Lippen vorbeigleiten. Sie wandte den Kopf ab. »Peter wartet schon auf uns. Ich habe ihm alles von Ihnen erzählt.«

»Bitte.«

»Sssch.«

»Nein! Nicht schon wieder!« flehte sie. »Bitte! Nein!«

Die Nadel stach ihr in den Arm, und er injizierte das Phenobarbiturat.

»Bitte nicht ...«

Fast auf der Stelle wurden ihr die Augenlider schwer. Dann erzitterte sie heftig und keuchte. Matthews dachte besorgt, daß sie schlecht auf die Droge reagierte. Er packte sie an den Schultern. Sie *mußte* bis Freitag am Leben bleiben. Es würde alles ruinieren, wenn sie vorher starb, wenn sie an etwas so Schmerzlosem starb wie an einer Überdosis eines Medikaments ...

Aber nein, es ging ihr wieder gut. Es war nur etwas, was sie gesehen hatte – sie blinzelte und blickte an ihm vorbei. »Was ... Was ist *das denn?*« flüsterte sie benommen, aber trotzdem entsetzt.

Er drehte sich um. Sie betrachtete die Statue.

»Die hat mein Vater gemacht«, sagte er ihr. »Es ist ein Engel.«

»Gabriel«, murmelte sie und schloß erneut die Augen.

Matthews wiegte ihren Kopf in den Händen. »Gabriel?« flüsterte er. »Nein, nein. Es ist der Todesengel. Er schwebt herab, um die Seelen der Erstgeborenen zu holen.« Er strich ihr übers Haar.

Doch da spürte er schon das volle Gewicht ihres Kopfs auf der Schulter, und er nahm an, daß sie ihn nicht gehört hatte.

Alles wegen einer Schildkröte.

Trotz der Gefahr, die seiner Karriere drohte, wenn er den Fall Anne Devoe ignorierte, den Captain Dobbs ihm mit voller Absicht zugeschoben hatte, würde Konnie Konstantinatis im Fall Megan McCall niemals und unter keinen Umständen aufgeben.

Weil Tate Collier der Mann ist, überlegte er, als er das Hauptquartier der State Police betrat, der mich vor der Schildkröte gerettet hat.

Vor zwei Jahren – kurz vor einer nebligen grauen Morgendämmerung – war Konnie aufgewacht und hatte einen schauerlichen Anblick vor sich gehabt. Ein riesiges Monster, ein Tier aus einer fremden Welt, ein Godzilla, krabbelte über die Motorhaube seines Wagens und machte Anstalten, ihm direkt an die Kehle zu gehen. Konnie zog seinen Dienstrevolver und schoß das Magazin leer, schoß aber alle fünf Male daneben. Er versuchte zu entkommen, doch der Sicherheitsgurt hatte sich verklemmt. Nachladen, dachte er voller Panik. Statt dessen bekam er seinen Speedloader zu fassen und tastete auf dem Wagenboden nach der Scheibe mit den Kugeln, nur um zu erkennen, daß die Patronen wie er in neunzig Zentimeter tiefem Wasser steckten. Er sah sich um. Der Wagen saß tief im Bull Run, und das Monster war eine fünfzehn Zentimeter lange Schnappschildkröte, ein Fleischfresser, o ja, aber wahrscheinlich kein Menschenfresser.

Jener Tag war das unvermeidliche Ende des langen Abstiegs des Mannes, der einmal in den Bezirken Fairfax und Prince William der beste Ermittler der Staatspolizei bei Kapitalverbrechen gewesen war. Dieser Tag war der Höhepunkt mehrerer Jahre, in denen Freunde und Kollegen beide Augen zugemacht, ihn gedeckt und ihm viel zuviel Toleranz entgegengebracht hatten. Und es war fast so schlimm, wie es überhaupt sein konnte, denn Konnie hatte nicht nur mehrere Verbrechen und Übertretungen begangen, indem er stockbetrunken in den Fluß geschlittert war und illegal eine Handfeuerwaffe leergeschossen hatte, um ein Haar hätte er auch einen anderen Polizeibeamten getötet.

An jenem Aprilabend vor zwei Jahren hatte man ihm die Aufgabe zugeteilt, eine Undercover-Operation in Burke zu unterstützen – es ging um ein Haus, in dem angeblich mit Crack gedealt wurde. Nach drei unfaßbar langweiligen Stunden hatte er sich gesagt, daß nichts passieren würde. Er hatte beschlossen, sich mit einem Schluck aus der großen Taschenflasche zu wärmen, die zufällig im Handschuhfach lag.

Als der vermeintliche Käufer im Haus von den Bösen als ein Guter erkannt wurde, raste Konnie die Route 66 entlang und hielt nach einem ABC-Laden Ausschau, um die Flasche aufzufüllen. Der Undercover-Agent war durch ein Fenster ins Freie gesprungen und um sein Leben gerannt – er rannte durch die schmale Durchfahrt, in der Konnie geparkt hatte, und schrie um Hilfe. Um Hilfe ausgerechnet der Unterstützung, die in diesem Augenblick fünfzehn Meilen weiter weg in den Bull Run schlitterte. Der Agent wurde fast genau an der Stelle, an der Konnie gestanden hatte, in den Rücken geschossen. Es war jedoch eine neblige, regnerische Nacht, so daß niemand sagen konnte, ob selbst ein nüchterner Cop, der ihm hätte Rückendeckung geben sollen, ihn gesehen hätte. Der Agent war durch seine Kevlar-Weste gerettet worden und nicht schwer verletzt. Dennoch, es war das schlimmste Vergehen, das sich ein Polizeibeamter überhaupt erlauben konnte, und der Polizeichef bestrafte den Detective unnachsichtig.

Tate Collier war der Mann, den Konnie an diesem Morgen angerufen hatte, und Tate Collier – damals ein Rechtsanwalt mit eigener Kanzlei – war der Mann, der ihn bei der amtlichen Untersuchung vertrat und es schaffte, die Strafe auf sechs Wochen Suspendierung ohne Gehalt und zwei Jahre Bewährung zu begrenzen.

Es war Tate Collier, der ihn zu seinem ersten Treffen bei den Anonymen Alkoholikern gefahren hatte. Und auch zu den weiteren Treffen – den schwierigen, den Treffen nach den Rückfällen.

Tate hatte ihn vor der Schildkröte gerettet, wie die beiden Männer es später nannten.

Im Laufe seiner Dienstzeit hatte Konnie einen Verdächtigen getötet, und ein dutzendmal war auf ihn geschossen worden. Doch diese Kugeln hatten in ihm nicht einmal annähernd ein Verständnis dafür geweckt, was Tod bedeutet. Nein, Konnie wußte nur vom wirklichen Sterben. Und das hatte er mehrmals erlebt. Beim ersten Mal, als er – im Krankenhaus – die Augen des Undercover-Agenten sah, der eine Kugel in den Rücken bekommen hatte. Konnies Herz war für einen Moment stehengeblieben und hatte danach nie mehr so geschlagen wie zuvor.

Und er war noch ein zweites Mal gestorben: den langsamen Tod der zweijährigen Bewährungszeit, als sie ihm seinen geliebten Job wegnahmen.

Der erste Tod veränderte ihn mehr, doch der zweite war härter. Das ist immer so, wenn man innerlich ausgehöhlt wird.

Zwei Jahre lang hatte er seine Frau angefleht, zu ihm zurückzukehren, oder zumindest daran gedacht, seine Frau um eine Rückkehr zu bitten. Zwei Jahre weitgehend sinnloser Ermittlungen im Jugenddezernat. Er hatte bis über die Halskrause in Aktenarbeit für das Sozialamt gesessen. Zwei Jahre, in denen er sich zögernd wieder der einzigen Familie näherte, die er auf dieser Welt hatte: seinem Vater, einem bigotten Mann aus North Carolina, dessen seelisches Befinden durch die Furcht erklärt wurde, seine Mitbürger – die noch ein wenig unwissender waren als er – könnten glauben, der Familienname sei arabisch oder karibisch, nicht griechisch.

Und jetzt, als Konnie gerade an Tate Collier dachte, fragte er sich: Was ist mit dem dritten Tod, den ich erlitten habe?

Welcher der härteste von allen war. Weil er anders als die anderen ein Geheimnis war. Über den er nie auch nur ein Wort hatte verlauten lassen – weder zu seinen Kaffee schlürfenden Kumpels bei den Anonymen Alkoholikern noch zu seiner Ex-Frau, auch nicht zu seinen Therapeuten. Und zu Tate Collier schon gar nicht.

Es war dieser dritte Tod, der ihn auf die flüchtige Fährte von Megan McCall brachte, einem Mädchen, das wahrscheinlich von zu Hause ausgerissen war, das wahrscheinlich Dads Geld und Moms Kreditkarte geklaut hatte, nach New York verschwunden war, um sich von irgendeinem langhaarigen New Yorker Typen bumsen zu lassen, sich ein bißchen Musik anzuhören, eine Nacht oder zwei beim CVJF zu schlafen, um dann per Anhalter nach Hause zu fahren.

Und so hatte er die Konsequenzen der Frist am Freitag und den Zorn von Anne Devoes Vater auf sich genommen, einem Politiker, der seine Tochter lieber durch die Hand eines anderen sterben lassen würde als durch ihre eigene.

Konnie betrat sein Büro im Hauptquartier, schaltete die Deckenbeleuchtung aus und setzte sich an seinen Schreibtisch. Er zog vorsichtig einen Ordner aus seinem Aktenkoffer.

Die Untersuchung der Fingerabdrücke auf dem Amtrak-Fahrplan hatte folgendes ergeben: vierunddreißig Teilabdrücke, acht ganze. Siebzehn verschiedene Menschen, von denen einer Megan war.

Warum so viele Fingerabdrücke? fragte sich Konnie. Er versuchte, daraus schlau zu werden. Siebzehn Menschen? Sagen wir, drei in der Druckerei – der Drucker, sein Assistent und ein Packer. Ein oder zwei Leute von Amtrak, welche die Fahrpläne zum Bahnhof bringen. Ein Bahnbeamter, der ihn der Person reicht, die darum gebeten hat – höchstwahrscheinlich Megan. Aber selbst wenn es nicht so war, kann das Ding ein paarmal von Hand zu Hand gegangen sein, bis sie ihn bekam. Acht oder zehn Menschen höchstens. Siebzehn? Unlogisch.

Allerdings wäre es sehr logisch, *wenn* jemand einen Fahrplan wollte, aber nicht wünschte, bei der Bitte darum gesehen zu werden. So einer würde einen wie den hier aufheben – zerknüllt, mit Eselsohren, der irgendwo im Wartesaal herumflog.

Er kritzelte in sein Notizbuch: *Fahrplan, Ablenkungsmanöver?*

Die Fingerabdrücke an ihrem Wagen: Einhundertsechsundvierzig Teilabdrücke, achtunddreißig ganze. Die meisten davon waren ihre, zwei von Tate (das Kriminaltechnische Institut besaß die Fingerabdrücke sämtlicher Staatsangestellter der letzten zehn Jahre online). Doch mindestens ein Dutzend andere Menschen hatten die Motorhaube geöffnet, den Kofferraum, das Handschuhfach und die Tankklappe. Konnie bemerkte, daß außer Megan niemand Lenkrad, Schalthebel oder Rückspiegel berührt hatte. Sie hatte den Wagen also selbst hergefahren.

Vermutlich.

Wenn man davon absah, daß die Jungs von der Spurensicherung ein winziges Fleckchen unparfümierten Talkums direkt unter dem Zündschloß an der Lenksäule gefunden hatten.

Konnies Gedächtnis sagte ihm, daß die gängigsten Gummihandschuhe alle leicht mit Talkum gepudert waren.

Er zog den röhrenförmigen Schirm seiner Schreibtischlampe wie eine Lenksäule zu sich heran und griff danach, als wollte er einen Zündschlüssel drehen. Die Innenseite seines Mittelfingers – gerade dort würde sich ein Rest von Talkum auf einem Gummihandschuh halten – traf den Lampenschirm genau dort, wo man den Puder gefunden hatte.

Er merkte sich diese Tatsache, kritzelte die Information aber trotzdem in sein schwarzes Notizbuch. Dieser Fall würde kompliziert werden, und er wollte alles dokumentiert haben (und dachte auch: Hier kann viel zuviel danebengehen, wenn ich mich nicht nach allen Seiten hin absichere).

Ein Schatten fiel auf ihn, und Konnie verdeckte den Ordner nicht allzu unauffällig mit seinen massiven Armen.

Doch es war nicht Captain Dobbs.

Die muntere Erscheinung von Trooper Genie betrat den Raum. Vierunddreißig, lockiges blondes Haar. Sie wollte abnehmen und nahm an den Treffen der Weight Watchers teil, und zu Konnies ungeheurem Abscheu ergänzte sie die Treffen durch ein Programm von Aerobic-Übungen und Radfahren. Trotz ihrer Gesundheit phantasierte er oft davon, sie zu heiraten und mit ihr drei muntere Töchter und drei rauhbeinige Söhne zu haben, die sämtlich Gesetzeshüter wurden.

»Hier ist ein Bericht für dich.« Sie klatschte in die Hände. »Also. Montag ist der große Tag. Du wirst es schaffen.«

Er grunzte. Sie war daran gewöhnt, und es machte ihr sogar Spaß.

»Bericht? Was für ein Bericht?«

»Das graphologische Gutachten.«

Konnie runzelte die Stirn. Er hatte geplant, Megans Brief analysieren zu lassen. Doch da das nur außerhalb des Hauses geschehen konnte, brauchte er dazu besondere Genehmigungen, die er in diesem Nicht-Fall nicht erhalten würde, und so hatte er sich nicht weiter darum gekümmert.

Doch Genie sprach nicht darüber. Sie meinte den Bericht über den Abschiedsbrief der jungen Devoe. Dieses Gutachten hatte er nicht in Auftrag gegeben, aber Dobbs.

»Oh.«

Er blätterte in dem Bericht. Wie bei den meisten Handschriftenanalysen war der erste Teil ein langweiliges Wiederkäuen von auf- und absteigenden Linien, geneigten Buchstaben, Punkten, durchgestrichenen Schriftzeichen und anderen Feinheiten der Kunst. Konnie wandte sich dem letzten Absatz zu und schnaubte. »Hier steht, sie habe unter großem emotionalem Druck gestanden, als sie dies schrieb. Das ist verdammt schlau beobachtet.«

»Oder es wurde unter Zwang geschrieben«, sagte Genie, die den Bericht auf dem Weg zu seinem Büro offenbar gelesen hatte. »Da steht, es könnte so gewesen sein.«

»Jetzt überleg mal eine Minute«, knurrte Konnie. »Wenn ein Mädchen die Absicht hat, sich in die Great Falls zu stürzen, würdest du dann nicht auch meinen, daß sie ein ganz kleines bißchen aufgeregt ist? Ich wäre es jedenfalls.«

»Du glaubst nicht, daß sie ermordet wurde?« Genie hatte das Lächeln eines Kobolds.

Konnie grunzte erneut. »Dann sag's mir.«

Sie zuckte mit den Schultern.

»Na mach schon.«

Sie warf einen Blick in den Flur und schloß die Tür.

»Ich habe sie miteinander sprechen hören.«

»*Sie*. Das war ein Film über große Ameisen und einen großen Bösewicht dazu. Wer sind *sie*, Trooper?«

»Der Captain und jemand aus Devoes Büro.«

»Das ist ja interessant.«

»Nein, ich find's beschissen. Und es sieht nicht danach aus, als würde es dich interessieren. Er stellt dich übrigens auf die Probe. Das tut Dobbs wirklich. Deshalb hast du den Fall bekommen.«

»Das ist mir nicht neu.«

Captain Dobbs hatte getan, was man ihm gesagt hatte, und Konnie wie befohlen im Jugenddezernat akzeptiert, nachdem die Suspendierung des Detective vor zwei Jahren beschlossen worden war. Doch Dobbs war immer noch der Meinung, man hätte Konnie entlassen müssen. Der Captain würde bei der Anhörung vor der Bewährungskommission am Montag in einer Woche ehrlich aussagen, welche Arbeit Konnie beim Jugenddezernat geleistet hatte, doch es würde ihn nicht im mindesten aufregen, wenn Konnie dabei durchfiel und auf der Stelle gefeuert wurde.

»Na los doch«, wiederholte Konnie. »Erzähl es mir.«

»Am Sonntag ist Ostern.«

»So?«

»Henry Devoe ist Katholik. Er und seine Frau gehören zur Gemeinde St. Mary. Das ist die reichste Gemeinde in Fairfax.«

»Das freut mich für ihn. *Na und?*«

»Der Alte möchte nicht an dem Feiertag in die Kirche gehen, wenn all seine großen Hintermänner auch da sind. Er will ihnen nicht ins Gesicht sehen müssen, nachdem seine Tochter eine Sünde begangen hat.«

»Sünde?«

»Selbstmord ist eine Todsünde.«

»Du machst Witze. Deshalb macht er sich Sorgen?«

»Er ist reich, aber seine Freunde sind noch reicher. Und er braucht sie. Im nächsten Jahr ist Wahl.«

Konnie wußte, daß das stimmte.

Genie sah sich im Büro um. »Warum ist das Licht aus?«

»Ich bin alt, und mir tun die Augen weh.«

»Du bist nicht alt. Außerdem ist das VBI beteiligt ...«

»Ich weiß, ich weiß.« Das Virginia Bureau of Investigation, die Polizei-Elite.

»Außerdem hat Dobbs einen Anruf bekommen. Richmond war am Apparat.«

»Richmond? Wenn es kein Mann namens Richmond war, mußt du ein bißchen genauer sein. Da unten leben viele Menschen.«

»Hast du je gute Laune gehabt, Konnie? Der Anruf kam aus dem Büro des Justizministers. Devoe zieht an Fäden.«

Am Freitag – in etwa sechsunddreißig Stunden – brauchte Konnie eine Akte voller harter Fakten, die gerichtsverwertbar waren. Scheiße.

Arbeit für einen Monat an einem Tag.

Scheiße.

»Denken die das wirklich? Die Katholiken? Dieses Zeug über Todsünde?«

»Das weißt du doch, Konnie.«

Er wog das graphologische Gutachten in der Hand, stand auf und ging zur Tür. »Dann sollte ich mich lieber an die Arbeit machen«, sagte er und widerstand einem fast unwiderstehlichen Impuls, sie in seine kräftigen Arme zu nehmen und sie zu küssen. Dann verließ er das Büro und machte dabei die Deckenbeleuchtung an.

»Du bist schon ein komischer Kauz, Konnie!«, rief sie hinter ihm her.

Er ging zu seinem Wagen hinaus, warf den Bericht und die Akte über *Devoe, Anne* auf den Wagenboden vor dem Rücksitz und legte die Akte *McCall, Megan* auf den Beifahrersitz des Taurus.

An der Union Station parkte Konnie den Wagen beim Taxistand und ging hinein. Dabei fiel ihm eine Passage in einem seiner vielen Bücher über Ermittlungen in Strafsachen ein. *Wenn ein Verdächtiger/flüchtiger Straftäter der städtischen Justiz zu entkommen sucht, ist die Flucht per Bahn der sicherste und erfolgversprechendste Weg. Dabei muß man keinen Ausweis vorlegen, es gibt keine Sicherheitskontrollen, und außerdem sind die Fahrkarten billiger als bei Flugreisen. Somit ist die Wahr-*

scheinlichkeit größer, daß die Fahrt mit Bargeld bezahlt wird, dessen Spuren sich nicht verfolgen lassen. Es gibt jedoch nur einen effektiven Weg, einen flüchtigen Verbrecher aufzuspüren, der per Bahn flüchtet, nämlich durch massiven Polizeieinsatz.

»Durch massiven Polizeieinsatz.« Er blies Luft durch seine Hängebacken und betrat den Bahnhof. Er zog Tate Colliers schlechten Schnappschuß von Megan und seine ramponierte alte Ausweishülle aus der Brusttasche.

14

Die siebte Pendlerin.

Da habe ich sie.

Für seine Zwangsverpflichtung als Ermittler hatte sich Joshua LeFevre entschieden, weder als zerknitterter Cop noch als Künstler mit Sympathien für den Afrikanischen Nationalkongreß aufzutreten. Statt dessen trug er schwarze Jeans, ein weißes T-Shirt, das seine mächtige Brustmuskulatur kaum verbarg, und eine glänzende schwarze Lederjacke mit einem hohen Kragen.

Und eine Sonnenbrille.

An einem trüben Tag.

Die Frau hatte keine Chance.

»Momentchen, Lady?«

Die Frau, die eine Gucci-Handtasche und eine Einkaufstasche trug, blieb stehen, als sie ihre Schlüssel aus der Tasche hervorkramte. Vielleicht schossen ihr gerade Gedanken über Straßenraub durch den Kopf: ein leerer Parkplatz. Nachmittag. Ein Werktag. Ein Schwarzer unter dreißig.

Sie sah ihn vorsichtig an. Eine Frau, die daran gewöhnt war, für ihren kleinen Kreis Verantwortung zu zeigen – für ihre Kinder, ihren Mann, ihre Handwerker, ihren Bridgeclub. »Kann ich Ihnen helfen?«

»Sie haben in der Nähe dieses Wagens geparkt.« Er zeigte mit einem riesigen Finger auf Megans Tempo, als er näher an sie herantrat.

Die Hausfrau aus Clifton in ihr blieb gelassen, obwohl sie sich vielleicht fragte, wie schnell sie auf ihren unvernünftig hohen Absätzen rennen konnte. Sie stellte die Einkaufstasche ab und fummelte an ihrem Schlüsselbund herum.

»Sie parken hier seit etwa zwei Stunden.«

»Woher wissen Sie das?« fragte sie laut. Hatte er sie beschattet?

»Die Parkuhr geht nur zwei Stunden, und Sie haben nur noch drei Minuten.«

Es fiel dem Mann, der in Oxford studiert hatte, nicht leicht, sich so auszudrücken.

»Ballston. Ich bin einkaufen gewesen.« Sie warf einen Blick auf die Einkaufstasche.

»Ich würde gern wissen, ob Sie vorhin die Fahrerin dieses Wagens gesehen haben.«

Sechs anderen Pendlerinnen hatte er die gleiche Frage gestellt, wenn auch weit höflicher. Sie hatten den Kopf geschüttelt, kurz nein gesagt oder ihn einfach ignoriert und waren weitergegangen. Da hatte LeFevre beschlossen, es mit der härteren Tour zu versuchen. Es versprach mehr Erfolg, den Ganoven zu spielen.

»Das habe ich tatsächlich. Ja.«

In seinem Eifer nahm LeFevre die Sonnenbrille ab. Jetzt konnte sie ihn identifizieren. Er würde sie umbringen müssen. Sie sah sich auf dem Parkplatz wie absichtslos nach Verbündeten um.

»Erzählen Sie«, drängte er.

»Da war ein grauer Lieferwagen. Ich weiß nicht, was für ein Fabrikat. Er parkte ...«

»Neu, alt?«

»Weiß ich nicht mehr. Der Wagen stand hier in dieser Parkbucht. Der Fahrer ...«

»Welcher Fahrer?«

»Der Fahrer beider Wagen«, stieß sie nervös hervor.

»Wie bitte?« Gelegentlich ließ sich der Oxforder Tonfall einfach nicht unterdrücken. Die Frau blinzelte. »Schon gut. Fahren Sie fort.«

»Es gab nur einen Fahrer. Der den Lieferwagen und das Auto fuhr. Es war ein und dieselbe Person.«

»Ja?«

»Der Fahrer des Tempo stieg aus, fuhr den Lieferwagen aus dieser Parkbucht und stellte dann diesen Wagen hierher. Trug etwas vom Auto zum Lieferwagen.«

»Was?«

»Ich weiß es nicht. Wäsche, eine große Tasche. Ich erinnere mich so genau wegen dieses Stoßstangen-Aufklebers.«

So Many Pedestrians … So Little Time.

LeFevre erinnerte sich, wann er den Aufkleber für Megan gekauft hatte. Sie hatte ihn siebenmal aufs Gesicht geküßt.

»In welche Richtung fuhr der Lieferwagen dann?«

»Auf diese Straße da. Sehen Sie? Quer von der Nuttley. Ist nach rechts abgebogen.«

LeFevres Puls beschleunigte sich erheblich.

»Haben Sie zufällig die Kennzeichen gesehen?«

»Nein.«

»Und Sie haben sich den Fahrer genau ansehen können?«

»Ja.«

»Sie sind sicher, daß es keine Frau war?«

»Es war keine Frau. Es war ein Mann.«

»Ein Weißer, ein Schwarzer?« fragte er. »Wie alt?«

Da zögerte die Frau. Sie warf ihm ein feines Lächeln zu, hob ihre Einkaufstasche auf und zog einen Schlüssel aus dem ledernen Schlüsselbund. Es war eine Geste wie von Emma Vinton LeFevre. Eine einfache Handbewegung, effizient, beherrscht. Sie erklärte unleugbar, daß sich die Machtposition in diesem einen Augenblick zugunsten dieser zierlichen Frau verlagert hatte. Und sie verlagerte sich, weil sie es so entschieden hatte. Die Dame hatte herausgefunden, daß LeFevre nur gepokert hatte.

Sie fürchtete sich nicht mehr, und, was wichtiger war, sie

wußte ohne jeden Zweifel, daß sie auch nichts zu befürchten hatte. LeFevre erkannte, daß es nichts gab, womit er sie zum Weitersprechen zwingen konnte, wenn sie nichts mehr sagen wollte.

Und sie wußte es auch.

Er fühlte sich peinlich berührt und schwach. »Bitte«, sagte er. »Meine Freundin wird vermißt.«

»Warum rufen Sie nicht die Polizei an? Brauchen Sie einen Quarter fürs Telefon?« fügte sie hinzu, was ihn noch mehr beschämte.

Er schüttelte den Kopf. »Die wollen noch nichts unternehmen. Sie müssen vierundzwanzig Stunden warten.«

»Er war weiß. In den Vierzigern. Schlank. Hatte angegrautes Haar.«

»Das Kennzeichen? Haben Sie vielleicht sogar gesehen, aus welchem Staat der Wagen war?«

»Ich fürchte, nein. So, jetzt habe ich keine Zeit mehr.« Sie ging zu ihrem Jaguar und stieg ein. »Viel Glück«, sagte sie zu ihm, als spräche sie zu einem kleinen Sohn, der sich mit neuen Fingerfarben abmühte.

LeFevre stellte sich neben Megans Tempo und sah zu, wie die Frau gemächlich losfuhr. Ein zweideutiges Gefühl, eine Niederlage erlitten zu haben, bemächtigte sich seiner.

Als er einen Augenblick später jedoch auf den Asphalt blickte, wurde seine Aufmerksamkeit von dem schlammigen Reifenprofil des breiten Wagens oder Lastwagens gefangen, der dort herausgefahren war, wo Megans Auto stand – vermutlich der Lieferwagen. LeFevre starrte das Muster einen Augenblick an und holte dann einen Skizzenblock aus seinem alten Volvo. Er legte den Block auf den Boden über einen Teil des Abdrucks. Mit einem Bleistift skizzierte er schnell den Abdruck – die Z-Form der Lamellen, die exakte Breite, die Stelle, an der ein Stein oder ein Stück Holz sich in die Mitte der Rillen gequetscht hatte, was wie ein Weinglas aussah.

An der Sorbonne hatte LeFevre sein erstes Jahr an der Kunsthochschule mit dem Zeichnen von Linien verbracht. Er hatte nichts weiter als Linien gezeichnet, geometrische Figuren und Schattierungen von Schwarz und Weiß. Jetzt betrachtete er kritisch seine Skizze des Reifenabdrucks und kam zu dem Schluß, daß sie perfekt war. Er nahm sich vor, Madame Becaud eine Fotokopie zu schicken mit einer kleinen Danksagung, weil sie ihre Studenten einem so strengen Regiment mühsamer Übungen unterzogen hatte, mochte es aus ihm auch nichts weiter gemacht haben als den weltbesten kriminaltechnischen Zeichner.

Als LeFevre in Vienna schon auf der zwölften Straße in der Nähe der Nutley Road entlangfuhr und vergeblich nach Hinweisen auf einen grauen Lieferwagen Ausschau hielt, dachte er: Wie willst du herausfinden, wohin jemand gefahren ist, wenn du nicht einmal weißt, *warum* er verschwunden ist?

Die Briefe an ihre Eltern sagten nicht genug aus. Sie erklärten, weshalb sie sauer auf sie gewesen war, wie er vermutete, aber nicht, warum sie so sauer gewesen war, daß sie sofort und so plötzlich verschwand. Megan sprach von Janis Joplin und dem wilden Leben, von Southern Comfort, von ewiger Betrunkenheit, vom Leben auf des Messers Schneide. Doch das war nicht die wirkliche Megan.

Was nicht heißen sollte, daß jemand sie nicht vielleicht doch vorübergehend über den Rand gestoßen hatte. Gerade so lange, daß sie sich aus dem Staub machte.

Seine Überlegungen hatten LeFevre zu dem Schluß kommen lassen, daß er unbedingt herausfinden mußte, wer diese Emily war – die Frau, mit der sie am Montagabend getrunken hatte. Wie es schien, war sie am Montag urplötzlich aufgetaucht, hatte Megan im Park des Wasserturms zurückgelassen, um dann einfach ein bißchen zu schnell zu verschwinden. Sie hatte Megan betrunken gemacht und fast getötet, und dann – so seine Theorie – hatten sie sich am Mittwoch wieder irgendwann getroffen, bevor Megan ihren Termin beim Arzt hatte. Vielleicht hatte sie sich wegen des Wasserturms entschuldigt, Megan den Besuch beim Seelenklempner ausgeredet und dann vorgeschlagen, gemeinsam irgendwohin zu fahren.

»He, machen wir's doch mal wie *Thelma und Louise.* Fahren wir einfach los, Baby. Nur wir zwei Hübschen. Deine Familie? Zum Teufel mit denen. Schick ihnen ein paar Briefe, und dann nichts wie weg.«

Vielleicht war Emily lesbisch. Vielleicht hatte sie schon von Anfang an vorgehabt, Megan herumzukriegen. Die Frau hatte irgendeinen großen Plan.

Er fuhr zu dem Park, auf dessen Hügelkuppe der Wasserturm stand, auf dem Megan gefunden worden war. Dann wendete er und fuhr langsam die einzige Straße mit Ladengeschäften entlang, die zum Park führte. Er hielt vor der ersten Bar, die er entdeckte, stieg aus seinem Wagen aus und ging hinein. Als die schwere Tür hinter ihm zufiel, sperrte sie das blasse Licht des späten Aprilnachmittags aus.

Vier junge Männer blickten hoch. Sie hielten mit ihrem Poolbillard inne und starrten ihn an. Ordentliche junge Leute, vielleicht George-Mason-Studenten im letzten Studienjahr. Oder Universitätsabsolventen, die noch nicht arbeiteten. Freundlich und zuvorkommend. Tranken Leichtbier. Einer von ihnen räumte den Tisch mit der schwarzen Kugel leer, die acht Punkte zählt. Zwei der jungen Männer blickten zu LeFevre hoch und nickten.

Er lächelte zurück und ging an die Bar.

Die Barfrau hatte einen sehr dicken Körper und ein sehr hübsches Gesicht. Sie schien auf beides stolz zu sein und nahm besonders erfreut die zwanzig Dollar an sich, die LeFevre ihr hinschob.

»Haben Sie Montagabend gearbeitet?« fragte er.

»Nein.«

Oh. Das hätte ich vorher fragen sollen, dachte er, als er beobachtete, wie sie sich das Geld in ihre engen Jeans steckte.

»Aber ich war hier. Hing hier herum. Sie wissen schon.«

»Es kann sein, daß zwei Frauen vorbeigekommen sind. Am späten Nachmittag oder frühen Abend. Sie gingen von Bar zu

Bar. Waren vorher im Coffee Shop gewesen. Eine trank vermutlich Southern Comfort.« Er klappte seine Brieftasche auf und zeigte ihr ein Bild von Megan. Es war das erste, was man sah, wenn man die Cartier-Brieftasche aufmachte – bevor man seinen Führerschein entdeckte, seine Sozialversicherungskarte, die Fotos von seinen Eltern und seinem Springerspaniel. Megan hatte ihn vielleicht aus ihrem Leben gestrichen, doch er würde das Foto nie aus der Brieftasche nehmen. Keinen einzigen Tag, keine einzige Stunde.

»Ich glaube schon. Ja, ich erinnere mich an sie. War irgendwas mit ihrem Ausweis. Sie sah jung aus. Aber Joanie – sie hatte gerade diese Schicht – hat ihn geprüft, glaube ich. Ich erinnere mich an sie, weil die meisten Leute Southern Comfort gar nicht mehr bestellen.«

»Wissen Sie, mit wem sie hier war?«

»Keine Ahnung. Mit irgendeinem anderen Mädchen. Einer Blondine, glaube ich. Mitte Zwanzig. Sie unterhielten sich ziemlich laut und sind gegen sieben oder acht gegangen.«

Megan wurde um neun Uhr dreißig in dreißig Meter Höhe auf dem Wasserturm gefunden.

»Waren sie abgefüllt?«

»Nein. Haben je zwei Drinks gehabt, würde ich schätzen, dann gingen sie. Wir hätten ihnen nichts gegeben, wenn wir irgendwelche Zweifel gehabt hätten. Dazu sind wir verpflichtet, müssen Sie wissen.«

Megan war aber betrunken, als man sie vom Turm herunterschleifte. Er erinnerte sich, daß man sie mit einer Flasche gefunden hatte. »Gibt es hier in der Nähe einen ABC-Laden?«

»Einen halben Block weiter die Straße hinauf. Unsere größte Konkurrenz. Ganz schön lästig sind die. Aber das ist eben die freie Marktwirtschaft, nicht wahr? So heißt es doch immer.«

»Vielen Dank.«

»Ich danke *Ihnen.*«

Er ging auf die Tür zu, als einer der jungen Männer vom Billardtisch aufblickte. »Wie geht's?«

LeFevre nickte. »Bestens.«

Die anderen zeigten noch immer das wohlwollende und freundliche Lächeln.

Und trotzdem …

»Diese Sonnenbrille. Sieht cool aus. Ray-Ban?«

»Äh, nein«, erwiderte er verwirrt. »Ich habe sie mir gerade bei Lord & Taylors gekauft. Ich weiß nicht, was für welche es sind.«

»Lord & Taylors.«

»Wirklich hübsch«, sagte einer.

»Hervorragend.« Einer der anderen jungen Leute lächelte.

»Meine Freundin kauft da ein«, sagte der vierte.

LeFevre hatte bis jetzt gebraucht, um zu erkennen, daß sie sich über ihn lustig machten. Und das hatten sie getan, seit er die Bar betreten hatte. Er hätte es wissen müssen; so ging es in den neunziger Jahren im Norden Virginias zu – die Streitereien wegen der Trinkwasserspender und der Busse, wegen der Schulen, das alles haben wir doch längst hinter uns, den Fall Loving gegen Virginia. Damals war ein Paar aufgrund eines Gesetzes des Staates Virginia festgenommen worden, dem zufolge Mischehen illegal waren. Das haben wir doch wirklich alles hinter uns.

Die Herzen ändern sich aber nicht.

Hier waren diese vier jungen Männer, die LeFevre vermutlich ohne weiteres hätte zusammenschlagen können, und doch gab es wirklich nichts, was er tun konnte. Sie waren immun. Sie sagten nichts, was gegen sie verwendet werden konnte, äußerten kein einziges grobes oder anzügliches Wort. Machten sich allem Anschein nach nicht im geringsten über ihn lustig. Und doch – wenn er ihnen in Augen und Herzen blickte, spürte er etwas Schlimmeres als die Verachtung, welche die Eltern seiner Mutter hatten ertragen müssen. Die Verachtung hatte zumindest Hand und Fuß gehabt, denn sie ging oft einher mit der Stärke des vermeintlichen Willens Gottes. In den Gesichtern dieser jungen Leute sah er jedoch nur unnötige Grausamkeit – das Wissen, daß es nicht einmal die Mühe lohnte, ihn zu beleidigen.

»Einen schönen Tag auch!«, rief einer der jungen Männer hinter ihm her.

»Lord & Taylors«, sagte ein anderer. »In der Ecke sechs Punkte für mich.«

Joshua stürmte aus der Bar. Er fühlte sich billig.

In dem staatlichen ABC-Laden (Alcoholic Beverage Control) war es sowohl leichter als auch schwieriger.

Der Verkäufer spielte den Schüchternen.

Der knochige, kahlköpfige Mann hinter dem Tresen wiederholte die Frage: »Emily? Mitte Zwanzig? Blondine? Southern Comfort?« Er erklärte, er glaube nicht, die Frau je gesehen zu haben, sei sich aber nicht sicher.

Was heißen sollte: Laß mich dein erstes Gebot hören.

Ermittlungen, lernte LeFevre jetzt, machen aufgrund von zwei Dingen Fortschritte: aus Geldgier oder aus Furcht. Entweder ist man ein Cop, der mit dem Gesetz bewaffnet ist, oder man ist Zivilist, der Geld ausgeben kann. Er machte wieder die Brieftasche auf.

Und ließ zwanzig Dollar sehen.

Das reichte als Heilmittel gegen die Amnesie des Verkäufers nicht aus. Der Mann trat zur Seite, um eine Kundin zu bedienen, die an die Registrierkasse trat und nach einem sehr guten kalifornischen Weißwein fragte.

»Wir verkaufen keinen Wein, Ma'am. Nun ja, Wein aus Virginia schon. Aber nur den.«

»Sind Sie kein Alkoholladen? Wir sind zu einer Dinnerparty eingeladen. Mein Mann und ich.«

»Wein können Sie in einem Lebensmittelladen bekommen.«

»Oh.«

LeFevre sagte geistesabwesend: »Cakebread Vineyard Chardonnay. Neunziger oder einundneunziger. Der wird auf Ihre Gäste Eindruck machen.«

Der Verkäufer blinzelte. »Schwer zu finden. Einen zweiundneunziger könnten Sie allerdings bekommen.«

»Er wird Ihnen gefallen«, versicherte LeFevre der Frau.

Der Verkäufer nickte beeindruckt. Er wollte es nicht sein, doch er war es.

»Nun ja«, sagte die Frau und blickte auf seine Sonnenbrille, deren Gläser die Form von Tränen hatten. »Wirklich?«

»Versuchen Sie es doch bei Food Lion auf der anderen Straßenseite«, sagte der Verkäufer.

Nachdem die Frau gegangen war, sagte LeFevre zu dem Verkäufer: »Wo waren wir stehengeblieben?«

»Wir guckten gerade in Ihre Brieftasche.«

Der Preis – einschließlich des Rabatts für Weinexperten – betrug sechzig Dollar.

»Emily, aber ja. Sie kommt einmal in der Woche rein. Vielleicht auch ein paarmal. Mit dem Southern Comfort hatten Sie recht. Den hat sie vorher nie gekauft. Sind Sie schon mal in Napa oder Sonoma Valley gewesen?«

»Ich habe einen Sommer im Loire-Tal verbracht. Die Weinhändler dort prüfen immer, was die Konkurrenz zu bieten hat. Ein sehr mißtrauisches Volk, die Franzosen.«

»Die Loire. Dahin wollte ich auch schon immer.«

»Wie ist ihr Nachname?«

»Emilys? Ich weiß nicht. Ich habe mal was bei ihr abgegeben, als sie die Grippe hatte. Warum wollen Sie mit ihr sprechen?«

»Will ihr nur ein paar Fragen stellen.«

»Oh. Nun, es ist der Oak-Ridge-Wohnwagenpark in Oakton. Bin vor einem Jahr da gewesen. Weiß aber nicht mehr, welcher es war. Am hinteren Ende, glaube ich.«

LeFevre zog noch einmal seine Brieftasche heraus, klappte aber nicht das Fach für Dollarscheine auf, sondern die mit Zellophan bedeckten Fotos.

»Ist dieses Mädchen bei ihr gewesen?«

Der Verkäufer gab seine Versuche auf, aus der Situation schlau zu werden. So sagte er einfach: »Ja, sie war bei ihr.«

Fünf Minuten später fuhr LeFevre zwischen den Säulen hindurch, die die Einfahrt zum Wohnwagenpark markierten.

Er brauchte nur zweimal zu fragen, als er an den blechernen Türen der Wohnwagen anklopfte. Emily – eine allein lebende Frau, deren Nachnamen die ältere Frau, die hier wohnte, nicht kannte – lebte allein am Ende der Maiden Lane, wo der Wohnwagenpark in das Umspannwerk von Virginia Power überging, in dem eine Million Transformatoren, Kabel und Stahltürme zu sehen waren.

LeFevre klopfte laut an der Tür und warf einen Blick hinein. Die winzigen Räume waren dunkel. Keine Anzeichen von Bewegung. Er versuchte den Türgriff zu öffnen, doch es war abgeschlossen. Er sah sich um und entdeckte, daß die Frau, die auf seine Fragen geantwortet hatte, ihn hinter einem Spitzenvorhang beobachtete.

Ihre Anwesenheit zwang ihn, seinen Plan aufzugeben, ein Fenster mit einem Brecheisen aufzustemmen. Er entfernte sich von dem Wohnwagen. Er klopfte noch an die Türen von zwei anderen Wohnwagen in der Nähe, doch keine der Hausfrauen, die ihm aufmachten – jede hielt etwas im Arm, was für LeFevre austauschbare dicke weiße Babys waren –, wußte, wo Emily war. Er bemerkte bei beiden Frauen einen kritischen Blick, als er den Namen erwähnte – sie machten die Art Gesicht, das manches bedeuten konnte, vermutlich aber signalisierte, daß es ihnen lieber wäre, wenn Emily irgendwo anders lebte, nur nicht in der Nähe ihrer Männer.

LeFevre ging wieder zu dem Wohnwagen zurück.

Was nun?

Ob Konnie einen Durchsuchungsbefehl besorgen konnte?

LeFevre stand einen Moment mit den Händen in die Hüften gestemmt da, bis ihm ein Parkplatz in der Nähe auffiel, direkt hinter einer Reihe von Bäumen. Das Gelände war nicht asphaltiert. Er ging hinüber. Am Morgen hatte es geregnet, und der Boden war noch feucht. Er entdeckte mehrere Reifenspuren, die nicht allzu alt sein konnte. Er faltete die Skizze auseinander, die er an der Metro-Station von Vienna gemacht hatte, und verglich sie mit einem Satz Abdrücke im Schlamm. Nichts.

Der zweite Satz paßte auch nicht.

Aber der dritte …

Volltreffer. Die Zeichnung paßte perfekt zu dem letzten Satz von Reifenabdrücken auf dem Parkplatz.

Er lief zu dem ersten Wohnwagen zurück, bei dem er gehalten hatte, in dem die Frau aus dem Schlafzimmerfenster blickte. Sie verschwand plötzlich, als er angerannt kam. Als er erneut an der Tür klopfte, konnte er fast ihr verängstigtes Keuchen hören.

»Entschuldigen Sie, Ma'am.« Er legte noch etwas mehr Oxford-Tonfall in die Stimme. »Haben Sie vorhin zufällig einen grauen Lieferwagen hier parken sehen?«

»Habe ich, ja«, ließ sich die Stimme hinter zwei geschlossenen und verriegelten Türen vernehmen. Der Vorhang am Fenster wurde leicht zurückgezogen. Er konnte nur ihre Hand sehen.

»Haben Sie den Fahrer gesehen oder das Kennzeichen?«

»Hab' einen Mann gesehen, ja. War wohl in den Vierzigern. Kein Kennzeichen.«

»Ein blondes Mädchen?«

»Nein.«

»Sie haben keine Vorstellung, wohin er gefahren sein könnte, oder? Der Lieferwagen?«

»Nun, er fuhr auf der Fredericks nach Westen, und ich weiß es zwar nicht genau, aber wenn man nicht an der Straße wohnt, gibt es nur einen Grund, auf ihr zu fahren, nämlich wenn man zum Highway will.«

»Zu welchem Highway?«

»Sechsundsechzig. Zwei Straßenblocks weiter ist eine Auffahrt nach Westen.«

Interstate 66. Durchquert das ganze verdammte Land. Bringt einen bis nach Los Angeles.

»Ich müßte wirklich mal bei Ihnen telefonieren.«

»Bei mir …«, ließ sich die gedämpfte Stimme vernehmen.

Stille. Die Tür ging nicht auf.

»Ja, dürfte ich mal Ihr Telefon benutzen. Nur für eine Minute. Ein Ortsgespräch.«

»Oh, mein Telefon. Tut mir leid. Es ist leider gestört.«

»Es ist sehr wichtig.«

»Ich warte gerade auf den Monteur, der es repariert. Sollte in ein paar Stunden kommen. Oder vielleicht morgen. Entschuldigen Sie mich jetzt, ich hab' was im Herd.«

Der Vorhang senkte sich wieder.

15

Joshua LeFevre steckte einen Vierteldollar in das Telefon vor dem 7-Eleven-Laden und erwischte Tate zu Hause. Er erzählte ihm, was er erfahren hatte.

»Joshua hat Emily gefunden«, wiederholte Tate, vermutlich zu Bett. Dann meldete er sich wieder: »Da haben wir es also mit einem rätselhaften Mann zu tun«, sagte er. »Vielleicht hat er auch ihren Koffer oder ihre Kleider … Kann es ein weiterer Freund sein?«

»Ich glaube nicht«, erklärte LeFevre. »Megan hat sich mir gegenüber nicht sehr offen über ihr Liebesleben geäußert.« Er spürte einen Stich bei der Erinnerung an den Augenblick im letzten Monat, als er sich wieder mit ihr treffen wollte und sie abgewinkt und gesagt hatte, sie sei mit Bobby verabredet.

Eifersucht tut ganz schön weh, nicht wahr? dachte er.

»Ist Mr. Konstantinopel da?«

»Konstantinatis. Nein, ist er nicht. Ich habe es gerade bei ihm probiert. Und er ist nicht im Büro. Aber hinterlassen Sie ihm eine Nachricht. Er wird sich wieder melden.«

Nachdem sie aufgelegt hatten, hinterließ LeFevre beim Bezirkshauptquartier der State Police eine Nachricht mit der Nummer der Telefonzelle. Er lehnte sich mit verschränkten Armen gegen das Telefon und runzelte die Stirn. Ein Geschäftsmann kam näher, sah LeFevre an, weil er offenbar telefonieren wollte, überlegte es sich dann aber anders und verschwand.

Fünf Minuten später läutete das Telefon.

Er konnte nicht widerstehen. »Ja. Wer spricht da?«

»Sehen Sie noch immer aus wie eine gottverdammte Anzeige für Designertrainingshosen?«

»Also, ich habe Zehn-Dollar-Portionen und welche für fünf Dollar.«

»Himmel, LeFevre«, spie Konnie fast ins Telefon, »Sie stecken tief in der Scheiße. Diese Leitung wird von der Drug Enforcement Agency überwacht.«

»O Mann, hören Sie, Officer …« LeFevre wußte nicht, daß es ein Scherz war, bis Konnie am anderen Ende vor Lachen keuchte. »Das war nicht sehr witzig.«

»Vielleicht nicht«, gab der Detective zurück, »aber der Klang Ihrer Stimme war es dafür um so mehr.«

»Haben *Sie* Glück gehabt?« LeFevre betonte das Fürwort, womit er durchblicken ließ, daß er selbst Erfolg gehabt hatte. Konnie grunzte und sagte: »Meine Laune ist nicht die beste.«

»Soll ich mir etwa wegen Ihrer Laune Gedanken machen?« Er stellte die Frage behutsam, da er immer noch nicht ganz glaubte, daß Konnie einen um so mehr mochte, je ruppiger man mit ihm umging.

»Es hat nichts gebracht. Amtrak war ein totaler Fehlschlag. Falls sie sich eine Fahrkarte gekauft hat, wurde sie nicht auf ihren Namen ausgestellt. Ich bin jetzt auf dem National Airport. Und hier habe ich auch kein Glück gehabt. Übrigens, der Verkehr in dieser Stadt ist zum Kotzen.«

»Ich hab' etwas. Eine Spur. So nennen Sie das, hab' ich nicht recht?«

»Sie sehen sich *NYPD Blue* an. Was glauben Sie wohl, wie die das nennen?«

Er erzählte Konnie von dem Mann, der den grauen Lieferwagen gefahren hatte, und von Emily.

»Nicht schlecht, Holmes. Haben Sie ihren Nachnamen?«

»Nein, nur die Adresse. Einen Wohnwagenpark in Oakton.« Er nannte sie dem Cop.

»Erstklassig. Das können wir schnell klären.«

»Vielleicht ist sie mit dem Typ im Lieferwagen weggefahren. Megan auch.«

»Was für Nummern?«

»Die was?«

»Das Kennzeichen.«

»Hab' ich nicht bekommen.«

»Scheiße. Welcher Staat?« bellte Konnie.

»Keine Ahnung.«

»Scheiße.«

»So, und jetzt sagen Sie mir, was ich tun soll, Konnie.«

»Ja, Sie können mich gern Konnie nennen, wenn es das ist, worum Sie mich bitten wollen.«

»Wollte ich nicht.«

»Was glauben *Sie,* was wir tun sollten?«

»Ich hatte gehofft, Sie könnten eine Liste von grauen Lieferwagen oder so was beschaffen.«

»Kennen Sie das Modell des Lieferwagens?«

»Scheiße.« Diesmal kam LeFevre Konnie zuvor.

»Oh, das ist hilfreich. Eine solche Suche würde uns wahrscheinlich eine hübsche kleine Liste von rund sechstausend Fahrzeugen einbringen. Vorausgesetzt, der Wagen ist tatsächlich grau. Und nicht kotzblau oder champagnerfarben oder mattweiß. Oder inzwischen nicht umgespritzt worden. Oder in Trenton, Paoli oder Anchorage gestohlen.«

»Das hier ist ein ziemlich harter Job, nicht wahr?«

»Wie kommt es, daß Sie nicht wie ein Schwarzer reden?«

»Sie können ›Nigger‹ sagen, wenn Sie wollen. Das tue ich selbst.«

»Ich will es aber nicht.«

»Weil ich in Yale, an der Sorbonne und in Oxford Kunst studiert habe.«

»Das sind Universitäten? An denen Leute studieren?«

»Sie sind ziemlich komisch, Konnie.«

»Na schön, ich mach' Ihnen einen Vorschlag. Ein Ausdruck

aus dem Nutzfahrzeugregister würde es Ihnen ersparen, sich mit so vielen Fahrzeugen abzumühen. Sie müssen es eingrenzen.«

»Wie? Was soll ich tun?« fragte LeFevre.

»Mit Ihrer *Spur*?«

»Richtig. Tate Collier sagt, Sie seien ein Experte.«

»Lassen sie uns das hier gemeinsam durchgehen. Wir haben einen grauen Lieferwagen, wie Sie glauben. Der auf der Interstate Sechsundsechzig nach Westen fuhr, wie Sie glauben. Gefahren von einem Mann, der Megans Wagen vielleicht zur Metro-Station gefahren hat?«

»Genau das glaube ich.«

»Und in dem Wagen sind vielleicht Megans Kleider und die Frau, mit der man sie an dem Abend hat trinken sehen, an dem sie um den Wasserturm von Fairfax herumschlich. Glauben Sie. Na schön, ich werde es auf mich nehmen, diese Emily unter die Lupe zu nehmen. Ihre Aufgabe ... Sind Sie bereit?«

»Ich habe einen Kugelschreiber.«

»Den brauchen Sie nicht. Ich werde Ihnen nur eine Frage stellen. Und dann wird der Weg klar vor uns liegen.«

»Nämlich welche?«

»Was brauchen Autos?«

Es dauerte lange, lange zehn Sekunden.

»Oh. Daran habe ich nicht gedacht.«

»Deshalb bin ich ein Cop und Sie ein Streber mit Haaren wie Pfeifenreiniger. Ich muß jetzt los.«

Diese Welt ist nicht vollkommen.

Doch manchmal während unserer Zeit auf Erden gibt uns Gott das eine, das wir mehr ersehnen als alles andere – eine Erklärung für das, was zuvor unfaßbar für uns gewesen ist. Und sobald wir das haben, fallen die Barrikaden zu unserem Glück und unserer Zufriedenheit in sich zusammen; da vor uns liegt das Objekt all unseres Verlangens, unsere Eintrittskarte in einen Himmel voller Geigen.

Für Aaron Matthews war Megan McCall solch eine Erklärung.

Er saß neben ihrer schlaffen Gestalt in der Mönchszelle, die er weit hinten in einem Flügel der Kathedrale im Kiefernwald für sie hergerichtet hatte. Sie lag auf einem Feldbett. Kein Laken, keine Decken, kein Kissen. Der Raum enthielt nur das Bett und einen Stuhl. Sie würde nicht lange hierbleiben.

Er kniete nieder und senkte den Kopf. Nicht um zu beten, sondern um das Mädchen auszuziehen.

Sämtliche Fenster auf dem Gelände waren vergittert, und alle Türen waren mit kräftigen Schlössern mit Doppelzylindern gesichert. Sie konnte ihr Schlafzimmer unmöglich verlassen, ganz zu schweigen von dem Gebäude. Er mußte sie jedoch eine Zeitlang allein lassen, da er einige entscheidende Dinge erledigen mußte. Wenn er ihre Kleider mitnahm, würde sie das davon abhalten, an Flucht auch nur zu denken.

Erst die Bluse, dann den BH. Dann Jeans, Höschen und Socken. Er musterte ihren Körper von oben bis unten. Er berührte sie allerdings nur einmal, und als er es tat, liebkoste er nicht ihre Brüste oder ihren blond behaarten Venushügel, sondern ließ den Finger an ihren Zähnen vorbeigleiten und preßte ihre Zunge, die rosige Spitze. Dann zog er den Finger zurück und fühlte, wie die Verdunstung ihm Haut und Fingernagel abkühlte.

Er verließ sie, nahm ihre Kleider, verschloß die Tür und sicherte diese noch mit einem großen Vorhängeschloß. Dann ging er nach unten durch die einfach gebaute Kapelle, in der alles verschimmelt war, und begab sich dann durch eine Reihe weiterer langer dunkler Korridore. Wasser tropfte laut von den Wänden. Ratten rannten ihm eilig aus dem Weg. Er schenkte ihnen keine Aufmerksamkeit (summte nur vor sich hin: »Alle Geschöpfe Gottes haben einen Platz im Chor«). Er schloß die Tür zu einem großen Raum auf und öffnete sie. Die Scharniere quiekten wie Schweine. Das Licht ging mit einem Klicken an und enthüllte eine gut ausgestattete Werkstatt.

Aaron Matthews' Vater war Erfinder gewesen, bevor er sich Gott zugewandt hatte. Vor Jahren, als das einzige Bauwerk auf dem Gelände noch eine winzige Hütte war, in der der Witwer mit seinem kleinen Sohn lebte, hatte er diese gut ausgestattete Werkstatt gebaut. Der düstere, feuchte und nach Dieselöl, Reinigungsmitteln und Schimmel riechende Raum, dessen Gestank einem die Tränen in die Augen trieb, enthielt jetzt Hunderte von Werkzeugen für die Bearbeitung von Holz und Metall. Von Reglern, Transformatoren und Bakelit-Gehäusen war jetzt nichts mehr zu sehen, dafür gab es jetzt aber religiöse Kunstgegenstände – Gemälde und seltsame Konstruktionen aus Holz, Federn, Metall und Nägeln.

Nachdem sich Matthews' Sohn als ein wahres Wunder von Prediger erwiesen hatte, der seinen Vater weit in den Schatten stellte, änderte sich der ältere Mann – zum Schlimmeren. Er führte die Kathedrale zwar noch immer wie ein größenwahnsinniger Erzbischof, doch man konnte ihm vom Gesicht ablesen, daß er sich von seinem Gott verraten fühlte. Da verstummte er und benutzte die Hände, um sich auszudrücken. Er machte Kruzifixe, Triptycha, Ikonen. Derbe Gemälde von mittelalterlichen Szenen, die schauerlicher waren als Dorés Illustrationen des *Infernos:* Menschenopfer, Inquisitoren, die Sünder verstümmeln, Frauen, die mit Schwertern vergewaltigt, und Männer, die kastriert werden. Menschen, die durch kochendes Wasser gehäutet und getötet werden. In dieser Zeit verbrachte er manische vierundzwanzig Stunden damit, die Engelsskulptur vor dem Tor zur Kathedrale zusammenzubinden.

Schließlich hatte der alte Mann seine Aufmerksamkeit dem zugewandt, was seine letzte und größte Erfindung werden sollte – einem Telefon, das Englisch in die Sprache Gottes übersetzte. Nicht ins Hebräische, Aramäische oder irgendeine indo-europäische Sprache, sondern in reine Lautsprache: in die Töne von Schmerz, Sehnsucht und Schuld, von Bittgebeten und spiritueller Ekstase. Da James Matthews überzeugt war, von Gott verlassen worden zu sein, unfähig, die Stimme des Herrn zu hören, geschweige denn sie zu sprechen, kam er zu dem Schluß, daß er zu extremen Mitteln greifen mußte, um mit dem Allmächtigen zu kommunizieren.

Matthews stand jetzt an der Werkbank, an der sein Vater Alexander Graham Bell bis hin zu Gottes Watson gespielt hatte. Das, was er heute vorhatte, hatte jedoch nichts mit High-Tech zu tun. Er schaltete einen Schleifstein ein und begann, ein Stück Eisenrute zu einem langen, nadelspitzen Nagel abzuschleifen.

Die orangefarbenen Funken flogen in Kaskaden zu Boden und erhellten sein schwitzendes Gesicht. Er hatte drei nadelspitze Dornen zu machen und ließ sich Zeit, denn sie mußten genau richtig sein – lang genug, um den Körper zu tragen, aber nicht so breit, daß sie allzu schnell verbluten würde.

Megan McCall …

Das Mädchen, dessen Tod die unerklärlichen Rätsel von Aaron Matthews' Leben erklären würde, deren Tod alle Ungerechtigkeiten wiedergutmachen würde, die er erlitten hatte.

Als er das Metall an das Siliziumkarbid hielt, als die Funken in die Luft flogen, versank Matthews in Träumerei, in eine Vision von dem, was zwei Tage später passieren würde, am Freitagmorgen.

Megan würde nackt an das in der Kammer neben der Kapelle errichtete Kreuz gehämmert werden. Die Nägel würden ihr tief in Händen und Füßen stecken. Sie würde sich eine Zeitlang in Agonie winden und in dem versiegelten, schalldichten Raum schreien. Doch dann, das wußte er, würde sie sich an den Schmerz gewöhnen. Sie würde mehrmals ohnmächtig werden und dann wieder zu sich kommen. Ratten würden am Kreuz hochkrabbeln und an ihren blutenden Füßen und Händen nagen.

Und dann, gegen Sonnenuntergang – er hoffte, sie würde so lange am Leben bleiben –, wenn es Zeit für das Ende war, würde er ihr das Messer nicht zwischen die Rippen gleiten lassen, sondern zwischen ihren Zähnen hindurch, und dort die letzten Schnitte vornehmen. Er würde die Trophäe herausholen. Sie würde aufschreien, würgen und dann sterben.

Und ich sagte: »Ich werde darauf achten, daß ich nicht mit der Zunge sündige.« Ich blieb vollkommen still. Ich enthielt mich jeder Rede. Mein Leiden wurde beschleunigt, und das Herz brannte in mir.

Sie würde unter Qualen sterben, denn sie war Fleisch von Tate Colliers Fleisch. Sie war seine Erstgeborene. Gott hatte ihm erklärt, daß dies nur recht und billig sei. Tate Collier hatte gemordet. Tate Collier hatte gesündigt.

Stell dir das Schlimmste vor, und geh dann noch tiefer …

Colliers Qual würde sein, daß er den Rest seiner Tage mit Zweifeln leben würde. Er würde nie wissen, was mit seiner Tochter geschehen war. Er würde nichts weiter haben als den Brief eines lästigen Kindes, ihre letzten grausamen Worte an ihn, die ihn auf ewig und immer wieder fragen lassen würden: Wo ist sie? Wo ist sie? Wo ist mein Mädchen?

Matthews preßte ein weiteres Stück Eisen gegen den herumwirbelnden Stein.

Zweifel. Der härteste Fluch, den der Mensch zu ertragen hat – wir wissen einfach nichts. Ist Jesus gen Himmel gefahren? Oder hat er sich aus dem Staub gemacht, um sich in Makkabäa oder Kreta zu verstecken? War die Kreuzigung nur ein Schwindel, ein Taschenspielerkunststück?

Die Welt weiß es nicht.

Und Tate Collier wird es auch nie erfahren …

Ich blieb vollkommen still. Ich enthielt mich jeder Rede. Mein Leiden wurde beschleunigt, und das Herz brannte in mir. Mein Geist war entflammt, und ich konnte mich nicht zurückhalten. Ich rief: »O Herr, laß mich mein Ende wissen und die Zahl meiner Tage; sag mir, wie kurz mein Leben sein wird.«

Matthews begann mit einem weiteren Nagel. Ein Funkenregen ging wie ein Schauer auf den dunklen Raum nieder.

Er dachte an Megan.

Er dachte, Freitag, Freitag, Freitag …

Was brauchen Autos?

Danke, Konnie.

Joshua LeFevre warf einen Blick auf den Kilometerzähler. Jetzt war er in seinem klapprigen alten Volvo weitere zwanzig Meilen auf der I-66 gefahren. Er wuchtete das Schiebedach auf und konnte hören, wie der Wind durch die Speichen und die Kabel seines Fahrrads pfiff, das auf dem Dachgepäckträger festgezurrt war.

Nun, dachte er, als er aus dem Fenster sah, hier kommt Nummer dreizehn. Vielleicht habe ich hier Glück.

Doch der Tankwart an dieser Tankstelle an der Route 66 konnte ihm auch nicht mehr helfen als die zwölf davor. LeFevre ging davon aus, daß Megan vollgetankt hätte, bevor sie mit jemand anderem ausgerissen wäre. Besonders wenn jemand sie entführt hätte, hätte er die Umsicht besessen, vor der Tat aufzutanken.

Doch Details waren alles, und so hielt Joshua LeFevre an jeder Tankstelle an, die er finden konnte. Fragte jeden diensthabenden Tankwart, ob er einen grauen Lieferwagen gesehen habe, ob dieser gehalten habe, um zu tanken, weil der Fahrer aufs Klo wollte, ob er Öl, Sodawasser, Apfelkuchen … irgend etwas gekauft habe.

Es war später Nachmittag, als er die Shenandoahs durchbrach und die im Dunst liegenden Blue Ridge Mountains vor sich sah. Kein metallisches Blau heute, dachte der Künstler in ihm. Die Hügel waren mit dem grünen Rauhreif frischen Frühlingslaubs betupft. Er hielt an fünf weiteren Tankstellen, fühlte immer mehr Hoffnungslosigkeit in sich aufsteigen, bis er sich am Rande von Front Royal befand und in eine Shell-Tankstelle einbog. Vor allem weil er pissen mußte.

Hier erinnerte sich der magere, mürrische Tankwart mit dem langen, ungewaschenen Haar unter einer Baseballmütze an den Mann mit dem grauen Lieferwagen.

Es erforderte jedoch einige Arbeit, diese Erinnerung an Land zu ziehen. Hier in den Bergen nutzte es nichts, wenn LeFevre seine *Staatsfeind-Nummer-eins*-Miene aufsetzte, und er mußte sich in eine Rolle von Sidney Poitier hineinversetzen, um dieses feindselige kleine Arschloch zum Reden zu bringen. Schließlich erfuhr er, daß ein Mann in den Vierzigern, der einen grauen Lieferwagen gefahren habe, hier angehalten habe, um zu tanken. Er habe an der Zapfsäule erst auf den Knopf für Kreditkarten gedrückt, es sich dann aber anders überlegt und bar bezahlt.

LeFevre grinste verschämt mit der Sonnenbrille in der Hand und fragte höflich nach Einzelheiten. Der Tankwart zwirbelte eine Haarsträhne um einen Finger und musterte LeFevre von Kopf bis Fuß mit einem Blick, der deutlich sagte: Dich kann ich alle machen, du Nigger, wann immer und wo immer ich will.

LeFevre hakte nach: »War sonst noch jemand in dem Wagen?« Er blieb respektvoll, beschloß aber, nicht zu höflich zu sein. Sidney Poitier hatte Rod Steiger ziemlich angefunkelt.

»Nicht, daß ich wüßte.«

»Und dann ist er wieder auf den Highway zurück?«

»Nein. Schien die Parker Road da drüben hochzufahren«, sagte der junge Mann, der dazu verdammt war herauszufinden, warum ein Neger, der im Fitneßstudio jedes Gewicht stemmen konnte, sich wie ein Schauspieler in irgendeinem tuntigen ausländischen Film anhörte.

LeFevre ging zum Rand des Asphalts. Der Benzingeruch vermischte sich mit dem Duft von frischem Grün und lehmiger Erde.

»Ist das die Parker Road?«

»Da drüben.«

Die schmale Straße verschwand in einem dunklen Schacht aus Kiefern und Helmlocktannen, der sich in die Berge schlängelte.

»Wo führt sie hin?«

»Nirgendwohin. Na ja, zu ein paar Häusern. Da gibt es die hinteren Eingänge zu einer der großen Höhlen. Eine alte Kirche oder zwei.« Der junge Mann stopfte sich eine Haarsträhne unter seine Mütze. »Ist sechs Meilen lang. Führt immer weiter nach oben. Dann rollt sie sich zusammen wie eine Schlange, so daß man wieder hinunterfährt.«

»Eine Schlange. Leben Menschen da oben?«

»Jetzt wohl kaum noch. Als die Leute sich hier ansiedelten,

wollten sie da oben auf dem Ridge wohnen. Doch die meisten konnten das Land nicht halten. Das Geld wurde knapp, Sie wissen schon. Sie verkauften immer mehr Land an die Regierung, die damit den Park erweiterte, oder einige Reiche wollten ein Wochenendhaus, und die Familien zogen immer weiter am Berg hinunter ins Tal. Jetzt leben fast alle hier unten.«

»Der gemeinsame Nenner.«

»He?«

»Sie haben sich nichts dabei gedacht, daß der Lieferwagen da hochgefahren ist?«

»Wozu soll ich mir was dabei denken? Ich habe meist an Ölwechsel und Radwechsel zu denken.«

LeFevre rief Tate an und sagte ihm, was er erfahren hatte.

»Aber niemand hat Megan in dem Lieferwagen gesehen?«

»Nein. Emily auch nicht.«

Tate sagte, das scheine keine wichtige Spur zu sein, und LeFevre antwortete, nein, es sehe nicht so aus. Sie beschlossen, es Konnie zu erzählen und ihn zu fragen, ob er graue Lieferwagen ausfindig machen könne, die auf jemanden in Front Royal oder Umgebung zugelassen waren. LeFevre sollte nach Fairfax zurückfahren und Bobby Carson dabei helfen, mit Megans Freundinnen zu sprechen.

Er hängte ein und ging zum Wagen zurück. Er nahm die Schlüssel aus der Tasche, hielt dann aber inne und betrachtete die Bäume, die eine torähnliche Einfahrt zur Parker Road bildeten.

»Was sagten Sie gerade?« fragte der Tankwart.

»Nur sechs Meilen«, wiederholte LeFevre. Er glaubte, er hätte es gerade gemurmelt.

»So ungefähr.«

Mit dem Fahrrad war er einmal an einem einzigen Tag einhundertdreißig Meilen gefahren.

Und hatte in jener Nacht noch die Energie gehabt, mit Megan Liebe zu machen.

»Ich würde meinen Wagen hier gern für eine Stunde oder zwei abstellen.«

»Wir sind keine Garage.«

»Dann machen Sie einen Ölwechsel und tauschen die Reifen über Kreuz aus.« Er zog drei Zwanziger aus der Brieftasche. »Wie lange werden Sie dafür brauchen?«

Der junge Mann nahm die Geldscheine gierig an sich. »Wahrscheinlich eine Stunde oder zwei.«

LeFevre ging zum Wagen und löste sein Fahrrad vom Dachgepäckträger. Er hob es mühelos herunter und lehnte es gegen den Wagen. Der Volvo war weiß und würde meilenweit zu sehen sein. Das Rad war fast ganz schwarz und stumm; es hatte sogar eine Tarnfarbe: aufgemalte Schlammspritzer. LeFevre zog seine Lederjacke aus und holte sein marineblaues Sweatshirt aus dem Kofferraum, das er sich überstreifte. Er wollte gerade den Kofferraumdeckel zuknallen, als er zögerte und eine Schachtel mit Angelausrüstung öffnete, der er eine Lederscheide mit einem Messer aus Karbonstahl entnahm. Es hatte eine achtzehn Zentimeter lange Klinge. Er steckte es sich in den Hosenbund und fragte sich, was die Cops in dieser Gegend wohl von einem bewaffneten Bimbo halten würde, der sich auf diesen abgelegenen Straßen herumtrieb.

Er warf dem Tankwart den Schlüssel zu und stellte dann den Fuß auf das Pedal des Fahrrads. Er ließ das Rad anrollen, was ihm beim Radfahren am meisten gefiel, und schwang sich darauf wie John Wayne in den Sattel. Dann begann er, mächtig in die Pedale zu treten, als Beton, Häuser und Verkehr hinter ihm verschwanden. Die Welt wurde zu schwarzer Baumrinde, zu Schatten und den winkenden Armen brüchiger Äste.

Das Mädchen war blaß wie ein Albino und starrte ihn an. Sie hatte feuerrotes Haar und kaum sichtbare Augenbrauen. Ihre Haut war so weiß, wie seine dunkel war. Ohne zu lächeln, starrte sie ihn an.

LeFevre trat auf die Bremse und hielt unter überhängenden Hemlocktannenästen. Er war inzwischen drei oder vier Meilen von der Tankstelle entfernt.

Sie trug ein Kleid aus gelbem Stoff mit hochangesetzter Taille. Er konnte ihr Alter nicht schätzen; sie konnte sieben oder siebzehn sein.

»Schönen Nachmittag«, sagte er.

Sie nickte.

»Hast du heute hier jemanden hochfahren sehen? Einen grauen Lieferwagen?«

Sie schüttelte den Kopf.

»Wohnt da oben jemand?«

»Wohnen nicht. Da gibt's aber Häuser.«

Ihr Akzent hörte sich stark nach den Bergen an.

Sie blickte ihn unverwandt an, schien aber nicht auf ihn neugierig zu sein, obwohl er mit Sicherheit der erste schwarze Macker mit Rasta-Locken war, den sie hier auf einem Siebenhundert-Dollar-Fahrrad durch die Wälder fahren sah.

»Was für Häuser?«

»Ein Lager.«

»So was wie ein Sommerlager?«

»›Lager‹ bedeutet hier draußen nur eine Art von Lager, Mister.«

»Erweckungsbewegung.« Emma Vinton LeFevre war stolz auf ihren Großvater, einen Baptistengeistlichen. Sie hatte die alten Aufnahmen des Kirchenchors aus den vierziger Jahren auf Kassetten umkopieren lassen und spielte sie oft – wenn rechtsgerichtete politische Gäste zum Brunch zu Besuch waren. »Ist es verlassen?«

»Man nimmt es an. Nur manchmal riecht man Rauch und sieht ein Licht. Aber niemand geht dorthin. Ich würde es auch nicht tun, und ich gehe sonst überallhin. Zu jeder Tages- oder Nachtzeit.«

»Glaubst du, daß da jemand eingezogen ist?«

»Die Kinder behaupten es. Wie Kinder es nun mal tun. Sie sagen, der Alte sei da. Warum tragen Sie Ihre Haare so?«

»Man nennt das Rasta-Locken. Hatte einfach Lust darauf. Welcher Alte?«

»Sie nennen ihn den Reverend. Ich meine, die Kinder tun das. Sein richtiger Name ist James Matthews.«

»Wer ist das?«

»Er hat das Gelände in den fünfziger Jahren gekauft und da oben gepredigt, aber sein Sohn sei derjenige, der die Gabe dazu habe, wie alle sagten. Der Alte sei verrückt geworden, wie meine Mami gesagt hat. Wissen Sie, was er getan hat?«

»Sag's mir«, bat er und betrachtete die blassen Sommersprossen auf ihrem ausdruckslosen Gesicht.

»Da war dieses Mädchen, das in der Stadt herumsündigte, wissen Sie. Sie trieb sich mit den Jungs herum. Ihre Eltern wandten sich an den Reverend und baten ihn, bitte, für ihre Seele zu beten. Nur das tat er nicht. Er nahm ein Messer und kletterte eines Nachts in ihr Schlafzimmer. Er knebelte sie, zog ihre Schlafanzughose runter und richtete sie wirklich übel zu. Sie verstehen, was ich sage? Schnitt sie da unten, damit sie mit Jungs nichts mehr fühlen konnte.«

»Das hat er getan?« flüsterte LeFevre entsetzt.

»Ja, das hat er getan. Sie nahmen ihn fest, nur er konnte flüchten und verschwand. Vor vier oder fünf Jahren. Sie dachten, er sei zum Lager zurückgegangen, doch niemand hat ihn je gefunden. Die Leute glauben, daß er immer noch umherwandert. Oder vielleicht sein Geist. Ich glaube an Geister. Früher tat ich das noch nicht, als meine Mami und ich in Carolina lebten. Ich glaube nicht, daß sie dort Geister haben. Doch sobald wir zum Blue Ridge gezogen sind, wußte ich, daß es hier in der Gegend Geister gab.«

»Glaubst du, jemand könnte sich da oben verstecken, so daß man ihn nicht sehr leicht entdeckt?«

»Das wär' schon möglich. Aber das wird niemand wollen.«

»Wo genau ist es?«

»Noch eine Meile weiter auf der Straße, vielleicht ein bißchen mehr. Sieht aus, als wäre die Straße zu Ende, ist sie aber nicht. Dort, wo Sie glauben, Sie müßten anhalten, müssen Sie weiterfahren.«

»Haben Sie da oben je so eine Erweckungssitzung mitgemacht?«

»Nein, Sir. Ich glaube an Jesus und daran, daß er die Brücke ist, auf der meine Seele in den Himmel kommen kann. Aber in dieses Lager würde ich nie gehen. Wenn dieser Ort eine Brücke ist, bringt sie einen nicht zu unserem Herrn. O nein, Sir. Nein, Sir. Ich muß jetzt gehen.« Starr geradeaus blickend, ging sie die Straße weiter.

»Du weißt nicht zufällig, ob jetzt jemand da oben ist, oder?« rief LeFevre hinter ihr her.

Doch als er zu Ende gesprochen hatte, war sie schon von der Straße abgebogen und verschwunden.

Er kletterte wieder auf sein Rad und fuhr weiter den steilen Abhang hinauf. Die Pedalen wirbelten wie verrückt herum, während die Räder sich langsam bewegten. LeFevre fuhr regelmäßig Hunderter-Touren mit seinem Rad – mindestens hundert Meilen –, doch diese Straße nahm seine gesamte Energie in Anspruch. Es lag hauptsächlich am Schlamm. Schlamm war am schlimmsten.

Seine Beine flogen, und er sauste durch den geneigten Tunnel, den die Straße durch die in der Abendluft duftenden Weihrauchkiefern, die Hemlocktannen und Mastbaumkiefern trieb. Überall hing Nebel, der den Bäumen und dem Erdboden zu entströmen schien. LeFevre spürte, wie ihn jemand beobachtete. Vielleicht eine Eule.

Dann verschwand die Straße, als er sich einem Einschnitt in einem hohen Felsen näherte. Doch er fuhr weiter, und gerade als es den Anschein hatte, als könnte er nicht weiter, sondern müsse dreißig Meter die Felswand hochfahren, sauste er um einen großen Felsbrocken herum und entdeckte, daß die Straße in ein weites Tal weiterführte.

Die Brücke zum Himmel …

Als er das Hochplateau erreichte, schwitzte er schon heftig, konnte jetzt aber mehrere Gänge hinaufschalten. Obwohl nur ein Teil des Schweißes von der Anstrengung stammte.

Dann sah er es, direkt vor sich. Er preßte beide Hände so fest um die Handbremsen, daß er vom Rad stürzte und durch den Schlamm rollte. Er wartete auf die Attacke, wartete darauf, daß ihm das Herz vor Furcht platzte. Er vergaß das Messer und hielt sich die Hände vors Gesicht, um es zu schützen.

Einen langen Augenblick Stille.

Und keine Bewegung.

LeFevre senkte die Hände und starrte. Es war eine Skulptur, die über ihm aufragte. Sie war aus Ranken, glatten Zweigen und Moos gemacht. Er hatte fast den Eindruck gehabt, als würde sie von den Bäumen auf ihn herunterspringen, weil sie so gut mit ihnen verschmolz, so daß er sie erst bemerkte, als er sich fast unter ihr befand. Ein Engel. Er kam zu dem Schluß, daß der Künstler, der sie erschaffen hatte, talentiert, fleißig, einfallsreich und ein total kranker Typ war.

Er beruhigte sich und blickte an dem Ding vorbei. Er sah einen Drahtzaun, dessen Oberseite mit Stacheldraht gesichert war, einige alte Gebäude, die auf einer verwahrlosten, nebligen Lichtung kauerten. Der Erdboden war mit faulenden Blättern und umgestürzten Bäumen bedeckt.

Und in der Mitte des Parkplatzes ein grauer Lieferwagen.

LeFevre lehnte sein Rad an eine hohe Hemlocktanne, zog das Messer aus dem Gürtel und ging mit einem Gefühl, bei dem sich Jubel und Verlegenheit zu exakt gleichen Teilen mischten, auf den Zaun zu.

16

Sie würden eine gründliche Durchsuchung von Megans Zimmer vornehmen.

Tate Collier folgte der Wegbeschreibung seiner Ex-Frau zu ihrem Haus. Er hatte das zweistöckige kleine Haus im Tudor-Stil nur selten besucht. Es hatte Giebel wie ein Hexenhaus und bleiverglaste Fenster und geschwungene Türbögen. In den letzten zwei oder drei Jahren hatte er es nur einmal betreten. Bei der Party zu Megans sechzehntem Geburtstag. Er hatte eine Ansprache gehalten, war eine Stunde geblieben und dann geflüchtet.

Tate hielt Konnies Vorschlag einer sorgfältigen Durchsuchung für gut; er konnte sich nicht vorstellen, daß ein siebzehnjähriges Mädchen ihre Flucht so geschickt vorbereitet hatte, daß sie nicht mindestens ein Dutzend Spuren zurückließ. Eins der Dinge, die ihn in seiner Zeit als Staatsanwalt am meisten fasziniert hatten, war die Psychologie des Verbrechens. Ihm war immer wieder aufgefallen, wie selbst altgediente Verbrecher anscheinend unabsichtlich Fehler machten, die in Wahrheit aber beabsichtigt waren, als wollten die Übeltäter tatsächlich gefaßt werden.

Tate parkte, und sie stiegen aus. Das mit Spanischem Moos und den unheimlich verschlungenen Armen wilden Weins bewachsene Haus sah aus wie aus einem Märchenbuch. Überall wuchs dichter *kudzu* mit den roten Blüten, von dem Tates Mutter, eine begeisterte Gärtnerin, ihm erzählt hatte, das sei eine Pflanze mit einer romantischen Seele, weil sie Bäume verbinde, die sonst für immer getrennt wären.

Die Räume im Haus wurden durch Glühbirnen mit niedriger Wattzahl erleuchtet, und an den Fenstern hingen dichte Spitzengardinen und Wandteppiche statt Vorhängen. Das Haus erinnerte an einen New-Age-Laden. Viel Kristall, Prismen, Pentagramme. Eine gerahmte Collage von Tarot-Karten. Die Überreste beißenden Weihrauchs hingen in der Luft. Als sie noch verheiratet waren, hatte sich Betty Susan McCall begeistert dem Okkultismus gewidmet, was ihr nicht nur angenehme Erfahrungen beschert hatte. »Ich bin ein GKM, Tate«, hatte sie ihm vor Jahren einmal gestanden. »Ich halte großartige Vorlesungen über Tarot, aber wenn ich versuche, selbst daran zu glauben, knalle ich gegen eine Ziegelwand.«

Gut Katholisches Mädchen hatte sie mit der Abkürzung gemeint.

Tate sah sich im Haus um. Ihm fiel auf, wie kostbar es ausgestattet war. Betts Firma für Innenarchitektur mußte gut laufen. In einer Kristallvase neben dem Sofa stand ein großer Strauß Teerosen. Er reckte den Kopf und betrachtete die Karte, die daran befestigt war. *M^2 – Alles Liebe. Der B-Mann.* Daran befestigt war ein sechzehn Dollar teures Exemplar der Pariser *Vogue.* An der Stirn des Covergirls war eine selbstklebende Schleife befestigt.

M^2?

Megan McCall.

Von Brad, wie Tate ein wenig entmutigt aufging. Betts Verlobter hatte für eine Siebzehnjährige, die eine Nacht im Krankenhaus verbracht hatte, das haargenau richtige Geschenk gefunden. Tate ging jetzt auf, wie albern sein Plüschteddy dem Mädchen erschienen sein mußte.

Familienangelegenheiten.

Wie er den Richter beneidete. Der Patriarch der Colliers hatte immer gewußt, wie man ein mürrisches Kind beiseite nimmt und ein Gespräch mit ihm führt, wie man junge Geister auf wundersame Weise wieder auf Vordermann bringt. Der Richter liebte und verhätschelte seine verschrobene Ehefrau und hörte sich mit nie erlahmendem Mitgefühl ihre Geschichten von ihren Wehwehchen und ihrem Aberglauben an. Er lieh seinen Brüdern Geld und sorgte dafür, daß die Darlehen zurückgezahlt oder aber verlängert wurden, wenn die Schuldscheine fällig waren. Er präsidierte bei Familientreffen, an Feiertagen, bei Beerdigungen und Geburtstagen. Der Richter war immer da, obwohl sein eigener Sohn – Tates Vater – nur selten da war. Er gab seinen Forellenbächen den Vorzug vor seiner Familie.

Tate hatte seinem Vater dessen Liebe zur Einsamkeit tief verübelt. Der Lieblingsfilm des Mannes war *Shane* gewesen. Der einsame Wolf. Tate träumte davon, eine Generation zurückzugehen und das neu zu erschaffen, was der Richter erschaffen hatte. Er heiratete Hals über Kopf, plante eine unzumutbare Zahl von Kindern, baute das riesige Landhaus inmitten eines

Getreidefelds in Virginia, was zu den guten alten Familienwerten paßte.

Der Mantel des Richters war für Tate jedoch viel zu groß gewesen; er rutschte ihm schon früh von den Schultern. Und so lebte Tate allein, traf sich mit den bezaubernden *bimbotinas* (wie Megan sie taufte), einmal zum Vergnügen, aber auch um seines Egos willen, und wartete darauf, daß eine riesige Familie sich, wie im Süden üblich, auf wundersame Weise um ihn herum aufbaute. Er wartete jetzt schon fast zwanzig Jahre.

»Warum nennen sie eine solche Untersuchung eine Dreihundertsechziger?« wollte Bett wissen.

»Wie bei dreihundertsechzig Grad – eine Rundum-Untersuchung.«

»Oh.«

Eine Stunde lang wühlten Tate und Bett mit penibler Sorgfalt in Megans Kleiderschränken, ihrer Kommode, ihrem Schreibtisch. Sie durchsuchten den Sprungrahmen des Bettes, Matratze, Papierkorb und die vielen bunten Schachteln, die sie sammelte.

Sie fanden nichts. Keine Tagebücher, keine Briefe von Freundinnen in Kalifornien oder London oder Alaska, in denen es hieß, Megan sei jederzeit zu einem Besuch willkommen. Keine versteckten Notizen oder Telefonnummern. Nichts. Eine Postkarte von Amy war mit einer Heftzwecke an einer Pinnwand befestigt. Tate musterte sie. Sie war von den Bermudas. »Überall Jungs! Aber ich bin mit meinen Eltern zusammen. Völlig ausgeschlossen, auf dieser Reise geb... zu werden. In Liebe, Amy.«

Er schnippte mit dem Daumen gegen die Karte und sah sich im Raum um. »Keine Geheimnisse«, grübelte er. Er stand mit den Händen in die Hüften gestemmt da und betrachtete ein Poster von Richard Gere.

»Hier.«

Bett öffnete eine Papiertüte und entnahm ihr die berühmte Seifenschale – einen mit Veilchen bemalten Keramikkorb. Sie stellte sie auf Megans Bett. »Vielleicht ist es wahr, vielleicht ist es genau das, was es zu sein scheint – daß sie uns wirklich haßt. Sie hörte sich so *zornig* an.«

»Viele Menschen sind zornig«, sagte er schnell. »Sie leben damit.«

»Aber es ist mehr als nur Zorn«, überlegte sie. »Es ist ... es ist fast so etwas wie Grausamkeit.«

Ja, in gewisser Weise war es das. Doch Tate Collier glaubte, daß man nie einen Menschen wirklich lieben kann, bis man ihn vollständig kennt, und vollständig kennen kann man ihn erst, wenn man seine Grausamkeit erlebt hat. Was tut man aber nach dem Akt der Grausamkeit? Nun, das ist natürlich die große Frage. Wird man sich vollkommen fremd, oder wächst man zusammen? Das liegt an einem selbst.

Er dachte an die Beerdigung.

Lief alles darauf hinaus?

Ja, er vermutete, daß es so war.

Er blickte auf die Postkarte in seiner Hand.

»Besuchen wir sie, diese Amy. Um herauszufinden, warum sie sich so über Megan aufgeregt hat.«

Bett zuckte mit den Schultern. »Ich werde sie anrufen.«

In der Tür drehte sich Tate noch einmal um und betrachtete Megans Bett, die fast leeren Wände, die aufgeräumten Kleiderschränke, den blanken Schreibtisch.

»Sie ist zu Hause!«, rief Bett von unten. »Ich meine Amy. Es kann aber sein, daß wir da ein Problem haben.«

»Wieso?«

»Sie sagt, wenn wir vorbeikommen, werde sie die Polizei anrufen. Nicht ums Verrecken will sie mit uns sprechen. Also sollten wir nicht mal daran denken. Ich zitiere nur.«

Tate schloß Megans Tür mit einem sanften Klicken. »Willst du meinen Wagen nehmen oder deinen?«

Aaron Matthews verließ das Gelände mit dem Wagen und fuhr auf dem Rückweg zum Prince William County an der Engelsstatue vorbei. Es war ein düsterer später Nachmittag, der eigentlich hätte kalt sein sollen, aber die Aprilluft war immer noch warm – sie roch stark nach den verfaulenden Blättern des letzten Herbstes und den verwesenden Überresten eines Tieres, das die Hunde vor kurzem getötet hatten.

Er hatte gerade stärker aufs Gaspedal getreten, als er einen leisen Knall hörte und der Lieferwagen sich nach rechts neigte.

Der geplatzte Reifen ließ die Luft zischend entweichen, als er bremste und anhielt.

»Elende Scheiße.« Matthews mißbrauchte niemals den Namen des Herrn, hatte aber keinerlei Problem mit weltlichen Flüchen.

Matthews stieg aus und ging zum hinteren Ende des Lieferwagens.

Er warf einen Blick auf den Schnitt, den das Messer im Reifen hinterlassen hatte, wirbelte herum und rannte los, um an die Pistole im Handschuhfach heranzukommen.

Zu spät.

Der junge Mann hielt das Messer unbeholfen, aber mit genügend manischer Entschlossenheit, um Matthews erstarren und die Hände heben zu lassen. Der Junge hatte ungeheure Muskeln. Er sah aus wie ein geborener Kämpfer.

»Ich werde Ihnen meine Brieftasche geben, und da ist noch ...«

»Ich will wissen, wo sie ist.«

Oh, so ist das.

Wir haben also ein Problem.

»Wo?« wiederholte der junge Mann.

Was für eine schöne Mundart. Carolina-Dialekt und karibischer mit etwas kraftvollem Englisch, um die beiden zu zügeln. Dieser Mann konnte jede Frau vögeln, die er haben wollte, wenn er ihr einfach nur sagte, sie sei schön, ob es nun stimmte oder nicht.

»Wer?«

»Megan.«

»Tun Sie mir nicht weh«, sagte Matthews flehentlich.

Ein unsicheres Flackern in den braunen Augen des jungen Mannes.

»Ich hab' gar nicht daran gedacht, daß ich Sie töten könnte, aber ich kann Sie mit dem Messer ziemlich übel zurichten.«

»Bitte!« Matthews ließ seine Stimme absichtlich brüchig klingen. Wer ist das? fragte er sich und dachte an die Sitzung mit Megan zurück. Er erinnerte sich an das Wesentliche dessen, was sie gesagt hatte. *Eine Zeitlang bin ich mit diesem Joshua zusammengewesen. Er wohnt in Washington und ist Künstler. Aber wir haben Schluß gemacht. Nun ja, er hat Schluß gemacht. Und jetzt ist er wieder aufgetaucht.*

Da hat es irgendein Rassenproblem gegeben, hatte sie gesagt, wie er sich erinnerte. Das hier war also Joshua. Er musterte den jungen Mann aufmerksam.

Na schön, fragte der stumme Therapeut in Matthews, du bist überhaupt kein Kämpfer, oder? Warum fühlst du dich so schuldig, warum so unsicher?

Matthews hatte eine Pistole im Handschuhfach und das Jagdmesser in seiner Gesäßtasche. Dieser junge Mann allerdings, bei dem die Nerven blank lagen, war nur gut einen Meter entfernt und würde ihn trotz seiner höflichen Versicherungen des Gegenteils vermutlich erstechen, wenn er sich bedroht fühlte.

Wie, um alles in der Welt, er hergekommen war, konnte Matthews sich einfach nicht vorstellen. Wie auch immer, es bedeutete, daß jemand – Collier oder vielleicht seine Frau – die Briefe nicht ganz akzeptiert hatte. Jemand glaubte: Sie ist entführt worden.

»Sie haben ihren Wagen bei der Metro-Station stehen lassen und diesen hier genommen.«

Matthews lächelte und senkte die Hände. Er nickte wissend. »Sie sind Joshua.«

Der junge Mann runzelte die Stirn. »Sie kennen Megan also?«

»Natürlich.«

»Warum verhalten sie sich dann so komisch?«

»He, entschuldigen Sie mal. Ich habe noch nie erlebt, daß man ein Messer auf mich richtet.« Matthews begann sich zu beruhigen und die Situation logisch zu durchdenken. Die Polizei war nicht da. Wenn dies offiziell wäre, wären sie wie die Assyrer über ihn hergefallen. Dies war der Streifzug eines einzelnen. Der junge Mann hatte bisher wahrscheinlich nicht mal jemanden in Fairfax angerufen und ihm Bescheid gesagt. Er wollte erst hierherfahren, um zu sehen, ob etwas an der Spur dran war.

»Hören Sie«, sagte Matthews begütigend, »legen Sie das Ding weg, helfen Sie mir, den Reifen zu wechseln, und erzählen Sie mir, was Sie wollen.«

»Rühren Sie sich nicht vom Fleck.«

Dann betrachtete Matthews den jungen Mann erneut. Er sah Intelligenz, die sich hinter einer hochgestochenen Ausbildung verbarg, und sah die Kombination des unsicheren Blicks mit den Muskeln, um die sich der Junge so bemüht hatte. Matthews vermutete, daß er eine Person betrachtete, die sich verzweifelt bemühte, ein papierdünnes Ego hochzuhalten.

»Wo *ist* sie?« wiederholte Joshua leidenschaftlich.

Matthews verschränkte die Arme. Sein Lächeln erstarrte. »Was genau wollen Sie?«

»Sie wissen, wo sie ist!«

Jetzt spielte er den Verblüfften. »Aber ja, natürlich tue ich das.« Oh, ich werde dir noch sehr weh tun, bevor das hier vorbei ist! Matthews legte den Kopf auf die Seite und sagte voller Mitgefühl: »Hören Sie, Joshua, Sie sollten sich das nicht antun.«

Der junge Mann blinzelte.

»Vergessen Sie sie einfach.«

»Wovon reden Sie da?«

»Sie sind mir hierher gefolgt, richtig?«

»Ja.«

Aber das hatte er nicht getan, wie Matthews jetzt aufging. Er hatte es irgendwie geschafft, den Lieferwagen hier aufzuspüren, war ihm aber nicht gefolgt. Matthews war viel zu vorsichtig gefahren und hatte sich alle fünfzehn Minuten oder so vergewissert, daß niemand ihn beschattete.

»Warum haben wir wohl am Dulles Airport Station gemacht? Was meinen Sie wohl?«

Die große schwarze Hand knetete den Knochengriff des Messers.

»Haben Sie nicht gesehen, wie ich sie dort abgesetzt habe?«

»Ich …«

»Inzwischen dürfte sie schon halb in Kalifornien sein.«

»Warum haben Sie dann bei der Metro-Station die Autos gewechselt?«

»Megan hat eine Freundin. Amy.« Er machte eine Pause.

Joshua sagte: »Ich weiß.«

»Amy wollte sich ihr Auto leihen. Wir ließen es an der Metro für sie stehen und nahmen den Lieferwagen.«

»Nein, das hätte sie mir erzählt. Sie lügen.«

Er hob flehentlich die Hände, wie er es immer tat, wenn er vor Sündern stand, die sich der Erlösung widersetzten.

»Woher wissen Sie, wer ich bin?« fragte der junge Mann.

»Joshua, stecken Sie das Messer weg und gehen Sie nach Hause. Vergessen Sie Megan. Vergessen Sie mich. Es würde Ihnen nur sehr weh tun.«

»Wovon, zum Teufel, sprechen Sie eigentlich?«

»Hören Sie, sie geht für einige Zeit nach Kalifornien. Vielleicht für immer.«

Die Ungewißheit und der Schmerz in seinen Augen waren köstlich. »Warum?«

Wie erregt er ist. Was treibt ihn? Zorn, da könnte ich wetten. Vielleicht Angst vor seinen Eltern, Angst vor einem älteren Bruder?

Zorn ist das Gegenteil von Furcht.

Joshua trat vor. »Sagen Sie mir, Sie Scheißkerl, was geht hier vor?«

Matthews riß besorgt die Augen auf, trat zurück, lehnte sich gegen den Wagen und hielt schützend die Hände hoch. Er tat, als stolperte er über einen Ast, und fiel schwer zu Boden. Er kauerte sich hin und krabbelte schnell rückwärts gegen einen Baum. Zorn leuchtete in seinem Gesicht auf. »Scheiße! Na schön! Sie wollen die Wahrheit wissen? Megan haßt Sie.«

Das Gesicht des jungen Mannes verzerrte sich vor Entsetzen.

»Sie hat sich die ganze Zeit mit mir getroffen«, fuhr Matthews fort. »Die ganze Zeit ist sie auch mit Bobby ausgegangen.«

»Nein! Das hätte sie mir erzählt.«

Matthews' Mund wurde zu einem schmalen Strich. »Nein, das hätte sie nicht. Denn dann hätte sie Ihnen sagen müssen, daß wir schon miteinander schliefen, bevor Sie ihr den Laufpaß gegeben haben.«

Er keuchte. »Sie lügen. Ich weiß, daß Sie lügen.«

»Sie glauben nicht, daß wir ein Liebespaar sind?«

»Nein.«

»Ah. Na schön: Was ist mit dem Muttermal gleich unterhalb ihrer linken Brustwarze?«

Joshua konnte den Blick von Matthews' spöttischen Augen nicht ertragen und blickte auf das Moos, das einen umgestürzten Baum bedeckte.

»Was halten wir denn von ihrem Schamhaar? Gelb wie das Haar auf ihrem Kopf. Und was gefällt ihr im Bett? Sie mag es, wenn ein Mann sie die ganze Nacht leckt. Und außerdem liebt sie es, in den Arsch gefickt zu werden.«

Aber augenscheinlich nicht von dir. Matthews bemerkte das schockierte Gesicht des jungen Mannes.

»Hören Sie auf!«

Matthews höhnte: »Sie waren nicht in sie verliebt. Das können Sie nicht gewesen sein. Sonst hätten Sie sie nicht so schnell weggeworfen, wie Sie es getan haben.« Er kam mühsam auf die Beine und spie die Worte fast aus. »Wissen Sie, wie sie Sie genannt hat? Einen Niggerweißen.«

Seine Augen trübten sich vor Schmerz, als das Skalpell die glatte Muskulatur seiner Seele durchschnitt.

Exquisit.

»Sie waren das große Minderheiten-Experiment. Sie wollte mal mit einem schwarzen Mann ficken. Und da beschloß sie, sich einen Dummkopf zu suchen.«

»Fahren Sie zur Hölle!«

»Wollen Sie die Wahrheit hören? Sie sind der Grund, weshalb sie weggefahren ist. Sie wollte Ihr bejammernswertes Gesicht nicht mehr sehen. Sie hätten sie nämlich nicht in Ruhe gelassen.«

Das war genug.

Wie Matthews erwartet hatte, detonierte der Zorn des jungen Mannes schließlich in ihm. Während die Wut einen anderen Mann vielleicht dazu getrieben hätte, rücksichtslos und zielgerichtet zu handeln, trieb es Joshua manisch auf Matthews zu. Er ruderte wild mit den Fäusten herum und vergaß sogar, daß er das Messer in der Hand hielt. »Das hat sie nie gesagt!«, rief er. »Das hat sie nie gesagt, das hat sie nie gesagt, das hat sie nie gesagt ...«

Seine kummervolle Litanei wurde abrupt unterbrochen, als die Klinge von Matthews' Jagdmesser tief in das kräftige Bein des jungen Mannes gestoßen wurde. Joshua schrie auf und ließ sein Messer fallen. Matthews sprang zurück, weg von der wild herumschwingenden Faust des Jungen, und brachte Joshua dann eine tiefe Schnittwunde am Arm bei. Dieser fiel auf den Rücken, hielt sich den Schnitt, aus dem das Blut hervorströmte, und dann stürzte sich Matthews im Bruchteil einer Sekunde auf ihn.

Er stieß ihm das Messer einmal in die Kehle, wobei die Klinge tief und fast spielerisch in den Kehlkopf schnitt. Der junge Mann stieß Matthews von sich, wirbelte zur Seite und kam würgend auf die Knie. Das Blut strömte ihm zwischen den Fingern hervor. Matthews stieß nochmals mit dem Messer nach ihm, doch diesmal entzog sich ihm Joshua so schnell wie ein Aal und krabbelte auf das eingezäunte Gelände zu.

Matthews stand langsam auf und ging zum Eingangstor. Er drückte den Hauptknopf und beobachtete, wie das Tor aufging. Joshua stolperte hindurch, schaffte es, noch zehn Meter auf das Feld zu wanken, welches das Gelände umgab, und brach dann in einer Gruppe wilder Möhren zusammen.

Matthews ging langsam auf ihn zu.

Er hielt inne und sah hinunter. Er beugte sich über Joshua und beobachtete, wie diesem ein dicker Blutstrom aus dem Hals quoll. Er lächelte und tätschelte dem Mann die glänzende Wange. »Megan ist tot, Joshua.«

Ein schreckliches Gurgeln entstieg der Kehle des Mannes. Er begann Blut zu spucken und sagte etwas in einem feuchten Flüstern. Er erhob sich auf alle viere und begann wegzukriechen.

Matthews ging zum Tor zurück, schloß es und pfiff. Die Hunde kamen angerannt. Erst zwei, dann die übrigen.

Die Tiere rannten hungrig los. Matthews trat zurück. Sie stürzten in einem einzigen muskulösen Knäuel herbei und rissen Joshua zu Boden, nachdem er sich nur drei Meter hatte entfernen können.

Als der junge Mann eingekreist war und von den kräftigen Krallen und Zähnen der Tiere zerfetzt wurde, beugte sich Matthews verzückt vor und beobachtete, wie der junge Mann kämpfte. Und er kämpfte tatsächlich – schleuderte einen der Hunde durch die Luft gegen einen Kiefernstamm. Das Tier prallte mit voller Wucht auf und ließ ein lautes Jaulen hören. Doch dann griff es sein Opfer erneut an. Am Ende hatte Joshua den Bestien nichts mehr entgegenzusetzen. Als der große Rüde schließlich seine gewaltigen Kiefer um Joshuas Nacken schloß und sein Opfer zu schütteln begann, erbebte Joshua einmal und wurde plötzlich so schlaff wie Stoff. Die Tiere schleiften ihn in die Schlucht, um dort mit ihrem Festmahl zu beginnen. Joshuas Körper verschwand unter der Masse knurrender blutiger Schnauzen.

Da die Hunde beschäftigt waren, öffnete Matthews das Tor und fuhr den schwankenden Lieferwagen wieder aufs Gelände und ließ ihn neben der Auffahrt stehen. Er lief in die Garage, um seinen Wagen zu holen, den er hinausfuhr, um dann das Tor hinter sich zu schließen. Dann fuhr er mit hoher Geschwindigkeit zum Highway. Er hatte das Radio eingeschaltet und die Seitenscheiben heruntergekurbelt. Die hereinwehende warme Aprilluft erfüllte das Wageninnere. Doch Aaron Matthews hörte nichts davon. Er konnte nur eine Stimme im Kopf hören, die vielleicht seine eigene war, vielleicht auch nicht. Sie zitierte aus der Offenbarung des Johannes.

»Ich bin der Erste und der Letzte und der Lebendige. Ich war tot, und siehe, ich bin lebendig von Ewigkeit zu Ewigkeit und habe die Schlüssel des Todes und der Hölle. Ich war tot, und siehe, ich bin lebendig …«

Er dachte an diejenigen in Fairfax, auf die der Engel des Todes jetzt zuschwebte und deren Gesichter der Engel mit seinen zarten Flügeln liebkosen würde, so sanft, so kalt.

»Von mir aus kann sie tot umfallen, und Sie können es auch.«

»Bitte …«

Die Tür ging mit einem Knall zu.

Tate und Bett standen vor dem Portal des großen Hauses. Es stand in einem Teil von Fairfax in der Nähe von Clifton, in dem Leute mit Geld wohnten. Es war das Viertel, in dem reiche Politiker und Geschäftsleute zu Hause waren und – wie es schien – auch ihre Kinder mit den schlechten Manieren.

»Holen wir Konnie, dann kann er dem kleinen Miststück mal Angst einjagen«, schlug Bett vor.

Tate läutete erneut.

»Amy, bitte.«

»Ficken Sie sich doch ins Knie!« ertönte die gedämpfte Stimme aus dem Haus.

»Er könnte sie für eine Nacht einsperren«, beharrte Bett.

Tate war klar, daß er es hier nicht mit einer jungen Frau, sondern mit ihrem theatralischen Getue zu tun hatte. Die schwierigste Art von Auseinandersetzung.

»Amy, bitte«, versuchte er erneut.

Nach einem Augenblick ging die Haustür auf, doch Amy ließ die Fliegentür als Schutzschild geschlossen. Er stellte sich vor, daß sie die gleiche Verteidigungstechnik anwendete, um sich nach Verabredungen der Jungen zu erwehren, die scharf auf sie waren. Doch da fiel ihm die Postkarte in Megans Zimmer ein. Er nahm an, daß sie nur selten die Zugeknöpfte spielte.

»Können wir bitte reinkommen?« fragte er ernst. »Fünf Minuten. Es ist sehr wichtig.«

»Scheiße.«

Amy Walker, die sogar noch kleiner war als Bett, zwirbelte sich ihr langes Haar um Finger, die voller Ringe steckten. Ihr rotes Kleid war sehr kurz und so eng, daß es sie wie eine Ketchupflasche aussehen ließ. Ihr Teint war gewissenhaft gebräunt, obwohl ihr pausbäckiges Gesicht, wie es bei Teenagern vorkommt, zuviel Make-up aufwies. Ihre Fingernägel waren rotes Metallblech.

Wie, um alles in der Welt, können diese beiden Mädchen Freundinnen sein? fragte sich Tate. Amy schien das genaue Gegenteil von Megan zu sein.

»Wir haben mit Bobby gesprochen. Er sagte, Sie hätten von ihr gehört.«

»Das Miststück hat mir eine Nachricht dagelassen.«

Bett sträubten sich bei dieser Bemerkung die Nackenhaare. Sie wollte protestieren, doch Tate brachte sie mit einer Handbewegung zum Schweigen.

»Was stand in dem Brief?«

»Nichts. Sie schreibt nur lauter dummes Zeug. Um mir weh zu tun.«

»Warum hat sie Ihnen überhaupt einen Brief geschrieben? Was meinen Sie? Warum hat sie nicht angerufen?«

Amy gab keine Antwort. Sie ballte die Hände zu Fäusten, öffnete sie und ballte sie dann erneut.

Tate fühlte vor: »Warum sollte sie etwas behaupten, was nicht stimmt?«

»Weil es ihr Spaß macht zu lügen.«

»Wir sind sehr besorgt um sie. Wo könnte sie sein, was meinen Sie?«

»Ich weiß es nicht, und es ist mir auch egal.«

»Was ist mit dieser Emily, mit der sie am Montag trinken war? Als sie diesen Ärger hatte? Wir glauben, daß diese Emily vielleicht mit ihr weggefahren ist. Wissen Sie, wo sie ist?«

»Emily? Nein. Diese Emily hat keine Freundinnen, von denen ich je gehört hätte.«

»Sie lebt in einem Wohnwagenpark in Oakton.«

Amy schüttelte den Kopf.

»Hat sie nicht von einem Ort geredet, an dem sie gern wäre?« fragte Bett.

»Keine Ahnung. Sie sprach manchmal von Kalifornien. San Francisco.«

»Vor kurzem?«

»Nein«, gab Amy zu.

»Hat sie von jemandem gesprochen, mit dem sie wegfahren wollte?«

»Sehen Sie sich das an«, tobte Amy plötzlich los. »Mir zittern die Hände. Ich habe morgen einen Test. Wie, zum Teufel, soll ich jetzt lernen? In Geschichte darf ich mir keinen Schnitzer leisten. Sie *wußte,* daß ich da mindestens ein B brauche. Deshalb hat sie es getan!«

Amy riß ihre Handtasche auf, schnappte sich etwas Make-up und trat vor einen Spiegel, um sich etwas aufzulegen.

»Hat sie sich wegen etwas Bestimmtem Sorgen gemacht?«

»Ich war ihre Freundin! Warum hat sie mir das angetan? Sie denkt immer nur an sich, nicht an andere.«

»Bitte, Amy«, redete ihr Tate behutsam zu. »Hat ihr etwas Sorgen gemacht?«

»Bobby.« Amy sah beide vorsichtig an. »Das war ihr Freund.«

»Das wissen wir.«

»Es ist ihr schwergefallen, mit ihm Schluß zu machen.«

»Sonst noch was? Bitte.«

»Na schön«, brummte das Mädchen, »das mit Annie hat ihr sehr zugesetzt.«

»Wem?«

»Dieses Mädchen, das sich umbrachte. Annie Devoe.«

Tate schüttelte den Kopf; Bett erinnerte sich und erklärte Tate, was vorgefallen war, erzählte von der Tochter des Abgeordneten aus dem Länderparlament, die sich im vergangenen März ertränkt hatte.

»Waren sie eng miteinander befreundet?«

»Nicht wirklich. Annie war mit jedem befreundet. Niemand hätte gedacht, daß sie sich je umbringen könnte. Es war einfach so total verrückt.«

»Können wir Ihren Brief sehen?« fragte Tate.

»Nein.«

»Es ist aber sehr wichtig«, sagte Tate.

»Nein! Es ist meine Privatpost.«

Bett war unbehaglich zumute. Sie trat von einem Fuß auf den anderen und hätte um ein Haar den Mund aufgemacht. Doch Tate schüttelte nochmals kaum wahrnehmbar den Kopf.

Du mußt herausfinden, was ihr fehlt, dachte Tate, der Debattenredner. Du mußt herausfinden, was sie quält, und darauf eingehen.

»Amy«, sagte Tate mit fester Stimme. »Wir haben selbst Briefe von Megan bekommen und sind ziemlich sauer auf sie. Wir haben ihr selbst ein paar Dinge zu sagen. Genau wie Sie. Doch erst müssen wir sie finden.«

Amy sagte: »Es ist mir egal, was mit ihr passiert ist.« Doch das Feuer in ihr erstarb langsam.

»Sie ist Ihre Freundin.«

»Nicht nach dem, was sie zu mir gesagt hat. Sie ist keine Freundin.«

»Was hat sie denn gesagt?«

Sie wirbelte zu ihnen herum. »Lügen!« Das Babygesicht machte einen Schmollmund.

»Bitte, lassen Sie es uns sehen.«

»Oh, Scheiße. Hier.«

Sie knallte den Brief auf den Tisch und wandte sich wieder dem Spiegel zu.

Tate überflog das Blatt:

Ich kann einfach nicht glauben, daß Du Dich so an Stevie rangemacht hast, ohne mich zu fragen, ob wir beide vielleicht was vorhaben. Absolut ätzend, so was zu tun! Das ist, als hättest Du mir ein Messer in den Rücken gestoßen ...

Er hielt Bett den Brief hin, damit sie mitlesen konnte.

Aber was ich Dir nie vergeben werde, ist, daß Du am Montag nicht meine Mom angerufen hast, als ich nicht rüberkam, wie ich es sollte. Hast Du gerade Stevie gefickt, als ich auf dem Wasserturm war? Du machst Dir so wenig aus mir, daß Du nicht mal gefragt hast. Man hätte mich vergewaltigen oder töten können, Dir wäre es egal gewesen. Ich hasse Dich. Ich will Dich nie mehr wiedersehen.

Tate hatte plötzlich Mitgefühl mit dem Mädchen. Denn die Worte, die Megan geschrieben hatte, waren gar keine Lügen. Mit Lügen können wir immer leben; Täuschung ist eine mindere Sünde. Nur wenn man uns die Wahrheit ins Gesicht schleudert, sind wir wehrlos.

Lästiges Kind …

»Ich habe doch gar nichts *getan!*« sagte Amy wütend.

»Das hat doch auch niemand behauptet, Mädchen.«

»Ich war ihre Freundin. So viele Freundinnen hat sie auch wieder nicht. Sie war ein einsamer Wolf. Wie ich. Wir beide standen immer gegen alle anderen. Man hat doch nichts weiter als seine Freundinnen. Freunde vögeln einen und verschwinden dann. Eltern trennen sich und verschwinden. Megan hätte mich als Freundin behalten sollen.«

»Hat sie je erwähnt, daß irgendein Mann hinter ihr her war, ihr gefolgt war? Ein älterer Typ?«

Jetzt strömten ihr die Tränen über die Wangen. Der Zorn war Babypuder geworden und verweht.

»Es war nicht sicher, daß sie an dem Abend zu mir rüberkommen sollte, an dem sie sich betrank. Ja, Stevie ist hergekommen. Aber Megan und ich hatten nicht wirklich Pläne gemacht. Es war eher so, vielleicht rufe ich an, vielleicht auch nicht. Wirklich, so war es.«

»Amy …«

»Ich bin doch nicht ihre verdammte Schwester. Ich habe doch nur vergessen, einen einzigen Anruf zu machen. Warum veranstaltet sie deswegen so ein Theater?«

»Wir werden sie finden, Amy«, sagte Tate. »Du kannst dich

dann mit ihr aussprechen. Es wird alles wieder in Ordnung kommen.«

Doch das Mädchen hatte sich wieder dem Spiegel zugewandt. Die roten Hände ergriffen die Konsole. »Es ist ruiniert! Es ist alles ruiniert!« Ob sie nun von Megan sprach oder ihrem Make-up, konnte Tate nicht sagen.

Als sie zum Wagen gingen, spürte Tate, daß er erregt war. Jagdlust. Das ließ ihn zurückdenken – es war wie in den frühen Stadien der Arbeit an einem Kriminalfall, wenn ermittelt wurde und Fakten ans Licht kamen. Seine Stimmung hatte sich beträchtlich gehoben. Es war jetzt fünf Uhr. Er beschloß, Bett im Starbucks zu einem Mokka oder einem Espresso einzuladen.

Er drehte sich zu ihr um und begann zu sprechen, begegnete jedoch einem eisigen Blick.

»Was ist?« fragte er.

»Wenn du nicht willst, daß ich etwas sage, würde ich es sehr zu schätzen wissen, wenn du mich einfach darum bittest. Oder es mir vorher sagst. Vielleicht reagieren einige deiner jüngeren Freundinnen auf Hundekommandos, aber ich bin nicht ganz so gut abgerichtet.«

»Ich habe doch nicht …«

»Hast du *doch*«, erklärte sie kategorisch. »Und es war das dritte Mal, daß du mich auf diese Art zum Schweigen bringst. Die beiden ersten Male habe ich dir noch durchgehen lassen. In der Bar und bei Bobby Carson. Du hast mich mit einer Handbewegung zum Schweigen gebracht.«

»Ich wollte doch nicht …«

»Als wir noch verheiratet waren, hast du es ständig getan. Das erinnerte mich an deinen Großvater, der seine Frau auch so von oben herab behandelte.«

»Der Richter? Und meine Großmutter? Er hat nie …«

»Doch, hat er. Es ist dir bloß nie aufgefallen. Ich wollte ihr doch immerzu etwas sagen. Ich hätte es tun sollen. Dir hätte ich auch einiges sagen sollen.«

Sie ließ sich auf den Sitz fallen und knallte die Tür zu.

Tate ging steifbeinig zu seiner Seite des Wagens und stieg ein. Wirklich, dies war eine neue Bett McCall. In all den Jahren ihrer Ehe hatte sie ihn nie angeschnauzt, nie korrigiert, sich nie beklagt. Er fühlte sich seltsam gekränkt, doch sobald der Zorn verraucht war, was er schnell tat, fiel ihm nichts anderes ein als: »Na schön, tut mir leid.«

»Akzeptiert«, sagte sie sachlich.

Sie fuhren schweigend weiter, bis sie zu einem 7-Eleven-Laden kamen. Bett zeigte mit dem Finger darauf.

»Würdest du dort bitte anhalten?«

Er warf ihr einen schnellen Seitenblick zu, da er dachte, daß sie immer noch wütend war und nur aussteigen wollte, um ein Taxi zu nehmen. Aber nein. Sie hatte ihm anscheinend verziehen.

»Ich habe mir gedacht, du solltest den Anrufbeantworter abfragen.«

Er nickte. Er fragte, ob er auch ihren abfragen sollte. Sie zeigte auf den Pieper, den sie bei sich hatte, und erklärte, daß Megan diese Nummer als erste wählen würde, falls sie Lust hätte, sich zu melden. Das Mädchen habe gelernt, daß das die einzig sichere Möglichkeit sei, ihre vielbeschäftigte Mutter schnell zu erreichen.

Tate fuhr auf den Parkplatz und ging zum Telefon.

Als er wieder da war, sagte er: »Nichts von Joshua, Konnie oder Carson. Aber eine Nachricht war da. Du würdest es nie erraten.«

»Wer?«

»Dieser Dr. Peters. Er sagte, er mache sich Sorgen wegen Megan und uns und fragte, ob wir nicht kurz bei ihm vorbeikommen könnten, um über das zu sprechen, was passiert ist. Er sagte, er werde in etwa vierzig Minuten in seiner Praxis sein.«

»Das ist aber nett von ihm«, sagte Bett und lachte überrascht. »Die meisten Menschen machen sich nicht mal die Mühe zu fragen, wie es uns geht.«

17

Wer ist er? *Wer?*

Als Megan auf einem dunklen Meer dahintrieb, war diese eine Frage ihr einziger Gedanke. Sie schlug die Augen auf und ergriff die Seile, auf denen sie lag. Der Raum schwankte und bewegte sich auf und nieder.

Sie war benommen und verspürte Übelkeit. Ihr Mund war so ausgedörrt, daß es schmerzte, und ihre geschwollenen Augen waren halb geschlossen. Sie wälzte sich auf den Rücken und rieb sich die Druckstellen der über Kreuz angebrachten Seile. Dann nahm sie den kleinen Raum in Augenschein. Verfaulte Tapeten, abblätternde Farbe, keine Türen am Wandschrank. Die Decke war von Rissen durchzogen, und die Farbe blätterte ab. Der Geruch von Schimmel und … etwas Ekelhaftem. Was war es? Saures Fleisch. Verfault.

Sie richtete sich kurz auf und versuchte, einen Lichtschalter zu finden. Es gab keinen. Der Raum war dunkel, der Himmel bedeckt. Später Nachmittag oder früher Morgen, sie konnte es nicht feststellen. Für einen Moment übertönte ein süßer Geruch den Gestank, und sie blickte auf den Tisch neben dem Bett. Eine weiße Blume … Ja, die Blüte einer weißen Lilie. Sie hob sie auf und atmete den Duft ein. Die Blüte kam ihr irgendwie vertraut vor … Sie erinnerte sich, daß ihr jemand einmal eine geschenkt hatte. War er es gewesen? Peters, Dr. Peters?

Nein, ein anderer Name. Wie hieß er noch? Was hatte er gesagt, wer er sei? Matthew …

Nein, Aaron Matthews.

Wer *ist* er?

Und was will er?

Ein lautes Dröhnen füllte ihr die Ohren. Ihr Sehvermögen löste sich in schwarze Körnchen auf. Sie brach auf dem Bett zusammen und fiel in Ohnmacht. Einige Zeit später schlug sie wieder die Augen auf. Sie schaffte es, sich aufzurichten, wartete, bis die Benommenheit vergangen war, und stolperte dann in das kleine Badezimmer. Sie setzte sich auf die Toilette, spreizte die Beine und brachte schließlich den Mut auf, sich zu untersuchen. Keine wunden Stellen, kein Schmerz. Sie seufzte vor Erleichterung. Dann urinierte sie und wusch sich im Waschbecken Hände und Gesicht. Sie schüttelte die Hände, um sie zu trocknen; Handtücher gab es nicht. Sie trank ein dutzendmal eine Handvoll eisigen Wassers. Als sie sich aufrichtete, entdeckte sie sich in dem an der Wand festgeschraubten Metallspiegel. Sie keuchte, als sie das bleiche und abgezehrte Gesicht sah, das verfilzte blonde Haar, die roten verquollenen Augen. Es machte sie zornig, wie verängstigt sie aussah, und sie trat schnell von dem Spiegel zurück.

Sie sah sich nach ihren Kleidern um. Nichts. Sie fand auch nichts, in das sie sich hätte hüllen können. Keine Bettlaken oder Vorhänge. Der Anblick des Gitters roter Stellen auf ihrem Fleisch, welche die Seile des Feldbetts zurückgelassen hatten, löste einen Weinkrampf aus. Sie kauerte sich zu einem Ball zusammen und schluchzte, als sie an ihre Mutter und ihren Vater dachte.

Sie fragte sich, wie lange sie wohl ohnmächtig gewesen war. Eine Woche, einen Tag? Sie war nicht sonderlich hungrig und hatte auch keinen starken Drang gespürt zu pinkeln. Folglich vermutete sie, daß es immer noch Mittwoch war. Fast schon Abenddämmerung.

Suchte jemand nach ihr?

Wußte jemand, daß sie vermißt war?

Ihre Eltern, natürlich. Sie war nicht zum Lunch erschienen.

Und Joshua auch. Sie sollte ihn wegen des Essens anrufen. Aber sie hatte ihn auch schon früher einfach versetzt. Vielleicht würde er denken, daß sie wieder ganz die alte war, daß sie es sich anders überlegt und keine Lust mehr hatte, die hochnäsige Frau Mutter zu treffen.

Oh, Joshua …

Plötzlich vermißte sie ihn verzweifelt. Nachdem er ihr den

Laufpaß gegeben hatte, war sie so sauer gewesen, daß sie ihn nie mehr hatte wiedersehen wollen. Sie erinnerte sich, wie sie wütend diese komische Nachricht gelöscht hatte, die er ihr auf den Anrufbeantworter gesprochen hatte. Sie dachte daran, daß sie sechs schmerzhafte Monate gebraucht hatte, um über ihn hinwegzukommen. Sie erinnerte sich, wie sie zögernd Bobbys Vorschlag akzeptiert hatte, mit ihr auszugehen, nur um über Josh hinwegzukommen. Und wie aufgeregt sie gewesen war, als er sie letzte Woche angerufen hatte. Wie sehr sie sich bemüht hatte, einen kühlen Kopf zu bewahren. Wollte er einfach nur mit ihr befreundet sein? Bestand eine Möglichkeit zu mehr? Brachte er endlich den Schneid auf, dieser Hexe, seiner Mutter, zu sagen, sie solle sich verpissen? Ihr zu sagen, daß Megan wieder seine Freundin sein werde, und damit basta?

Als sie am Bett stand, blickte sie aus dem vorhanglosen Fenster auf den Hinterhof – ein riesiges Feld aus hohem Gras und Buschwerk. Zahlreiche Bäume waren gefällt worden und verrotteten langsam. In der Mitte des Hofs stand eine verwitterte Plattform, die wie ein Podium aussah. Sie war etwa sechs mal sechs Meter groß und stand vor einer Lichtung in einer Baumgruppe.

Sie keuchte plötzlich, als ein riesiger schwarzbrauner Hund vor dem Fenster vorbeitrottete, stehenblieb und zu ihr heraufstarrte. Ein Stück blutigen Fleischs baumelte rot aus seiner Schnauze. Es sah aus wie ein Stück zerfetzten Muskels. Die Augen des Tieres waren unheimlich – allzu menschlich –, und der Hund schien sie zu erkennen. Dann plötzlich spannte sich das Tier an, drehte sich auf der Stelle um und verschwand. Sie sah aufmerksam hin, konnte das Tier aber nicht mehr sehen. Sie fragte sich, ob sie es sich nur eingebildet hatte.

Sie untersuchte das Fenster. An der Außenseite war es mit Eisenstäben gesichert, und die Öffnungen waren viel zu klein, um sie durchzulassen.

Frustriert schleuderte sie den Stuhl quer durchs Zimmer.

Wer *ist* er?

Megan schritt zur Tür, packte den Griff und zog fest daran.

Die Tür war natürlich fest verschlossen. Plötzlich kamen ihr wieder die Tränen; sie fielen ihr auf die Brüste, und ihre Brustwarzen zogen sich beim Schluchzen und in der feuchten Kälte des abstoßenden Raums schmerzhaft zusammen.

Von der Decke hörte sie einen raschelnden Laut. Ratten, wie sie vermutete. Als sie hochblickte, sah sie dicht zusammengedrängte Spinnen. Eine riesige schwarze Spinne hatte anscheinend gerade Junge bekommen. Mindestens hundert winzige kleine Punkte, junge Spinnen, strömten an der Wand nach unten wie schwarzes Wasser.

»Nein!« schrie sie auf. Der Ekel überwältigte sie, und sie bekam eine Gänsehaut bei diesem Anblick. Sie rannte zur Tür, wuchtete sich mit ihrem ganzen Gewicht dagegen und brach auf den aufgesplitterten Fußbodendielen zusammen. Megan kroch auf den schmutzigen Holzdielen weiter, fuhr mit den Fingern an der Leiste entlang und versuchte, eine weiche Stelle zu finden. Sie war ein großes, kräftiges Mädchen und ging oft barfuß; sie hatte große gelbe Schwielen an den Fersen und den Fußballen. Sie setzte sich auf den Fußboden und versuchte, die Wand mit den Füßen zu zertreten. Doch wie uneben und schlampig sie auch gebaut war, war sie dennoch sehr solide. Sie vernahm ein hohles Geräusch im Fußboden des begehbaren Kleiderschranks, doch das Holz war zu dick. Sie konnte es nicht durchstoßen.

Natürlich. Er ist der Mann, der an alles denkt. Die Details, Josh. Er hat sich alle Details vorgestellt.

Die verrückte Megan fängt mal wieder an zu weinen.

Eine halbe Stunde lang betastete sie prüfend die Decke, die Wände, die Fußbodendielen. An einem rauhen Stück Eiche zog sie sich einen Splitter in den Zeh; aus irgendeinem Grund brachte sie diese Wunde an den Rand der Verzweiflung. Sie brach auf dem Bett zusammen, rollte sich zu einem Ball zusammen und verging mit pochendem Zeh vor Hoffnungslosigkeit.

Dann warf sie einen Blick ins Badezimmer und wischte sich blinzelnd die Tränen ab. An der Wand neben der Toilette war eine dreißig mal fünfundvierzig Zentimeter große Metallplatte festgeschraubt. Sie war ein dutzendmal übermalt worden. Was befand sich dahinter?

Sie betrat das Bad, kauerte sich hin und fuhr mit dem Finger am Rand des Metalls entlang. In den Ecken spürte Megan drei Einbuchtungen und den Kopf einer Schraube. Wenn sie es schaffte, die Malerfarbe wegzukratzen, konnte sie die Metallplatte hochziehen und das Metall verbiegen, bis es sich von der Wand löste, oder die Schraube herausziehen.

Doch der Belag war dick wie Klebstoff, und sie schaffte es mit ihren kurzen Fingernägeln nicht, einen festen Griff um den Rand der Platte zu bekommen. Sie dachte an Amy mit den Killerkrallen. Die hätte sie jetzt gebraucht.

Sie durchsuchte das Schlafzimmer noch einmal, konnte aber nichts finden, was sich als Werkzeug verwenden ließ. Seufzend ging sie wieder ins Bad, legte sich auf den Fußboden und trommelte mit der Faust gegen die Metallplatte. Das löste einen hohlen Widerhall aus, der sie mit einem leeren Durchgang auf der anderen Seite lockte.

Sie schlug immer wieder mit der Faust dagegen, bis ihr die Knöchel wund wurden und anschwollen. Sie drehte sich um und trat mit der Ferse dagegen. Als die Mitte der Platte leicht eingedellt war, bildete sich am Rand ein haarfeiner Riß, und da trat sie weiter, bis sie das Gefühl hatte, der Fuß würde ihr zerspringen.

Megan wirbelte herum und versuchte, mit ihren kurzen Fingernägeln die Seite der Platte zu ergreifen. Sie trieb sie verzweifelt hinein. Sie waren aber einfach nicht lang genug, um in dem Spalt Halt zu finden. Sie heulte frustriert auf, stürzte dann vor, entblößte die Zähne und stieß das Gesicht gegen die Wand. Sie versuchte jetzt, mit den Schneidezähnen in den Riß hineinzukommen.

Sie riß sich an der rauhen Malerfarbe und dem Putz das Zahnfleisch auf. Ihr Kiefer explodierte vor Schmerz, und sie schmeckte viel Blut. Dann plötzlich glitten ihre Schneidezähne in den Spalt und zogen die Platte zwei Millimeter aus der Wand.

Megan lehnte sich zurück, preßte sich die Hände ans Gesicht und spie Blut aus. Dann ergriff sie die Platte und zerrte so wütend daran, daß sie sofort nachgab. Dabei riß sie die letzte Schraube mit aus derW and. Megan fiel rückwärts zu Boden.

Sie keuchte vor Freude auf, als sie Licht sah. Sie steckte den Kopf in die Öffnung und blickte in einen anderen Raum. Die Platte hatte offenbar ein altes Heizluftrohr bedeckt. Auf der anderen Seite befand sich ein dünnes Metallgitter, das sie leicht hinaustrat. Es fiel scheppernd zu Boden. Sie erstarrte. Leise, ermahnte sie sich.

Dann begann sie mit dem Kopf voraus durch die Öffnung zu kriechen. Sie hatte zwar breite Schultern, doch schließlich schaffte sie es, sie hindurchzuzwängen. Sie mußte mit dem Arm nach unten langen und sie schützend vor die Brüste legen, damit sie sich nicht die Brustwarzen an der scharfen Unterkante des Heizungsrohrs verletzte. Zentimeter um Zentimeter zwängte sie sich hindurch. Ihr Kopf tauchte auf der anderen Seite auf, und sie sah sich prüfend in dem anderen Raum um. Gitter an den Fenstern. Die Tür stand jedoch mehrere Zentimeter offen. Dahinter konnte sie im Halbdunkel einen Korridor erkennen.

Megan zwängte sich weiter nach vorn. Noch fünfzehn Zentimeter, dann zwanzig, dann fünfundzwanzig.

Bis zu den Hüften. Dann war es plötzlich vorbei.

Sie bekam die Hüftknochen zwar durch die Öffnung im Badezimmer, doch die Öffnung auf der anderen Seite der Wand war ein wenig kleiner. Megan versuchte es, indem sie sich wand, die Muskeln anspannte, sich die Finger leckte und sich die Seiten mit Speichel anfeuchtete, doch sie blieb immer noch stecken, exakt zur Hälfte in jedem Zimmer. Ihr Hintern steckte mitten in der Wand.

Kommt nicht in Frage, sagte sie sich. Ich werde hier nicht steckenbleiben. Plötzlich überspülte sie ein schrecklicher Anfall von Platzangst. Sie kämpfte ihn nieder, wand sich leicht und kam zwei oder vier Zentimeter weiter, bis sie wieder erstarrte.

Als sie das Geräusch hörte: *Quiek, quiek.*

Das Rascheln krallenbewehrter Füße. Begleitet von einem hohen Piepsen.

O mein Gott, nein.

Ihr Herz begann heftig zu pochen.

Quiek, quiek.

Genau über der Stelle, an der sie festsaß. Es hörte sich nach zwei Ratten an. Dann kamen mehr, die sich dort versammelten, wo die Wand an die Decke stieß. Vielleicht ein Dutzend von ihnen.

Megan begann zu schluchzen. Das Geräusch der kleinen schwarzen Füße bewegte sich an der Wand nach unten. Megan unterdrückte einen Schrei, als etwas – ein Stück Isolation oder Holz – auf sie fiel.

Quiek. Quiek quiek quiek quiek. Die Tiere spazierten an der Decke entlang, versammelten sich über ihr, waren neugierig und hungrig. Megan dachte an die winzigen Spinnen. Hunderte schrecklicher Dinge bewegten sich auf ihren festsitzenden Körper zu, langsam, vorsichtig, aber unaufhaltsam.

Noch mehr Ratten. *Quiek.*

Ein Piepsen, das Rascheln schneller Füße, das immer noch näher kam. Es schienen zwei Dutzend Tiere zu sein. Megan stellte sich nadelspitze gelbe Zähne vor.

Immer näher und näher. Sie wurden durch ihren Geruch angelockt. Es hatte kein Toilettenpapier gegeben; sie hatte sich nach dem Urinieren nicht abgewischt. Und erst vor wenigen Tagen war ihre Periode zu Ende gegangen. Sie würden das Blut riechen.

Sie würden genau darauf zugehen, würden sich vergraben …

Sie schloß die Augen und schluchzte vor Entsetzen. Es kam ihr vor, als wimmelte die ganze Wand von ihnen. Dutzende, Hunderte von Ratten, die alle auf sie zukamen. Immer mehr, immer näher. *Quiek quiek quiek quiekquiekquiek …*

Megan stützte die Handflächen gegen die Wand und schob dann mit aller Kraft. Ihre Füße traten wild gegen die Wand. Dann ließ sich eine Ratte mit einem Quieken, das sich wie das

Geräusch eines Zahnarztbohrers anhörte, direkt auf ihr Hinterteil fallen. Megan keuchte und fühlte, wie ihr Herz vor Angst plötzlich aussetzte. Sie schlug gegen die Wand und wand sich wie wild. Das erschreckte Tier kletterte von ihr herunter, und sie spürte, wie der schlangenähnliche Schwanz zwischen ihre Beine schlüpfte, als das Tier die Wand hochkrabbelte.

»O nein«, sagte sie mit tränenerstickter Stimme. »Nein ...«

Als sie gegen die Wand neben ihr schlug und mit den Füßen auf dem Badezimmerfußboden scharrte, streckte ein anderes Tier prüfend eine Pfote vor und bestieg ihr Kreuz. Das Tier hatte Mut; ihr Zappeln machte ihm nicht im mindesten angst. Megan spürte alle vier kleinen Pfoten. Sie betasteten sie sanft und begannen sich zu bewegen. Eine feuchte Nase mit Schnurrhaaren berührte ihr kaltes Fleisch, als das Geschöpf schnuppernd auf Megans Hüfte nach unten kroch und sich zielstrebig ihrem Unterleib näherte. Sie stieß sich fest mit den Armen ab, deren Muskeln sich schon zu verkrampfen drohten, als ihr Fuß den Rand der Toilette im Badezimmer erwischte, so daß sie sich fünf oder sieben Zentimeter weiterschieben konnte. Es genügte, um mit ein paar Zuckungen die Hüften freizubekommen. Die Ratte sprang von ihr herunter, und Megan erreichte mit einem Satz das angrenzende Zimmer. Sie krabbelte mit aller Kraft in die hintere Ecke, als vier Ratten durch die offene Tür hinausrannten und verschwanden.

Sie kauerte sich hin, schnappte keuchend nach Luft und rieb sich mit den Handflächen frenetisch die Haut, um sicherzustellen, daß sich keins der Tiere noch an ihr festklammerte. Nach fünf Minuten hatte sie sich beruhigt. Sie ging langsam zum Heizungsrohr zurück und lauschte. *Quiek quiek quiek* ... Weiteres Scharren kleiner Füße, weiteres Quieken. Sie knallte das Gitter gegen die Öffnung. Die restlichen Ratten verschwanden die Wand hinauf. Aus dem Loch ertönte ein wütendes Zischen.

Mein Gott ...

Sie fiel zurück auf den Fußboden und versuchte, die schauerliche Erinnerung an die tastenden, schmutzigen und feuchten kleinen Pfoten zu verdrängen.

Megan sah sich im Raum um und entdeckte in der Ecke einen Stapel alter, vergilbender Zeitungen. Sie verbrachte fünfzehn Minuten damit, sie zu zerknüllen und sich nach und nach Mut zu machen, bis sie es schaffte, die Innenseite der Wand um die Öffnung herum damit vollzustopfen. Dann benutzte sie das Gitter als Hobel, schabte die Stuckränder der Leitungsöffnung damit ab und erweiterte sie um ein paar Zentimeter. Den Gipsstaub pustete sie weg.

Dann brach sie zitternd und erschöpft auf dem Fußboden zusammen wie ein Vogel, der gegen eine Fensterscheibe geflogen ist. Als sie die Wände anstarrte, erregte ein Bild ihre Aufmerksamkeit, ein Schwarzweißfoto, das neben einem Kruzifix hing. Sie stand auf und ging mit einem Seitenblick zum Rattenloch zu dem Foto, das zwei Männer zeigte, die auf einem niedrigen Podium standen – dem im Hinterhof, wie sie annahm. Beide trugen dunkle Anzüge und schmale schwarze Krawatten. Einer war Matthews, während der andere älter war – rund dreißig Jahre. Matthews stand an der Vorderseite des Podiums und hob die Hände, als hielte er eine Ansprache. Der andere Mann saß hinter ihm und starrte teilnahmslos in die Kamera.

Sie nahm den Rahmen von der Wand und zog das Foto heraus. Auf der Rückseite stand geschrieben: *Für die ehrenwerten PASTOREN James und Aaron Matthews. Gott segne SIE, denn durch SIE haben wir das Licht gesehen!*

Darunter war eine Unterschrift hingekritzelt.

In einer Kirche bin ich also. Und Matthews ist Pastor? Ein *Pastor* hat mich entführt?

Sie dachte an die Sitzung zurück, kurz bevor sie bewußtlos wurde. Er hatte gesagt: »Sie hat mir Gott geschickt.« Und dann die Hymne. Er hatte eine alte Hymne gesungen.

Und James mußte sein Vater sein.

Megan betrachtete das totenschädelhafte Gesicht des alten Mannes. Sie kam zu dem Schluß, daß es nicht so sehr teilnahmslos war, sondern vielmehr verrückt. Sie erbebte und hängte das Foto wieder an die Wand. Stützte den Kopf an die

Wand und kämpfte, um die Tränen zurückzuhalten. Nein, nein. Reiß dich zusammen. Beherrsch dich. *Beherrsch* dich!

Die verrückte Megan steckt tief in der Scheiße. Jetzt aber nichts wie raus hier.

Sie stand auf und betrat den dunklen Korridor. Schwaches, rauchiges Dämmerlicht drang durch die vergitterten und mit Brettern zugenagelten Fenster herein. Megan trat an eins heran und versuchte, einen Querbalken zu lösen, doch der war sicher in der Wand befestigt. Sie versuchte es bei den anderen. Mit dem gleichen Ergebnis.

Megan hielt alle paar Meter inne und lauschte, hörte aber keine Stimmen. An einem Ende des Korridors befand sich ein großer Raum – das Wohnzimmer. Eine düstere Höhle mit abgestanden riechender Luft. Die muffige Luft ließ Megan husten. Die Wände bestanden aus nacktem Holz, der Fußboden aus alten, unbehandelten Dielenbrettern, auf denen Teppichreste lagen. Die Luft war feucht und stickig und wurde allmählich kühl. Megan zog sich unwillkürlich die Kehle zusammen; der Geruch von verwesendem Fleisch waberte hinter ihr her. Und noch ein weiterer Geruch. Er erinnerte sie an das Bestattungsinstitut, in dem der Mann ihrer Tante Susan, Harris, aufgebahrt gelegen hatte. Der Geruch: süß wie Äpfel, abstoßend wie saure Eier.

An der Seite des Gebäudes gingen eine Küche und ein Zimmer ab, und von der gegenüberliegenden Wand führten zwei lange Korridore weg. Sie waren S-förmig und erstreckten sich rund dreißig Meter weit. Die meisten der Türen waren fest verschlossen. Die Räume, die nicht verschlossen waren, hatten ebenfalls vergitterte Fenster, und am hinteren Ende mehrerer Passagen hörte sie ein Knarren und schlurfende Geräusche.

Eine Kirche *und* ein Gefängnis, dachte sie hilflos.

Megan hatte nicht mehr den Mut, in jener Richtung weiterzuforschen, und kehrte ins Wohnzimmer zurück. Sie betrachtete die massiven Gitter, welche die Fenster bedeckten, und die Türen mit den schweren Schlössern. Auch hier alles so verwahrlost wie im Schlafzimmer. Die Sonne hatte Teile des Teppichs ausgebleicht, während andere noch die ursprüngliche Farbe hatten – als hätte jahrelang Müll auf ihnen gelegen, der erst vor kurzem hinausgeworfen worden war. Die Wände waren fleckig und mit Schimmel übersät. Risse im Holz waren einfach mit Gips verschmiert worden, der nicht glattgestrichen worden war. Die Farbe und die verschimmelten Tapeten ließen noch die geisterhaften Umrisse jetzt fehlender Gemälde erkennen. Überall roch sie Tier, Verfall, Moder, Abfall.

Und in jedem Zimmer befand sich an mindestens einer Wand ein Kruzifix, wie sie bemerkte.

Sie durchsuchte die Küche sorgfältig, fand aber keine Küchenmesser oder andere Waffen. Es gab überhaupt keine Werkzeuge mit Ausnahme einer ungeöffneten Schachtel mit Plastikbesteck. Sie schleuderte sie frustriert wieder in die Schublade.

Ein kurzer Korridor führte zur Hintertür. Sie hielt davor inne. Als sie gerade nach dem Türgriff langen wollte, hielt sie inne, als sie das Summen von Elektrizität hörte. Vom Türgriff und den Scharnieren gingen Kabel aus, die in die Decken führten. Ungesicherter Strom. Der Türgriff war elektrifiziert. Das Summen war laut.

Er denkt an *alles.*

Als sie neben der Hintertür durch eine Spalte blickte, konnte sie die Garage sehen. Sie war leer.

Da sie glaubte, daß Matthews verschwunden war, wurde sie kühner und ging durch den Korridor zurück, der zu ihrem Zimmer führte. Sie betrat es jedoch nicht, sondern ging fünfzehn Meter weiter. Dort entdeckte sie eine breite Steintreppe, die in den Keller führte.

Am Fußende der Treppe befand sich eine geschwungene Holztür aus dickem Holz. Sie war fast drei Meter hoch. Sie stieß dagegen. Sie ging mit einem Ächzen auf, und Megan betrat die Kapelle.

Sie war riesig, so groß wie das ganze Haus ihrer Mutter. Dutzende von Kirchenbänken standen vor einem erhöhten Altar. Megan ging nicht oft in die Kirche. Bett behauptete, an Gott zu glauben, und sagte, die alte Katholikin in ihr melde sich so oft zu Wort, daß es ihr unmöglich sei, sich einer Kirche anzuschließen. Als Megan fünf oder sechs war und Tate am Heiligen Abend besuchte, hatte sie ihn nach Gott gefragt. Er hatte ihr weitschweifig etwas von einem Großen Geist vorgefaselt. Sie hatte an einem Milchbecher mit Ei genippt und zugehört und kein Wort verstanden. Schließlich hatte sie ihn mit der Frage zum Schweigen gebracht: »Aber gibt es Gott *wirklich?*« Da hatte er geblinzelt und gesagt: »Ja.« Und war mit ihr in die Mitternachtsmesse gegangen.

Jetzt ging Megan langsam auf den Altar zu. Sie fühlte nichts außer dem kalten Zement an ihren nackten Füßen und ihrer unerbittlichen, ständig nagenden Furcht. Ob ich von hier entfliehen kann? fragte sie sich. Doch es gab keine Türen, und die einzigen Fenster waren Tafeln mit Glasmalerei, die an den dicken Steinwänden hingen.

Sie warf einen Blick auf den Altar. Die dunklen Holzwände, die mit einfachen Gemälden von Menschen in Roben geschmückt waren – Heilige vielleicht, Jesus und Moses. Wer weiß? Sie waren wie das abartige Bild, das Matthews im Lieferwagen vor sie gestellt hatte – die Körper der Figuren waren fast normal, doch die Gesichter erinnerten an Mutanten.

Weitere Korridore führten noch weiter in die Tiefe. Sie ging zu einem hin, lauschte, hörte tropfendes Wasser, die kleinen Schritte von noch mehr Ratten, den Wind.

Ich drehe durch. Ich drehe gleich total durch. Sie kämpfte die Tränen nieder und zwang sich, den Raum aufmerksam nach irgendeiner Fluchtmöglichkeit zu untersuchen.

Nichts. Absolut nichts.

Sie wollte gerade gehen, als sie hinter dem Altar eine leichte Bewegung sah.

Megan trat vorsichtig einige Schritte vor. Der weinrote Vorhang, der die hintere Wand bedeckte, bewegte sich wie in einer leichten Brise.

Langsam begab sich Megan zur Rückseite des Altars und griff

nach dem Vorhang. Zog ihn zur Seite. Eine Tür! Ein Luftzug kam durch die Schwelle.

Bitte, betete sie. Dann packte sie den Türgriff mit beiden Händen und zog mit aller Kraft daran.

Verschlossen und verriegelt.

Unverrückbar wie ein Felsbrocken.

Sie wuchtete sich immer und immer wieder mit der Schulter gegen die Tür. Zwecklos. Die schwere Eiche gab keinen Millimeter nach. Megan tastete sich langsam an der Wand entlang, um irgendeine Schwachstelle zu finden. Es hatte den Anschein, als wäre die Wand erst vor kurzem erbaut worden – wieder eine recht nachlässige Arbeit, aber hier hatten die Arbeiter nicht Gips verwendet, sondern Rigipsplatten. Sie wußte, daß diese weich waren, doch nach einem Dutzend Tritten erkannte sie, daß die Wand ihren nackten Füßen nicht weichen würde.

Megan blinzelte, um die Tränen zu unterdrücken, und bückte sich, um unter der Tür hindurchzustarren. Sie konnte einen kleinen Raum erkennen und dahinter anscheinend noch einen – unter einer weiteren Tür sah sie einen schwachen Lichtschein dringen. Sie war vielleicht abgeschlossen, o ja, aber wenn die hier abgeschlossen war, war die andere es vielleicht nicht.

Dann hörte sie es.

Einen schlurfenden Laut.

Sie drehte sich um, und die Galle stieg ihr in der Kehle wie ein Geysir auf, als ihr Kopf erneut in den abstoßenden Gestank eingehüllt wurde. Sie hörte schlurfende Schritte. Und einen weichen, schnarrenden Laut wie das Schlagen zarter kleiner Flügel. Jemand näherte sich der Kapelle. Dann ein Tapp-tapp wie von einem blinden Mann mit einem Stock.

Megan sprang vom Altar hinunter und rollte sich unter eine Kirchenbank. Verbarg den Kopf in den Händen. Der eisig kalte Beton stach ihr in die entblößten Brüste und den Bauch, und fast hätte sie vor Schmerz losgekeucht.

Still. Er ist fast da.

Schlurf, tapp. Schlurf, tapp.

Er kommt näher.

Seinem Gang und dem pfeifenden Atem nach zu schließen schien er sehr alt zu sein. Sie hatte Angst davor, die Augen zu schließen, aber genausoviel Angst davor, es nicht zu tun. Sie spürte, wie der Mann die Kapelle betrat und zögerte. Die Tür kreischte. Oder war es der Wind? Sie konnte es nicht sagen.

Er kam näher. Schlurf, tapp. Als sie unter der Kirchenbank hervorblickte, konnte sie nichts weiter sehen als alte, abgetragene Hosen und Socken voller Urinflecken, wie es schien, gelb und zerrissen. Er mußte alt sein – er ging steifbeinig und hatte tatsächlich einen Stock. Megan keuchte beinahe, als sie ihn sah – er war wie ein langer gelber Knochen, wie der Knochen vom Bein eines Tiers, der lauter Risse aufwies und an einem Ende in einer tödlichen Spitze auslief.

Ist es Matthews' Vater? fragte sich Megan und stellte sich den alten Mann auf dem Foto vor. Erleichterung stieg in ihr auf, und sie begann, aus ihrem Versteck zu kriechen. Er würde ihr helfen. Er würde ihr Kleider besorgen, ihr versichern, daß sein Sohn harmlos sei – zwar krank, ja, er brauche Hilfe, aber ...

Nein, nein, nein ...

Was tue ich hier?

Megan rollte sich wieder unter die Kirchenbank und duckte sich.

Wenn der alte Mann hier lebte, mußte Matthews ihm alles über sie erzählt haben. Teufel auch, er hatte seinen Vater wahrscheinlich dagelassen, um auf sie aufzupassen und sicherzustellen, daß sie nicht entkam.

Megan schlang die Arme um sich und bekämpfte ihre Panik, den unbezähmbaren Drang zu schreien, zu flüchten. Sie zitterte am ganzen Körper und preßte die Zähne zusammen, damit sie nicht mehr klapperten.

Der alte Mann schlurfte an ihr vorbei und ging in den Gängen auf und ab. Sie bemühte sich mit aller Kraft, sich nicht naß zu machen. Tapp, tapp, tapp.

Natürlich, vielleicht ist die verrückte Megan jetzt einfach

durchgedreht. Vielleicht hat es gar keinen alten Mann gegeben. Ich träume, halluziniere.

Da erfüllte ein unirdisches Stöhnen das Gebäude.

Es ist. Der. Gottverdammte. Wind.

Dann heulte er wieder, ein Tier, das sein Rudel ruft. Es konnte kein Zweifel bestehen – es war eine Stimme, die etwas rief.

Megan spürte, wie ihr Kopf mit einem kräftigen Knall auf den Betonfußboden fiel. Sie erstarrte und atmete kaum noch. Zehn Minuten später – es kam ihr vor, als wären es Stunden gewesen – kam sie zu dem Schluß, daß der Mann nicht mehr da war.

Sie rollte sich unter der Kirchenbank hervor, erhob sich langsam und sah sich um. Nichts. Sie ging schnell zu der Tür, die zum Hauptkorridor zurückführte, und blieb dann wie zur Salzsäule erstarrt stehen.

Dort, neben dem geschwungenen Portal, lag ein alter Holzsarg. Er ruhte auf einem Gestell hinter der Tür, weshalb sie ihn beim Eintreten nicht gesehen hatte. Er bestand aus dunklem, ramponiertem und gesplittertem Holz. Der Deckel war geschlossen, doch am Rand befanden sich getrocknete Blutflecken, und in dem zersplitterten Holz schienen sogar Stücke alten Fleischs zu stecken.

Der Sarg war von Fußabdrücken umgeben.

Die Fußabdrücke des alten Mannes umkreisten den Sarg. Er hatte keine Schuhe angehabt.

Was befand sich in dem Sarg?

Sie schnappte nach Luft, als sich das Windgeräusch wieder von einem dunklen Korridor am anderen Ende der Kapelle bemerkbar machte, von dem Korridor, den sie aus Angst nicht betreten hatte.

Doch jetzt wußte sie tief in ihrem Inneren, daß es nicht der Wind war. Es war wieder der Ruf dieses Mannes. Ein zorniges, drohendes Stöhnen.

Leise tappende Schritte.

Die lauter wurden.

Megan rannte aus der Kapelle und lief die Treppe zu dem Korridor hoch, der zu ihrem Zimmer führte. Verfolgt von dem schnarrenden Stöhnen des alten Mannes, dem Tapptapptapp seines bizarren Stocks.

Megan flüchtete in den Raum, der an ihren angrenzte, und begann, sich den Weg durch das Loch ins Badezimmer zu bahnen. Erst als sie schon halb auf der anderen Seite war, ging ihr auf, daß sie diesem Mann vollständig ausgeliefert war und ihm Genitalien und ihren Hintern entblößte.

Helft mir. Tate, Bett ... Mami, bitte ...

Wimmernd zwang sie sich mit aller Kraft vorwärts. Zwölf Zentimeter, fünfzehn, dreißig, sechzig. Schließlich ergriff sie die Toilette in ihrem Zimmer, zwängte sich durch das Loch und knallte die Metallplatte wieder an die Wand.

Sie lauschte.

Das Tappen kam immer näher und näher und wurde dann wieder leiser. Sie setzte sich auf den eisigen Fußboden und preßte die Platte mit aller Kraft gegen die Wand, bis sich ihr die Arme verkrampften. Dann rollte sie sich auf dem Fußboden zusammen und weinte erneut. Sie betete, der gnädige Todesengel möge im Schlaf kommen, sie an der Stirn berühren und sie für immer in schwarzen Frieden emporheben.

18

Er erwartete sie in seiner schwach erleuchteten Praxis. Es war sechs Uhr an dem Tag, an dem das Objekt seiner Begierde in seinen Besitz gelangte.

Aaron Matthews, auch als Dr. James Peters bekannt, lehnte sich zurück, betrachtete seine Bücherregale und bedachte, auf welch merkwürdige Weise er zum Beruf des Psychotherapeuten gekommen war.

Nach zehn Jahren als Prediger war er aus der Kathedrale im Kiefernwald geflüchtet – mit der Frau, die seine Frau werden sollte – und hatte sich außerhalb von Washington, D. C., in Virginia, niedergelassen. Er ergriff den Beruf eines Programmierers (ein stiller Job; er arbeitete allein und übernahm nach Möglichkeit Nachtschichten), der ihn eine Zeitlang gut ernährte.

Doch dann kamen die ersten Episoden. Schlaflosigkeit, Desorientierung, Halluzinationen.

Und Wut. Eine erstaunliche Wut. Er bekam heftige Wutanfälle, und um die Zeit, als ihm klar wurde, was geschehen war, lagen ein Dutzend Teller und Schüssel zertrümmert da, und seine Frau, sein Sohn oder seine Kollegen starrten ihn erstaunt und verängstigt an.

Er verlor seine Jobs, wurde gehässig und bösartig, kam mit Menschen nicht mehr aus. Seine Frau verbrachte immer mehr Zeit außer Haus und verließ ihn schließlich ganz. Nur sein Sohn, so unsicher und bedürftig wie alle Kinder, blieb bei ihm.

Er begann mit wöchentlichen, dann täglichen Therapiesitzungen und versank im Morast der klassisch freudianischen und jungschen Psychoanalyse. Sein Gefasel auf der Couch faszinierte seine Ärzte. Es war so voller archetypischer Bilder, die er in seinem schönsten Prediger-Bariton darbot, daß die Doktoren die Sitzungen oft über die Zeit gehen ließen, nur um ihn reden zu hören. Als sich Matthews' Zustand nicht besserte, wurde er schließlich für achtzehn Monate in der Lee Mental Health Facility in Fairfax untergebracht.

Nun, erst mußt du die Augen beobachten, wie Matthews schon in jungen Jahren gelernt hatte. Doch dann mußt du zuhören.

Ein guter Erweckungsprediger muß zuhören können. Als er in den Praxen von Dr. Crown, Dr. Sadler und Dr. Bellamy saß, predigte er nicht; er lauschte aufmerksam dem, was die Ärzte zu sagen hatten. Um herauszufinden, was für eine Art Prediger *sie* waren. Wenn er wieder in seinem Zimmer war, lag er reglos im Bett, vollgepumpt mit Motorik-Hemmern, Lithium oder Thorazin, oder lag mit dem erstickenden, verwirrenden Gefühl da, das sich nach einer Elektroschock-Behandlung mit einem

Kribbeln am ganzen Körper bemerkbar machte, und verdaute ihre Worte. Und er hörte zu, wenn die jungen Assistenzärzte bei der Visite in Gruppen um ihn herumstanden und über ihn sprachen, als wäre er gar nicht da, als schwebte er über ihnen wie ein Engel, als wäre er nichts weiter als ein Haufen verrückten Fleisches.

Doch er hörte immer zu.

Und er behielt alles, was er bei den Ärzten gehört hatte – ein guter Erweckungsprediger muß ein unfehlbares Gedächtnis entwickeln (er muß sich daran erinnern, wer unter den Zuhörern gesündigt hat, wie, wie oft, und – das ist am wichtigsten – wieviel diese Menschen für die Erlösung zu zahlen bereit sind).

Während der Stunden, die er mit seinen Psychotherapeuten verbrachte, kam es Matthews vor, als fänden in Wahrheit zwei Sitzungen gleichzeitig statt: eine des Arztes mit ihm und dann die zweite – die wirkliche – mit den beiden Aaron Matthews.

»Nehmen wir an, Sie seien Zeuge eines Flugzeugunglücks oder eines Autounfalls geworden«, sagte ein Arzt vielleicht. »Wie wäre Ihre Reaktion?«

»So etwas Schreckliches könnte ich mit Worten gar nicht ausdrücken«, sagte er und zuckte zusammen. Und stellte sich dabei vor, wie er fröhlich von Leiche zu Leiche ging und den Opfern die Zungen abschnitt.

»Was halten Sie von Ihrem Vater?«

»Ein guter Mann. Etwas gestört, aber gut. In jüngeren Jahren das Salz der Erde. Ich wünschte, ich hätte mehr tun können, um ihm zu helfen. Senilität, müssen Sie wissen.«

»Er ist verschwunden, nicht wahr? Nachdem er dieses Mädchen angegriffen hatte und entkommen war?«

»Habe nie wieder von ihm gehört. Wir haben für seine Vergebung gebetet.«

Und Matthews bewahrte die Wahrheit tief in sich vergraben auf.

Er begann, immer mehr Zeit in der Krankenhausbibliothek zu verbringen, wo er zunächst ein medizinisches Wörterbuch von

Anfang bis Ende durchlas, so wie er sich früher einmal in der Bibel und den Apokryphen vergraben hatte. Dann ging er zu Freuds *Zur Psychopathologie des Alltagslebens* über. Als er sich näher mit dem Thema befaßte, verschlang er *Antisoziales Verhalten bei Erwachsenen; Natur und Erziehung bei der Entstehung der verbrecherischen Persönlichkeit; Entwicklungspsychologie Bd. 5 – Pathologie,* sowie *Entwicklungsprobleme im Intimitätsstadium (Alter 9–11).*

»Lassen Sie mich mal eins fragen, Aaron«, wollte ein Arzt eines Tages wissen, »wie empfinden Sie, wenn Sie daran denken, wie Ihr Vater Sie in diesem Erweckungslager beschäftigt hat?«

Zerstört, nicht beschäftigt, dachte Matthews schlau und erwiderte: »Ich glaube, er hatte mein Talent erkannt, und dafür bin ich zutiefst dankbar.«

»Das ist ein sehr reifer Standpunkt, Aaron. Äußerst reif. Er zeigt, daß Sie auf dem besten Weg zur vollständigen Genesung sind.«

»Was allerdings nicht heißen soll, daß es nicht schwer war, zu dieser Selbsterkenntnis zu gelangen«, fügte der Patient ernst hinzu. »Es war schmerzlich, wie Sie sich wohl vorstellen können.« Tränen quollen ihm aus den Augen und vermittelten dem guten Doktor ein Bild von den tiefen Emotionen, die das Radar von Therapeuten einfängt.

Eines Nachts verließ er aus einer Eingebung heraus das kaum bewachte Krankenhaus und machte sich in einer Bar an eine Frau heran. Er verführte sie, brachte den Sex schnell hinter sich und lag dann die ganze Nacht neben ihr, während sie sprachen und sprachen und sprachen. Während er mit seinem wohlmodulierten Bariton sprach, brachte er das Gespräch geschickt auf ihre Unsicherheiten, ihre Ängste, ihre Enttäuschungen – und sie öffnete sich ihm vorbehaltlos, wobei ihr keine Sekunde aufging, daß er diese Eigenschaften in unverzeihliche Sünden verwandelte, während er sich den Anschein gab, sie zu trösten. Er übertrieb sie und kehrte sie gegen sie. Bei Tagesanbruch hatte er sie davon überzeugt, daß sie zutiefst wertlos war. Zwei Stunden später mußte sie von einem Selbstmord-Einsatzkommando der Polizei von einer Brücke geholt werden. Matthews war enttäuscht. Wenn sie fünf Minuten später gekommen wären, hätte sie sein erstes Opfer sein können.

Aaron Matthews war ein Seelsorger gewesen, der sich um die biblische Seele gekümmert hatte, jetzt wandte er sich der weltlichen Seele zu: der Psyche. Gott ist nicht tot, doch er hat seinen Sitz vom Herzen ins Hirn verlagert. Bei seiner Entlassung aus dem Krankenhaus tat Matthews folglich, was alle großen amerikanischen Unternehmer tun. Er brachte sein Firmenschild an und warb um Kunden.

Als man ihm in anderen Staaten wegen Praktizierens ohne Lizenz zweimal ein Bußgeld auferlegt hatte, zog er einfach um und begann von neuem. Der fiktive Dr. James Peters hatte immer zahlreiche Patienten, denn die Menschen werden alles tun und jeden Betrag für jemanden zahlen, der ihnen wirklich zuhört, der wirklich mit ihnen spricht und ihnen Dinge *erklärt.*

Himmel, sie folgen dir sogar, wie Matthews gelernt hatte, wenn du den Boden der Realität verläßt.

An diesem Nachmittag lehnte er sich in seinem Schreibtischstuhl zurück, starrte seinen Bücherschrank an und versuchte zu entscheiden, was er lesen sollte: eine Einführung in die Psychiatrie (dritter Teil), ein medizinisches Standardwerk oder die Bibel. Er zog das Buch, das er gewählt hatte, aus dem Regal und begann zu lesen, wobei er mit dem Daumen das Jagdmesser in seiner Tasche befingerte.

In Erwartung seiner neuen Patienten.

»Nett von Ihnen, uns zu empfangen.«

Matthews wandte seinen mitfühlenden Blick Tate Collier zu. »Haben Sie etwas von Ihrer Tochter gehört?«

»Nein.«

Matthews erlebte eine merkwürdige Reaktion. Tate Collier ging ihm seit Jahren jeden Tag durch den Kopf. So wie Schwule, die sich noch nicht einem Test unterzogen haben, immerzu an

AIDS denken, so wie Priester an den Teufel denken. Und doch: Als er ihn jetzt in einem einfachen weißen Hemd und dunklen Hosen vor sich sah, einen dünnen Mann, der sich körperlich nicht viel von ihm selbst unterschied, entdeckte Matthews, daß diese Inkarnation nicht dem Bösen entsprach, das sich, wie er wußte, im Herzen des Mannes befand, und so kam es, daß Matthews Collier so gut wie gar nicht sehen konnte.

Bett dagegen war eine vollkommen andere Sache.

Er musterte sie aufmerksam. Das hier ist also die Mutter. Die Zauberin. Die Hexe mit dem Make-up und den jungen Freunden, den Tarot-Karten und der erstaunlichen Unsicherheit.

»Bitte nehmen Sie Platz.«

Sie sah sich im Raum um und entschied sich für den Stuhl, der Matthews' Schreibtisch am nächsten stand.

»Was genau hat Megan Ihnen gesagt, als sie anrief, Doktor?« fragte Collier plötzlich. Um Matthews zuvorzukommen.

»Sehr wenig. Sie erzählte mir von dem Wasserturm. Ich habe sehr aufmerksam zugehört, um irgendeinen Hinweis darauf zu erhalten, daß sie tatsächlich versucht hat, sich etwas anzutun. Ich kam zu dem Schluß, daß es nicht so war. Dann erzählte sie mir, sie müsse für einige Zeit verreisen.«

»Aber sie sagte auch, daß sie es sich vielleicht auch anders überlege, nicht wahr?« Tate Collier, der silberzüngige Teufel, der nie mit seiner Tochter sprach.

»Nicht genau. Sie sagte, *wenn* sie bald zurückkomme, werde sie anrufen.«

»Wenn?« Bett sah niedergeschlagen aus.

Collier war für Matthews' Geschmack zu stoisch. Er wollte eine Reaktion. Sie leiden ein bißchen, ja. Aber nicht genug.

»Hat sie vielleicht durchblicken lassen, wohin sie gefahren ist?«

»Nein«, erwiderte Matthews. »Mit keiner Silbe. Allerdings habe ich den Eindruck gewonnen, daß sie recht weit weg war und es eilig hatte weiterzukommen. Sie hörte sich begeistert an.«

Betts Gesicht verdüsterte sich beträchtlich. Collier nahm die

Nachricht einfach auf und speicherte sie irgendwo. Das brachte Aaron Matthews dazu, ihn noch ein bißchen mehr zu hassen.

Bett warf er einen kummervollen Blick zu. »Das muß für Sie sehr aufregend sein. Ein Kind verschwindet … Plötzlich und unerwartet.«

Sein Blick wanderte zum Gesicht des Anwalts. War es *wirklich* unerwartet, Collier? Sag ruhig, daß es nicht so ist, wenn es dir lieber ist, doch die Vergangenheit ist immer noch der erste Entwurf der Gegenwart.

Matthews rückte seinen Stuhl zurecht, so daß er Bett genau gegenübersaß und sein Blick ganz natürlich auf sie fiel.

»Ich spüre hier etwas«, sagte er nach einem Moment. Bett hielt seinen Blick für eine Minute und blickte dann schließlich zur Seite. »Etwas, was Sie mir nicht mitgeteilt haben.«

»Da gibt es etwas, was wir Ihnen sagen sollten. Sie hat uns ein paar Briefe zurückgelassen«, gestand Bett und lieferte eine lauwarme Zusammenfassung dessen, was ihre Tochter in diesem Zimmer geschrieben hatte.

Mit einem vorsichtigen Blick auf seine Ex-Frau fügte Collier hinzu: »Nun, wir glauben, daß ihr vielleicht jemand dabei geholfen hat, diese Briefe zu schreiben, oder sie dazu ermuntert hat. Jemand, der sie dazu überreden wollte auszureißen. Vielleicht wollte er, daß sie alle Brücken hinter sich abbricht …«

»Er? Haben Sie da jemanden im Auge?«

Collier zuckte mit den Schultern. »Ich sage nur *er*, bin mir aber nicht sicher. Da gab es eine Frau, mit der sie am Montagabend getrunken hat …«

Um den Dingen einen hübschen kleinen Drall zu geben, fragte Matthews unschuldig: »Ist Ihre Tochter Lesbierin?«

Bett erstarrte. »Natürlich nicht.«

Doch in den Gesichtern beider zeigte sich eine kurz aufflackernde Besorgnis.

Matthews drehte die Messerklinge in der Wunde. »Nun ja, ich gehe natürlich davon aus, daß Sie als Ihre Eltern wissen würden, mit welchen Freunden sie verreisen würde. Und mit Sicherheit kennen Sie auch ihre Freunde. Ihre Freundinnen. Die Lokale, in denen sie zu finden ist.«

Betts Gesicht zeigte das Schuldgefühl sehr deutlich. Zu Matthews' Bestürzung schien Collier diesen Worten gegenüber immun zu sein.

Der weise Doktor fuhr fort: »Ach, übrigens, da kommt mir noch ein Gedanke: Gruppen von Gleichaltrigen und Gleichgesinnten sind in ihrem Alter sehr wichtig. Ich würde ihre Freundinnen befragen. Sprechen Sie mit ihnen. Finden Sie heraus, was sie wissen.«

»Das haben wir schon.«

»Und?«

Bett reichte die Frage an ihren Mann weiter, den Mann, dem nicht ein einziges Kinderbuch gehörte. Collier sagte: »Wie es scheint, ist jemand in einem Lieferwagen vielleicht hinter ihr hergefahren – oder auch mit ihr weggefahren.«

Dies ist vielleicht gar nicht so schlecht, wie ich gedacht hatte. Matthews stellte sich vor, wie die fünf Rottweiler den jungen Schwarzen verschlangen. Er spielte den Besorgten. »Hat jemand den Fahrer dieses Lieferwagens gesehen?«

»Nein.«

»Haben Sie die Polizei angerufen?«

»Nun, wir haben einen Freund, der bei der State Police Detective ist. Er arbeitet daran.«

Matthews hob die Augenbrauen. »Ich arbeite da drüben mit jemandem aus dem Jugenddezernat zusammen. Wie heißt der Bursche noch, den ich dauernd anrufe?« Er blätterte in seiner fast leeren Kartei.

»Detective Konstantinatis ist der Mann, der uns hilft.«

Uns hilft. Interessant. Also ist es vielleicht kein offizieller Fall. Matthews schüttelte den Kopf und suchte nicht mehr nach der Karte. Er merkte sich den Namen des Polizisten. »Das ist er nicht. Versteht dieser Bursche sein Handwerk?«

»Oh, er ist der Beste.«

»Dann hat einer von Megans …« Betts Stimme verebbte. Tate

fuhr fort: »Ihr Englischlehrer. Er spricht mit ihren Klassenkameraden.«

Warum dieses Zögern? fragte sich Matthews. »Aber keiner ihrer Freunde?«

»Oh, da gibt es einen jungen Mann, mit dem sie früher befreundet war.«

Das mußte der schwarze Junge sein. Der jetzt tot war.

Collier sagte: »Und dann noch wir beide.«

Matthews überlegte. *Und dann noch wir beide.* Soso, Collier hält sie beide also immer noch für »wir«. Es ist hilfreich, das zu wissen. Er lehnte sich in seinem Stuhl zurück und faltete die Hände. »Darf ich ein paar Vermutungen äußern?«

»Aber bitte«, sagte Bett.

»Sie werden aufrichtig zu mir sein?«

»Natürlich.«

»Ein Ereignis in der Vergangenheit? Als sie klein war. Vielleicht sieben oder acht. Etwas, was vielleicht ihren Zorn ausgelöst hat?«

»Sie hegt keinen Groll«, sagte Bett schnell und hob die Stimme. »Das sieht ihr nicht ähnlich. Wirklich nicht.«

»Denken Sie an diese Briefe, die Sie beschrieben haben. Ich spreche vom Zorn, der ihr vielleicht nicht einmal selbst bewußt ist. Hat es einen Zusammenstoß gegeben? Hat sie vielleicht aus Versehen etwas *mitgehört,* was zwischen Ihnen beiden gesprochen wurde?« Er senkte den Kopf. »Vielleicht liegt es schon Jahre zurück. Überlegen Sie gut. Es könnte sehr, sehr wichtig sein.«

Sie starrten unangenehm berührt vor sich hin.

Matthews ließ sie einen Augenblick schmoren und fuhr dann fort: »Zorn ... Aber auf was, frage ich mich. Auf wen?« Mit voller Absicht sagte er zu Bett: »Sie wohnt bei Ihnen, nicht wahr? Haben Sie je Wutausbrüche bei ihr erlebt, Jähzorn?«

»Nein.«

Er hielt Betts Blick fest: »Wie halten *Sie* sich aufrecht?«

»Es ist mir schon besser gegangen.«

Sein Gesicht schmolz vor Mitgefühl. »Hören Sie. Sie müssen sich schützen. Sie sind zu direkt an allem beteiligt.«

»Zu direkt?«

»Es ist aber nicht Ihre Schuld«, erklärte er beruhigend.

»Das ist aber nicht fair«, sagte sie mit tränenerstickter Stimme. Collier streckte die Hand nach ihrem Arm aus, doch sie entzog sich. Zufällig wie es den Anschein hatte. Doch Aaron Matthews wußte, daß es so etwas wie einen Zufall nicht gibt.

»Oh, es ist absolut *un*fair«, bestätigte Matthews. Er fragte Collier kühl: »Und wie oft sehen *Sie* Ihre Tochter?«

»Ich bin ziemlich beschäftigt. Ich betreibe eine Farm und habe noch eine kleine Anwaltskanzlei in Prince William.«

Die erhobene Augenbraue des Arztes war auf Bett gerichtet.

»Alle paar Monate«, sagte sie. »Für ein Wochenende.«

Matthews nickte. Als Bett sich wieder ihm zuwandte, erlaubte er ihr, seinen kurzen Blick auf ihren Körper zu bemerken. Er sah ihr in die Augen und fragte: »Größere Veränderungen in Megans Leben? In den letzten fünf Jahren?«

»Nein.« Collier zuckte mit den Schultern.

Matthews hob eine Handfläche. »Veränderungen für einen von Ihnen? Einen neuen Ehegatten? Wohnsitzwechsel? Neuer Job?«

Bett sagte: »Tate hat seinen Job gewechselt. Er hat den Job eines Staatsanwalts aufgegeben und eine kleine Kanzlei aufgemacht.«

»Aber«, sagte der Anwalt, »das hatte nichts mit Megan zu tun. Ich glaube nicht einmal, daß sie es damals überhaupt gewußt hat.«

»Sie haben ihr gesagt, daß Sie den Job gewechselt haben«, stellte Matthews fest. Es war keine Frage.

»O nein. Jedenfalls nicht gleich.«

»Mir hat er es auch nicht gesagt«, warf Bett ein. »Ich rief ihn eines Tages an und wollte ihn fragen, ob wir für Megans Wochenendbesuch einen anderen Termin festlegen könnten, und dann erfuhr ich in seinem Büro, daß er nicht mehr beim Staat beschäftigt sei.«

Mit einem Anflug von Überraschung im Gesicht warf Matthews Collier einen Blick zu. Dieser sagte: »Ich hatte das Strafrecht satt. Ich wollte Befriedigenderes probieren.«

Wie peinlich ihm das ist.

Bett fügte hinzu: »Niemand weiß, weshalb er aufgehört hat.«

»Nun, wie ich schon sagte«, reagierte Collier gereizt, »ich hatte keine Lust mehr zu Strafverfahren.«

Matthews fragte: »Und so eine Kleinstadtpraxis langweilt Sie nicht?«

»Ich habe das Gefühl, daß wir jetzt vom Thema abschweifen.«

Collier befand sich jetzt in der Defensive. Und Matthews befriedigte es zu sehen, daß es ihm gelungen war, die Last der Verantwortung für das Verschwinden des Mädchens in Betts Kopf auf die Schultern ihres Mannes abzuwälzen, während er sie von Schuld entlastet hatte. Oh, wie ausgehungert sie danach ist – ausgehungert nach Anerkennung. Sie möchte so gern, daß man ihr diese üppigen Locken tätschelt und ihr sagt, daß sie ein gutes Mädchen gewesen ist. Daß sie hübsch ist und das Gesicht einer Fünfundzwanzigjährigen hat. Sie hat sich die größte Mühe gegeben, ihr Mädchen richtig zu erziehen, und der einzige Grund, weshalb sie sich jetzt wegen einer vermißten Tochter bei mir in dieser Praxis befindet, ist ihr Ex-Ehemann, der Mann, der das Mädchen als lästig bezeichnet hat.

»Der Doktor hält es für wichtig, Tate. Stimmt doch, Doktor?«

»Es könnte sein«, erwiderte Matthews.

»Warum genau?« fragte Collier.

»Jede Veränderung im Leben der Eltern wirkt sich auf die Kinder weit stärker aus, als wir glauben.«

Colliers Gesicht hatte sich gerötet. Er war im Stuhl leicht zusammengesackt – praktisch ein Zeichen der Kapitulation, wie jeder Erweckungsprediger weiß.

»Bei wichtigen Entscheidungen im Leben *muß* man die Kinder einfach beteiligen. Sonst fühlen sie sich abgelehnt. Ich habe das schon oft miterlebt. Es genügt, um ein Kind direkt aus dem Nest zu vertreiben.«

Collier sah auf seine Armbanduhr.

Zu Bett gewandt sagte Matthews: »Eins muß Ihnen jedoch klar sein – um Ihrer selbst willen: Niemand kann Sie für das Handeln Ihrer Kinder verantwortlich machen. Sie haben keine *vollständige* Kontrolle über ihr Leben. Für mich hört es sich an, als hätten Sie Ihre Tochter richtig erzogen und ihr so viel Liebe entgegengebracht, wie es sich jeder nur erhoffen kann.« Die Frau hat bemerkenswerte Augen. Sie leuchteten violett in dem Dämmerlicht und waren randvoll mit Tränen der Schuld.

Ihre Zunge war leicht rosafarben. Er stellte sich die Frau am Kreuz vor. Beide Frauen. Mutter und Tochter. Seite an Seite, wie sie gemeinsam starben. Es war ein bemerkenswertes Bild, und sein Körper honorierte die Vision, indem er ihm eine starke Erektion gab.

»Ich komme zu dem Schluß«, sagte er schließlich, »daß sie freiwillig für einige Zeit weggegangen ist. Sie mußte hier einfach von etwas wegkommen, obwohl ich nicht genau weiß, was es gewesen ist. Aber ich glaube nicht, daß Sie sich darum Sorgen machen müßten, Entführer oder Verführer könnten etwas damit zu tun haben. Ob männlich oder weiblich. Folglich ... ich bedaure sehr, aber ich fürchte, ich muß mich jetzt für einen Patienten bereit machen.«

Matthews dachte, wenn einer von ihnen reagieren würde, wäre es Bett. Es überraschte ihn, als Collier sagte: »Wenn Sie sagen, wir sollten sie ziehen lassen, kann ich das nicht akzeptieren.« Sein Starren schloß Bett ein. »Wir werden sie finden. Ich weiß zwar nicht, wie, doch wir werden sie finden.«

»Gott segne Sie«, sagte Matthews mit einem warmen Lächeln.

An der Tür legte Matthews Collier die Hand auf die Schulter und geleitete ihn über die Schwelle; dann wandte er sich an Bett und umschloß ihre Hand mit seiner. »Falls es etwas gibt, was ich tun kann, irgend etwas, rufen Sie mich bitte an.« Sie ließ die Visitenkarte, die Matthews in seiner kräftigen Handfläche versteckt hatte, in ihre Handtasche gleiten.

Tate Collier befand sich schon an der Haustür und hatte die Übergabe nicht bemerkt.

19

Konnie Konstantinatis' erste Unterrichtsstunde in Polizeiarbeit hatte darin bestanden zu beobachten, wie sein Vater mit Finanzbeamten umging. Er trickste sie aus wie Waschbären, die von Jagdhunden verfolgt werden.

Sein alter Herr war kleinlich, schwach, gefährlich, eine Kreuzung aus Eichhörnchen und Frettchen. Er war ein geborener Lügner und wußte die menschliche Natur instinktiv einzuschätzen. Er betrieb Destillierapparate neben Räucherhäusern, neben Fabriken, auf Schiffen und tarnte sie als Hühnerschuppen. Versteckte sein Einkommen in hundert kleinen Unternehmen. Einmal brachte er einen Steuerfahnder mit seiner glatten, geölten Zunge dazu, seinen unschuldigen Schwager statt seiner festzunehmen, und schwor im Prozeß einen Eid, der den völlig verwirrten Mann zwei Jahre seines Lebens kostete.

Seit dem Alter von sechs Jahren hatte Konnie folglich die Kunst der Täuschung und des Ausweichens gelernt. Und somit erlernte er auch die Kunst, wie man Täuschung und Betrug enthüllt.

In seiner Zeit als Ermittlungsbeamter lag seine Erfolgsquote bei fast 94 Prozent. So gut wie alle dieser Festnahmen führten zu Verurteilungen oder begründeten Plädoyers. Er war zweimal ausgezeichnet und einmal sogar von der Zeitschrift *Law Enforcement Monthly* zum Ermittler des Jahres gekürt worden. Doch als er jetzt vom District of Columbia nach Fairfax zurückkehrte, brannte sein breites Gesicht vor Scham über seine Unfähigkeit.

Zunächst vor Scham, dann vor schwer erklärbarem Zorn.

Konnie hatte die letzten zwei Jahre damit verbracht, Eltern nach entlaufenen Kindern zu befragen und wegen verdächtiger Wunden und Hautabschürfungen auszuquetschen, hatte junge Mädchen aus besten Familien in die Enge getrieben und ihr tiefes Unbehagen gesehen, wenn er etwas über die Herkunft des Viertelgramms Zahnpulver/Koks wissen wollte, das sie tief in der Tasche ihrer Guess!-Jeans versteckt hatten, die sie mit der

Vorderseite nach hinten trugen. Diese Dinge hätten vielleicht einige der herzensguten Eltern in Fairfax County schockiert, langweilten Dimitri G. Konstantinatis jedoch zu Tode.

Und schlimmer noch, sie machten ihn träge. Wenn er durch die schöne Union Station schlenderte und den chaotischen National Airport, den Duft von Cappuccino und die Auspuffdünste der Düsenflugzeuge roch und den Keksen von Mrs. Field widerstand. Wenn er sich am Schalter nach Tickets erkundigte, haben Sie dieses Mädchen gesehen, haben Sie dieses Mädchen gesehen?

So macht man es *nicht.*

Und so raste er mit dem roten Licht auf dem Dach seines Taurus auf der Chain Bridge zurück zum Hauptquartier, ging schnell in sein Büro und dankte seinem Mistkerl von Vater für die drei Jahre, die dieser schließlich doch hatte einsitzen müssen. Die Behörden hatten ihn irgendwann doch wegen fehlender Steuerbanderolen drangekriegt, woraus Konnie die Lehre zog, daß selbst der cleverste Verbrecher Fehler macht.

Zurück zum Anfang.

Nimm das Schlimmste an – eine Regel, die sich aus Konnies Erfahrungen bei Ermittlungen zu Gewalttaten ergeben hatte.

Megan war entführt worden. Vergiß ein Ausreißen, vergiß ein Durchbrennen mit einem Freund. Sollte ich unrecht haben, um so besser. Doch für den Moment sollten wir davon ausgehen, daß es einen Täter gibt.

Also Entführung. Wie sieht das Tatprofil aus?

In seinem Kopf sah es nach jahrelanger Unterforderung neblig und schwammig aus. Folglich durchwühlte er seine Schreibtischschublade und zog die Notizbücher hervor, die er als junger Beamter angelegt hatte. Damals, als er bis drei Uhr morgens aufblieb und über seine Diagramme gebeugt dasaß. Seine Kurven. Seine Listen. Bei Ermittlungen in Strafsachen ist viel Instinkt im Spiel, aber auch viel liniiertes Papier.

Motiv.

Möglichkeiten.

Gelegenheit.

Unter Motiv für Entführung stand geschrieben: *Geld, Sex, politische/religiöse Äußerungen, psychotisches Verhalten, Zusammenhang mit anderem Verbrechen (Geiselnahme, Flucht nach Raub, Carjacking).*

Er schnappte sich das Telefon, gab eine Nummer ein.

»Hal...«

»Hat jemand sie verfolgt?« bellte er ins Telefon.

Tate Collier sagte: »Verzeihung?«

»Waren irgendwelche schrägen Vögel hinter ihr her?«

»Vor kurzem?«

»Zählen etwa die schrägen Vögel vom letzten Jahr nicht?« gluckste Konnie.

»Nein, ich meine alle!«

Tate beriet sich mit Bett. »Nein«, sagte er schließlich.

»Hatte sie mit irgendwelchen Kulten oder so was zu tun?«

Selbst Konnie konnte Betts gereiztes »Natürlich nicht« hören.

»Habt ihr beide mit so was zu tun?«

»Nein.«

»Ist irgend jemand, den Bett oder du gekannt hast, vor kurzem auffällig verschwunden?«

»Ich ...«

»Bevor du antwortest, solltest du an jede einzelne der Einundzwanzigjährigen denken, denen du Brillanten versprochen hast, um dich dann zu verkrümeln.«

»Ich habe niemals auch nur einer einzigen einen Antrag gemacht«, sagte Tate, doch dann verstummte er plötzlich. Konnie nahm an, daß er mit dieser Bemerkung einen verdammt neugierigen Seitenblick von Bett auf sich gezogen hatte. Einen Augenblick später sagte Tate steif: »Nein, keiner von uns hat irgendwelche Probleme dieser Art gehabt.«

»›Probleme dieser Art‹«, höhnte Konnie. »War jemand vielleicht in sie verknallt? Geschäftsfreunde von einem von euch oder beiden? Kunden? Mandanten?«

Wieder berieten sich die beiden, dann: »Nein.«

Konnie grunzte. Er kritzelte ein paar Notizen und sagte dann:

»Ich habe mir diese Emily einmal vorgenommen. Nachname Rostowski. Fünfundzwanzig. Nicht vorbestraft, hat aber vor drei Jahren einen Sorgerechtsstreit um ihr Kind verloren. Wurde in den letzten paar Jahren zweimal nach Selbstmordversuchen ins Krankenhaus eingeliefert. Von Beruf Schauspielerin, so nennt sie sich jedenfalls. Läutet da ein Glöckchen?«

»Keins.« Bett hatte auch noch nie etwas von ihr gehört. Tate fuhr fort: »Wie wär's mit einem Grund, sich mal ihre Wohnung anzusehen?«

»Bitte, Tate, so lange ist es nun auch wieder nicht her, daß du als Staatsanwalt gearbeitet hast. Was sind deine Gründe?«

»Ich weiß. Ich hoffe nur.«

»Aber ich werde sie weiterhin anrufen. Ach ja, und das Telefon lasse ich anzapfen.«

»Wessen?«

»Deins und das deiner Frau.«

»Ex.«

»Das sagst du immer wieder. Die Platte eiert. Das nur für den Fall, daß jemand dich anruft und Lösegeld verlangt.«

»Ich dachte, dies wäre gar kein Fall.«

»Für die Welt ist er das auch nicht. Für mich aber schon.«

»Was ist der Nachteil für dich, wenn du eine Abhörerlaubnis gibst?«

Dann bin ich kurz gesagt im Eimer.

»Ich habe keine Zeit für diesen Scheiß, Tate. Wirf mal die Denkmaschine an. Als du noch Staatsanwalt warst, haben sie in der Presse doch über dich geschrieben. Jedenfalls an Tagen mit einer schlechten Nachrichtenlage. Könnte es sein, daß jemand dein Bild gesehen hat und zu dem Schluß gekommen ist, daß du ein Prominenter bist und es sich lohnen könnte, deine Tochter zu entführen?«

»Ich habe seit fünf Jahren nichts mehr getan, was in der Öffentlichkeit Aufsehen erregt hat, Konnie.«

Seit fünf Jahren ... oh, richtig, das war der letzte große Fall für sie beide.

Der viel zuviel Aufmerksamkeit erregt hatte.

Der Fall, der Tate um das Amt eines Staatsanwalts gebracht und Konnie dazu angeregt hatte, es mit einer besonders langsamen Form des Selbstmords zu probieren, was seine Frau schließlich aus dem Haus flüchten ließ und seinen Höhepunkt damit fand, daß Konnie versucht hatte, gleichzeitig eine Schildkröte und seine Karriere zu ermorden.

»Erzähl mir genau, was heute morgen in deinem Haus passiert ist. Ich meine genau.«

Tate erzählte Konnie, daß Bett gearbeitet hatte, als Megan zum Arzt gefahren sei, was etwa gegen zehn Uhr vormittags gewesen sei.

»Du hast sie in deinem Haus nicht gesehen?«

»Nein«, erwiderte Tate. »Ich bin so gegen elf oder Viertel nach elf wieder nach Hause gekommen, dann habe ich mich umgezogen und mir eine kaputte Bewässerungsleitung angesehen.«

»Die Kleinpächter dort?«

»Nein. Es regnete zu stark. Sie hatten sich den Tag frei genommen.«

»Du hast Megan gar nicht gesehen?«

»Nun ja, ich sah, wie sie kurz vor zwölf Uhr mittags die Lichter ausmachte.«

Sie oder ein anderer, dachte Konnie.

»Alle Lichter?«

»Ja.«

»Warum?«

»Sie mag helles Licht nicht. So ist sie nun mal.«

»Es hat heute morgen geregnet, richtig?«

»Das hast du doch selbst gesagt. In Strömen.«

»Die meisten Menschen würden *etwas* Licht wollen, sollte man meinen. Es sei denn, sie wollen von außen nicht gesehen werden.«

»Stimmt.«

»Und, Scheiße, Tate, warte eine Sekunde. Warum mußte sie überhaupt zu dir kommen, um ihren Rucksack zu holen? Hat sie denn bei deiner Frau keine Koffer? Tut mir leid, bei deiner *Ex-Frau*? Deiner geschiedenen Gattin?«

Schweigen.

»Das ist eine kluge Bemerkung.«

Der Cop fuhr fort: »Du und Megan, ihr habt euch doch kaum je gesehen.«

»Stimmt auch. Ich weiß nicht, warum sie die Briefe in meinem Haus hingelegt hat. Ich kann es mir nur so erklären, daß sie sowieso zum Lunch zu mir kommen wollte.«

»Aber sie *hat* nichts gegessen. Sie fuhr weg, *bevor* es etwas zu essen gab.«

»Das hat sie getan. Ja.«

»Aber sie wußte, daß du Bargeld im Haus hast«, sagte Konnie, der ein paar Theorien ausprobierte, um zu sehen, ob sie paßten.

»Richtig, richtig. Das ist wahrscheinlich der Grund, weshalb sie zu mir kam.«

»Aber«, sagte der Detective, »hätte sie sich nicht auch mit diesen Kreditkarten Bargeld holen können?«

»Ja, das hätte sie tun können.«

»Und das wäre weit sicherer gewesen, als Gefahr zu laufen, mit jemandem zusammenzutreffen, den sie mit diesen Briefen kalt abrutschen lassen würde.«

Tate sagte: »Das ist richtig, Konnie. Um die Wahrheit zu sagen: Ich habe keine Antwort für dich. Warum wollte sie denn überhaupt auf die Farm kommen?«

»Hast du mit ihren Freundinnen und Freunden gesprochen?«

»Darum kümmert sich ihr Lehrer, Robert Carson.«

»Ihr Lehrer?« fragte Konnie. »Was hat denn der für ein Interesse daran?«

»Er macht sich Sorgen um sie, das ist alles. Er wollte sich in der Schule umhören. Er hat sich noch nicht bei uns gemeldet. Oh, und hat Joshua dir das Neueste von diesem Lieferwagen erzählt?«

»Nein. Was ist denn das Neueste?«

Der Fahrer des Lieferwagens, der gegen Megans Auto getauscht worden sei, lebe vielleicht in der Nähe von Front Royal, erklärte Tate.

»Na schön«, sagte Konnie glücklich. »Das wird die Liste ein bißchen kleiner machen. Ich werde den Mann von der Kraftfahrzeugbehörde gleich anrufen. Guter Mann. Wenn er sich die Haare schneiden läßt, damit er nicht mehr aussieht wie ein Hippie, könnte ich ihm sogar einen Job in der Zentrale beschaffen. Hast du Glück gehabt?«

»Nicht wirklich.«

»Tatsächlich, Tate, mein Junge? Das Motiv ist der Schlüssel«, verkündete Konnie mit lärmender Stimme. »O ja, das kannst du dir hinter die Ohren schreiben oder an die Wand nageln. Na gut, machen wir uns an die Arbeit. Und ruf in den nächsten paar Tagen keine Telefonsex-Nummern an. Dein schweres Atmen könnte aufgenommen werden und dann als Beweismittel dienen.«

Konnie legte auf.

Das Motiv ist der Schlüssel, sagte er sich immer wieder.

Aber sie hatten kein Motiv. Noch nicht. Also ging er weiter.

Gelegenheit und Mittel.

Gelegenheit? Bei einem Delikt, das man sorgfältig vorbereitet hat, gibt es immer eine Gelegenheit; fraglich wird es nur dann, wenn man den Präsidenten oder den Papst zu erschießen versucht.

Was Konnie zu den Mitteln brachte. Diesen forensischen Details, die er so liebte. Beweise, Äußerungen, Fasern, Fingerabdrücke, Patronenhülsen, Blutspritzer, Rekonstruktionen, Täterzeichnungen, Fußabdrücke. All die Daten, die er in sich aufnahm und die wundersamerweise in einem Schädel, der von einer sehr unordentlichen Igelfrisur bedeckt war, automatisch in perfekter Ordnung landeten.

Dennoch, in diesem Fall gab es sehr wenige Daten und Fakten – weil es kein Fall war. Unter gewöhnlichen Umständen hätte er seine besten Tatortspezialisten losgeschickt, um den Wagen auseinanderzunehmen und Tates Haus sowie das von Bett Zentimeter für Zentimeter zu durchsuchen. Die Briefe hätte er einer graphologischen Analyse unterziehen lassen. Er hätte Tinte und Papier untersuchen lassen, die Fasern, hätte eine UV-Untersuchung auf Blut, Samen und andere Körperflüssigkeiten veranlaßt, hätte sich überall nach Zeugen und Schulakten erkundigt und die Datenbank vermißter Jugendlicher befragt.

Die schiere Frustration über so viele verpaßte Chancen, den Fall voranzubringen, ließ ihn die Hände zu Fäusten ballen. Doch es gab immer noch viele Dinge, die er tun konnte. Dinge, die keine sofortige Genehmigung von Lieutenant Ja, Sir, ich werde mich anständig benehmen, Dobbs erforderten.

»Genie, meine Liebe«, sprach er ins Telefon. »Ich möchte, daß alle grauen Lieferwagen, die in Shenandoah County zugelassen sind, unter die Lupe genommen werden. Auch alle hellgrauen, babyblauen, metallicblauen und champagnerfarbenen. Und um die in Front Royal zugelassenen müßt ihr euch besonders kümmern.«

Sargnägel, sagte sich Konnie mit einem für ihn untypisch poetischen Bild. Er dachte nicht an Megan, sondern an seine Laufbahn.

Von Montag an in einer Woche ...

»Langsam, langsam«, erwiderte sie schnippisch. »Aber das werden ein paar hundert Wagen sein, ich hoffe, dir ist das klar.«

»Und ich will die Ergebnisse vor einer Stunde haben.«

»Werde ich so anordnen. Du bist schließlich derjenige, der das alles lesen muß.« Eine kaum wahrnehmbare Pause. »Bist du *sicher,* daß ich das tun soll, Konnie?«

Worte sind wie Wasser; sie suchen das für sie richtige Niveau und bedeuten das, was immer sie bedeuten sollen.

»In Ordnung. Warum fragst du?«

»Ahem. Ich bin angewiesen worden, noch oben zu melden, wenn du die Kriminaltechnik einschaltest.«

»Grundsätzlich?«

»Grundsätzlich. Zusammen mit der Fallnummer, für die du sie angefordert hast. Außerdem darf ich zu dir kein Wort darüber verlieren.«

Scheiße.

»Und wie lautet die Nummer des Devoe-Falls?« fragte Konnie.

»Neun-fünf-eins-vier-drei.«

»Das ist genau der Fall, für den ich all das hier anordne. Mann. Ist das ein Zufall oder was?«

»Konnie ...«

»Du weißt schon, was dir das einbringen wird, oder?«

»Teufel auch, ich werde es für dich veranlassen. Ich hoffe nur, du denkst dir eine gute Ausrede aus, damit du erklären kannst, wie du mich reingelegt hast.«

»Heirate mich. Ernähr mich. Laß uns Kinder haben. Wie wär's damit?«

»Auf Wiederhören, du verrückter Mann«, sagte sie mit schwacher Stimme.

Fünfzehn Minuten später lag das Dokument auf seinem Tisch, ein Ausdruck über 834 Lieferwagen und Allradfahrzeuge, die im Shenandoah County zugelassen waren, 104 davon in Front Royal.

Er legte den Ausdruck in die Akte über *McCall, Megan,* verließ sein Büro und ging zu seinem Wagen. Dann fuhr er mit hoher Geschwindigkeit zur Metro-Station in Vienna. Mit dem Dietrich hatte er Megans Tempo in zehn Sekunden geöffnet. Er zog sich Latex-Handschuhe an und durchsuchte den Wagen wie ein Chirurg, der nach einem Tumor tastet. Er fand einen halben Joint, zwei Kronenkorken von Bierflaschen, eine abgerissene Konzertkarte und drei leere Dosen Arizona-Eistee. Silberne Ringe, von denen einer die Form eines Totenschädels hatte. Ein hölzernes Friedenssymbol (für eine Sekunde dachte er an den Fall von Charles Manson, als er die Halskette aufhob und sie in einen Asservatenbeutel gleiten ließ). Drei Zigarettenkippen, deren Filter nach rechts zeigten. An einem befand sich ein kräftiger Lippenstiftabdruck, auf dem zweiten der gleiche Farbton, aber weniger stark, und auf dem dritten noch weniger – da hatte jemand also Kette geraucht, und wegen der Fundstelle nicht der Fahrer. Ab in einen zweiten Beutel.

Dann sah er sich mit dem winzigen Vergrößerungsglas an seinem Schweizer Armeemesser den Talkum-Fleck unter dem Zündschloß an. Er kam zu dem Schluß, daß er leicht von einem in einem Chirurgen-Handschuh steckenden Finger stammen konnte.

Er öffnete die Kofferraumklappe und durchsuchte sorgfältig den Kofferraum. Er fand drei Faserstreifen, die vielleicht von einem Seil stammten. Er bemerkte auch, daß der Unrat im Kofferraum in Richtung Vorderseite des Wagens geschoben worden war – wie um für etwas Großes Platz zu machen.

Konnie ging zu seinem Wagen zurück, ließ den Motor an und schaltete die Klimaanlage ein.

Na schön, Megan war entführt worden.

Wie war es passiert? Phantasier mal einfach drauflos. Jemand hat sie an jenem Morgen auf dem Weg zu ihrem Wagen entführt, da sie nie in der Praxis des Arztes angekommen ist. Der Entführer zwang sie, diese Briefe zu schreiben. Dann fuhr er mit ihr zu Tates Farm und wartete, bis der Anwalt auf die Felder ging, um dort nach dem Rechten zu sehen – was immer er dort zu tun hatte. Dann schlich sich der Bursche ins Haus, wobei er Megans Schlüssel benutzte, machte das Licht aus und legte die Briefe hin. Dann fuhr er hierher und tauschte ihren Wagen gegen den Lieferwagen.

Dann fuhr er nach Westen.

LeFevre glaubte, daß es so gewesen sein muß.

Konnie fuhr los. Er nahm den kürzesten Weg von der Metrostation zu Tates Farm. Dann wiederholte er die Fahrt, wobei er die zweitkürzeste Route wählte, und dann fuhr er noch eine dritte. Dabei machte er einen weiten Umweg, als wäre er ein Schnapsschmuggler mit vierzig Milchkannen voll mit schwarz gebranntem Fusel hinten drauf. Das war die Route, die jemand wählen würde, wenn er Radarfallen, Streifenwagen und Augenzeugen aus dem Weg gehen wollte.

Doch selbst diese Route war nicht vollkommen menschenleer.

Er fand ein Möbelgeschäft, in dem nichts los war. Von Kunden war weit und breit nichts zu sehen. Perfekt. Er stieg aus dem Wagen und fragte die beiden Verkäufer, die draußen eine Zigarette rauchten, ob sie am Morgen zufällig einen blauen Ford Tempo gesehen hätten. Natürlich hatten sie das nicht.

Noch drei Läden und zwei Restaurants. Nichts.

In einem 7-Eleven-Laden glaubte ein Verkäufer sich an einen blauen Tempo zu erinnern, weil sein Schwiegersohn sich gerade einen kaufen wolle. Der Verkäufer glaubte, ein Mann habe den Wagen gefahren.

Doch beschwören könne er das nicht. Nicht vor Gericht.

Dennoch fühlte sich Konnie aufgemöbelt, als er zu Tates Farm zurückfuhr. Er sah zwei Wagen in der Auffahrt, parkte aber auf der Straße und ging mit energischen Schritten über das verschlammte Feld auf das Haus zu. Es war früh am Abend, düster und bewölkt. Er benutzte seine lange schwarze Halogen-Taschenlampe, um besser sehen zu können.

Konnie hielt in einem rechteckigen Buchsbaumhain inne – dort, wo sich logischerweise jemand hinstellen würde, um das Haus auszuspähen. Er fand vier zerquetschte Fußabdrücke, die von beiden Füßen eines Mannes stammten. Sie waren im Regen jedoch zerflossen und würden als Beweis nutzlos sein. Keine Zigarettenkippen, keine Bierdosen, keine Stoffetzen oder erkennbare Fasern. Konnie ging weiter und begab sich zu dem seiner Ansicht nach zweitwahrscheinlichsten Beobachtungspunkt. Auch dort nichts.

Dann legte er eine kurze Verschnaufpause ein und betrachtete das Haus.

Als Konnie Konstantinatis auf diesem Feld stand, von dem aus man die Äcker sehen konnte, die gerade bepflanzt worden waren, ging ihm auf, daß er nur zum Teil hier war, um Spuren zu finden. Er wollte sich hier auch Mut machen.

Na los doch, vorwärts, tu es, sagte er sich. Mach schon.

Er wollte gerade von dem kleinen Erdhügel hinuntergehen und zu Tate Collier marschieren und ihm gestehen, was er vor so langer Zeit getan hatte – wollte sich zu den Ereignissen bekennen, die vor fünf Jahren dazu geführt hatten, daß der Detective seinen dritten Tod starb. In Wahrheit glaubte Konnie, daß Megans Verschwinden einzig und allein dem Zweck diente, ihn zu zwingen, dieses Geständnis zu machen.

Doch er brachte es noch nicht über sich.

Mumm. Kein Mumm.

Entführer und Mörder aufzuspüren war weitaus leichter.

Und so ging er zu einer anderen Stelle und stellte sich auf die Reifenspuren eines schweren John-Deere-Traktors, der eine enge Kurve gefahren war, um zu dem Feld zurückzufahren, das bepflanzt werden sollte. Auch hier keine Hinweise auf eine Entführung. Dennoch stand er nicht mit leeren Händen da. Konnie hatte etwas gefunden: in sich selbst. Ein vertrautes Gefühl, das er lange vermißt hatte – die den Menschen angeborene Lust zu begreifen, zu graben, zu enthüllen. Und, was noch überraschender war, er entdeckte in sich auch den Glauben, daß Gott jedem Mann und jeder Frau auf dieser Welt einen Zweck zugewiesen hat – der irgendwie trotz seiner drei Tode wiederauferstanden war, trotz seines Kampfs mit der Flasche und der noch härteren Kämpfe um die Genesung, trotz der Zerstörung seiner Ehe und sogar der Schießerei mit der Schildkröte. Er hatte auch den Glauben daran wiedergefunden, daß die einzige Rolle des Menschen auf dieser Erde darin besteht herauszufinden, wie die Welt sein könnte, selbst wenn Erschöpfung, Trauer und vorzeitiges Ende eines Menschen ihm nur wenig kostbare Zeit lassen, die Fähigkeiten zur Geltung zu bringen, mit denen der Herr die Menschen ausgestattet hat.

Zurück in den Wagen.

Konnie war Megan McCall bisher nicht einmal begegnet. Und doch war sie in diesem Augenblick die einzige Person im Weltall, für deren Auffindung er sein Leben geben würde.

20

Lauschen tut man als zweites, aber zuerst beobachtet man die Augen.

Immer die Augen.

Aaron Matthews preßte den Kopf gegen eine Eiche und beobachtete den Mann mittleren Alters, der die Hände in seine dicken Hüften stemmte und sich im Lichtkegel einer Straßenlaterne vor der High School grinsend mit der Gruppe von Mädchen unterhielt.

Robert Carson.

Jetzt verstand er, weshalb Tate und Bett in der Praxis so unbeholfen gewesen waren, als sie ihn beschrieben. Lehrer ja. Aber auch Freund. Der Freund, mit dem Megan vor kurzem Schluß gemacht hatte. (»Bobby? Was kann er für sich in Anspruch nehmen?« hatte Matthews sie während der Sitzung gefragt. Die Antwort: daß sie mit ihm Schluß gemacht habe.) Unordentlich, charismatisch, wahrscheinlich ein Trinker, ein Mann, der ein Image pflegte, das heranwachsenden jungen Mädchen direkt das Herz durchbohrte.

Carson sah sich unsicher um, drückte einem der Mädchen die Schulter, um etwas zu betonen, und senkte den Kopf, um ihrer Antwort zu lauschen.

Matthews konnte keins der Worte hören. Doch das machte nichts, denn er hatte in der Stunde, in der er dem Lehrer auf dem Schulhof mit den Blicken folgte, Carsons Augen mehrmals klar gesehen.

Robert Frost spricht von dem Gespür für Laute. Er spricht davon, daß es für uns gar nicht nötig ist, Worte zu hören, um zu kommunizieren, sondern daß wir den Sinn von Worten allein dem entnehmen können, wie sie sich anhören – etwa durch eine dicke Tür oder eine Wand hindurch. Matthews hatte dies in der Bibliothek von Lee Mental Health gelesen, und die Idee hatte ihm sofort zugesagt.

Aaron Matthews hatte mehr als zehn Jahre lang in der Kathedrale im Kiefernwald gepredigt und weitere zehn Jahre Patienten beraten. Er hatte gelernt, ihre Worte beiseite zu räumen, sie sozusagen außer Hörweite zu bringen, um beobachten zu können, was die Seele wirklich meinte. Oft war der Unterschied zwischen der Botschaft und den Worten so breit wie das Rote Meer.

Jetzt beugte er sich vor und beobachtete Carson, als der Lehrer die Mädchen von oben bis unten musterte.

Wir steigen auf Jakobs Leiter empor ...

Matthews wußte intuitiv, was er zu tun hatte. Er trat von dem Baum zurück und schlenderte an Carson und den Mädchen vorüber. Der Lehrer blickte zu ihm hoch und lächelte immer noch über eine Bemerkung eines der Mädchen. Für eine kurze Sekunde fuhr Matthews' Blick über den Körper des Lehrers. Die Augen des Predigers verrieten Abscheu. Das Lächeln des Lehrers verschwand, als hätte man eine Glühbirne ausgeknipst.

Und dann, als hätte er Carson mit dem Finger im Marmeladentopf erwischt, verzogen sich Matthews' Mundwinkel zu der feinsten Andeutung eines Lächelns, worauf er seinen Weg fortsetzte.

Wir steigen auf Jakobs Leiter empor. Wir Soldaten des Kreuzes.

Die Rhetorik, schrieb Platon einmal, ist die allgemeingültige Kunst, den Geist durch Argumente für uns einzunehmen.

Tate Collier hatte im Alter von elf Jahren gelauscht, als ihm der Richter diese Definition nannte, und beschlossen, eines Tages »Rhetorik zu machen«, was immer das bedeutete.

Er mußte drei Jahre auf die Chance warten, doch als er schließlich die High School erreicht hatte, erstritt er sich (was denn sonst?) seinen Weg in den Debattierclub, von dem es hieß, er stehe nur Männern aus der Oberschicht offen.

Debattenturniere begannen im kolonialen Amerika mit dem Spy Club von Harvard Anfang des achtzehnten Jahrhunderts und öffneten sich hundert Jahre später mit der Young Ladies' Association in Oberlin auch Frauen, obwohl Hunderte von weniger offiziellen Gesellschaften, Mädchenschulen und Nachbarschaftsversammlungen schon immer beliebt gewesen waren. Als Tate zur Schule ging, waren Debattierwettbewerbe der Colleges untereinander eine längst eingeführte Einrichtung.

Er stritt bei Hunderten von landesweiten Debattenturnieren, aber auch bei den Turnieren der Cross-Examination Debate Association. Er war Mitglied der forensischen Studentenverbindungen – Delta Sigma Rho, Phi Rho Pi und Pi Kappa Delta – und war in der American Forensics Association ebenso aktiv wie in der American Bar Association, dem amerikanischen Anwaltsverband.

Im College – als es schick war, gegen den Krieg, gegen Korporationen und gegen Reserveoffiziers-Übungen zu sein – lehnte Tate Hosen mit weitem Schlag und in Mustern gefärbte Anzüge mit schmalen Krawatten und weißen Hemden ab. Auf dem College verfeinerte er seine Technik, seine Logik, seine Argumentation. *Wenn ... dann ... Hauptvoraussetzung, Nebenvoraussetzung, Schlußfolgerung.* Er kämpfte gegen Scheingegner, logische Zirkelschlüsse und gefühlsbetonte Taktiken seiner Gegner. Er kämpfte gegen Debattenredner der Universität von Virginia und der George-Washington-Universität, stellte sich Gegnern der Universitäten Duke, North Carolina, Penn und Johns Hopkins und besiegte sie alle.

Bei seinem Talent (und, was der Sache wohl noch näher kam, mit dem Richter als Großvater) wurde ein Jurastudium unvermeidlich. In seinem letzten Studienjahr an der Universität von Virginia war er bei der Diskussion fiktiver Rechtsfälle bei einem offenen Wettbewerb Landessieger geworden. Jetzt hielt er häufig gutbesuchte Fortbildungskurse für Rechtsanwälte ab, und seine Lehrkassette für amerikanische Strafverteidiger war landesweit zum Bestseller geworden.

Es gab niemanden, mit dem Tate Collier verbal nicht die Klingen kreuzen würde. Doch als seine Ex-Frau den Spiegel an der Sonnenblende des Mercedes aufklappte und sagte: »Okay, Tate, jetzt erzähl mal«, war er um Worte so verlegen wie sonst nie.

Er hielt beide Hände am Lenkrad und blickte starr geradeaus.

»Na los doch«, beharrte sie. »Was ist passiert? Als du den Job gewechselt hast. Was hast du Dr. Peters nicht erzählt?«

Womit sie meinte: Was hast du *mir* vorenthalten?

»Es hat nichts mit Megan zu tun.«

Er hatte darüber nachgedacht und glaubte, daß es wahr sei. Er konnte nicht verstehen, weshalb Dr. Peters so darauf herumgehackt hatte.

»Warum zögerst du?«

Weil er glaubte, daß sie so schnell aus seinem Leben verschwinden würde wie nach der Beerdigung, wenn er es ihr erzählte. Es würde das dünne Band zerschneiden, das sie heute wieder miteinander verband. Und es war möglich, daß er sie dann nie mehr wiedersah.

Doch jetzt erkannte er, daß er keine Wahl hatte.

»Vor fünf Jahren«, begann er, »bearbeitete ich den Fall eines Mannes, der seine Verlobte ermordet hatte. Es war Mord, ein Kapitalverbrechen. Ich beantragte die Todesstrafe.«

Er spürte, wie Bett sich anspannte. Sie war eine überzeugte Gegnerin der Todesstrafe und schämte sich zutiefst, daß Tate in der Zeit ihrer Ehe drei Männer dem Tod auf dem elektrischen Stuhl überantwortet hatte.

»Der Angeklagte leugnete, die Frau getötet zu haben, doch die Beweise waren unwiderleglich. Die Mordwaffe war ein Küchenmesser, auf dem überall seine Fingerabdrücke waren. Außerdem fand man seine Abdrücke auf ihrem Armband und zweien ihrer Blusenknöpfe. Sein einziges Alibi war, daß sie nach dem Streit in seinem Wagen irgendwohin gefahren seien, nur um sich zu beruhigen, doch er könne nicht mehr sagen, wohin.

Sie war von ihm schwanger. Das war das Motiv. Er hatte von ihr verlangt, eine Abtreibung vornehmen zu lassen, doch sie wollte nicht. Außerdem hatte er ein paar Tage zuvor herausgefunden, daß sie ihn die ganze Zeit wegen der Empfängnisverhütung angelogen hatte. Sie wollte schwanger werden. Wollte ihn so dazu bringen, sie zu heiraten.«

»Wie weit war sie?«

»Im siebten Monat.«

»O Gott ... Und das Baby?«

»War nicht zu retten. Er gelangte mit Ersatzschlüsseln in ihre Wohnung, die er bei sich zu Hause aufbewahrte. Auf den Schlüsseln befanden sich nur seine Fingerabdrücke. Er behauptete aber, man habe sie ihm gestohlen. Gute Polizeiarbeit – es war übrigens Konnie, der das herausgefunden hatte. Leitender Detective. Die Jungs von der Spurensicherung fanden das Messer und die Schlüssel auf dem Grund eines Flusses in der Nähe der Wohnung.«

»Okay.«

»Unter normalen Umständen wäre dieser Fall nicht als Mord gewertet worden.«

In Virginia, erklärte er, werde selbst ein mit Vorbedacht begangener einzelner Mord nicht als Kapitalverbrechen gewertet, wenn er nicht in bestimmte eng umgrenzte Kategorien falle. Wie etwa die Tötung eines Polizeibeamten oder Mord mit Hilfe eines gedungenen Mörders. Mit der Todesstrafe würden beispielsweise auch Mehrfachtötungen infolge ein und derselben strafbaren Handlung bedroht.

Bett schüttelte den Kopf, da sie nicht verstand, doch dann weiteten sich ihre Augen. »Das Baby?«

»War ich nicht der ach so clevere Staatsanwalt? Erhob mich da in meinem makellosen knitterfreien Anzug. Das Baby. Ein lebensfähiger Fötus. Ich argumentierte, daß der Täter die Absicht gehabt habe, auch das Baby zu töten, da er die Frau gedrängt habe, eine Abtreibung vornehmen zu lassen. Zwei beabsichtigte Todesfälle. Die Geschworenen haben es geschluckt. Kapitalverbrechen, Todesurteil.«

Dieser Straftatbestand war für Massenmörder gedacht – Leute, die in Texas auf einem Glockenturm stehen und Amok laufen, durchgedrehte Postarbeiter, wahnsinnige Bankräuber mit Maschinenpistolen. Wann immer es Juristen gelingt, ein auf eine bestimmte Situation zugeschnittenes Gesetz auf eine andere anzuwenden, die nichts damit zu tun hat, nennt man sie brillant.

Bett schwieg und wandte den Kopf ab.

»Der Angeklagte wurde nach Jarrett gebracht und wartete dort auf den Stuhl – das war, bevor wir zur Todesspritze übergingen. Nun, vor dem Berufungsverfahren erhängte er sich. Bei der gerichtlichen Untersuchung der Todesursache kam heraus, daß jemand ihm erzählt hatte, ich zitiere: ›Scheiße. Wenn Collier in der Berufungsverhandlung gegen dich antritt, kannst du es vergessen, Mann. Du bist im Eimer. Auf dich wartet nur noch der Stuhl.‹«

»Aber da ist noch mehr, nicht wahr, Tate?« Betts Stimme hörte sich kalt an.

Tate fuhr mit der Geschichte fort. Zwei Zeugen hätten gesagt, sie hätten den Angeklagten zur Tatzeit in Maryland gesehen. Er, Tate, habe sie jedoch im Zeugenstand auseinandergenommen. Habe ihr Sehvermögen unglaubwürdig gemacht, ihre Nüchternheit, ihren Charakter. Ein Zeuge, eine Frau, lief weinend aus dem Gerichtssaal. Dann trat der Angeklagte selbst in den Zeugenstand, wo Tate seine Geschichte vollkommen auseinandernahm. Er brachte ihn dazu zuzugeben, wie wütend er auf seine Verlobte gewesen sei, wie sehr er an jenem Tag mit ihr gestritten habe und daß er sich nicht erinnern könne, wo er sich zur Zeit des Mordes befunden habe. In Maryland. Nein, in Virginia. Nein, in Pennsylvania. Die Geschworenen berieten zwei Stunden lang. Dann kamen sie wieder und verkündeten das Todesurteil.

»Jetzt kommt die zweite Phase des Verfahrens – die Phase der besonderen Umstände.« Bei der der Staatsanwalt für die Todesstrafe argumentiert, während der Verteidiger sich dagegen ausspricht.

Der Anwalt des Angeklagten, faßte Tate zusammen, habe Beweise in das Verfahren eingeführt, aus denen hervorging, daß der Mann sich zuvor noch nie in ernsthaften Schwierigkeiten befunden habe. Habe nie einer Fliege etwas zuleide getan. Sei nie wegen etwas verurteilt worden. Doch auch Tate hatte seine Schularbeiten gemacht und herausgefunden, daß der Mann eine gestörte Jugend gehabt hatte. Ernste Probleme mit den Eltern in der Zeit des Heranwachsens. Seelische Probleme, unkontrollierbare Wutausbrüche. Haß auf seine Familie.

Tates Bitterkeit ließ nicht nach. »Nach vierstündiger Beratung wurde die Todesstrafe empfohlen. Abstimmung der Geschworenen nach dem Urteil?« Der Anwalt lachte grimmig. »Sie sagten, ich hätte sie verhext. Einer von ihnen hatte sogar vor, zum Friedhof zu fahren und am Grab des Opfers zu beten.«

»Er war unschuldig, nicht wahr?« fragte Bett.

Tates rechte Hand hielt das Lenkrad fest umklammert. Dann löste er sie und wischte die Handfläche am Hosenbein ab. »Drei Tage, nachdem er sich erhängt hatte, sah sich die State Police von Maryland noch einmal ein Videoband einer Sicherheitskamera an einer Tankstelle in Ellicott City an. Dort hatte es vor vier Monaten einen Raubüberfall und eine Schießerei gegeben, und sie hatten einen Zeugen gefunden. Sie spielten ihm das Videoband vor. Einer der Cops bemerkte einen Wagen, der im Hintergrund des Bildes hielt. Der Fahrer kaufte sich gerade ein Mineralwasser. Der Polizist erkannte den Wagentyp und das Kennzeichen. Man hatte die Daten aus Fairfax County per Telex durchgegeben. Ja, der Fahrer war der Angeklagte, für den ich das Todesurteil erwirkt hatte. In fast genau der Minute, in der das Mädchen ermordet wurde, befand er sich fünfzig Meilen entfernt.

Was ein Mann hört, kann er bezweifeln.

Was ein Mann sieht, läßt sich möglicherweise auch anzweifeln.

»Ich habe diesen Jungen mit meinem Gerede in den Tod getrieben, Bett. Ich habe die Geschworenen behext. Ich hatte diese *Gabe* auf meiner Seite. Nicht das Recht.«

Ich habe eine Familie zerstört, dachte er. Brachte es aber nicht über sich, es laut zu sagen.

Doch was ein Mann tut, kann er nicht anzweifeln.

Er wartete darauf, daß sie Abscheu oder Zorn zeigte. Oder auf das, was unfehlbar kommen würde, wie er wußte, ihre höfliche Bitte, nach Hause gefahren zu werden, denn eine solche Bitte hätte auch die kalte Botschaft enthalten: Ich hab dir gesagt, daß dies passieren würde, Tate.

Doch zu seinem Erstaunen spürte er ihre Hand auf seinem Knie.

»Es tut mir so leid für dich«, sagte sie. Er warf ihr einen Seitenblick zu und sah weder Mitleid noch Reue, sondern einfaches Bedauern über seinen Schmerz. »Sie haben dich gefeuert? Die Staatsanwaltschaft?«

»O nein, nein. Ich bin gegangen, einfach so. Ich hatte meinen Appetit auf Blut verloren.«

»Ich habe nie von diesem Fall gehört.«

»Die Staatsanwaltschaft hat natürlich Stillschweigen bewahrt. Die Familie des Häftlings hat uns auch nie verklagt oder mit der Presse gesprochen. Die Geschichte starb in den Polizeiakten.« Er starrte auf die Straße und gestand schließlich: »Ich wollte es dir sagen. Als ich von diesem Videoband erfuhr, griff ich nach dem Telefon, um es dir zu sagen, bevor du es von anderer Seite hörst. Sogar bevor Konnie und ich darüber gesprochen hatten. Ich hatte dich seit mehr als einem Jahr nicht mehr gesehen. Vielleicht seit zwei Jahren. Doch du warst diejenige, der ich es erzählen wollte.«

»Ich wünschte, du hättest es getan.«

»Du haßtest es, wenn ich solche Fälle übernahm. Ich dachte – gerade jetzt, heute abend –, daß du den Wunsch haben würdest, sofort Schluß zu machen. Ich meine, nicht mehr mit mir nach Megan zu suchen.«

Es entstand eine lange Pause, als überlegte sie sich gerade diese Möglichkeit. Doch sie sagte: »Mir scheint, du hast wegen dieser Sache lange genug im Gefängnis gesessen. So gut wie jeder bekommt doch irgendwann mal die Chance, auf Bewährung entlassen zu werden, oder?«

Er senkte seine Hand auf ihre und umklammerte ihre Finger.

Auf uns Menschen liegt dieser schreckliche Fluch; von allen Tieren glauben allein wir an die Möglichkeit einer Veränderung – in uns selbst und in den Menschen, die wir lieben. Diese Fähigkeit kann uns zerstören, aber auch unsere zum Untergang verdammten Herzen retten, wenn auch nur selten. Das Problem ist nur, wir wissen nie, was geschehen wird, bis es zu spät ist.

»Was nun, Tate?«

Nach einem langen Augenblick sagte er: »Wir warten.«

Vorsicht jetzt, sagte sich Robert Carson.

Er wußte nicht, wer der Mann war, der am Schulhof vorbeigegangen war und ihn angeblickt hatte. Er hatte Verachtung im Gesicht des Mannes gesehen. Vielleicht lag es an Carsons zerknitterter Kleidung, dem Bierbauch, dem struppigen Haar. Es konnte aber auch die Tatsache gewesen sein, daß er soeben Caroles schmale Schulter gestreichelt hatte.

Er *mußte* vorsichtiger sein.

Er meinte damit wie immer: Beherrsch dich, um Himmels willen.

Die Beherrschung war meist ein Problem. Doch heute abend war sie es nicht, denn es gab noch eine Menge anderer Dinge außer den biegsamen jungen Körpern, die seinen Geist beschäftigt halten konnten. Er hatte an der High School mit rund zwanzig Schülern gesprochen – er hatte bis zum späten Nachmittag und frühen Abend gewartet, als das Haus nicht mehr so voll war und es natürlich erscheinen mußte, wenn er sich wie beiläufig mit Schülern unterhielt, die nach dem regulären Unterricht durch die Flure und über den Hof schlenderten. Nur wenige von ihnen kannten Megan gut, und niemand wußte, daß sie die Stadt verlassen oder es auch nur in Erwägung gezogen hatte. Niemand konnte ihm auch nur die kleinste Hilfe anbieten.

Bis er Carole begegnet war.

Carole mit dem schönen Gesicht und der knabenhaften Figur. Sie arbeitete bei Cards Plus in dem kleinen Viertel des alten Fairfax in der Nähe des Gerichtsgebäudes. Megan hatte dort ebenfalls ein paar Monate gearbeitet, und die Mädchen hatten sich miteinander angefreundet. Carole hatte ihm erzählt, daß sie Megan an jenem Morgen gesehen habe – anscheinend kurz vor deren Verschwinden –, wie sie ihren Wagen auf der Maple Street geparkt habe. »Ich wollte schon hupen und winken, Sie verstehen schon. Sie hatte aber so einen total angeekelten Gesichtsausdruck.«

»Inwiefern angeekelt?« hatte Carson gefragt. Er hatte es schon lange aufgegeben, sich über die Sprache von Teenagern aufzuregen.

»Es kam mir irgendwie vor, als wollte sie gar nicht da sein«, hatte das Mädchen gesagt.

»Was tat sie dort?«

»Sie ging in dieses Haus rein. Irgend so ein kleines Büro.«

Carson hatte gefragt, wo genau sie ihre Freundin gesehen habe, und Carole hatte es ihm gesagt.

Nach fünfzehn Minuten parkte er genau dort, wo Carole Megan gesehen hatte.

Vor der Praxis von Dr. James Peters.

Megan hatte ihn also *doch* aufgesucht.

Und was folgt daraus? überlegte Carson, als er von der Bordsteinkante wegfuhr.

Daß der Doktor gelogen hatte, als er behauptete, Megan habe den Termin abgesagt.

Und wer genau *ist* dieser Dr. Peters?

Carson trat das Gaspedal durch, wendete in einem weiten Bogen und fuhr mit einer so hohen Geschwindigkeit zu seinem Bungalow zurück, wie er sie dem kleinen Wagen gar nicht zugetraut hätte.

21

Abend.

Vielleicht acht Uhr. Oder neun.

Megans Gefängniszelle wurde von dem blassen Lichtschein des Mondes erhellt, der hinter dem eingezäunten Gelände zwischen zwei Hügeln aufging.

Minute um Minute hatte Megan zugesehen, wie die Dunkelheit sich in den Raum ergoß wie Wasser, ihr die Luft nahm und sie zu ertränken drohte.

Über ihr und um sie herum war das Trippeln der kleinen Krallen zu hören, als die Ratten an den Wänden umherstrichen und auf dem Zeitungspapier herumkauten, das Megan in ihr Fluchtloch gestopft hatte. Die Tiere wirkten nervös. Vielleicht hatten sie Hunger.

Quiek, quiek …

Megan zog sich die Knie bis zur Brust hoch und sah durch das Fenster zum Himmel. Als sie so starrte, versank sie in Halluzinationen. Die mattgrauen Strukturen der vorüberziehenden Wolken formten sich zu Gestalten – zu Bären, Engeln, Fangarmen, Insekten, Schädeln …

Bären.

Sie dachte an ihren Vater.

Flüsternde Bären.

Dann an ihren Vater *und* ihre Mutter.

Ihr sucht *tatsächlich* nach mir, nicht wahr?

Vielleicht wußte ihre Mutter nicht genau, was zu tun war. Sie würde zur Polizei gehen und alles falsch darstellen, würde sich weitschweifig ausdrücken und hilflos und dramatisch sein.

Aber am Ende würden sie zuhören.

Und ihr Vater … Clever und kalt, mit all seinen Verbindungen – den Richtern, Polizeibeamten und Freunden in Richmond. Er würde ein paar Strippen ziehen und eine Jagd in Gang setzen. Wenn er etwas wollte, konnte nichts ihn aufhalten. Bett sagte, er könne sich mit seinem Mundwerk den Weg in die Hölle bahnen und wieder zurück. Silberzüngiger Teufel …

O ja, er würde sie finden.

Megan hockte nackt auf dem Feldbett, starrte zum Himmel hinaus und erinnerte sich aus irgendeinem Grund an einen Nachmittag vor langer Zeit. Sie war drei. Im Garten des Hauses ihrer Eltern sollte gerade eine Party beginnen. Es war ein heißer Nachmittag im November. Halloween lag gerade eine Woche zurück, und für Thanksgiving war es noch zu früh. Alle schienen traurig zu sein. Ihre Mutter hängte Laternen in einem Baum auf, während Megan auf einer Picknickbank saß und scharf gewürzte Eier auf einer Platte arrangierte.

Was ging da vor?

Ihr Vater trat langsam aus dem Haus, blieb einen Augenblick auf der hinteren Veranda stehen und starrte zu ihnen herüber. Bett sah ihn an und wandte sich dann wieder einer Laterne zu. Megan wurde von einem Gefühl der Geborgenheit durchströmt. Ihre Mutter war in der Nähe. Ihr Vater blickte über ihre Köpfe hinweg, ein starker Beschützer. Der nach Gefahr Ausschau hielt.

Megan hatte immer diese Erinnerung aus dem Gedächtnis hervorgekramt, wenn sie überzeugt war, daß er sie nicht liebte, wenn sie sich einsam fühlte, wenn sie das verzweifelte Gefühl hatte, niemals glücklich zu werden. Dann dachte sie immer, daß er nicht mit mir spricht, bedeutet noch lange nicht, daß ich ihm gleichgültig bin. Der Gedanke war wie eine antike Goldmünze – schwer, wertvoll und beruhigend.

Doch dann ging ihr in Sekundenschnelle auf, das sie alles in den falschen Hals bekommen hatte.

Ihr ging auf, daß Tate an jenem Tag vor so vielen Jahren überhaupt nicht nach ihr Ausschau gehalten hatte. Er hatte durch sie *hindurch gesehen.* Etwas Schlimmes war passiert, und das war alles, woran er dachte. Himmel, er sah sie dort nicht einmal. Sie war unsichtbar.

Ich bin ihm damals gleichgültig gewesen, und heute ist es ihm auch egal, daß ich verschwunden bin.

Tate Colliers Liebe zu ihr war nichts weiter, als daß er sie gelegentlich mit großer Geste zum Essen einlud. Er kaufte ihr die falschen Geschenke oder gar keine, las ihr Kindergeschichten vor, die keine Kindergeschichten waren. Dann entließ er sie wieder in die Einsamkeit und machte mit seinem Leben weiter.

Bestenfalls ein annehmbarer Vater.

Er war ihre letzte Hoffnung, und doch hätte sie von Anfang an wissen müssen, daß es hoffnungslos war.

Bären können nicht sprechen.

Nein, du kommst nicht, um mich zu befreien. Es ist dir egal, scheißegal. Das lästige kleine Mädchen ist aus deinem Leben verschwunden.

Die verrückte Megan weint ziemlich lange.

Bis ein anderes Bild vor ihr aufstieg. Megan, die in Dr. Peters' Praxis auf der Couch sitzt, die hemmungslos weint und auf den Brief auf ihrem Schoß hinunterblickte, als der Arzt ihr den Zorn aus der Seele wrang.

Zorn.

Den spürte sie jetzt auch.

Nur empfand sie ihn gegen *ihn,* wegen seiner Lügen, wegen seines Verrats.

Sie richtete sich auf und wischte sich die Tränen aus dem Gesicht. Nun, dann werde ich es selbst machen. Ihr Haar tanzte ihr um den Kopf, als sie vom Bett hinuntersprang. Megan bückte sich zu den Seilen hinunter und nagte einen dicken Faden durch. Sie zerriß ihn und band das Haar zu einem Pferdeschwanz. Jetzt fühlte sie sich gerüstet, eilte ins Badezimmer und zog noch einmal die Metallplatte von der Wand.

Megan bückte sich und blickte in den Raum auf der anderen Seite. Dort war es still. Der Raum schien leer zu sein, obwohl es sein konnte, daß der alte Mann über der Öffnung stand und mit seinem spitzen knochigen Stock darauf wartete, sie aufzuspießen.

Wenn er wirklich ist, muß er atmen, und dann würde ich ihn hören.

Wenn er ein Geist ist, kann er mir nicht weh tun.

Ratten rannten an der Innenseite auf und ab. Geht mir aus dem Weg, ihr kleinen Scheißer! Sie schlug hart gegen den Gips, worauf sie flüchteten. Selbstbewußtsein explodierte in ihr. Wenigstens hatte sie einen Feind zu Tode erschreckt.

Tief durchatmen. Eins, zwei, drei …

Sie fing an, durch das Loch in der Wand zu kriechen. Obwohl sich ihre Brustwarzen zusammenzogen und hart wurden und ihr der Hals heftig kribbelte, schaffte sie es irgendwie, die erschreckenden Bilder von den Ratten und dem alten Mann zu verdrängen. Dazu bemühte sie sich, nur an eins zu denken, etwas, was in ihr aufstieg und ihre gesamte Aufmerksamkeit in Anspruch nahm – wie die Mantras, die Bett beim Meditieren leise vor sich hin sprach. Der Gedanke ließ Mega unwillkürlich lächeln. Weil sie nicht an alte Männer dachte oder an meschuggene Geistliche oder Ratten oder flüsternde Bären. Oder auch nur an Eltern. Im Augenblick beschäftigte sie nur eins – das kristallklare Bild von einer rot-weißen Schachtel mit kleinen Plastikutensilien, Ladenverkaufspreis 1,39 Dollar plus Steuer.

Der Geist eines Poeten.

Nicht links gestrickt, nicht rational, nicht logisch.

Robert Carson war ein Poet, das schon, doch er war auch ein sehr cleverer Mann. Er lebte schon lange genug, um eine gewisse Fertigkeit in der Kunst, berechnend zu sein, schätzen gelernt zu haben – und außerdem war ihm die Art von Laster eigen, das ihm die Entwicklung solcher Fertigkeiten geradezu abverlangte.

Auf dem Rückweg zu seinem Bungalow setzte er diese Fähigkeit instinktiv ein und formulierte eine Theorie, die erklärte, was mit Megan geschehen war.

Dieser Dr. Peters hatte das Mädchen irgendwo gesehen – auf einer Party, in einem Restaurant, vielleicht in der Praxis von Megans Internisten oder Gynäkologen – und eine Art Besessenheit von ihr entwickelt. Irgendwie hatte er es geschafft, sie neulich betrunken zu machen und zu einer Therapiesitzung zu überreden. Er hatte sie mit List oder Gewalt dazu gebracht, diese Briefe zu schreiben, damit es so aussah, als wäre sie von zu Hause weggelaufen. Und jetzt lag sie gefesselt im Keller seines Hauses.

Carson konnte auswendig aus Ezra Pounds *Cantos* rezitieren und im Schlaf daktylische Hexameter schreiben, las aber auch den *National Enquirer* mit religiösem Eifer, und das Wort, das er in diesem Moment, in dem er an Megan dachte, nicht aus dem Kopf bekommen konnte, war *Sexsklavin.*

Natürlich gab es immer noch einige Details, die zu bestimmten Erklärungen nicht paßten. Doch eins war Carson sehr wohl klar: von Obsessionen verstand er wirklich etwas, und vor allem von Besessenheit von Megan McCall. Die ersten Sünden, die wir an anderen erkennen, sind immer unsere eigenen.

Carson ließ den Wagen in seiner Auffahrt mit quietschenden Bremsen anhalten und joggte mühsam ins Haus. Er ignorierte den Stapel seiner Post – kleine Zeitschriften von Universitätsverlagen und intellektuelle Hochglanzmagazine. Er war schon halb beim Telefon, als ihm aufging, daß jemand im Zimmer saß und ihn anstarrte.

»Himmel!« keuchte Carson atemlos. »Wer, zum Teufel, sind Sie? Wie sind Sie hier hereingekommen?«

Der Mann war etwa in Carsons Alter und schlank. Sehr ernst. Er strahlte Unerbittlichkeit und Härte aus. Er trug schmutzige Jeans und abgetragene Stiefel. Sein Arbeitshemd war fleckig. Er kaute Kaugummi oder Kautabak.

Er! Der Mann, den er vor einer Stunde am Schulhof gesehen hatte, der Mann, der ihn von oben bis unten gemustert hatte, als er mit Carole und deren Freundinnen gesprochen hatte.

Carsons Herz begann wie wild zu pochen.

Das bedeutet Ärger, großen Ärger.

Er blickte zum Telefon, doch er wußte, weshalb der Mann hier war und daß die Polizei die letzten Menschen waren, von denen Carson Hilfe erwarten konnte.

»Sie sind das also«, sagte der Eindringling mit einem großen Hinterwäldler-Akzent. »Nicht sehr eindrucksvoll.«

»Wer sind Sie?«

»Das ist also Ihre Bude, was? Ein Lehrer macht nicht viel Geld.«

»Ich habe Sie gesehen. Heute in der Schule. Sie sind mir gefolgt.«

»Ich bin Ihnen nur ein kurzes Stück gefolgt.«

Carson sah zu einem Schürhaken neben dem Kamin hin.

Der Mann hob sein Hemd, so daß der Pistolengriff zu sehen war. »Ich bin ein ziemlich guter Jäger, und es würde mir auch nicht schwerfallen, Sie umzupusten.«

»Was wollen Sie?«

»Sagen Sie mir eins, Herr Lehrer.«

Carson sagte nichts.

»Was sollte das Ganze, das möchte ich wissen.«

In dem Lehrer begann ein winziger Funke zu brennen. Wie eine Lunte.

»Sie will mir nicht sagen, wie alt sie war, als Sie es zum ersten Mal mit ihr getrieben haben. Sie sagte mir, es hätte ein bißchen weh getan. Und ein paar andere Dinge hat sie auch erzählt. Sie ist ziemlich durcheinander. Aber nicht zu durcheinander, um zu wissen, daß es ein Lehrer war, der sie gefickt hat.«

Wer ist es? fragte sich Carson. Von Megan abgesehen, hatte es nur zwei andere gegeben. Sarah? Jenny? Warte, das muß sie sein. Jenny. Die Magere aus dem Mittelbau. Kommt die nicht aus den Bergen North Carolinas? Außerdem war sie Jungfrau. Er glaubte nicht, daß sie einen Vater hatte, konnte sich jetzt aber nicht erinnern. Sie hatte behauptet, achtzehn zu sein, doch er hatte ihre Akte gesehen und zu seinem Entsetzen entdeckt, daß sie zwei Jahre jünger war. Eine glänzende Schülerin. Sie hatte die zweite und sechste Klasse übersprungen.

Jenny. Eine schöne Blondine. Selbst jetzt, in seiner Verzweiflung, zuckte es angenehm in seinem Unterleib, wenn er an die Stunden dachte, die sie im Bett verbracht hatten.

»Wie konnten Sie nur?« spie der Vater des Mädchens aus. »Ich bin auch ein Mann, und nach einem hübschen Gesicht drehe ich mich auch um, wie jeder. Aber doch nicht ein Mädchen. Das ist das Schlimmste, was ich mir überhaupt vorstellen kann. Ich kapiere einfach nicht, wie ein Mann so etwas tun kann.«

Das war eine Frage, die sich auch ein gequälter Carson häufig stellte.

Er ließ sich gegen den Tisch fallen.

»Sie liegt jetzt in einem Krankenhaus.«

»Jenny? Im Krankenhaus?«

Der Mann nickte. »Am Anfang hatte sie nur diese Alpträume, und dann hörte sie auf, zu essen und sich zu waschen. Sie sagen, sie hätte einen Nervenzusammenbruch gehabt. Mein Kind ... Was haben Sie meinem Kind angetan!«

»Aber sie hat mir gesagt, sie sei älter, als sie tatsächlich ist.«

»Dummes Zeug«, sagte der Mann mit einem höhnischen Grinsen. »Davon will ich nichts hören. Sie *war* ein Kind. Aber Sie haben ihr das genommen. Sie Scheißkerl.«

Der Kerl hat so einen Ausdruck in den Augen, dachte Carson. Er ist nicht sosehr zornig, sondern vielmehr kalt.

»Sie hält das, was passiert ist, für ihre eigene Schuld. Sie hat versucht, sich umzubringen. Wissen Sie, was sie getan hat? Sie hat Benzin genommen. Sie wollte sich das Gesicht wegbrennen, weil Sie ihr auf die Wange gekommen sind, das hat sie gesagt.«

»Das habe ich nie getan!«

Oder hatte er? Er konnte sich nicht erinnern. Benzin?

O Gott, was habe ich getan?

»Ich habe sie draußen gerade in dem Moment überrascht, in dem sie das Streichholz anriß. Ich habe sie gerettet.«

»O mein Gott, nein!« Carson war so vorsichtig gewesen. Er hatte sich nur gut angepaßte Mädchen ausgesucht. Reife, kluge und unabhängige Mädchen. Immer achtzehn Jahre alt oder kurz davor. Was er tat, war falsch, es war eine Sünde, doch er versuchte immer möglichst vorsichtig zu sein. Sicherzustellen, daß es, wenn es überhaupt Schmerz gab, der akzeptable Schmerz war, wie es ihn in jeder Beziehung gibt.

Doch tief in seinem Inneren wußte er um das Risiko. Für die Mädchen, für ihn selbst.

Carson brach in Tränen aus. »Es tut mir so leid.«

»Ich hab' oft daran gedacht, Sie umzubringen. Ich habe daran gedacht, Sie zu erpressen. Ich habe daran gedacht, alles der Schulaufsicht und der Polizei zu erzählen, damit die Sie zur

Schnecke machen, bis von Ihnen nur noch ein Häufchen Elend übrig ist. Doch das würde meinem Mädchen auch nicht helfen. Und sie ist diejenige, der ich helfen will.«

»Geld? Wie …«

»Sie Arschgeige«, zischte der Mann. »Glauben Sie, ich würde von Ihnen auch nur einen lausigen Dollar nehmen?«

»Tut mir leid.« Carson war inzwischen außer Atem. Er griff nach einer Flasche Scotch. Goß sich einen Drink ein und kippte ihn hinunter. »Was kann ich tun?«

»Sie sagt immer wieder, es sei alles ihre Schuld, es sei ihre Schuld. Sie habe was Schreckliches getan. Sie möchte alles wegbrennen, wo Sie sie vollgespritzt haben. Möchte sich die Haut abschneiden. Das ist alles, wovon sie redet.«

»Das arme Ding.« Carson weinte und goß sich noch einen Drink ein.

Der Vater des Mädchens sah ihn angeekelt an. »Sie heulen wie ein Baby. Sie sind kein Mann.«

»Es tut mir so leid.«

»Na schön.« Die Stimme wurde weicher. »Hören sie jetzt damit auf. Ich will es nicht hören. Ich sage Ihnen jetzt, weshalb ich gekommen bin. Ich will, daß Sie ihr sagen, wie sehr Sie bedauern, was Sie getan haben.«

»Ich werde gleich hingehen. Wo ist …?«

»O nein, mein Guter. Ich wünsche nicht, daß Sie ihr nahekommen. Sie müssen sie jedesmal beruhigen, wenn sie an Sie denkt.« Der Mann beugte sich vor. Seine Augen brannten.

»Was kann ich tun?«

»Sagen Sie ihr, daß es nicht ihre Schuld ist. Schreiben Sie ihr etwas, überzeugen Sie sie davon, daß sie ein guter Mensch ist und daß Sie der Übeltäter sind. Wenn Sie das tun, werde ich niemandem was sagen. Wenn nicht, gehe ich zur Polizei. Ich will es nicht, es würde schwer für sie sein, mit all den Zeitungen und so. Aber ich würde es tun. Ich würde es tun, um mein kleines Mädchen zu retten.«

Carson blickte in die düstere Zukunft und sah seinen gefährdeten Lehrerjob zerstört, diesen und jeden anderen, den er vielleicht hätte bekommen können. Ein Lehrer, der eine Schülerin verführt – das einzige Verbrechen, das wirksam verhindert, daß man je wieder eine Schule betritt.

Doch vielleicht gab es eine Rettung. Es sah so aus. »Ja, natürlich.« Er ergriff ein Blatt Papier und kippte einen Tonkrug um, um einen Bleistift, zu finden, einen kleinen schwarzen Bleistiftstummel, die Art Bleistift, mit der er seine Gedichte schrieb. So einen hatte auch Thomas Wolfe immer benutzt.

Jennys Vater stand auf und ging hinter ihm auf und ab.

»Was soll ich sagen?« fragte Carson. Er kippte drei kräftige Schluck Whiskey hinunter und wischte sich das Gesicht am Hemdsärmel ab. Er wartete darauf, daß seine Hände zu zittern aufhörten. Sie taten es nicht.

»Sagen Sie ihr, daß es nicht ihre Schuld ist. Es war was Schreckliches, Unbeschreibliches, was Sie da getan haben. Und Sie können nachts nicht schlafen, wenn Sie daran denken. Es frißt Tag und Nacht an Ihnen, es zerreißt Sie. Es war nicht ihre Schuld. Sie allein tragen die Schuld, und Sie würden alles dafür hergeben, es ungeschehen zu machen.«

»Ja, ja«, brummte Carson beim Schreiben.

»Schreiben Sie es ihr.«

Carsons Gekritzel war weitgehend nur für ihn selbst lesbar. Doch als er sich das arme Mädchen vorstellte, das in einem Krankenhausbett lag, gab er sich die größte Mühe, seine Hände vom Zittern abzuhalten. Er schrieb langsam und sorgfältig. Jedes Wort brannte sich ins Papier wie schwarzes Feuer.

Erst als Carson die letzten Zeilen hinschrieb und seine mit vielen Windungen versehene Unterschrift hinzufügte, ging ihm auf, daß der Carolina-Akzent des Mannes inzwischen kaum noch so betont klang, ja fast verschwunden war. Er runzelte die Stirn. Moment mal, dachte er. Dieser Knallkopf hat doch eben tatsächlich »Unbeschreibliches« gesagt?

Er blickte auf das, was er gerade geschrieben hatte.

O mein Gott. Nein …

Carson atmete vor Entsetzen röchelnd ein. Er drehte sich langsam um, und die Tränen liefen ihm über die Wangen. Plötzlich begriff er. »Sie sind Megans Arzt«, flüsterte er. »Sie haben sie.«

Als der Mann ihm den Brief mit gummibehandschuhten Fingern wegriß, sagte er mit plötzlich völlig anderer Stimme, vollkommen ruhig, überlegt und ohne jeden Akzent: »*›Denn es kommt die Stunde, in der alle, die in den Gräbern sind, seine Stimme hören werden, und werden hervorgehen, die Gutes getan haben, zur Auferstehung des Lebens, die aber Böses getan haben, zur Auferstehung des Gerichts.‹*«

Carson keuchte und zuckte zusammen, als er die Kühle von mehreren Litern einer eisigen Flüssigkeit auf dem Schoß spürte.

»Nein!«

Er sprang auf und versuchte verzweifelt, das Benzin abzuwischen.

Dicht neben seinem Ohr hörte er ein Klicken und Ratschen, als das Feuerzeug angezündet wurde. Er begann zu schreien.

22

Die verrückte Megan ist nicht mehr verrückt.

Sie ist stinksauer.

Megan umklammerte die Schachtel mit Plastikutensilien mit der Hand und stand auf halbem Weg zur Kapelle in einem Alkoven des dunklen Korridors.

Bleiches Mondlicht strömte durch die vergitterten Fenster und fiel in geometrischen Mustern auf den schäbigen Fußboden. Megan rannte durch Lichtkegel, um schnell wieder im Schatten Zuflucht zu suchen. Dann preßte sie sich an die Wand. Lauschte.

Da!

Sie hörte ein Schlurfen und das Tappen von dem verdammten Stock des alten Mannes. Vielleicht ein geflüsterter Atemhauch, das Flattern von Flügeln.

Doch dann gelangte sie zu dem Schluß, daß es egal war. Es kam nicht darauf an, ob er an diesem schrecklichen Ort oder in den Korridoren ihrer Phantasie lebte. Er besaß die Macht, sie zu töten. Ihren Geist mit Furcht zu zerstören.

Wieder ein Schlurfen, wieder dieses Tappen.

Sie schnappte keuchend nach Luft und schloß die Augen, blieb dann vollkommen still stehen. Das ist nicht Wahnsinn. Das ist der alte Mann. Er ist real. Scheiße. Und er ist da draußen. Aber wo? Wo, zum Henker, steckst du?

Ein stotternder Atem ganz in der Nähe. *Sein* Atem.

Megan preßte sich an die Wand und begann, sich stumm Zeile für Zeile durch Janis Joplins Album *Greatest Hits* durchzuarbeiten. Bei *Me and Bobby McGee* weinte sie lautlos, wurde dann aber wieder trotzig, als sie im Kopf *Down on Me* mitsang.

Am Ende war es die Kälte, die sie zum Weitergehen drängte. Kühle Luft, in der der widerliche scharfe Geruch von Verwesung waberte, wirbelte um sie herum und ließ ihre Zähne so laut klappern, daß sie die Zunge dazwischenstecken mußte, damit es endlich still wurde. Zehn endlose Minuten später befand sie sich an der Tür zur Kapelle und betrat sie leise. Sie warf einen prüfenden Blick auf die Schatten hinter der Tür.

Nichts. Keine alten Männer, keine Geister.

Einen weiten Bogen um den Sarg schlagend, eilte sie zum Altar und schlüpfte hinter den weinroten Vorhang. Dann hielt sie inne und lauschte. Keine Schritte, kein Tappen, kein Geklirr von Hundehalsbändern. Kein unheimliches Wehklagen. Nichts. Megan lächelte und rieb die Hände an der Wand.

Rigips.

Sie erinnerte sich, wie sie vor mehreren Jahren einmal im Haus ihres Vaters gewesen war. Er war damals mit einer Frau befreundet, die drei Kinder hatte. Es war typisch für ihn, daß er sich überlegte, ob er sie heiraten sollte. Er hatte sogar schon ein Bauunternehmen beauftragt, das Schlafzimmer im Erdgeschoß in zwei kleinere aufzuteilen. Als die Bauarbeiten halb fertig waren, trennten sich die beiden, und der Umbau blieb unvollendet.

Megan erinnerte sich aber, wie sie die Bauarbeiter dabei beobachtet hatte, wie sie die Rigipsplatten mühelos mit kleinen Sägen durchschnitten.

Sie nahm ein Plastikmesser aus der Schachtel. Es sah nach nichts aus – wie ein Spielzeug –, und für einen Augenblick machte sie die Aussichtslosigkeit ihres Plans ganz niedergeschlagen. Doch dann fing sie an zu schneiden. Ja! Nach fünf Minuten hatte sie einen kleinen Schlitz in die Wand geschnitten. Die Klingen waren schärfer, als sie erwartet hatte.

Sie sprach ein kurzes Dankgebet. Sie dachte, daß Gott einen gewissen Sinn für Humor haben mußte, wenn es ihn gab, und wahrscheinlich nichts dagegen hätte, daß sie ihm ihre Dankbarkeit in den Himmel beamte, weil er ihr half, aus einer Kirche auszubrechen.

Etwa fünfzehn Minuten lang ging es mit dem Schneiden gut. Dann wurde der gezackte Rand der Klinge urplötzlich glatt und stumpf. Sie versteckte das Messer unter der Kanzel und nahm sich ein neues. Fing wieder an zu schneiden. Doch schon bei der ersten Bewegung verschlug es ihr fast den Atem, als sie einen unglaublichen Schmerz in der Handfläche spürte. Sie ließ die Klinge fallen und berührte behutsam die Hand. Die geriffelte Oberfläche am Griff des ersten Messers hatte die Haut in der Mitte ihrer Lebenslinie wund gescheuert. Megan preßte die Handfläche an die Wange und spürte etwas Feuchtes. Blut oder vielleicht die Flüssigkeit einer geplatzten Blase.

Sie taumelte vor Schmerz, ließ den Kopf auf die Gipsplatte sinken und atmete deren feuchten Steinduft ein, was eine Erinnerung an Joshua wachrief. Er malte manchmal auf Gipskartonplatten, und dieser beißende Geruch erinnerte sie an sein Studio. Tränen schossen ihr in die Augen.

Nein, ermahnte sie sich. Denk nicht an ihn. Du brauchst ihn nicht. Du brauchst überhaupt niemanden. Du kommst allein sehr gut zurecht. Sie streckte die Hand in die Achselhöhle und drückte fest zu. Als sie darauf wartete, daß sich der Schmerz legte, maß sie die Länge des Schnitts in der Gipsplatte. Rund achtzehn Zentimeter. Acht oder neun Messer müßten also ausreichen, um ein so großes Loch zu schneiden, daß sie hindurchschlüpfen konnte.

Wie lange würde das dauern? Vier Stunden? Fünf?

Allerdings hatte sie zwei Dinge nicht vorhersehen können. Erstens, daß ihre rechte Hand jetzt nutzlos war; das lag vor allem an der schrecklichen Blase, aber auch an einem Krampf tief in den Muskeln von Handfläche und Unterarm.

Zweitens: Der Wagen, den sie jetzt auf der langen Kiesauffahrt zum Gebäude vorfahren hörte.

In Panik sammelte Megan in aller Eile die Messer zusammen und stopfte sie unter die Kanzel. Dann pustete sie den Gipsstaub auf dem Fußboden neben dem Schnitt in der Gipsplatte weg. Der Schnitt selbst war hinter dem Samtvorhang vollständig verborgen.

Sie hörte das mahlende Surren eines elektrischen Garagentoröffners. Doch keine Laute von dem alten Mann. Er schien zu schlafen.

Es sei denn, er wartete im Korridor auf sie.

Oder unter ihrem Bett.

Oder *in* ihrem Bett.

Megan rannte aus der Kapelle, durch den Korridor, bewegte sich von Schatten zu Schatten. Irgendwo weit weg in dem Gebäudekomplex knallte eine Tür zu. Ferne Schritte auf Holz.

Sie ließ sich auf Hände und Knie fallen und warf einen Blick in ihr Kaninchenloch.

Schritte hinter ihr, die immer näher kamen. Kein Schlurfen. Zielbewußte Schritte.

Die Schritte des Mannes, der an alles denkt.

Sie lauschte. Als sie aus ihrem Zimmer nichts hörte, holte sie zweimal tief Luft und kämpfte sich mühsam zurück durch das Loch in der Wand. Sie setzte das Gitter wieder ein und preßte dann die Metallplatte auf ihrer Seite des Heizungsrohrs gegen die Badezimmerrückwand.

Schritte, die näher kamen.

Als sie ihnen lauschte, dachte sie unter Tränen: Er hat Schuhe an.

Oh, wie sehr sie sich ein Paar Schuhe wünschte.

Näher. Megan wälzte sich auf die Seite und kletterte ins Bett, schloß die Augen.

Die Schritte hielten vor der Tür inne.

Du. Darfst. Jetzt. Keinen. Muskel. Bewegen.

Was wird er tun? Kommt er rein? Wird er mich vergewaltigen, ermorden, auf Video aufnehmen?

Ihr Atem ging so schnell und stoßweise, daß ihre Brüste hüpften wie kabbelige Wellen. Beruhige dich. Komm zur Ruhe. Ihr Unterkiefer zitterte vor Kälte und Furcht. Wieder mußte sie die Zunge zwischen die Zähne klemmen.

Dann nichts.

Die Tür ging nicht auf. Es gab einen langen Augenblick der Stille, und dann entfernten sich die Schritte, als Matthews weiter nach seinem Vater suchte, wie sie annahm. Um von dem alten Mann zu erfahren, ob ihr Gast sich ordentlich benommen hatte.

Weitere Stille. Megans Erleichterung verblaßte, und sie wurde nervös. Wo ist er? Was geht da draußen vor? Sie haßte es zu wissen, daß er da draußen war, doch es machte ihr noch mehr angst, nicht zu wissen, wo er war.

Fünf Minuten verstrichen. Zehn. Fünfzehn. Das Hanfseil fraß sich ihr in die Haut. Doch sie hatte zuviel Angst, um sich zu bewegen.

Du Scheißkerl, dachte sie. Wenn ich hier rauskomme …

Dann plötzlich: Über ihrem Kopf, direkt vor dem Fenster, eine wirbelnde Bewegung. Sie hatte die Augen fast ganz geschlossen, konnte aber sehen, wie eine riesige Krähe, die einen Meter achtzig groß war, vor ihrem Fenster landete. Sie faltete ihre Flügel zusammen. Dunkelheit erfüllte den Himmel über ihr.

Sie keuchte vor Entsetzen auf und erstarrte.

Er stand über ihr und blickte herein. Aaron Matthews. Er trug einen langen schwarzen Mantel. Sein hageres Gesicht musterte sie sehnsuchtsvoll. Sie wimmerte leise und erlaubte es nicht einem einzigen Muskel, sich zu bewegen.

Dann war der Schatten verschwunden.

Der Todesengel, dachte sie.

Wollte es nicht. Tat es aber.

Langsam blickte sie hoch und sah in dem grellen Mondschein, wie sich Matthews' dunkle Gestalt über den Hinterhof vom Haus entfernte.

Sie preßte das Gesicht gegen das kalte Glas. Sie bemerkte drei oder vier der schwarzen Hunde, die wie der aussahen, den sie gesehen hatte. Sie standen auf einer Lichtung nicht weit vom Haus beieinander. Sie starrte die Stelle lange an, bis ihr aufging, daß sie die Überreste von etwas betrachtete, was einmal gelebt hatte. Ihr stockte der Atem. Blutige Knochen und Stoffetzen. Was immer es war, die Tiere hatten es sorgfältig abgenagt.

Sie spürte, wie Übelkeit in ihr aufstieg und stärker wurde.

Matthews betrat eine große Lichtung, auf der das graue Podium stand. Darunter zog er etwas Sperriges hervor, ließ es zu Boden fallen und begann, in der weichen Erde ein Loch zu graben. Er benutzte eine Schaufel mit langem Griff. Der Mondschein glitzerte blau auf dem Werkzeug und seinen langen Händen. Als er rund achtzig Zentimeter ausgehoben hatte, kletterte er aus dem Loch und hob den Gegenstand auf, den er unter der Plattform hervorgezogen hatte.

Es war ihr Rucksack, wie Megan erkannte. Den sie in Tates Haus aufbewahrt hatte. Er sah voll aus.

Wann hat er ihn in die Hand bekommen? Warum?

Er warf den Rucksack in das Loch und bedeckte ihn dann mit Erde.

Dann kletterte Matthews auf das Podium, auf dem er auf und ab schritt. Er blickte auf die Rasenfläche, die mit dem Frost von Mondschein bestäubt war. Er hob die Hände und schien zu sprechen. Erst leise, dann immer leidenschaftlicher. Er kam Megan vor wie ein Dirigent.

Dann wurde er heftig. Ballte die Fäuste. Paradierte auf der

Plattform auf und ab, zeigte mit einem Finger auf sein imaginäres Publikum, lächelte, runzelte die Stirn, redete sich dann immer mehr in Wut.

Und plötzlich, als hätte sie seinen Namen gerufen, drehte Matthews schnell den Kopf um und blickte direkt zu ihrem Fenster hin.

Ihrem Mund entrang sich ein kurzer Aufschrei.

Er kann mich sehen!

Der Mond schien ihr blauweiß und blendend voll ins Gesicht. Matthews' Augen lagen im Schatten, doch sie wußte, daß er den Blick nicht von ihr wandte. Er ließ die Hand an den Seiten schlaff herunterhängen und drehte sich zu ihr um.

Der Todesengel schritt langsam von der Plattform hinunter.

Sie ließ sich aufs Bett fallen und wimmerte vor Angst.

Geh weg! Bitte! Laß ihn verschwinden!

Sie rollte sich wie gelähmt zu einem Knäuel zusammen. Sie hatte Angst, die Augen zu schließen und dann nicht mehr zu wissen, wo er sich befand. Hatte aber auch Angst, sie offenzuhalten und zu sehen, wie er das Fenster über ihr ausfüllte.

Fünfzehn Meter weg?

Drei?

Wo. Ist. Er?

Sie blieb reglos liegen und lauschte nach seinen Schritten da draußen. Sie hörte aber nichts. Erwartete fast, daß er durchs Fenster hereinflog und sie festhielt, während der alte Mann seinen spitzen Stock in sie stieß. Erwartete, daß er sie auf das Feld hinaustrug und bei lebendigem Leib in dem flachen Grab begrub …

Sie lauschte, konnte aber nichts weiter hören als das Blut, das ihr in den Ohren pochte, und ihr stakkatohaftes Atmen.

Wo?

Megan hörte nichts.

Sie schluchzte und wälzte sich auf den Fußboden. Sie bedeckte den Kopf mit den Armen.

Wo ist er? Wo, wo?

Kurz vor Mitternacht gaben sie weitere Versuche auf, Joshua LeFevre zu erreichen.

Tate und Bett hatten mehrmals versucht, ihn anzurufen. Er hatte nie abgenommen oder auf das reagiert, was sie ihm auf den Anrufbeantworter gesprochen hatten. Sie waren sogar nach Washington gefahren, um sich bei seinen Nachbarn zu erkundigen, doch seit dem frühen Nachmittag hatte ihn niemand mehr gesehen.

Sie hatten ihm eine Nachricht an die Tür geklebt und waren dann nach Fairfax zurückgefahren. Doch als Tate den Blinker betätigte und in die Ausfahrt zu Bett einbiegen wollte, fragte sie: »Könnten wir nicht einfach ein bißchen durch die Gegend fahren?«

»Aber natürlich.«

Er fuhr nach Centreville weiter, das etwas städtischer wirkte als Fairfax, nahm dann die nächste Ausfahrt auf dem Expressway und bog in eine leere Landstraße ein.

»Tate«, überlegte Bett, »wenn wir sie finden …«

»Wenn wir sie gefunden *haben.*«

»Was ist, wenn sie so wütend auf uns ist, daß sie nicht nach Hause kommen will?«

»Wir werden sie dazu überreden«, erwiderte er.

»Könntest du das? Was meinst du? Sie dazu überreden, wieder nach Hause zu kommen?«

»Ich weiß nicht. Ich glaube schon.«

»Es ist dein Job, Leute zu etwas zu überreden.«

Er lachte. Ob er es schaffen konnte, Megan zu einer Rückkehr zu bewegen?

Es gibt einen transzendenten Augenblick bei einer Debatte, in dem der Gegner das Gewicht der Logik, der Tatsachen und vielleicht sogar das bessere Urteil auf seiner Seite hat, und dennoch siegt man über ihn. Indem man ihn in eine bestimmte Richtung lenkt, bringt man ihn dazu, seine gesamte Argumentation auf eine anscheinend unwiderlegliche Grundlage zu stellen, deren Logik makellos ist. Die man jedoch gleichwohl zerstört, während man gleichzeitig die Symmetrie der gegnerischen Argumente akzeptiert.

Es ist ein Moment, wie Tate in seinen Kursen immer wieder sagte, wie beim Fechten, nämlich wenn der aufgenähte Herzfleck von der feinen Florettspitze berührt wird. Es gibt kein wildes Herumrudern, keine schweren Hiebe oder Stiche, sondern nur ein einfaches, unerwartetes tödliches Antippen.

Alle Katzen können im Dunkeln sehen. Mitternacht ist eine Katze. Deshalb kann Mitternacht im Dunkeln sehen.

Unwiderlegbar.

Es sei denn, Mitternacht ist blind.

Wie sehr er sich wünschte, in diesem Augenblick Megan gegenüberzusitzen und ihr zu erklären, daß es zwischen ihnen nicht gestimmt habe, o ja, er habe Fehler gemacht, ihr Leben sei nicht so verlaufen, wie er es gehofft habe, doch es sei noch nicht zu spät – ganz und gar noch nicht zu spät.

»Wir werden sie dazu bringen, nach Hause zu kommen«, sagte er zu Bett.

Nach einem Moment fragte sie: »Wo, glaubst du, ist sie? In diesem Augenblick. Was tut sie?«

Er gab keine Antwort.

Bett klappte den Make-up-Spiegel herunter, um Lippenstift aufzulegen. Tate fühlte sich plötzlich an den Abend zurückversetzt, an dem sie sich kennenlernten – bei dieser Party in Charlottesville. Er hatte sie hinterher nach Hause gefahren und danach eine halbe Stunde am Lenkrad seines Wagens gesessen, um jede Spur ihres pinkfarbenen Lippenstifts zu beseitigen.

Fünf Wochen später hatte er vorgeschlagen, sie sollten zusammenziehen.

Eine zweijährige Romanze auf dem Campus. Er hatte sein Jurastudium in dem Jahr beendet, in dem Bett ihren College-Abschluß machte. Sie verließen das idyllische Charlottesville und zogen nach Washington, wo er als Rechtspraktikant arbeitete; Bett bekam einen Job als Geschäftsführerin einer alternativen Buchhandlung. Sie führten das unauffällige, leichte Leben, das

Washington einem jungen Paar, das gerade erst anfing, zu bieten hatte. Tates Trost war sein Job, während Bett sich damit tröstete, daß sie endlich näher bei ihrer Zwillingsschwester war, die in Baltimore lebte und damals zu krank gewesen war, um nach Charlottesville zu reisen.

Im Mai hatten sie geheiratet.

Sein Plantagenhaus im Kolonialstil war im nächsten Frühling erbaut worden.

Megan kam zwei Jahre später zur Welt.

Und drei Jahre danach waren sie geschieden.

Wenn er auf ihre Beziehung zurückblickte, war sein perfektes Gedächtnis nicht mehr so perfekt. Das, woran er sich erinnerte, schienen nur spitze Inselgipfel zu sein, die sich über einer riesigen Gebirgskette unter Wasser erhoben. Die zierliche, ätherische Frau, die er auf der Party gesehen hatte, die ein trauriges Seemannslied sang, in dem es um einen Abschied ging. Spaziergänge auf dem Land. Autofahrten durch die Blue Ridge zu den Massanutten Mountains. In einem Wald in der Nähe der Höhlen von Luray hatten sie sich geliebt. Tate hatte sich schon immer gern im Freien aufgehalten – er dachte an die Getreidefelder und die Barbecues im Garten. Betts Interesse am Leben an der frischen Luft meldete sich nur in der Abenddämmerung. »Wenn die Linie zwischen den Welten am dünnsten ist«, hatte sie ihm einmal gesagt, als sie auf der Veranda eines Gasthauses tief in den Appalachen gesessen hatten.

»Welchen Welten?« hatte er gefragt.

»Sschh, hör zu«, hatte sie gesagt und ihn bezaubert, obwohl er wußte, daß es eine Illusion war. Was vielleicht die stärkste Verzauberung ist, die es gibt.

Betty Sue McCall, die ihre Zwillingsschwester sosehr liebte, mit der sie ein mystisches Band verband, das sogar dem rationalistischen Tate zu schaffen machte. Bett McCall, Folksängerin mit kehliger Stimme, Sammlerin des Unerklärten, Geheimnisvollen, Unsichtbaren …

Tate war sich nie darüber klar geworden, ob ihr sublimer, geheimnisvoller Nimbus ihre Liebe fälschlicherweise größer erscheinen ließ, sie verdunkelte oder tatsächlich der Wesenskern ihrer Liebe war.

Am Ende kam es darauf natürlich nicht an, denn sie trennten sich vollständig und entfernten sich emotional, wenn auch nicht körperlich weit voneinander. Betty Susan McCall wurde für ihn, was sie in der Zeit seiner ersten Verliebtheit gewesen war: die dunkle Frau seiner Phantasie.

Heute half sie ihrer Schönheit vor dem Spiegel ein wenig nach, rieb an einer unsichtbaren Narbe, was er sie schon sooft hatte tun sehen. Dann klappte sie den Spiegel wieder hoch.

»Fahr rechts ran, Tate.«

»Was ist los?«

»Halt einfach an.«

Er tat es und fuhr in die Einfahrt zum Bull Run Battlefield Park.

Bett stieg aus und ging den sanften Abhang hinauf, womit sie einen Schwarm Zikaden in der Nähe zum Schweigen brachte. Tate folgte ihr, und als sie sich auf ebenem Boden befanden, blieben sie stehen und blickten gleichzeitig zu den Millionen Sternen am Himmel hoch.

»Was ist, Bett?« fragte er, dachte dabei aber: Was ist es, was ihr Macht über mich verleiht? Worin besteht dieser Zauber? Dann fragte er vorsichtig: »Es geht aber jetzt nicht um sie, oder?«

»Nein.«

Er lachte matt, als er sie den Nachthimmel anstarren sah. »Hältst du nach einer Sternschnuppe Ausschau, die dir bei einer Entscheidung helfen soll?«

Sie senkte den Kopf und riß sich von den Myriaden von Sternen dort oben los. »Das wäre schon hilfreich, natürlich. Aber ich will dir eins verraten: Ein Geist oder zwei Geister wären mir lieber.«

»Dann sind wir hier genau richtig. General Jackson ist genau aus diesen Bäumen da drüben rechts hinausgestürmt und brachte die Nordstaaten-Jungs auf der Stelle zum Stehen. Genau hier hat er sich den Namen Stonewall verdient.« Glitzerndes Mondlicht spiegelte sich in den schwarzen Kanonenläufen der Nordstaatler in der Ferne.

Plötzlich wandte sich Bett zu ihm um, nahm seine Hand und zog ihn zu sich heran. Sie zog ihn fast verzweifelt zu sich herunter und küßte ihn mit größerer Glut als je zuvor, wie er meinte. Dann traten sie auseinander, beide erschrocken, und blickten nach oben. Und dort standen sie nun und beobachteten den Himmel. Als kein Geist sich einschaltete und kein weißer Feuerstrahl den Himmel teilte, legte er den Arm um sie und geleitete sie zu seinem Wagen. Sie fuhren zurück zu seinem Haus, wo er sie zu seinem Bett führte. Sie erstaunten einander damit, wie schnell das Fremdartige vertraut wurde, als ihre Leiber miteinander verschmolzen und augenblicklich in den Rhythmus verfielen, den keiner von ihnen vergessen hatte. Und dann, als schon nachtschwarzer Morgen war, sanken sie in den Schlaf, er mit der Vorderseite an ihrem Rücken. Ihr Atem war symmetrisch, und er hatte ihr die Hand um die Brust gelegt – eine Stellung, die sich schon vor Jahren wie von selbst ergeben hatte.

DONNERSTAG

Sünden der Väter

Höret, ihr Engel, und Erde, nimm zu Ohren,
denn der Herr redet!
Ich habe Kinder großgezogen und hochgebracht,
und sie sind von mir abgefallen!

Der Prophet Jesaja, Kap. 1, Vers 2

23

Wenn Tate sich an die Leidenschaft erinnerte, erinnerte er sich so an sie.

Hinterher.

Am Morgen.

Betts weißer Teint auf dem weißen Laken, das Gewirr ihres aggressiv rotbraunen Haars, das üppig auf dem Kissen lag. Das Morgenlicht drang durch die Vorhänge des Schlafzimmers herein, das sie gemeinsam eingerichtet hatten; das Licht tauchte die Szene in eine bleiche Einfarbigkeit.

Er schloß die Augen, und für einen Augenblick kam es ihm vor, als hätte sich eine Lebensspanne nicht ereignet, als würde er fast zwei Jahrzehnte zuvor an einem Apriltag in diesem Haus und in diesem selben Bett aufwachen, ohne daß es zu Tragödien kam, ohne freudige Ereignisse, ohne Ereignisse überhaupt – als wären er und Bett in irgendeiner wundersamen Zeitfalte steckengeblieben. Das Leben lag vor ihnen und wartete auf sie, und sie konnten daraus machen, was sie wünschten.

Er verließ das Bett und trat ans Fenster. Er blickte auf den Garten hinunter und das angrenzende Feld – die hinteren sechzig Morgen. Er blickte auf das Land, als hätte er es noch nie gesehen.

Das Land Colliers wurde konservativer bewirtschaftet als die meisten Farmen in Piedmont: vier Felder mit einem jährlichen Fruchtwechsel zwischen Soja einerseits und Mais und Roggen andererseits.

»Hör mir zu, Tate«, hatte der Richter immer gesagt.

Und der Junge hatte immer zugehört.

»Was ist eine Hülsenfrucht?«

»Eine Erbse.«

»Nur eine Erbse?«

»Nun, Bohnen auch, glaube ich.«

»Erbsen, Bohnen, Klee, Luzerne, Wicken ... das sind alles

Hülsenfrüchte. Die helfen dem Boden. Was passiert, wenn man Jahr für Jahr Getreide anbaut?«

»Ich weiß nicht, Sir.«

»Der Erdboden verdirbt im Handumdrehen.«

»Wie kommt das, Richter?«

»Weil Hülsenfrüchte den Stickstoff aus der Luft holen. Kornfrüchte entnehmen ihn dem Boden.«

»Oh.«

»Wir werden die Sorten Mammoth Brown und Yellow als Futterpflanzen für die Silage anbauen und auch Virginia-Sojabohnen. Dann noch Saatgut und Heu. Wie bereitest du das Land vor?«

»So, als wollte ich Mais anpflanzen«, erwiderte der Junge, wie er es gelernt hatte. »Dann säe ich mit einer Weizen-Drillmaschine breitwürfig aus.«

Aus heiterem Himmel sah der Richter den Jungen dann an und fragte: »Fluchst du, Tate?«

»Nein, Sir.«

»Hier. Lies mal.« Der Mann drückte Tate dann ein altes Rundschreiben des Landwirtschaftsministeriums von Virginia in die Hand. Ein eingekreistes Kapitel beklagte das zunehmende Fluchen bei jungen Farmern. (»Selbst einige unserer Mädchen haben diese bedauerliche Gewohnheit angenommen.«)

»Ich werde es mir merken, Richter«, sagte Tate und erinnerte sich ohne jedes Schuldgefühl daran, wie er gerade erst am Donnerstag in Junior Foote geflucht hatte wie ein Bierkutscher.

Der Richter blickte auf seine Felder und fuhr fort: »Aber wenn du es irgendwann *doch* notwendig finden solltest, dir mal Luft zu machen, solltest du dich vergewissern, daß keine Frauenzimmer in der Nähe sind. Es ist fast Zeit fürs Abendessen. Gehen wir nach Hause.«

Tate übernachtete im Haus seiner Großeltern genausooft wie bei seinen Eltern und nahm dort auch viele Mahlzeiten ein. Als sich der Richter ans Kopfende des langen Tischs setzte, der sich unter Speisen bog, kam es vor, daß Tates Großmutter flüsterte:

»Karfreitag ist der einzige Tag, an dem man Bohnen pflanzen soll.«

»Das ist doch reiner Aberglaube, Oma«, sagte der kleine Tate zu ihr, einer Frau, die so gütig war, daß sie einen Widerspruch als Kompliment ansah. »Soja kann man den ganzen Juni über pflanzen.«

»Nein, junger Mann. Und jetzt hör mir mal zu.« Sie blickte hoch, um sich zu vergewissern, daß ihr Mann nicht zuhörte. »Wenn du beim Pflanzen von Mais laut lachst, bedeutet das Ärger. Ich meine großen Ärger. Kartoffeln und Zwiebeln sollte man pflanzen, wenn der Mond nicht zu sehen ist, und Mais am besten bei Mondschein.«

»Das ergibt doch gar keinen Sinn, Oma.«

»Tut es doch. Wurzelgemüse und Knollenfrüchte wachsen in der Erde, und folglich pflanzt man sie, wenn der Mond nicht zu sehen ist. Kornfrüchte wachsen über dem Erdboden, und folglich pflanzt man sie im Licht.«

Tate mußte zugeben, daß darin eine gewisse Logik steckte.

»Außerdem ist es schlecht, Schweine zu schlachten, wenn der Mond nicht zu sehen ist.«

»Für die Schweine bestimmt«, erklärte Tate.

Als er an diesem Morgen auf seine Felder blickte, hörte Tate hinter sich eine Stimme.

»Hallo, Morgen.«

Bett drehte sich auf den Rücken und bedeckte die Brüste mit der Decke. Er kehrte ins Bett zurück. Sie ergriff seine Hand und drückte sie kurz, dann strich sie sich das Haar aus dem Gesicht.

»Was ist passiert?« fragte sie.

»Die Erde hat gebebt.«

Sie lachte und vergrub den Kopf an seinem Hals; es war eine mädchenhafte Geste, zu der sie immer dann griff, wie er sich erinnerte, wenn sie verlegen und glücklich war. »Wenn solche Dinge« – sie machte eine vage Geste mit dem Arm – »mit uns passieren, sollten wir dann nicht fragen, wie es dazu gekommen ist?«

»Ein ehelicher Rückblick.«

»Ein *ex*-ehelicher Rückblick.«

Er sagte, er glaube nicht, daß das unbedingt auf der Tagesordnung stehe, und sie erwiderte, wahrscheinlich habe er damit recht.

»Oh, was ist das da? Sieh mal.«

Er warf einen Blick auf den Vogel, der unruhig draußen auf der Fensterbank saß.

»Das müßte ein, laß mich mal überlegen, ein gewöhnliches Gelbkehlchen sein. Nistet am Erdboden und sucht sich sein Futter in den Baumwipfeln.«

Ihr Lachen verjagte den Vogel. »Du kennst alle diese *Fakten.* Wo lernst du das alles?«

Eine Freundin, dreiundzwanzig Jahre alt, war Hobby-Ornithologin.

»Ich lese eine Menge«, sagte er.

»Was denkst du gerade?« fragte sie nach einem Augenblick.

Eine Frage, die Frauen immer dann zu stellen scheinen, wenn sie mit einem Mann in der Horizontalen liegen.

»Daß wir noch nicht miteinander durch sind?« fühlte er vor.

Sie ließ sich seine Worte durch den Kopf gehen. »Ich dachte immer, zwischen uns sei alles zu Ende. Doch dann fing ich an, es so zu sehen, als schriebe man sein Testament, bevor man ein Flugzeug besteigt.«

»Wie kommt das?«

»Wenn die Maschine abstürzt, nun ja, vielleicht werden dann all diese losen Enden verknüpft, aber möchte man nicht trotzdem noch ein kleines bißchen länger am Leben bleiben?«

Er lachte. »Das nenne ich eine Metapher.«

Sie verbrachte einen Augenblick damit, sich im Raum umzusehen. »Erinnerst du dich an dein Auftreten vor dem Obersten Gericht vor fünf Jahren? In dieser großen Bürgerrechtssache? Als die *Post* diesen großen Artikel über dich brachte? Ich habe allen Leuten erzählt, du seist mein Ex-Mann. Ich war wirklich stolz auf dich.«

Er war überrascht.

»Weißt du, was mir damals durch den Kopf ging, als ich von dir las? Ich hatte das Gefühl, daß du meine Stimme warst, als wir noch verheiratet waren. Damals hatte ich keine eigene.«

»Du warst sehr still, das stimmt«, sagte er.

»Das ist es, was uns passiert ist, glaube ich. Zumindest zum Teil. Ich mußte meine Stimme erst finden.«

»Und als du dann anfingst, danach zu suchen … bye-bye. Bei dir gibt's keine halben Sachen. Keine Kompromisse. Kein Verhandeln.« Er sagte dies ohne jede Beschönigung.

Die frühere Bett wäre erstarrt oder in ihr rätselhaftes Schweigen abgetaucht. Doch die Frau, die jetzt neben ihm lag, war ein anderer Mensch. Sie nickte bestätigend. »So war ich. Ganz genau. Ich war so starr. Ich hatte immer die richtige Antwort. Wenn etwas nicht perfekt lief, war ich weg. Job, Unterricht … Ehemann. O Tate, ich bin überhaupt nicht stolz darauf. Ich glaube aber, ich habe mich geändert. Megan … na ja, wenn man ein Kind hat, ändern sich die Dinge schon. Man wird mehr …«

»Nachsichtiger?«

»Du kennst immer das richtige Wort.«

Er sagte: »Damals hatte ich keine Ahnung, was du denkst.«

Vielleicht waren ihre Gedanken bei dem bevorstehenden Essen. Bei König Arthur. Bei einer Fußnote einer Abschlußarbeit fürs College. Vielleicht dachte sie an ein Buch über Tarot-Karten, das sie vor kurzem gelesen hatte.

Vielleicht hatte sie sogar an ihn gedacht.

»Ich hatte immer Angst davor, in deiner Nähe etwas zu sagen, Tate. Dann hatte ich immer Maulsperre. Als hätte ich nichts zu sagen, was dich interessieren könnte.«

»Ich liebe dich nicht wegen deiner rednerischen Fähigkeiten.« Er verstummte kurz, als ihm die Zeitform des Verbs aufging. »Ich meine, das ist es nicht, was mich damals an dir anzog. Damals.«

Sie schien einen langen Moment mit einem Gedanken zu ringen, doch er hatte den Eindruck, daß sie sich schon ausgiebig überlegt hatte, was sie sagen wollte. »Da ist etwas, was ich über dich gedacht habe, Tate. Etwas, was mir plötzlich durch den Kopf schoß.«

»Nämlich was?«

»Was hast du von deinem Großvater gehalten?«

»Ich habe ihn bewundert. Das weißt du doch.«

»Und deinem Vater?«

»Worauf willst du hinaus?«

Sie hielt kurz inne und sagte dann: »Du wolltest der Richter sein, nicht wahr?«

Er überlegte. »Das ist mir nicht bewußt.«

»Du wolltest eine große Familie.«

»Natürlich wollte ich das.«

»Wie der Richter.«

»Wahrscheinlich«, gab er zu.

»Warum wurde dein Vater enterbt?«

»Er wurde gar nicht enterbt.« Sowohl Tates als auch ihr Vater waren Nutznießer eines großzügigen Stiftungsfonds, den der Richter eingerichtet hatte. Doch das war es nicht, was sie wissen wollte. »Du meinst, warum ich die Farm bekam und somit die Familientradition der Colliers fortführen konnte?«

»Das habe ich gemeint, ja.«

»Weil der Richter und ich einander wirklich nahestanden.«

Tate fragte sich, wohin dieses Gespräch führen sollte. Er seufzte. »Na schön. Die Wahrheit ist, daß der Richter wollte, daß Dad Rechtsanwalt wird. Beim Appellationsgericht. Und Dad hielt nichts von dieser Idee. Du erinnerst dich an ihn. Er war ein Einzelgänger. Er liebte seine Bergflüsse, sein Fischen, seine Hunde. Er war ein stiller Mann.«

»Der Richter wollte einen Sohn, der ihm ähnlich war. Und als er das nicht bekam, wurde er rachsüchtig.«

»Nein«, entgegnete Tate, doch seine Stimme klang unsicher.

»Das setzt dir zu, nicht wahr?«

»Nicht wirklich. Nun ja, doch, es stimmt.« Und dachte: Mein Gott, mit wem liege ich hier? Ist dies die Frau, mit der ich kaum je gesprochen habe, als ich noch mit ihr verheiratet war?

»Ist irgendwas passiert? Gab es einen Zwischenfall?«

»Nein«, erwiderte er schnell.

Natürlich zu schnell.

»Was denn, Tate?«

»Nichts. Es war keine große Sache.«

»Aber etwas war es schon?« Sie lächelte und ermunterte ihn weiterzusprechen.

»Wirklich, eigentlich nichts. Aber einmal ... Ich denke manchmal immer noch daran. Ich war dreizehn. Es war ...«

»Sprich weiter, Tate.«

»Nun, es war Dads Geburtstag. Er bat mich, mit ihm fischen zu gehen.«

»Du angelst nicht gern. Es langweilt dich.«

»Richtig. Und ich bin auch nicht mitgegangen.«

»Was hast du statt dessen getan?«

»Habe meinen Großvater im Gericht besucht. Er hatte gerade einen großen Prozeß ... ach nein, eigentlich war es gar kein großer Prozeß. Das war die Ausrede, die ich vorbrachte. Dad und meiner Mutter gegenüber. Es war nur eine Anhörung zu Verstößen gegen die Baubestimmungen. Noch langweiliger als Angeln. Aber ich wollte mit ihm zusammensein. Ich wollte zum Gerichtsgebäude und alle seine Freunde sehen und dann wieder zu dem Haus zurückgehen, in dem meine Großmutter ein großes Dinner vorbereitet hatte, um dann mit meinen Vettern und meinem Bruder und meiner Mutter zusammen zu sein.«

»Statt mit deinem Vater.«

»Die Familie hat die beiden immer als herzliche Feinde gesehen. Mein Bruder sagte immer, Dad und der Richter seien wie Klassenkameraden von West Point gewesen, die während des Bürgerkriegs auf verschiedenen Seiten gekämpft hätten. Einander vielleicht zugetan, aber jederzeit bereit, einander umzubringen, wenn es nötig war.«

»Das hört sich aber nicht sehr nach einem Verbrechen an«, sagte Bett. »Daß du deinem Vater sagst, daß das Angeln dich nicht interessiert.«

»Aber ich habe ihn an seinem Geburtstag allein gelassen.« Tate errötete bei der Erinnerung.

Bett betrachtete ihn einen Augenblick. »Du wolltest, daß ich wie deine Großmutter werde. Du wolltest das Haus mit kleinen Colliers bevölkern und ein alter Gentleman des Südens sein wie der Richter. Nur – das war nicht ich. Und ich glaube auch nicht, daß du so warst.«

»Ich liebte dich«, sagte er mit einiger Glut.

»Aber hast du auch wirklich *mich* geliebt? Ich glaube, daß ein anderer Teil von dir etwas anderes mehr wollte. Oder glaubte damals, daß es so ist. Die Plantage im Süden. Ich denke aber, daß du da einen Fehler gemacht hast. Ich war immer der Meinung, daß du deinem Vater weit ähnlicher warst. Einsamer Wolf. Du wolltest es nur nicht zugeben.«

Tates Vater Wendall war Gerichtsreporter gewesen. Er war nicht auf den Kopf gefallen und mochte das Recht auf eine theoretische Weise, hatte aber kein Interesse daran, es zu praktizieren, obwohl der Richter ihm ständig in den Ohren lag, er solle Jura studieren. Die Kluft vertiefte sich, wie das Familiengerücht wissen wollte, als der Richter darauf bestand, daß sein ältester Enkel zu einem der Fünf Unsterblichen ernannt werde – zu einem der Senatoren, die der Kongreß zu den besten Rednern aller Zeiten erkor. (Daher der Name Calhoun Tate Collier.) Und man nahm an, daß die Familienfehde endgültig ausbrechen würde, als der Richter die Farm Tate an dem Tag überschrieb, an dem dieser sein Jurastudium an der Universität von Virginia mit dem Examen abschloß, und seinen eigenen Sohn überging.

Tatsächlich brach die Fehde nie aus. Die Ironie war, daß es Tates Vater nicht viel auszumachen schien, und Tate fragte sich jetzt, ob es zwischen den beiden Männern vielleicht gar nichts gab, was einer Versöhnung bedurfte. Zumindest nicht aus der Sicht seines Vaters. Tate war auf das Drängen eines anderen nach John Calhoun benannt worden – obwohl sein Vater es vermutlich für einen guten Namen hielt, der der stillen Liebe keinerlei Abbruch tat, die er für seinen Sohn empfand. Der Mann hatte ein gutes Leben geführt. Ein kleines Leben. Bereichert durch zwei Söhne, eine liebende Ehefrau, seine Bücher und Zeitschriften. Außerdem hatte er seine Flüsse und Fische, die er liebend gern mit Tate geteilt hätte, was er bei einigen Gelegenheiten auch tat.

Tate erinnerte sich an das sanfte Lächeln im Gesicht seines Vaters, als sie sich zum ersten Mal begegneten, nachdem Tate der Grundbesitzer der Familie geworden war. Der junge Anwalt fürchtete die Reaktion des Mannes. Doch jetzt vermutete er, daß der passive Gesichtsausdruck überhaupt nicht auf latenten Zorn hingedeutet hatte. Vielleicht war es nichts weiter als das, was es zu sein schien – eine bescheidene Freude über das Glück seines Sohnes. Selbst jetzt fiel Tate noch auf, daß der Richter zwar das Image und das Charisma gehabt hatte, daß sein Vater dafür aber der weitaus zufriedenere der beiden gewesen war.

Plötzlich sagte Bett: »Weißt du, wann ich dich am meisten vermißt habe? Nicht an Feiertagen oder beim Picknick. Als ich in Cozumel war …«

»Was?« platzte Tate heraus.

»Du weißt doch, daß wir immer davon gesprochen haben, nach Yucatán zu fahren?«

Sie hatten einmal ein Buch über die Sprache der Mayas und die Linguisten gelesen, die durch die Dschungel von Mexiko und Belize streiften, um die dortigen Ruinen zu untersuchen und den indianischen Sprachencode zu entziffern. Die Region hatte sie beide fasziniert. Daraufhin hatten sie geplant, eine Reise dorthin zu machen, es aber nie geschafft, ihren Plan in die Tat umzusetzen. Erst hatten sie sich den Trip nicht leisten können. Tate hatte gerade sein Examen gemacht und angefangen, bei der Staatsanwaltschaft für weniger Geld zu arbeiten, als eine gute Gerichtssekretärin verdienen könnte. Und dann hatten sie das Haus gebaut. Dann hatte er seinen ersten Fall vor dem Obersten Gerichtshof, der ihn vier Monate seines Lebens kostete. Danach, als sie genügend Geld gespart hatten, erlitt Betts Schwester einen ernsten Rückfall und wäre um ein Haar gestorben; so konnte Bett nicht fahren. Und nicht lange danach waren sie geschieden.

»Wann bist du gefahren?« fragte er.

»Vor drei Jahren. Im Januar. Hat Megan es dir nicht erzählt?«

»Nein.«

»Ich bin mit Bill gefahren. Du kennst den Lobbyisten?«

Tate schüttelte den Kopf. »Hattest du eine schöne Reise?«

»O ja. Sehr schön. Es war heißer als im Hades. Wirklich heiß.«

»Aber du magst die Hitze doch. Habt ihr euch die Ruinen angesehen?«

»Na ja. Bill interessierte sich nicht so sehr für Ruinen. Eine haben wir gesehen. Wir machten einen Tagesausflug. Ich … Nun, ich wollte sagen – ich wünschte, du wärst bei mir gewesen.«

»Vor zwei Jahren im Februar«, sagte Tate.

»Wie bitte?«

»Da war ich auch da.«

»Nein! Ist das dein Ernst?« Sie lachte laut auf. »Und mit wem bist *du* hingefahren?«

Sie verzog das Gesicht, als er einen Augenblick brauchte, um sich an den Namen seiner Begleiterin zu erinnern.

»Cathy.« Er *glaubte* jedenfalls, daß es Cathy gewesen war.

»Habt *ihr* es geschafft, zu den Ruinen zu kommen?«

»Was soll ich sagen – nicht ganz. Wir waren öfter zum Windsurfen. Ich kann es nicht glauben … Also sind wir am Ende doch hingekommen. Wir haben jahrelang über diesen Urlaub gesprochen.«

»Unsere Pilgerreise.«

»Es war großartig da unten«, sagte er und fragte sich, ob seine Stimme sich irgendwie dubios anhörte. »Unser Hotel hatte ein wirklich gutes Restaurant.«

»Es hat Spaß gemacht«, sagte sie eine Spur zu begeistert. »Und hübsch.«

»Sehr hübsch.«

»Wäre es nicht toll gewesen, wenn wir uns da unten in die Arme gelaufen wären?«

»Das wäre vielleicht ein Zufall gewesen. Das wäre wirklich ein tolles Ding gewesen.«

»Wenn das hier vorbei ist«, sagte sie plötzlich, »wenn wir sie gefunden haben – könntest du dir diese Reise dann vorstellen?«

»Nach Mexiko?«

»Nur wir beide.«

»Was ist mit Brad? Du bist doch *verlobt.*«

»Darüber werde ich ernsthaft nachdenken müssen.«

»Mal sehen«, sagte Tate. »Ich glaube, es würde mir gefallen. Warten wir's doch ab.«

Sie verstummten, als die Sonne hinter einer dichten Wolkendecke verschwand. Tate richtete sich mit einem Ruck auf. Bett schien aufstehen zu wollen, zögerte aber. Aus Scham, wie er vermutete. Er erinnerte sich, daß sie letzte Nacht das Licht ausgeschaltet hatte, bevor sie sich auszog. Sie hatten sich seit fünfzehn Jahren nicht mehr nackt gesehen.

Er stand auf, ging zu dem Kleiderschrank und legte einen Bademantel aufs Bett. Dann blickte er zur Seite, Gentleman, der er war.

»Ich kann immer noch gute Rühreier machen«, sagte er. »Aber du frühstückst ja nie.«

»Nur Kaffee«, sagte sie und stieg nackt aus dem Bett. Sie ging gelassen direkt zu ihm, küßte ihn fest, preßte den Körper an seinen und ging ins Bad. Den Bademantel ließ sie zurück.

Er drückte einmal auf die Türklingel, dann zweimal und ließ dann den Finger darauf.

Mach schon, Tate. Ich sehe doch deinen Wagen.

Parkt gleich neben dem deiner Ex-Frau. Und ich werde nicht fragen, was es damit auf sich hat.

Konnie zog die Fliegentür auf und klopfte laut an.

Aus dem Haus waren unterdrückte Proteste zu hören.

Tate riß die Tür auf. »Nenn mir einen Grund, weshalb ich dich nicht erschießen sollte. Himmel, es ist acht Uhr morgens.«

Ohne ein Lächeln ging Konnie an ihm vorbei in den Flur. Er warf Bett McCall einen Blick zu – sie trug einen zu Tate passenden Bademantel – und sagte: »Er ist tot.«

»Wer?« fragte sie.

»Robert Carson.«

Die Tür ging mit einem lauten Klicken zu.

Bett schnappte nach Luft.

»Wer immer das getan hat«, sagte Tate, »hat Megan in seiner Gewalt. Ruf die Mordkommission an, Konnie.«

»Es war Selbstmord.«

»O Gott.« Bett setzte sich. Ihre Augen wurden glasig. Sie strich sich geistesabwesend übers Kinn.

»Nein, es war kein Selbstmord«, widersprach Tate. »Der Mord wurde getürkt. Irgendwie.«

»Das denke ich auch. Er hat aber an der Windschutzscheibe seines Wagens einen Abschiedsbrief hinterlassen. Dann ging er in sein Haus und verbrannte sich. Er hatte den Brief an eins der von ihm verführten Mädchen geschrieben. Eine seiner Schülerinnen. Ich habe mich bei ihr und ihrer Mutter erkundigt. Ja, er hat es getan.«

»Das ist mir egal, Konnie ...«

»Langsam, Herr Anwalt, ich bin ja deiner Meinung. Hier geschehen zu viele Dinge, die nicht koscher sind. Aber ich sage dir, daß sie in der Zentrale nur das hören, was sie hören wollen.«

»Tot«, flüsterte Bett. Sie verschränkte die Finger und drehte die Handflächen in einer zwanghaften, besorgten Geste. »Oh, Tate.«

»Und wo ist der junge Mann mit den Muskeln und dem Haar?«

»Joshua? Er hat unsere Anrufe nicht erwidert. Wir haben ihm gestern abend einen Zettel an der Tür hinterlassen.«

»Wo befand er sich, als ihr zuletzt von ihm hörtet?«

»In Front Royal. Das war gestern spät am Nachmittag. Er hatte den Wagen bis dorthin verfolgt, doch dann verschwand er. Er wollte zurückkommen.«

Konnie warf einen Blick auf seine Armbanduhr. Zwanzig nach acht.

Noch vierundzwanzig Stunden, bis der Bericht über den Fall

Devoe, Anne mit den wahrscheinlichen Verdachtsgründen auf dem Schreibtisch von Captain Dobbs landen sollte. Bis jetzt hatte Konnie keine Sekunde daran gearbeitet.

Morgen ist Karfreitag, überlegte er. Nagle mich ans Kreuz.

»Wir werden folgendes tun. Ob es Selbstmord war oder nicht, wir werden das Schlimmste annehmen. Nehmen wir an, Carson hat etwas gefunden, was hilfreich für uns gewesen wäre und schlecht für sie, wer immer auch diese ›sie‹ sein mögen. Was hat er getan, dieser Carson? Und sag es mir bitte genau, Tate.«

»Er wollte mit Freunden und Freundinnen von Megan sprechen, um zu erfahren, ob sie vielleicht ein bestimmtes Reiseziel hatte. Oder ob jemand sie gestern gesehen hatte. Ob sich irgendwelche Fremden nach ihr erkundigt hatten.«

»Schüler, Lehrer«, fügte Bett hinzu.

»Hat er dir etwas Bestimmtes erzählt?«

»Nein.«

»Na schön, ich werde seine Spur zurückverfolgen, und dann …«

Konnie verstummte, als er Betts Gesicht sah. Es war bleich, und sie wirkte wie ein Kind, das sich am liebsten zusammenkauern möchte. Sie strich sich über die Wange, und ihre dunkellackierten Fingernägel bewegten sich hin und her.

»Alles in Ordnung?« fragte Konnie.

Sie starrte ihn an.

Tate blickte sie ebenfalls an und fragte, was los sei.

Sie sagte: »Als wir gestern mit ihm sprachen, mit Carson, habe ich gedacht, was für ein schrecklicher Mensch er ist. Als mir einfiel, was er mit Megan gemacht hatte. Und ich weiß noch, daß ich dachte, ich wünschte, er wäre tot. Das habe ich noch nie von jemandem gedacht.«

»Bett …«

»Ich dachte sogar«, flüsterte sie, »daß es für jeden ein Segen wäre, wenn er sich einfach umbrächte.«

»He«, sagte Konnie behutsam, »auf solche Gebete antwortet Gott nicht.« Sein unverhülltes Mitgefühl überraschte ihn selbst.

Bett sah aus dem Fenster auf den Nieselregen, der gegen die schmutzige Glasscheibe sprühte.

Und dann sah Konnie spontan Tate an und dachte: Ich sollte es ihm sagen. Jetzt gleich. Tu's einfach und bring es hinter dich.

Er dachte gerade an den dritten Tod. Das Geständnis.

Erzähl es ihm jetzt gleich. Was immer sonst passiert, wenigstens stirbst du dann nicht mehr.

Fünf Minuten. Länger würde es nicht dauern.

»Konnie?« fragte Tate, als er sah, wie der Cop ihn verlegen anstarrte.

Doch Konnie brachte es wieder einmal nicht über sich. Jetzt nicht. Weil die Waagschale sich zu seinen Gunsten neigte. Er würde einem Mann gestehen, der ihm etwas schuldig war, und er wußte, daß der Anwalt würde sagen müssen: »Es ist in Ordnung, Konnie. Schon gut.«

Später, dachte er. Ich werde es später tun.

Da er wütend auf sich war, zeigte Konnie ihnen ein boshaftes Lächeln. »Ihr gebt euch die größte Mühe, diesen radfahrenden Künstler aufzuspüren. Ich werde mir den Schulhof vornehmen. Ihr müßt wissen, ich liebe es einfach, junge Leute auszuquetschen. Meine Hundemarke rauszuziehen und zu beobachten, wie sie sich winden.«

24

Mit jedem neuen Zentimeter, den sie auf ihrer Fluchtroute in die Gipsplatten schnitt, verschwand etwas von Megans Verzweiflung. Sie dachte: Bären können nicht sprechen, o nein, und sie hatten auch nicht mit ihr gesprochen, doch es muß nicht unbedingt so sein. Nicht für immer. Was heute wahr ist, muß morgen nicht unbedingt auch noch wahr sein.

Sie arbeitete jetzt mit ihrer linken Hand, die jetzt ebenfalls dabei war, lauter Blasen zu bekommen. Ihre Knie brannten wie

Feuer, und ihre Stirn, die sie wegen der Hebelwirkung gegen die Wand preßte, tat auch weh. Ihr Rücken fühlte sich an, als würde er gleich zerspringen. Doch Megan McCall war merkwürdig freudig zumute. Sie dachte an das Leben außerhalb des Gefängnisses.

Sie war immer davon ausgegangen, daß sie im nächsten Jahr zu Hause ausziehen würde. Ans College hatte sie dabei nicht gedacht, sondern sie wollte reisen. Sie hatte davon geträumt, daß Joshua zu ihr zurückkam, dann würden sie gemeinsam auf Reisen gehen. Selbst wenn sie nicht wieder ein Liebespaar wurden, würde er vielleicht trotzdem mitkommen (obwohl sie die Momente jetzt nicht mehr aus dem Gedächtnis ausradieren konnte, in denen sie ihn geliebt hatte).

Sie vermißte ihn mehr, als sie sich hatte eingestehen wollen.

Was für ein Fehler es gewesen war, bei Bobby Carson schwach zu werden. Sie hatte es gleich gewußt. Er war charmant, hatte soviel Tiefe – allein die großartigen Sachen, die er über die Sechziger wußte – und war so anders als all die oberflächlichen Jungs, mit denen sie sich getroffen hatte. Doch es war trotzdem ein Fehler. Ein schlimmer Fehler. Und sie war stolz darauf, das erkannt und ihn verlassen zu haben.

Josh – was dachtest du, als ich gestern abend nicht aufkreuzte? Wahrscheinlich, daß ich dich wieder mal versetzt habe. Sie wußte, wie er über Tate dachte, und ging davon aus, daß er ihre Eltern nicht angerufen hatte, um zu erfahren, wo sie war. Vielleicht würde er in ein oder zwei Wochen anrufen, wenn er bis dahin nichts von ihr gehört hatte. In einer Woche oder zwei Wochen.

Doch um die Zeit werde ich schon …

Nein, sagte sich Megan. Um die Zeit werde ich wieder zu Hause und in Sicherheit sein.

Sie schnitt weiter.

Details, Josh. Ich denke an Details. Diesmal an gute.

Etwa als sie mit ihrem Vater spontan zum Einkaufen in die Pentagon City gefahren war und er sie auf dem Rückweg den

Mercedes hatte fahren lassen. Er hatte nur gesagt: »Der Tacho endet bei hundertvierzig Meilen. Irgendwelche Bußgelder bezahlst du selbst.« Sie hatten das Verdeck heruntergeklappt und während der gesamten Rückfahrt nur gelacht.

Oder sie dachte daran, wie sie mit ihrer Mutter zu irgendeinem langweiligen New-Age-Vortrag gefahren war. Nach fünfzehn Minuten hatte Bett ihr zugeflüstert: »Nichts wie weg hier.« Sie hatten sich durch die Hintertür der Schule aus dem Staub gemacht, auf dem Spielplatz einen Plastikschlitten gefunden und sich zusammen daraufgesetzt. Dann waren sie johlend und lachend bis ans Fußende des Hügels gerutscht. Dann waren sie zu Starbucks gegangen, um heiße Schokolade zu trinken und Schokoladenplätzchen zu essen.

Sie dachte sogar an ihre Party zu ihrem sechzehnten Geburtstag – dabei hatte sie ihre Eltern zum ersten Mal seit fünf oder sechs Jahren zusammen gesehen. Für einen Moment hatten sie eng beieinander gestanden, in der Nähe des Buffets, während ihr Vater eine schöne Rede auf sie hielt, die Megan zum Weinen brachte. Das Dreieck einer Familie war perfekt aufgebaut, und sechs oder sieben Minuten lang schien das Leben normal und voller Hoffnung zu sein.

Wenn ich nach Hause komme, dachte sie jetzt … Nein, wenn ich wieder zu Hause *bin,* werde ich mit ihnen sprechen. Ich werde mich mit ihnen hinsetzen. Ich werde mir diese Gruppe vorstellen, meine Familie auf der Party, und dann …

Tapp. Tapp, tapp …

Megan schnappte nach Luft, als ihr plötzlich das Geräusch auffiel.

Ein Schlurfen.

Nein!

Sie hatte nicht mehr auf ihre Umgebung geachtet. Sie war so in ihre Träumerei versunken gewesen, daß sie den alten Mann nicht hatte näher kommen hören. Er war schon nahe und kam immer näher. Er schlurfte in einem der Korridore heran. Aber in welchem? Als sie aufstehen wollte, wäre sie um ein Haar hingefallen. Ihre Beine waren eingeschlafen. Das quälende Gefühl, von Tausenden von Nadeln und Nägeln gestochen zu werden, durchströmte sie.

Woher kam das Geräusch?

Aus dem hinteren Korridor, in dem das Wasser von den Wänden tropfte?

Megan stolperte auf die Vordertür zu.

Nein, falsch! Aus der Richtung kam er gerade.

Sie blieb abrupt stehen.

Versteck dich, lauf weg.

Doch sie konnte nicht weglaufen. Ihre kribbelnden Beine gaben fast wieder unter ihr nach, und so taumelte sie weiter und stützte sich an der Kirchenbank ab. Ein Krampf ließ sie aufkeuchen.

Jetzt sah sie den Schatten des alten Mannes an der Wand, der immer näher schlurfte. Sie sah den Schattenumriß des Knochenstocks, die in Fetzen hängenden alten Kleidungsstücke, den kahlen Kopf, der wie ein Totenschädel aussah. Der Mann kam langsam näher.

In ein paar Sekunden würde er um die Ecke biegen. Sie würde es nicht mehr schaffen, rechtzeitig irgendwohin zu laufen. Es sei denn …

Der Sarg.

Sie humpelte schnell hinüber. Berührte den Deckel. War er leer?

Das Tappen war jetzt schon in der Nähe der Tür. Er war fast da.

Megan riß den Sargdeckel auf.

Schmutzig, aber leer.

Sie kletterte hinein und kuschelte sich schaudernd in den blutbefleckten Satin. Um ein Haar hätte sie sich übergeben und wäre fast in Ohnmacht gefallen. Sie senkte den Sargdeckel. Der Geruch von süßsaurem Fleisch in der Luft ließ sie würgen. Megan legte die Finger an den inneren Rand des Sargdeckels und zog ihn mit aller Kraft, die ihr noch geblieben war, zu sich herunter.

Du darfst jetzt nicht kotzen, nicht kotzen, nicht kotzen! Sie preßte die Augen zusammen und bemühte sich, möglichst wenig Luft einzuatmen und gegen ihre Platzangst anzukämpfen.

Sie hörte ein leises Schlurfen, und das Tappen des Stocks umkreiste den Sarg. Eine kurze Pause, dann kam es näher. Er stand jetzt direkt über ihr.

Es knirschte ...

Sie hielt die Luft an. Der Stock tippte gegen die Seite des Sargs.

Noch einmal.

Dann spürte sie, wie der alte Mann versuchte, den Sargdeckel hochzuheben. Mit aller Kraft hielt sie mit den krampfhaft gekrümmten Händen den Deckel geschlossen. Der Mann bekam einen besseren Griff und versuchte es erneut.

Sie hörte ein Flüstern. Eine alte, uralte Stimme. Der Mann war unfähig, tief Luft zu holen. Luft wurde gurgelnd in uralte Lungen gesogen.

Tränen quollen ihr in die Augen, Tränen des Entsetzens, doch vor allem Tränen des Schmerzes. Oh, es tut weh, mir tun die Hände so weh.

Er zog noch härter an dem Sargdeckel.

Von außen hörte sie ein stotterndes Keuchen – ein rasselndes Flüstern des alten Mannes. Was sagte er? Sprach er ihren Namen? Sie hielt es für möglich. Bedeutet das, daß er weiß, daß ich mich nicht im Raum befinde?

Sie lauschte und lockerte dann für einen Moment ihren Griff.

Dann noch mehr Druck.

Nein!

Als sie gerade das Gefühl hatte, nicht mehr länger standhalten zu können, gerade als der Schmerz zu einem nervenzerreißenden gelben Licht in ihren Augen wurde, spürte sie, wie der alte Mann seinen Griff lockerte und den Deckel losließ. Sie ließ die Hände fallen und preßte sie sich unter die Arme. Sie waren jetzt zu nichts mehr zu gebrauchen. Wenn er wollte, konnte er jetzt mühelos den Deckel hochheben und sie mit dem Spazierstock erstechen. Nichts auf der Welt würde ihn aufhalten. Ihre Hände waren nutzlos.

Dann hörte sie einen anderen Laut. Sie hielt den Atem an. Das Kratzen von etwas Hartem auf dem Sargdeckel. Ein Messer? Die scharfe Spitze des Stocks? Sie ergriff nochmals den Rand des Sargdeckels, doch kurz darauf verstummte das Geräusch, und sie hörte, wie das Tappen allmählich leiser wurde. Er ging.

Sie wartete fünf Minuten und hob dann mit einem Ruck den Sargdeckel hoch. Sie sah sich in der Kapelle um. Megan war plötzlich überzeugt, daß der alte Mann auf der anderen Seite des Sargs direkt hinter ihr stand, bereit, sie zu packen, sobald sie sich aufrichtete. Panik ergriff sie, und sie sprang von dem Sarg weg und wirbelte gleichzeitig herum.

Niemand zu sehen.

Sie ergriff den Sargdeckel, kurz bevor er herunterfiel. Sie schloß ihn lautlos.

Und zuckte vor Entsetzen zurück.

O nein …

Nein …

Sie beugte sich vor und streckte in Todesangst die Arme aus, um die Buchstaben zu berühren, die er in den Sargdeckel geritzt hatte.

Geschrieben von jemandem mit unsicherer Hand, der alt und arthritisch war. Doch von einem Mann mit einer absolut tödlichen Waffe: der Spitze des Stocks, wie sie vermutete. Er hatte das Wort in das alte Holz geritzt.

M-E-G-A-N

Er wußte, daß sie hier war.

Es war eine Warnung an sie. Eine Aufforderung, in ihr Zimmer zurückzukehren. Sich zu unterwerfen.

Ob ich das tue? Dreimal darfst du raten, du Arschloch.

Doch als sie zum Altar lief, um mit dem Schneiden fortzufahren, entdeckte sie, daß sie nicht weitermachen konnte. Jedenfalls nicht im Augenblick. Ihre Hände waren blutig und glitschig von den aufgeplatzten Blasen. Es war unmöglich, den Griff des Plastikmessers zu halten. Außerdem brauchte sie Ruhe, und es wäre gar nicht schlecht, den alten Mann glauben zu lassen, daß er sie eingeschüchtert hatte.

Megan ging leise den Korridor entlang und begab sich wieder in die Sicherheit ihres Kaninchenlochs, soweit man dies als Sicherheit bezeichnen konnte.

Aaron Matthews beobachtete, wie das zivile Polizeifahrzeug vor der High School parkte. Der kräftige Detective stieg aus.

Dies war die zweite Fahrt des Cops zur Schule innerhalb weniger Stunden, und Matthews machte sich deswegen Sorgen. Warum war dieser Mann so hartnäckig?

Vielleicht untersuchte er Carsons Tod. Vielleicht steckte aber noch mehr dahinter.

Der hünenhafte Detective sprach diesmal mit rund vier Dutzend Schülerinnen und Schülern. Er wollte einfach nicht aufhören.

Matthews ging näher heran und beobachtete, wie der Polizeibeamte ein paar junge, nervöse Basketballspieler befragte.

Die Augen. Matthews beobachtete die Augen des Cops. Doch er sah nichts, was er gebrauchen konnte. Der Mann schien beharrlich zu sein, humorlos, zynisch, furchtlos. Schwer, an diesen Mann heranzukommen, so gut wie unmöglich, ihn zu manipulieren. Die schlimmste Art von Gemeindemitglied oder Patient.

Schließlich stapfte der Detective zu seinem Wagen. Matthews folgte ihm, als es nach Westen ging und sie nach Old Fairfax fuhren, wie sich herausstellte.

Was genau geht hier vor? fragte sich Matthews.

Detective Konstantinatis, der einem Freund hilft.

Nun, keine gute Tat bleibt ungestraft, Detective.

Beide parkten in der Nähe des Gerichtsgebäudes. Der Cop stieg aus und ging steif den Bürgersteig entlang ins Cards Plus, den kleinen Laden, in dem Matthews Megan vor einem Jahr um die Weihnachtszeit hatte arbeiten sehen. Er blieb kaum eine Minute im Laden und kam dann gleich wieder heraus, wobei er etwas in sein schwarzes Notizbuch kritzelte.

Matthews sah das Gesicht des Polizeibeamten. Die Befriedigung darin. Jagdfieber. Er hatte von dem Mädchen hinter dem Ladentresen etwas erfahren. Matthews warf einen Blick hinein und stellte besorgt fest, daß es dasselbe Mädchen war, mit dem Robert Carson gestern gesprochen hatte.

Der Cop blieb stehen, sah auf seine Armbanduhr und ging dann auf dem Bürgersteig weiter, wobei er sich von seinem Wagen entfernte.

Matthews bewegte sich auf der gegenüberliegenden Straßenseite etwas schneller, bis er vor dem Cop herging, und warf gelegentlich einen Blick über die Schulter, um das Gesicht des Mannes zu mustern.

Und wohin blicken Ihre Augen, Detective?

Nicht auf die hübschen jungen Schülerinnen der George Mason High School mit den hochangesetzten Brüsten und den kurzen Röcken.

Auf die Jungen von George Mason allerdings auch nicht.

Der Cop blickte auch nicht in das Schaufenster des Ladens, in dem Kleider für junge Mädchen verkauft wurden. Die Buchhandlung wurde nicht einmal eines Blickes gewürdigt. Das Sportgeschäft erregte für einen Moment die Aufmerksamkeit des Beamten. Er blieb stehen und betrachtete einige Angelruten. Doch damit konnte Matthews nicht viel anfangen. Der Cop ging schwerfällig auf dem Bürgersteig weiter.

Ist dieser Bursche *rein*? Ist er frei von Sünde?

Die Sünde ist das Periskop, das uns einen Blick in die Seele erlaubt.

Matthews behielt den Cop weiter im Auge. Und dann sah er es. Nicht mehr als ein kurzes Flackern der Augen – ein Blick in ein überladenes Schaufenster. Dann ging der Detective weiter.

Nichts weiter als ein kurzer Blick. Doch das genügte.

25

In dem Lokal trat Matthews an den Tisch heran.

Er blieb stehen und atmete aus. Er fühlte sich reichlich unbehaglich. »Entschuldigung?«

Detective Konstantinatis blickte hoch.

»Hören Sie, ich war gerade in diesem Laden ein Stück weiter die Straße hinauf. Cards Plus.« Er schluckte und grinste verlegen. »Dort sagte man mir, Sie hätten sich nach Megan McCall erkundigt?«

»Ja, stimmt«, brummte der Cop, dessen Gabel über seinem Kartoffelpüree schwebte.

»Mein Name ist Henry Blakesly. Ich bin Psychotherapeut an der Fairfax High School. Ich habe eine Zeitlang mit Megan gearbeitet. Dies ist wirklich eine Art Zufall, doch ich war gerade in dem Laden, um eine Glückwunschkarte zu kaufen, und die Verkäuferin erwähnte, Sie hätten sich nach ihr erkundigt.«

»Detective Konstantinatis. State Police.«

Matthews' Gesicht wurde ernst. »Geht es Megan gut?«

»Setzen Sie sich doch.«

Matthews ließ sich unangenehm berührt auf den gegenüberliegenden Stuhl gleiten und schob das Glas Milch zur Seite, das der Detective trank.

»Es kann sein, daß sie von zu Hause ausgerissen ist. Ich versuche herauszufinden, ob jemand etwas darüber weiß.«

»Megan? Weggelaufen?« sagte Matthews grübelnd.

Der Polizist blickte auf seinen Teller und wandte sich wieder seinem Lunch zu. Nach jedem Bissen nippte er an der Milch und wischte sich mit der Serviette dreimal den weißen Schnurrbart ab. »Es überrascht Sie nicht, das zu hören. Oder höre ich da etwas heraus, was gar nicht da ist?«

»Megan hat immer davon gesprochen, irgendwann mal abzuhauen.«

»Tatsächlich?«

»Ja. Allerdings hat sie mir nicht viel erzählt. Wie ist der Fleischkäse?«

»Nicht schlecht.«

Matthews winkte die Kellnerin heran. »Ich möchte ein Bier. Budweiser. Soso, sie ist also ausgerissen. Das kommt bei Mädchen dieses Alters gelegentlich vor.«

»Gelegentlich.«

Matthews blickte auf das Gesicht des Detective, als seine Zunge herausglitt, um beim Essen die Lippen anzufeuchten. »Ihr Vater – wie heißt er noch? Tate McCall?«

»Collier. Tate Collier.«

»Richtig. Schien mir immer ein guter Mann zu sein.«

»Es gibt keinen besseren.«

Die Kellnerin brachte das Bier. Matthews hielt das Glas hoch. »Prosit.«

Der Detective zögerte, tippte dann aber gegen das Glas seines Gegenübers.

Matthews trank die Hälfte des Biers, atmete befriedigt aus und stellte das Glas hin. »Heiß für April, finden Sie nicht auch?«

»Absolut«, grunzte der Detective. Dann stellte er ein Dutzend Fragen nach dem Mädchen und hielt die Antworten kurz in einem schwarzen Notizbuch fest. Er war weit cleverer, als er aussah, und verstand sich darauf, Leute auszufragen. Ein Mann, der immer tiefer und tiefer grub. Außerdem blieb er wie ein Pitbullterrier bei einem bestimmten Fragenkomplex, bis er eine befriedigende Antwort erhalten hatte. Matthews antwortete zwar direkt, aber ohne wesentliche Umstände oder Tatsachen zu nennen, so daß man ihm später daraus keinen Strick drehen konnte.

Als der Cop kurz verstummte, um sich seine Notizen anzusehen, fragte Matthews: »Hören Sie, haben Sie jetzt dienstfrei?«

»Wie kommen Sie darauf?«

»Lunch außerhalb der offiziellen Mittagspause? Es ist so heiß … Trinken sie diese Milch da aus, dann bestelle ich Ihnen etwas Richtiges zu trinken.« Er tippte mit dem Finger gegen das Bier.

»Nein, besten Dank.«

»Hören Sie, an einem heißen Tag gibt es nichts Schöneres als ein kühles Bier.«

»Sie müssen wissen, daß ich seit ein paar Jahren nicht mehr trinke.«

Matthews machte ein entsetztes Gesicht. »Oh, es tut mir so leid.«

»Das braucht Ihnen ganz und gar nicht leid zu tun.«

»Das war unüberlegt von mir. Ein Mann, der in einer Kneipe Milch trinkt … Hätte mir das hier gar nicht bestellen sollen.«

Der Cop hielt eine ruhige Hand hoch. »Ist absolut kein Problem. Ich halte nichts davon, daß andere Leute nur meinetwegen ihr Leben ändern sollen.«

Matthews hob sein Bierglas. »Wollen Sie, daß ich es wegkippe oder so?«

Als der Cop das Bier anblickte, blitzte es in seinen Augen kurz auf – genau wie vor zehn Minuten, als er auf der anderen Straßenseite an dem Schnapsladen vorbeigegangen war. »O nein«, sagte der Detective. »Man kann sich nicht davor verstecken.« Der Cop aß noch etwas Kartoffelbrei und sagte dann: »Hatte sie ein bestimmtes Reiseziel im Auge? Megan?«

Matthews genoß jeden kleinen Schluck Bier. Der Detective musterte ihn bei jedem dritten oder vierten Schluck. »Eine Großstadt, schätze ich. Um sich einen Job zu suchen. Vielleicht New York. Oder Los Angeles. Ich glaube nicht, daß ihr ihr Ziel so wichtig war wie das, wovon sie wegwollte. Wenn Sie mit ihren Freundinnen gesprochen haben, haben Sie sicher schon alles darüber gehört.«

Der Cop notierte sich etwas mit großer Sorgfalt und blickte dann hoch. »Worüber?«

»Daß sie sooft wütend auf sie war.«

»Sie kam mit ihrer Mom und ihrem Dad nicht gut zurecht?«

Matthews lachte. »So wie Megan es erzählte, machten sie sich nicht viel aus ihr. Sie haben sogar gesagt, es sei lästig, daß sie geboren sei. Stellen Sie sich das mal vor.«

Das Flackern in den Augen des Cops verriet Matthews, daß

der Mann die Briefe gelesen hatte, die Megan während seiner Sitzung geschrieben hatte. Er nippte an dem Bier und blickte hinaus. »*Verdammt* heiß. Stellen Sie sich diese Schlacht mal vor.«

»Bull Run?«

»Ich nenne sie First Manassas, aber das liegt natürlich daran, daß ich aus Pennsylvania komme, Detective Kon ...«

»Nennen Sie mich Konnie. Das tun die meisten Leute. He, und wenn Sie schon dabei sind ...« Der Detective legte seine Gabel mit einem dumpfen Klirren auf den dicken weißen Teller. »Warum erzählen Sie mir nicht, was Sie wirklich hier wollen, Blakesly? Was dagegen?«

»Was meinen Sie?« Matthews, der plötzlich zu schwitzen begann, bemühte sich, seiner Stimme einen entrüsteten Unterton zu geben.

»Ich meine, daß Sie mir von der Schule an gefolgt sind und dann hier reingekommen sind«, sagte der Cop. »Und ich wette Dollar gegen Doughnuts, daß Sie keine verdammte Glückwunschkarte gekauft haben.«

Das war unangenehm. Jetzt saß er hier und leistete sich eine Scharade, die sofort platzen konnte, wenn der Bulle einfach nach seinem Ausweis fragte. Er hatte zwar das Jagdmesser in der Tasche, doch hier gab es Zeugen, und außerdem wäre der stämmige Detective ein ernstzunehmender Gegner.

Er mußte den Mann für sich gewinnen. Auf der Stelle. Und das konnte er nur mit einem Geständnis schaffen, das der Wahrheit gefährlich nahe kam.

Fangen wir mit einem Vorschlag an ...

Matthews blickte auf die Tischplatte und nippte an seinem Bier. Er schluckte. »Na schön. Detective. Ich bin nicht ganz aufrichtig zu Ihren gewesen.«

Der Cop gab durch ein Kopfnicken zu verstehen, daß er fortfahren solle, und aß noch eine Gabel mit Kartoffelbrei. Er schlug in seinem Notizbuch eine neue Seite auf und wartete.

»Sie wissen, was am Montag auf dem Wasserturm passiert ist? Mit Megan?«

»Ja.«

»Sie hat gestern bei einem Psychotherapeuten namens Jim Peters deswegen einen Termin gehabt.«

»Sie kennen diesen Peters?«

»Ich habe in der Vergangenheit mit ihm gearbeitet.«

»Haben Sie ihm Patienten überwiesen?« fragte Konnie abrupt.

Der Bulle war gut. Zu gut. Matthews schluckte noch etwas Bier und versuchte verzweifelt, seine Gedanken zu ordnen.

»Ja.«

»Haben Sie ihm auch Megan überwiesen?«

Matthews holte tief Luft. »Ja, das habe ich tatsächlich. Durch das Sozialamt.«

»Und was hat das alles damit zu tun, daß Sie hinter mir herlaufen wie ein kleiner Schatten?«

»Sie wissen das vielleicht nicht ... Aber Megan hat eine Neigung, sich in ältere Männer zu verlieben.«

Das Flackern in den Augen verriet Matthews, daß Konnie es sehr wohl wußte. Er hatte auch von Robert Carson gehört oder sich alles zusammengereimt.

»Als Megan ihn gestern aufsuchte ...«

»Ich dachte«, fiel ihm der Detective ins Wort, »Peters hat gesagt, daß sie gar nicht erschienen ist.«

Die Frage hat es in sich, dachte Matthews instinktiv und wußte, daß er die richtige Strategie gewählt hatte.

»Er hat gelogen«, flüsterte Matthews. »Sie ist zu dem Termin doch erschienen.«

»Um zehn Uhr dreißig?«

Nicht zu genau, ermahnte sich Matthews. Du kannst nicht alles wissen. »Ich weiß nicht. Wann immer der Termin war.«

»Und?«

»Nun, gestern abend bekam ich einen Anruf von Jim. Er war aufgeregt. Er hatte gehört, daß Megan ausgerissen war, und glaubte den Grund dafür zu kennen. Er sagte, Megan habe während dieser Sitzung plötzlich angefangen, provokativ zu werden, wie man das wohl nennt. Sie sagte, sie habe gerade mit einem Mann Schluß gemacht, einem älteren Mann, und das mache ihr zu schaffen. Da gab es ein paar klare Botschaften. Jim tat, was er in dieser Lage tun mußte – er beendete die Sitzung. Megan wurde ziemlich wütend und sagte, sie werde die Stadt verlassen, und wenn sie sie wegen des Wasserturms ins Gefängnis stecken wollten, müßten sie sie erst mal einfangen. Er hatte Angst davor, es könnte sich irgendwie herumsprechen, daß er für ihr Verschwinden verantwortlich sei. Also sagte er, er werde jedem erzählen, sie sei gar nicht erst erschienen.«

»Und dann hören Sie davon, daß ich mich überall nach Megan erkundige, und denken, ich könnte vielleicht hinter Ihrem Freund Dr. Jim hersein. Also beschließen Sie, ein wenig herumzustochern. He, das nenne ich aber Loyalität. Davon gibt es heute nicht mehr viel.«

Das zynische Lächeln im Gesicht des Cops war unwiderstehlich. Was für einen Geist der Mann hatte.

Matthews seufzte. Er drehte das Bierglas zwischen nervösen Händen und sagte resigniert: »Na schön, Detective ...«

»Warum erzählen Sie mir nicht, was Ihr Freund Ihnen wirklich gesagt hat? Ich werde ihn sowieso fragen. Na los doch, machen Sie schon. Sie sind nicht in ernsten Schwierigkeiten. Noch nicht.«

»Sie hatten diese Sitzung, sie verlief gut, und Jim erzählte mir, sie hätten eine Menge über Megans Gefühle gegenüber ihren Eltern ans Licht geholt. Sie sagte, das habe in ihr den Entschluß reifen lassen, sich eine Zeitlang frei zu nehmen. Sie werde ihnen eine Nachricht hinterlassen, ihren Eltern, und allein wegfahren. Deshalb rief Jim an und bat mich, jedem, der nach ihr fragt, zu erzählen, daß sie gar nicht erst aufgetaucht sei.«

»Warum?«

»Jim war unbehaglich bei dem Gedanken, wie sich die Sitzung entwickelt hatte.«

»Wieso?« verlangte Konnie zu wissen.

»So arbeiten Therapeuten nicht. Man spricht nicht eine Stunde mit einer Patientin, die sich dann entschließt, mit der Metro zum Flughafen zu fahren und nach Kalifornien zu düsen.«

Recht hübsch, diese Details, doch der Cop ging ohne viel Federlesen über diese saftigen Einzelheiten hinweg, was Matthews genau wußte; er würde später auf sie zurückkommen. Jetzt hatte er nur ein Ziel vor Augen.

Konnie sagte: »Wir kommen schon näher, sind aber noch nicht ganz da. Sprechen Sie weiter.«

Matthews fuhr fort: »Eine Flucht ist nicht der Sinn einer Therapie. Sie soll Dinge klären.«

»Korrigieren Sie mich, wenn ich mich irre, aber es ist doch auch nicht der Sinn einer Therapie, in der Mittagszeit mit den Patientinnen zu schlafen, oder?«

Matthews machte den Mund auf, um etwas zu sagen, machte ihn dann wieder zu und zuckte mit den Achseln. »Das hat er nicht getan.«

»Sind Sie sich da so sicher?«

»Ich ...«

»Überlegen Sie sorgfältig, Blakesly.«

»Er hat mir gesagt, daß er es nicht getan habe.«

»Ich habe Sie nicht gefragt, was er Ihnen erzählt hat. Ich habe Sie gefragt, ob er es *getan* hat.«

Matthews gab der Kellnerin ein Zeichen, ihm noch ein Bier zu bringen. »Ich glaube, daß er es vielleicht getan hat. Ja.«

»Und das ist der Grund, weshalb er die Geschichte erzählt, sie sei gar nicht erst aufgekreuzt?«

Matthews nickte.

Konnie nickte bestätigend. »Erzählen Sie weiter. Sie haben mir noch immer nicht gesagt, weshalb Sie hier vorbeigekommen sind, um mir zuzusehen, wie ich mein Essen verdrücke.«

»Ich habe mir wegen Megan Sorgen gemacht. Natürlich. Ich hatte sie zu einem Therapeuten geschickt, der sie – möglicherweise – verführt hat.«

Soll er ruhig was zu knabbern haben. Er ist wenigstens dazu fähig.

»Aber weshalb sollte das für Sie ein Problem sein? Das möchte ich gern wissen.«

»Ich hätte es dann auf dem Gewissen.«

»Auf dem Gewissen?« fragte der Cop in einem Tonfall, als gäbe es ein solches Wort gar nicht. »Sagen Sie mir eines – wissen Sie zufällig, ob Ihr Freund solche Dinge vielleicht schon vorher getan hat?«

O ja, der Mann ist *wirklich* gut.

Das Bier kam, und Matthews trank ein Viertel des Glases leer. »Ich wußte von ein paar Fällen, als er noch in New York praktizierte.«

»Würde gar nicht gut für Sie aussehen, wenn bekannt würde, daß Sie einem solchen Kerl Mädchen überweisen, oder?«

»Er hat geschworen, das sei alles Vergangenheit.«

»Besonders dann, wenn er sich Ihnen für die Überweisungen irgendwie erkenntlich zeigte.«

»Nein!« bellte Matthews los, doch dann sah er sich um und senkte die Stimme. »Das ist nie vorgekommen. Er hat nie einen Cent bezahlt.«

»Sagen Sie mir, Blakesly, haben Sie eine eigene Praxis? Abends vielleicht?«

Wieder ein Schluck Bier. Matthews ließ den Finger über den Rand des Glases gleiten. »Na schön. Er hatte auch mir ein paar Patienten überwiesen.«

»Wie viele?«

»Kaum der Rede …«

»Nennen Sie mir ein Zahl.«

»Ich weiß nicht. Einen im Monat.«

»Soso. Jetzt sehen wir uns das mal ein bißchen näher an. Als Gegenleistung dafür, daß Dr. Jim Ihnen Patienten schickte, schickten Sie Mädchen zu einem Therapeuten, von dem Sie wußten, daß er in der Vergangenheit Affären mit seinen Patientinnen gehabt hatte.«

»Sie sagen das so, als hätte ich mich als Zuhälter betätigt. Wissen Sie, in welche Schwierigkeiten ich hätte geraten können, wenn ich gewußt hätte, was er tun würde?«

Das Geheimnis, das die eingeschüchterten Gemeindemitglieder von Matthews in der Kathedrale im Kiefernwald nicht kannten, war folgendes: Wenn man eine läßliche Sünde eingesteht, werden sich die Helfer Gottes auf Erden kaum die Mühe machen, die Nase in die gewichtigeren Fehltritte zu stecken, die man sich geleistet hat.

Mit dem Blick auf der Tischplatte nahm Matthews noch einen Schluck Bier.

»Kalifornien?« fragte Konnie.

»Wie bitte?«

»Wollte sie nach Kalifornien?«

»Jim hat gesagt, sie wolle aus irgendeinem Grund nach San Francisco. Dort ein paar Wochen bleiben und dann nach Hause kommen. Nichts Besonderes.«

»Er war nicht der Meinung, daß ihre Eltern vielleicht den Wunsch haben könnten, das zu erfahren?«

»Ich fürchte, daß er ihre Gefühle gegen seine Karriere abgewogen hat.«

»Dieses Zeug, sie sei wütend auf ihre Eltern, ist das Unfug, den Sie mir nur aufgetischt haben, um mich auf eine falsche Fährte zu locken?«

»O nein, Sir«, erwiderte Matthews mit Nachdruck, »ich wünschte, es wäre so. Wir kommen nicht darum herum, daß Megan seelisch gestört ist. Sie hat eine Menge Zorn in sich. Und der größte Teil davon ist gegen ihre Eltern gerichtet.«

Konnie kehrte mit dem Blick zu seinem Lunch zurück. »Ich habe gerade erfahren, daß Megan doch bei Peters erschienen ist. Ich frage mich nur, warum das nicht mit dem übereinstimmt, was er ihrem Vater gesagt hat.«

Es hatte also *doch* einen Zeugen gegeben. Sowohl Carson als auch Konnie hatten es herausgefunden. Daß sie doch in der Praxis erschienen war.

»Zurück zu Peters. Was ist in New York passiert?«

»Ich weiß es nicht mit Sicherheit. Ein paar kurze Affären mit Patientinnen. Er wurde vom Ethik-Ausschuß der Ärztekammer verwarnt und zog hierher.«

»Nichts Schlimmeres als das? Nur Affären?«

»Schlimmeres?«

»Hat er sie beschattet, sie bedroht?«

»Jim?« Matthews lachte laut auf. »Oh, er ist nicht gefährlich.« Sein Gesicht wurde plötzlich ernst. »Hören Sie, Detective …«

»Sie brauchen kein so ängstliches Gesicht zu machen, Blakesly, ich tue das hier nur, um einem Freund einen Gefallen zu tun. Ich versuche nur, das Mädchen aufzuspüren. Ich sitze nicht in irgendeinem verdammten Ethik-Komitee. Aber sollten Sie je wieder jemanden zu …«

»O nein, Sir, glauben Sie mir. Das habe ich schon beschlossen. Ich habe nicht vor, meinen Job wegen ein paar Patienten-Überweisungen aufs Spiel zu setzen.«

»Aber ich werde mir Ihren Freund mal vorknöpfen müssen.« Konnie klappte sein Notizbuch zu und ließ es in die Tasche gleiten. Dann nahm er sich mit der Gabel wieder etwas Kartoffelpüree.

Matthews begann: »Sie werden doch aber nicht …«

»Ihr Name wird nicht erwähnt werden.«

»Vielen Dank«, sagte Matthews. Er nippte fröhlich an dem Bier, und man sah ihm seine Erleichterung an. Und dann, nach einer Minute: »Sie haben es also auch geschafft?«

»Wie war das, bitte?«

»Zwölf Schritte?«

Der Detective warf einen Blick auf seine fleischigen Hände. »Das habe ich tatsächlich, o ja. Zwei Jahre ist es her.«

»Bei mir acht Jahre.«

Wieder ein Flackern in den Augen. Der Cop warf einen Blick auf das Budweiser.

Matthews lachte. »Man ist, was man ist, Konnie. Ich bin, wo ich bin. Ich habe jeden Tag eine Flasche von irgendeinem Fusel getrunken. Mindestens. Manchmal habe ich mir gleich nach dem Dinner noch den größten Teil einer zweiten Flasche reingezogen.«

»Das ist eine ganze Menge.«

»O ja, das war's. Weiß Gott. Wußte, daß ich daran sterben würde. Also gab ich es auf. Wie schlimm war's bei Ihnen?«

Der Cop zuckte mit den Schultern und schaufelte sich Erbsen und Kartoffeln in den Mund.

»Hat meiner Ehe ziemlich zugesetzt«, tastete Matthews sich vor.

Flackern. Zögernd sagte der Cop: »Ich nehme an, daß es meine Ehe *umbrachte.*«

»Tut mir leid, das zu hören«, sagte Matthews. Die Trauer in den Augen des Mannes brachte ihn in Hochstimmung.

»Und mich hätte es irgendwann wahrscheinlich auch umgebracht.«

»Was war Ihr Getränk?«

»Scotch. Und Bier.«

»Bei mir auch. Dewars und Budweiser.«

Konnies Augen wurden bei diesem unerwarteten Vertrauensbeweis weich. »Sie haben also … was?« Der Cop nickte zu der Bierflasche hin. »Was ist passiert? Wieder rückfällig geworden, oder was?«

Matthews' Gesicht verriet Ehrfurcht. »Ich werde Ihnen die Wahrheit sagen, bei Gott, die reine Wahrheit.« Er nahm einen köstlichen Schluck Bier. »Ich glaube daran, daß man seine Schwächen direkt angehen muß. Ich laufe nicht vor ihnen weg.«

Der Cop grunzte zustimmend.

»Es war zu leicht, das Trinken total aufzugeben. Es kam mir vor wie die Methode von Feiglingen. Alles oder nichts – beide Möglichkeiten waren schwach.«

»Das ergibt durchaus einen Sinn«, sagte der Cop langsam.

Matthews goß noch etwas Bier in das Glas und drehte es wie geistesabwesend in den Händen. Der Duft war stark. »Zwei Jahre lang habe ich nichts angerührt. Genau wie ich es mir vorgenommen hatte. Das war alles so geplant. Manchmal war es schon hart – ich will durchaus nichts beschönigen. Doch Gott half mir. Kaum hatte ich es unter Kontrolle, zwei Jahre auf den Tag genau, nahm ich wieder meinen ersten Drink. Ein Gläschen Dewars.

Trank es wie Medizin. Dann eine Woche gar nichts. Dann wieder ein Whiskey und ein Bier. Dann ließ ich einen Monat verstreichen. Goß mir ein Glas Scotch ein. Ließ es vor mir stehen. Habe es angesehen, dran gerochen und dann in den Ausguß gekippt. Danach habe ich einen weiteren Monat nichts angerührt.«

Der Cop schüttelte verwundert den Kopf. »Hört sich an, als wären Sie einer dieser Masochisten, oder wie man die nennt.« Doch aus seinem Lachen war auch so etwas wie Verzweiflung herauszuhören.

»Ich glaube, wir müssen das manchmal tun, finden Sie nicht auch? Uns die eine Sache heraussuchen, die uns am schwersten fällt, und uns dann umdrehen und sie direkt anstarren. Tief graben. So tief wie nur möglich. Das ist es, was für mich Mut ausmacht.«

»Was Sie da sagen, hat meinen Respekt.«

»Ich habe in den letzten sechs Jahren ab und zu getrunken. Bin aber nie auch nur einmal betrunken gewesen. Erinnern Sie sich noch an das Gefühl, als Sie zum ersten Mal tranken? Wie es Sie entspannte, Ihnen Frieden schenkte, Sie glücklich machte? Das Gute in Ihnen zum Vorschein brachte? So ist es jetzt.« Matthews beugte sich vor und legte dem Cop die Hand auf den Arm. »Ich bin stolz auf mich. Ich habe das Gefühl, in den Augen des Herrn richtig gehandelt zu haben.«

»Auf Ihr Wohl.« Der Cop schluckte und stieß mit seinem Milchglas gegen das Bierglas. Sein Blick glitt über die goldene Oberfläche des Gebräus.

Oh, du armer, armer Narr, dachte Aaron Matthews. Du hast auf der ganzen Welt nicht eine Menschenseele, mit der du sprechen kannst, nicht wahr? »Manchmal«, fuhr er nachdenklich fort, »wenn ich ein wirkliches Problem habe, wenn etwas an mir frißt oder mich so schuldbewußt macht, daß es wie ein Feuer in mir brennt … Nun ja, dann genehmige ich mir einen. Das betäubt es. Das hilft mir durchzuhalten.«

Die Gabel tastete stochernd in dem kleiner gewordenen Haufen von Kartoffelpüree herum.

Laßt uns tief graben.

Den schmerzlichsten Punkt berühren …

»Wenn ich mich in einer Situation befände, in der ich jemanden liebte und die Frau mir langsam entglitte, weil ich nun mal so geworden bin – nun, dann würde ich gern in der Lage sein, mich allem in mir zu stellen, was sie vertreibt. Dann wüßte ich, daß ich sie vielleicht zurückgewinnen könnte. Oder ich könnte eine andere Frau finden und dafür sorgen, daß die bei mir bleibt. Beherrschung. Das ist der Schlüssel.«

Das Gesicht des Cops war gerötet, und es hatte den Anschein, als wäre ihm die Kehle zugeschwollen.

Matthews nippte noch mehr Bier. »Ich haßte es, allein zu leben. Dieses Aufwachen am Sonntagmorgen. Diese Sonntagmorgen im März, wenn der Himmel ganz grau ist … Allein im Urlaub … Mein Gott, wie ich das alles *gehaßt* habe. Meine Frau verschwunden … Der einzige Mensch auf der Welt, den ich wirklich brauchte. Der einzige Mensch, für den ich alles getan hätte …«

Der Detective war wie gelähmt.

Matthews wachte langsam aus seiner traurigen Träumerei auf. »Ich will Ihnen mal etwas zeigen. Hier, sehen Sie mal.« Er winkte die Kellnerin zu sich heran. »Ein Glas Dewars.«

»Eins?« fragte sie.

»Nur eins, ja.«

Der Cop sah wie betäubt zu, wie das Glas auf den Tisch gestellt wurde.

Matthews ergriff das bis zum Rand gefüllte Glas mit großer Gebärde. Er beugte sich vor, roch an dem Whiskey und nahm dann einen winzigen Schluck. Er stellte das Glas auf den Tisch und hob die Hände mit den Handflächen nach oben. »Das war's. Der einzige harte Schnaps, den ich in zwei oder drei Wochen trinken werde.«

»Und das schaffen Sie?« fragte der Cop verblüfft.

»Nichts leichter als das. Ohne jedes Problem.« Er machte sich wieder über sein Bier her und rief die Kellnerin herbei. »Es tut mir leid, Süße. Ich werde den Whiskey zwar zahlen, aber ich habe es mir anders überlegt. Ich sollte heute nachmittag lieber einen klaren Kopf behalten.«

»Wie Sie wünschen, Sir.«

Die Hand des Cops griff nach dem Glas, bevor sie es konnte. Sie blinzelte überrascht über die Heftigkeit, mit der der kräftige Mann nach dem Glas gegriffen hatte.

»Oh, ich soll das Glas also doch noch stehen lassen?«

Der Cop sah Matthews an, richtete den Blick seiner Hundeaugen dann aber auf die Kellnerin. »Ja. Und bringen Sie meinem Freund hier noch ein Bier.«

»Bringen Sie gleich zwei.«

»Wie Sie wünschen, meine Herren. Geht das auf Ihre Rechnung?« fragte sie den Cop.

»O nein«, widersprach Matthews. »Das hier übernehme ich.«

Matthews, der jetzt seine Chirurgenhandschuhe trug, fuhr Konnies Wagen aus der Stadt. Der Cop saß auf dem Beifahrersitz und hatte sich die Whiskeyflasche zwischen die Beine geklemmt, als wäre es der Steuerknüppel eines Doppeldeckers. Sein Kopf schwankte und stieß immer wieder gegen die Seitenscheibe des Taurus.

Matthews parkte den Wagen in einer Nebenstraße, nahm Konnie die Flasche weg und trank einen winzigen Schluck. »Na, wie geht's?«

Der kräftige Mann starrte mißmutig auf die Öffnung der Flasche. Während der Herfahrt hatte er mit großer Geste die Seitenscheibe heruntergekurbelt, die Verschlußkappe hinausgeworfen und die Scheibe dann wieder hochgekurbelt. Eine Absichtserklärung, wie ein zufriedener Aaron Matthews feststellte.

An der kleinen Ladenzeile, an der sie die Whiskeyflasche gekauft hatten, hatte Matthews das schwarze Notizbuch des Cops in eine Mülltonne geworfen, ebenso einen Computer-Ausdruck der Kraftfahrzeugstelle mit Lieferwagen, die in Shenandoah

County und Front Royal zugelassen waren, sowie eine Akte mit der Aufschrift *McCall, Megan.*

Jetzt mußte er nur noch eins loswerden.

»Also wie steht's, Detective? Ich habe Ihnen meine kleine Sünde gestanden. Ich wette, daß auch Sie gern eine kleine Beichte ablegen möchten. Ich sehe es an Ihrem Gesicht. ›Vergib mir, Vater ...‹«

»Ich will nicht ... ich will nicht mehr.«

Matthews gab Konnie die Flasche zurück, und dieser nahm sie zwischen beide Hände. »Ihnen geht was im Kopf herum, nicht wahr?« Er beugte sich vor und berührte den Arm des Mannes. »Was ist es? Was frißt an Ihnen, Konnie?«

»Nichts«, grunzte dieser. »Ich will nicht mehr.«

»Aber sicher, Konnie. Was ist es? Ihnen liegt was auf der Seele. Ich kann es sehen.« Seine Stimme war honigsüß. »Sie können es mir sagen.«

»Nichts.« Er schloß die Augen, worauf sein Kopf wieder gegen die Seitenscheibe knallte.

Matthews lächelte. »Es ist nicht leicht zu sprechen, nicht wahr? Anderen etwas von uns zu erzählen. Selbst die guten Dinge. Haben Sie je darüber nachgedacht? Wie schwer es zum Beispiel fällt, jemandem ein Kompliment zu machen? Einem anderen Menschen zu danken? Und wenn es gilt, ihnen etwas Schlechtes über uns selbst zu erzählen, nun, nichts auf der Welt fällt uns schwerer als das.«

Konnie nickte.

Matthews sah dem Cop in die Augen und vergewisserte sich, daß Konnie nichts weiter sah außer Liebe und Mitgefühl. Er hob den Boden der Whiskeyflasche, worauf der Cop den Whiskey nuckelte wie ein Lamm, das sich den Schnuller einer Babyflasche in einem Kinderzoo schnappt. Er murmelte: »Der dritte Tod ...«

»Tod?«

»Ich bin dreimal gestorben«, flüsterte der Cop. »Meine Tode ... Hhmm, der dritte Tod.« Die dunklen Augen füllten sich mit Tränen. »Die Menschen verstehen nicht.«

»Was verstehen sie nicht?«

»Die Art von Scheiße, die man da draußen zu sehen bekommt, wenn man ein Cop ist. Es gibt so viel Scheiße … Eltern, die ihren Kindern weh tun, große, kräftige Männer, die ihre Frauen schlagen. Äh, und Kids, die andere Kids umbringen … Wegen eines Paars gottverdammter Schuhe. Es kann … kann einem das Herz brechen.«

»Und Sie möchten so liebend gern etwas dagegen unternehmen.«

»Dagegen unternehmen?« bellte er und lachte betrunken. »Scheiße. Es ist so, als versuchte man, äh, den Kopf über Wasser zu halten.« Er drehte sich heftig zu Matthews um.

»Sagen Sie es mir. Der Herr wird Ihnen vergeben.«

Matthews hob die Flasche an die Lippen, nahm einen kleinen Schluck und reichte sie wieder Konnie, der lange trank.

»Ich wollte es nicht tun. Wenn es, äh, wenn es nur eine andere Möglichkeit gegeben hätte …« Die Tränen rollten ihm über die breiten Wangen.

Oh, wir fahren jetzt in den reinsten aller Himmel, dachte Matthews.

»Was hätte ich tun sollen? Die meisten Beweise waren vorhanden. Ahem, Fingerabdrücke, Schlüssel, das Messer …«

»War das ein Fall, an dem Sie arbeiteten?«

»Tate und ich, wir arbeiteten gemeinsam daran. Es ging um diesen, äh, Sie wissen schon, diesen Mann, der seine … vor vier oder fünf Jahren war das.«

Matthews beugte sich vor. »Was war das für ein Fall?«

»Dieser Typ wurde festgenommen, äh, weil er in dem Verdacht stand, sie ermordet zu haben.«

»Wen?«

»Seine Verlobte. Ja, ja. Aber da gab es doch *Beweise!* Es ist ja nicht so, als hätte ich irgendwas gefälscht oder erfunden. Manche Bullen tun das. Äh, erschießen einen Kerl und drücken ihm dann die Tatwaffe in die Hände. Ich tu' so was nicht …« Konnies Gedanken schweiften ab.

Weil, wie Matthews wußte, diese Gedanken so unerträglich sind.

Druck am Arm. »Graben Sie tief, Konnie. Berühren Sie die Stelle, die am meisten weh tut.«

Konnie weinte. »Es tut *wirklich* weh.«

»Nur durch Schmerz werden wir von unseren Sünden erlöst.«

»Also. Was ... passierte, war folgendes: Ich bekam ein Fax aus Maryland über den Abend des Mordes. Darin hieß es nämlich, daß ...«

»Ja?«

»Jemand hatte einen ... einen Beinahe-Unfall mit einem Wagen gemeldet, dessen Kennzeichen so ähnlich war wie das des Verdächtigen um die Zeit des Mordes. Der Zeuge, wissen Sie ... o Mann, mir geht's gar nicht gut.«

»Sie hatten einen Zeugen dafür, daß der Verdächtige zur fraglichen Zeit in Maryland war?«

»Er war nicht sicher, äh, war sich des Kennzeichens nicht sicher, aber er kannte das Modell des Wagens. Ich ... Ich will jetzt nicht mehr.«

»Nehmen Sie noch einen Schluck, Konnie. Das ist schon in Ordnung. Sie können doch jederzeit aufhören.«

Der Cop neigte den Boden der Flasche nach oben. Sie war zu drei Vierteln leer.

»Rufen Sie Genie an. Ich möchte mit Genie sprechen.«

»Genie?«

»Nein, meine Frau. Ich möchte meine Frau anrufen.«

»Was ist mit dem Fax, Konnie?«

»O Mann, Himmel, ich hab's zerrissen. Verstehen Sie, ich wußte, daß der Junge schuldig war. Ich *wußte* es.«

»Doch er war es nicht.«

»Nein, verdammt, er war unschuldig. Sie fanden dieses elende Videoband, auf dem sein Wagen zu sehen war. Es stammte von einer Überwachungskamera. Aber das bekamen wir erst in die Hand, verstehen Sie, als er tot war. Nachdem er sich umgebracht hatte. Es war tatsächlich sein Kennzeichen. Er hatte sich zur

Tatzeit *tatsächlich* in Maryland aufgehalten.« Die Tränen strömten und strömten. »O Jesus. Wenn ich es seinem Anwalt gesagt hätte ...«

»Ich verstehe.«

»Meinem Freund hab' ich es auch nicht gesagt. Dem Staatsanwalt in diesem Fall ...«

»Tate Collier?«

Konnie nickte. Wieder knallte sein Kopf gegen die Seitenscheibe. »Und als der Junge gestorben war, war Tate nie mehr der alte ... Er gab seinen Job auf ... mein dritter Tod.« Konnie nahm einen großen Schluck Whiskey. »Der Junge starb, und Tate starb, und ich starb auch. Was habe ich getan? O Herr, was habe ich getan?«

Matthews half Konnie, noch einen langen Schluck aus der Flasche zu nehmen. Er blickte dem Mann in die wäßrigen Augen und sagte: »Ist das Leben nicht kurz? O ja, das ist es. Doch ein Tag kann genauso lang sein wie ein Leben. Hören Sie, denken Sie mal darüber nach – wir werden am Morgen geboren, lernen ein wenig, gewinnen bei manchen Dingen und verlieren bei anderen, wir sprechen zu Gott, und der Herr hört uns zu oder ignoriert uns, und wir sind voller Staunen. Und abends sterben wir dann in den Armen des Herrn.«

Konnies Kopf sackte nach hinten, und er stöhnte auf.

Matthews drückte Konnie wieder die Flasche in die Hand. Er beugte sich dicht zu ihm hinüber und roch Schweiß, Whiskey und Haar. Er küßte den Cop auf die Wange. »Judas«, flüsterte er. »Du Judas.«

26

Ted Beauridge war als erster am Schauplatz des Geschehens.

»O nein«, murmelte er. »Lieber Gott, o nein.«

Zwei Streifenwagen der State Police rasten fast gleichzeitig aufs Feld. Einer davon war der Dienstwagen eines leitenden Beamten. Der von Captain F. W. Dobbs, wie sich herausstellte. Ein türkisfarbener, in Prince William County zugelassener Wagen hielt ebenfalls mit durchdrehenden Reifen, gefolgt von zwei Wagen aus Fairfax County. Über Funk war von einem Verkehrsunfall mit tödlichen Folgen die Rede gewesen. Was in Fairfax durchaus nicht neu war, dem Land der gewundenen Straßen, der ganzen Kerle und gefährlichen Cocktails.

Doch an diesem Unfall war auch ein Taurus aus der Fahrbereitschaft der Detectives der State Police beteiligt, und so kam es, daß schnell ein Dutzend Wagen auf den Ruf reagierten.

Dobbs ging zu dem zerfetzten Auto. Seine kräftigen Schultern sackten nach unten, und er schloß die Augen für einen untypisch ehrfurchtsvollen Augenblick.

Der Unfall war einer der schlimmsten, die Beauridge je zu sehen bekommen hatte, und in seinen dreizehn Jahren bei der Polizei hatte er schon viele herzzerreißende Tragödien mitansehen müssen.

»Hab' gar nicht gewußt, daß er wieder mit dem Trinken angefangen hatte«, sagte Dobbs ohne jede Gefühlsregung.

»Das hat er auch nicht.«

»Ach nein?« fragte Dobbs ironisch und beobachtete einen Mann von der Spurensicherung, der gerade mit einer leeren Whiskeyflasche in einem Plastikbeutel vorbeiging.

»Sie haben nichts mehr gespürt«, murmelte der Kriminaltechniker unbehaglich. »Das ist doch wenigstens etwas.« Diese beruhigende Bestätigung, die keinen bestimmten Adressaten hatte, überraschte Beauridge, weil die Jungs von der Spurensicherung schon alles gesehen hatten und angeblich immun gegen jede Form von Gemetzel waren.

Das junge Paar war auf der Stelle tot gewesen, als Konnies Wagen auf die Gegenfahrbahn geraten und frontal mit dem Wagen der jungen Leute zusammengestoßen war. Der Cop mußte siebzig oder achtzig Meilen drauf gehabt haben, doch da er keinen Bremsversuch gemacht hatte, gab es keine Bremsspuren.

Folglich ließ sich unmöglich feststellen, wie schnell er tatsächlich gefahren war. Die Airbags in dem kleinen Importwagen des Paares hatten sich pflichtschuldigst aufgeblasen, hatten die beiden aber dennoch nicht vor der riesigen Limousine des Detective beschützt, als diese über die Motorhaube des Mazda Miata rollte und Ehemann und Ehefrau köpfte. Die Frau hatte immer noch die Hand erhoben und war in dieser Bewegung erstarrt. Ihr Zeigefinger wies in die Richtung, aus der ihr Tod herangerast war. Ihr Fingernagel war blank poliert und wies einen glänzend pinkfarbenen Opalton auf.

Der Polizeiwagen war direkt hinter dem Mazda zum Stehen gekommen und stand immer noch auf seinen vier Rädern. Konnie, der quer auf dem Vordersitz ausgestreckt lag, war schwer verletzt, aber noch am Leben. Rettungsmannschaften waren jetzt dabei, ihn mit einer Kettensäge zu befreien.

»Ich glaube es nicht. Ich glaube es einfach nicht«, flüsterte Beauridge immer und immer wieder.

Captain Dobbs, ein Mann, dessen Leben durch die Gesetze des Indizienbeweises bestimmt wurde, glaubte es offensichtlich, war aber trotzdem entmutigt. »Ist er immer noch mit dieser Frau verheiratet?«

»Sie hat ihn schon vor langer Zeit verlassen. Deshalb ist er zu den Anonymen Alkoholikern gegangen.«

»Hat er *überhaupt* jemanden?«

»Nicht, daß ich wüßte.«

Der graue Mercedes hielt kurz vor dem Kreis der Einsatzfahrzeuge. Tate Collier machte Anstalten, auf Konnies Wagen zuzugehen. Er blickte kühl auf das Gemetzel in dem Kleinwagen und setzte seinen Weg dann zum Wagen des Detective fort. Er wich den Funken aus und ignorierte die Proteste der Männer der Rettungsmannschaft, steckte den Kopf durch das Rückfenster und legte Konnie die Hand auf die Schulter.

Dobbs bellte: »Er sollte nicht da sein.«

Doch Beauridge blieb stumm, und Dobbs bedrängte ihn nicht. Sie konnten nicht hören, was Collier sagte, doch Konnie schien zu weinen und fuchtelte mit dem Arm herum, als wollte er eine Biene verscheuchen. Collier hatte den Arm fest um die Schulter des Detective gelegt.

»Mr. Collier«, rief Beauridge schließlich, »bitte lassen Sie die Männer doch ihren Job machen!«

Der Anwalt sprach noch kurz mit Konnie und zog sich dann aus dem Heckfenster zurück. Dann blickte er zu Beauridge und Dobbs und trat zu ihnen.

»Wie lautet die Beschuldigung?«

»Was meinen Sie?« fragte Dobbs mit einem Seitenblick auf den zertrümmerten Miata. »Trunkenheit am Steuer, Totschlag. Der Staatsanwalt wird es wahrscheinlich Mord nennen, da könnte ich wetten.«

Collier überreichte ihm eine Karte. »Ich werde ihn vertreten. Er ist im Augenblick nicht in der Lage, seine Rechte wahrzunehmen. Sie können ihn einen Tag oder zwei im Krankenhaus lassen, bevor Sie ihn verhaften – wenn Sie zusagen, daß es keinen Versuch geben wird, ihn in meiner Abwesenheit zu einer Äußerung zu bewegen.«

Dobbs nickte.

Ein weiterer Wagen hielt plötzlich, eine zivile Limousine mit Rotlicht auf dem Dach. Eine uniformierte Polizeibeamtin mit lockigem blondem Haar sprang heraus, ohne die Tür hinter sich zu schließen. Genie Briscoe aus dem Büro. Sie lief zu Konnies Wagen, legte seine Hand zwischen ihre Hände und beugte sich dicht zu ihm hinunter. Sie sprach schnell. Sie wischte sich eine Träne von der Wange und preßte ihm nochmals die Hand.

Als sie von dem Wagen zurücktrat, ging Collier zu ihr und legte den Arm um sie. Sie sprachen einige Minuten miteinander. Sie nickte. Collier bückte sich, steckte nochmals den Kopf durchs Wagenfenster, murmelte etwas zu Konnie und ging dann zu seinem Wagen zurück. Er setzte sich hinein und fuhr los.

»Das ist Collier?« fragte Dobbs, als er die Visitenkarte betrachtete. »Der Name kommt mir bekannt vor. Warum?«

Beauridge seufzte und sah weg. Der Anblick eines total zertrümmerten Wagens war ihm lieber als das, was jetzt unweigerlich kommen würde.

»Es war seine Tochter, die gestern verschwunden ist.«

»Himmel, Konnie hat doch nicht etwa in der Sache ermittelt, oder?«

»Ich glaube doch. Ein wenig.«

»Scheiße. Er sollte sich ausschließlich um die Devoe-Sache kümmern. So lautete die Anweisung. Scheiße.«

»Ich glaube, er hat nur ein paar Fragen gestellt.«

Unter dem Miata war eine erstaunliche Menge Blut zu sehen. »Wir haben hier mehr Arbeit, als wir brauchen können. Elender Mist. Und jetzt geht er los und tötet zwei Menschen bei ungenehmigten Ermittlungen. Oh, das wird sich in der Presse verdammt gut machen.«

»Vielleicht wird es niemand heraus ...«

»Jetzt mal ehrlich, Ted. Sie waren doch nicht in diese Sache verwickelt, oder?«

»Habe nur die Vermißtenmeldung entgegengenommen. Das ist alles.« Beauridge sah weg.

»Das ist alles, was wir brauchen: ein betrunkener Detective, der in der Dienstzeit einem Freund einen persönlichen Gefallen tut, während er sich noch eine Auszeit nimmt, um mit seinem Wagen ein paar Leute totzufahren. Während uns ein Abgeordneter schon im Nacken sitzt.«

»Das hier hat nicht Konnie getan«, brummte Beauridge. »Hier ist was Merkwürdiges passiert. Ich weiß nur nicht, was.«

»Herr im Himmel, Beauridge – machen Sie die Augen auf! Sie kümmern sich um diese Sache, hören Sie? Sie persönlich. Und sagen Sie dem Staatsanwalt, daß wir mehr als hundertprozentig mit ihm zusammenarbeiten werden. Mann, jetzt muß ich Devoe anrufen. Scheiße.« Er stapfte zu seinem Wagen.

Und Beauridge blickte auf den Erdboden, wo das Blut unter dem Sportwagen allmählich im Schotter am Fahrbahnrand versickerte, und dachte, daß er etwas für seinen Freund tun sollte. Doch ihm fiel nicht ein, was. So räusperte er sich nur und spie den Ekel hinaus. Dann ging er langsam zu seinem Wagen zurück, um im Büro des Staatsanwalts anzurufen.

Die Akte, die er gestohlen hatte, war die falsche.

Als er nicht weit von der Unfallstelle in seinem geparkten Wagen saß, schlug Tate mit der Hand frustriert auf den braunen Umschlag. »Verdammter Mist.«

Bett war wieder losgefahren und versuchte verzweiftelt, Joshua LeFevre zu finden. Tate hatte sie gebeten, Krankenhäuser und die Polizei des Shenandoah County anzurufen, damit diese bei dem bislang vergeblichen Versuch helfen konnte, eine Spur des jungen Mannes zu finden.

Tate zwang sich jetzt, das Entsetzen zu verscheuchen, das der Gedanke an Konnie mit sich brachte, und blätterte erneut die Akte durch.

Als er zum letzten Mal den Kopf in Konnies Wagen gesteckt hatte, hatte er seinen Freund nicht nur beruhigt, sondern auch die Akte an sich genommen, die vor dem Rücksitz auf dem Boden gelegen hatte. Er war davon ausgegangen, daß es Megans Akte war mit den Angaben über die Lieferwagen. Außerdem nahm er an, daß er Konnies allgegenwärtiges Notizbuch finden würde. Doch die Akte hatte nichts mit Megan zu tun.

Dann bemerkte Tate den Namen auf der Akte. *Devoe, Anne.*

Dies war Megans Freundin. Amy hatte ihnen von ihr erzählt. Dem Mädchen, das sich umgebracht hatte. Er konzentrierte sich auf die Akte und las Teile davon durch.

Mit zunehmender Mutlosigkeit erkannte er, daß sie den Fall wieder aufgegriffen hatten. Sie versuchten, einen Selbstmord zu einem Mord oder Totschlag zu machen. Und Konnie sollte darüber Bericht erstatten, ob es Beweise dafür gab, den Fall so zu sehen ... O Mann, morgen um neun Uhr früh hätte er den Bericht abliefern sollen. Statt dessen hat er uns geholfen.

Und die Anhörung in seiner Bewährungssache findet am Montag in acht Tagen statt.

Doch nach dem, was Tate soeben ein Stück weit entfernt an

dieser Straße gesehen hatte, war es mehr als fraglich, ob Konnies Anhörung überhaupt stattfinden würde.

Tate spürte Wut in sich aufsteigen.

Etwas geht hier vor, dachte er. Diese Dinge sehen einfach zu verdammt zufällig aus. Joshuas Verschwinden, Carsons Selbstmord. *Dieser* Selbstmord. Konnie fängt wieder an zu trinken ...

Dann bemerkte er eine Zeile in der Akte. In einem Bündel von Polizeinotizen entdeckte er eine Aussage von Anne Devoes Mutter. Er las die Fotokopie ihrer präzisen Handschrift.

Denn in den vier Wochen vor ihrem Selbstmord hatte Anne dreimal einen Psychotherapeuten aufgesucht.

Sein Name war James Peters.

Tate schüttelte langsam den Kopf und zeichnete in den Staub, der das blaue lederne Armaturenbrett bedeckte, mit dem Finger geistesabwesend eine Spirale. Er dachte an das Zusammentreffen mit dem aalglatten Dr. Peters. Oh, Tate war sich der Manipulation schmerzlich bewußt gewesen. Er kannte die Taktik, nach der Peters in der Praxis vorgegangen war. Tate war selbst schon zu lange ein geübter Debattenredner, um die Technik nicht zu erkennen. Doch er hatte dies der einfachen Tatsache zugeschrieben, daß Peters seiner Ex-Frau zusetzte. Tate war überrascht gewesen festzustellen, wie ungeheuer schmerzhaft die Eifersucht ihn während dieser Sitzung gequält hatte.

Doch das war eine unsachliche Kritik. Was dachte er wirklich über Peters? Er bedachte dies eine Minute und kam zu dem Schluß, daß der Doktor nicht direkt in Megans Verschwinden verwickelt sein konnte. Wenn er tatsächlich ein Spanner oder von ihr besessen war, hätte Peters sich nicht erboten, mit ihm, Tate, und Bett zu sprechen. Und mit Sicherheit würde er sich nicht als ihren Therapeuten bezeichnen. Eine frühere Verbindung zwischen Opfer und Täter ist der Schlüssel zur Lösung der meisten Verbrechen.

Doch dann fragte sich Tate, ob vielleicht ein Patient von Peters in die Sache verwickelt war. Vielleicht jemand, der durch Anne von Megan erfahren hatte?

Das schien schon eher einen Sinn zu ergeben. Jemand, der von jungen Mädchen besessen war. Tate ließ seiner Phantasie freien Lauf. Diese Frau, mit der sie getrunken hatte – was war, wenn man Megan in eine Falle gelockt hatte? Emily. Was wäre, wenn *sie* Peters angerufen und sich als Megan ausgegeben hatte, um den Termin dann abzusagen? Um später Megan abzufangen, bevor sie zu Peters in die Praxis kam?

Zurück zum Montag. Diese Frau lernt Megan in einer Bar kennen und macht sie betrunken. Bringt sie in den Park. Sie sorgt dafür, daß sie Peters treffen kann, und sagt den Termin dann ab.

Aber warum?

Ja, warum?

Ihm fielen wieder Konnies Worte ein: Das Motiv ist der Schlüssel zu diesem Fall.

Wenn sie herausbekommen könnten, warum, könnten sie auch herausbekommen, wer es getan hatte. Das ist der Hauptgrund dafür, daß Verdächtige aufgespürt und festgenommen werden. Das ist der wesentliche Grund, weshalb man sie aufgrund von Indizienbeweisen verurteilt: das Motiv. Manchmal führt die kunstvolle Arbeit der Spurensicherung zum Erfolg und zur Verurteilung des Täters, manchmal schweißtreibende Vernehmungen. Doch meist ist es das Motiv, das den Erfolg bringt. Wenn eifersüchtige Ehemänner ihre Frauen umbringen, Geschäftsleute ihre Partner, Bankräuber ihre Geiseln.

Was ist der *Grund?*

Hier konnte Tate jedoch kein *Warum* erkennen.

Noch nicht. Doch ein Blick in Peters' Patientenakten würde ihm vielleicht etwas verraten. Als er an einer Telefonzelle vorbeikam, schlug er die Adresse des Doktors in den Gelben Seiten nach. Der Mann hatte in Fairfax, rund eine halbe Meile von seiner Praxis entfernt, eine Wohnung. Tate beschloß, beide zu durchsuchen. Er wählte die Nummer der Praxis und hörte, wie das Telefon dreimal läutete, bis Dr. Peters abnahm. Da hängte Tate ein. Also erst die Wohnung.

Keine vom Gesetz geschützte Schweigepflicht eines Arztes,

was seine Patienten angeht, ist absolut. Tate kam zu dem Schluß, daß er auch hier wieder so vorgehen mußte wie bei dem High-School-Spind seiner Tochter, da an einen Durchsuchungsbefehl nicht zu denken war.

27

Die verrückte Megan starrte das weiße Plastikmesser an.

Mit phallischen Umrissen und mit Blut und Wundflüssigkeit ihrer zerfetzten Handfläche gesprenkelt und dennoch für nichts Skandalöseres gedacht als das Beschmieren von Ritz-Crackern mit Erdnußbutter bei Kinder-Picknicks.

Megan lachte und machte sich wieder an die Arbeit.

Sie sägte, hin und her. Sie war benommen, fühlte sich ganz leer im Kopf und bemühte sich, den immer wieder aufblitzenden Schmerz zu verdrängen – von Blasen, verkrampften Muskeln, Hautabschürfungen, kleineren Verletzungen –, der immer wieder ihren Körper durchzuckte.

Nach zehn Minuten untersuchte sie die Gipsplatte. Sie wies einen weiten, halbmondförmigen, etwa dreißig mal sechzig Zentimeter großen Schnitt auf. Das ist groß genug. Jetzt nichts wie ran. Megan drehte sich um, preßte die Fersen gegen die Gipsplatte und stieß zu. Mit einem plötzlichen Knacken gab das Stück nach und fiel nach innen. Megan wirbelte herum und begann, durch das Loch hineinzukriechen. Heiße Luft strömte in Kaskaden heraus. Der Geruch verwesenden Fleisches hing so schwer in der Luft, daß sie würgte und um ein Haar in Ohnmacht gefallen wäre.

Dies also war die Quelle des entsetzlichen Gestanks, der alles durchdrang. Sie starrte hinein. Der Raum selbst war dunkel, obwohl sie unter der hinteren Tür Tageslicht sehen konnte – an der Wand des kleineren Raums.

Megan schlüpfte durch das Loch und bemühte sich, nur flach

zu atmen. Sie klemmte das Stück Gipsplatte wieder in das Loch. Dann stand sie auf und starrte trotzig auf die hintere Tür.

Bitte, sei nicht abgeschlossen.

Bitte, bitte, bitte.

Sie streckte die Hand nach dem Türgriff aus …

Fest verschlossen. Aussichtslos.

Scheiße! Megan zerrte und riß an dem Türgriff, bis ihre schmerzenden Hände aufgaben, lange bevor sie all ihre Kraft aufgebraucht hatte. Sie fiel schluchzend auf die Knie. Zog die Faust zurück, um gegen die Tür zu schlagen, bremste sich dann aber gerade noch rechtzeitig, als ihr einfiel, daß der Alte vielleicht durch die Kapelle schlurfte. Sie senkte die Stirn auf den Fußboden und weinte leise weiter, bis sie erschöpft und völlig außer Atem war.

Ihre Verwirrung dauerte etwa zehn Minuten. Als sie vorüber war, rollte sich Megan auf die Knie und stand auf. Sie seufzte und machte sich langsam daran, den Raum zu erkunden. Es war ein Lagerraum, der aber nur Papier und Bücher enthielt: meist religiöse Bücher und Stapel von Zeitungen. Sie hoffte, ein paar Werkzeuge oder Waffen zu finden, doch sie entdeckte nichts Hartes oder Scharfes. Sie sah einen langen grauen Stoffetzen voller Schmutz und Möbelpolitur. Doch ihr Herz machte einen Satz, als sie ihn vom Regal zog. Ein Kleidungsstück! Sie untersuchte es. Es war gerade so lang, daß sie es sich wie einen kurzen Rock um die Taille schlingen konnte. Oder es würde ihre Brüste bedecken wie ein kurzes Top.

Für sie stand jedoch außer Zweifel, was sie damit tun würde. Sie zerriß den Stoff in zwei Hälften. Schuhe, dachte sie. Das will ich. Barfüßige Menschen sind die verwundbarsten. Und erscheinen am unmenschlichsten. Sie wollte die Füße schützen – zum Laufen, zum Kämpfen. Sie wickelte sich die Lumpen um beide Füße und spürte, wie ihr Selbstvertrauen wiederkehrte.

Drei Messer übrig. Und sie mußte noch ein Loch schneiden.

Also nichts wie ran.

Sie ging zu der verschlossenen Tür und versuchte, unter ihr

hindurchzuspähen. Ja, da war definitiv Licht, das durch ein großes Fenster hereinfiel. Sie hatte keine Ahnung, wie spät es war, doch es kam ihr vor, als herrschte draußen blasses Nachmittagslicht unter einem bewölkten Himmel, was ihr aus irgendeinem Grund einen lange zurückliegenden anderen Tag ins Gedächtnis zurückrief. Noch eine gute Erinnerung. Als sie damit begann, in die zweite Wand ein neues Loch zu schneiden, rief sie sich die Szene ins Gedächtnis zurück: Sie ging mit ihrem Vater über seine frisch angepflanzten Maisfelder, er auf einer Seite der niedrigen dunkelgrünen Pflanzen, sie auf der anderen. Er ging, und sie hüpfte. Sie spielten ein Spiel – sie gaben jedem winzigen Maisstengel, an dem sie vorbeikamen, einen Namen.

»Jimmy, Petey«, hatte Megan gesagt und dabei mit dem Finger auf jeden einzelnen gezeigt. »Billy Bub.«

»Evangeline, Gertrude.«

»Big Bonzo.«

»Hank der Straßenräuber«, hatte ihr Vater zurückgegeben und dabei auf eine besonders große Pflanze gezeigt.

»Die Biggins-Zwillinge!« sagte Megan. »Du bist albern, Daddy.«

»Dann sind wir es beide, meine Süße.«

Jetzt fragte sich Megan mit Tränen in den Augen, wo diese Erinnerung gesteckt haben mochte; sie hatte jahrelang nicht mehr daran gedacht. Irgendwo verschlossen zusammen mit dem Einkaufsbummel in Pentagon City und der Schlittenfahrt, wie sie vermutete. Als sie in der Praxis von Dr. Peters war, hatte sie sich nur an die schlechten Dinge erinnern können. Doch hier war schon wieder eine glückliche Erinnerung. Sie und Tate, die miteinander sprachen und lachten. Es war ein Fragment. Sie fragte sich, ob es noch mehr gute Erinnerungen davor oder danach gab, die irgendwo verborgen waren. Sie dachte, daß es so sein mußte.

Dann schnell nach Hause, damit ich es herausfinden kann, dachte sie und schnitt mit neuem Eifer weiter. Einen Augenblick später spürte sie, wie eine Blase am Knie platzte und Schmerz durch ihr Bein schoß. Sie zuckte zusammen, stand auf und ging zu einem Stapel mit vergilbten alten Zeitungen. Sie nahm die oberste an sich und ließ sie auf den Fußboden fallen, um sie als Knieschoner zu benutzen. Sie bemerkte, daß nicht die Titelseite aufgeschlagen war, sondern ein Artikel im Inneren der Zeitung. Sie las:

Patientin in der Nervenklinik von Fairfax stirbt durch Selbstmord

Eine Frau, die sich in der Lee-Nervenheilanstalt in Fairfax einer psychiatrischen Behandlung unterzog, nahm sich gestern das Leben.

Roberta Parsons, 46, wurde von Pflegern in ihrem Zimmer aufgefunden, nachdem sie nicht zum Frühstück erschienen war. Sie hatte sich mit einem improvisierten Strick aus zusammengeknoteten Bettlaken erhängt.

Ein Sprecher des Krankenhauses sagte, Miss Parsons sei wegen Depressionen eingeliefert worden, sei aber der üblichen Aufnahmeuntersuchung unterzogen und nicht als selbstmordgefährdet eingestuft worden. Sie habe einen Abschiedsbrief hinterlassen, in dem sie sagte, sie schäme sich des sündigen Lebens, das sie geführt habe.

Megan ging wieder zu dem Zeitungsstapel und zog aufs Geratewohl einige weitere Blätter heraus. Sie kniete nieder und hielt eine Zeitung gegen den schwachen Lichtschein, der unter der Tür hereindrang, ohne auf den Schmerz in den Beinen zu achten.

Verstümmelung in der Staatlichen Nervenklinik

Eine Patientin der Nervenheilanstalt Lee in Fairfax hat sich heute bei dem Versuch, sich die Zunge abzuschneiden, schwer verletzt.

Ihr Zustand soll dem Vernehmen nach stabil sein.

Die siebenundzwanzigjährige Patientin, deren Namen die Behörden nicht bekanntgeben wollen, wurde wegen schwerer Schizophrenie behandelt.

Es ist nicht bekannt, wie die Patientin an das Steakmesser herangekommen ist, mit dem sie sich die Verletzungen zufügte. Einige Patienten haben Zugang zu einem unbewachten Speisesaal, in dem auch scharfe Utensilien verfügbar sind, doch die verletzte Frau war in einer bewachten Abteilung untergebracht, in der niemand zu gefährlichen Geräten Zugang hat.

Die Frau hatte ihre verordnete Dosis Thorazin eingenommen, ein Medikament zur Beherrschung der Schizophrenie-Symptome, zu denen Wahnvorstellungen und irrationales, manchmal gefährliches Verhalten gehören.

Nach dem Zwischenfall schrieb sie mehrere Briefe, in denen es heißt, sie habe sich gezwungen gefühlt, sich die Zunge abzuschneiden, weil sie wiederholt die Sünde des Analverkehrs begangen habe. Gott, heißt es ferner, habe sie genötigt, so zu handeln.

Dann ein Artikel, der vor drei Jahren in einer Zeitung in Maryland erschienen war:

Geldstrafe für Mann,
der ohne Approbation als Arzt praktizierte

James Peters, 39, Baltimore, sagte zu der Anklage aus, er habe ohne Approbation eine ärztliche Tätigkeit ausgeübt, ohne sich ausdrücklich schuldig zu bekennen. Er wurde zu einer Geldstrafe von fünfhundert Dollar verurteilt.

Peters, der während des letzten Jahres in Towson eine kleine Praxis als Psychotherapeut betrieb, soll einem Undercover-Agenten gegenüber behauptet haben, er sei Psychotherapeut und habe in Harvard und Yale studiert. Der Agent hatte sich als potentieller Patient ausgegeben. Die Polizei hat erklärt, daß Peters keine der beiden Universitäten je besucht hat und überdies die Approbationsprüfung des Staatlichen Gesundheitsministeriums für Therapeuten nicht abgelegt habe.

Die Familie eines früheren Patienten von Peters erhob Klage gegen den Staat, als der Patient, der sich bei Peters wegen Depressionen behandeln lassen wollte, Selbstmordabsichten zu äußern begann. In der Klageschrift wird behauptet, daß der Patient, der zur Gewährleistung seiner Anonymität als John Doe bezeichnet wird, gläubiger Methodist sei und nie zuvor Gedanken an eine Selbsttötung geäußert habe.

Megan blinzelte, als sie das Foto neben dem Artikel betrachtete. Es zeigte einen Mann, der vor dem Gerichtsgebäude die Treppe hinunterging. Er hatte einen Bart. Es war ohne jeden Zweifel der James Peters, den sie konsultiert hatte. Der Mann, der auch Aaron Matthews war.

Sie spürte den zunehmenden Druck, an der Wand weiterzuschneiden, doch es drängte sie genauso dazu, noch mehr von diesen Artikeln zu lesen.

Mann verstümmelt sich selbst

Irwin L. Campbell, 46, wohnhaft in Luray, hat sich gestern den Penis abgeschnitten. Sein Zustand wird heute als stabil bezeichnet.

Ein Sprecher des Shenandoah Community Hospital erklärte, Campbell, ein ehemaliger Lastwagenfahrer, sei verzweifelt gewesen und habe sich schuldig wie die Sünde gefühlt, weil er sich an LKW-Raststätten in West Virginia, Virginia und Tennessee mit Prostituierten eingelassen habe. Ein Jahr zuvor hatte er sich auf die Anklage, in Nashville eine Frau zur Prostitution aufgefordert zu haben, schuldig bekannt.

Campbell, der regelmäßig die Gottesdienste einer Erweckungskirche in Front Royal besuchte, soll zunehmend davon überzeugt gewesen sein, daß der einzige Weg, sich von der Sünde zu befreien, die er begangen habe, darin bestand, seinen Penis zu entfernen.

Es ist den Ärzten zwar gelungen, das Organ wieder anzunähen, doch sie bezweifeln, ob der Mann seine sexuelle Potenz je wiedererlangen wird.

Megan zog noch eine Zeitung aus dem Stapel. Sie war vier Jahre alt.

Todesfall Colby war Selbstmord

Loretta Colby, 48, aus Front Royal beging am vergangenen Dienstag Selbstmord, wie aus dem Büro des County Sheriff verlautet.

Mrs. Colby, eine Witwe, wurde von ihrer Tochter aufgefunden, die sich ohne Erfolg bemühte, sie wiederzubeleben. Die Todesursache sei, wie das Büro des Sheriffs mitteilt, eine Überdosis von Barbituraten und Alkohol gewesen.

Ihre Tochter erklärte, sie habe mit ihrer Mutter zum Einkaufen fahren wollen, nachdem Mrs. Colby von der Kathedrale im Kiefernwald zurückgekehrt sei, einer evangelikalen Erweckungskirche in der Nähe von Front Royal, der sie seit fünfzehn Jahren angehört habe.

Rev. Aaron Matthews, Leiter der Kirche, die keiner anerkannten religiösen Sekte angehört, erklärte, er sei Mrs. Colby tatsächlich noch kurz vor dem Selbstmord begegnet. Sie sei schon seit einiger Zeit wegen ihrer Einsamkeit verzweifelt gewesen. Außerdem habe sie geglaubt, ein sündiges Leben geführt zu haben, obwohl Mr. Matthews hinzufügte, Mrs. Colby habe zu keinerlei Vermutung Anlaß gegeben, sie könne sich mit Selbstmordgedanken tragen.

Megan schleuderte die Zeitung beiseite und ergriff noch mehrere andere.

Selbstmord einer Frau aus Front Royal

Janet Lynne Baker, 35, wohnhaft 345 Cedar Grove Road in Front Royal, hat am Sonnabend Selbstmord begangen, wie die State Police von Virginia heute meldet.

In ihrem Abschiedsbrief gesteht sie eine Affäre, bei der sie sich auch des Analverkehrs und anderer »Sünden gegen Gott und die Menschen« schuldig gemacht habe. Sie erklärt, die Umstände ihres Todes würden ihrem Verbrechen angemessen sein. Der State Police zufolge sei sie an Vergif-

tung und inneren Blutungen gestorben, nachdem sie einen Liter Abflußreiniger getrunken habe.
»Wir begreifen diese Tragödie nicht«, sagte ihre Schwester Alice Kent, 42. »Sie hatte erst kürzlich zu Jesus gefunden und war in einer Kirche der Stadt wirklich aktiv geworden. Sie war stolz darauf, wiedergeboren zu sein. Wir können uns einfach nicht vorstellen, daß sie sich das Leben genommen hat.«

Megan stand auf und begann, Schachteln und Kartons zu durchwühlen. Sie riß die Deckel ab und kramte persönliche Papiere hervor. Ein großer Teil waren Steuererklärungen und Dokumente über finanzielle Angelegenheiten. Doch auf dem Boden einer schimmeligen Schachtel fand sie einen dicken braunen Umschlag mit dem Stempel: *Persönlich und Vertraulich. Muß im Krankenhaus verbleiben.*

Auf eine Ecke war das Logo der Nervenklinik Lee aufgedruckt.

Es waren Patientenakten, und der Patient, der hier beschrieben wurde, war Aaron Matthews. Und das Foto zeigte Matthews. Also war Dr. James Peters erfunden.

Megan las den Bericht. »Mit Depressionen, soziopathischen Halluzinationen und Borderline-Verhalten ins Krankenhaus eingeliefert.« Sie sah, daß man ihn mehrere Jahre lang mit allerlei Drogen behandelt und einer umfassenden Therapie unterzogen hatte.

Sie fand einige Abschriften seiner Sitzungen.

Matthews: Wo sitzt Ihrer Ansicht nach die Sünde im Körper? In der Zirbeldrüse, der Zunge, dem Penis oder der Klitoris? Dem großen Zeh?
Dr. Felling: Sünde ist ein abstrakter Begriff, Aaron. Wahrscheinlich müßte man sagen, sie sitzt in der Großhirnrinde. Wenn man es überhaupt so sehen will.
Matthews: Wie können wir sie dann entfernen? Wie schneiden wir sie heraus, als wäre sie ein Tumor? Das ist es, was Gott von uns will. Das steht für mich fest.

Dr. Felling: Hören Sie Gott sprechen, Aaron?
Matthews (lacht): Nein, aber ich lese die Bibel. Sie nicht?

Sie nahm an, daß er entweder entlassen worden oder geflüchtet war und beim Verlassen des Krankenhauses die Akten gestohlen hatte. Er war verrückt. Wie ein Serienmörder. Er überredete Leute dazu, sich umzubringen. Oder brachte sie vielleicht dazu, Abschiedsbriefe zu schreiben, bevor er sie selbst ermordete. Sie blickte auf einen weiteren Artikel.

Bezirksverwaltung schließt Erweckungslager

Auf Beschwerden einzelner Gemeindemitglieder und Vertreter verschiedener Kirchen der Pfingstbewegung in Virginia hin hat die Bezirksverwaltung die Kathedrale im Kiefernwald geschlossen, ein Erweckungslager in der Nähe von Front Royal.

Die Behörden nannten Verstöße gegen Gesundheits- und Sicherheitsvorschriften als Grund dafür, daß der Kirche die Erlaubnis zur Abhaltung öffentlicher Versammlungen entzogen worden sei, doch in gewöhnlich gutunterrichteten Kreisen war zu erfahren, daß die Kirche nach dem Selbstmord des vierten Gemeindemitglieds in zwei Jahren Gegenstand ernster Sorge geworden sei.

»Die Polizei hatte das Gefühl, daß der Ort etwas Kulthaftes an sich hatte«, wie ein Geistlicher aus der Region sagte, der anonym bleiben möchte. »Etwa so wie diese Farm von David Koresh in Texas.«

Die von dem selbsternannten Reverend James Matthews Ende der fünfziger Jahre gegründete Kirche wurde zu einem beliebten Schauplatz für Erweckungstreffen, als Matthews' Sohn Aaron im Alter von elf Jahren dort zu predigen begann. Der Junge galt als Wunderkind. Während des ganzen Jahrzehnts stand er im Mittelpunkt der Lagertreffen

Die Kathedrale im Kiefernwald hat keinerlei Verbindung mit irgendeiner bekannten christlichen Sekte.

Aaron Matthews wurde einige Jahre lang nicht mit der Kir-

che in Verbindung gebracht, kehrte jedoch ins Lager zurück, kurz bevor James Matthews vor fünf Jahren verschwand, nachdem man ihn wegen der Vergewaltigung der Tochter zweier Gemeindemitglieder festgenommen hatte. Sämtliche Selbstmorde ereigneten sich in der Zeit, in der Aaron Matthews predigte und einzelne Gemeindemitglieder als Psychotherapeut behandelte.

»Ich bezweifle nicht die Seriosität des Reverend Matthews«, sagte der schon erwähnte Geistliche »doch die Zeit der Brandreden, in denen er mit ewiger Verdammnis droht, sind endgültig vorbei. Ich habe an einigen dieser Erweckungstreffen teilgenommen. Er jagte den Menschen Angst ein, große Angst. Er hielt ihnen ihre Sünden unter die Nase: So etwas tut man heute nicht mehr.«

Wir haben Aaron Matthews vergeblich um einen Kommentar dazu gebeten.

Dann sah Megan die jüngste Zeitung, worauf sich ihr das Herz zusammenkrampfte.

Sie war nicht so vergilbt wie die anderen. Sie war sogar nur rund einen Monat alt. Megan unterdrückte ein Keuchen. Sie brauchte den Artikel nicht zu lesen, denn sie hatte ihn schon ein dutzendmal gelesen und kannte ihn auswendig. Die Schlagzeile genügte.

Tochter des Abgeordneten Devoe
vermutlich durch Selbstmord ums Leben gekommen

Er hat es getan! Oh, Annie ... Warum du? Megan stellte sich das zerzauste Haar des Mädchens vor, die blassen Augen, die sanfte Stimme. Warum?

Matthews ... Du Scheißkerl ...

Sie würde auf ihn warten, beschloß sie kalt. Sie würde den Samtvorhang abreißen, damit er wußte, wo sie war, und sich dann hinter der Tür verstecken. Wenn er hereinkam, um sie zu suchen, würde sie sich schreiend auf ihn stürzen und ihm ein

Messer in den Rücken jagen. Er würde sich umdrehen, und sie würde ihm die Augen und das Gesicht zerfetzen …

Und in dieser Aufwallung von Entschlossenheit schloß sich ihre Hand schmerzhaft um ihre einzigen Waffen – die Messer. Und da dachte sie: Aber nein, nein, das sind ja gar keine Waffen, sondern nur zerbrechliche Spielzeuge aus Kunststoff. Mit denen kann ich es höchstens schaffen, hier herauszukommen.

Doch als Megan sich wieder den Gipsplatten zuwandte, gegen den Schmerz tief durchatmete und erneut zu sägen begann, spürte sie immer noch das Mahlen des erstaunlichen Zorns. Er wollte einfach nicht verrauchen. Er bewegte sich in ihr und hielt nach einer Stelle Ausschau, an der er sich zur Ruhe legen, sich zusammenrollen und warten konnte. Um vielleicht noch größer zu werden.

Nach fünf Minuten durchstieß das Messer die Wand, und jetzt mußte Megan das Kunststoffwerkzeug schon mit beiden Händen festhalten. Jetzt begann sie ernsthaft zu schneiden. Sie lag auf den Knien, preßte die gesenkte Stirn gegen die Gipsplatte, was sie, wie ihr durch den Kopf schoß, weniger wie eine Gefangene aussehen ließ, die zu flüchten versuchte, als vielmehr wie eine bußfertige Sünderin im Gebet.

28

Fast schon Freitag.

Und doch war es nicht die Tochter, an die Aaron Matthews jetzt dachte, sondern ihre Mutter.

Bett McCall.

Die Frau *hatte* etwas Geheimnisvolles an sich. Megan hatte bei der Sitzung nicht ganz recht gehabt. Betts Rätselhaftigkeit war ganz und gar nicht geschauspielert, kein Versuch, ihrer Eitelkeit zu schmeicheln. Die Frau hatte tatsächlich Tiefe. Ihre Schönheit war natürlich ein Teil davon. Ihr Schweigen? Ja, vielleicht auch das – sie war die Art von Person, die nicht alles von sich preisgibt, sondern die Illusion aufrechterhält, daß sie genau die Person ist, die man sich wünscht, das vollkommene Objekt des Verlangens.

Er konnte erkennen, weshalb Tate Collier sie begehrt hatte, und erkannte auch, wie tief er den Mann verletzen konnte, indem er ihm auch Bett wegnahm.

Es war schon fast neun Uhr abends, und Matthews hatte in der Praxis alles zusammengepackt, weil er morgen den Staat verlassen wollte. Er lehnte sich jetzt in seinem Stuhl zurück und schloß die Augen. Er stellte sich vor, wie er auf Bett McCall lag. Und mit ihr Liebe machte. Er stellte sich weiter vor, wie er ihr anschließend die Nadel in den Hals stieß. Sie würde sich natürlich wehren, war aber so zartgliedrig, daß er sie leicht festhalten konnte – ihre Tochter war größer und stärker, und *die* hatte er problemlos in der Gewalt gehabt.

Und dann?

Ein Selbstmord würde nicht gehen. Nicht nach Carsons Tod. Zu verdächtig.

Wahrscheinlich ein Unfall.

Er wirbelte in seinem Stuhl herum und dachte nach. Nein, nein – das ist ganz und gar nicht, was ich will. Oh, ein Autounfall, ein Sturz, so etwas zu arrangieren wäre logisch. Doch was Matthews wirklich wollte, war etwas anderes: Er wollte sie nackt festbinden und ihr das Messer in den Mund stoßen, es herausziehen, wieder hineinstoßen, während ihre Kehle schrie und ihre Seele aus ihrem sterbenden Körper entwich.

Seine Hände schwitzten, als sie die Armlehnen seines Stuhls packten. Warum nicht? dachte er. Morgen wäre er verschwunden und unterwegs nach Westen. Er würde diese Region für immer hinter sich lassen. Er hatte keine Verstellung mehr nötig. Wenigstens einmal würde er sich nicht mehr um Erklärungen Gedanken machen oder seine Spuren verwischen müssen. Bett McCall würde einfach verschwinden.

Es würde sich jedoch nur schwer arrangieren lassen. Trotz allem, was Megan ihm während der Sitzung erzählt hatte, schienen Tate und Bett unzertrennlich zu sein – zumindest bei der Suche nach ihrer Tochter. War es zu schwierig? Er wagte es nicht, seine Pläne mit Megan zu gefährden. Vielleicht mußte er Bett laufenlassen …

Er las zehn Minuten lang in der Bibel und vertiefte sich in die Verse der Psalmen. Da läutete das Telefon.

»Hallo?«

»Dr. Peters?« Die Stimme der Frau hörte sich zweifelnd an.

»Ja.« Er richtete sich verblüfft auf.

Sie sagte: »Ich … Hier ist Bett McCall. Megans …«

»Ja, ich habe Ihre Stimme gleich erkannt.« Matthews klappte die Bibel zu. Sein Gesicht brannte unter dem unerwarteten Feuer der Vorfreude. »Haben Sie von ihr gehört?« fragte er.

»Nein. Aber ich habe mich gefragt …«

»Ja?«

»Ist es möglich, daß ich Sie besuche? Ich weiß, es ist spät, aber ich bin am Ende und weiß nicht, was ich …« Ihre Stimme versagte. »Es tut mir leid. Das alles regt mich einfach so auf.«

»Sie brauchen sich nicht zu entschuldigen.« Matthews wünschte, seine plötzliche Erektion würde sich legen. Sie irritierte ihn. »Ich wäre glücklich, Sie zu sehen.« Eine Pause. »Nur Sie?«

»Nun, ich hoffe, es kränkt Sie nicht, aber mein Mann steht der Psychotherapie ein bißchen skeptisch gegenüber. Ich wollte allein kommen.« Kurze Pause. »Ich hatte mir vorgenommen, es ihm nicht zu erzählen. Falls Sie das für richtig halten.«

»Damit habe ich kein Problem. Ich hätte jetzt Zeit für Sie. Warum kommen Sie nicht gleich vorbei?«

»Brauche ich eine Versicherungskarte oder so etwas?«

»Darum kümmern wir uns später«, versicherte er ihr.

Die Vorhänge waren zugezogen, die Bücher und Papiere, die er verpackt hatte, waren durch andere ersetzt worden, so daß sie keinen Verdacht schöpfen würde.

Matthews lächelte und erhob sich. Er musterte die Frau aufmerksam. Sie trug enge schwarze Jeans und ein schwarzes Top. An den Ohren baumelten große, auffallende Ohrringe; Halbmonde und Sternschnuppen. Er spürte die schwache Aura eines herben Parfüms.

In ihren dunklen Augen spiegelte sich genau die Ungewißheit, die er dort vorzufinden erwartete.

Die Augen. Immer die Augen.

»Treten Sie ein. Nehmen Sie Platz.« Er warf einen Blick auf die Couch, doch sie wählte statt dessen den Stuhl. »Ich bin froh, daß Sie mich noch erwischt haben. Ich wollte gerade gehen, um übers Wochenende zu verreisen.«

Die Spritze war jetzt gefüllt und lag unter der Fotokopie eines Artikels im *Journal of the American Association of Psychopathology.*

Er hatte schon genau geplant, was geschehen würde. Er würde ihr eine Injektion geben und sie in einen verlassenen Teil des Bull Run Park bringen, der auf dem Weg zur Kathedrale im Kiefernwald lag. Dann würde er sie ausziehen, festbinden, ihr den Mund aufreißen und seine Trophäe abschneiden – ein Geschenk für ihre Tochter.

Und für ihren Ruheplatz, ein flaches Grab.

Das Jagdmesser preßte sich heiß an seinen Schenkel. Er lächelte wieder. »Wie fühlen Sie sich?«

»Es ist mir schon besser gegangen.«

Er schüttelte den Kopf. »Als Sie hier waren, konnte ich sehen, daß Sie den größten Schmerz empfinden.«

»Tate ...« Sie suchte nach Worten.

»Ich spüre, daß er sich nicht solche Sorgen macht.«

»Nein, das ist es eigentlich nicht. Er hat einfach nie viel mit Megan zu tun gehabt.«

»Das mütterliche Band läßt sich einfach nicht verleugnen.«

»Aber Sie hatten recht, müssen Sie wissen. Über die Gründe dafür, daß er die Staatsanwaltschaft aufgab. Es war mehr daran, als er zugegeben hat.«

Matthews hob fragend eine Augenbraue.

»Er hat dafür gesorgt, daß ein unschuldiger Junge verurteilt wurde. Der sich danach umbrachte.«

»Wie traurig.« Matthews war ganz Mitgefühl. »Hat es nicht einige Probleme mit sich gebracht, daß er jetzt in Ihr Leben zurückgekehrt ist?«

»Was soll ich sagen, nun ja, das hat es. Ich fühle mich ziemlich hin und her gerissen.«

»Sie sind also nicht nur wegen Ihrer Tochter hier, ist das richtig?«

Sie zögerte. Dann nickte sie. »Wahrscheinlich nicht.«

»Ich muß Ihnen etwas sagen«, fühlte Matthews vor. »Als Sie gestern in die Praxis kamen, fühlte ich mich sofort zu Ihnen hingezogen.«

Sie hielt seinen Blick fest. Vorsichtig, aber auch angenehm berührt. Matthews konnte es sehen.

Er lachte. »Das sollte keine Anmache sein. Meine Reaktion auf Sie ist wichtig, weil sie mir zum Teil verrät, wie wir vorgehen müssen.«

»Was sagt sie Ihnen sonst noch?«

»Das bleibt abzuwarten.«

»Sie kennen mich nicht.«

»Wirklich nicht? Ich glaube doch. Ich weiß, daß Sie leidenschaftlich sind, daß Sie zu sehr vielem bereit sind, um eine Tochter zu finden, die Sie abgewiesen hat; ich weiß, daß Ihr Mann Ihnen sehr weh getan hat, und ich weiß, daß Sie sich Liebe wünschen.«

»Sie hören sich an wie ein Wahrsager. Ich werde einem dunkelhaarigen Fremden begegnen. Ich werde eine Reise machen. Und was ist mit meiner Reaktion?«

»Auf was?«

Bett zögerte. »Auf alles.«

Sie meinte: *Auf Sie.*

»Das müssen wir gemeinsam herausfinden, meinen Sie nicht auch?« Matthews lehnte sich zurück, senkte den Blick und vergewisserte sich, daß sie nicht die Spritze sehen konnte. »Sie haben angezweifelt, daß Ihre Tochter zornig ist. Nun, ich glaube, sie *ist* zornig. Und ich nehme an, daß auch Sie sehr zornig sind. Auf Ihren Mann.« Er hielt eine Hand hoch. »Ihr Zorn sitzt an dieser so überaus lästigen Stelle im Unterbewußtsein. Sie müssen etwas dagegen unternehmen. Das wissen Sie selbst, doch Sie fürchten sich davor.«

Ihr Mund wurde bei diesen Worten zu einem schmalen Strich, und ihr Blick kühlte sich ab. Doch er hatte diese Reaktion erwartet. Einen Moment später sagte sie nachdenklich: »Vielleicht ist das richtig. Ich weiß nicht. Vielleicht ist es so.«

»Ihr Mann hat etwas an die Oberfläche gebracht. Als Sie verheiratet waren, haben Sie sich als Frau selbst in Zweifel gezogen. Richtig?«

Du hast Angst davor zu antworten, aber oh, Bett McCall, deine Augen verraten alles.

»Sie haben jedoch gelernt, unabhängig zu sein«, fuhr er fort. »Seitdem Sie sich von ihm gelöst haben, haben Sie gelernt, eine Frau zu sein.« Er sprach mit sanfter Stimme. Matthews erhob sich und setzte sich neben sie.

Sie warf den Kopf in den Nacken und strich sich das Haar zurück – eher nervös als verführerisch. Aber doch ein wenig verführerisch.

Er würde sie erst auf der Couch ficken. Bevor er ihr die Nadel gab. Oder vielleicht hinterher. Darauf kam es nicht an.

»Ich sollte nicht hier sein.«

Wie viele Menschen haben nein zu mir gesagt, wo nein das letzte war, was sie meinten?

»Doch, das sollten Sie. Das Herz leitet uns. Vor allem anderen – vor dem Kopf, der Seele, unseren animalischen Instinkten. Es sind unsere Herzen.«

Sie zwirbelte mit mädchenhafter Geste eine Haarsträhne zwischen den Fingern.

Er drückte ihr behutsam das Knie. Es schien sie zu überraschen, seine Hand auf ihrem Körper zu finden, doch sie zuckte nicht zusammen und entzog sich ihm auch nicht.

»Sie glauben, das Herz hätte mich hergebracht?«

Er nickte. »Ja, das tue ich.«

»Warum?«

»Weil Sie etwas in Ihrem Leben vermissen. Sie haben zwar nicht gewußt, daß Ihnen etwas fehlt, doch das Wiedersehen mit Ihrem Mann machte es Ihnen bewußt. Darf ich Sie küssen?«

»Nein«, flüsterte sie.

Er tat es. Ihre Münder öffneten sich. Und sie erwiderte den Kuß. Fest.

»Ich ... nein, ich bin verlobt.«

»Und einen Ex-Mann haben Sie auch«, sagte Matthews. Er ließ die Hand über ihre Brüste gleiten. Sie erbebte, wenn auch nicht widerstrebend. »Doch vor allem anderen sind Sie ihr eigener Herr.«

»Davon weiß ich gar nichts.«

Seine Hand strich über ihre Brustwarze.

Sie schnappte nach Luft, als aus ihrer Handtasche ein elektrisches Piepen ertönte. »Oh ...«

»Ein Keuschheits-Pieper«, flüsterte er.

Sie holte tief Luft, strich sich das Haar glatt und entzog sich ihm. »Tut mir leid. Haben Sie was dagegen, wenn ich anrufe? Es könnte Megan sein.«

»Natürlich nicht.«

Sie las den Text auf der Flüssigkristall-Anzeige des Piepers und wählte die Nummer.

Matthews lehnte sich zurück, warf einen Blick auf die Fotokopie und schloß die Finger um die Spritze.

Als sie die Zahlen am Telefon eingab, blickte Bett McCall Dr. Peters in die Augen und dann zur Seite. Sie wußte, von wem der Anruf kam. Tate Collier hatte die Durchsuchung von Peters' Wohnung gerade beendet.

Tate hatte ihr die merkwürdige Verbindung zwischen Anne Devoe und Peters erklärt, und sie hatten beschlossen, daß sie den Arzt in seiner Praxis beschäftigen sollte, während Tate die

Wohnung des Mannes durchsuchte, um vor allem Patientenakten zu finden. Zunächst hatte sie sich geschämt, Peters etwas vorzulügen, doch jetzt hatte sie keine Bedenken mehr.

Himmel, das Arschloch hatte es sich tatsächlich erlaubt, sie zu befingern!

Außerdem küßte er lausig.

Zwei Tatsachen, die sie ihrem Ex-Mann vorzuenthalten gedachte.

Er nahm in der Telefonzelle den Hörer ab. »Bett?«

»Ja, ich …«

»Hör mir sehr genau zu«, sagte er leise und eindringlich. »Geh nicht zu ihm.«

Sie senkte den Blick. »Wie genau meinst du das?«

»Du bist doch nicht etwa *da,* oder? In seiner Praxis?«

Sie sah mit einer Grimasse zu dem Arzt hin und sagte diesem: »Mein Geschäftspartner. Uns scheint ein großer Auftrag durch die Lappen zu gehen.« Sie hatte die Hand nur teilweise auf die Lautsprechermuschel gehalten, damit Tate sie hören konnte. Ins Telefon hauchte sie jetzt mit rauher Stimme: »Können wir nicht morgen darüber sprechen?«

»Nichts wie raus da. Jetzt gleich!«

»Ich bin gerade in einer wichtigen Besprechung.« Sie hatte ihn noch nie so aufgeregt gehört. Plötzlich wurden ihr die Handflächen feucht.

»Hör mir zu«, sagte er. »Ich habe in seiner Wohnung ein paar Dinge gefunden. Erinnerst du dich an den Prozeß vor ein paar Jahren? Das Verfahren, von dem ich dir erzählte, bei dem der junge Mann, für dessen Verurteilung ich gesorgt hatte, sich im Gefängnis erhängte?«

»Ja, ich erinnere mich dunkel.« Sie lächelte und formte mit den Lippen die Worte: Tut mir leid, dauert nur noch eine Minute.

»Der Name des Angeklagten war Peter Matthews.«

»Ach ja?« fragte Bett ausdruckslos. Sie spürte, wie ihr die Wangen vor Entsetzen rot wurden.

»Es gibt keinen James Peters. Ich habe einen Paß gefunden.

Sein richtiger Name ist Aaron Matthews. Er ist der Vater des Jungen. Ich bin sicher, daß er Megan entführt hat, um es mir heimzuzahlen.«

In ihrer Benommenheit packte Bett den Hörer fester. Matthews sah sie jetzt mit einiger Besorgnis an.

»Ja, verstehe«, brachte sie heraus. »Alles in allem ist das eine etwas unangenehme Situation. Gibt es irgendwelche Vorschläge in dieser Sache?«

»Geh jetzt, auf der Stelle«, sagte Tate. »Mach, daß du rauskommst.«

»Wenn es so kritisch aussieht …« Ihre Stimme war das Musterbild des Tonfalls einer gehetzten Geschäftsfrau. »Das ist wirklich sehr lästig, das muß ich sagen.«

Tate sagte: »Sag ihm, daß du …« Plötzlich war ein Klicken zu hören, und die von Rauschen verzerrte Stimme ihres Ex-Mannes erfüllte den Raum. »… aufs Klo mußt, und dann nichts wie weg!«

Matthews hatte auf den Knopf für den Mithörlautsprecher gedrückt.

Er lächelte und unterbrach das Gespräch.

»Sieh mal einer an«, sagte er.

Ihre Blicke begegneten sich. Sein gleichmütiger Gesichtsausdruck wurde keine Sekunde unsicher, doch seine Augen wurden urplötzlich eiskalt wie Felsgestein. Mit langsamen Bewegungen hob er eine auf dem Schreibtisch liegende Injektionsspritze auf.

Er stand von der Couch auf. Er bewegte sich immer noch lässig, und da er davon ausging, daß sie versuchen würde wegzulaufen, trat er zwischen sie und die Tür. Doch das war sein Fehler. In ihrem Herzen machte sich explosive Wut darüber breit, daß der Mann, der ihre Tochter entführt hatte, wohl auch sie mit der gleichen Droge vollpumpen wollte, mit der er Megan betäubt hatte. Bett McCall täuschte nur vor, zur Tür rennen zu wollen, und Matthews fiel auf die List herein. Er machte einen Satz zur Tür und erkannte zu spät, daß sie gar nicht die Absicht hatte wegzulaufen. Statt dessen trat sie an die hintere Wand des

Sprechzimmers, ergriff einen großen gläsernen Aschenbecher vom Schreibtisch und schleuderte diesen nach Matthews. Der duckte sich zwar, wurde aber doch über dem Ohr gestreift und fiel betäubt gegen ein gläsernes Bücherregal, das er im Fallen zertrümmerte.

Bett schleuderte einen kleinen Beistelltisch quer durchs Zimmer; er traf den Mann im Bauch. Er ließ die Spritze fallen, krümmte sich und hielt sich den Bauch vor Schmerzen. Bett stürzte sich auf ihn, schlug mit beiden Fäusten auf ihn ein, kratzte ihn mit den Fingernägeln und zielte auf seine Augen. Doch er war ein kräftiger Mann mit starken Muskeln. Als er den Schmerz niedergekämpft hatte, richtete er sich auf und begann, sie von sich herunterzustoßen. Er zielte mit einem Schwinger auf ihr Gesicht. Als sie es mit der linken Faust schützte, traf er sie hart direkt unter den Brüsten. Das raubte ihr den Atem, und sie fiel zu Boden. Er kam keuchend auf die Beine und wischte sich das Blut von der Wange und dem Auge.

»Wo ist sie?« fragte Bett atemlos.

»Sie werden sie bald wiedersehen«, flüsterte Matthews mit einem Lächeln. Er griff hinunter, packte Bett bei den Haaren und riß sie hoch, bis sie stand.

»Nein! Hören sie auf damit!«

Sie erschlaffte für einen Moment, und als er den Griff lockerte, entzog sie sich ihm und hob die Spritze vom Fußboden auf. Matthews' linke Hand schoß hervor und packte sie am Handgelenk, das er mit einem festen Griff preßte. Sie hielt die Spritze über beider Köpfe. Mit der rechten Hand fischte Matthews ein großes Klappmesser aus der Hosentasche. Er öffnete die Klinge mit den Zähnen, und Bett sah voller Entsetzen die dunklen Flecke daran. Matthews drehte die Schneide der Klinge nach oben, und während er ihre rechte Hand immer noch über ihrem Kopf festhielt, preßte er Bett gegen die Wand.

»Im Namen des Vaters«, flüsterte er, »des Sohnes und …«

Bett drückte den Tauchkolben und spritzte ihm die Droge ins Gesicht. Er schrie auf vor Schmerz. Bett entriß ihm ihre Hand und machte einen Satz zur Seite, als das Messer auf sie zuschoß und sie nur um wenige Zentimeter verfehlte.

Sie stieß gegen eine Stehlampe, die krachend zu Boden fiel, worauf es im Raum dunkel wurde. Matthews trat auf das Geräusch zu und ließ die Klinge erneut durch die Luft wirbeln. Bett wich aus und rannte zur Tür. Sie riß sie auf. An der Wand des Vorzimmers entdeckte sie ein Bild, nein, nicht von Freud oder Jung, sondern von einem glückselig lächelnden und von Pfeilen durchbohrten Heiligen, und als nächstes war ihr bewußt, daß sie am Steuer ihres Wagens saß, das Gaspedal durchtrat und mit quietschenden Reifen auf die Straße fuhr. Ein offener Kleinlaster, der ihr ausweichen wollte, fuhr über den Bürgersteig und landete in einem Gebüsch.

Dann fuhr ihr Volvo sechzig Meilen pro Stunde, und das rote Licht, das sie überfuhr, verschwamm vor ihren Augen wie eine über ihrem Kopf vorbeischießende rote Sternschnuppe.

29

Mr. Collier: Meine Damen und Herren, die Verteidigung hat Ihnen gesagt, daß der Angeklagte Peter Matthews der Sohn und Enkel von Erweckungspredigern sei. Daß sein Vater ein seelisch instabiler Mann sei, ein Mann, der unter Depressionen und Wahnvorstellungen gelitten habe, ein Mann, der manchmal geglaubt habe, Gott spreche durch ihn.

Ein Mann, dessen Vater festgenommen worden sei, weil er ein junges weibliches Gemeindemitglied verstümmelt habe, von dem er behauptete, es habe sich gegen Gott versündigt.

Doch vor dem Gesetz ist ein Sohn nicht für die Sünden des Vaters verantwortlich, doch ebensowenig entschuldigt das seelische Ungleichgewicht eines Vaters die Taten seines Sohnes. Peter Matthews hat eine Kindheit gehabt die weniger ideal gewesen ist, als er sich vielleicht gewünscht hat. Doch wem geht es nicht so? Und gleichwohl benutzen wir anderen unsere schwierigen Erinnerungen nicht als Ausrede dafür, andere Menschen zu töten.

Tate und Bett befanden sich vor Peters' Praxis in Betts Wagen. Sobald er hörte, daß die Verbindung unterbrochen war, hatte Tate den Notruf 911 gewählt. Er hatte die Polizei von Bezirk und Staat zum Tatort gerufen. Bett war zur Telefonzelle an der Ecke in der Nähe von Peters' Wohnung gerast, wo sie sich mit Tate verabredet hatte, und holte ihn dort ab. Anschließend waren sie sofort zur Praxis des Arztes zurückgefahren, um dort auf das Eintreffen der Polizei zu warten.

Nein, der Angeklagte ist kein emotional überreizter junger Mann, der zu Anfällen blinder Leidenschaft neigt. Es findet sich nicht der kleinste Hinweis, der darauf schließen läßt. Er ist klug, objektiv, kalt, rational.

Und wie hat der Angeklagte am 13. Dezember des vergangenen Jahres sein leidenschaftsloses Herz genutzt?

Sehen wir es uns gemeinsam an. Meine Damen und Herren, schließen Sie die Augen ... Nein, bitte. Schließen Sie die Augen. Kommen Sie mit mir. Es ist der 13. Dezember in Fairfax, Virginia. Ein kalter und feuchter Tag mit einem bedeckten Himmel. Versetzen wir uns dorthin zurück. Gehen wir durch die Tür von Rose Marie Dobriths Wohnung. Es ist eine kleine Wohnung mit einem Schlafzimmer quer zur Burke Station Road. Ein Stadtviertel, das von Familien und jungen Leuten bewohnt wird, die ihr Leben noch vor sich haben. An der nächsten Straßenecke ist ein kleiner Coffee Shop, in dem Rose Marie oft frühstückte, bevor sie zur Arbeit in dem kleinen Einkaufszentrum an der Chain Bridge fuhr.

In ihrem Wohnhaus gehen wir einen schmalen Flur entlang und betreten ihr Wohnzimmer. Sie ist vor zwei Monaten eingezogen, konnte es kaum erwarten, die Wohnung persönlicher herzurichten. Sie hat hart daran gearbeitet, sie zu verschönern.

Haben Sie die Augen geschlossen? Stellen Sie es sich vor?

Auf einem kleinen Tisch aus Ahornholz stehen Bilder von

Rose Marie mit ihrem Vater Edward, mit ihrer Mutter Kendrick, die sechs Jahre zuvor gestorben ist. Ein Bild von Rose Marie mit ihrer Freundin bei einem Urlaub in Disneyland. Auf dem Tisch steht außerdem eine Keramik-Katze. Eine schwarze Katze, die gerade den Rücken krümmt. Dieses Tier war ein Geschenk ihres Verlobten – des Mannes, der sie in zehn Minuten ermorden wird.

Desselben Mannes, der heute hier vor Gericht sitzt. Des Angeklagten Peter Matthews.

Wir befinden uns an dem feuchten Abend des 13. Dezember in Rose Maries Wohnung. Sie sitzt auf ihrem falschen Orientteppich. Es ist Mitternacht. Sie trägt einen blauen Bademantel und bürstet sich das lange rote Haar. Sie betrachtet die Geschenke, die sie bei der Baby-Fête bekommen hat, die ihre Freundinnen in der vorigen Woche für sie gegeben haben. An diesem Abend ist sie sieben Monate und vier Tage schwanger.

In der Tür wird ein Schlüssel gedreht. Hätte sie ein Klopfen gehört, wäre sie besorgt gewesen und erschreckt. Doch nur eine Person hat einen Schlüssel zu der Wohnung – der Angeklagte. Sie steht in freudiger Erregung auf. Einerseits freut sie sich, ihn zu sehen, ist überglücklich. Weil Rose Marie in ihn verliebt ist. Andererseits stört es sie. Sie haben sich am Tage nämlich gestritten. Als sie durch den Supermarkt K Mart schlenderten, hatten sie sich gestritten.

Dort, in der Mitte eines Gangs zwischen den Regalen, hatte sie wegen der grausamen Dinge geweint, die er zu ihr gesagt hatte. Sie lief einfach aus dem Laden und ließ ihre Einkäufe zurück. Der Angeklagte rief hinter ihr her: »Wage es ja nicht, mich einfach hier stehenzulassen, du Miststück!«

Bei diesem Stand der Dinge haben sie es am Nachmittag belassen. Jetzt blickt Rose Marie hoch und sieht ihn. Sie entspannt sich. Manchmal trinkt er, doch heute abend hat er nichts angerührt. Er ist stocknüchtern. Sein Urteilsvermögen ist ungetrübt. Sie schöpft Hoffnung. Er umarmt sie.

Rose Marie hat nur noch acht Minuten zu leben.

Was sagen sie zueinander? Wir werden es nie erfahren. Wir

wissen nur, daß es einen Kampf gegeben hat. Tische sind umgekippt, Gläser zerbrochen. Sie zerkratzt ihm das Gesicht, als sie sich gegen ihn wehrt. Ein harter Fußtritt trifft ihren geschwollenen Bauch, in dem ihre Tochter in vorgeburtlicher Gelassenheit schläft.

Haben Sie die Augen geschlossen, meine Damen und Herren, stellen Sie sich dieses Bild gerade vor?

Jetzt hat sie noch vier Minuten zu leben.

Der Angeklagte stolpert in die Küche und ergreift ein langes Messer. Das Messer, das Sie gesehen haben. Nein, betrachten Sie es jetzt nicht. Halten Sie die Augen weiter geschlossen. Stellen Sie sich vor, wie er mit diesem Messer ins Wohnzimmer zurückkehrt.

Rose Marie hat noch zwei Minuten zu leben. Vielleicht schreit sie: »Nein, nein, tu meinem Baby nicht weh!«

Doch er kommt mit dem Messer auf sie zu und sticht immer und immer wieder auf sie ein. Sehen Sie sie vor sich, meine Damen und Herren? Sehen Sie den Ausdruck von Trauer in ihrem Gesicht in dieser ihrer letzten Minute auf Erden?

Jetzt! Machen Sie jetzt die Augen auf! Sehen Sie sich den Angeklagten an. Betrachten Sie einen Mann, der seine Freundin und seine Tochter getötet hat. Der sie getötet hat, weil sie drohten, seinem verwöhnten, verzogenen Leben lästig zu werden. Wir konnten Rose Marie nicht helfen, als sie ihn anflehte aufzuhören.

Doch wir können ihr jetzt helfen. Wir können ihrem Vater und ihrer Schwester helfen. Wir können ihren Freundinnen helfen. Wir können der ungeborenen Tochter helfen, die nie heranwachsen durfte, um irgendwann erwachsen zu werden. Wir können empfehlen, daß der Angeklagte die Todesstrafe erhält – die Strafe, die das Volk von Virginia für ein Verbrechen wie dieses vorsieht, für sein Verbrechen, ein Verbrechen, das mit Worten nicht zu beschreiben ist.

Der Dichter Dante schreibt in seiner Göttlichen Komödie, *daß die berechtigsten Bitten im Schweigen der Tat beantwortet wer-*

den. Nicht mit Worten, nicht mit Streit, nicht mit Versprechungen. Dem Schweigen der Tat. Ich fordere Sie auf, die Bitte des Staates um Gerechtigkeit mit der Tat zu beantworten, daß Sie die Todesstrafe für diesen Mann empfehlen. Vielen Dank, meine Damen und Herren.

Neben ihm bewegte sich Bett. Sie lenkte Tate von seinem damaligen Plädoyer ab, das ihm jetzt immer wieder durch den Kopf ging.

»Wo bleiben die nur?« fragte er laut. Er sprach von der Polizei. Er hatte zweimal angerufen. Einmal, um Matthews' Attacke gegen Bett zu melden, und beim zweiten Mal, um das Fabrikat von Matthews' Wagen durchzugeben. Dieser hatte den grauen Lieferwagen offenbar irgendwo abgestellt und fuhr jetzt eine dunkelblaue Buick-Limousine. Allerdings hatte sich Bett nicht die Zeit gelassen, das Kennzeichen aufzuschreiben, da sie es so eilig gehabt hatte, aus seiner Praxis zu flüchten.

Matthews würde nicht weit kommen. Man würde ihn landesweit steckbrieflich suchen lassen und ihn finden. Ob er ihnen sagen würde, wo sich Megan befand, nun, das war allerdings eine andere Frage.

Falls sie immer noch am Leben war.

Tate Colliers phänomenales Gedächtnis ging noch einmal unaufhaltsam den Fall *Staat gegen Matthews* durch, eine ungeheure Masse von Dokumenten, wie die Akten in Strafsachen überall auf der Welt. Das war bemerkenswert, weil sein Erinnerungsvermögen bei der absoluten Wahrheit blieb, und das war einzigartig. In den Akten wird die Überzeugung der Geschworenen zu Stein und zu unveränderbarer himmlischer Wahrheit.

Wenn man davon absieht, daß der Himmel im Fall von Aaron Matthews' Sohn gelogen hatte.

Tatsache war: Die Kratzspuren in Peters Gesicht, die, wovon Tate die Geschworenen überzeugte, bei seinem Kampf mit Rose Marie entstanden waren, konnten auch entstanden sein, als er von übereifrigen Polizisten bei der Festnahme von hinten attackiert und festgehalten wurde. Immerhin fanden sich unter Rose Maries Fingernägeln keine Spuren von seinem Hautgewebe.

Tatsache war: Der Zeuge, über dessen Sehvermögen sich Tate lustig gemacht hatte, hätte tatsächlich sehen können, wie er ausgesagt hatte, daß sich zur Tatzeit ein älterer Mann als der neunzehnjährige Peter Matthews der Wohnung des jungen Mädchens genähert hatte.

Tatsache war: Peter Matthews selbst, den Tate förmlich auseinandernahm, als der junge Mann im Zeugenstand befragt wurde, hatte vielleicht die Wahrheit gesagt, als er versicherte, er habe seine Verlobte am Abend vor ihrer Ermordung besucht. Dabei habe er seine Fingerabdrücke auf der Mordwaffe zurückgelassen, dem Küchenmesser, da er Rose Marie mit einem Festessen habe überraschen wollen.

Tatsache war: Die Psychologin – deren Aussage durch Tates ätzend scharfes Kreuzverhör unterminiert wurde – hatte vielleicht tatsächlich recht gehabt, als sie ihre durch Berufserfahrung untermauerte Ansicht äußerte, der Junge habe sich schon immer so sehr nach einem festgefügten Familienleben gesehnt, daß er einer Gewalttat, die sich gegen einen geliebten Menschen richtete, so gut wie unfähig sei. Er hätte sich lieber von seiner Geliebten töten lassen, als ihr in Notwehr weh zu tun, hatte sie gesagt und die Ansicht vertreten, daß der Streit der beiden jungen Leute im Supermarkt nichts weiter gewesen sei als die Kabbelei eines jungen Paars.

Tatsache war: Der Junge, der so unschuldig war wie Isaak, erhängte sich in der Todeszelle drei Tage vor dem Termin der Berufungsverhandlung in Richmond, bei der Tate gegen ihn plädieren wollte.

»Glaubst du, daß es ihr gutgeht?« fragte Bett sanft. Er berührte ihren Arm und antwortete nicht. Sie kuschelte sich stumm an ihn. Griff nach dem Radio. Bill Monroe und die Bluegrass Boys sangen näselnd etwas von treuloser Liebe.

»Tate?«

»Sie ist bestimmt gesund und munter. Wo, zum Teufel, bleiben die Cops?«

Dann sah er in der Ferne das rotierende Blaulicht der Streifenwagen. Sie kamen aus beiden Richtungen. Stumm. Ohne Sirenen. Er stellte das Radio ab.

Die Wagen – es waren drei – hielten mit quietschenden Reifen vor dem Haus, und fünf Beamte, alle von massigem Körperbau, stiegen mit gezogenen Waffen aus.

Tate sprang aus dem Wagen und zeigte mit der Hand auf Peters' Praxis. »Ich habe vor einer halben Stunde angerufen! Wo sind Sie bloß gewesen? Der Mann entkommt doch.«

»Sie sind Tate Collier?«

»Ja, das bin ich. Haben sie den Steckbrief rausgeschickt? Ich glaube, er ist nach Westen gefahren. Da gab es so ein Erwekkungslager, das sein Vater betrieben hat, und ich glaube …«

»Können Sie bitte hierherkommen?« Der Beamte zeigte auf seinen Streifenwagen.

»Dafür haben wir keine Zeit! Sie müssen sich *beeilen!*«

»Legen Sie die Hände bitte auf die Motorhaube, Sir.«

»*Was?*«

»Ich hoffe, Sie machen uns keine Schwierigkeiten, Sir.«

»Was, zum Teufel, tun Sie da?«

Die Polizisten antworteten nicht gleich. Zunächst durchsuchten zwei Beamte Tate, dann legten sie ihm Handschellen an und lasen ihm seine Rechte vor. Erst nachdem sie fertig waren, erklärten sie ihm, er sei wegen Mordes vorläufig festgenommen.

Aaron Matthews eilte durch die Wohnung, die er unter dem Namen James Peters gemietet hatte. Er war gerade dabei zu packen.

Natürlich war es riskant, hierher zurückzukehren. Tate hatte die Wohnung offensichtlich durchsucht – vielleicht hatte Bett ihn unter dieser Nummer aus seiner Praxis angerufen. Doch er hatte keine Wahl. Er wollte seine Bücher und die Zeichnungen seines Vaters mitnehmen. Am allermeisten wollte er jedoch die zehntausend Dollar Bargeld mitnehmen – ein Teil des Kirchenzehnten der Gemeindemitglieder der Kathedrale, Geld, das im Lauf der Jahre in der Kollekte gesammelt worden war (viele der Banknoten waren Silberzertifikate, mit denen das amerikanische Schatzamt eine Deckung in Silber garantiert).

Ein Risiko, ja. Doch er hatte sich gegen die Möglichkeit der Entdeckung versichert – eine Option, die er gerade erst ausgeübt hatte, indem er anonym bei der Polizei angerufen und Tate angezeigt hatte. Er vermutete, daß ihm mindestens fünf oder sechs Stunden blieben, um seine Habseligkeiten zusammenzupacken und in die Kathedrale zurückzukehren, um dort zu beenden, was er sich vorgenommen hatte.

Er hielt kurz inne und lehnte sich gegen die Wand. Die Erschöpfung machte sich im ganzen Körper bemerkbar. Doch mehr als alles andere war er enttäuscht. Enttäuscht, daß Bett McCall entkommen war. Und daß sie herausgefunden hatten, was es mit ihm auf sich hatte.

Daß sein großer Plan nicht so funktionieren würde, wie er es sich vorgestellt hatte.

Er hatte heute abend seine Spuren verwischt, doch es war nur eine Frage der Zeit, bis sie Tate freiließen und einen Streifenwagen zur Kathedrale im Kiefernwald schickten.

Was ist das Schlimmste, das Sie sich vorstellen können?

Fast zwei Jahre Arbeit, und an einem einzigen Tag war sie zertrümmert worden. Er hatte sich auf Megan vorbereitet, hatte für sie getötet. Sie gehörte ihm. Aber jetzt …

Tränen strömten ihm über die Wangen, dicke Tränen. Es brannte in der Kehle.

O Herr, ich denke an all die langen Jahre, bevor ich dich in mein Herz einließ. Sind sie verloren? Nein, sie sind es nicht. Nein! Wenn ein Mann auf dem Totenbett dem Todesengel in die Augen blickt und sagt: »Ich nehme Jesus in mein Herz auf«, dann ist sein Leben vom Augenblick seiner Geburt an erlöst. Mit seinem Glauben hat er all seinen Tagen auf Erden einen neuen Sinn gegeben.

Nein, er würde nicht zulassen, daß sein Leben verloren war.

Er würde seine Aufgabe im Lagerkomplex zu Ende führen und dann nach Kalifornien flüchten. Die Welt brauchte einen neuen David Koresh, einen neuen Jim Jones.

Was ist das Allerschlimmste?

Immer im Zweifel zu leben.

Er blickte in sein Herz und sah, daß der Vollzug von Gottes Willen an Tate Collier der Lebenszweck war, der alles andere überschattete. Er sprach zu ihm, verlangte nach ihm. Er würde nie davon ablassen.

Megan …

Was ist das Zweitschlimmste?

Wenn man einem Mann sein Kind nimmt.

Das Zweitschlimmste würde genügen müssen.

Ihr Vater würde von Megans Schicksal erfahren. Er würde nicht im Zweifel leben. Doch Matthews würde einen so schauerlichen Anblick aus ihr machen, daß Collier das Bild nie mehr loswerden würde. Matthews würde sie ans Kreuz nageln, das Messer benutzen und sie dann dort hängen lassen. Und dann flüchten.

Collier würde die Dutzende von Tatortfotos ihres zerstörten Körpers in Farbe sehen und in jeder Nacht seines Lebens darüber nachdenken müssen, wieviel Schmerz sie hatte ertragen müssen.

Lazarus, kehr ins Grab zurück. Geh zurück. Schlaf ein.

Schlaft bis in alle Ewigkeit, Blut und Knochen.

FREITAG

Das Schweigen der Tat

Als ich auf halbem Weg stand unseres Lebens,
Fand ich mich einst in einem dunklen Walde,
Weil ich vom rechten Weg verirrt mich hatte.

Dante Alighieri

30

»Ich werde Ihnen sagen, was immer Sie wissen wollen. Aber schicken Sie um Gottes willen jemanden hinter meiner Tochter her.«

»Noch mal von vorn, bitte, Sir.«

»Ich bin überzeugt, daß Sie in einem Lager von Erweckungspredigern irgendwo in der Nähe von Front Royal festgehalten wird. Von einem Mann namens Aaron Matthews. Konnie Konstantinatis wollte sich eine Liste grauer Lieferwagen besorgen, die in der Gegend zugelassen sind. So einen Wagen hat Matthews nämlich gefahren, und ...«

»Wir haben hier eine eigene Tagesordnung, Collier«, ließ sich der Detective der Mordkommission knurrend vernehmen, da er allmählich die Geduld verlor. »Wenn Sie nichts dagegen haben. Gehen wir es noch mal durch, ja? Wir haben selbst eine Menge Dinge, die der Klärung bedürfen.«

Eine eigene Tagesordnung. Oh, daran war nicht zu zweifeln. Selbst ein Jurist wie Tate, der seit fünf Jahren nichts mehr mit der Routine der Staatsanwaltschaft zu tun hatte, konnte mühelos erkennen, daß dieser Fall auf den ersten Blick oberfaul aussah. Als Tate im Streifenwagen vor Matthews' Praxis gesessen hatte, hatten die uniformierten Beamten Betts Aussage aufgenommen, die natürlich all das bestätigte, was Tate über den Verrückten gesagt hatte. Dann hatten sie sie nicht sehr freundlich aufgefordert zu gehen. »Fahren Sie nach Hause, Lady. Diese Sache geht Sie nichts an.«

Mit eingeschaltetem Blaulicht waren sie dann hierher zurückgerast, zum Hauptquartier der State Police, und hatten Tate zwei Stunden lang in einem Vernehmungszimmer schmoren lassen, damit er sich beruhigte. Er schritt wie ein Löwe im Käfig auf und ab und äußerte immer wieder flehentliche Bitten zu dem Spiegel, der von der anderen Seite her durchsichtig war. Niemand reagierte darauf.

Schließlich kamen diese beiden Detectives kurz nach Mitternacht ins Zimmer und begannen die Sitzung. Sie stellten sich taub, als Tate darauf beharrte, sie müßten die Shenandoah County Police anrufen.

Er seufzte. »Ist Ted Beauridge da?«

»Nein. Noch einmal von vorn, wenn wir bitten dürfen, Sir.«

»Würden Sie mir wenigstens sagen, was hier eigentlich vorgeht?«

»Wir haben einen anonymen Anruf erhalten, man habe Sie dabei beobachtet, wie Sie auf Ihrem Maisfeld etwas begruben, was wie eine Leiche aussah ...«

»Eine *Leiche*? Sind Sie völlig von Sinnen?«

»Ihr Name sei Emily Rostowski. Wir gingen der Sache nach und fanden heraus, daß Sie sich nach ihr erkundigt haben. Sie haben sich sogar sehr bemüht, sie zu finden. Wir glauben, jetzt den Grund dafür zu kennen. Warum haben Sie sie getötet?«

»Wann ist dieser Anruf eingegangen? Kurz nachdem ich Sie wegen Matthews angerufen hatte. Begreifen Sie denn nicht? Er ist derjenige, der Ihnen den Tip gegeben hat! Es ist alles ein Ablenkungsmanöver.«

»Dieser mysteriöse Matthews«, brummte einer der Cops und sagte dann zu dem zweiten Beamten: »Hört sich an, als wäre er der Teufel persönlich.«

»Er muß sie umgebracht und auf meinem Land begraben haben.« Tate zögerte und dachte wieder an Mittwoch morgen. »Hören Sie, an dem Morgen, an dem Megan verschwand, glaubte ich zu sehen, daß jemand das Haus beobachtete.«

»Haben Sie das gemeldet?«

»Nun, nein, das habe ich nicht getan.«

»Warum nicht?«

Weil er, als er mit seinem Morgenkaffee am Fenster stand, gedacht hatte, he, das könnte ja ein Geistermensch sein. »Ich hab's einfach nicht getan. Aber vielleicht hat diese Emily gesehen, wie er Megan entführte und tötete. Vielleicht war sie seine Komplizin, die er nicht am Leben lassen wollte. Als er herausbekam, daß ich über ihn Bescheid wußte, rief er an und zeigte mich an, um eine Chance zu bekommen, zu seinem Lager zu fahren und meine Tochter umzubringen.«

»Das erscheint mir sehr kompliziert, Sir. Und wie erklären Sie die Tatsache, daß dieses Mädchen mit einem Küchenmesser ermordet wurde, auf dem Ihre Fingerabdrücke zu sehen sind?«

»Sprechen Sie mit Konnie. Er …«

»Der *ehemalige* Detective Konstantinatis liegt im Krankenhaus und ist im Augenblick nicht in der Lage, mit jemandem zu sprechen. Ich bin überzeugt, daß Ihnen das bekannt ist.«

»Dann eben mit Beauridge. Ich bin überzeugt, daß Matthews am Mittwoch in mein Haus eingebrochen ist und dort einige Briefe hinlegte, die angeblich von Megan stammen. Da hat er vermutlich auch das Messer gestohlen.«

»Todesursache war ein Schock aufgrund von Blutverlust, nachdem ihr die Kehle durchschnitten worden war. Oh, und die Zunge hat man ihr auch herausgeschnitten. Was übrigens geschah, als sie noch am Leben war.«

»Beschissene Methode, einen Menschen zu töten«, fügte der zweite Detective hinzu.

Tate wurde allmählich warm vor Unbehagen. Er dachte an Megans Gesicht, ihren Mund …

»Wir haben Ihr Haus durchsucht …«

»Ich nehme an, Sie hatten einen Haussuchungsbefehl.«

»Aber ja, reichlich«, bemerkte einer der Detectives höhnisch. »Und wir haben entdeckt, daß Sie die meisten Sachen Ihrer Tochter woanders verstaut haben. Ihr Schlafzimmer wirkte etwa so persönlich wie ein Lagerraum.«

»Sie lebt bei ihrer Mutter.«

»Keine Fotos von ihr, keine Kleidung, keine persönlichen Dinge. Wir bekamen den Eindruck, daß Sie geplant haben, für einige Zeit Adios zu sagen. Da haben wir uns gefragt, ob an dieser ganzen Entführungsgeschichte überhaupt etwas dran ist.«

Tate runzelte die Stirn. Haussuchungsbefehle? Fingerabdrücke? Die verkümmerten Reste des Staatsanwalts in Tate hatten jetzt ernsthafte Probleme mit diesem Fall. Juristische und kriminaltechnische Vorgänge, die sonst einen Tag erfordert hätten, dauerten jetzt nur eine Stunde oder zwei.

»Einen Moment mal, meine Herren. Wegen welches mutmaßlichen Delikts haben Sie mich festgenommen?«

»Wenn Sie es genau wissen wollen, Sir«, erwiderte ein Detective steif, »sind wir hier, um *Sie* zu verhören. Falls Sie nichts dagegen haben.«

»Ich fange an, etwas dagegen zu haben«, fuhr Tate fort. »Den Bericht der Kriminaltechniker über das Messer hatten Sie wann? Erst vor einer halben Stunde? Sie haben mich einfach aufgrund eines Hinweises und einer Leiche in meinem Garten festgenommen. Das reicht aber nicht, Jungs.«

Sie waren gut. Unerschütterlich. Nur einer von ihnen zeigte einen Anflug von Gefühl, ein winziges Flackern in den Augen. Doch dann war es wieder verschwunden.

»Könnten Sie bitte …«

»Sie haben mich zwei Stunden hier festgehalten, während Sie auf den Bericht der Kriminaltechniker warteten. Auf die Aussage meiner Frau, die meine Angaben stützt, haben Sie nicht geachtet. Und Sie haben irgendeinen Unfug erfunden, um einen Durchsuchungsbefehl für mein Haus zu erhalten.«

Sie lächelten, doch das Grinsen wirkte unangenehm berührt. »Wollen Sie uns etwa unterstellen, wir hätten Beweise getürkt?«

Tate mußte immerzu an Matthews' Erweckungslager denken. Er erinnerte sich an die Aussage von Peter Matthews über den unheimlichen Ort: über seinen Vater, der hinter der Kapelle um Mitternacht wie ein Irrer den leeren Feldern predigte.

»Haben Sie Anne Devoe gekannt?« Die Polizisten gingen jetzt zum Angriff über. Was alles bestätigte, was Tate über den Fall gesagt hatte.

»Sie war eine Freundin von Megan. Matthews war auch ihr Therapeut.«

»Erst war dieser Matthews Prediger. Jetzt soll er Therapeut sein.«

»Es ist ein und derselbe Mann. Es gab sich als James Peters aus. James war der Vorname seines Vaters. Peter der seines Sohnes. Er ist …«

»Aber ja, Sir.« Sie baten ihn nochmals, die Ereignisse des Abends zu beschreiben, an dem Megan verschwunden war.

»Falls ich vorläufig festgenommen bin, habe ich das Recht auf einen Anwalt.«

»Das haben Sie tatsächlich«, erwiderte der jüngere Detective lethargisch.

Tate stellte sich Megan vor, die gefesselt und geknebelt irgendwo bei Matthews auf dem Gelände lag.

»Ich muß schon sagen, Mr. Collier, Sie sehen schrecklich nervös aus.«

Tate tobte los: »Meine Tochter …«

»Haben Sie je sexuelle Beziehungen zu Anne Devoe gehabt?«

Tate zügelte seine Wut. »Ich bin ihr nicht mal begegnet.«

»In dem vermeintlichen Abschiedsbrief des Mädchens heißt es, sie habe eine Affäre mit einem älteren Mann gehabt. Das waren Sie, nicht wahr?«

»Ich habe Ihnen doch gerade gesagt, daß ich ihr nie *begegnet* bin!«

»Haben Sie Ihre Tochter einfach weggeschickt, weil sie von Ihrer Affäre mit Anne Devoe wußte? Und haben Sie sich dann diese Entführung ausgedacht?«

»Sind Sie verrückt?«

»Haben Sie Anne Devoe getötet?«

Der zweite Detective fiel mit sanfter Stimme ein: »Haben Sie Emily Rostowski getötet, weil sie wußte, daß Sie diese Anne Devoe getötet hatten?«

»Das ist doch alles Unfug!«

»Sie haben nicht auf unsere Fragen geantwortet, Sir.«

»Nein.«

»Wie kommt es, daß wir in Ihrem Wagen eine Polizeiakte über den Tod von Miss Devoe gefunden haben?«

Das war's also. Blitzartig begriff Tate, wie sich alles abgespielt hatte. Natürlich. Von oben hatte jemand durchblicken lassen, daß Tate dazu beigetragen hatte, die Neubewertung des Falls Devoe auf Eis zu legen. Oder vielleicht war er einfach der einzig denkbare Verdächtige, den sie im Augenblick greifen konnten. Je mehr sie von einer Verschwörung aufdecken konnten, um so leichter würde es ihnen fallen, Devoe zu erzählen, es sei ihnen nicht gelungen, im Fall seiner Tochter genügend stichhaltige Gründe für eine Mordanklage zu finden.

Heute abend würden sie mit ihm spielen, ihn ein paar Aussagen machen lassen und ihn morgen auf freien Fuß setzen. Es tut uns leid, daß Sie Unannehmlichkeiten hatten. Falls Sie sich beschweren wollen, müssen Sie den Dienstweg wählen und sich an unsere Vorgesetzten wenden ... Selbst wenn er es jetzt schaffte, innerhalb einer halben Stunde einen Anwalt herzubeordern, würde ein Haftprüfungstermin erst morgen früh möglich sein. Im Augenblick konnte er gar nichts tun.

Und mit jeder weiteren Minute raste Aaron Matthews näher zu Megan.

Tate versuchte es mit Zusammenarbeit. »Ich habe die Akte Devoe aus Versehen an mich genommen. Ich suchte nach etwas über meine Tochter.«

»Aber ja, Sir«, sagte einer der Detectives, der ihn dann fragte, wann er zum letzten Mal Megans Auto gefahren habe.

»Vor etwa einem Monat, glaube ich.«

»Und damit wollen Sie erklären, daß wir Ihre Fingerabdrücke am Türgriff gefunden haben?«

»Es wird wohl so sein.«

Und dann warf Tate einen Blick auf einen Kalender. Der Schock traf ihn tief. Er starrte auf das Rastermuster der Tage.

Morgen ... Karfreitag. Nein! Es ist schon nach Mitternacht. Heute ist Karfreitag.

»Mr. Collier, hören Sie uns noch zu, Sir?«

Peter Matthews hatte sich vor fünf Jahren am Karfreitag erhängt. Die mündliche Berufungsverhandlung war für den Tag nach Ostern anberaumt worden. Tate hatte gerade mit dem Verteidiger zusammengesessen und konferiert, der einen Witz über Auferstehung gemacht hatte, als das Telefon läutete und die Nachricht des diensthabenden Beamten kam, daß der Junge tot sei.

»Könnten wir jetzt noch einmal über die Ereignisse kurz vor ihrem Verschwinden sprechen?«

»Kurz vor?«

»Sagen wir in der Woche davor.«

Tate seufzte. Er warf einen Blick auf die Tür und blinzelte bei dem, was er entdeckte. Blickte dann wieder zu den Detectives zurück.

»Na schön, na schön. Dann verzichte ich bis auf weiteres auf meine Rechte und sage Ihnen alles, was mir einfällt. Ich werde eine umfassende Erklärung abgeben. Kein Geständnis, aber eine ausführliche Erklärung über die Situation im Fall Devoe. Ich möchte aber eine Tasse Kaffee, und vorher muß ich noch aufs Klo.«

Die beiden Beamten sahen einander an und nickten.

»Aber ich komme mit«, brummte einer der Detectives.

Tate lachte. »Ich bin zehn Jahre Staatsanwalt gewesen. Ich werde keinen Fluchtversuch machen.«

»Er geht mit Ihnen«, knurrte sein Partner.

»Wie Sie wünschen«, murmelte Tate.

Sie verließen das Dezernat für Gewaltverbrechen durch schäbige Flure, die an eine Grundschule in einem heruntergekommenen Viertel erinnerten. Sie schlenderten auf die Herrentoilette zu.

»Tut mir leid«, sagte die Frau, als sie schnell und auf klappernden hohen Absätzen durch den Flur ging und dabei mit Tate zusammenstieß.

Tate sagte nichts, als er sich umdrehte und sie mit zwei großen juristischen Büchern unter dem Arm im Korridor verschwinden sah.

Die beiden Männer betraten das Herrenklo und traten nebeneinander an je ein Urinal heran. Tate hörte, wie der Mann den

Reißverschluß seiner Hose herunterzog, wartete noch weitere dreißig Sekunden und hielt dem Mann dann die Pistole ans Ohr, die Bett ihm gerade zugesteckt hatte, als sie an ihm vorbeigegangen war.

»Oh, Scheiße. Wo haben Sie die denn her?« Der Mann hörte sich ebenso neugierig wie angewidert an.

Tate zog dem Detective die Pistole aus dem Gürtelholster und warf sie in ein Urinal.

»Machen Sie den Reißverschluß zu.«

»Das ist doch Blödsinn. Sie können nicht …«

Tate knurrte: »Mund halten.«

Er zog den Detective in eine Kabine und drückte ihn auf die Klobrille hinunter.

»Schlüssel. Welche Tasche?«

»Zum Teufel mit Ihnen.«

Tate fand den Schlüsselring. »Ist das hier der Schlüssel für die Handschellen?« Er hielt einen kleinen silbernen Schlüssel an der Kette hoch.

»Sie machen jetzt einen großen Fehler, Collier. Dafür werden Sie sehr lange sitzen.«

»Ich dachte, das müßte ich sowieso. Wenn man bedenkt, daß ich ein Mörder bin.«

Tate steckte die Schlüssel ein, legte dem Mann die Handschellen an und fesselte ihn dann hinten an die Toilette. Er knebelte ihn mit Papiertaschentüchern, wickelte dem Mann seine gestreifte Krawatte um den Mund und knotete sie fest.

Tate trat schnell auf den Korridor hinaus. Bett stand blaß und nervös in einem Alkoven in der Nähe. Sie trug ein Kostüm mit Nadelstreifen. An ihrer Brust baumelte einer seiner alten Staatsanwalts-Ausweise. Um ihre Rolle als Staatsanwältin noch etwas glaubwürdiger zu gestalten, trug sie immer noch die beiden dicken Bücher, die sie zu Hause auf seinem Schreibtisch gefunden hatte. *Corbin, Vertragsrecht, Band eins und Band zwei.*

Nachdem sie am Ausgang am Tisch des diensthabenden Sergeant vorbeigekommen waren und beiläufig gute Nacht gewünscht hatten, sagte Bett: »Aber ich bin mit deinem Wagen hergefahren, Tate. Sie werden nach ihm fahnden, oder?«

»Wir werden ihn in der Nähe verstecken«, sagte Tate und hielt dann die Schlüssel hoch, die er dem Detective abgenommen hatte. »Und dann werden wir der Liste unserer Delikte heute abend noch einen kleinen Autodiebstahl hinzufügen.«

31

Karfreitag, dachte Megan ironisch, als sie durch den Schlitz in der Gipsplatte blickte.

Ich flüchte am Karfreitag aus einer Kirche.

Sie hielt kurz inne, faltete die wundgescheuerten Hände und betrachtete ihr Werk. Der Schlitz in der zweiten Wand war ein langer Halbmond. Es war zwar nur ein schmaler Durchlaß, doch sie glaubte, sich hindurchquetschen zu können. Sie preßte einen Fuß gegen den Gips und stieß zu. Sie hörte ein leises krachendes Geräusch. Ihr Herz machte einen Satz, als sie das Muster sah, das ihr Fuß hinterlassen hatte – die Gipsplatte würde in einem weiten Bogen brechen und ihr viel Raum lassen, auf die andere Seite zu kommen.

Jetzt hatte sie noch ein Messer. Sie ließ es seitlich ihres Fußes in ihren provisorischen Schuh aus Lumpen gleiten. Für alle Fälle.

Dann machte sich Megan ernsthaft daran, die Wand mit Fußtritten zu bearbeiten.

Nach fünf mächtigen Tritten rührte sich der Gips plötzlich und fiel in das Zimmer auf der anderen Seite. Sie zwängte sich durch die Öffnung und stand auf, um dann fast platt hinzufallen, da der Verwesungsgestank ihr in die Augen stach, sie würgen ließ und ganz benommen machte. Der Gestank war kaum erträglich. Zitternd sah sie sich um. Es war zu dunkel, um viel zu erkennen. Es drang nur ein schwacher Lichtschein durch die

Fenster, die offenbar seit Jahren nicht mehr geputzt worden waren.

Fenster ohne Gitter!

Sie bewegte sich an den Wänden entlang. Phantastisch! dachte sie. Der Raum war voller Werkzeuge und diente offenbar ebenfalls als Lager. Sie hob eine große Drahtzange auf, mit der sie den Maschendrahtzaun durchschneiden konnte, und begab sich zum Fenster.

Der übelriechende Verwesungsgestank hüllte sie wieder ein und zwang sie zu würgen. Beweg dich, beweg dich, sagte sie sich, vergiß den Gestank, vergiß alles bis auf die Flucht. Sie nahm sich eine lange Eisenrute von einem Tisch und holte damit aus, als wollte sie einen Baseball treffen.

Bis dann, ihr Scheißkerle, dachte sie. Ihr sollt in der Hölle schmoren.

Das Glas zersprang mit einem herrlichen musikalischen Klirren. Scherben flogen durch die Luft. Megan sprang tänzelnd zurück, als sie hörte, wie die Eisenrute gegen die Betonmauer auf der anderen Seite der Glasscheibe prallte und dann wieder auf sie zuflog. Sie duckte sich und unterdrückte einen Schrei.

Nein!

Es war zwar ein Fenster, ja, ging aber nicht mehr nach draußen. Jemand hatte es mit einer primitiven Mauer aus Stein und Zement verschlossen, die knapp zwei Meter über der Oberkante des Fensters in die Seitenwand der Kapelle überging. Die Helligkeit, die sie gesehen hatte, stammte von einer kleinen Glühbirne, die über einer Art äußerer Kellertür hing, die jetzt ebenfalls zugemauert war.

Ihre kostbare Sonne war nichts als eine Lüge.

Megan weinte, ergriff wieder die Eisenrute und schlug ohne jeden Gedanken an den brennenden Schmerz in ihren Händen gegen die Wand. Die Rute knallte dröhnend dagegen und fiel dann scheppernd zu Boden. Megan sank schluchzend auf die Knie. Plötzlich wurden all ihre Muskeln schwach, und sie rutschte langsam auf den Fußboden.

Einen Augenblick später drehte sie sich um, da sie glaubte, vielleicht eine Spitzhacke oder etwas anderes zu finden, womit sie die Wand zertrümmern konnte.

Dann sah sie sie.

Sie schnappte nach Luft und kam mühsam auf die Beine.

Nein. O mein Gott, nein.

Stolperte rückwärts. Schrie: »Nein, nein, nein!«

Bitte hilf mir …

Durch die zertrümmerte Fensterscheibe strömte jetzt das Licht der Glühbirne kalt und grün in den Raum. Es fiel auf den staubigen Fußboden voller Fußabdrücke, die nicht die ihren waren. Es fiel auf die Werkzeuge, die Werkbank und auf schmutzige Wände und alte Altartafeln aus Mahagoni. Auf Kreuze, Bibeln, Peitschen, primitive religiöse Gemälde.

Und es fiel auf zwei menschengroße Kruzifixe, die über ihr aufragten. Die Ikonen starrten mit ihren kummervollen leeren Augenhöhlen nach draußen. Sie hingen dort in all ihrer schauerlichen Großartigkeit. Dort, wo sie geglaubt hatte, die Wand durchbrochen zu haben, waren sie im Schatten verborgen gewesen.

Sie starrte und hatte das Gefühl, als würde der letzte Rest an Willenskraft, der ihr noch geblieben war, zu Panik zerbröseln. Ein erstickter Schrei entrang sich ihrer Kehle.

Die Gestalt auf der linken Seite ähnelte der Engelsstatue am Einfahrtstor. Sie war etwa 1,80 Meter hoch und an einem alten, fleckigen Kreuz aus grobem Holz voller Splitter befestigt. Schwarze fleckige Nägel waren durch Hände und Füße getrieben. Doch es gab einen Unterschied zwischen der Reliquie hier und der Statue draußen. Diese war einmal ein lebender Mann gewesen.

Ein lederner Leichnam, runzlig und zusammengeschrumpft, braun vor Alter, in einen Lendenschurz gehüllt, der sich aufzulösen begann. Einzelne Fleischstücke waren zerfetzt und baumelten lose am Kreuz. Die Augenhöhlen, in denen sich einst die Augäpfel befunden hatten, waren von den Lidern bedeckt, und in den haarlosen Kopf war mit verrosteten krummen Nägeln eine Dornenkrone gehämmert worden. An dem Leichnam hingen Fasern von Moos und Tuch und Gewebe, das einmal Fleisch gewesen war. Der Leichnam mußte hier schon jahrelang hängen, wie Megan erkannte. Die Haut war geschrumpft und hatte sich von den Nägeln zurückgezogen, was in der Haut so etwas wie tiefe Schnitte hinterlassen hatte.

Und aus dem Mund, der sich eher zu einem Grinsen als einem Ausdruck namenlosen Schmerzes ob der römischen Hinrichtungsmethode geöffnet hatte, hing etwas, das wie eine Zunge aussah – doch nicht die Zunge dieses Mannes. Sie war ihm erst vor kurzem in den Mund gestopft worden, wirkte grau und schien sich allmählich aufzulösen … Ein Gewimmel von Fliegen und Spinnen hatte sich darauf versammelt.

Es war der alte Mann. Matthews' Vater. Selbst jetzt noch zu erkennen.

An dem zweiten Kreuz hing der Leichnam eines viel jüngeren Mannes. Auch er war schon seit einigen Jahren tot. Die Haut der Leiche war ledern und straff.

Und dann sah sie noch ein Kreuz, ein drittes, das zwischen den beiden anderen auf dem Fußboden lag. Es war noch nicht aufgerichtet worden und hatte seinen Zweck noch nicht erfüllt.

Es ist für mich, wie ihr jetzt mit Entsetzen aufging. Karfreitag …

Es ist für mich.

Megan stolperte vorwärts. Sie hatte nur noch ein Ziel: die Öffnung in der Gipsplatte – die Öffnung, von der sie überzeugt gewesen war, sie würde sie retten. Vor Panik bebend und schluchzend krabbelte sie hindurch und zog sich dabei lange Kratzer an den Wangen und Schultern zu. Sie stürzte sich auf der anderen Seite auf den Fußboden. Sie lag auf dem kalten Boden des Lagerraums auf der Seite und schnappte nach Luft, wenn sie nicht tränenlos schluchzte.

Sie fuhr nicht einmal vor Überraschung zusammen, als die Hand ihr übers Haar zu streichen begann, behutsam, o so behutsam. Als sie die Augen aufschlug, sah sie, daß die äußere Tür, die zur Kapelle führte, aufgeschlossen war und offenstand.

»Nein«, schluchzte sie.

Aaron Matthews fragte: »Sie haben sie gesehen? Haben Sie? Es sind mein Vater und mein Sohn.«

»Bitte, nein …«

Er drehte sie herum. Beim Anblick seines Gesichts mußte sie unwillkürlich nach Luft schnappen. Es war furchterregend, voller schwarzer Blutflecken, die von einer Schnittwunde über dem Ohr stammten. Auch sein Haar war voll mit geronnenem Blut, und seine Augen waren erstaunlich rot. Er war ein wildes Tier, eine Hyäne. Er ergriff ihre Hände, und ein irres Lächeln verzog seine Lippen. »Sehen Sie sich Ihre Hände an. Stigmata! Sagen Sie selbst: Ist Gott nicht erstaunlich?«

Er öffnete die Tür zu der Kruzifix-Kammer und schob Megan vorwärts.

»Nein, nicht dorthin zurück. Bitte! Ich werde alles tun«, schluchzte sie. »Bitte nicht, ich kann nicht … Ich kann nicht.«

Er stieß sie grob durch die Türöffnung. Am Fuß des Kreuzes, an dem Matthews' Vater hing, fiel sie zu Boden.

»Er war ein solcher Narr«, sagte Aaron und blickte zu dem Mann hoch. »Nachdem er der Polizei entkommen war, flüchtete er sich hierher. Er dachte tatsächlich, ich würde ihn verstecken. Ich ließ ihn an seinem Telefon weiterarbeiten. Er wollte mit Gott persönlich sprechen. War damals schon ziemlich verrückt. Er erkannte nicht, daß ich die Verkabelung ein wenig manipuliert hatte. So wurde er bis auf den Knochen gegrillt. Hat sechs Monate gedauert, den Gestank hier herauszubekommen.«

Er wandte sich dem zweiten Kreuz zu. »Und Peter … mein Sohn. Sie und Peter werden ein perfektes Paar ergeben. Ich weiß, daß er Ihnen gefallen hätte.«

Matthews ergriff Megan bei den Schultern und schleifte sie zur Wand hinüber. Dort fesselte er ihr die Hände und band sie an ein Leitungsrohr.

Dann schritt er zu dem Kreuz hinüber, das auf dem Fußboden

lag, und begann, den Querbalken an dem Längsbalken zu befestigen. Er hämmerte und sang dabei: »Auf Jakobs Leiter steigen wir empor …«

Megan schloß die Augen und hörte weinend und leise keuchend das immer wieder neue Dröhnen von Metall auf Metall.

32

Wenn man durch einen bestimmten Einschnitt in den Shenandoahs hindurchfährt, hat man das Gefühl, als fiele man in eine andere Zeit – nicht die des amerikanischen Bürgerkriegs, wie man vielleicht erwarten könnte, doch ein Teil des Landes hielt noch eine Zeit fest, die erheblich weiter zurück lag als die Gegenwart, andererseits auch noch nicht ganz Vergangenheit war.

Besonders jetzt, um drei Uhr morgens. Verwahrloste Hunde starrten mißtrauisch auf die grasbewachsenen Felder hinter abgedunkelten Häusern. Man sah verlassene Gebäude. An den Abhängen der Hügel: schwarze Gruben, die sich zu dem Netz von Höhlen hin öffneten, von denen die Erde unter den Shenandoahs und den Blue Ridge Mountains durchzogen war.

In der gestohlenen Limousine rasten Tate und Bett an Mauern unheimlichen Waldes vorüber – an den kahlen Kiefern, Zwergeichen, an Segge, jungem *kudzu* und wildem Wein. Tate schwor, er habe Augen gesehen, die sie anstarrten, als sie vorbeifuhren, und er dachte an den Geistermenschen.

Doch der unglückliche Soldat der Konföderierten kann es nie so weit nach Westen geschafft haben, sagte sich Tate, wenn auch nur halb im Scherz.

»Joshua sagte, er rufe von einer Tankstelle irgendwo in Front Royal an.«

»Es muß hundert davon geben.«

»Aber er fuhr auf der Sechsundsechzig. Ich glaube, es müßte eine sein, die er vom Highway aus sehen konnte. Das ist doch eine gute Nachricht. Das sind die, die die ganze Nacht geöffnet sind.«

»Was ist wohl mit ihm passiert? Was glaubst du?« fragte Bett. »Mit Joshua, meine ich.«

Tate sagte nichts; sie kannten beide die Antwort.

Es war jetzt kurz nach drei Uhr morgens. Sie bezweifelten, daß der Tankwart, der Joshua erzählt hatte, daß er am Mittwoch nachmittag einen grauen Lieferwagen gesehen habe, zu dieser Stunde Dienst hatte. Sie hofften aber, daß irgend jemand von Aaron Matthews gehört hatte.

Doch das war nicht der Fall.

Auf die Frage nach Lagern der Erweckungsprediger lachte ein nicht sehr intelligent aussehender junger Tankwart mit einem großen goldenen Kreuz am Hals nur laut auf. »Die Hügel sind geradezu damit übersät. Einfach übersät. Einer von diesen Predigern hat den Krebs meiner Tante geheilt, und Sie hätten mal sehen sollen, wie groß ihr Tumor war.«

Zehn Minuten später, als sie sich schon in den Blue Ridge Mountains befanden, hielt Tate an einer alten Sunoco-Tankstelle. Der ältere Tankwart warf ihnen einen mißtrauischen Blick zu, als Tate nach dem Erweckungscamp von Matthews fragte.

»Matthews, ach ja? Sind Sie ein Freund von ihm?«

»Nein, eigentlich nicht. Ist was nicht in Ordnung?«

»Nein, ich will nichts Falsches sagen. Betrifft schließlich die ganze Familie. Ich meine aber, daß James Matthews völlig meschugge war, denn er wurde festgenommen, nachdem er mit einem Messer auf dieses kleine Mädchen losgegangen war.«

Tate und Bett wechselten einen schnellen Blick.

»Und dann sein Sohn, Aaron … Als der den Laden übernahm, haben sie das Camp zugemacht.«

»Wo liegt das Lager?«

»Folgen Sie dieser Straße drei Meilen bis zu der Shell-Tankstelle. Gleich dahinter müssen Sie nach rechts in die Parker Road einbiegen. Dann fahren Sie vielleicht fünf oder sechs Meilen hoch in die Berge. Wenn die Straße zu Ende ist, müssen Sie weiterfahren. Es gibt keine Schilder oder so, Sie müssen einfach nach Gefühl weiterfahren. Vor dem Gelände war früher diese verrückt aussehende Statue. Eine Art Engel. Zu dieser Nachtzeit werden Sie sicher nicht dorthin fahren wollen, o nein, Sir, aber Sie haben nur gefragt, wie man hinkommt, meine Meinung wollten Sie nicht hören.«

Tate gab ihm zwanzig Dollar, und dann fuhren sie schnell weiter.

Nur wenige Minuten später ertönte eine Viertelmeile hinter ihnen eine Sirene. Sie drehten sich um. Es war ein Streifenwagen. Plötzlich schaltete der Polizist das Blaulicht ein und beschleunigte.

»Glaubst du, er weiß, daß wir es sind?« fragte Bett.

»Ich bin nicht zu schnell gefahren. Es muß ihnen klar geworden sein, daß wir den Wagen genommen haben.« Tate tippte unsicher aufs Gaspedal. »Was soll ich tun?«

»Fahr wie der Teufel«, schlug Bett vor.

Das tat er.

Etwa zwei Meilen lang.

Die Schweden bauen zwar gute Wagen, doch dem getunten Motor des verfolgenden Plymouth war das gestohlene Fahrzeug nicht gewachsen. »Ich schaffe es nicht«, sagte Tate.

Er nahm den Fuß vom Gaspedal. »Ich werde mit ihm sprechen. Vielleicht schickt er wenigstens einen Wagen ins Camp.«

»Nein«, sagte Bett.

»Was?« fragte Tate und manövrierte den Wagen an den Straßenrand.

»Sie wissen nicht, daß ich bei dir bin, richtig?« fragte sie.

»Wahrscheinlich nicht. Aber was hast du vor?«

Bett riß ihre Handtasche auf und durchwühlte sie. Sie hielt kurz inne, holte tief Luft, setzte sich dann aufrecht hin, starrte sich im Rückspiegel an und strich sich über die Wange, wie er es schon sooft an ihr gesehen hatte.

Was hat sie vor? fragte sich Tate.

Plötzlich hörte er das Geräusch zerbrechenden Glases. Dann

hielt sie eine gezackte Scherbe ihres Make-up-Spiegels in den Händen.

»Bett!« rief er.

Sie hob die Scherbe langsam ans Gesicht, dann schrie sie auf und sackte an der Seitentür zusammen.

Blut strömte aus einem tiefen Schnitt in der Wange.

»Oh«, keuchte Bett. »Es tut weh.«

Tate brachte den Wagen zum Stehen und starrte das eher schwarz als rot aussehende Blut an, das ihr auf Mund und Kinn strömte und ihr in einem kunstvollen Muster auf die Brust tropfte.

»Raus aus dem Wagen!« hallte die metallische Stimme aus dem rechteckigen Lautsprecher auf dem Dach des Streifenwagens.

Der junge Polizist stand neben der offenen Tür seines Fahrzeugs und richtete eine blauschwarze Pistole, die in seiner riesigen Hand winzig wirkte, auf Tates Kopf. In der anderen Hand hielt er das Mikrophon.

»Steigen Sie aus dem Wagen aus. Halten Sie die Hände oben.«

Einen Augenblick lang bewegte sich niemand.

Und dann war Betts Tür blitzschnell offen – so schnell, daß Tate schon dachte, ein weiterer Polizeibeamter habe sich unbemerkt an sie herangeschlichen.

Bett schrie schrill auf, als sie sich auf den grasbewachsenen Straßenrand wälzte. Ihre Hände waren vom Lederband ihrer Handtasche umwickelt, als wären sie gefesselt. Da sie die Hände nicht benutzen konnte, war der Aufprall hart. Staub vermischte sich mit der erstaunlichen Menge Blut, die ihr Gesicht bedeckte.

»Helfen Sie mir!« schrie sie. »Er hat mich entführt!«

»Bewegen Sie sich nicht. Keiner bewegt sich!« rief der Polizist und richtete die Mündung seiner Waffe direkt auf Bett. Tate ließ die Hände am Lenkrad und blieb völlig reglos sitzen.

Bett krabbelte auf den Polizisten zu.

»Er hat ein Messer!« rief sie. »Helfen Sie mir, bitte. Er hat mich geschnitten. Ich blute. Helfen Sie mir!« Sie gab ihrer Stimme den schauerlich wehklagenden Tonfall eines Kindes, als sie weiterstolperte. »Er wollte mich vergewaltigen! Bringen Sie mich weg von ihm! O bitte … oh …«

Der Polizist gab seinen Instinkten nach. »Hierher, Miss. Es wird alles wieder gut. Er ist dieser Typ aus Prince William, nicht wahr? Der Kerl, der dieses Mädchen getötet hat? Wo ist das Messer?«

»In seinem Gürtel. Er hat mich an einer Bushaltestelle mitgenommen!«, rief sie. »Er hat mich entführt, er hat mich angefaßt.«

»Nehmen Sie die Hände höher, Sir«, rief der Beamte übers Mikrophon. »Und damit meine ich jetzt gleich!«

Tate gehorchte.

»Was ist passiert?« fragte der Polizist Bett, die immer näher kroch.

»Hat mir ins Gesicht geschnitten … wollte mich vergewaltigen … ich brauche einen Arzt …« Die Worte verebbten in Schluchzen.

»Sie da im Wagen. Lassen Sie die rechte Hand oben und strecken Sie die linke aus dem Fenster. Dann machen Sie die Tür auf. Lassen Sie die rechte Hand aber nicht sinken.«

Tate bewegte sich nicht.

»Ich sage es nicht noch einmal, Sir. Ich habe eine …«

»Nehmen Sie die Waffe runter!« ertönte Betts schriller Schrei nur Zentimeter hinter seinem Kopf. Der Lauf von Tates Pistole wurde dem Polizisten an die Kehle gedrückt.

»Oh, Scheiße.«

»Tun Sie's.«

»Ich habe ihn im Visier, Lady. Wenn Sie mir was antun, ist er weg vom Fenster. Ich werde ihn erschießen. Ich schwöre …« Doch er sagte dies aus Scham und nicht aus Entschlossenheit, und als Bett losschrie: »Wir wollen meine Tochter befreien, und ich werde Sie auf der Stelle umbringen, wenn ich muß!«, folgte dem mißvergnügten Grunzen des Polizisten das Geräusch seiner auf dem Boden aufprallenden großen Smith & Wesson.

Bett trat von dem Mann zurück, der sie um Haupteslänge überragte. Seine Muskeln erschlafften, als er die Wildheit in ihrem Gesicht sah. Vielleicht ging ihm jetzt auf, wie nahe er soeben dem Tod gewesen war. Der Polizist lehnte sich schlaff gegen den Wagen.

»In Ordnung«, murmelte Bett. »Legen Sie sich auf die Erde. Da. Auf den Bauch.«

In Sekundenschnelle war Tate aus dem Wagen und rannte auf sie zu.

»Es sind weitere Beamte unterwegs, Lady. Sie werden in zwei Minuten da sein.«

»Um so mehr Grund, keine Zeit zu verlieren.«

Der Mann ließ sich langsam zu Boden gleiten. Bett reichte Tate die Pistole des Polizisten.

»Du bleibst hier«, sagte ihr Tate. »Laß ihn hier sitzen, und wenn die anderen kommen, mußt du sie überreden, mindestens einen Streifenwagen zum Lagergelände zu schicken.«

Sie nickte und preßte die schreckliche Schnittwunde im Gesicht mit der linken Hand zusammen.

»Jetzt hör mir genau zu«, fuhr er ernst fort. »Wenn sie da sind, leg die Pistole einfach hin und nimm die Hände hoch. Sie werden nervös sein und bereit, jederzeit zu schießen. Tu genau, was sie sagen. Hast du mich verstanden?«

Sie nickte. Er strich ihr über die Wange und wischte etwas von dem Blut weg.

»Fahr los, Tate. Fahr los und hol sie.«

Er küßte Bett auf die Stirn und rannte zum Wagen.

Tate trat das Gaspedal durch, was Schlamm und Kies an dem Streifenwagen hochspritzen ließ. Als Tate über eine Straßenerhebung fuhr und sah, wie das Tachometer den roten Halbkreis des Warnlichts erreichte, erhaschte er im Rückspiegel noch einen Blick auf Bett, die neben dem auf dem Bauch liegenden Polizisten kauerte und sich ohne Zweifel aufrichtig entschuldigte. Dennoch, die Pistole, die sie mit beiden Händen hielt, war unerschütterlich auf sein Gesicht gerichtet.

Sein Vater hing links, sein Sohn rechts.

Und ich werde in der Mitte hängen.

Megan beobachtete, wie er geschickt den Beton für die Basis des dritten Kreuzes mischte.

»Sie haben Annie umgebracht«, flüsterte sie. Er hörte es nicht, oder es kam ihr so vor, und deshalb wiederholte sie die Bemerkung.

»Ich wußte, daß Sie befreundet waren«, erklärte er. »Als ich Ihnen folgte, habe ich Sie oft mit ihr zusammen gesehen. Ich habe sie abends einmal kennengelernt. Wir haben uns eine Zeitlang unterhalten, und ich schlug ihr vor, daß sie mal auf ein paar Beratungssitzungen zu mir kommt. Ich wollte einige Dinge über Sie herausfinden. Wie jeder Mensch hatte auch Annie ihre Sünden, ihre Ängste, ihre Schuldgefühle. Ich habe ihr nur dabei geholfen, sie zu verstehen.«

Megan weinte leise und zerrte an den Seilen. Sie konnte die Hände nicht bewegen.

Matthews nahm einen Hammer und drei lange Nägel von der Werkbank. Er legte sie neben das Kruzifix, trat auf Megan zu und begann, das Seil zu lösen.

Sie sackte gegen die Wand. »Bitte, nicht …«

Mit einem Schnappen brach der letzte Strang des Seils unter seinen kräftigen Händen.

Er schleifte sie auf das Kreuz zu und schob sie auf die Knie. Er zog etwas Weißes und Weiches aus der Tasche.

Die Blüte einer weißen Lilie. Er band sie ihr ins Haar.

»Keine Dornenkrone für Sie«, sagte er weich und strich ihr über den Kopf, als sie schluchzte. »Ich war gerade dabei, eine Lilie zu pflanzen, als ich den Anruf des Gefängnisdirektors mit der Nachricht erhielt, daß Peter sich erhängt hatte. Daran muß ich immer denken, wenn ich Lilien sehe. Doch jetzt werde ich dabei auch an Sie denken.«

Er hob einen der langen spitzen Nägel auf.

Dann hörte Megan durch ihr Weinen hindurch ein Geräusch, das immer lauter und lauter wurde.

Der Wind?

Ja, nein.

Das Geräusch wurde zu Worten. Nein, zu einem einzigen Wort. Ihrem Namen.

»Megan …!« Es wehte über das Gelände, durch die Gebäude. »Megan!« Geisterhaft, unmenschlich.

Der alte Mann, dachte sie. Aber nein, das kann nicht sein. Er ist tot. Was ist es?

Matthews war ebenfalls erstarrt. Langsam drehte er den Kopf zu dem Geräusch. Seine Augen waren aufgerissen. Zum ersten Mal schien er unsicher zu sein. Er schien sogar Angst zu haben.

Und in dieser Sekunde erkannte sie, daß er sie vollständig losgelassen hatte.

Sie ließ sich zu Boden fallen, bevor er reagieren konnte. Sie riß den Hammer mit beiden Händen an sich. Der Schlag traf ihn direkt unter der Brust. Es war ein gewaltiger Schlag, worauf er auf die Knie fiel und den Bauch umklammert hielt. Megan holte erneut mit dem Hammer aus, doch er war blitzschnell auf den Beinen und stieß mit dem Nagel nach ihr, der so spitz war wie ein Eispickel. Sie verlor das Gleichgewicht, ließ den Hammer fallen und flüchtete durch die Tür.

Sie rannte ziellos weiter. Sie lief in reiner Panik – raus aus der Kapelle, dann die Treppe hinauf, dann wieder hinunter durch einen der labyrinthischen Korridore des Gebäudekomplexes, rannte einfach drauflos. Die Füße wurden jetzt endlich von ihren primitiven Schuhen geschützt.

Sie versuchte es an jeder Tür. Alle waren verschlossen. Sie lief bis zum Ende des Flurs weiter, wobei ihre Verzweiflung immer größer wurde. Sie kam an einem Fenster vorbei, das jedoch wie alle anderen vergittert war. Sie lief weiter. Der Korridor machte eine Biegung nach links und endete dann abrupt an einer weiteren Tür. Auch sie war natürlich verschlossen. Sie schlug mit den Fäusten gegen das Holz. Hart wie Eisen.

Lauf zurück, lauf zurück!

Sie lief zurück, blieb aber sofort wieder stehen.

Das Tappen des entsetzlichen Stocks.

Das Schlurfen.

Megan drückte sich tief in den Alkoven.

Rasselnder Atem, Speichel, der in den Lungen blubberte. Das Geschöpf kam näher. »Megannnnn!«, rief es mit seinem unirdischen Flüstern. »Megan …«

33

Das Geschöpf kam gerade an dem vergitterten Fenster vorbei. Sein Schatten, den eine schwach leuchtende Glühbirne warf, fiel auf die Wand vor ihr.

Noch viereinhalb Meter. Dann drei.

Sie preßte sich zitternd gegen das Holz und bemühte sich mit aller Macht, vor Angst nicht loszuwimmern.

Sie sah, wie der Schatten immer größer wurde, als er sich der Biegung des Korridors näherte. Der vornübergebeugte, von Wunden und Verletzungen übersäte Körper. Zerfetztes Fleisch, das ihm von Armen und Beinen baumelte, der spitze Stock. Sie preßte sich gegen die Wand, und eine Bodendiele knackte unter ihren Füßen.

Nein!

Das Wesen blieb stehen. Reckte den Hals und hob den Stock aus Knochen wie ein Schwert.

Bitte nicht …

In einem dunklen Aufblitzen trat das Wesen vor.

Megan legte sich beide Hände auf den Mund, als ihre Blicke sich begegneten. Ihr Aufschrei war kein Schrei der Furcht, sondern des Entsetzens und der Trauer.

»Josh!« flüsterte sie. »O mein Gott, Joshua!«

Joshua LeFevre senkte den Stock und sackte gegen die Wand. Er streckte den Arm nach ihr aus und ließ die Hand dann sinken.

Ein Teil von Megan sehnte sich danach, die Arme um ihn zu

schlingen. Doch sie brachte es nicht über sich, so abgestoßen fühlte sie sich von dem Anblick. Er war kaum noch zu erkennen. Entsetzlich zerschlagen – Schnitt- und Platzwunden, die mit geronnenem Blut bedeckt waren. Um den Hals hatte er sich einen blutbefleckten Schal als Verband geknotet. Ein Auge war geschwollen und vollständig geschlossen. Die meisten seiner Rasta-Locken waren ihm vom Kopf gerissen worden, der mit Schlamm und Schürfwunden bedeckt war.

Er brach auf dem Fußboden zusammen.

Megan trat vor und kniete neben ihm nieder, nahm seine Hand in ihre.

Er konnte nur mit einem geisterhaften, abgehackten Wehklagen sprechen. Sie hob den improvisierten Verband hoch. Er hatte eine schreckliche Wunde an der Kehle, doch das Messer hatte die Blutgefäße verfehlt, und die Wundränder waren trocken. Wenn er atmete, fuhr die Luft mit einem zischenden Laut sowohl durch seinen Mund als auch durch den Schnitt. »Ich glaubte, ich hätte dich schreien hören. Gerade eben. Warst du diejenige«, fragte er atemlos, »warst du diejenige, die die ganze Zeit über hier war?«

Megan nickte.

Er fuhr fort: »Dachte, er hätte dich getötet, und es wäre …« Er bekam einen Hustenanfall. »Dachte, es wäre jemand anders.« Er nickte wie wild und bemühte sich, Luft zu bekommen. Er versuchte zu lächeln. »Habe gebetet, daß du es bist. Du hast nicht geantwortet, als ich … als ich den Namen … auf den Sarg schrieb. Ich hoffte, du würdest mir eine Nachricht in den Staub schreiben.«

»Ich wußte nicht, wer du bist. Warum hast du es mir nicht *gesagt*?«

»Durfte nicht zulassen …« Er bemühte sich, die Schmerzen zu beherrschen. »… daß sie etwas von mir merken.«

»Wie bist du hier reingekommen?«

Die gestotterte Erklärung: Matthews hatte ihn draußen den Hunden überlassen. Doch bevor sie ihn umbringen konnten, war eine junge Ricke vorbeigetrottet, und da hatten sie ihn liegen lassen, um das Reh zu jagen.

Seine schöne Stimme, dachte Megan und weinte. Sie ist verschwunden. Sie mußte sich abwenden, um sein Gesicht nicht zu sehen.

Er hatte den gebrochenen Knochen vom Bein eines Rehs gefunden, den er als Stock benutzen konnte. Leise flüsterte er ihr zu, daß er dann eins der Gebäude betreten habe, um ein Telefon zu suchen. Doch es habe keins gegeben, und dann habe er herausgefunden, daß die Türen von innen nicht zu öffnen seien, daß das Ganze ein Gefängnis sei. Er habe drinnen jemanden gehört und angenommen, daß es der Mann in dem Lieferwagen sei oder Emily. Die letzten eineinhalb Tage habe er damit verbracht, allem Lebendigen aus dem Weg zu gehen. »Ich suchte … nach etwas, was mir beweisen konnte, daß du noch am Leben warst.«

Sanft berührte sie eine schreckliche Wunde in seinem Gesicht. Megan befürchtete, daß er diesen Ort nie lebend verlassen würde.

»Warst du … du warst doch nicht seine Geliebte, oder?«

»Was?« stieß sie hervor.

»Er hat behauptet, du wärst es. Er sagte … er sagte, du hättest von mir wegkommen wollen.«

»O Josh, nein. Es war … was immer er gesagt hat, es war eine Lüge.«

»Wer ist er?« fragte LeFevre röchelnd.

»Dafür haben wir jetzt keine Zeit. Kannst du gehen?«

»Nein.« Er atmete schwer, zuckte zusammen und schloß die Augen. »Ich kann überhaupt nichts tun.«

Sie zog ihn tiefer in den Alkoven, um ihn vor Blicken zu schützen.

»Warte hier.«

»Wohin … gehst du?«

Tief in ihr war der Zorn so groß geworden, daß er nicht mehr warten wollte. Er brach sich jetzt Bahn und wurde zu etwas Starrem und Scharfem wie der Stock aus Rehknochen, den sie jetzt vom Fußboden aufhob und dessen Spitze sie prüfend mit dem Daumen betastete.

»Bleib so liegen, Josh, beweg dich nicht. Und sei still.«

»Warte«, sagte er und betrachtete sie von oben bis unten. Jetzt schien er zum ersten Mal zu bemerken, daß sie nackt war. »Nimm meine … nimm meine Hosen.« Er kämpfte, um aus seinen Jeans herauszukommen. Sie half ihm dabei.

Megan zog sie an. Jetzt hatte sie Schuhe und Hosen. Zerfetzt und blutig, kaum mehr als Stoffetzen. Doch ihr kam es vor, als trüge sie jetzt eine Rüstung.

Sie küßte ihn auf die Stirn.

Irgendwo in einem anderen Teil des Gebäudes wurde eine Tür zugeschlagen.

Orte wie dieser …

Tate hatte so viele von ihnen gesehen.

An Tatorten. Auf Fotos, die als Indizienbeweise dienten.

Orte wie dieser, die von Wut erfüllt sind und in Sekundenschnelle zu brodeln beginnen, wenn nur zwei falsche Worte über ein kaltes Abendessen oder einen kaputten Fernseher fallen. Orte wie dieser, von denen die Plastiksäcke mit den Leichen mit so viel Würde weggeschleift werden, wie die Männer des Leichenbeschauers nur aufbieten können, Orte, an denen man nachts die Schreie von Kindern hört, an denen man morgens aber keine Kinder finden kann.

Tate warf einen Blick auf die Engels-Skulptur – abstoßend, aber unleugbar fesselnd. Er fuhr weiter auf der schlammigen Straße am Zaun entlang und hielt nach einer Öffnung Ausschau, die ihn in das einlassen würde, was ein wettergegerbtes Schild die Kathedrale im Kiefernwald nannte. Er fuhr hinter der Anlage herum, stieg aus dem Wagen und folgte eine Zeitlang einem Bachlauf, dessen Böschung von einem Gewimmel wilder Rosen und Forsythien bewachsen war. Er glaubte, daß es fast leichter sein würde, den Bach zu durchschwimmen. Das Wasser war schwarz, und er vermutete, daß es sehr tief war. Doch es war nicht die Tiefe, die ihn an Land hielt, sondern eine Mokassinschlange, die sich mit ansehnlicher Geschwindigkeit durchs Wasser schlängelte.

Nach fünf Minuten befand er sich direkt hinter dem Haus und kletterte einen steilen Hang hinauf. Dann legte er sich auf die Böschung, um zu Atem zu kommen. Er glaubte, aus dieser Richtung sich praktisch unbemerkt nähern zu können. Es gab nur wenige Fenster, und überall auf dem Gelände sah er kleine Haine mit Bäumen, hinter denen er Deckung suchen konnte.

Er kroch zu dem Maschendrahtzaun. Der Stacheldraht sah gefährlich aus, doch der eigentliche Zaun war halb verfallen; er glaubte, mit der Schulter ein Stück hinunterdrücken zu können, so daß er hinüberklettern konnte. Er blickte durch die Maschen auf die Gebäude.

Er wollte gerade nach dem Zaun greifen, als er das leise Summen hörte. Seine Hand erstarrte. Als er zu Boden blickte, sah er zu seinen Füßen das grün anodisierte Band, wo der Tau sich auf dem Metall abgesetzt hatte. Fünfzehn Meter entfernt, auf der anderen Seite des Zauns, stand der Transformator.

Tate trat von dem Maschendrahtzaun zurück und ging eilig an ihm entlang. Er suchte nach einem Tor. Er wußte, daß er eins finden würde; er hatte am Bachufer Bauschutt und Abfall gesehen. Er würde einen Stock oder einen Felsbrocken benutzen, um den Riegel zu zertrümmern. Sechs Meter weiter entdeckte er das Tor.

Es war auf der anderen Seite mit einem Vorhängeschloß gesichert.

Teufel auch. Unmöglich, da hindurchzulangen.

In diesem Moment hörte er das Geheul aus dem Gebäudekomplex.

Der Wahnsinn befiel ihn.

In Sekundenschnelle. Mit dem metallischen Dröhnen von Eis auf einem See, das am späten Abend birst.

Aaron Matthews knallte die Tür zu, die zu der Kammer hinter dem Altar führte, und brüllte vor Frustration, Wut und Irrsinn.

Ihn beherrschte nur noch ein Gedanke: töte sie, töte sie, töte sie. Greif ihr in den Mund, stich mit dem Messer zu, nagle ihr die weißen Hände und Füße an dem schwitzenden Kiefernholz fest … Lausche ihren zungenlosen Schreien, wenn das Blut in die Luft über ihr hochspritzt wie bei der Sprechblase einer Cartoon-Figur.

Megan, Megan …

O Herr, der du mich gesegnet hast, der du mir die fiebernde Stirn mit deinen Lippen berührt hast …

Er zog das Jagdmesser aus der Hosentasche und klappte es auf.

Oh, ich sehe sie schon vor mir, wie sie am Kreuz hängt, sehe die zarten Hände von schwarzen Nägeln durchbohrt, sehe, wie die Füße zusammengepreßt und zusammengebunden sind und die Knochen zersplittern.

Sie schreit.

Und Blut – so viel Blut spritzt ihr aus dem Mund.

Sie wünscht etwas zu trinken? Essig an einem Schwamm.

Ihre Schreie …

Er taumelte den dunklen Korridor entlang.

Laß mich nicht mit der Zunge sündigen …

Er ging mit ausgreifenden Schritten zu Megans Tür und trat sie ein. Sie war nicht da. Er ging weiter in die Küche und riß die Wandschränke auf, in denen sie sich vielleicht versteckte. Nirgends zu finden.

Sie konnte das Gebäude nicht verlassen haben. Wo …

»Aaron«, sagte die leise, ruhige Stimme.

Er fuhr herum. Dort stand sie. Sie hatte das Haar zurückgebunden, trug zerfetzte Hosen und Lumpen an den Füßen. In der Hand hielt sie einen langen, angespitzten Knochen wie einen Speer. Wo hatte sie den her?«

»Machen Sie die gottverdammte Tür auf«, sagte sie gleichmütig. »Und lassen Sie mich hier raus.«

Früher hätte er vielleicht mit ihr gespielt. Er hätte sie vielleicht geneckt, ihr gut zugeredet und sie zu allem überredet, was er von ihr wollte. Doch jetzt hatte er sich nicht länger in der Gewalt. Matthews ließ noch einen durchdringenden Schrei voller Zorn und Irrsinn hören und stürzte sich vorwärts.

Er erwartete, daß Megan zurückwich, wegrannte, und war darauf eingestellt, sie von hinten zu packen. Doch genau wie ihre Mutter am Abend zuvor sprang sie ihm entgegen. Das spitze Ende des Knochens erwischte ihn in der Seite – es war keine gefährliche Wunde, tat aber schauerlich weh. Er fiel mit einem Grunzen zur Seite. Megan war mit einem Satz über ihm und stieß ihm mit dem anderen Ende des Knochens immer wieder ins Gesicht. Er schlug sie zwischen die Brüste und schob sie zu Boden, als er wieder auf die Füße kam.

Sie war jedoch auch schnell wieder auf den Beinen. Und als sie ihn umkreiste, stieß die blutige Spitze des gelbweißen Knochens immer wieder nach seinen Augen.

Jetzt griff Matthews zu einer Finte und tat, als wollte er vorwärts stürmen. Dabei war seine Schulter schutzlos. Megan holte mit aller Kraft aus, worauf der Knochen ihn quer über den Hals traf, was ihn vorübergehend außer Gefecht setzte. Doch er war auf diesen Schlag vorbereitet gewesen. Er riß ihr den Knochen aus den Händen, und als sie ihm mit den Fäusten ins Gesicht und auf die Brust schlug, schleifte er sie in die Mitte des Raums.

»Aufhören! Sie Scheißkerl!«

Ihre Hände ergriffen seine, und sie bohrte ihm die Fingernägel tief ins Fleisch. Er spürte nichts.

Matthews schleuderte sie auf die Couch, wo sie auf dem Rücken liegenblieb. Die Wucht des Aufpralls nahm ihr vorübergehend den Atem. Sie lag keuchend da.

Es ist Karfreitag.

Ruhm und Ehre dem Herrn.

»Mach den Mund auf«, flüsterte er und führte ihr die Messerklinge an die Lippen.

Die Limousine hielt kurz neben der makabren Skulptur, drei Meter vom Tor zum Lagergelände entfernt.

Als er das irrsinnige Geheul aus dem Innern des Gebäudekomplexes hörte, war er zum Wagen zurückgerannt und schnell hierhergefahren. Dann hatte er mit kreischenden Bremsen angehalten.

Keine Zeit zum Überlegen, sagte sich Tate. Tu's einfach.

Er wendete den Wagen, legte den Rückwärtsgang ein und trat das Gaspedal durch. Er fuhr mit hoher Geschwindigkeit rückwärts, knallte mit fast vierzig Meilen pro Stunde durch das Tor, so daß die Funken in die Luft stoben. Er zielte direkt auf die Garagentür. Im letzten Augenblick lehnte er sich in seinem Sitz zurück, glitt hinunter und preßte sich fest gegen die Kopfstütze.

Mit einem lauten hohlen Knall riß die hintere Stoßstange die Garagentür aus den Befestigungen. Sie fiel wie eine Rampe nach innen, und der Wagen fuhr auf sie hinauf. Dabei ging eine Werkbank zu Bruch, und dann hing der Wagen fest. Das vordere Ende ragte in die Luft, und die Räder drehten durch.

Tate drehte den Zündschlüssel und stellte den Motor ab. Die Fahrertür war verklemmt, und so mußte er auf der Beifahrerseite aussteigen.

Los jetzt, schnell, schnell!

Er sprang über die Motorhaube, zog dabei den Revolver aus der Tasche und lief zu der Tür, die in den Gebäudekomplex führte. Nach diesem Zusammenstoß wäre es sinnlos, sich um Lautlosigkeit zu bemühen. Er würde in den Raum stürmen und auf Matthews' Beine schießen, zweimal, dreimal. Er würde keine Sekunde zögern. Keine Warnung, kein Flehen. Kein Verhandeln. Einfach abdrücken.

Das Schweigen der Tat …

Er langte mit der linken Hand nach dem Türgriff.

Ein blendender Lichtschein, ein Knall wie von einer Peitsche. Tate wirbelte durch die Luft, die sich plötzlich auf wundersame Weise mit schlangengleichen Kabeln füllte. Die kalten Glasaugen von Meßgeräten flogen ihm um die Ohren, Abfall, herumgewirbelt in einem Tornado. Er prallte gegen eine Bergwand oder einen Baum oder die zerfetzte Seite des Streifenwagens und glitt dann langsam zu Boden.

Er betrachtete den rauchenden Türgriff, und als er in Ohnmacht fiel, roch er den Gestank seines verbrannten Fleischs.

34

Eine Hand strich ihm übers Haar.

Er schlug langsam die Augen auf, in denen sein Schweiß heftig brannte. Tate versuchte, sich auf das Gesicht vor ihm zu konzentrieren. Für einen kurzen Moment glaubte er, daß die sanften Finger die von Bett waren; als er das Bewußtsein wiedererlangte, war sie die erste Person gewesen, an die er dachte.

Doch statt dessen sah er Megan in die Augen.

»Hallo, Süße«, schnaufte er. »Schön, dich hier zu treffen.«

»Dad.«

Sie befanden sich in dem großen Wohnzimmer des heruntergekommenen Hauses und lagen auf einer Couch. Seine Hände waren ihm mit dicken Seilen auf den Rücken gefesselt worden. Eine Hand pochte noch von den Verbrennungen an dem elektrifizierten Türgriff. Tate konnte nur verschwommen sehen. Er versuchte, sich aufzurichten, doch der Schmerz, der in seinen Schläfen explodierte, ließ ihn fast wieder ohnmächtig werden. Er schnappte nach Luft und ließ sich wieder auf die Couch sinken.

Aaron Matthews saß nicht allzuweit entfernt auf einem Stuhl. Seine Kleidung war schmutzig und zerknittert, und sein Haar stand ihm wirr vom Kopf ab und war voller Blut. In der Hand hielt er ein langes Messer mit einer fleckigen Klinge. Was für bezwingende schwarze Augen er hat, dachte Tate.

Er senkte den Kopf auf Megans Schulter. Als der Schmerz sich gelegt hatte, blickte er zu ihr hoch. »Sieht aus, als hättest du diese fünf Pfund verloren, die du loswerden wolltest«, sagte Tate zu ihr.

Matthews starrte ihn an. Speicheltropfen auf trockenen Lippen, die sich zu einem breiten Grinsen verzogen.

»Ich habe nur meine Arbeit gemacht«, sagte Tate schließlich zu ihm. »Ich meine den Prozeß gegen Peter. Die Beweise waren da. Die Geschworenen glaubten ...«

Matthews schien ihn nicht zu hören. »Sie wissen es zwar nicht, Collier, aber ich habe Sie immer im Auge behalten. Nachdem sich Pete erhängt hatte, ging ich zu Ihren Prozessen. Ich saß meist hinten auf der Galerie. Ich beobachtete Sie. Oh, wie sehr Sie mich an mich selbst erinnerten, und zwar zu der Zeit, als ich da draußen predigte. Sie hatten zwölf Geschworene, ich hatte die himmlischen Lämmer.«

Tate sagte nichts.

»O ja, ich habe Sie beobachtet. Ich lernte etwas über das Recht. Der *Vorsatz* wird angeklagt. Der geistige Zustand eines Killers – er muß den Tod eines anderen *wollen,* um sich des Mordes schuldig zu machen. Denken Sie mal darüber nach. Sie haben Pete *ermordet*. Sie wollten seinen Tod.«

»Es war mein Job, Angeklagte nach bestem Vermögen zu überführen.«

»Wenn das tatsächlich so war«, sagte Matthews, dessen Stimme sich jetzt zu einem volltönenden Bariton erhob, »wenn Sie tatsächlich ohne Schuld waren, warum haben Sie Ihren Job bei der Staatsanwaltschaft dann aufgegeben? Warum haben Sie die Beine in die Hand genommen und sind weggerannt?«

»Weil ich bedauerte, was geschehen war«, erwiderte Tate.

»Weil«, flüsterte Matthews und senkte sein verschwitztes stoppelbärtiges Gesicht, »weil Sie die Macht spürten, die Sie in Händen hatten, und weil Sie wußten, daß es wieder passieren könnte. Sie haben meinen Jungen angesehen und gesagt: ›Du bist tot.‹ Sie sind vor Gericht aufgestanden und haben gespürt, wie die Macht Gottes Sie durchströmte. Und es *gefiel* Ihnen.«

Tate sah sich im Raum um. Vergitterte Fenster, doppelte Schlösser an den Türen »Sie haben all dies getan? Aus Rache?«

»Sie sind seit zwei Jahren mein ganzes Leben gewesen, Collier. Seit dem Tag, an dem sie die Kirche schlossen.«

»Und seitdem beobachten Sie mich. Beobachten Sie Megan.«

Matthews zuckte leicht zusammen, als er eine blutgetränkte Stelle an seinem Hemd berührte – ein Geschenk Megans, wie Tate angenehm berührt dachte.

Das Mädchen stand plötzlich auf. Tate sah es kommen. »Megan, nein!«

»Sie Arschloch!« Sie stürzte sich kreischend auf Matthews, mit dem Ziel, ihm die Augen auszukratzen. Seine geöffnete Handfläche schlug ihr ins Gesicht, worauf sie auf die Knie fiel. Sie hielt sich behutsam die Nase und schluchzte. Dann brach sie auf dem Fußboden zusammen.

»Was wollen Sie?« fragte ihn Tate in sachlichem Tonfall. »Sagen Sie es mir.«

»Gerechtigkeit. Einfache, pure Gerechtigkeit.«

»Ich weiß nicht, wie Ihnen Gerechtigkeit widerfahren kann, Aaron. In all meinen Jahren als Jurist …«

Matthews gluckste vielsagend. »Oh, ich kann es hören. Die aalglatte Zunge, die öligen Worte. Jetzt wollen Sie versuchen, mich zu überreden, Sie gehen zu lassen …«

»Ich werde nicht den Versuch machen, Sie zu irgend etwas zu überreden, Aaron. Außerdem scheinen Sie mir nicht der Mann zu sein, bei dem ich das könnte.«

»Hören Sie auf damit! Es wird nicht funktionieren! Nicht bei mir. Sie vergessen, daß ich genausogut bin wie Sie. Diese Advokatentricks. ›Die Auseinandersetzung persönlich machen.‹ Das ist immer sehr clever, *Tate.* Sie wollen versuchen, mich dazu zu bringen, Sie als einen ganz eigenen Menschen zu sehen, *Tate.* Doch das wird nicht funktionieren. Verstehen Sie, es ist gerade der Mensch Tate Collier, den ich verachte.«

»War er Ihr einziges Kind? Peter?«

»Oh, Collier, wozu es auch nur versuchen?«

»Hören Sie, Aaron. Lassen Sie uns miteinander sprechen. Ich bin ein wohlhabender Mann. Ich werde Sie bezahlen.«

»Sie beginnen mit Ihrem schwächsten Argument. Bedeutet das nicht, daß Sie gerade verloren haben? So heißt es jedenfalls auf Ihrem Videoband der American Forensics Society.«

»Sie haben mein Haus gesehen, das Land«, fuhr Tate fort und ignorierte ihn. »Sie wissen, daß ich Geld habe.«

Ein Anflug von Verachtung.

»Wieviel wollen Sie?«

»Sie unterliegen einem rhetorischen Trugschluß. Appellieren an ein falsches Bedürfnis. Um abzulenken. Ich habe dies doch nicht getan, um ein Lösegeld zu erpressen. Das liegt doch auf der Hand.«

»Nun ja, was immer Ihr Motiv *gewesen* sein mag, Aaron, die Umstände haben sich geändert. Man weiß jetzt über Sie Bescheid. Sie haben jedoch noch eine Chance, außer Landes zu kommen. Ich kann Ihnen eine Viertel Million in bar besorgen. Einfach so. Mehr, wenn ich das Haus verkaufe.«

Matthews sagte nichts, sondern ging langsam auf und ab und starrte Megan an, die seinen Blick trotzig erwiderte.

Tate wußte natürlich, daß es nicht im mindesten um Geld ging; es ging auch nicht darum, Matthews zur Flucht zu verhelfen. Tate hatte im Moment nur ein Ziel vor Augen: Er wollte den Mann unentschlossen machen und seinen Widerstand schwächen und erschöpfen.

»Ich kann Sie zwar nicht zu einem reichen Mann machen, doch Sie könnten in angenehmen Verhältnissen leben.« Nach einer Pause fuhr er fort: »Ich will Ihnen mal was sagen, Aaron. Ich habe jeden Tag mit dem Tod Ihres Sohnes gelebt, seit der Gefängnisdirektor mich anrief und mir erzählte, was passiert war. Ich weiß, daß Ihr Schmerz tausendmal schlimmer ist …«

Mit drei Schritten war Matthews bei Tate und schlug ihm mit dem Messergriff hart ins Gesicht und wälzte ihn auf den Fußboden hinunter. Megan schrie auf und machte ein paar Schritte auf den Verrückten zu, doch er schob sie wieder auf den Fußboden hinunter. Dann schrie er Tate an: »Sie *wissen?* Sie wissen, ausgerechnet Sie? Sie haben nicht die leiseste Ahnung! Es hat Zeiten gegeben, Wochen über Wochen, in denen ich nicht fähig war, irgend etwas zu tun. Ich lag nur auf dem Rücken und starrte die Decke an und erinnerte mich an den Prozeß. Und wissen Sie, was ich sehe? Ich sehe nicht Petes Gesicht. Ich sehe Ihren *Rücken.* Sie stehen im Gerichtssaal mit dem Rücken zu meinem Sohn. Sie haben ihn in den Tod geschickt, ihn aber nicht einmal *angesehen!* Die Geschworenen waren die einzigen Menschen im Gerichtssaal, nicht wahr?«

Nein, dachte Tate. Sie waren die einzigen Menschen im Weltall. »Es tut mir so leid für Sie.«

»Ich will Ihr elendes Mitleid nicht.«

»Wir gewinnen nichts, wenn wir so weitermachen. Würden Sie uns bitte gehen lassen?«

»Eine besondere Bitte, der der Prozeßgegner entsprechen kann. Er braucht nur ja oder nein zu sagen. Ihre rhetorischen Fähigkeiten sind immer noch in Höchstform, Collier. Meine Antwort lautet jedoch nein.« Wieder fuhr eine neue Welle der Wut über sein Gesicht. Er hob Tate mit kraftvollen Händen hoch und stieß ihn wieder auf den Fußboden, wo er ihn auf den Rücken drehte. Megan schrie auf und wollte sich auf ihn stürzen, doch Matthews preßte Tate das Messer gegen die Lippen.

»Nein!« rief Megan aus.

»Machen Sie den Mund weit auf.«

Tate leistete keinen Widerstand.

Matthews hob die Messerklinge und ließ sie seinem Opfer zwischen die Lippen gleiten. Tate schmeckte Metall und spürte die Kühle der scharfen Spitze an der Zunge. Er bewegte keinen Muskel. Dann kräuselten sich Matthews' Augenwinkel in einem Anflug von etwas, was Humor zu sein schien. Seine Lippen bewegten sich, und er schien zu sich selbst zu sprechen. Dann zog er die Klinge heraus.

»Nein, Collier. Sie sind nicht derjenige, den ich will. Das Mädchen muß sterben. Sie sollen ein Leben ohne sie führen.«

Langsam stand Matthews auf und ging gedankenverloren auf und ab.

In diesem manischen Hinundhergehen konnte Tate sich selbst sehen, seine eigene gebückte Haltung, wenn er sich auf ein Plädoyer vorbereitete. Er dachte an den Prozeß gegen Matthews' Sohn zurück. Er sah den Gerichtssaal vor sich. Es war ein heißer Frühlingstag – die gleiche seltsame Hitze wie dieses Jahr zu Ostern und, ja, auch die gleiche Hitze wie bei der Beerdigung, die einige Jahre zurücklag. Tate erinnerte sich, wie er im Gerichtssaal auf und ab gegangen war, als er beim Prozeß gegen Peter Matthews zu den Geschworenen gesprochen hatte. Er erinnerte sich, daß er an seinen Großvater gedacht hatte und von der Vorstellung fasziniert war, daß der Prozeß in demselben Gerichtssaal stattfand, in dem er den Richter einmal in einem Strafverfahren hatte plädieren sehen – eine weiße Frau war festgenommen worden, weil sie einen Schwarzen getötet hatte, der ihre Tochter »schief angesehen« habe. Der Richter hatte den Prozeß damals verloren. Doch Tate hatte nicht vor, seinen zu verlieren. Ein kräftiger junger Mann hat seine wehrlose schwangere Verlobte erstochen? O nein, die würde Tate rächen. Er hatte die blinde Justitia auf seiner Seite.

»Mich können Sie haben, aber sie wird freigelassen«, sagte Tate jetzt zu Matthews.

»Das ist für mich nicht annehmbar.«

»Ich glaube, das muß es sein, Aaron. Es ist für Sie der einzige Ausweg.«

»Ausweg für mich?«

Tate sagte in überlegtem Tonfall: »Weil ich genau weiß, was Sie wollen. Weshalb Sie all dies getan haben.«

»Nämlich weshalb?«

»Sie wollen sich rächen, nicht wahr? Um den Schmerz zu betäuben.«

Matthews' Lippen bewegten sich, als er eine Unterhaltung mit sich selbst oder Gott oder niemandem begann.

Was ein Mann hört, kann er oft bezweifeln.

Was ein Mann sieht …

Tate wandte sich, soweit seine Fesseln es zuließen, in seine Richtung und ignorierte die rasenden Schmerzen im Kopf und in der Hand. »Denken Sie darüber nach, Aaron. *Denken Sie.* Dies ist sehr wichtig. Was ist, wenn Sie sich geirrt haben sollten? Was ist, wenn es die Schmerzen *verschlimmert,* wenn Sie Megan töten?«

»Das ist nur ein rhetorischer Trick!« rief Matthews aus. »Sie bauen nur einen Popanz auf. Was Sie da sagen …«

»Haben Sie sich das wirklich mal *überlegt*?«

»… soll mich nur ablenken!«

»Sie haben einen geliebten Menschen verloren. Sie liegen stundenlang auf dem Rücken, vor Schmerz gelähmt. Sie wachen um zwei Uhr nachts auf und glauben, Sie müßten durchdrehen. Richtig?«

Matthews blieb stumm.

»Das ist mir passiert«, sagte Tate und rollte sich weiter herum. Ohne sich zu verstellen, erkannte er, daß der Schmerz, den er in Matthews' Gesicht sah, mit seinem vergleichbar war. »Ich habe es erlebt. Auch *ich* habe jemanden verloren, den ich liebte wie mein Leben – nämlich meine Frau –, und so habe ich mich gefühlt. Ich sehe es Ihrem Gesicht an. Ja, *sehe!* Dies sind keine Tricks, Aaron. Ich weiß *wirklich,* wovon ich spreche.«

Matthews knetete den Griff seines Messers. »Nachdem meine Frau mich verlassen hatte, war Pete alles, was mir geblieben war. Es gab so wenige Menschen, mit denen ich sprechen konnte. Aber Pete … oh, wir haben ganze Tage zusammen verbracht und uns dabei nur unterhalten. Wissen Sie, was das für ein Gefühl ist? Einen Menschen zu finden, mit dem man wirklich *sprechen* kann?

Und dann hat diese Rose Marie ihn eingewickelt. Sie hat ihn mit irgendeinem verdammten Zauber verhext und ihn mir weggenommen … Sie war der Teufel. Genau wie Sie.« Er starrte auf die Messerklinge. »Na ja, nun, ich habe mich dann um sie gekümmert. Ich habe dieses Problem aus der Welt geschafft, und damit hätte alles gut sein müssen! So wäre es auch geschehen, wenn Sie nicht gewesen wären. Sie mußten daherkommen und ihn mir wegnehmen.«

Tate runzelte die Stirn.

Ich habe mich um sie gekümmert …

Er spürte den Schock körperlich, als hätte er einen Schlag erhalten. »Was sagen Sie da? Daß *Sie* sie getötet haben? Rose Marie … die Verlobte Ihres Sohnes?«

Der unschuldige Junge war wegen seines eigenen *Vaters* gestorben.

»Ich hätte nie gedacht, daß man ihn deswegen festnehmen oder gar verurteilen würde. Ich dachte, daß er in Maryland war, wo er einen Freund besuchte. Ich dachte, damit hätte er ein Alibi. Ich wußte nicht, daß er das Messer, das ich benutzte, überhaupt berührt hatte. Ich wußte nicht, daß die Polizei seine Schlüssel finden würde – ich habe sie aus seiner Wohnung gestohlen, um bei Rose Marie einzudringen … Und ich hätte auch nie gedacht, daß es Sie so danach gelüsten würde, meinen Jungen in die Hölle zu schicken.«

»Sie hätten zugelassen, daß er auf dem elektrischen Stuhl stirbt?«

»Natürlich nicht. Ich hätte mir vor der Hinrichtung noch etwas einfallen lassen. Notfalls hätte ich die Tat gestanden. Ich hätte nie gedacht, daß er sich umbringen würde. Nie.«

»Das ist der Grund, weshalb Sie Megan wollen?«

»Gott hat mir befohlen, sie Ihnen wegzunehmen!« rief Matthews aus. »Gott hat es mir *befohlen.* Ich habe Pete die Frau genommen, und jetzt schicke ich Megan zu meinem Jungen. Als Opfer. Ihr Erstgeborenes für meins …«

»*Ich* bin verantwortlich«, fiel ihm Tate mit Nachdruck ins Wort. »Wenn Sie mich nehmen, wird Ihr Schmerz verschwinden.«

»Daddy …«

Es war vielleicht das erste Mal seit zehn Jahren, daß er sie dieses Wort benutzen hörte.

Tate rekapitulierte schnell die Ereignisse der vergangenen Woche und erkannte jetzt, wie teuflisch Matthews in Wahrheit war. Natürlich war es Matthews gewesen, der Konnie dazu gebracht hatte, sich zu betrinken. Vielleicht hatte er den Wagen des Detective sogar selbst gelenkt und auf den Sportwagen zugesteuert. Außerdem hatte er Emily getötet und auf der Farm begraben. Und dann hatte er Carson dazu gebracht aufzuschreiben, was wie ein Abschiedsbrief vor einem bevorstehenden Selbstmord aussah, und den Mann dann bei lebendigem Leib verbrannt.

Und doch konnte Tate in all diesem Gemetzel eine klare Absicht erkennen. Matthews war kein blindwütig mordender Killer. Alles, was er getan hatte, hatte einen Grund gehabt.

Und so fuhr der Anwalt fort: »Ich für Ihren Sohn, Aaron. Das ist ein fairer Handel. Einer für den anderen. Lassen Sie Megan gehen.«

»Daddy ...« Sie drückte ihm das Bein, doch er gebot ihr mit einer Kopfbewegung zu schweigen.

Matthews schüttelte den Kopf.

Was ein Mann sieht ...

»Es ist fair. Es ist der einzige Weg.«

»Nein!« rief Matthews aus. »Hören Sie mir nicht zu? *Sie* ist das Opfer. Das hat Gott mir befohlen. Sie müssen Ihr Leben ohne sie führen. Auge um Auge.«

»Sind Sie sicher, daß es das ist, was Sie wollen? Sind Sie sicher, daß das der Handel ist?«

»Ja! Es muß so sein.«

Tate blickte von dem verrotteten, schmutzigen Teppich hoch. Er räusperte sich. »Dann gewinne ich.«

Matthews sah ihn vorsichtig an.

Tate seufzte. Er nahm an, daß er von Anfang an gewußt hatte, daß es irgendwann so kommen würde. Doch was für eine Zeit, was für ein Ort für eine solche Konfrontation.

Was ein Mann tut ...

»Daddy?« fragte Megan. »Was ist?«

... kann er nicht anzweifeln.

Tate begann zu sprechen. Seine Stimme brach. Er nahm einen neuen Anlauf. »Ihre Logik ist perfekt, Aaron. Von einer Kleinigkeit abgesehen.«

Es waren Megans Augen, in die er jetzt blickte, nicht die ihres Entführers, als er sagte: »Ich bin nicht ihr Vater.«

35

Matthews ging nicht mehr unruhig auf und ab, sondern blieb abrupt stehen. Er schien auf sie hinunterzustarren, doch in dem indirekten Licht des bunten Glasfensters war nur seine Silhouette zu sehen, und so konnte Tate nicht erkennen, wohin der Mann blickte.

Die in dem schräg einfallenden Licht blasse Megan hielt sich mit beiden Händen das verletzte Gesicht.

Matthews lachte, doch Tate konnte sehen, daß der schnell arbeitende Verstand des Mannes alle Tatsachen bedachte, die ihm bekannt waren, und daraus vorsichtige Schlußfolgerungen zog. Einen Augenblick lang staunte Tate über den Mann, der sie hier gefangenhielt – was für ein Prediger dieser Mann gewesen sein mußte mit diesem Verstand und der seltenen Gabe, den Menschen genau das zu erzählen, was sie hören wollten. Wie gut mußte es ihm gelungen sein, die Seelen seiner Lämmer zu streicheln.

»Sie enttäuschen mich, Collier. Das ist zu durchsichtig und einfältig. Sie lügen.«

»Wie oft haben Sie uns zusammen gesehen?« wollte Tate wissen.

»Das hat überhaupt nichts zu sagen.«

»Wie lange verfolgen Sie uns schon?«

»Weihnachten vor einem Jahr fing ich an.«

»An wie vielen Wochenenden ist sie bei mir gewesen?«

»Darauf kommt es nicht ...«

»An wie vielen?« beharrte Tate. »Bett hat es Ihnen in Ihrer Praxis selbst erzählt.«

»An sehr wenigen.«

»Sie sind in mein Haus eingebrochen, um diese Briefe hinzulegen, nicht wahr?«

»Ja.«

»Wie viele Bilder von ihr haben Sie gesehen?«

»Daddy …«

»Wie viele?«

Schließlich sagte Matthews: »Keins.«

»Wie sah ihr Schlafzimmer aus?«

Wieder ein Zögern. »Wie ein Lagerraum.«

»Wieviel an Zuneigung haben Sie je bei uns gesehen? Machte ich auf Sie *den Eindruck* eines Vaters?«

Als Matthews stumm blieb, ertrug Tate den quälenden Schmerz im Kopf und in der Hand, um seinen Kopf an Megans Schulter zu lehnen. »Ich habe dunkles Haar und dunkle Augen. Sie ist *blond,* um Gottes willen. Sieht sie mir denn überhaupt ähnlich?«

»Ich glaube Ihnen nicht.«

»Nein, Daddy, du lügst!«

Doch Matthews glaubte ihm. »In meiner Praxis … was ich im Gesicht Ihrer Frau sah. Es waren nicht Zorn und Groll auf Sie. Sondern Wut auf sich selbst. Es waren Schuldgefühle.«

»Richtig«, bestätigte Tate. »Schuldgefühle.«

Matthews blickte die beiden abwechselnd an.

»Vor achtzehn Jahren«, begann Tate langsam zu Megan gewandt, »war ich Staatsanwalt in Virginia. War dabei, mir einen Namen zu machen. Die *Washington Post* nannte mich den vielversprechendsten jungen Staatsanwalt Virginias. Ich übernahm jeden Fall, der auf meinem Schreibtisch landete. Ich arbeitete achtzig Stunden in der Woche. Zu Hause bei deiner Mutter war ich höchstens jedes zweite Wochenende. Es kam vor, daß ich drei oder vier Tage durcharbeitete, ohne sie auch nur einmal anzurufen. Ich versuchte, wie mein Großvater zu sein. Der Jurist,

Farmer und Familienpatriarch in einer Person. Ich würde in der Gegend zu einer Berühmtheit werden. Wir würden eine riesige Familie haben. Ein altes Herrenhaus bewohnen. Große Sonntagsessen, Familientreffen, Urlaubsreisen … die ganze Palette.«

Genau das, was Bett nicht wollte, wie Tate jetzt nach ihrer Unterhaltung neulich klar wurde.

»Das war zu der Zeit, als deine Tante Susan einen schlimmen Herzanfall bekam. Den schlimmsten bis dahin. Sie blieb einen Monat im Krankenhaus und war danach überwiegend bettlägerig.«

»Was sagst du da?« flüsterte Megan kalt.

»Susan war verheiratet. Du erinnerst dich an ihren Mann.«

»Onkel Harris.«

»Du hattest recht in deinem Brief, Megan. Deine Mutter hat *tatsächlich* viel Zeit damit verbracht, sich um ihre Schwester zu kümmern. Harry und deine Mutter kümmerten sich beide um sie.«

»Nein«, widersprach Megan abrupt. »Ich glaube es nicht.«

»Sie fuhren zusammen ins Krankenhaus. Sie aßen zusammen, ob Lunch oder Dinner. Gingen gemeinsam einkaufen. Manchmal kochte Bett ihm etwas in seinem Studio. Half ihm beim Saubermachen. Deine Tante freute sich darüber. Ich hatte nichts dagegen. So war ich völlig frei, meiner Arbeit nachzugehen, und deine Mutter hatte jemanden, mit dem sie ihre Zeit verbringen konnte.«

»Hat sie dir all das erzählt?« fragte Megan.

Tates Gesicht war eine ausdruckslose Maske, als er langsam und gedehnt erwiderte: »Nein, Harris hat es getan. Am Tag seiner Beerdigung.«

Tate war an jenem warmen Novembernachmittag vor fünfzehn Jahren im Obergeschoß gewesen. Die Beerdigung war vorbei, und die Gäste waren unterwegs zur Farm der Colliers. Susan fühlte sich zu krank, um die Gäste hinterher zu empfangen. Bett wollte es an ihrer Stelle tun.

Tate hatte an einem Schlafzimmerfenster gestanden und in

den Garten hinuntergeblickt. Heiße Luft voller Staub von trokkenem Laub.

Die dreijährige Megan saß auf der Picknickbank. Sie schien aufgeregt und glücklich zu sein, weil sie natürlich nicht ganz verstand, was eine Beerdigung eigentlich ist.

Und da war Bett, die im Garten Laternen aufhängte und auf der Sitzbank des Picknicktischs stand.

Tate war nach oben gegangen, um die Fenster aufzumachen und im Obergeschoß für die Gäste zu lüften, die über Nacht bleiben wollten. Das Fenster klemmte. Er zog seine Jacke aus, um es besser greifen zu können, und hörte dabei das Knistern von Papier in einer Tasche. Bei der Beerdigung hatte einer von Harris' Anwälten Tate einen handschriftlich an ihn adressierten Umschlag gegeben. Persönlich. Inzwischen hatte Tate den Umschlag ganz vergessen. Jetzt öffnete er ihn. Er las den kurzen Brief, der darin steckte.

Tate nickte still vor sich hin, faltete den Brief zusammen und ging erst hinunter, dann in den Garten.

Er erinnerte sich, daß die Stereoanlage einen Song von Loretta Lynn gespielt hatte.

Er erinnerte sich daran, wie der Wind das braune Gras und die Segge hatte rascheln lassen, wie er Kürbisreben und den Abfall der diesjährigen Maisernte bewegt hatte.

Er erinnerte sich, Bett zugesehen zu haben, wie sie die Laternen aufzog, und auch Megan, die auf der Picknickbank saß und zu ihm blickte. Dann war er zum hinteren Ende des Gartens geschlendert. War dort stehengeblieben und hatte auf die sechzig Morgen an der Seite des Hauses gestarrt. Hatte auf ausgestreute Halloween-Süßigkeiten hinuntergeblickt, die auf dem knochenbleichen Gras ein farbenfrohes Muster bildeten. Er hatte gestarrt und gestarrt …

Viel später – die Gäste waren schon gegangen oder im Bett – räumte Bett auf und holte eine der Laternen aus einem der Bäume. Tate trat von hinten dicht an sie heran, und statt seiner Frau den Arm um die Schultern zu legen, wie es ein Ehemann vielleicht spätabends in einem Totenhaus tun würde, reichte er ihr den Brief. »Wir müssen miteinander reden«, hatte er geflüstert.

Sie las den Brief und nickte. Leugnete nichts von dem, was in dem Briefchen stand: Harris' heftige Liebe zu Bett, die jahrelange Affäre, daß er der Vater von Megan war, Betts Weigerung, ihn zu heiraten, ihre Drohung, ihm das Mädchen für immer wegzunehmen, falls Harris ihrer Schwester von der Untreue erzählte. Am Ende degenerierten die Worte zu einem wüsten Geschwafel. Doch dann gestand er mit erschreckender Klarheit ein, daß der Schmerz einfach zuviel für ihn sei.

Keiner von beiden weinte, als er an jenem Abend einen Koffer packte und ging. Danach hatten sie nie wieder eine Nacht unter demselben Dach verbracht. Bis vor zwei Tagen.

Trotz der Anwesenheit eines Irren, der kaum mehr als einen Meter von ihnen entfernt ein Messer in der Hand hielt, konzentrierte sich Tate vollständig auf das Mädchen. Zu seinem Erstaunen errötete sie nicht vor Entsetzen oder Schock oder Zorn, sondern vor Mitgefühl. Sie drückte ihm das Bein. »Und du bist so schlimm verletzt worden. Es tut mir so leid, Daddy.«

Und was macht man mit der Grausamkeit eines Menschen? Geht man oder bleibt man? Entwickelt man sich auseinander und wird einander vollständig fremd? Oder wächst man zusammen? Es liegt an einem selbst.

Tate blickte Matthews an. Er sagte – nicht triumphierend, sondern mit Trauer in der Stimme: »Deshalb werde ich unweigerlich gewinnen, Aaron. Es wird nicht funktionieren, wenn Sie sie mir wegnehmen.«

»Ach nein?« schrie Matthews. »Das muß es aber! Gott hat mir gesagt, daß es so sein würde!«

Tate sagte: »Kennen Sie die klassischen Gründe für die Bestrafung von Verbrechen, Aaron? Um die Delinquenten zu bessern – funktioniert nicht. Zur Abschreckung – zwecklos. Zur Rehabilitation – das ist ein Witz. Zum Schutz der Gesellschaft – na ja, wenn wir die bösen Buben wenigstens auf ewig einsperrten.

Nein, kennen Sie den wirklichen Grund, weshalb wir strafen? Wir schämen uns, es zuzugeben. Er ist barbarisch, funktioniert aber bestens. Weil Strafe gute alte biblische Vergeltung ist. Blutige Rache ist das einzige ehrliche Motiv für eine Bestrafung. Warum? Weil sie den Zweck hat, den Schmerz zu lindern. Wenn du mir weh tust, tu ich dir weh. Verstehen Sie, Aaron, Ihre Prämisse ist in Ordnung, und Ihre Logik ist untadelig. Sie ist hier nur nicht anwendbar. Sie können mir mein Erstgeborenes nicht nehmen. Ich habe nämlich keins.«

Megan begann wieder zu sprechen, doch Tate schüttelte den Kopf.

Soll Schweigen diese Auseinandersetzung beenden.

Matthews lehnte den Kopf gegen das Fenster. Er stöhnte leise auf, als er hinausblickte. Die Sonne war inzwischen aufgegangen, und ihre Strahlen blitzten gelegentlich auf, als Streifen leberfarbener Wolken rasch in Richtung Osten zogen. Er brummte etwas vor sich hin. Dann drehte er sich zu ihnen um und nickte eigenartig förmlich. »Ich akzeptiere Ihr Angebot. Ihr Leben für das von Megan, Collier. Sie kann gehen.«

Megan machte Anstalten zu protestieren.

Doch Tate wußte, daß er gewonnen hatte. Jetzt konnte sie nichts mehr sagen oder tun, was seine Entscheidung umstoßen konnte.

»Ich werde die Hunde in den Zwinger bringen. Bin in fünf Minuten wieder da.« Er schloß die Tür. Tate hörte, wie sie abgeschlossen wurde.

36

»Ist es wahr?«

»Ja«, erwiderte er.

»Du hast nie etwas gesagt.«

»Bett hat mich angefleht, es nicht zu tun. Bis nach Susans Tod.

Die Ärzte gaben ihr nur noch ein Jahr oder zwei zu leben. Ich war einverstanden.«

»Aber …«, flüsterte Megan.

Er lächelte matt. »O ja. Sie ist immer noch am Leben. Deshalb haben wir auch weiterhin so getan, als wärst du unsere Tochter.«

»Warum habt ihr es *mir* denn nie gesagt? Tante Susan hätte es doch gar nicht erfahren müssen.«

Tate untersuchte die schrecklichen Wunden an ihren beiden Handflächen. Schließlich sagte er: »Der richtige Augenblick war irgendwann vorbei.«

»All diese Jahre«, sagte sie unter Tränen. »Und ich habe immer gedacht, *ich* hätte etwas angestellt!« Sie lachte und legte den Kopf dann so an seine Schulter, wie Bett es neulich am Morgen im Bett getan hatte. »Was für ein schreckliches Wesen ich für dich gewesen sein muß. Eine ständige Mahnung.«

»Hör mal, Süße, ich wünschte, ich könnte dir etwas anderes sagen. Aber das kann ich nicht. Du warst zur Hälfte die Person, die ich auf der Welt am meisten liebte, zur Hälfte aber auch der Mensch, den ich am meisten haßte.«

»Einmal habe ich irgendwas gesagt«, begann sie und weinte leise. »Ich war übers Wochenende bei dir gewesen, und Mom fragte mich, wie es gewesen sei. Ich sagte, ich hätte eine prima Zeit gehabt, aber was könne man schon erwarten, du seist als Vater so lala. Ich dachte, sie würde mich nach dieser Antwort auspeitschen. Sie drehte total durch. Sie sagte, du wärst der beste Mann, dem sie je begegnet sei, und ich solle mich hüten, je wieder so was zu sagen.«

Tate lächelte. »Genau der richtige Vater für eine lästige Tochter.«

»Warum habt ihr es nie wieder versucht, ihr beiden?«

Er sagte erneut: »Der richtige Augenblick war irgendwann vorbei.«

»Wie sehr mußt du sie lieben!«

Tate lachte säuerlich über die Ironie. Das Kind, das sie einander entfremdet hatte, hatte sie jetzt wieder zusammengebracht – wenn auch nur für eine Nacht.

Wie selten Liebe zu finden ist, dachte er. Wie selten kommt alles zusammen: das Gelöbnis, die Sicherheit, das Bedürfnis, die Umstände, die großspurige Bereitschaft, die Minuten mit einem anderen Menschen zu teilen. Und auch die kostbare Verzweiflung. Es scheint unmöglich, wundersam.

Er betrachtete sie von oben bis unten. Diese beiden, seine Ex-Frau und seine Ersatz-Tochter – ihnen würde jetzt nichts mehr passieren. Sie würden miteinander auskommen, da die Wahrheit jetzt nicht mehr zwischen ihnen stand. Es hatte zwar lange gedauert, aber besser spät als nie. O ja, sie würden gut miteinander zurechtkommen.

Knirschende Schritte näherten sich.

»Jetzt hör mir genau zu«, sagte er mit Nachdruck. »Dies ist sehr wichtig. Ruf Archie Bell im Büro der Staatsanwaltschaft an. Er ist ein alter Freund von mir. Sag ihm, daß deine Mutter wahrscheinlich in Front Royal in Untersuchungshaft sitzt ...«

»Was?«

»Jetzt bleibt keine Zeit mehr, es zu erklären. Aber sie ist da. Er wird ihr einen Anwalt besorgen. Sie wird einen guten brauchen.«

Das Mädchen nickte. »Ich werde rennen«, sagte sie. »Ich werde Hilfe holen. Die Polizei und einen Arzt für Josh.«

»Josh?«

»Er ist hier. Er lebt, ist aber schwer verwundet. Kannst du Matthews eine Zeitlang hinhalten?«

Er wollte sie nicht mit dem Gedanken gehen lassen, daß er in zehn Minuten tot sein würde, und so sagte er: »Ich werde ihn eine Stunde oder so beschäftigt halten. Lauf um dein Leben. Ich hoffe, du bist nach all diesen Ballettstunden, die ich bezahlt habe, noch immer einigermaßen in Form.«

Die Tür wurde quietschend aufgerissen. Sie machten beide einen Satz. Matthews trat vorsichtig ein. Das schauerliche Messer hielt er vor sich.

»Auf Wiedersehen«, sagte Matthews zu Megan.

Sie wandte sich schnell von ihm ab und schlang die Arme fest um Tate. Er fühlte, wie sich ihre Hand an seinem Arm entlang bewegte und seine gefesselten Hände hart packten. Er machte ein verdutztes Gesicht, als er spürte, wie sie ihm etwas in die Handfläche drückte. Das Fleisch war ja noch von dem elektrischen Stromstoß betäubt, und so konnte er nicht spüren, was es war.

»Halt es fest«, flüsterte sie. »Und was immer er sagt, hör nicht auf ihn. Vergiß nicht«, sie preßte ihm die Lippen ans Ohr, »Bären können nicht sprechen.«

Dann stand sie unsicher auf, und Matthews schob sie aus der Tür, die sich mit einem leisen Knall hinter ihr schloß. Durch ein schmutziges, vergittertes Fenster sah Tate, wie sie die Auffahrt entlangrannte und durch das Tor verschwand.

Matthews ließ Tates Pistole in seine Tasche gleiten und riß den Anwalt hoch.

37

Eine unvollkommene Welt, ja.

Und folglich würde ein unvollkommener Frieden genügen müssen.

Sie standen jetzt an diesem windigen Frühlingsmorgen draußen im Freien. Es war Karfreitag, und die Sonne war ein gelber Feuerball, der soeben am Horizont aufgetaucht war. Sie gingen recht geschmeidig Seite an Seite durch das hohe Gras, Goldruten und Wolfsmilchpflanzen, während Libellen ihnen schwirrend auswichen.

Heuschrecken hüpften ihnen gegen die Beine und hinterließen Flecken braunen Speichels auf ihrer Kleidung.

Die Hunde kläfften wie wild hinter ihnen her, schnupperten am Erdboden und sprangen gegen den Drahtzaun ihres Zwingers. Sie versuchten heranzukommen und den Eindringling zu verfolgen, der neben ihrem Herrn herging.

»Sehen Sie sich das hier an«, sagte ihm Matthews in normalem Gesprächston. Er holte mit dem Arm aus. »Ich weiß es noch, als wäre es gestern gewesen. All diese Menschen, die sangen und beteten und sich niederknieten …«

Er gab dem Anwalt durch ein Zeichen zu verstehen, daß er stehenbleiben solle. Tates Hände waren immer noch gefesselt, und Matthews half ihm auf die Plattform. Dann bestieg er sie nach dem Anwalt, der ihn ruhig und gelassen anblickte. Er hatte mit sich und der Welt seinen Frieden geschlossen. Er wußte, daß er tot war. Diese Gewißheit hatte ihn glückselig gemacht. Jetzt hatte er die Augen eines Heiligen, der schon bald den Märtyrertod erleiden wird.

Und der Herr wird herrschen immerdar …

Colliers Aufmerksamkeit wurde auf das verrottete Holz der umgestürzten Kanzel gelenkt.

Matthews traktierte sie mit Fußtritten, so daß sie schwer auf die Seite kippte. Er lachte. »Die einzige Reise, die mein Vater je mit mir unternahm, ging zum Times Square in New York. Um Billy Graham zu sehen. Das war in den Sechzigern. Die einzige Urlaubsreise, die wir je zusammen gemacht haben. ›Herr, du bist einzig …‹

Wissen Sie, Collier, alle dreißig Jahre oder so erwählt sich der Herr seinen Sprecher. In der Frühzeit der USA war es George Whitefield. Im neunzehnten Jahrhundert kamen dann Charles Finney und Dwight Moody. Während des Ersten Weltkriegs war es Billy Sunday. Dann Aimee Semple McPherson. Dann Graham, natürlich. Und jetzt bin ich es. Sein Auserwählter.«

Der allmächtige Herr regiert.

Jetzt bleibt nicht mehr viel Zeit, überlegte Matthews. Er vermutete, daß er noch ein oder zwei Stunden hatte, bis die Polizei erschien. Doch das war genug Zeit, um hier alles zu erledigen und rechtzeitig zu dem Flug nach Los Angeles zum Dulles Airport zu kommen. Matthews holte tief Luft. In dieser Zeit würde Collier nicht daran sterben, daß er ihm nur die Zunge abschnitt. Doch der Schmerz würde ihn in Ohnmacht fallen lassen, und dann würde er in seinem eigenen Blut ertrinken. Matthews würde …

Jetzt ging ihm auf, daß Collier lachte.

Matthews hob eine Augenbraue.

»Sein Sprecher?« fragte Collier. »Und das glauben Sie?«

Matthews antwortete nicht.

»Oh, wie sehr Sie alles mißverstanden haben, Aaron. Gott hat überhaupt keine Zeit für Sie.«

Das gelbe Licht der Morgendämmerung fiel auf ihre Gesichter. »Ich habe den Herrn zu mir sprechen hören«, erklärte Matthews ruhig.

»Nein, Aaron. Ich weiß nicht, was Sie gehört haben, aber Gott ist es nicht gewesen.«

»Er hat mich zu seinem Sprecher gemacht.«

»Sie haben Ihren Sohn getötet und versuchen, mir die Schuld daran zu geben. Das nennen Sie göttliche Vergeltung?«

Matthews beugte sich vor. Sein Gesicht war nur noch Zentimeter von dem Colliers entfernt. »Sie wissen nicht, wovon Sie reden. Ich habe die Worte des Herrn gehört. Ich öffne den Mund, und dann kommen sie heraus. Es ist ein Wunder!«

»Nein, Aaron. Sie hören den Irrsinn Ihres Vaters. Und Ihren eigenen. Das ist alles, was Sie hören. Den Irrsinn, der Ihren Sohn umgebracht hat.«

»Sie haben keine Ahnung, wovon Sie da …«

»Oh, die Berufung haben Sie schon empfangen. Doch es war nicht Gott, der Sie rief. Es war ein verrückter alter Mann, der im Namen Gottes junge Mädchen verstümmelte und das Geld verängstigter Menschen stahl. Ich erinnere mich noch an die Aussage Ihres Sohns vor Gericht. Wie Ihr Vater Sie auf das Feld schleifte, als Sie zehn oder elf waren, und versuchte, die Menschenmenge zu narren. Lernt Aaron kennen, meinen Sohn, den verrückten Jungen, die Zunge, die für Jesus wackelt, singet, lobpreiset, Ruhm und Ehre, Halleluja.«

Nein! Matthews schäumte. Meine gesamte Kindheit, mein

ganzes Leben beruht auf der Voraussetzung, daß Gott mich berufen hat. Wenn nicht, dann …

Collier beendete seinen Gedanken auf unheimliche Weise höchst präzise: »Ist Ihr Leben vergeudet worden.«

Matthews stieß ihn auf die Plattform hinunter. »Nein!«

Der Anwalt bemühte sich, wieder auf die Beine zu kommen. »Ich kann es beweisen«, sagte Collier. »Es ist pure Logik. Unabweisbar. Wollen Sie hören?«

Matthews starrte ihn an. »Sie sind ein Ungläubiger. Sie haben nicht das Recht, über Gott zu sprechen.«

»Falsch, Aaron. Ich glaube an Gott. Er ist gnädig und gerecht und auch der Grund dafür, daß ich keinen Menschen mehr in die Todeszelle schicke. Etwas, was Voltaire einmal gesagt hat, läßt mich an Gott glauben. Er sagte, es müsse einen Gott geben, weil er sich eine Uhr nicht ohne einen Uhrmacher vorstellen könne.«

Und genau diesen Satz hatte Matthews in einer seiner Predigten benutzt.

»Ich denke aber auch«, fühlte Collier vor, »daß eine Uhr ihren Schöpfer niemals *begreifen* kann, wie kunstvoll und gut sie auch gearbeitet sein mag. Wenn wir behaupten, wir könnten es, ist das Ergebnis Wahnsinn.«

»In meinen Augen beweisen Sie gar nichts. Sie sagten etwas von Logik. Ich höre nichts davon.«

»Dann hören Sie zu: Wenn Gott existiert, muß er für die menschliche Erkenntnis unerreichbar sein. Meinen Sie nicht auch?« hakte Collier nach. »Jeder Gott, den wir vollständig begreifen können, muß einen Makel haben, weil auch wir nicht ohne Makel sind. Gott *muß* vollkommen sein.«

Matthews sagte nichts.

»So, und jetzt behaupten Sie, Gott habe Ihnen befohlen, sich an Megan als meiner Erstgeborenen zu rächen. Aber Megan *ist* nicht meine Erstgeborene. Da Gott sich nicht irren kann, kann er Ihnen auch nicht befohlen haben, sie zu nehmen. Unwiderlegbar.«

Die Logik dieser Worte legte sich um Matthews wie Seetang um das Bein eines Schwimmers.

Aber nein, nein. Gott hatte sie ihm *tatsächlich* geschickt, wie Matthews wütete – es war ein Akt der Gnade, der all die schrecklichen Mysterien seines Lebens erklärte, der auch erklärte, daß sein Sohn noch lebte, und das dem kalten Beweis des Gegenteils zum Trotz. Dieser Akt erklärte auch, daß Gott gnädig und gerecht war und daß Matthews' Kindheit nicht unter dem Halbschatten eines verrückten alten Mannes verlorengegangen war.

»Sie sind ein Narr, Matthews. Ihr ganzes Leben ist eine Lüge gewesen.«

»Hören Sie auf!« Matthews trat vor, packte Collier an der Hemdbrust und rief: »Und ich habe gesagt: ›Ich werde meinen Grundsatz beachten, nie mit der Zunge zu sündigen.‹«

In der Nähe waren die Hunde jetzt schon außer sich vor Wut, sprangen gegen den Zaun ihres Zwingers und trommelten mit den Vorderpfoten gegen den Maschendraht. Matthews griff nach dem Jagdmesser in seiner Tasche.

»›Wenn du jemanden tadelst, um ihn für seine Sünde zu bestrafen, läßt du das, wonach ihn verlangt, dahinschmelzen. Jeder Sterbliche ist nur ein Windhauch.‹«

Dann blinzelte Matthews und beobachtete die weiße Feder, die direkt hinter Colliers Kopf in die Luft aufstieg. Was war das?

Nein, überhaupt keine Feder – ein Stück Kunststoff. Ein weißes Plastikmesser! Ein Messer wie die, die Megan benutzt hatte, um die Wand zu durchschneiden. Sie hatte Collier eins zugesteckt. Entsetzt ging Matthews zu spät auf, daß die Worte des Mannes nur ein Ablenkungsmanöver gewesen waren, um Zeit zu gewinnen, seine Fesseln durchzuschneiden und ihn, Matthews, an sich heranzubringen.

Eine von Tates kräftigen Händen packte Matthews' rechten Arm, während die andere sich zur Faust ballte und ihm einmal, zweimal, dreimal in den Bauch schlug. Und dann auf die Nase. Blut spritzte durch die Luft; Matthews heulte vor Schmerz auf und torkelte, sich um die eigene Achse drehend, von der Plattform hinunter. Er ließ das Messer fallen und streckte die Arme aus, um den Sturz abzumildern. Er landete mit einem schweren Aufprall auf der Erde und zog die Pistole aus dem Hosenbund.

Collier sprang von der Rückseite der Plattform hinunter und rannte durch das Gras auf den Zaun zu, was die Hunde noch mehr in Wut brachte. Sie kläfften, bellten und jaulten, rissen mit den Krallen an der Umzäunung und stürzten sich mit ihren Leibern dagegen.

Als Matthews wieder auf den Beinen war und die Pistole auf Collier richtete, war dieser schon in einem Hain von Weihrauchkiefern und einer hohen Buchsbaumhecke verschwunden. Der Wahnsinnige schoß zweimal, verfehlte sein Ziel aber beide Male.

Matthews rannte auf die Lichtung und hielt dann inne, um nach Schritten zu lauschen. Plötzlich hörte er einen lauten, dröhnenden Laut. Immer wieder.

Das Tor in der Rückseite des Zauns …

Matthews rannte darauf zu. Es war offen. Collier hatte das Vorhängeschloß mit einem Felsbrocken zerstört und war hinter dem Gebäudekomplex durch den Bach geschwommen. Jetzt quälte er sich mit letzter Kraft den Steilhang empor. Klares Schußfeld. Matthews feuerte erneut, doch er hatte durch den Zaun gezielt, und die Kugel prallte an einem Stück Draht ab. Matthews rannte durch das Tor, fiel auf die Knie und feuerte nochmals.

Collier verschwand plötzlich aus seinem Blickfeld und schien wie vom Erdboden verschluckt zu sein.

Matthews schnappte keuchend nach Luft, tauchte ins Wasser, schwamm auf die andere Seite hinüber und kämpfte sich mühsam die steile Böschung auf der anderen Seite hinauf, während hinter ihm die Hunde kläfften und sich immer wieder gegen den Zaun ihres Zwingers warfen und sich am Himmel die herrliche Karfreitagssonne über die Erde erhob und den Frühlingsmorgen zu erwärmen begann.

38

Er stürzte nicht tief.

Und er schaffte es sogar, auf den Füßen zu landen, rollte sich seitlich an dem glatten steinernen Fußboden der Hütte entlang, knapp zwei Meter unterhalb der Öffnung.

Tate hatte das Geschoß sogar mit einem seltsam knallenden Laut über seinen Kopf hinwegsausen hören, als hätte jemand mit den Fingern geschnippt, und vermutete, daß die Bleikugel ihn direkt in den Rücken getroffen hätte, wenn er nicht in genau diesem Augenblick in den Höhleneingang gefallen wäre.

Er kauerte sich hin, schnappte nach Luft und sah sich um. Der Tunnel war nicht von Menschenhand geschaffen. Er nahm an, daß dies eine von Hunderten von Erdröhren war, die sich letztlich mit dem riesigen Netz der Höhlen von Luray und anderen Höhlensystemen in der Gegend verbanden. Höhlen, die durchaus sicher waren, solange man sich an die markierten Wege hielt. Doch immer wieder las man in den Zeitungen von Menschen, die sich verirrt hatten oder irgendwo steckengeblieben waren. Irgendwann fand man ihre von Tieren halb zerfressenen Leichen.

Und hier gab es mit Sicherheit keine markierten Wanderwege.

Collier lauschte und neigte den Kopf zum Höhleneingang. Zunächst hörte er nichts. Dann: vorsichtig näher kommende Schritte in dem trockenen Gras und dem Laub des Hügelabhangs.

Tate sah sich um. Seine Augen gewöhnten sich allmählich an die Dunkelheit. Der Tunnel führte direkt von der Öffnung weg, tiefer in den Berg hinein. Er schien eben zu sein und weder anzusteigen noch in die Tiefe zu führen und verschwand schon sechs Meter von Tates Standort entfernt in vollständiger schwarzer Dunkelheit.

Die Schritte näherten sich.

Tate blieb keine Wahl. Nicht gegen einen Wahnsinnigen mit

einer Waffe. Er betrat die schwarze Scheibe des Tunnels und tastete sich auf dem glatten Boden langsam voran.

Er hatte nicht mehr als zwanzig Schritte zurückgelegt, als er hinter sich das Scheppern von Geröll hörte und den dumpfen Aufprall von Füßen, die auf dem Stein landeten. Dann vorsichtig tastende Schritte, die ihn verfolgten.

Um ihn herum war es vollständig schwarz. Er konnte absolut nichts sehen. Er konnte nur weitergehen, indem er sich mit der Hand an der seitlichen Tunnelwand vortastete, das Gewicht auf den hinteren Fuß verlagerte und den vorderen Fuß behutsam weitertasten ließ, um sich zu vergewissern, daß der Tunnel nicht plötzlich in einer Grube endete, die Richtung veränderte oder zu einem Felsabsatz fünfzehn Meter über einem unterirdischen Fluß wurde.

Dann hörte er hinter sich ein leises Schlurfen. Ein Stein fiel leise zu Boden.

Durch diese förmlich greifbare Dunkelheit bewegte sich eine eigentümliche Wahrnehmung. Auf unerklärliche Weise wirbelten vor Tate gelbe und rote Farbstreifen umher. Geisterhafte Gestalten tauchten auf und verschwanden, ebenso Augen und Gesichter. Er war überzeugt, daß vor ihm plötzlich eine eineinhalb Meter lange Fledermaus mit dem Kopf nach unten hing. Als er sich näherte und eine Hand vor sich hielt, um das Gesicht zu schützen, entdeckte er, daß dieses Geschöpf nichts weiter war als eine Felsspalte in der Tunnelwand.

Das Schlurfen kam näher, und Tate ging schneller.

Er vermutete, daß er inzwischen rund vierhundert Meter ins Berginnere vorgedrungen war. Inzwischen hatte er jede Orientierung verloren. Der Weg hatte sich mehrmals gegabelt, doch in seinem Bemühen, einigermaßen die Orientierung zu behalten, hatte er sich immer an den großen vermeintlichen Haupttunnel gehalten. Doch jetzt ging ihm auf, daß er mehrmals nach rechts und links abgebogen war und keine Vorstellung mehr davon hatte, ob er sich im Kreis bewegte oder geradeaus lief. Jetzt ging ihm auf, daß sich der Tunnel spürbar nach unten neigte.

In der Ferne hörte er Wasser. An einer Stelle ging er an etwas vorbei, das ihm wie eine kleine Felsspalte erschien, hinter der er so etwas wie ein sehr schwaches gelbes Glühen zu sehen meinte. Fluoreszierendes Gestein, wie er vermutete. Er setzte seinen Weg fort.

Matthews' schlurfende Schritte holten ihn langsam, aber sicher ein.

Tate eilte weiter.

Bis die Wände so schmal wurden, daß der Tunnel plötzlich unpassierbar wurde. Die Schritte hinter ihm rückten unerbittlich näher, und ein- oder zweimal hörte er, wie mit Metall auf Stein getippt wurde. Auch dieses Geräusch kam näher.

Er hörte, wie jemand plötzlich einatmete, dann das Geräusch einer Pistole, die gespannt wurde. Er vermutete, daß Matthews ebenfalls einen »Vampir« entdeckt hatte.

Die Laute verrieten ihm, daß der Prediger nur noch viereinhalb Meter entfernt war.

Tate ging behutsam im Kreis herum und betastete die Steinwände nach einem Einschnitt, in den er sich vielleicht quetschen konnte. Nichts. Da war nur die fünfzehn Zentimeter breite Öffnung, an der die Tunnelwände plötzlich zusammenliefen. Keine Möglichkeit zu entkommen.

Tate begann den Rückweg und hörte in nächster Nähe einen dumpfen Aufprall, als Matthews gegen eine Felswand stieß. Kaum eineinhalb Meter entfernt.

Tate erstarrte und klebte förmlich an der Wand. Er machte den Mund weit auf, um die Atemgeräusche zu dämpfen.

Wo ist er? Wie nahe?

Ein sechster Sinn meldete sich plötzlich wie eine Art Radar; vielleicht lag es daran, daß die Geräusche leiser geworden waren, doch jetzt erkannte Tate mit Entsetzen, daß der Mann nur noch sechzig Zentimeter von ihm entfernt war. Er spürte, wie seine Muskeln unter der Anspannung zitterten, und bemühte sich mit aller Kraft, vollkommen still zu stehen.

Ohne jede Vorwarnung schrie Matthews los und ließ das Messer rechts von sich herumwirbeln. Es traf nur Zentimeter von Tates Kopf entfernt den Fels und ließ einen orangefarbenen Funken aufblitzen. Tate zwang sich, nicht zu reagieren, und kauerte sich langsam hin. Er tastete auf dem Tunnelboden nach einem Felsbrocken, den er als Waffe benutzen konnte. Nichts.

Matthews stürzte erneut vor. Diesmal fuhr die Messerklinge direkt über Tates Kopf klirrend über die Felswand, genau dort, wo noch vor einem Moment sein Bauch gewesen war. Tate kauerte sich noch tiefer zu Boden.

»Collier!« brüllte die Stimme, deren Lautstärke in dieser räumlichen Enge die Ohren schmerzen ließ.

Dann ein Kratzen der Messerklinge auf Fels. Ein Funkenregen ergoß sich in den Tunnel.

Tate schloß die Augen. Das schien sein Gehör zu verbessern – animalische Instinkte vielleicht –, und jetzt wußte er, daß der Mann sich entfernte. Tate wartete einen Augenblick und hörte tatsächlich etwas weiter entfernt das Schlurfen, das sich langsam wieder auf den Höhleneingang zubewegte.

Auf Knien glitt Tate aus der Einbuchtung, in der er sich versteckt hatte, und tastete sich den Tunnel entlang zum Ausgang.

Vor sich, nicht mehr als ein paar Meter entfernt, hörte er die schlurfenden Schritte von Matthews, als dieser sich mühsam zum Eingang zurücktastete. Der Mann seufzte und schien sich hinzusetzen. Dort würde er warten, bis Hunger oder Durst Tate aus seinem Versteck zwang. Matthews, vermutete Tate, würde dort bis in alle Ewigkeit bleiben, wenn er mußte; wer Gott einmal durch den eigenen Mund hat sprechen hören, dem macht es auch nichts aus, tagelang in einem dunklen Tunnel zu sitzen und den Ausgang zu bewachen.

In diesem Moment spürte der immer noch kriechende Tate, wie ihm kühle Luft ins Gesicht wehte. Gleichzeitig griff seine nach rechts tastende Hand ins Leere – dort befand sich ein kleinerer Tunnel, der nach unten führte. Tate blinzelte und glaubte etwas Helles zu sehen, eine sehr schwache gelbe Aura, die sich an der Decke dieser Höhle spiegelte.

Zentimeter um Zentimeter kroch er in die Öffnung hinein. Er versuchte, sich zu orientieren und zu erkennen, wohin sie führte. Der Tunnel schrumpfte schon bald auf einen Durchmesser von etwas sechzig Zentimetern und stieg dann leicht an. Tate kroch leise auf dem Pfad weiter.

Knapp zwei Meter.

Dann hatte der schmale Tunnel plötzlich keinen Boden mehr.

Tate schrie auf, als er über den Rand hinwegstürzte und mit dem Kopf voran in einem Winkel von fast fünfundvierzig Grad abwärts rutschte. Er glitt den Steilhang hinunter und machte die Beine breit, um zu bremsen, doch das hatte keinerlei Wirkung; er bewegte sich immer schneller und schneller. Rutschte auf Kies, riß sich Handflächen und Ellbogen auf, schob Felsbrocken zur Seite, die sich dann zu einer kleinen Steinlawine vereinigten, die ihn einhüllte. Er hatte das Gefühl, in der staubigen Luft zu ersticken. Und als er immer weiter hinabglitt, kamen Tunnelwände und Decke immer näher, wurden schmaler und schmaler. Kurze Zeit darauf konnte er nicht einmal mehr seine blutenden Ellbogen ausstrecken. Er mußte die Hände vor sich halten wie ein Taucher, der sich vom Zehn-Meter-Brett ins Wasser stürzt.

Hier mit dem Kopf voran steckenzubleiben!

Tate stellte sich vor, wie er langsam und qualvoll erstickte und in seinem Felsengefängnis verrückt wurde. Er wäre lebendig begraben.

Er dachte an Bett, dann an Megan.

Und dann leuchtete urplötzlich das goldene Licht des Himmels gleißend um ihn herum auf, und er segelte durch die Luft. Er stürzte schwer auf eine Schicht aus Kalkablagerungen, die seinen Fall bremste und wie ein knochengelbes Korallenriff unter ihm zerbrach. Er blieb benommen liegen und blickte zu den grünen und gelben Phosphorablagerungen hoch, welche die riesige Höhle erleuchteten, in die er gefallen war.

Er richtete sich auf und griff sich an den Arm. Offensichtlich war er gebrochen. Sein rechtes Handgelenk war so geschwollen, daß der Manschettenknopf unter dem Druck des geschwollenen Fleischs absprang, als er an der Manschette zerrte. Für einen Moment versagte sein Sehvermögen, doch dann senkte er den Kopf und vermied so, in Ohnmacht zu fallen.

Dann hörte er das laute Poltern von Geröll über dem Kopf, und dann prallte ein Felsbrocken von seiner Schulter ab, dem eine Lawine von Kies folgte.

Matthews rutschte jetzt durch den Tunnel nach unten.

Der Schmerz im Arm ließ Tate nach Luft schnappen. Er ergriff mit der linken Hand einen Felsbrocken, der so groß war wie eine Grapefruit. Er hob die Waffe hoch und wartete darauf, daß der Mann herausrutschte.

Tate stand in gebückter Haltung da und spannte die Beinmuskeln an. Noch mehr Kies strömte aus der Öffnung. Tate sah sich nach einer besseren Waffe um. Vielleicht lag irgendwo ein länglicher Stein herum, den er als Keule benutzen konnte.

Die Kugel verfehlte seinen Kopf nur um Zentimeter. Der ohrenbetäubende Knall des Schusses ließ eine Wolke von Fledermäusen in Panik auffliegen – ein lebender Nebel, der durch die Höhle schoß. Der Schuß hallte zwei Dutzend Male von den Felswänden wider und verebbte schließlich, übertönt von dem Geflatter der lederartigen Flügel der Tiere und ihren schrillen Lauten.

Tate machte einen Satz nach hinten und sah Matthews in der Öffnung des Tunnels auftauchen. Er hatte es geschafft, langsam hinunterzuklettern, und blinzelte Tate jetzt an. Er versuchte, durch die Wolke von Fledermäusen hindurch erneut zu zielen.

Noch ein Schuß. Tate krabbelte weiter und kletterte an einem riesigen Stalagmiten hoch. Von dort sprang er auf einen Felsvorsprung, der sich drei Meter über den Höhlenboden erhob. Bei dem Aufstieg konnte er nur seinen verkrampften linken Arm benutzen. Dann kauerte er sich unter einen überhängenden Felsen, so daß Matthews kein freies Schußfeld hatte.

Die Fledermäuse wirbelten in einem so dichten Strudel durch die Höhle, daß keine Luft mehr da zu sein schien, nur eine

Wolke aus Flügeln, winzigen Krallen und feuchten, engstehenden Augen.

Matthews verscheuchte die Fledermäuse, die seinen Kopf umschwirrten, und ging ruhig auf den Stalagmiten zu.

Tate rutschte noch ein bißchen tiefer in den freien Raum zwischen den feuchten Felsen. Er stieß mit dem gebrochenen Arm gegen einen Felsvorsprung und wäre um ein Haar in Ohnmacht gefallen. Zwei Fledermäuse flogen gegen seinen Kopf. Er blickte hinunter. Matthews, dessen Gesicht blutete und vom Irrsinn gezeichnet war, kletterte den Felsen empor. Er hielt die Pistole in der Hand.

Mit der linken Hand schleuderte Tate einen riesigen Stein in Richtung des Mannes, dann noch einen. Matthews wich hinter dem Stalagmiten geschickt aus und benutzte diesen als Schutzschild. Er kletterte unablässig weiter. In wenigen Sekunden würde er sich in einer perfekten Schußposition befinden.

Tate handelte schnell.

Er ging zum Rand des Felsvorsprungs, und in dem Moment, in dem Matthews auf ihn zukam, rief er, so laut er konnte: »Möge Gott mir vergeben, Aaron!« Die Anstrengung löste in Tates Arm einen kaum noch erträglichen Schmerz aus. Er fiel auf die Knie und wäre um ein Haar vom Felsvorsprung hinuntergestürzt.

»Möge Gott mir vergeben Aaron Gott mir vergeben Aaron Gott mir vergeben Aaron …«

Die Stimme des Echos schien von überallher zu ertönen, und Matthews drehte sich plötzlich um, da er wohl annahm, daß Tate es irgendwie geschafft hatte, hinter ihn zu kommen. Der Irre verlor den Halt und glitt drei Meter an dem Stalagmiten entlang auf den Höhlenboden hinunter. Er ließ die Waffe fallen, war aber unverletzt. Er stand langsam auf.

Tate versuchte, sich zu erheben, doch der Schmerz im Arm war zu groß. So blieb er liegen, eine perfekte Zielscheibe für Matthews, als dieser die Pistole aufhob und zum Fußende der Felswand ging.

Tate starrte ihn an. Matthews hob die Waffe, wobei sein Mund ein wenig zuckte. Ein Gebet? fragte sich Tate. Bat er um Absolution? Vielleicht war es ein Abschiedswort.

Er zielte auf Tates Brust.

Genau in der Sekunde, in der ein schwarzer Blitz aus dem Tunneleingang schoß.

Das Kreischen der Fledermäuse stieg zu einer Lautstärke von hundert Dezibel an, und die Wolke aus Tieren wich dem wilden Gekläff voller Panik aus. Ein zweiter Blitz folgte. Dann ein dritter. Matthews runzelte die Stirn, senkte die Waffe und drehte sich zu dem Lärm um. Tate sah ein Gewirr Schwarz, Braun und dann Rot, als ein Rottweiler in die Luft sprang, sich mit den Zähnen eine Fledermaus schnappte und sie zerfetzte.

Die drei Hunde wirbelten herum und hielten nach ihrer Beute Ausschau. Dann griffen sie mit Schaum vor den Schnauzen an. Sie waren wie von Sinnen durch die Verfolgungsjagd und die unheimlichen Laute der herumwirbelnden Fledermäuse. Sie hatten es schließlich geschafft, sich aus ihrem Zwinger zu befreien, hatten auf dem Feld Tates Witterung aufgenommen und versuchten jetzt heulend und kläffend, an der Felswand emporzuspringen, um ihn zu zerfleischen. Ihre Sprünge waren unweigerlich zu kurz, was sie immer mehr durchdrehen ließ. Immer wieder rutschten sie zurück und fielen auf den felsigen Höhlenboden.

Bisher hatten sie vielleicht Tate verfolgt, doch als ihre rasende Wut schließlich übermächtig wurde, fielen sie gemeinsam über ihren Herrn her.

Matthews schrie auf, als sich ein Tier auf sein Bein stürzte und ein zweites nach seinem Arm schnappte. Die Tiere schüttelten ihre eckigen Köpfe so schnell und so wild hin und her, daß sie nur noch dunkle Schemen waren, als die zerbrechlichen menschlichen Knochen brachen. Matthews fiel rücklings zu Boden. Die Pistole wurde einmal abgefeuert. Die Kugel traf eine fluoreszierende Ablagerung an der Decke der Höhle und löste eine Kaskade grüner, blauer und gelber Funken aus, die wie Weihnachtsdekorationen inmitten der umherschwirrenden Fledermäuse landeten.

Die Hunde knurrten und zerrten an dem heftig kämpfenden Körper von Aaron Matthews. Er war stark, schlug den Tieren in den Bauch und trat nach ihren Schnauzen, doch sie waren außer Rand und Band und unempfindlich gegen Schmerzen. Ein Hund biß Matthews in den Unterkiefer und schüttelte heftig den Kopf. Der durchdringende Schrei des Mannes erfüllte die Höhle. Die Tiere rissen ihrem Opfer Fleischstücke vom Arm und aus dem Unterleib. Einer der Hunde riß Matthews einen Schuh ab und schnappte dann nach dem Fuß.

Allmählich hörte die blutende Gestalt auf, sich zu bewegen, und Tate vermutete schon, daß Matthews tot war, als der dritte Rottweiler, der große, kräftige Rüde, gierig vortänzelte und die Kehle des Mannes zwischen die Kiefer nahm und aufriß. Aber er hatte sich wohl geirrt, denn Matthews schien etwas zu rufen, ein Flehen oder ein Gebet. Worte waren zu hören, und sein kräftiger Bariton erfüllte die Höhle. Tate reckte den Hals, um zu lauschen, doch welche Worte auch immer geäußert worden waren, sie wurden durch das Fauchen und Knurren der Hunde übertönt, die wilden Flügelschläge von zehntausend aufgeschreckten Fledermäusen und den dröhnenden Schmerz, der Tate in den Ohren widerhallte.

Epilog

Der Strand von Bahia de Cristo in Belize gehört zu den schönsten ganz Lateinamerikas.

Selbst jetzt, Ende April, herrschte sengende Hitze. Dennoch, die stetigen Seebrisen fächelten den Touristenhorden bei ihren endlosen Wanderungen zwischen den vollklimatisierten Bars und den Fischrestaurants zu den Swimmingpools und zum Strand und wieder zurück Kühlung zu. Windsurfen, Paragliding, Jet-Skiing und Wasserski hielten die Oberfläche des türkisfarbenen Wassers in ständiger Unruhe; und in der Bucht gingen Hunderte von Schnorchel- und Sporttauchern ihrem teils eleganten, teils unbeholfenen Unterwassersport nach.

Der Badeort ist auch ein wohlbekannter Ausgangspunkt für Besucher der Ruinen der Mayas; im Umkreis von fünf Kilometern von der Hauptstraße Bahias befinden sich zwei wunderbar erhaltene Maya-Städte.

Das Caribe Inn ist das luxuriöseste sämtlicher Urlaubshotels in der Stadt, eine Hazienda aus der spanischen Kolonialzeit. Das Hotel wird von den meisten Reiseführern mit vier Sternen bedacht und weithin gepriesen. Alle diese Auszeichnungen werden am Empfang stolz zur Schau gestellt, an dem Tate Collier jetzt stand und inständig hoffte, daß der Portier des Englischen mächtig war.

Wie sich herausstellte, beherrschte der Mann die Sprache, und Tate erklärte, er habe Zimmer reserviert, und legte Pässe und seine American-Express-Karte auf den Tresen.

»Wie viele Personen …?« erkundigte sich der Portier.

»Zwei.«

»Natürlich«, erwiderte der Portier nach einem Seitenblick auf

Tates verbundene Hände und den Gipsverband an dessen Unterarm. Tate füllte die Anmeldung mit unbeholfenen Kugelschreiberstrichen aus.

»Ah, Sie kommen aus Virginia«, meinte der Portier.

»*Si, cerca,* Washington, D. C.«, erwiderte Tate gehemmt und blätterte in seinem Taschenwörterbuch. Er war darauf gefaßt, daß seine Aussprache die Unterhaltung sofort beendete, wenn nicht gar den Portier persönlich beleidigte.

»Dort bin ich schon ein paarmal gewesen. Das Smithsonian gefällt mir besonders.«

»*Si*«, versuchte es Tate erneut. Er hatte die Worte vergessen, die eine Art sinnloser Übereinkunft signalisierten – Wörter, die er während des Fluges geübt hatte. Für einen Mann, der seinen beruflichen Aufstieg dem Umgang mit der Sprache verdankte, waren Tates Fremdsprachenkenntnissse nachgerade unterirdisch.

Er beobachtete, wie der dunkle, gutaussehende Portier die Zimmerreservierung mit einem kurzen Stirnrunzeln und einem verblüfften Gesichtsausdruck betrachtete. Tate glaubte den Grund zu kennen. Der Mann hatte sich die attraktive Frau, die soeben an Tates Arm das Hotel betreten hatte, genau angesehen. In seinem Beruf mußte er doch schon alles miterlebt haben, was an Schicksalsfügungen oder Formen des Verlangens überhaupt nur denkbar war und die unwahrscheinlichsten Paare zusammenführte. Folglich konnte er jetzt einfach nicht begreifen, weshalb diese beiden getrennte Zimmer wollten.

Ein Mann ist schließlich ein Mann …

Megan verließ die Telefonzelle in der Halle und kam gerade in dem Augenblick beim Empfang an, als der Portier Tate ein Diagramm der freien Zimmer zeigte. Tate zeigte auf zwei, zunächst auf ein kleineres im Inneren des Hauses und dann auf ein Eckzimmer mit Aussicht auf den Strand. »Ich nehme das hier, und meine Tochter kann das Eckzimmer haben.«

»Nein, Dad, du nimmst das schöne Zimmer.«

»Ach, das ist Ihre Tochter?« sagte der Portier, dessen Neugier damit befriedigt war. »Das hätte ich natürlich wissen müssen.«

»Wie bitte?« fragte Tate.

»Ich meine die Ähnlichkeit. Die junge Dame kommt nach Ihnen.«

Das Mißtrauen des Mannes legte sich, als er sah, wie die beiden Gäste einen schnellen Blick wechselten und sich größte Mühe gaben, sich ein Lachen zu verbeißen. Tate überlegte kurz, ob er dem Mann die Natur ihrer Beziehung beweisen sollte, kam dann aber zu dem Schluß: Wozu soll ich mir die Mühe machen?

Außerdem besitzen Mysterien, wie Tate wußte, eine Anziehungskraft, die dokumentierten Tatsachen immer fehlen wird.

Sie bezogen ihre Zimmer, und nachdem Tates Karte ausgedruckt war, folgten sie dem Hotelpagen über eine lange Veranda.

»Josh hat gesagt, mit seiner Krankengymnastik laufe es großartig«, sagte ihm Megan.

»Freut mich, das zu hören.«

»Er hat es allerdings etwas anders ausgedrückt. Er sagte: ›*Sie* ist großartig.‹ Glaubst du, sie ist alt und dick?«

»Wir werden in sechs Tagen wieder zu Hause sein. Dann kannst du es selbst herausfinden. Wann sagst du eigentlich *de nada*?«

»Wenn sich jemand bei dir bedankt. Es bedeutet ›nicht der Rede wert‹.«

»Gracias ... de nada,« sagte Tate und wiederholte die Worte mehrmals.

»Dann habe ich Bett angerufen. Sie freut sich, daß wir gut angekommen sind. Sie sagte, wir sollen viele Bilder schießen.«

»Ich werde sie später anrufen.«

»Sie, äh, will heute abend zu Brad gehen. Stört dich das?«

»Nein. Sollte es das?«

»Wahrscheinlich nicht. Sie sagte, sie hätte mit Konnie gesprochen. Er will am Dienstag zu dir in die Kanzlei kommen, um über den Fall zu sprechen.«

Eine Woche zuvor war Tate zum ersten Mal seit fast fünf Jahren in einer Strafsache vor Gericht aufgetreten – es ging um die Anschuldigung gegen Konnie. Er hatte die einfache Frage des

Richters mit noch einfacheren Worten beantwortet: »Nicht schuldig, Euer Ehren.« Es war nicht gerade seine kunstvollste Einlassung gewesen, hatte sich jedoch als zweckdienlich erwiesen.

Er hatte eine neuartige Verteidigung geplant, die er »Rausch durch Fremdeinwirkung« nannte. Und obwohl er Megan versprochen hatte, sie würden die ganze Woche mit nichts weiter verbringen als mit Besichtigungstouren und Partys, hatte er in seinem Koffer drei juristische Bücher versteckt. Er hatte den Verdacht, daß er am Ende der Reise mindestens einen Rohentwurf seiner Eröffnungseinlassung vor den Geschworenen verfaßt haben würde. Wenn nicht sogar einige vorformulierte Fragen, die unter Eid beantwortet werden mußten.

Sie erreichten ihre Zimmer.

»*Gracias de nada*«, sagte Tate und steckte dem Hotelpagen ein übertrieben großzügiges Trinkgeld zu.

Eine halbe Stunde später hatten sie geduscht und trugen Khaki-Shorts, T-Shirts und Strohhüte. Von Kopf bis Fuß *las turistas.* Sie begaben sich in die Halle und erkundigten sich, wie sie mit dem Fahrrad zur nächstgelegenen Maya-Ruine kommen könnten. Der Portier setzte sich mit einem Fahrradverleih in Verbindung und gab ihnen einige Anweisungen. Es war kurz nach der Nachmittags-Siesta, und die meisten Gäste strebten dem weißen Sandstrand zu. Tate und Megan schnappten sich jedoch zwei Fahrräder, die schon bessere Tage gesehen hatten, und machten sich auf den Weg in die andere Richtung.

»Wohin?« rief sie.

Er sagte es ihr, und sie saßen auf.

Trotz des entgegenkommenden Fußgängerverkehrs und der erstaunlichen Hitze rasten sie auf dem Weg mit dem aufgeplatzten Asphalt direkt in den dichten, duftenden Dschungel. Sie standen auf den Pedalen und veranstalteten ein Wettrennen, als zähle jede Sekunde, als neige sich der Tag schon dem Ende zu, als hätten sie viele, sehr viele Stunden versäumt, in denen sie sich näher hätten kennenlernen sollen, und als müßten sie diese Zeit jetzt schnellstens nachholen.